铁血清流

王申来 胡夏娟 著

人民东方出版传媒
東方出版社

目录

第一章	王老汉失踪	1
第二章	神秘的麻楼塔	8
第三章	勇闯虎穴	18
第四章	紧急转移	33
第五章	惊天阴谋	43
第六章	逃出魔窟	54
第七章	托马斯	60
第八章	野人	68
第九章	特殊的洞房	79
第十章	王俊康患病	86
第十一章	忍辱负重	91
第十二章	连环阴谋	100
第十三章	躲在暗处的黄雀	112
第十四章	我是一个好人	118
第十五章	夺命的苏联来客	125
第十六章	一个死去，一个出生	136
第十七章	古灵精怪的小孩	142
第十八章	人穷志不穷	147
第十九章	善意的谎言	156
第二十章	小小男子汉	161
第二十一章	白定云去世	167
第二十二章	又一位“战士”倒下	176

第二十三章　别出心裁的家访　188
第二十四章　西藏情殇　195
第二十五章　信中托孤　209
第二十六章　参军入伍　217
第二十七章　二环与三环的对决　225
第二十八章　初露头角　231
第二十九章　融合的五环　239
第 三 十 章　命运的巧妙安排　243
第三十一章　二十七条丝巾　255
第三十二章　十年后的重逢　272
第三十三章　浮出水面的爱情　282
第三十四章　再次天各一方　298
第三十五章　花儿为什么这样红　306
第三十六章　遗憾落幕　311
第三十七章　同仇敌忾　323
第三十八章　因为爱情　330
第三十九章　另一种研究思路　341
第 四 十 章　龙耳草　344
第四十一章　控制的情欲　352
第四十二章　以身试药　360
第四十三章　历史的真相　370
第四十四章　永远的和平　383

第一章　王老汉失踪

歌德说：“人们凭着聪明划出了一道道界限，最后又用爱把它们全部摧毁。”

一九三四年的冬天，具体日期已经无从考证。时近黄昏，刚下过一场鹅毛大雪，凛冽的北风一个劲儿地刮着。一支庞大的队伍正徒步行走在中国东北的黑土地上。队伍里有老人，有小孩，有女人，还有几头牛、几匹马和几条狗，但更多的是正值壮年的男人。队伍时而向北，忽而又向东，不久又折回原来的路线，有时还会朝西拐过去，但总的来说还是在向北走。路线的曲折透露了人心的茫然。地面上除了积雪，就是这支自发集合成的队伍在雪地上留下的深浅不一的脚印。谁也不敢擅自偏离大部队，在异地他乡饥寒交迫的时候，任何冒失的想法和行动，都有可能把自己带入绝境。

他们就像是一群漂泊无依的大雁，在陌生的土地上，寻找着属于自己的一个巢穴。

队伍里有一个看上去十四五岁的小男孩，叫王立清，和父亲王维正一起从山西逃难到关外。王立清面容俊秀，目光坚定，除了一头略微卷曲的头发，一点都没有家乡人带有的北亚人的容貌特征。王立清个子不高，但力气很大，瘦弱的肩膀两侧挂着两个很大的包袱，手里牵着一匹快要瘦成一架骨头的小马。这匹小马是他昨天在路上捡到的。他看到它的时候，它孤零零地站立在雪地里。小男孩走过去，牵起马脖子上系的绳子，绳子一动，小马就跟着他走了。小马太小了，如果有人认为它是一条大狗，别人也不会表示什么异议。但它很温顺，从来不叫一声，这就证明它不是狗。

自从多了这匹小马，王立清行走得就更费力了，但他还是不愿意丢掉这匹被人遗弃的小马，他如果不要它了，那就意味着他要把它交给死亡。他还想，如果他在黑土地上饿死了，它也许还能为他伤心地哀叫几声。

他总是认为，人的贪欲比牲畜多，牲畜的良心并不比人少。

大概走了七八里地，小马忽然倒下了。

一位拄着一根用树枝做成的手杖的老人蹲在小马身边，扒开小马无力的眼皮看了看后，惋惜地说：“这匹马病得很重，快不行了，依我看，还是找个地方把它埋了吧。”

王立清擦了擦眼泪，他背起了小马，倔强地说：“小马，你病了，我这就去找医生给你治。”

王立清不知道可以医治小马的医生在哪里，他只知道自己绝对不能停下。走了半个多小时，他来到了一片没有冰冻的湖边。湖水一望无际，犹如一块鲜亮的蓝绸覆盖在白茫茫的大地上。王立清把小马放在湖边，用手捧起一捧湛蓝的湖水，一滴一滴喂进小马的嘴里。小马没有反应。王立清又捧了一捧湖水，强行灌进小马的嘴里。小马的身体已经发硬了。王立清跌坐在雪地里，悲伤地哭了起来。

不知道过了多久，王立清止住了哭声。他缓缓地抬头，凝视着那片湛蓝的湖水，轻轻抚摸着小马稀疏的皮毛，撇着嘴巴说：“我要给你好好洗个澡，让你干干净净地走。”

王立清挽起棉袄的袖子，撩起温热的湖水，仔细清洗着小马的身体。他那庄严的神情，俨然是在给一位已经逝去的至亲的人进行最后一次净身。

忽然，小马的两只前蹄在王立清的怀里微微地动了一下，王立清撩起湖水的手不敢动弹，他担心是自己产生幻觉了。他屏住呼吸，全神贯注地聆听着周围的动静，小马的鼻腔里发出了细如游丝的呼吸。他惊喜地把目光转移到小马脸上，小马紫黑色的嘴唇轻轻地张了张，紧闭的眼皮也动了动，然后慢慢睁开了眼睛。它转动了一下脖子，无限依恋而感激地仰望着王立清。

“小马，你活过来了？这真是太好了！”王立清激动地抱着小马。

“是湖水救了它。”一个陌生的声音在王立清身后响起。

王立清回头去看，一个背着背篓、手拿镰刀、年过五旬的男人捋着花白的胡须，站立在他的身后。

“您说什么？湖水救了小马？”王立清疑惑地望着这位犹从天降的老人。

老人微笑着点了点头，不慌不忙地说：“这个湖叫净源湖，一年四季从不冰冻，湖水里生长着许多奇异的草，尤其是一种叫龙耳草的水草，自身不仅可以解毒，还向湖水和土壤里释放一种稀有的解毒物质，使得湖水和生长在周围的野生动植物都具有治疗疾病的奇效。你刚才给这匹马喝了净源湖的水，又用湖里的水给它擦了身体，它才活了过来。所以我说，是净源湖救了它。”

“这个湖里的水可以治病救人？”王立清充满敬畏地俯视着眼前这片清澈见底的湖水，果然，在岸边的湖底，生长着许多翠绿的水草。其中有一种体积最大的草，碧绿如玉，叶大如掌，茎粗如大葱，这大概就是那位老先生说的龙耳草吧？这么冷的天，这些水草居然像生长在春天里，丝毫没有枯萎的样子。多么顽强而神奇的水草，他和父亲从山西来到关外，不就是为了寻一处可以存活的地方吗？这不正是命运对他的启示吗？湖水救了他的小马，自然也可以保护他们这些无家可归的难民。他决定不走了，他要在净源湖边安家，在这片具有传奇色彩的湖边生活下去。

王立清蹲下，捧起那甘甜的湖水，大口大口地吮吸着。一股温热的水流沿着食管流遍了他的全身，顿时，他觉得神清气爽，疲劳全消。

“这湖水真的太神奇了！”王立清兴奋地站起来，回转身，想再多打听一些关于净源湖的事情，但先前与他说话的那位老先生已经走远了，只留下一个背着背篓的背影在雪地里越来越小。

王立清牵起小马，急切地朝父亲和逃难的人群跑过去。他要告诉所有的人，他们找到家了，他们有家了……

净源湖北浅南深，水域宽广，南北长三百多公里，东西宽四十多公里，最深处达六十多米。在净源湖的西边有一个名不见经传的小镇，名字叫临湖镇，临湖镇率属于前进县，东临净源湖，西部是一座海拔六百多米的大黑山，北部和南部则是浓荫蔽日的树林，树林里生活着大量野生动物。

临湖镇里的居民大多是闯关东的难民，当初逃难到此的时候，由于净源湖里的水把一条濒临死亡的小马救活了，他们像是感受到了上天的神谕，就选择了留下。到了20世纪40年代初，临湖镇里已经居住了七百多户人家。

在临湖镇中部有一座宽敞的院落，这就是王立清的家。王立清来自山西大同，在临湖镇已经生活了十年，个子比闯关东时足足长高了一头，结实的骨节被薄厚适宜的肌肉恰好裹住，青色的血管在白皙的肌肤下面有力地扩散开去，一股永远也不会耗尽的力量伴随着体温充盈在他健康的毛发间。稳重的眼神既有农家人的勤劳，又有着名门之后的贵气。凡是认识王立清的人都知道，他的运动系统要远远高于他的语言系统，能用姿势表达的，他绝不用嘴巴去陈述。

院子里东墙角有一棵几百年的老松树，平日里是用来拴马的。那是一匹小马，很瘦，性格温和，王立清从来不骑它，也不让它驮什么重物，只是把它当朋友一样喂养着。小马和王家父子相处得很是融洽。天气好的时候，王立清还会带着小马到林子里和山坡上散散步，让小马呼吸呼吸野外的空气，吃点鲜嫩的青草。小马一天天地丰满了起来。

父亲年纪大了，王立清有了烦恼和心事，就喜欢跟小马倾吐一番。每次，小马都像人一样耐心地凝视着王立清，听到伤心处，小马还会懂事地打两个响鼻，来安慰心情低落的主人。王立清越来越相信自己当年的推测：如果有一天他死了，小马一定会为他悲鸣的。

可有一天夜里，小马却突然死了。它是站着死的，就像当年王立清在雪地里捡到它时的那个姿势，只是，淹没小马蹄子的不是白雪，而是殷红的马血。小马彻夜凝望着王立清的房间，没有叫一声，也没有轰然倒地。

当王立清早上起来去看望小马的时候，小马睁着的两只眼睛里还在一滴一滴地往外淌血。没有血的小马又瘦回成了原来的样子。

王立清哭着用袖子去擦小马的血泪，边擦边哀求地哭喊："我还没有死，请不要这样子！"可死不瞑目的小马还是血流不止，直到流尽最后一滴热血。

王立清背着小马冲到净源湖边，像当年那样喂小马喝湖里的水，用湖水给小马擦身体，但一切都是徒劳的，小马早已经没有了呼吸。

小马死后，王立清把它埋葬在了镇子北边的树林里。他沉默地坐在小马的坟前，流着泪吹着伤感的口琴，一直到太阳落山。王立清想不通，为什么小马会突然不明不白地死去，死得这样离奇，死得这样惨虐！

小马死后，王立清的话就更少了，但镇民们依然喜欢和王立清在一起，就连只有一墙之隔的少女白定云也喜欢找各种理由接近王立清。

墙壁西边是白定云的家，庭院的结构和王立清的庭院完全对称，但屋中的摆设却截然不同。白定云的屋子里只有一些渔网、鱼叉、鱼钩、箩筐、一个手提煤油灯和修理木船的工具，这是父亲白福德去世时留给她的唯一的东西。王立清的屋子里则摆满了各种来自国外的稀罕物件，什么美国的茶杯了，澳大利亚的剪刀了，法国的酒壶了，爱尔兰的地毯了。这些漂洋过海而来的物品都是王立清结交的外国朋友送给他的礼物，同时也为白定云提供了接近王立清的理由，她有时问为什么把这么好的毛毯铺在地上，而不是盖在身上？有时问那把黑色的大剪刀为什么那么重？但当她看到酒壶上雕刻的坦胸露乳的外国女子时，她就红着脸，闭口不言了。

一波未平，一波又起，有一天，王立清的父亲王维正突然失踪了。

临湖镇消失了一个大活人，这可是前所未有的怪事。镇长孟江海知道了这个消息，立即召集了几十个行动麻利的人手，举着火把，连夜搜寻开来。树林里的动物们远远地看到火光就吓得逃窜而去，它们不怕人，但却怕人手里的火。

天已经亮了，孟江海的贴身跟班春树气喘吁吁地跑来汇报搜寻的结果："孟爷，兄弟们已经搜遍了所有的山头和树林，还是没有找到王大伯。”

孟江海是临湖镇上最有威望的人，虽然年近六十，但头发黑密，精力旺盛，声如洪钟，皮糙脚大，往人前一站，就有一种透骨的威严：“回镇上多召集一些人手，我就不相信，一个大活人能凭空消失了。”

半个月后，王立清在一片杂草丛生的树林里发现了奄奄一息的父亲，立即把父亲背回了家。

王维正一动不动地仰躺在床上，衣衫褴褛，头发已经脱落了大半，裸露出各种形状的肉色头皮，在两侧鬓角处，已经隐约可以看到几根弯曲的白发。王维正那张国字型的脸像是被割裂开，左半边脸还保留着人脸的模样，颧骨突出。右半边脸浮肿得厉害，隆起的脸颊上生着许多奇形怪状的疮口，有的疮口刚刚结疤，显得很是狰狞，有的疮口已经溃烂，覆着一层白色的黏膜。儿道深黄色的脓液沿着细长的脖子淌下来，散发出一股扑鼻的恶臭。虚胖的下嘴唇呈暗紫色，杂乱的胡须把上嘴唇盖住，两只眼睛奇怪地向外鼓着，左眼的瞳孔几乎全部露在了眼皮外面，血丝像蜘蛛网一样缠绕在眼球上，阴森恐怖。右眼的瞳孔因为眼皮浮肿只露出了一半。一张血肉模糊的大嘴在艰难地喘着气。

王立清用毛巾擦拭父亲那张惨不忍睹的脸。每当毛巾碰到王维正的皮肤时，他的头都会轻微地像触电似的颤抖一下，但很快就会恢复平静。从王维正狰狞变形的面目上，实在无法判断他是清醒着还是昏迷着。

孟江海带着镇上最好的大夫过来了。大夫把了把王维正的脉，解开他的衣服，戴上眼镜儿细细检查了王维正身体上的那些疮口，又掰了掰王维正的眼皮，最后无奈地摇了摇头。

“李大夫，真的没有希望了吗?”孟江海看见李大夫把听诊器放进了箱子里，但并没有把开药方的本子拿出来，就知道事情不妙。

“拖不了几日了，准备后事吧。”李大夫叹了一口气，提着药箱子，走了。

孟江海安抚着悲痛的王立清：“我这就叫春树把湖东的郑大夫请过来。喜武小时候有一次溺水，别的大夫都说没有救了，是郑大夫把他从鬼门关给拽了回来。”孟江海有一对孪生儿子，孟喜文和孟喜武，孟喜文好赌成性，孟喜武喜欢沾花惹草，兄弟俩都没有娶妻。孟江海四十岁那年又有了一个女儿，取名琳儿，希望她能如一块美玉一样。

春树回来禀报说他没有找到郑大夫，谁也不知道郑大夫去了哪里。

王维正高烧不退，咳嗽不止，汗毛比较重的地方开始出现红斑水泡，全身开始溃烂，青筋像蚯蚓一样暴起，然后一根一根地断裂，暗红的血液从各个疮口流溢出来。王立清觉得这些混着脓水的血液仿佛是从自己的心脏里挤出来的。半夜刮起了大风，小镇上飞沙走石，狗吠声让一盏盏煤油灯在黑暗中慌乱地亮起。

王维正突然睁开了像鱼一样的眼睛，盯着儿子，张开了嘴，喉结艰难地上下滑动着，但始终发不出一个字。王维正一把抓住了儿子的手，浮肿的眼睛溢满了急迫。他伸出右手的食指和中指，一前一后搁在儿子的掌心里，集中全身的力气，轮流按压了下去，王维正的身体发出一阵强烈的颤抖，他张开嘴巴，瞪大眼睛，痛苦而费力地挤出几个模糊的字："通知……孟……镇长……"

王维正的胳膊垂了下去，呼吸也随之终止了。

"爸……"王立清跪在了地上。

王维正孤独地躺在一口松木棺材里，这是孟镇长专门嘱咐人定做的，采用的是当地最好的红松，这是他为这位异乡的老人所能做的最后一件事了。棺材放在两条长木头板凳上。王立清披麻戴孝，跪在棺木前，凹陷而红肿的眼睛凝视着棺材下面那盏昏黄的长明灯。窗外，飘起了冷冷的春雨。

孟江海走了进来，对着王维正的遗像鞠了三个躬，然后走到王立清身边，沉重地说："李大夫说，你父亲是中毒而亡。"

王立清的两只耳朵快速动了一下，这是他对不寻常事件的习惯性反应。

"这种毒不像是蛇毒或野蘑菇的毒，"孟江海停顿了一下，看着王维正的遗像，继续说，"你应该去调查一下，不能让你父亲就这么不明不白地死去。"

王立清攥紧了两只大手，一对乌黑的眉毛在忧伤的眼睛上怒跳了一下。

"孟爷，一切已准备妥当了。"春树走进来，向孟江海请示。

"先钉棺吧。"孟江海对王立清说完，吩咐盖棺的几个人进屋来。

王立清站起来，接过春树手里的锤子，走到棺木前，紧紧地盯着那几根长钉。他觉得这些铁钉仿佛不是钉在棺木上，而是扎在了他的心里。王立清举起了手中的锤子，朝着凸起的长钉砸下去，锤子砸到了棺木上，长钉纹丝未动。王立清做事精巧是众所周知的，即使闭着眼睛，锤子也不会打歪，更不会落空。王立清的嘴角抽动了两下，泪水流出了眼角。他全身的骨骼都在发抖，牙齿碰得咯嘣咯嘣响。

钉棺之后是踩棺，由死者的后人站在棺木上面用力踩踏几下，死者在通往黄泉的路上就不会害怕了。王立清扔下锤子，撑着棺木的一角，一跃跳到了棺木盖子上。只见王立清双脚并拢，俯视着棺木，从王维正的头部踩向脚部，每踩跳一下，他都高喊一句："爸，别怕！"

王立清高大的身躯在棺木盖子上踩踏着，一种永别的伤感在送葬人的心底里弥漫着。当王立清踩到父亲脚底的棺木盖上时，棺下的人告诉他可以下来了，但王立清就像是没有听到一样，转回身，倔强地向父亲的头部继续踩跳过去。王立清相信，多踩跳一下，父亲就会多一点勇气，那条阴森恐怖的黄泉路就不会那么难走了。

雨停了，湿淋淋的山坡上弥散着野草和泥土的气息，还透着一股嗖嗖的凉意。王维正的坟坑前站满了人，每个人的神情都是那么庄严、肃穆、哀痛。

黑黄的泥土一铲一铲地覆盖在墓底的棺材上，漆黑的棺木盖子渐渐看不见了。当最后一点漆黑的颜色也被土粒遮住时，王立清鼓起腮帮子，脸涨得通红，高喊着“父亲，走好”，像一架刚硬的磕头机器一样，一个接一个地磕起了头。每磕完一个头，王立清都大声喊一句“父亲，走好”，像是艄公的号子，在天地之间响彻。王立清喊了无数遍，虽然嗓子已经嘶哑，虽然额头上磕出了血，但他就是不肯停下来……

下葬结束，满心悲痛的王立清站起来，向前来送父亲的镇民三鞠躬，感谢大家对父亲的情义。王立清鞠完第一个躬，直起腰，抬起头，突然看见在送葬人群后面站着两个帽檐压得很低的人，一个体型瘦长，一个相对矮胖。虽然看不清这两个人的脸，但从他们的动作里，王立清断定他们不是小镇上的人。王立清是一个对动作很敏感的人，他识别每个人的动作就像信鸽识别路线一样准确。如果不是小镇上的人，那他们会是谁呢？为什么会来参加父亲的葬礼？是恰好赶上，还是有意而来？他们和父亲的死会不会有什么关联？王立清不由得又望向这两个正在交头接耳、鬼鬼祟祟的人。只见他们穿着与镇民差不多的服装，举手投足之间有一种偷窥和猥琐的意味。每当发现王立清的目光朝他们射过来，他们就会尽量压低帽檐，不与王立清的目光对视。这样欲盖弥彰的动作更加重了王立清对他们的怀疑。

等他再鞠完第二个躬后，那两个神秘的人就不见了。

第二章　神秘的麻楼塔

晚上，王立清躺在床上，辗转难眠。

这一切不是太奇怪了吗？父亲在这里住了十年，对周围的地形是了如指掌，怎么会失踪了呢？这些日子里，父亲去了哪里？经历了什么？父亲中的是什么毒？下毒的人是谁？王立清多么希望父亲能给他托一个梦，告诉他发生的一切。他闭上眼睛，想让梦境早一点来临，可是越想睡，越是睡不着。他一闭上眼睛，就看到父亲那双快要爆破的眼球和满身溃烂的疮口。不管父亲经历了什么，都一定是极其恐惧和残忍的。想到父亲承受的一切，王立清痛苦地流下了眼泪。

在王立清儿时的记忆里，父亲王维正不苟言笑。很多时候，王立清觉得，父亲是不喜欢自己的。在老家山西，他和父亲之间最温情的画面就是那个温暖的冬日黄昏。那年王立清六岁。父亲把正在院子里玩雪仗的王立清唤到了跟前，弯下腰，拍了拍儿子手指上的雪，把儿子冻得通红的手指放在嘴边，用热气呵了几下。他拉起儿子的小手，伸出右手的食指和中指，直立在了儿子的掌心里。

"这是'立'。"王维正两根手指并排静止在儿子的掌心里，以一种少有的温柔声音说道。

"这是'跳'。"王维正的两根手指反复在儿子的掌心里同时升起再落下。

"这是'跑'。"王维正的两根手指用力压着儿子的掌心，一前一后快速交替着向儿子的手腕方向挪过去。王立清感觉掌心里痒痒的，咯咯咯地笑了出来……

记忆里的笑声催生出了现实里顿悟的光芒，王立清猛然坐了起来，他想到父亲去世前使出全身的力气用两根浮肿的手指交替按压着自己的掌心，父亲一定是想告诉自己什么。"立""跳"都不需要交替用力，显然不是父亲要传达的意思，那么剩下的就只有"跑"了。对，父亲一定是经历了什么危险，并且意识到这种危险即将降临到全临湖镇居民的身上，所以父亲才让自己通知孟镇长。王立清的脑海里又浮现出他在父亲的葬礼上看到的那两个形迹可疑的人，他有一种预感，这两个人和父亲拼尽全力想要传达的危险信号是有关系的。

王立清穿上衣服，简单收拾了一点衣服，准备把父亲的遗言告知给孟镇长以后，就到外面躲避一阵子。

夜空中没有月亮，幽暗寒凉的夜里，只有隔壁院里还亮着微弱的煤油灯光。王立清决定先通知姚大妈和定云妹妹尽快离开这里。

“你们收拾一下，我一会儿来接你们。”王立清只留下这句话，就大步走了出去。

孟江海的家住在小镇东头，门口有一对石像狮子和一对大红灯笼。听完王立清的汇报，孟江海立即着手进行安排。不管是真是假，作为一镇之长，他必须为全镇老百姓的性命负责。所以，在王立清和姚菊香母女离开临湖镇后不久，孟江海就遣散了镇民，让大家到外面躲一阵子再回来。

王立清带着姚菊香母女离开了临湖镇，三个人走在一条偏僻的小路上，夜色还没有完全散去，但仅凭庄稼人的嗅觉，他们也能知道小路两旁簌簌作响的就是高粱。

一阵急切而零碎的脚步声在小路上迎面响起，打破了黎明前的最后一丝宁静，王立清的耳朵急速动了一下，转头对白定云使了一个眼色，三个人就躲进了高粱地里。王立清对声音极其敏感，他能从人的脚步声里推测出走路人的心理，这渐行渐近的脚步声带有某种阴暗的节奏。

王立清一只手轻轻拨开一棵高粱杆，借着黎明微弱的光线，他看清了发出脚步声的主人，是他们！王立清想起了在父亲的葬礼上看到的那两个站立在人群最后方鬼头鬼脑的人。他们不是昨天刚到过镇里吗，怎么今天又来了？而且还带着满心的焦急。正在王立清思索的时候，那两个人开口说话了，他们说的是日语。体型瘦长的人说今天必须把他找到，矮胖的人说希望很渺茫，瘦高个儿接着说，让麻楼塔逃掉是他们两个人的失职，找不到他，他们两个都将受到严厉的惩罚。

谈话声越来越小，终于归于沉寂。

三个人从高粱地里回到了小路上。边向前走，王立清边回味刚才那两个人的谈话。刚才那两个人说的是日语，很有可能是日本人。他们要找的人是谁？谁是“麻楼塔”？是那个逃跑的犯人的名字吗？日本人为什么要抓“麻楼塔”？一连串的疑问在王立清的心里盘旋着。

临近黄昏的时候，王立清他们已经走到了一片荒寂的山脚下。他们要尽快找到一个可以藏身的地方，否则当夜晚降临的时候，他们就要再次感受春寒的侵袭了。

太阳落山前，他们终于找到了一个被野草掩盖的山洞。山洞外面是一条荆棘丛生的羊肠小道，沿着山石逶迤而下。洞口恰好容一个人只身进入，山洞里面空旷幽深，风从洞口吹进来，又在洞里消隐而去。经常能听见水滴从洞顶滴落进山洞里一条很大的湖泊里，滴水的回声让人产生一种缥缈遐远的感觉。由于不熟悉洞里的地形，再加上光线昏暗，王立清和白定云商量后，就在洞口一个比较平坦的大岩石上铺了一些稻草，算作三个人的床铺了。因为面积狭窄，王立清不能和她们母女分开睡，姚菊香睡在中间，白定云睡在最里面，王立清睡在距离洞口最近的位置，一旦夜里有什么紧急情况，他好保护母女俩。

半夜里，起风了。突然，山洞里发出了阴森恐怖的呜咽声和咕噜声，山洞外面不时地响起狼的嗷叫声，白定云吓醒了，也被冻醒了，她伸手摸摸母亲，母亲的铺位是空的。

“妈!”白定云猛地坐起来，惊惧地喊道，山洞里响起了一连串更为惊悚的回声。

王立清也一骨碌坐起来，发现姚菊香不见了！洞口的火堆还没有熄灭，他们立即站起来，开始在山洞里寻找。王立清拿起地上的一根木棍，伸进火堆里将其引燃，就和白定云朝山洞深处走去。

“妈……”白定云每喊一声，内心的绝望就增多一分。她开始边跑边哭边喊。

王立清走到洞里的湖泊前，洞顶的水还在不停地滴落。他把手里的火把向前伸去，发现一条红色的腰带遗落在湖边。他唤来白定云，白定云确认这就是母亲的裤腰带。王立清把火把塞给白定云，甩掉上衣，一个猛子扎进了湖底。白定云跪在地上，捧着母亲的裤腰带，一声声呼唤着母亲。几分钟后，王立清浮出了湖面，肩膀上背着的正是已经昏迷的姚菊香。

王立清把浑身湿透的姚菊香平放在地上，姚菊香已经失去了知觉，皮肤像冰块一样凉，嘴唇已经发紫，脸颊苍白无血。王立清使劲儿按压着姚菊香的心肺，姚菊香的身体没有任何的反应，她的灵魂还遗落在湖里。可怜的老人，只是要在这个陌生的山洞里找一个可以解手的角落，却不承想一不留神跌入了湖里。

王立清停止了无用的急救，抱歉地望着白定云。白定云心碎地扑到母亲冰凉的尸体上。母亲是她在世界上唯一的亲人呀，命运为什么如此残酷，父亲死于洞外的湖水，母亲死于洞里的湖水，水，本来是滋养万物的源泉，却为何偏偏夺去她最爱的亲人！

王立清在山上找了一个幽静向阳的位置，和白定云一起安葬了姚菊香。走在回山洞的路上，面对这个和他身世同样可怜的姑娘，王立清的心里突然有了一种不可推卸的责任感。除了他，她再也没有别的人可以依靠了。他想告诉她，他会一直陪着她，保护她，照顾她。他的手伸向了白定云的肩膀，却又忽然停了下来，父亲的死还没有弄明白，他现在就给她承诺，岂不是太冲动了吗？王立清恢复了一贯的沉默，和白定云回到了山洞里。

过完母亲的头七，白定云跪在草席上默默整理着母亲的遗物，睹物思人，她又默默地垂起眼泪。

王立清背过身去，假装往火堆里加柴，他不知道该对白定云说点什么，失去母亲的哀伤又岂是几句话可以缓解的。他慌张地看着山洞的石壁，很快又把目光转到湖泊的方向，担心这样无言的提示再次勾起白定云的痛处，他最后把目光放在面前飘忽不定的火焰上，又觉得这样过于僵硬和扭捏，他一直以为最难控制的是自己嘴巴里那条笨拙的舌头，没有想到，比舌头更难驾驭的是自己的目光。

抚摸着母亲的遗物，白定云哭出了声，从今以后，她再也没有亲人了。

听到白定云的哭声，王立清的心慌乱了起来，他把拨火的木棍放下，转过身，向草席走去。他站立在她的面前，欲言又止，看着她的眼泪一滴一滴坠落在姚大妈的衣服上，却又不知如何开导她，王立清挠了挠头，着急地搓着手。

白定云红肿的眼睛里不停地流出悲伤的泪水，父亲死了，母亲又去了，在这个动荡不安的岁月，她一个无依无靠的弱女子，如何活下去？

“定云妹妹，你别哭……你别哭啊……”王立清绞尽脑汁好不容易找到了一句话，说出来之后却更加紧张了，他不知道接下来再说些什么，只能尴尬地站在那里。

白定云哭得更伤心了，她把母亲的遗物紧紧地贴在满脸泪水的脸上。这么多年，都是她和母亲相依为命。是她没有把母亲照顾好，才让母亲意外身亡，她是天底下最不孝顺的女儿，她无法原谅自己。

王立清明白白定云的痛苦，他们是同命相怜的人。父亲王维正也是因为他的疏忽大意才离奇失踪并凄惨离世的。到现在，他也无法释怀，他将一辈子活在自责的阴影里。

父亲走了，姚大妈也去了，只剩下他和白定云孤零零的两个人了。同样的不幸把他们紧紧联系在了一起，他们是攀爬上同一条船的落水者，无论前方是风平浪静，还是惊涛骇浪，他都不会丢下她而独自逃生。他会背着她、托着她、举着她、夹着她，一步一步游向生命的浅滩。只要他还有一口气，他就要带着她朝前走下去。

“定云妹妹，不要太难过了，你还有我……”王立清扶着白定云的肩膀，拿出了一个男人在痛苦面前最大的坚强。

白定云停止了哭泣，眼泪汪汪地抬头望着王立清。这个不苟言笑的男人在她即将坠入命运深渊的时候突然向她伸过来一只手，死死地抓住了她，不让她掉下去，不让她绝望，不让她死去。她发自求生本能地看着他，一遍又一遍地看着他，她看见他在风雪之中把摔倒在地上的她抱起来，她看见他光着脊背在火炉前打铁，她看见他埋葬父亲时撕心裂肺的呐喊，她看见他在危险来临之时坚决要带她们母女俩一起走，她看见了一束光，她看见了一盆炭，她看见了他变成了早逝的父亲，又看见他变成了慈爱的母亲。她扑上去，搂着他的脖子，把脸埋在他的胸膛里，像是一个无助的孩子，哀怜地央求着："不要走，不要离开我……"

王立清的心一颤，他感觉到一股巨大的痛苦正在撕咬着白定云的心，那是她的悲哀，也是他的悲哀，那是她的不幸，也是他的不幸。他拥抱着她，就像是拥抱着另外一个自己，那份压抑在心底的凄凉和发自人性的悲悯不可遏制地喷发了出来。他猛地抱紧了她。

他们贴紧了彼此的嘴唇，刚刚纠缠了几下，就同时推开了对方。他们默默地凝望着彼此，泪水在两个人的脸上奔涌而下。他们在彼此的眼睛里看见了痛苦和哀伤，也看见了一缕微弱的希望，他们要给彼此力量，要一起爬过命运的沼泽。

不知道是谁先卸去了身上的屏障，他们把注满了痛苦的真实的肉体完全袒露给了彼此。他们都饥渴地想要立即寻找到一个出口，把心中翻涌的痛楚全部倾倒出去。他们慌乱地摸索着，颤抖地尝试着，整个世界都浓缩成了一个隐蔽在命运最深处的出口。终于，他们不约而同地发现了它，两个人瞬间凝固了，她求生般地仰望着他，祈求他的救赎。他颤栗地俯视着她，凝视着横亘在他们之间的最后一道隔膜。只要再往前踏进一步，他和她的世界将彻底改变，不是他化为海浪包围住她，就是她变为火焰燃烧了他，是置之死地？是凤凰涅槃？是开辟鸿蒙？是归于寂寂？一切都不重要了！无法释放的痛苦转为了一种无法按捺的情感，它超越了男女之欢，它凌驾于肉欲之乐，那是两个濒临灭绝的生命同时对苦难发出的歇斯底里的怒吼。他们需要在痛苦中挣脱，需要在绝境中复活。

他最终向着她俯冲过来，用生的本能撞开了一个恢宏的出口。他们看见郁结在灵魂褶皱里的痛苦的洪流汩汩涌出，两个人的脸上都淌下了绝处逢生的泪水。接下来的余波舒缓而绵长，没有声音，却在颤栗，没有倾诉，却在悸动。他们心贴着心，肉挨着肉，每一次的呼吸都是生命复活的节奏……

当他们安静下来的时候，她知道她完整地包含了他，她被彻底地拯救了。他也知道他走进了一个需要他保护的世界，生命因责任而厚重起来。

山洞外面的风停了，皎洁的月亮圣洁地挂在天上，几颗璀璨的星斗点缀在月亮周围。沾染了露水的山路静悄悄地横陈在野草之中，开始泛绿的树木凝结成了一片朦胧的线条，所有的春虫都不再蠕动，就连不远处的溪水都好像被冰封住。这万籁俱寂的高山上，没有孤独，没有伤害，没有干扰，没有喧嚣，只有一阵接一阵生命重生的喜悦从那个火光跳跃的山洞里传出来。

“等天亮以后，我得回镇上一趟，看看乡亲们是否都撤离了。”王立清这句话说得很顺畅，既没有脸红，也没有结巴。爱情治愈了他。

“现在回去太危险了，万一你有什么事，我可怎么办？”

“不回去看一眼，我不踏实。定云，你放心，天黑前我一定赶回来。”

如王立清所料，临湖镇已经成了一座空镇。知道乡亲们都平安转移了，王立清长出了一口气，他准备马上返回山洞。

刚走出小镇，他就看见前面有两个人鬼鬼祟祟地朝湖边走去。从身形上判断，这两个人就是他一个星期以前在高粱地里遇见的那两个说日语的人。他悄悄地跟了上去，想看看这两个人到底有什么来头。

当他追到湖边的时候，那两个人突然不见了，只有一条大船停泊在岸边。这是一艘木制的大船，船头和船尾有两个船舱，船中间扯着一个大帐篷，一群人正围坐在大帐篷下面划拳斗酒。船头的船舱里亮着灯，里面人头攒动，吆喝声四起。船尾的船舱里则是漆黑一片。与空寂的小镇相比，这里显得异常喧闹。

这条船的主人就是孟喜文，平时以赌博为营生，还偷偷地帮日本人运一些东西。孟江海下令疏散镇民后，孟喜文阳奉阴违地答应父亲，等他把渔船的事情安排妥当，立即去和父亲会合。孟喜文最看不惯的就是父亲这种如临大敌的样子，他都和日本人做过好几笔交易了，也没看出来日本人怎么厉害，除了被日本人多占了一点便宜外，他也没有什么损失。只要有钱赚，他才不管是日本人，还是苏联人呢。日本人来了正好，他生财的机会也就不远了。所以，孟喜文上了渔船，就不打算再下来了，他要坐等肥鱼上钩。孟喜武则不同，他一听说有危险要降临在临湖镇上，吓得浑身哆嗦，立即丢下他的花蝴蝶姑娘们，跟随父亲母亲躲藏了起来。他再爱金钱和美人，也比不过他对自己这条小命的重视。孟喜文想让弟弟陪他上船，孟喜武毫无商量的余地就拒绝了，小时候差点溺水而亡的经历让他对水异常恐惧，哪怕是在睡梦中，谁跟他开玩笑说一句大水来了，他也会连滚带爬地从床上摔下来。让他跟着孟喜文上船，还不如拿把大刀直接把他劈了干脆。所以，王立清上船后，只看见了孟喜文和一群要钱不要命的乌合之众。

“哟，这不是咱临湖镇上大名鼎鼎的百事通王立清吗？什么风把您给吹来了？”孟喜文看见王立清，就把手里的牌给了一个叫赵三的人：“接着打，赢了是你的，输了算我的。”说完，孟喜文从赌桌旁站了起来，叼着一根抽了半截的烟，走到王立清面前。

王立清扫视了一下赌桌前的人，没有他要找的那两个人。他把孟喜文拉到船舱外面，走到一个幽暗的角落里，低声地问：“我向你打听一个人，你认识不认识一个叫麻楼塔的人？”

“麻楼塔？”孟喜文重复了一遍这个名字，摇了摇头，调侃地说，“我听说过叫麻小河的，也听说过叫麻大山的，就是没有听过叫麻楼塔的。”

孟喜文捅了捅王立清的胳膊，神秘地问：“你找这个麻楼塔做什么？难道要和他谈什么生意吗？如果真有什么好买卖，可别忘了哥哥我啊。”

王立清只好放弃寻找麻楼塔的想法，把话题转移到刚才跟踪的那两个人身上：“你刚才有没有看见两个会说日语的人？”

孟喜文断然地摇了摇头。他不想让王立清知道他和日本人有瓜葛。万一王立清把他帮助日本人运渡货物的事告诉给了他爸，那他的财路可就彻底断了。

“我可是早就听说你一直在给日本人运送东西。”王立清凑近了孟喜文的耳朵，低声说。

孟喜文嘿嘿地干笑了两声：“既然你都知道了，我也就不瞒你了。我是给日本人运过一些货，不过只是一些酒瓶子，用大麻袋捆扎着，搬运的时候，里面会发出玻璃碰撞的声音，日本人一再嘱咐要轻拿轻放，具体是什么，我也没有多问。干我们这一行的，只要钱到手，其余的就与我们没有半点关系了。”

“那日本人把这些酒瓶子运渡到哪里去了？”王立清依然觉得这其中一定有蹊跷，如果真是酒瓶子，日本人如此大费周章地运渡一些酒做什么，他们要想喝酒，直接从当地老百姓的手里掠夺就是了。

“这我就不清楚了。我们每次只是把货从湖东运到湖西，这边有接应的日本人，我们收到钱就离开了。怎么，立清老弟什么时候对日本人感兴趣了？”

“哦，没什么，我只是随便问问……”王立清听到有人正在向他们走近，他回过头去，眼睛立即被来人吸引过去了。两个神情疑惑、眼睛里布满了打量意味的男子正走上船板，一个瘦高，一个矮胖。王立清从他们的脚步声和他们两只手臂甩摆的力度里，就判断出这就是那两个要抓捕麻楼塔的人。

“谁是这里主事的？”瘦高个儿用不太标准的汉语问道。

孟喜文立即迎上去，满面堆笑：“不知二位有何贵干？”

王立清站立在船舱的阴影里，他可以很好地观察别人，同时又不容易被发现。

“听说你这里有好玩的，我们弟兄俩过来看看。”矮胖的人的汉语标准多了。

“原来二位也喜欢玩牌，那请进吧。”孟喜文一边引领着两个人往船舱里走，一边吩咐帐篷下面的人泡一壶好茶来。

“真是踏破铁鞋无觅处，得来全不费功夫。”王立清心中暗喜，悄悄地跟了进去。

一行人进入船舱的时候，里面的人正玩得尽兴。赵三挽起了袖子，一只脚踩在凳子上，把手里最后一张牌潇洒地甩在了桌子上，在其余人摇头叹息的时候，赵三嬉笑着把每个人面前下注的钱都划拉到了自己的面前。

“今儿晚上运气不错嘛，”孟喜文走到赵三身边，称赞了一句，对坐在赌桌前的人说，“我们这里来了两位新朋友，大家陪着玩两把。”

坐在赵三对面的两个输得面红耳赤的人站了起来，把位置让了出去。两个会说日语的人坐定后，新一轮赌局就开始了。

参与赌牌的人把本钱从口袋里掏出来，放在各自的面前，两个寻找麻楼塔的人却像是不懂得规矩似的安然地坐在那里，等着发牌。

“对不起，按照规矩，您二位需要把赌注放在桌上。”赵三看见两个新赌客没有拿本钱，就善意地提示着。

瘦高个儿不带丝毫尴尬地说：“我们赌牌，从来不带本钱，因为大日本帝国从来都不会输。”

赌牌的中国人面面相觑，没有想到这两位不按规矩来的人竟然是日本人。

“没关系，来者是客。两位日本朋友的本钱我出了。玩牌为的就是图个乐子嘛。”孟喜文从裤子口袋里掏出两摞明晃晃的银元，在两个日本人面前各放了一摞。谁都可以得罪，唯独不能得罪日本人，他以后的财路可还指望着日本人呢。

赌牌的人开始轮流抓牌。坐在日本人下家的中国人刚要抓下一张牌，上家的日本人把已经抓到的牌放在中国人面前，把原本属于中国人的那张牌抓走了。所有人都看到了日本人这一违规举动，但都敢怒不敢言。他们除了看见日本人眼睛里趾高气扬的霸道，还看见了两把别在他们腰间的鲁格手枪。

抓牌继续进行，两个日本人不时地交头接耳，等他们的脸转回到牌桌上的时候，已经是胸有成竹的神情了。

果然，瘦高个儿的日本人赢了这局，两个日本人哈哈大笑着用手枪把中国人面前的钱划拨到自己眼前。他们像是发现了什么遗漏的东西，从左右两侧走到赵三面前，想把赵三刚才赢来的钱全部拿走。

“我只输了本钱，这些钱不算数的。”赵三用身体按压着刚才赢的钱，着急地直冒汗。

“中国的土地都是我们大日本帝国的，何况这几个小钱呢。”矮胖的日本人嚣张地推了赵三一把，赵三一个趔趄坐在了地上。

“对不起，这个钱不属于你们。”王立清已经站到了赌桌前，把一只手压在赵三的银元上，用一种坚毅的目光逼视着无异于抢劫的日本人。

“你是谁？”瘦高个儿把手枪从赵三的钱上转移到王立清的胸口上。

“我是中国人。”王立清毫不畏惧地回答。

“有话好好说，别动怒，别动怒……”孟喜文一看日本人把枪对准了王立清的心口，紧张地上来劝解。如果在他的船上发生了流血事件，而且还和日本人有关，那肯定会影响他今后与日本人的生意往来的。

两个日本人的脸上露出了一种目的达成后的满足，他们对视了一下，点了点头，把手枪从王立清的胸膛上撤回来，但并没有放下，而是朝着天空，扣动了扳机，两颗子弹穿过舱顶，呼啸着射进黑色的夜空。刹那间，整个木船上的人群惊呼着奔跑了起来，木船猛烈地摇晃起来。王立清听到，在杂乱的尖叫声里，出现了一阵整齐的脚步声。很快，一队手持步枪的日本兵登上了木船，把船舱里的人全部围住。

王立清和赵三被日本人带走了。

原来这是一场蓄意的阴谋，日本兵埋伏在岸上，两个日本人先上船来，以赌牌为借口，故意屡屡违规，激怒中国人，再以对抗的理由把他们抓起来。

走到一辆半旧的军用帐篷车前，就有两个日本兵走上来，用麻绳从背后捆住了王立清和赵三的双手，还用布条蒙上了两个人的眼睛，然后把他们塞进车斗里，车门咣当一声关上了。周围一片黑暗，不多时，汽车就开始颠簸地行驶了。

“王大哥，日本人这是要把我们带到哪儿去？”赵三蜷缩在车斗的一角，害怕地问。

王立清的耳朵动了一下，透过厚厚的帐篷，除了发动机轰轰的响动，他听不到任何声音，判断不出他们身处何方。

“我们现在应该在上山。”王立清镇静地说。

“早知道这样，刚才应该把钱都给日本人的。”赵三懊悔地低着头。他后悔因为几个钱让自己身陷囹圄，还牵连了王立清。

“就算你把钱都给了日本人，我们依然会被抓起来。你难道没有看出来，这是日本人早就设计好的一个圈套？”王立清动了动被捆绑的双手，日本人打的是死结，再加上车封闭得很严实，他们要想半路逃跑，几乎是不可能的。

“他奶奶的，这帮小日本鬼子，他们要是敢动咱们一根汗毛，我就……我就朝着他们的鼻孔撒尿。”赵三对着驾驶室的方向吼道。尽管他知道日本人是一个字都不会听见的，可他还是要把心里的怒火发泄出来，同时也是为了给自己壮胆，让王立清觉得他赵三也是一个爷们。

王立清不再说话，他专注地聆听着车外的声音，汽车已经行驶到了平地上。他想起了山洞里的白定云，不知道她现在怎么样，他答应过她，天黑前一定会赶回去，现在他被抓了，她一个人在山洞里如何活下去?

过了大约一个多小时，汽车突然停了下来，接着车斗的门被打开了，两双手按在了王立清的肩膀上，他和赵三被押下了车。

王立清被押着向前走着，他觉得这是一片草地，他闻到了野草的气味。再往前走了十几步，他听见日本人在对话。他知道他们现在在日本人的一个秘密营地里。他又被推了一下，两扇铁门就在身后合上了，他听到铁链挂在门上的咔哒咔哒声。

第三章 勇闯虎穴

王立清和赵三被带进了一个阴暗、潮湿，还弥漫着一股刺鼻气味的走廊里，接着他们听到女人的哭泣声和男人的叫骂声从两边传来，还夹杂着日本人的喝斥声。这应该是日本人的监狱，所有被抓来的犯人都关在这里。

一间牢房里有一个年轻的中国男子在骂日本人，日本人懊恼地要开门狠狠地揍他一顿，王立清用一口流利的日语说道："不想被人骂，就把人给放出去。"

日本人自知理亏，就忍了下去，押解着王立清和赵三继续向前走。

日本人打开了一间牢房，把王立清和赵三的蒙眼布取下来，又把捆住他们双手的麻绳解开，有两个早已在此等候的日本兵拿来两套犯人的衣服，给王立清和赵三换上，然后给两个人都戴上脚镣手链，锁上牢门，离开了。

王立清开始观察这个牢房，牢房很小，里面没有床，只在地上胡乱铺着一些稻草，泥石砌成的墙壁上有一扇安有铁棍的小窗户，几乎要碰着房顶了。明亮的月光从铁窗外面照进来，使王立清又开始思念心上人。昨晚，也是这样的月光，他和白定云依偎在一起，现在，他却被关在这个狭小的牢房里。天然的居所使人更像个人，人为的居所却使人像极了动物。

"别看了，再看也出不去了。"一个苍老沙哑的声音从月光照不到的墙根下传来，好像在酣睡的时候突然听到一声炸雷。

赵三立即躲到王立清身后，只探出一双恐惧的小眼睛，朝声音传来的方向偷瞥着。牢房里的光线太暗了，他以为这里只有他和王立清两个人，没想到，还关着一个。

王立清走到说话人的面前，蹲下来，这才看清倚靠在墙角下的是一个干瘦的老头，老头也穿着犯人的衣服，衣服松垮地耷拉在身上，裸露的脚上应该有伤口，因为王立清已经闻到了血腥味。

"老伯，这是什么地方？"王立清问。

"这里是地狱。"老头抬了抬手链，又指了指脚镣，像是在证明自己的回答。

"您是因为什么被抓进来的？"王立清不明白，这样一个手无缚鸡之力的老人能犯下什么大罪。

“因为……我是一个有良知的中国人。”老头咳嗽了起来，王立清立即上前，为老人捶背。

“这里被关起来的都是中国人？”王立清想起了他刚才被送进来的时候，听到的都是中国人的声音。

“也不全是。除了中国人，还有苏联人、蒙古人，就是没有他们日本人。”老头咳完，呼哧带喘地说。看得出来，老头在这里住了有一段时间了。在他的身上，有一种和这个牢房特别协调的东西，好像他的身体就是从这个牢房里脱离下来的一部分。王立清突然想起，也许这个老人能认识日本人要抓捕的那个叫麻楼塔的人。于是，他继续问老人是否知道一个叫麻楼塔的人。

老人听完，仰天大笑了起来。他的笑声很诡异，也很凄凉。

“大哥，这个老头可能是个疯子。”赵三伏在王立清耳边，嘟哝了一句。

王立清并没有理睬赵三，他非常肯定，眼前这个老人并没有失去理智，相反，他的理智要远远高于常人。

整整一夜，王立清都能听见从别的牢房里传来的哭闹声，直到黎明时分，哭闹声才渐渐停止。王立清睡着了。

王立清感觉好像有一个人，举着一把重锤，把他梦境的外壳敲得粉碎，巨大的震荡让他休眠的神经不得不活跃了起来。他睁开眼，几个日本兵正在用铁棍敲击着牢房的门，喊犯人们起床。王立清坐了起来，抬头看了一眼头顶的窗户，天已经亮了。

日本兵隔着牢房的铁栅栏，把早饭送了进来。经历了昨夜的折腾，赵三已经饿得头晕眼花了，看见有食物，就扑了过去，抓起一个馒头就往嘴里塞。

“小心以后再也吃不到东西了。”又是那个苍老沙哑的声音。

赵三把咬进嘴里的馒头又吐了出来，在这个摸不清状况的日本牢房里，从中国人的嘴里说出来的话比平日里更值得信赖，哪怕他是一个疯子。

王立清看了看搁在地上的早饭，三碗大米粥和三个有些发黑的馒头，就走到了老人的面前，这下他可以把这个老人仔细地端详一番了。老人的面色很苍白，脸上的皱纹像是用刀刻上去的，眉毛有一半已经脱落，左侧颧骨上有两处新形成的伤疤，一双松弛的眼睛蕴藏着天机不可泄露的玄奥。王立清忽然觉得这个老人有些面熟，似乎在哪里见过。

“老伯，您进来有多长时间了？您好像对这里很了解。”他要尽快查出父亲惨死的真相，白定云还在等着他。

“有些事情还是不了解的好，安安心心地走，岂不是更好。”老人闭上眼睛，做好了任人宰割的准备。

“每隔一两天，这个牢房里就会少一个人，说是得重病死掉了，其实是……”老人看着米粥和馒头，不再说下去。

“您的意思是……食物里有毒？”王立清说完，赵三立即用手抠喉咙，想把刚才咽下去的一小块馒头吐出来。

“不用担心，这里有几十个犯人，不一定正好轮到你头上。”老人对因紧张和害怕而涨红了脸的赵三说。

“为什么日本人要在食物里下毒？”王立清睁大眼睛问。

“为了满足这里的欲望。”老人捂着心口。

王立清突然产生了一个大胆的联想，父亲该不会也是这样中毒的吧。

老人扶着墙壁站了起来，想往前走一步，脚镣发出了沉重的声响，老人倒了下去。王立清立即抱住老人，把老人放在他昨晚睡过的稻草上。

“水……水……”老人闭着眼睛，嘴唇里发出了无力的呼求。

“赵三，快叫人来，让他们给老伯送点水来！”王立清大声吩咐道。

“不……”老人睁开眼睛，猛地抓住了王立清的手，朝他之前倚靠的墙角望过去。

顺着老人的目光，王立清看到一个破了沿儿的小瓷碗搁在那里。他走过去，把它拿给了老人。老人哆嗦地摸着自己的裤腰带，要解开裤子，王立清帮助老人完成了撒尿，老人又示意王立清把盛有小半碗尿液的瓷碗送到嘴边，他贪婪地一口喝了下去。

王立清和赵三都被老人的举动震惊了！一个身体极度衰弱的老人，为了活命，就算喝下自己的尿液，也不喝日本人的水。在这个危机四伏的监狱里，到底潜藏着怎样的秘密？王立清的血液开始沸腾，他觉得自己距离真相越来越近了，可他距离危险也越来越近了，他甚至都能嗅到死亡的气息，不，他早就闻到了死亡的气息，从他昨晚被带进这个监狱开始，他就感觉到死亡的味道变得像空气一样，缠绕在他的周围，在夜色的遮掩下，又渗透进了他的目光和感觉里，但死亡的阴影并不能阻止王立清想要调查下去的决心，最危险的地方也是最安全的地方，他要利用死亡的掩护，找到他想要的答案。这位老人显然知道些什么，可从他排斥的目光里，王立清知道，老人什么都不想说。

太阳应该升得很高了，牢房里也开始有了一点暖意，老人蜷缩的身体也稍微打开了一些。

早饭过后，又有一个晕倒的人被抬了出去。看着口吐白沫的狱友被抬走，有的人扔掉了手里的馒头，吓得躲在了墙角。有的人则狼吞虎咽地吃了起来。既然注定要死，那就死得痛快一些吧。

日本兵又开始来敲牢房的门了，这次是要让犯人去放风，即到院子里去散散步，晒晒太阳。牢房的门打开了，犯人们排好队，陆陆续续往外走。

“309，你出来一下！”一个还没有完全发育起来的日本兵朝王立清所在的牢房里望着。

“他们喊你呢。”老人衰弱地提示着王立清。虽然他们相处了一个晚上，可老人还是不知道这两个新抓进来的犯人的名字，当然，他也没有必要去问。在这里，名字只是历史，各种数字代号才是他们的称呼，也就是他们穿的衣服上所标的数字。王立清衣服上的数字是309，日本兵喊的自然就是他了。

王立清这才留意到每个人的衣服上都有一组数字，他是309，赵三是207，老人是505。

他站起来，拍了拍粘在身上的草，走出了牢房。赵三也跟了出来，他看了王立清一眼，就跟着其他犯人到院子里晒太阳去了。老人不能动，依旧躺在稻草上，日本兵知道他一直在绝食，就不再要求他定时放风了。

“听说你会说日语？”年轻的日本兵用一种欣赏的眼光望着王立清。

“懂一点。”王立清不知道这个日本人的用意，但从他发自内心微笑的眼睛里，他看不出有什么恶意。

“太好了！我们队长让我来告诉你，让你做做犯人们的思想工作，让他们晚上能安生点，不要那么闹。”日本兵换成了日语，眼睛里带着真诚和友好。

王立清没有答应，但也没有拒绝。这个沟通的角色正好可以帮助他去打听更多的消息。他跟着日本兵走出了牢房的走廊，来到了院子里。强烈的阳光让他的眼睛有点不适应，他把手挡在眼睛上，温暖的阳光照在身上，让他感觉好像赤身裸体躺在盛夏的河流里，透骨的舒畅。

他看见院子里站着好几十个犯人，男的被剃成了光头，女的披头散发，所有人围成一个大圆圈，在日本兵的指令下，慢慢地散步。他加入了放风的队伍，和赵三站在一排。

“大哥，日本人找你做什么？”赵三低声问。

“他们让我做犯人的工作，劝他们夜里安静些。”王立清慢慢地走着，好像站在送葬的队伍里，只能和别的犯人保持同一个步调。

“这是好事啊。你帮他们的忙，那他们就不会在我们的食物里下毒了吧？”

赵三说完，朝前后左右都看了看。发现没有人在注意他和王立清的谈话，就把心放进了胸腔里。

王立清开始观察别的犯人，面孔都是陌生的，他暗暗松了一口气，这说明临湖镇的镇民都已经安全转移，但另一种担忧却在心底产生，他们不是临湖镇上的居民，可他们都是中国人，就像和他同住在一个牢房里的那位老人。他相信，这些犯人和他一样，都是被日本人以莫须有的罪名抓进来的，他要想办法帮助这些同胞。但具体如何拯救他们，王立清还没有具体的计划，因为他根本不知道日本人把他们抓进来做什么，为什么要在犯人的食物里投毒，如果真要杀这些犯人，直接拉出去枪毙不就行了。王立清的心里有太多的疑问，他需要先把这个监狱设立的目的弄清楚。

犯人们的脸上都带着一种挣扎后的疲惫，温暖的阳光让他们折腾了一夜的身体得到了缓解，也为他们下一夜的喊冤积蓄了体力。王立清疑惑的目光在这些犯人们的脸上跳跃着，他要寻找第一个可以打探的目标。但每个犯人好像都生活在各自的世界里，虽然都体验着相似的心理感受，或愤怒抗议，或逆来顺受，但这些情绪的珠子并没有串联或合并在一起，而是散落在这座监狱阴森和恐怖的气氛中。一个犯人挨了打，别的犯人只是淡漠地观望，感情丰富的还会稍加议论两句。是什么东西把人的情感削成了这样冷漠的形状？只有在更加冷漠的情感面前，才能显示出这些冷冰冰的情感也是来自于有血有肉的人类。也许，正是因为不必考虑别人，所以每个人才可能把体内的精力集中起来，用于为自身洗刷冤屈，呼唤公平和自由。

一个身材魁梧的苏联人晕倒了，看守犯人的日本兵走过来，包括那个看上去像中学生的日本兵。日本兵把苏联人拖到了一旁，另一个苏联人想要看看同胞发生了什么事，但被日本兵赶了回去，别的犯人继续面无表情地转圈散步，像是一个不标准的旧时钟，无力地走着。日本兵在苏联人的脸上用力拍了两下，苏联人睁开了那双疲乏的眼睛，像是一块褪去光泽的蓝宝石，失神地望着自由的白云。嘴里用俄语念着：“我们走吧，无论上哪儿我都愿意，朋友们，随便你们想要去什么地方，为了远离骄傲的人儿，我都愿意奉陪：不管是到遥远中国的长城边上，也不管是去人声鼎沸的巴黎市街，到塔索不再歌唱夜间船夫的地方……”

日本兵问苏联人在说什么，苏联人不理会他们，继续诵念着他心中关于自由的向往。王立清走了过去，蹲在苏联人的身边，看着他那双蓝色的眼睛，充满希望地用俄语说：“忧郁的日子里需要镇静，相信吧，快乐的日子将会来临！”

“309，你还会说俄语？”没有发育完全的日本兵几乎开始崇拜王立清了。

苏联人刚开始以为是那位同胞在对自己说话，当他把目光转移到王立清的脸上时，他的喉结动了一下，那是身处漫漫长夜里的人看到光明时的颤栗，那是人类的情感靠近自己时孤独消融的感动。

“自由真的会来临吗?”苏联人像是在问他虔诚信仰的上帝。

“一定会！正如黑夜过后，曙光一定会到来。”王立清和苏联人一起望着空中的太阳，那是和平的颜色，谦卑得像是新出生人的血液，金黄色的光芒顺着人类苦难的目光而下，用大自然神奇的力量把人类的绝望小心地从心壁上揭掉一部分，给希望以一隅繁衍之地。

苏联人重新挣扎着站了起来，和王立清一起回到散步的队伍里。另外一位苏联人问他是否一切都好，苏联人回答:“好极了，如果再有一块没有毒的面包和奶酪，就更完美了!”

“大哥，你真棒！你还会说苏联人的话?”赵三崇拜地说。

东北被日本人占据了很多年，又有很多苏联人和欧洲人，王立清善于结交异国的朋友，再加上他在语言方面具有过人的天赋，所以，除了山西方言和东北话，他还会说一口流利的日语、俄语和英语。

王立清看了看院子四周的高墙和铁门两侧站立着的手持步枪的日本兵，低声对赵三说:“能逃出去，才是真英雄。”

“大哥，你是说咱们能从这里逃出去?”赵三兴奋地勒了勒裤腰带，“大哥，你要是能带我逃出去，以后我赵三就跟随你左右，你让我做什么，我就做什么，上刀山，下油锅，我眼睛都不眨一下。”

“现在还不是高兴的时候，兴许我们最后都把命给搭这儿了。”王立清发现那个似乎未成年的日本兵正在对他微笑，他知道有一些人可以通过人的唇形来窃听没有声音的谈话。为了安全起见，王立清不再说话。

放风时间结束了，犯人们从圆圈恢复到两列纵队，在日本兵的指挥下，向牢房里有秩序地走去。王立清快速走到苏联人身边，小声耳语了一句。

“不许说话，回到自己的位置上去。”一个满脸冰霜的日本兵端着步枪，冲王立清吼道。

夜色重新笼罩了牢房。缄默的老头，焦急又欣喜的赵三，沉静的王立清，连同那堆少得可怜的稻草都隐没在黑暗中。今天晚上是阴天，没有月亮，也没有星光，只有几个巡逻的日本兵的脚步声在牢房门前响来响去。

日本兵又在敲牢房的门了，晚饭的时间到了，还是几个发乌的馒头和几乎没有米粒的米汤。

王立清朝危险的晚饭摸过去，这次馒头不是直接扔在地上的，而是放在一个小木板上。他端起小木板，走到倚靠在墙根的老头面前：“老伯，多少吃一点吧。”

老头的脚镣响了一下，并没有说话。

“大哥，这饭里万一有毒……”赵三舔着舌根说。已经二十多个小时了，饥饿和求生的本能一直在每个人的身体里决战。赵三已经快要坚持不下去了，饥饿的势力再增加一点，他可能就要去吃这些分不清有毒没毒的食物了。但现在，他还有一点力气去思考生命的安全和胃肠的舒适哪个更重要。

“我先吃，确认没有毒后，你们再吃。”王立清把小木板放在地上，在第一个馒头上咬了一口，嚼了几下就咽了下去。

“大哥……”赵三感动地哽咽了起来。

老头的脚镣和手铐同时发出了响动。

十几分钟过去了，王立清安然无恙。

王立清又用同样的方法在其余的食物上尝试了一遍。

“这顿饭是安全的，吃吧。有了力气，我们才有活着出去的希望。”王立清端起一碗米汤，递到老人面前。

“年轻人，有胆识!”老人几乎是用气息把这句话说出来的。说完这句话，老头慢慢喝下了一口米汤。

“老伯，再多喝一点吧。”王立清把碗又朝老头的嘴巴递了过去。

“我饿了好几天了，一下子不能吃太多东西。”老头说完，就又倚靠在了墙上。闭上了眼睛，好像在等待那几口带有食物香气的米汤慢慢渗透进快要枯萎的身体里。

“赵三，这是你的，吃吧。”王立清把属于赵三的那一份食物递过去。

赵三接过王立清用生命试验其安全性的食物，狼吞虎咽地吃了进去。可这胃就像是一个贪得无厌的孩子，尝到了食物的好处，就想再多要一些。赵三觉得自己比没有吃饭之前更饿了。

王立清似乎早就料到赵三会有这种反应，他从自己的馒头上又掰下一半，给了赵三。

“大哥，这是你的，我不要。”赵三擦了一下嘴，不好意思去接。

“吃吧，我这点就够了，”王立清一边吃，一边轻松地说，“以后，我就做你们的验毒针，我尝过确认没毒后，你们再吃。”

赵三两口就把王立清分给他的半个馒头吞进了肚里，吃完，他按摩着舒服的胃，就像他小时候有一次爬树，树枝摩擦到他的裤裆，里面有湿湿的东西流出来一样舒服。听到王立清在黑暗中说以后要替他和老人的食物验毒，他感动得不知道该说什么好。赵三在心底里大声地起誓：今后他要是做出一点对不起王立清的事，他赵三就不得好死，死了不得投胎。

王立清每隔几分钟，就喂老人喝几口米汤，再让老人咬一口馒头，完成了一次具有活命意义的晚餐。当老人把属于他的那份晚餐全部吃下后，也许是有了说话的体力，也许是出于对王立清以身相救的感恩，老人开口说话了："如果这个时候能喝上一口净源湖的水，我就死而无憾了。"

"净源湖？"王立清问，"这么说老伯的家也在净源湖边？"

老人轻轻倚靠在墙壁上，回忆般地说："净源湖是最干净的，它可以荡尽污垢，祛除百病，保佑人类世世代代生存下去，我在湖边已经生活了几十年了。我隔三差五就要背着背篓去湖水里采些水草，这些都是上好的草药，尤其是一种叫龙耳草的水草，有清热解毒、起死回生之效。"

"净源湖、背篓、草药……"王立清的脑海里浮现出他十一年前在湖边给濒危的小马擦洗身体时遇见的那位背着背篓的老人。

"即使那些被抬出去的人真的中了毒，如果采些龙耳草煎来服用，就会平安无事的。没想到，我郑天佑行了一辈子医，最后倒是一个后生把我给救了。"老人不无感慨地说。

"老伯，您就是湖东大名鼎鼎的郑大夫？"王立清惊喜地拉住了老人的手。春树当初去湖东找过郑大夫，但没有找到，原来是被日本人关在了这里。

"怎么，你认识我？"郑天佑看过的病人数不胜数，但他很肯定从来没有见过王立清。

"久仰郑大夫大名，而且，我们还有过一面之缘。"

"噢？我们在哪里见过？"

"十一年前，我和父亲逃难到净源湖边，我的小马快要死掉了，我带着它到湖边洗身，恰巧遇见了先生。当年，正是由于先生对净源湖的介绍，我和逃难的乡亲们才决定在净源湖边安家。"王立清激动地说。

"你就是那位给马洗身的少年？如今小哥已经是七尺男儿，老朽实在不敢认了。"郑天佑对王立清的好感又增加了很多。

"郑大夫济世救人，造福百姓，名扬净源湖两岸，令晚生敬佩。"王立清很开心与老人之间还有这样的渊源，这对他解开这个监狱的秘密，将起到很大的帮助。

“名医又怎么样，还不是照样被关在这个牢房里，每天眼睁睁看着一个又一个活人在自己身边死去。别说救人了，我连自己都保护不了。”郑天佑自嘲地苦笑了一下。对于一个医生来说，还有什么比看着一个活人变成死人更让人悲痛的事情呢。

“郑大夫，您是因为什么被抓进来的呢?”王立清仿佛感觉到有无数双魔爪正在向这片土地伸来，每只爪子上都带着浓浓的血腥味儿。

“怕我的舌头会打断他们的计划。”郑天佑抬起僵硬的手臂，在地上用力砸了一下。王立清拯救小马和为他试毒的举动，让郑天佑撤去了心里的防线。

“他们的计划？什么计划?”王立清的话还没有出口，他的手就已经抓住了郑天佑的胳膊。

“309……”一个声音在距离地面比较近的地方喊王立清，他听出来是那个还有待进一步发育才能称得上是成年人的日本兵。

王立清暂时放下对郑天佑的追问，走到了牢房门口。

“你找我?”王立清镇静地问，他不确定这位小日本兵是什么时候就来到牢房门口的，他和郑天佑的谈话，他听到了多少？又能听懂多少？

“309，我叫吉田藤川，有件事我想请你帮忙，我想跟你学俄语，请您当我的俄语老师，您看行吗?”藤川在黑暗中眨动着两只清澈的眼睛。

“你为什么要学俄语呢?”王立清感觉到好奇，一个日本人为什么对俄语这么感兴趣?

藤川看了看牢房里的郑大夫和赵三，凑近王立清，小声地说：“因为我爱上了一个苏联姑娘，我想学会俄语后，就可以和她说话，也可以听懂她说的话了。”藤川热情地讲着俄语将给他带来怎样的幸福。

“你要学俄语，是为了一个苏联姑娘?”藤川的激情感染了王立清，这大概就是为什么藤川看起来和别的日本兵不一样的地方吧。他的心里装着的不是战争，不是侵略，而是甜蜜的爱情和一个美丽的苏联姑娘。

“是，她长得很漂亮，像日本的樱花一样美丽，我看到她的第一眼，就喜欢她了。可是，我不会说俄语，她也不会说日语，我没有办法告诉她我对她的爱。309，你会说俄语，你愿意做我的老师吗?”藤川真诚地恳求着。

“这位苏联姑娘现在在哪里？你们是怎么认识的?”王立清似乎看见了一丝生机。

“说来惭愧。我是在抓那两位苏联人的时候遇见这位姑娘的，她当时躲在一棵大树后面，只有我一个人看见了她，她高高的个子，有一头漂亮的长卷发，穿着一件柔软而又贴身的布拉吉，尤其是她那一双眼睛，非常迷人。我用目光告诉她，她是安全的，我不会告诉别人她躲在那里的。”

“这么说，你请那两位苏联人教你俄语，但他们都拒绝了？”王立清有些喜欢这个叫藤川的小伙子了，他看上去只有十八九岁，叫他小伙子是准确的。

“是的，他们都拒绝了我，还说，我喜欢伊琳娜，他们是坚决反对的。对了，我没有告诉你，那位苏联姑娘的名字叫伊琳娜，是其中一个苏联人无意中说出来的，于是，我就记住了，这是我听过的所有名字里最好听的一个。每过一天，我对伊琳娜的爱情都会增加，我把对伊琳娜的爱画了下来，放在我贴身的口袋里呢。所以，我要学习俄语，学会伊琳娜那个国家的语言，和她说同样的话，为的是有一天，我能当面告诉伊琳娜，我爱她。可是……”藤川沉默了下去。

“可是什么？”王立清希望藤川能够讲下去。

赵三也不知什么时候站在了王立清旁边，听藤川讲述着自己的爱情故事。

王立清看不清藤川的表情，但他能想象出这一定比他白天看到的那张年轻的脸还要美好得多，这是一张在爱情里生长了一段时间，现在因为把他的爱情分享给他信任的人而光芒四射的脸。藤川并不介意又多了一位听众，他想把他的故事讲完，在这里，他找不到可以认真听他说话的人，即使是和他来自同一个国家的人，也无法静下心来去听他说话。自从来到中国，每个人都有忙不完的事情，藤川也是，尽管他不喜欢做这些事。

“我担心伊琳娜会拒绝我对她的感情，毕竟是我把她的两个好朋友给抓走的。”藤川愧疚地低下了头。

“我想伊琳娜会原谅你的。”王立清把手从铁栅栏里伸出去，拍了拍藤川还不够结实的肩膀。藤川的爱情比他的身体提前成熟了。

“那您是答应教我学俄语了吗？”藤川兴奋得像个孩子，声调提高了很多，“真是太好了！我有可能和伊琳娜说话了！309，噢，不，我应该叫您老师，我的俄语老师。听说您姓王，那我以后就叫您王老师吧。”藤川紧紧握住了王立清的手，藤川的手不大，很潮湿，他刚才的激动还没有完全平静下去。

“藤川，如果可以，请帮我拿一盏灯来，这里太暗了，学说外语，你得看着我的口型。”王立清是想要一盏灯，以有利于他观察这个监狱里的一切。但他说这句话，也是出于真心要教藤川学俄语。

“好的，我这就去给老师拿灯。”藤川的声音还没有落，不远处另一个牢房里传出了一阵铁链摔打牢门的声音。

“好像是白天晕倒的那个苏联人，这一夜又要捂着耳朵睡觉了。”藤川朝发出喧闹声的牢房看了一眼，努了一下嘴。

王立清对藤川说："也许我可以让他安静下来。"

"对，老师会俄语，可以去劝劝他。"藤川摸索着打开了牢门，等王立清走出来之后，又把牢房的门锁上了。

"你去拿灯，我在这里等着你。"王立清用手提着铁链。

藤川的脚步声渐渐消失在黑暗里了。

"大哥，你真给这个日本人当老师啊？他可是日本人。"赵三隔着牢房的门不满地嚷道。

"藤川不是个坏人。"王立清望向苏联人的牢房，他满意地松开了手里的铁链。

郑天佑好像睡着了，他怀里抱着那个破瓷碗，蜷缩在墙根下，发出了细微而均匀的呼吸声。这大概是他绝食的这几天睡的第一个没有饥饿侵扰的觉。

很快，藤川回来了，手里捧着一根白色的蜡烛。

"老师，请跟我来。"藤川在前面引路，王立清借着前面的烛光，快速地朝各个牢房里扫视了一遍。

苏联人的叫喊已经让犯人们蠢蠢欲动了，看到有烛光，犯人们以为是日本人来了，纷纷从铁栅栏里伸出胳膊，有的咒骂日本人，有的说自己冤枉，也有少数几个人像郑天佑一样冷漠地蜷缩在不被人关注的角落里。

王立清和藤川来到了苏联人所在的牢房，这个牢房里关着四个人，两个苏联人，两个中国人。白天晕倒的那个苏联人正站在牢房门口，用拴着他的铁链摔打牢门，另外一个苏联人站在窗户下面，在胸前不停地画着十字，嘴里念念有词。一个中国人嚼着一把干草，另外一个中国人盘腿坐在地上，把手伸进衣服里抓痒。

藤川打开牢门，王立清走了进去，藤川也跟着进来。看见王立清来了，苏联人停止了喧闹，别的牢房里的吵闹声也随之小了很多。

"还好吗？苏联朋友。"王立清用俄语问。

苏联人不信任地望着站在王立清身旁的藤川，只淡淡地说了一句："还好。"

王立清走到苏联人面前，低声说："藤川也许可以帮助我们重获自由。"

苏联人的眼睛里闪烁出喜悦的光泽，他半信任半疑惑地又望了望藤川。

"你有一个朋友叫伊琳娜？她现在在哪里？"王立清问。

苏联人防备地往后退了一步。他开始怀疑眼前这个让他相信自由的中国人已经成为日本的奸细，他们要把伊琳娜也抓进来。

“请相信我，我不会伤害伊琳娜的，藤川也不会伤害她的。”王立清看出了苏联人的戒备。

“你真的确定伊琳娜能把我们救出去?”另外一个苏联人停止了祈祷，走了过来，兴奋地问王立清。

王立清转头看着藤川，他相信藤川对伊琳娜的爱情，也相信伊琳娜和这两位苏联人的友情。

“不要相信这个中国人，弗拉基米尔，我们不能出卖伊琳娜。”苏联人厉声阻止同胞。

“尼古拉，为了活下去，我们总得试一试。我相信美丽而善良的伊琳娜是愿意帮助我们的。”弗拉基米尔劝慰着他的大学同学。

“不，如果活下去要用伊琳娜的生命做代价，那我宁愿死在这里。”尼古拉上前抓住弗拉基米尔的手臂，他要钳制住他那可怕的想法。

“藤川，我能看一下你给伊琳娜画的画像吗?”王立清回头对藤川说。这个时候，画像比语言更有说服力。

藤川立即回过神来，他听不懂俄语，不知道这两个苏联人和他的俄语老师之间在争论什么，为什么两个苏联人会这么激动。

“好的，老师。”藤川顺从地解开军装最上面的两个纽扣，小心地掏出了一个折叠的手绢，里面包裹着他珍爱的那张小画像。

王立清打开画像，一种热情而美丽的神采在这个阴暗的铁牢里熠熠生辉，宽阔圆滑的额头，高挺灵秀的鼻翼，轮廓优雅的嘴唇，还有那一头如波浪卷起的秀发，都将这个穿着布拉吉的苏联女孩的美丽衬托到极致。整幅画像都弥漫着一种爱情的光辉。当然，藤川画这幅画像的时候，是在伊琳娜客观的长相上融入了他的感情的，因为在藤川遇见伊琳娜的时候，伊琳娜那双碧蓝色的眼睛不可能是在平静地微笑，当时，她的两个同学正在被日本人抓捕。但正是这种超于现实的画法，让王立清看见了自由的希望。

王立清把伊琳娜的画像递给了反对把个人的自由和伊琳娜的危险牵涉到一起的尼古拉的手里。弗拉基米尔把头凑了过去。

“上帝，画得太美了!”弗拉基米尔高喊道。

尼古拉的眼睛凝视着画像里的伊琳娜，这幅画像让他完全镇静了下来，仿佛他看着的不是一幅画，而是伊琳娜本人就站立在他面前。

“尼古拉，你看见了什么?”王立清很有把握地问。

“希望、和平、自由，还有……爱情。”尼古拉明白了王立清的心思。

“那么，你应该知道怎么做了。”王立清微微笑了笑。

“让藤川去找伊琳娜，让伊琳娜想办法通知中国或苏联的红军，把这里关押的人都救出去。”尼古拉的蓝眼睛冲王立清眨了眨。

“也要把藤川救出去。我们不能利用藤川，更不能丢下他。”王立清看了看两眼茫然的藤川。藤川对王立清笑了笑，那种眼神王立清一辈子都没有忘记，在最丑恶的地方，往往会有天使的影子。

“聪明的中国人，你收下这个日本学生，好主意！”尼古拉对王立清竖起了大拇指。

“你错了，我是真心想教藤川学俄语的，但这个课程应该晚一些才能开始了。尼古拉，可以把画像还给藤川了。”王立清看见藤川一直盯着尼古拉手里的画像，仿佛是在担心这个暴躁的苏联人一个冲动把伊琳娜的画像撕个粉碎。

“如果可以，我会劝伊琳娜考虑对你的爱情的。”尼古拉把画像还给藤川时真诚地说。

藤川没有听懂，他求助地看着他的俄语老师。

“他说会让你尽快见到伊琳娜的。”王立清把尼古拉的话稍微做了一下修改，这里是日本人的监狱，实在不是谈论爱情的好地方。他们现在需要做的是尽快与伊琳娜取得联系，好早日摆脱日本人的魔爪。

“我可以见到伊琳娜了？”藤川激动地把伊琳娜的画像贴在胸口，兴奋得脸颊通红。

“尼古拉，可以告诉藤川伊琳娜在哪里了，我们最好马上行动。”王立清看见藤川手里的蜡烛已经快要燃尽了，这里即将要恢复黑暗，他们最好能在黑暗到来之前把事情安排好。

“是的，我的中国朋友。在湖东有一个通水镇，镇上有一家卖大列巴面包的铺子，藤川可以在那里找到伊琳娜。”尼古拉尽量压低嗓音说。

“可是藤川不会说俄语，而且伊琳娜亲眼看到藤川参与了抓捕你和弗拉基米尔，怎么才能让伊琳娜相信藤川的话呢？”王立清既想让藤川把消息带到，又不希望给藤川带来麻烦。

“我可以给伊琳娜写一封信，她会相信的。我现在需要纸和笔，当然，还需要一根蜡烛，我可没有那种魔法，用眼睛代替蜡烛来照明。”尼古拉幽默地耸了耸宽阔的肩膀。

“藤川，可以帮我们拿纸和笔来吗？对了，还有蜡烛。尼古拉要给伊琳娜写一封信，把你介绍给她。”王立清微笑着对藤川说。

“好的，老师。”藤川举着残余的蜡烛走出去了。

“我的中国朋友，我可是在冒险，用伊琳娜的生命在冒险。”尼古拉在黑暗中叹了一口气。

“放心，伊琳娜不会有事的。倒是藤川，但愿苏联红军和日本人都不会为难他。哦，对了，尼古拉，我白天让你在吃过晚饭后故意吵闹，是想借着安抚你的机会来问你一些事情。日本人为什么要建立这样一座监狱？为什么要在食物里下毒？”王立清走到尼古拉身边，耳语般地问。

“我也不是很清楚，自从被抓到这里，除了隔一两天就会有一个人晕倒被抬走之外，别的倒没有什么更奇怪的事情了。噢，我想起来了，和你住在同一个牢房里的505应该知道更多的情况。我和弗拉基米尔被抓来的时候，505已经被抓进来了，而且日本人好像对这个505格外关注，有时会有几个穿着黑皮靴的日本军官到他的牢房里谈什么事情，有时则会把他单独带到别的地方去，过很久才会把他再送回牢里。那位505好像知道日本人的什么秘密，日本人在争取他，但他好像并不买账，用绝食来反抗。这个方法看起来并不坏，在这个食物被随机投毒的地方，绝食是能保护自己的最佳方法，很多人后来都效仿他的做法。但这个方法不是什么长久之计，你看，我今天就饿晕了。在我倒在地上的一刹那，我似乎看到上帝在云朵上对我微笑，向我伸出召唤的手，我觉得自己仿佛生出了一对翅膀，即将要凌空飞去了。我要飞去的一定是个很美丽的地方，那里陈列着大量新鲜的面包和奶酪，还有新煮的咖啡，你别笑我，弗拉基米尔，还有我的中国朋友，那个时候，我只想到了食物，在极其饥饿的时候，食物是最有力量的。当然，我还没有彻底忘记自由和诗歌。就在这个时候，我听到了一种比上帝的召唤更有力量的声音，那就是你，我的中国朋友，你读着普希金的诗，把我的灵魂重新召唤进了它差点遗弃的肉体里。”尼古拉像是在诵读诗经，并不需要别的声音来回应。

牢房外面开始有了越来越亮的烛光，藤川的脚步声越来越近了。王立清不再问尼古拉，能让藤川把消息送出去，已经是他今天晚上的意外收获了。他现在要做的，就是让尼古拉把这封关系到所有被关押在这里的人们生命安全的信件顺利送到伊琳娜手里。

尼古拉把纸铺在墙壁上，很快就把信写好了，他把写好的信递给王立清，惭愧地摆了摆手：“在丑陋的墙上是写不出漂亮的字的，我想伊琳娜不会怀疑我的字迹的真实性的。”

王立清匆匆把信读了一遍：

亲爱的伊琳娜：

当你读到这封信时，说明我和弗拉基米尔还好好地活着。你平安地逃离了日本兵的抓捕，我和弗拉基米尔真高兴！请原谅我把你的行踪告诉给了这位叫藤川的善良又多情的日本人，你可以像信任我和弗拉基米尔那样信任他。我早就对你说过，你是一个有魅力的姑娘，就连和你只有一面之缘的藤川都深深喜欢上了你，所以，我才斗胆这么去做，让他把信交送给你。请美丽而勇敢的伊琳娜利用我和弗拉基米尔望尘莫及的智慧，想办法把我们救出去。想到藤川对你的感情，我心里似乎产生了醋意，不过，并不严重，相信时间会把我这些小忧愁治愈的。但愿我在见到死亡之神之前先见到我美丽的伊琳娜，那时我将深深地亲吻你的左手。

尼古拉于狱中墙上写此信

“尼古拉，你应该把这封信写得更简略和严肃些，我们是在死亡的阴影下，不是在白桦树下。”弗拉基米尔也把信读了一遍，觉得这封信过于诙谐和幽默了。

“弗拉基米尔，你的智商好像和你的身高一样停滞不前了。我只有用我一贯的口吻，伊琳娜才能相信这封信是真的，不是敌人伪造的。”尼古拉自信地申辩着。

“好吧，尼古拉，你总是牵着真理的手。只要我们能逃出去，就暂且不去理会这封信是什么风格了。在饥饿面前，还去讨论面包是咸的好吃，还是甜的好吃，未免太愚蠢了。”弗拉基米尔不再坚持，把承载着几十个生命重量的信交到了藤川手里。他突然感受到一种站在国旗下面宣誓时涌动在身体里的庄严感和神圣感。这是所有热血青年站立在正义一边时都会有的感觉。

一场激烈的战役即将打响。

“藤川，你一定要把这封信收藏好，千万不能落入别人手里，否则伊琳娜就会有危险了。”王立清叮嘱道。

“老师，您放心，我就是把我的命丢掉，也不会把这封信弄丢的。”藤川用手绢把信和画像包好，小心地放进内衣的口袋里。

“藤川，为了安全起见，等你可以去见伊琳娜的时候，我再告诉你伊琳娜的地址。”王立清谨慎地说。他要确保伊琳娜的安全。

“嗯，我明白。我会尽快去见伊琳娜的，真想现在就去找她。”藤川羞红了脸，那双热烈的眼睛里的光彩又增加了。

第四章　紧急转移

王立清回到了自己的牢房，赵三和郑天佑都睡着了。

“老师，您什么时候开始教我俄语？我就要见到伊琳娜了，真想现在就开始学。”藤川在离开牢房前，焦急地问王立清。

“学语言得循序渐进，中国有句古话叫‘欲速则不达’。今天天色不早了，明天我们再正式开始吧。”

“嗯，晚安，老师！”藤川把蜡烛递给王立清，“这支蜡烛给您。”藤川说完，锁上牢门，欢乐地走了。

“这个藤川和别的日本人还真的不一样。”郑天佑平静地说。

“郑大夫，您还没有睡啊？”王立清把蜡烛放在地上，就在郑天佑对面坐了下来。

“这是个黑白颠倒的世界，我也分不清自己现在是应该睡还是应该醒。”郑天佑咳嗽了两声，他的语气已经不像王立清刚进来时那么排斥了。

“郑大夫，我知道，您是最了解这里的秘密的人，您不想说，自然有您的道理，可我是一定要揭开这些秘密的，就算您不告诉我，我也要用别的办法找到答案。”王立清坚毅的目光、刚烈的语调和紧握的拳头让郑天佑坐直了身体：“告诉我，你为什么一定要知道答案？”

“来这里之前，是为了我爸，来到这里之后，是为了这些被关押在这里的人。”王立清把头转向牢房门外，别的牢房里的吵闹声已经听不见了，但这并不是一种真正意义上的平静，而是类似于暴风雨来临前的那种窒息的气氛。

“你爸怎么了？”郑天佑坐直了身体。

“半个多月之前，我爸突然离奇失踪，等我后来在小树林里找到他的时候，他已经奄奄一息了……”王立清的声音有些哽咽了，“我爸全身溃烂，几乎辨认不出他原来的样子了。镇子上的大夫说他是中毒而亡，根据溃烂的症状，不像是被毒蛇等野物所害，所以我怀疑我爸是被人下了毒。在我爸的葬礼上，我发现了两个形迹可疑的人站立在送葬的队伍里，鬼鬼祟祟，后来我无意中发现他们是日本人，而且在找麻楼塔，说由于他们二人的疏忽，让麻楼塔跑了。我就在想，这个麻楼塔会不会和我爸的情况相似，也是离奇失踪，后来又成功逃脱？所以，我才刻意想接近日本人，为的就是找到我爸被害的真相。”王立清并不是一个沉不住气的人，在赵三和日本人起了冲突的时候，他知道这是一个接近日本人的绝好的机会，于是，他明知道这是一个陷阱，却还是跳了进来。

“你找到你爸的时候，他身上是不是穿着一件我们这样的衣服，衣服上的号码是107？”郑天佑睁大了眼睛问。

“我爸当时身上全是血和脓水，衣服也被扯破了，而且他当天夜里就去了，大夫让尽快下葬，根本没有来得及看他穿的什么衣服。镇上的李大夫说我爸身上的疮口具有感染性，我爸下葬前，我就把那身衣服给烧了。不过，可以确定的是，我爸身上的衣服肯定不是他失踪时穿的那套。怎么，郑大夫，您见过我爸？”王立清激动地望着郑天佑。

“何止是见过，你爸如果是那个唯一逃出去的人的话，你现在待的这个牢房就是你爸生前待过的地方。这里抓进来这么多犯人，只有一个人逃了出去，那个人听口音像是山西人。”

“对，我和我爸就是从老家山西来到关外的。郑大夫，我爸……真的是中了日本人的毒？”王立清的眼睛红了，他一想到父亲有可能像郑天佑和尼古拉他们一样在这里过了半个多月非人的日子，他的心就痛得一阵阵抽搐。

“你爸也算是幸运的，这里想要逃跑的人，没有一个能活下来的。我们都以为他已经顺利回到了家，没有想到，他在离开前吃的最后一顿饭里已经被投了毒。”郑天佑抹了一把眼泪，惋惜地叹了一口气。

“我爸是怎么逃出去的？”王立清两眼通红地看着郑天佑。这里戒备森严，防守严密，他很难想象手脚不利索的父亲是如何逃走的。

“你爸是从这里的下水道逃跑的，后来日本人就把下水道给堵死了，再也没有人能逃跑了。”

“日本人为什么要在食物里下毒？”王立清用袖子擦了擦眼泪，继续问郑天佑。父亲临死前留下的唯一一句话就是让他通知孟镇长，让全镇的人转移，那父亲一定是知道了有什么巨大的危险即将来临，才孤注一掷地冒死逃回来的，为的就是保住全镇人的性命。父亲和他都具有过人的语言天赋，父亲也懂日语，父亲一定是无意间听到了日本人的谈话，知道了什么惊天的阴谋或计划，才用一种超出他体能极限的力气逃了出去。这个阴谋到底是什么呢？以他对父亲的了解，父亲在逃走之前，肯定会把秘密告诉关在同一间牢房里的郑天佑。

“你真的想知道？”郑天佑看了看牢房门口，又继续盯着王立清。

“我必须知道！”王立清毫不迟疑地回答。

“为了……”

郑天佑和王立清同时听到牢房外响起了军靴的声音，王立清立即吹灭了蜡烛，他不想给藤川造成任何麻烦。

走廊里亮起了明亮的灯光，军靴的声音越来越近，在刚刚熄灭了蜡烛的牢房门口停下了。是两个军官模样的人，还有几个个子矮小的少年模样的日本兵。

“505，出来！”一个提着灯筒的日本兵朝郑天佑吆喝着。赵三被吆喝声惊醒了，揉了揉惺忪的睡眼，看见几个日本人凶神恶煞地站在牢房外，吓得立即从稻草上坐起来，连滚带爬地躲到了王立清身后。

两个军官模样的人交头接耳了一下，傲慢而不耐烦地看着郑天佑。

郑天佑晃悠悠地从地上站了起来，王立清想去搀扶他一下，他拒绝地摆了摆手，然后拖着沉重的脚镣，一步一步朝日本人走去。

那晚过后，郑天佑没有回来，王立清和别的关押的人再也没有见过这个老人。王立清想从藤川那里打探一下郑天佑的去向，可看到藤川那双天真的眼睛，他就知道藤川是不知情的。他有一种强烈的预感，郑天佑决定要对他说的那番话是不可能再说出来了。秘密将继续成为秘密。

除了郑天佑消失之外，牢房里还发生了一个变化，再也没有人因晕倒而被抬出去了，也没有新的犯人被抓进来了。这样相安无事的日子过去了几个月，天气渐渐转凉了。

“老师，我明天可能有机会出去。”藤川在犯人放风的时候，悄悄对王立清说。

“明天什么时候？”王立清因郑天佑的神秘消失而苦闷的心绪有了一丝恢复。

“这里管理很严格，即使是我们，也不能随意外出。明天早上将有一辆大卡车来这里，队长安排我和另外两个人去迎接，我可以趁机找个借口离开一下，把尼古拉的信给伊琳娜带去。”藤川欣喜地说。这几个月里，他跟王立清一直在学习俄语，已经可以很流畅地与苏联人对话了。

“好，我现在就可以告诉你伊琳娜的地址了。”王立清伏在藤川的耳边说完，藤川微笑着点了点头。

“藤川，你今年多大了？这么小的年龄怎么就出来当兵了？”王立清看今天没有人看守，就和藤川聊起了家常，这一方面也是出于他们酝酿已久的计划即将实施的喜悦。

"我今年十七了，按说现在应该在国内读中学，可我上的那个学校不怎么教给我们知识，每天就是各种军事训练，教官凶蛮得很，动不动就打我们。有一次，学校里来了一位部队高级军官，说如果我们参军的话，就可以给我们一笔很丰厚的奖学金，将来还可以把我们分配到医院和航空部门工作，这么优厚的待遇，很有诱惑力。很多学生都报名参了军，为的是能脱离军事训练的辛苦。我也报了名，以优异的成绩通过了考试，就和其他被录取的同学一起来到中国了。可这里和我们想象的不一样，我们来到中国的第一天，队长就警告我们，不许私下议论军队的事情，只需照着上面的命令做就是。"

"那你来到中国多长时间了?"王立清对这个还没有成年的日本少年充满了怜爱。

"一年多了。"

"你们平时都做什么呢?"

"一方面是继续参加军事训练，一方面是抓人。我也不明白为什么要抓人，可是命令下来，我们又不得不执行。说心里话，我真的不想抓尼古拉和弗拉基米尔的，他们都是伊琳娜的朋友。"藤川有点想哭的感觉，他的眼睛已经红了。

王立清本来还想问藤川这座监狱建立的目的，可他知道，藤川了解到的情况并不比他多多少，就不再问下去了。

"我明天就可以见到伊琳娜了。"藤川不好意思地说。

"藤川，一定要注意自己的安全……"王立清还想多叮嘱藤川几句，两个持枪的日本兵朝这边走了过来，两个人立即终止了谈话。

当黑夜再次把牢房包裹起来的时候，王立清在牢房里走来走去。藤川明天如果可以成功把信送到伊琳娜手里，说不定苏联红军很快就可以把他们救出去，那他就可以见到白定云了。王立清越想越激动，他觉得整个阴暗的牢房都充满了明亮的烛光。

一阵急促的脚步声打破了王立清的沉思。随着临近的脚步声，还有那标志着日本人到来的手提灯光。脚步声越来越快，越来越杂，越来越响，仿佛全监狱的日本兵都跑了进来。莫非监狱失火了，不对，如果真的失火了，日本兵早逃之夭夭了，不会不顾性命地来救这些犯人。王立清叫醒了在稻草上呼呼大睡的赵三。王立清听到各个牢房锁链被打开的声音，犯人被强行带了出来，接着听到日本人像在驱赶动物一样催促地大喊："动作快点!"

"大哥，我们这是要去哪儿?"赵三躲在王立清身后，战战兢兢地问。

王立清没有回答，但预感告诉他，日本人要有大动作了。

走廊里非常拥挤，光线也很暗，只能看到密密麻麻的犯人在日本人的鞭打下往外走去。穿过白天放风的院子，他们来到了一辆军用大卡车前，卡车外面罩着厚厚的苫布。所有犯人的双手都反绑在身后，他们被赶上了车斗。车斗里很骚乱，只能借着洒进来的斜斜的月光隐约看见一张张惊慌失措的脸。

“你们不能这样对待我们，我们都是上帝的子民。”尼古拉尝试着从地上站起来，但是车门被日本人从外面锁住了，车斗内顿时变得和牢房里面一样黢黑，尼古拉的脚被谁绊了一下，他又重重摔倒了下去。

卡车开始启动，犯人们安静了下来。

究竟发生了什么事？他们这是要到哪里去？看来是日本人的计划提前了。为什么藤川没有来通知他们，难道这个计划连藤川也被蒙在鼓里？王立清开始为这个日本学生担心，是不是日本人发现了藤川藏在身上的信，而被迫把他们进行转移？如果真是这样，那藤川现在岂不是很危险？这次日本人可以说是倾巢出动，为什么刚才没有看见藤川？王立清默默地为他的日本学生祈祷，如果藤川因为这封信而受到了牵连，他一辈子都会良心不安的。

车子行驶了整整一夜，当太阳给大地染上一层淡淡的金黄色的时候，卡车停了下来，犯人们再次被赶下了车。

这是一个陌生的地方，比之前关押他们的院子大多了。院子北边有一座灰色的方形大建筑，中心部位是五层楼，其余部分是三层楼，这里的人都叫它“四方楼”。四方楼外立面的瓷砖是灰白色，在阳光下反射出刺眼的光芒，周围是一道高两米、周长达五公里的土墙，墙上架设铁丝电网，墙外是宽三米、深两米半的护城壕。院子四面都有大门、南门为正门，是两扇巨大的对开的铁栅栏门，西侧设有偏门，作为日本人出入的专用门。门内是卫兵所和岗楼，门口设立着“未经关东军司令部批准，不得入内”的牌子，配备一个班的兵力把守。东门与北门供中国劳工上下班出入，而西侧的大门除非特殊情况，平日里从不打开。

进入四方楼的房门紧闭着，不允许任何人靠近。在四方楼的西北角有三个高二十米左右的大烟囱，大烟囱里正在冒着烟，由于是南风，闻不到烟雾的味道，不知道烟囱下面正在燃烧的是什么东西。院子里堆积着大量的木头，有很多身穿破衣烂衫的人正在劳动，有的在把砍成一截截的木头扛到别处去，有的正在拿着锯条把木头切成更小的材料，有的推着小手推车，上面放着拌好的水泥。王立清的目光在院子里扫视了一下，就估计出在这里干活的大概有两百多人，看样子大部分都是中国的农民。几十个人出现在这里，并没有引起正在干活的人的注意，只有两个年轻的男子略微朝新来的犯人们瞅了一眼，日本人的步枪就毫不客气地撞在了他们的腰上，他们赶紧从地上站起来，像是驯服的驴子，把头垂下去，继续干着手里的活。

一个日本军官脱下白手套，站在犯人们面前，以一种军人特有的高傲口气说："这里要建造一些房子，需要人手，等所有的房子都盖好之后，就把你们放回去。所以，谁也不要妄图中途逃跑，一旦被发现，不仅本人要枪毙，逃逸者的家人也统统杀掉。"

翻译把日本军官的话一字不漏地重复了一遍。

日本军官的训诫结束后，每个人被松了绑，又有人过来，给每个人照了一张相，贴在他们事先制作好的身份证上，又把身份证挂在了每个人的脖子上。这个就是劳工们进出厂区的凭证。然后新劳工们被带进了工棚，即劳工们晚上睡觉的地方。劳工们住的工棚由两块木板支起人字型做棚盖，棚盖直接接地，板棚内中间向下挖出一条半米深的人行通道。两侧用三排三寸木方做楞，上铺半寸厚木板，制成对面两趟长铺。大卡车运载过来的三十多个新劳工被分在了同一个工棚里。

晚上，王立清和其他劳工一样，赤身裸体地躺在木板床上，负责看管工棚的日本兵收走了劳工们的衣服，等天亮后再把衣服送回来，这样做的目的是防止劳工夜间逃跑。

工棚里响起了各种频率的呼噜声。王立清睡不着，并不是因为这里条件的艰苦，而是因为他惦记着藤川的安危。他盼望藤川只是去临时执行什么特殊的任务了，或者他当时被推上车的时候，藤川就站立在拥挤的人群中，由于个子矮而没有被发现。王立清想起了藤川那双谈起伊琳娜时会发光的眼睛，他的心就更加慌乱了。

"大哥，你睡了吗？"赵三在黑暗中低声问。

"还没有。"王立清撑起身体，趴在床上，他从声音里听出来赵三在发抖。

"太冷了，我都快要被冻死了。"赵三披着被子，瑟瑟地抱怨。

"忍一忍吧，天亮了就好了。"王立清不知道他们现在的具体位置，但他判断这里应该是北方，这里比原来的牢房冷多了。

"我那里是个风口子，风从棚盖下吹进来，真像躺在冰雪里。这样睡一夜，我非被冻死不可。"赵三说话的时候，打了一个寒战。

"那你睡我这里，咱俩换换。"王立清裹着被子从床上下来，摸黑走到了赵三的位置，躺了下去。赵三说的没错，脚底下确实有个风口，不一会儿，他就感觉脚被冻得没有了知觉。王立清弯起小腿，把两只麻木的脚掌在木板床上来回摩擦着。这时，有人走了进来，一束手电筒的光在工棚里重复亮起又熄灭。王立清躺在距离棚口比较近的地方，手电筒的光很快照在了他的脸上，然后一个陌生的声音用日语压低了嗓子说："你是309吗？"

王立清坐了起来，刺眼的手电筒的光晃得他睁不开眼睛，他看不清来人的相貌。

"这是藤川让我交给你的。"一个软和的方形的东西很快被压在了王立清的手里，他刚一低头，手电筒的光就灭了，接着是一阵匆匆离去的脚步声，然后就什么也听不见了。

王立清的心跳出奇地快了起来。这是藤川带给自己的东西，那说明藤川还活着，再没有什么消息比藤川活着更让王立清冻僵的身体感觉到温暖了。藤川转交给自己的东西是什么呢？手里的这个东西摸上去软软的，像是写字用的纸，是伊琳娜的回信？不可能，他们被带到这里事先没有任何征兆，就算藤川和伊琳娜见面了，也是不可能把信送到这里来的。王立清把东西紧紧攥在手里，祈祷着天早点亮起来。

迷迷糊糊中，王立清听到一阵叽里呱啦的吆喝声，他以为天亮了，就睁大了双眼，除了从工棚的各个裂口处照进来的一点朦胧的月光，他什么也看不见。他以为是自己在做梦，就又闭上眼睛，想接着再睡会儿，可吆喝声越来越响，好像有人走进了工棚。他会听说外语的能力重新归入他的意识里，他听清楚了，是日本人命令劳工起床干活的声音。一盏熏黑的煤油灯挂在了工棚的木架上，三个日本人怒视着这些初来乍到的劳工，骂骂咧咧地说着"笨猪""蠢货""病猫"之类的字眼。两个日本兵把绿色更生布做成的衣服扔在劳工的床前，还有一个帽子，和日本兵戴的帽子一样，后面垂着三道布条子。

"这不是我们的衣服，你们一定弄错了。"弗拉基米尔大声地提示着给他们送衣服的日本兵。

三个日本兵面面相觑，听不懂这位个头高大的苏联人在说什么，就严厉地用步枪对准了弗拉基米尔的胸膛，算是做了回答。

"弗拉基米尔，还是穿上吧，这衣服上面没有数字，我们可以用名字称呼对方了。"尼古拉朝弗拉基米尔挤了一下那双蓝色的眼睛，把抱在胸前的双手松开，穿上了衣服。

"尼古拉，我总是看见自己的愤怒，这是一件不妙的事情。"弗拉基米尔似乎是忍受不住空气里的寒气，乖乖地捡起了地上的衣服。

"不许说话，快点穿上衣服！"黑色的步枪再次举了起来。

“弗拉基米尔，日本人的步枪比你还容易愤怒。”两个苏联人哈哈笑了起来。

三十多个劳工排成两列，鱼贯而出。天上的几颗残星悲悯地望着地上这些失去自由的人们，嗖嗖作响的寒风是星星们的叹息。

二十分钟以后，他们来到了昨天照相的地方，这次是从北门进入的，每个人都被搜身检查后才能进去。王立清紧张地站在队伍里，马上就要轮到他被搜身了。刚才穿衣服的时候，他趁日本人不注意，把藤川给他的东西快速塞进了鞋子里。他不知道一会儿日本人搜身的时候会不会让他脱掉鞋子。他发现日本人的搜身方式各式各样，有时会命令劳工解开裤腰带，有时会让劳工赤足走进去，有时则随便在劳工身上摸几下就放行了。王立清不知道自己将会面对哪种搜身方式。

尼古拉和弗拉基米尔都顺利进去了，日本兵已经厌烦了这一对苏联人说着他们听不懂的俄语，看见是苏联人，就用步枪在他们腰间一顶，就把他们放了过去。赵三也走到了日本人的面前，举着双手，任由日本兵在他的身上摸来摸去。王立清的前面还有两个人，他焦急地抬了抬脚，很想趁日本人不注意，把东西顶到鞋尖里，可这需要弯下腰，脱下鞋子，这个动作太引人注意了。除了两个搜身的日本兵，队伍两侧还站着负责维持劳工秩序的日本兵，想在日本兵的眼皮子底下完成这样大幅度的动作，几乎是不可能的。王立清走到了搜身的日本兵面前，两扇半开的铁栅栏上各挂着一盏手提灯，再加上即将破晓的晨曦，别说是鞋子里的东西了，就算是脸上的表情也是一览无遗的。王立清尽力让自己镇静下来。

日本兵在王立清的口袋里摸了一遍，又象征性地拍了拍他的前胸和后背，就示意他进去。王立清松了一口气，如释重负地朝大门里走去。

“慢着!”王立清听到背后日本兵的叫喊声。

他站在那里，没有动，只是悄悄地握紧了两个拳头。

“把你的鞋子脱下来。”日本兵朝王立清走了过来。

王立清动了动那只没有秘密的脚，他默默祈求着冥冥之中的神灵，等他脱下一只鞋，日本兵的检查兴趣就完全消退，制止他继续脱下另外一只鞋。如果事情不像他期待的那般顺利，那他只能做一只待宰的羔羊了。是生是死，就完全取决于鞋子里的东西了。王立清闭上了眼睛，他唯一期盼的是——即将发生的一切都不会对藤川造成麻烦和危害。

“说你呢，再往前走，我就开枪了。”日本人咔嚓一声把枪上了膛。

“我脱，我脱，别开枪!”一个也懂日语的中国人在王立清身后举起双手，蹲了下来。

王立清紧绷的神经松弛了下来，原来日本人喊的不是他。

“八格牙路，居然敢私藏火柴，我看你是不想活了。”日本兵哇哇叫着，把这个违反规定的中国劳工拖到了一个仓库里，从此以后，王立清再也没有见过这个人。

吃早饭的时候，王立清趁着劳工们排队打饭的间隙，借口肚子疼上厕所，在茅厕里取出鞋子里压的东西。

王立清不知道自己是怎么从茅厕里走出来的，如果不是赵三来找他，他会在茅厕里一直待下去，染上逃跑的嫌疑。赵三从王立清痛苦的表情中觉知发生了什么不妙的事情，但又不好开口去问。

“大哥，吃点吧。”赵三把早饭（半碗掺杂着尘沙的高粱米干饭），端给坐在土墙下一语不发的王立清。

王立清接过碗，头也没抬，咽下眼泪，用手把饭扒拉着往嘴里塞。

“我的中国朋友，刚才你去哪里了？”尼古拉端着空碗走了过来。

王立清用粘着几粒高粱米的手擦了一下眼睛，可那悲伤的眼泪还是流了出来。他哽咽着说：“藤川死了。”

“你说什么？藤川死了？伊琳娜没有受到牵连吧？但愿她是平安的。”尼古拉在胸前画了一个十字。

“伊琳娜没事，藤川没有见到她，”王立清把口袋里的东西递给了尼古拉，“这个还是你保存着吧，将来转交给伊琳娜，我想这是藤川的心愿。”

尼古拉把东西打开，惊讶地瞪大了蓝眼睛。伊琳娜的画像旁边有两行用血液写成的俄语：“再见了，我深爱的伊琳娜——藤川永别。一九四四年十一月二日。”

“如果我们将来能活着出去，我一定把这幅画亲自交给伊琳娜。”尼古拉把画像迅速折叠起来，因为他已经发现一个日本兵正在向他们走来。

“尼古拉，我们是不是做错了？”王立清也看到了日本兵，但他没有丝毫的恐惧。

“我们也不希望发生这样的事。别太难过了，王，面对绝境，我们更应该满怀希望，这是你教给我的，”尼古拉低下身子，凑近王立清冻得红肿的耳朵，“我们一定要逃出去，藤川的血不能白流。”

“不许说话，回到各自的位置上去。”日本兵已经走到了眼前。

尼古拉灵活地举起了双手，对着日本兵耸了耸肩膀，就离开了王立清。

王立清痛苦地闭上眼睛，他仿佛看见藤川被几个日本兵带到了一片小树林里，他们让他说出信件要送往的地址以及接信人的姓名，藤川始终一言不发，他宁愿去死，也不能让伊琳娜受到丝毫的伤害。最后一遍审问后，日本人得到的依然是藤川的沉默，于是，几把刺刀扎进了藤川那还没有成熟的胸膛里，鲜血喷溅出来，那是一个少年对爱情无限热烈而遗憾的向往。

暮色苍茫，一双黑皮靴停在了倒在血泊中的藤川身边，藤川掏出了伊琳娜的画像，用带血的手指在画像上留下了最后一句话。

在这之后的很多年，王立清的梦境里都会反复出现藤川的声音：“老师，您什么时候开始教我俄语？等我学会了俄语，就可以和伊琳娜说话了。”

第五章　惊天阴谋

已经好几天了，王立清迟迟不归。白定云几次决定下山去找他，可每次刚走到山脚下，就看见日本人举着枪在路上巡逻，她就又折了回去。

不久，她发现自己怀孕了。

随着气温的持续下降，白定云在山洞里的生活越发艰难了。她的活动力逐渐下降，对生存条件的需求却在上升。周围的野果子、野菜和树叶都吃得差不多了。随着怀孕天数的增加，白定云的食欲也越发大得惊人。夜里，她常常被饿醒，然后点着火把走出去，找点可以果腹的食物，有时可以捡到几个半烂的果子，有时却空手而归。不久，山里下了入冬以来的第一场大雪，积雪能淹没整个小腿，白定云出去就更不方便了。

白定云所面对的艰辛，王立清当然能想象到。可他能做什么呢？他能做的只是老老实实给日本人劳作，等待逃跑时机的到来。这个戒备森严、古里古怪的厂院让王立清很是疑惑。

1945 年春夏之交的一个下午，空气中弥漫着温暖的气息，劳工们正在场地上搬运木头。和王立清他们刚来时相比，这里已经多出了许多栋建筑，但最神秘、最威严的还是那栋灰色的四方楼。日本兵不许劳工们靠近它，说那里圈养着狼狗，极其危险，谁要是靠近，就会以违反纪律罪接受最严厉的处罚。

所有的劳工都谈“楼”色变。

“踩住了，踩住了！在这里，两只呢，嗬，好大个！”在距离王立清不远的地方，劳工们发生了骚乱，几十个人立即围了上去。

王立清也走了过去，扒开推搡的人群，顺着旁观的劳工们的目光，看见地上躺着两只俗称“大眼贼”的老鼠。老鼠已经被劳工们踩死，倒在血泊中。对于这些被高压管制的劳工们来说，踩死两只老鼠，就像是一人喝了一大碗烈酒，压抑已久的情绪得到了一次痛快的释放。

“我从来没有见过这么大个的大眼贼，看上去真不像是耗子。”

“大眼贼是从哪儿出来的？”

"咱们把它们踩死了，应该把它们扔到哪里去呢?"

……

人群里出现了少有的议论纷纷。

日本兵来了，每个人手里握着一个棒子，有半截扁担那么长。日本兵快速地跑过来，照着围观的劳工们的身上打去，人群顿时作鸟兽散。日本兵让所有的劳工放下工具，站成两列，不许说话。赵三站在队列的最前头，日本工头瞪着发红的眼珠子，气愤地在队伍前面走来走去。其余几个小兵低着头默默地站在一边。日本工头在赵三的面前停下来，摘下手套，对着赵三的脸啪啪扇了两个重重的耳光，又在赵三的胸口猛踹了一脚，赵三踉踉跄跄地仰倒在地上，嘴里和耳朵里都流出了鲜红的血。

日本工头从地上拽起赵三，全然不顾他施加在这个中国人肉体上的疼痛，蛮横地让赵三和另一列队伍最前排的劳工相对而站，做了几个扇耳光的动作，嘴里叽里咕噜地一阵乱喊:"照我刚才的样子，重重地打!"

劳工们虽然听不懂，但都明白日本工头的意思，为了避免接受更严厉的惩罚，两列队伍互扇起了对方的耳光，不断有殷红的血液从黄、白、黑色的牙齿中喷溅出来，射在对面劳工穿的用更生布做成的劳工服上，有的直接吐在对面劳工的脸上和头发上。刚开始，劳工们只是象征性地打对方的耳光，可有的劳工使的力气过大，脸颊的疼痛把无奈的羞愧冲击得支离破碎，被动的殴打很快变成了主动的攻击，扇耳光的声音就像是一场越下越大的雨，愤恨地横扫在场地上。

王立清和尼古拉相对而立，他们久久地凝望着彼此，内心的痛苦一点都不亚于让一个母亲在她亲爱的婴儿身上狠狠地咬上一口。他们知道，在这场无可避免的殴打中，必须有人受伤，王立清抢先一步做出了选择，那个受伤的人是自己。王立清用目光告诉了尼古拉他的决定，然后闭上了眼睛，等待尼古拉的大手打在他的脸上。很快，王立清听到了啪啪啪的扇脸的声音，但这个声音没有落在他的脸上，而是落在尼古拉自己那张傲气而仗义的脸颊上。

"尼古拉，你……"王立清的话还没有说完，一个日本兵就把他拉出了队伍，站在尼古拉面前，扔下手里的棒子，泄愤似的扇起了尼古拉的耳光。尼古拉趔趄着后退了好几步，随着一股血液喷溅而出的，还有两颗喝过无数杯咖啡的牙齿。

"你可以夺走我的自由，留下我的铁链，脱去我的衣服，露出我的羞耻，蹂躏我的肠胃，释放我的饥饿，打下我的门牙，显出我的老态，但你无法扼杀我那颗对朋友忠诚的心灵。"胡子都被鲜血染红的尼古拉豁着两颗门牙，半弓着身子，若无其事地说着满嘴的俄语。

“他们无法剥夺的，还有另外一颗忠诚的心。”王立清用俄语对尼古拉说。两颗惺惺相惜的心灵在无数只手掌与脸颊噼里啪啦的殴斗声中紧紧拥抱在了一起。

恼羞成怒的日本兵还想继续惩戒这一对忤逆的劳工，他刚举起暴躁的右手，就听见在队伍那头，日本工头找来的翻译开口传递训令了，情愿和不情愿的扇耳光的声音停了下来。日本工头严厉地说：“以后再看见老鼠，不许踩死，要抓活的，而且还要立即上交，不许私自处理！”

“这些黑腿子一定都是老鼠转世，要不然他们怎么会对两只老鼠这么在意。”弗拉基米尔在距离王立清不远的地方咕哝了一句。他当然知道，除了把自由和忠诚当成信仰的尼古拉和把背叛当成地球上最可耻的行为的王立清，没有人能听懂他说的是什么。

“我想弗拉基米尔说得有道理，能救我们的不是伊琳娜，不是苏联和中国的红军，而是一群行走无声、动作敏捷、目光傲慢、好奇心重的猫。”尼古拉对身边的王立清打趣地说。

“少了两颗牙齿的嘴巴依然可以说出这么幽默的话。”王立清的脸上只有两个结构在活动，镶嵌着可以从所有劳工头顶上越过去目光的眼睛和一张可以给语言随意配上好几个国家的音律的嘴巴。

“王，你越来越像我们苏联人了，如果你能和伊琳娜展开一场跨越国界的爱情，我想我会把嫉妒像唾液一样咽下去。”尼古拉的腮帮子真诚地鼓动着。

“我想日本人已经发现我们在不合规矩地聊天了。”王立清用下巴指了指。

“是的，他们正在向我们走过来，带着与泥土一样暗黄的脸，一双和大眼贼一样诡谲的眼睛，还有一根将他们的无力感毫无遮掩地昭示出来的棒子，我实在想不出来，他们接下来会用怎样高明的方式惩罚我们。我越来越发觉，与聪明的对手周旋是一件很有趣的事情，可惜，他们与聪明不沾一点边。”尼古拉的肩膀隐蔽地耸了耸。

“你，出来！”日本工头用棒子指着王立清。

王立清走出了队列。

“跟我走。”日本工头吩咐劳工们继续干活，就领着王立清离开厂院向东北方向的一个新建的仓库走去。

走到仓库门口，日本工头和站岗的日本兵低语了几句，日本兵点了点头，以示明白，嘱咐王立清进入之后不许东瞅西看之后，就让王立清进入了仓库。日本工头掉头走了。

这是一个很空旷的仓库，里面在靠近北侧的墙根下放着几个像油罐一样的大机器，正在匀速地旋转着，机器旁边站着几个身穿黄色工作服、戴白色口罩和手套的工人，正在目不转睛地看着机器。站岗的日本兵把王立清领到其中一个穿黄色工作服的工人面前，日本工头刚才告诉他，这个中国人会说日本话，让他多加注意。日本兵凑过去，说了一句什么，王立清没有听见，但他从工人打量他的审视性目光里感觉到，日本兵在问盯着机器的工人，要不要把王立清留下来。

“现在不需要，时间还早。”从白色的口罩后面冒出这么一句话。

于是，日本兵又领着王立清走到其余几个工人面前，得到的是同样的回答。王立清觉得自己就像是一个被贩卖的奴隶，在挨家挨户寻找中意他的主人。所有的工人对日本兵摆了摆手，就又把目光转移到旋转的机器上，日本兵还想争取一下把王立清留下，但几个工人都不耐烦地看了日本兵一眼。日本兵只好领着王立清从仓库里走了出来。

“他们没有把你留下，你很幸运。”日本兵淫邪地拍了拍王立清的肩膀，“但你不能再回到劳工们中间去了，我必须给你重新安排一个地方。记住，你在仓库里面所看到的一切不许对任何人提起，否则……”日本兵把步枪对准了王立清的胸口。

王立清被安排在了马厩里干活，负责喂马、刷马和清洗马厩。日本人安排王立清来喂马，也是为了等到合适的时机，再把王立清送进仓库里，为他们那个不可告人的阴谋殉葬。

马厩与四方楼中间只隔着一道铁丝网，从铁丝网里看过去，能把四方楼外面活动的日本兵看得清清楚楚。自从换了这个工作，王立清反倒觉得轻闲了不少，喂完马之后，他就可以坐在马厩外面的空地上，望着头上那片蔚蓝的天空，回忆着和白定云在一起的时光。

四方楼那边传来一声吱嘎的铁门开启的声音，王立清转过头，蹲下去，看见一个身穿白色工作服、戴着白色口罩的日本兵从四方楼的东门里出来，日本兵手里推着一个窄窄的平板车，车上裹着一个白色的床单，床单下面凹凸不平，好像堆着什么东西。王立清尽量使身体低下去，防止被日本兵发现。当日本兵经过王立清的正前方时，一阵风吹来，白色床单的一角被掀了起来，王立清清晰地看见平板车上躺着一个光着上半身的男人。由于距离比较远，再加上人平躺在那里，王立清看不清男人的长相，但从体型特征上来看，基本上可以断定是中国人。日本兵看见起风了，焦急地放下手推车，一边把白色的床单重新压在男人身体下面，一边鬼鬼祟祟地朝四处望望。床单粗糙地裹好之后，日本兵行色匆匆地朝西面一所小平房里走去。

“奇怪，那所小平房不是日本工头勒令禁止任何人靠近的大烟囱吗？日本兵把这个男人送到那里做什么？还有，日本工头不是说四方楼是圈养狼狗的地方吗？可是，我在这里喂马有一段日子了，怎么从来没有听到狼狗的吠叫声呢？这一切不是太奇怪了吗？”王立清回到马厩里，一匹红棕色的奥尔洛夫马正站在马槽前喷着响鼻。王立清往马槽里又添加了一些早上铡好的草，奥尔洛夫马就低下头，嚼起了干草。

“听说你来这里快三年了，这里的秘密，你应该比人知道得更多一些吧。了解得多，好奇心又没有那么重，这草才能吃得这么踏实吧。”王立清抚摸着马的鬃毛，眼睛瞟向马厩开向四方楼的窗户，这座拒人于千里之外的灰色建筑里到底隐藏着什么不可告人的秘密？

王立清回到工棚里就悄悄向那些资格比较老的劳工打听，当然，绝对不能提到半句和那座四方楼有关的话语，他只是说那匹从苏联来的奥尔洛夫马生病了，他担心是他饲养的方法不对，他想请教一下老喂马倌，学习一下养马的经验。通过一段时间的打听，王立清更加疑惑了，曾经在马厩里喂过马的劳工没有一个活到现在的，不是病死了就是突然失踪了。王立清意识到，这个看似轻松的喂马的差事其实并不简单，一种随时都会向他猛扑过来的危险就潜藏在马厩附近。

1945 年 7 月中旬的一天，日本小队长吩咐劳工们去挖几个大土坑，劳工们面面相觑，不知道挖这些坑做什么。日本小队长就说苏联红军要打过来了，万一战争爆发，这些大坑可以用作预防防空袭击。几百名劳工都被赶到了厂区外面东南方向三百多米的空地上，用了二十来天的时间，挖成了三个大坑，每一个坑都是近十米深、五十米长、四十米宽。

坑挖好后，所有的日本人都来了，带着翻译，把各个劳务班总共两千多名劳工都召集到了广场上。

“老毛子（苏联红军）从牡丹江那边打过来了，咱们把这里的建筑物统统破坏掉，绝对不能便宜老毛子！”翻译哈着腰站立在日本大队长旁边，一边擦汗，一边把日本大队长的话一字不差地翻译给劳工们。

8 月 9 日晚上，劳工们怀着即将逃出牢笼的兴奋情绪把所有的木头搬运到了仓库里，平日里所谓的禁区成了任人自由出入的场所，劳工们像是一群走到皮影戏幕后的观众，发现了这里的秘密。每个仓库里都放着许多方形的大铁笼，铁笼里关着兔子、猴子、老鼠、猫，还有马、牛、猪、羊等体型庞大的动物。

当劳工们把汽油和酒精浇在木头上的时候，这些被关押的动物们发出了本能的呼救声。一时间，各种动物的惊叫声震荡着劳工们的耳膜。

有一匹马歪倒在地上，已经死去。眼睛里还在往外淌着血，其惨死的模样和王立清饲养的那匹小马一模一样。

王立清闭上了马的眼睛，抓住了举着火把向浇好汽油的木头走去的劳工的手腕："打开笼子，把动物们放出去以后再烧。"

举着火把的劳工点了点头，于是，劳工们打开了铁笼子，动物们像从油锅里腾起的青蛙一样，从笼子里面跑了出来，朝着仓库的门口没命地奔去。仓库变成了混乱的战场，日本人的叫骂声、劳工们因挨打而发出的呻吟声、动物们四处逃窜的嘶叫声，还有木头被焚烧的火焰声交织混杂，仓库里烈焰升腾，仓库外浓烟滚滚，漆黑的夜晚被烧成了不夜天，火光四射，热气聚拢，仿佛要把天上的月亮都要引燃，整个厂区变成了火焰的海洋。

这场大火足足燃烧了三天三夜。

晚上，劳工们刚进入工棚脱光了衣服准备睡觉，日本兵就又来安排任务了。这次的任务是把木箱子搬运到火车上。劳工们虽然大惑不解，但为了能顺利回家，他们听从着日本兵的指令，把很多沉重的长方形箱子搬到火车上。装车现场一片混乱，比火烧仓库还要让人感觉紧张。这次劳工们不仅看到了从未谋面的日本兵，还看到了很多日本兵的家眷，每一个女人都穿着和服，抱着小孩，搀着老人，惊慌失措地朝火车车厢挤去。仿佛他们要上的不是火车，而是诺亚方舟，他们争先恐后地拥挤着，有的人实在上不去了，就站立在车厢门口，一只脚踩在里面那个人的脚上，另外一只脚悬空垂落在车厢之外。许多劳工因为极度疲惫而口吐鲜血，晕倒在火车站站台上，有的劳工直接被累死。日本人不仅毫不顾惜劳工们的生命，看到有人躺倒在地面上，就睁着血红的眼睛，瞪着劳工，像是一头头凶狠的野兽，要把这些劳工们全部吞掉。

日本人都在忙着准备撤离，他们的防守松懈了下来。

就在这样一个混乱的时刻，弗拉基米尔突然失踪了。王立清和尼古拉找遍了所有的地方，就是没有弗拉基米尔的身影。

王立清觉得最有可能藏匿弗拉基米尔的地方就是那座禁止任何人靠近的灰色的四方楼。尼古拉提出要和王立清一起去寻找弗拉基米尔，但王立清觉得尼古拉的长相很容易被日本人认出来，就让他在四方楼外面接应。他打晕了一个身材高大的日本兵，换上了日本兵的军服，独自一人潜入了四方楼。

这座神秘的灰色建筑的内部终于呈现在了王立清面前。四方楼内由中心走廊分成两个大院，两边各有一座两层楼。院子里没有一个人，沉寂得出奇，仿佛是一片无人问津的坟场，弥漫着一种诡异的气息。从紧紧关闭的窗户里透露出微弱的灯光，一些匆忙的人影在窗户上不停地晃动着。

一阵西风刮来，王立清闻到了一股难闻的气味，像是燃烧手指甲的味道。他知道这个气味是从位于四方楼西北角的大烟囱里飘过来的。每当刮西风和北风的时候，劳工们就能闻到这个气味。他强忍着令人作呕的气味，走到了四方楼一楼的西北角。

走廊里亮着昏暗的灯光。在走廊的一侧，有一条秘密的地下通道，他沿着没有扶手的混凝土楼梯慢慢朝下走，向右拐弯，走了约莫半分钟，眼前又出现了一个往上走的同样的楼梯，他蹑手蹑脚地走了上去，然后看见一扇铁门。他把耳朵贴在铁门上，仔细聆听了一会儿，感觉门外面没有任何动静时，便缓缓推开了铁门。

铁门里面是一个很大的房间，高高的屋顶上吊着一个巨大的无影灯，灯下摆放着一个铁制的手术台。在手术台四周放着几个水桶和一个装有福尔马林的大型玻璃容器。墙上有铁制的挂架、剃刀、截骨锯、止血钳。

这是什么地方？看起来像是手术室，但比较简陋。他从来没有听说四方楼里有医院啊。王立清疑惑地在房间里转了一圈，还是不得其解。尼古拉还在外面等候，他必须尽快找到弗拉基米尔。

王立清准备推开通向另一侧的铁门，忽然听到一阵凌乱的脚步声在门外的走廊里响起。他已经来不及躲藏了，只好转过身去，弯下腰，假装正在清理水桶。

铁门被推开了，进来十几个身穿白大褂的军医，非常有序地站立在了铁制手术台四周，每个人都戴着白手套和白口罩，一双双犀利的眼睛里释放出冷漠和探究的光。

接着，一个全身赤裸的中国男人被两个日本兵架到了手术台上。男人的身上有很多紫色的斑点，他看起来很痛苦，半张着嘴艰难地喘着气，眼睛里隐约含着一些泪水。

军医和士兵立即围住了手术台。

“放开我！你们要干什么？”男人恐惧地吼叫着。

没有人回答。一个军医从人群里走出来，从站在他旁边的一个士兵手里接过手术刀。躺在手术台上的男人已经没有力气动弹，他叉开四肢，胸腔在微弱地起伏着。

军医依然沉默着，俯下身，把手术刀抵在了男人的肋骨之间。

男人惊惧地望着持刀的军医，痛不欲生地大喊道："不要，不要，不要……"

另外一名军医走上前，从男人头顶上方伸出一双戴着手套的手，紧紧捂住了男人的眼睛。

瞬间，男人发出了一声令人毛骨悚然的尖叫声……

手术刀在男人的胸膛上划出了一道 Y 型的裂口，士兵早已把挂在墙上的止血钳递给了军医，军医用止血钳给男人止血，但男人还是血流不止，翻开的皮肤下面露出了被鲜血染红的脂肪。

王立清吓得倒退了好几步，差点摔倒在地上。周围的日本人都朝他投来鄙夷的目光，像是在说："这有什么大惊小怪的？"

王立清不明白，既然要给病人做手术，为什么不给注射麻药？那个男人会活活疼死的啊！他想不通，这些医生到底是在救人，还是在害人。

军医剪断了男人心脏周围的动脉，把心脏取出来，放在计量器上称重。血淋淋的心脏在计量器上弹跳着，指针不停地摇摆，根本看不清上面的刻度。军医又刨出男人的胃、肝、脾、肾、肠，把这些内脏单独浸泡到盛有福尔马林的标本瓶里，然后吩咐士兵送到标本室保存。

手术台上只剩下了头颅和一具被掏空了的躯壳。

王立清浑身哆嗦地慢慢抬头向手术台上望去，只看了一眼，就觉得胃里有东西在涌动，他扑在水桶上，哇啦一声呕吐了起来。

日本人居然在做活体解剖！那个躺在手术台上的不是木头，不是老鼠，而是一个活生生的人啊！他们居然惨无人道地举着锋利的手术刀在那个男人的肉体上切开一个又一个口子，眼睁睁地看着鲜血像打开的水龙头一样喷溅出来，这是怎样的一种扭曲和变态，他们把活人的惨叫当成舒缓的音乐，他们把痛苦的扭动当成旗帜的飘扬，他们把一个个鲜活的内脏当成孩童的玩具，他们把腥臭和刺鼻的气味当成人间的美味。日本人把人给活活解剖掉是出于什么目的？新鲜？好奇？心血来潮？还是其他不可告人的目的？他们是一群杀人不眨眼的魔鬼，比砍人头颅的刽子手还要残忍、还要血腥、还要畸形！

军医看见王立清瘫倒在水桶前，就冷漠地走过来，摘下那副血淋淋的手套，扔在水桶里，蹲下来，拍了拍王立清的肩膀，平静地说："以后多练练，就不会害怕了。"

多练练？王立清困惑地望着麻木的军医。难道这样的事情经常在这里发生？他今天所看到的这样惊悚的一幕对于军医来说早已习以为常？王立清转头去看其他人，每一个人的目光都是那么沉着和淡定，仿佛他们只是拔掉了一根枯草，扯断了一个风筝，拍死了一只蚊子，踩死了一只蚂蚁。王立清的心恐惧地跳动起来，他觉得自己似乎来到了阴森的地狱，在他身边走动着的是一群没有感情的鬼魂。

看见王立清依然面色苍白、浑身发抖，军医就安排他和另外几个士兵一起去送标本，暂时离开这个他不适应的环境。

王立清没有意识地接过装有男人心脏的玻璃容器，由于害怕，他走得战战兢兢，浸泡在福尔马林里的心脏还在跳动。他不知道自己要去哪里，其他送标本的士兵早消失在走廊里了。忽然，他听见了一个撕心裂肺的惨叫声。王立清的手一抖，停在了那里。这是什么声音？是人的声音，还是鬼的号叫？他低下头，看见自己手里捧着的心脏还在自动地收缩，他恐惧地松开了手，容器在地上砸碎了，心脏从里面滚落出来，朝着王立清逼过来，王立清害怕地躲开，身体紧紧地靠在墙上。一个更加清晰的女人的嘶叫声从墙里传出来，王立清转过身体，睁着惊恐的眼睛，朝着门上一个巴掌大的小孔看进去，他看见了类似刚才的一幕，几个穿着防护服的日本军医站立在一起，一个裸体的中国女人被反绑着手脚，仰躺在手术台上。她的眼球夸张地向眼眶外鼓着，皮肤上满是红色的脓疮，女人慌张地扭曲着，用力地转着脑袋，朝旁边的一个手术台上望过去，那上面躺着一个七八岁的小男孩，小男孩嘴里淌着口水，面如死灰，显然被吓晕了过去。戴着口罩的军医举着手术刀向小男孩走去，女人疯狂地挣扎着，一只眼球从脸上掉了下来，脓血从空洞的眼眶里涌了出来。她肝肠寸断地嘶喊着："求求你们，放过我的孩子！"

"现在第一种细菌在体内的浓度是多少？"一个军医转头问身边的记录员。

"已经达到了血液峰值。"记录员瞥了一眼记录本，平静地回答。

"开始给小孩注射第二种细菌，注意记录时间和症状。"军医的白手套一挥，一个举着针管的士兵走到小孩身边，把一整管细菌液体全部注射进了孩子的胳膊里。

"你们不是人，你们都是禽兽……"已经自顾不暇的母亲悲痛地挣扎着，第二个眼球也从眼眶里掉了出来。

王立清吓得躲到一边，背靠着墙壁，无力地滑跌了下去。他坐在墙根下，闭着眼睛，感觉太阳穴在剧烈地跳动着，眼皮发烫，头脑昏沉，四肢酸软，他发烧了，他流泪了，他哭泣了。日本人不仅在进行活体解剖，居然还在丧心病狂地进行细菌实验。那么年轻的女子，那么幼小的孩子，渐渐地在他的脑海里变成了一堆被细菌吞噬的肉，他感觉到那个女人的鼻子、耳朵、手臂、头颅就像那两只眼球一样，一块一块地掉在了地上。他感觉到无数双黑色的魔爪朝着他的脖子伸过来，要掐死他。他本能地从地上站了起来，沿着来时的路线跑掉了。他忘记了弗拉基米尔，忘记了尼古拉，忘记了自己身处何地。他的大脑里只有一个声音在反复回响：“快跑！快跑！快跑……”

他没命地跳入了地下通道，准备跑上楼梯，离开这个黑色的人间地狱。忽然，楼梯上传来了一阵整齐的脚步声，那是一双双黑色的皮靴，日本人来了！王立清已经没有了出路，他慢慢地向后退着，尽量贴着墙壁，不发出任何声音。如果日本人发现了他，他就撞死在墙壁上，他绝不会让日本人的手术刀切割他的身体，更不会让他们把细菌注射进他的身体。他的脚踩在一块松动的砖块上，一股臭气从脚下弥漫过来。王立清蹲下，检查着砖块，小心地把砖块移开，一个黑洞出现在砖块下面，熏天的臭气从下面涌上来，王立清心里一喜，这是下水道的味道，郑天佑说过，父亲就是从下水道里逃跑的，也许他也可以用这种方法逃出去。黑靴子的声音越来越响了，他已经没有了思考的余地，他憋足了一口气，跳入了污浊腐臭的下水道里。

王立清进入了一个绝对黑暗和无声的世界，他听不见任何声音，看不见一丝光亮，只是凭着求生的本能，在黑色的臭流中艰难地前进着。他不知道自己该往哪里走，他觉得自己就像是一只被困在迷宫里的老鼠，无意识地到处乱摸、乱抓、乱爬、乱游，只要身体能动，他就不会停下，一旦停下，他将葬身在这臭烘烘的下水道里。

不知道过了多久，王立清感觉周围的臭水没有那么憋闷了，他暗自惊喜，这说明他很有可能快要到下水道的出口了，他就要得救了！

王立清从一个同样狭小的洞口爬了上去，精疲力竭地趴在了地上。他不知道自己在哪里，有没有逃出日本人的厂区，他闭着眼睛，闻到了一股非常好闻的气味，那是青草和泥土的味道，那是空气和星星的味道，那是自由和平安的味道，那是世界和人生的味道。这种味道让他平静，让他痴迷，让他沉醉，即使从此长眠在这里，他也觉得自己拥有了一处最伟大的坟墓。

不知道过了多久，王立清醒了过来，他是被身体上的伤口给疼醒的。在那个狭长而逼仄的下水道里，他只顾拼命地往前走，不知道多少次撞在了尖锐的石壁上，擦在了凸出的砖头上，他的身上早已鲜血淋淋。

他忍着伤痛，小心地翻转过来身体，仰躺在寂静的大地上。他看见了头顶上一轮镰刀式的月亮。他的心猛地一缩。四方楼里那些不堪入目的画面犹如一把把钢针，插在了他痉挛的心口上。来到日本厂房以后的经历在他的脑海里越聚越多，不断失踪的劳工，神秘莫测的四方楼，经常闻到的那种类似燃烧手指甲的气味，用白床单覆盖住的死去的人体……一个天大的阴谋在王立清的脑海里渐渐清晰起来——日本人在做细菌实验。王立清突然明白了那天日本工头把他带进仓库里的意图，就是为了要拿他做人体实验，幸亏当时的实验进度还不需要他，否则他就会在一无所知的情况下，成为日本人刀下的冤魂。王立清感觉到大地在颤抖，在皲裂，在呻吟。其实，是他的身体在痛苦地抽搐。他为那些成为了实验品的活人而哀怜，而无策，而悲吟；他为那些灭绝人性的军医而愤慨，而扼腕，而颤栗。他无法想象，在战争之外，还存在着这样一种反人类的极端残忍的野兽的行为，他们肆意地把细菌注射到人的身体里，眼睁睁看着一具鲜活的肉体逐渐被细菌吞噬、发臭、腐烂……这样罪恶的行径居然发生在中国的土地上，那些披着人皮的妖魔就生活在那座封闭的四方楼里。他不知道已经有多少人惨遭毒害，他不知道接下来还会有多少无辜的百姓被残忍地绑上手术台。王立清想起了被细菌侵袭得面目全非的父亲，想起了突然失踪的弗拉基米尔，想起了还在四方楼外面接应他的尼古拉，想起了那两千多位毫不知情的中国劳工。他不能就这样独自逃生，否则他会一辈子良心不安的。他必须救出自己的朋友，自己的同胞，他不能让他们成为活体解剖和细菌实验的牺牲品。

王立清主意已定，他挣扎着站起来，又跳进了下水道里。

第六章　逃出魔窟

王立清从下水道里爬上来后，又把砖头按照原样盖好。沿着楼梯蹑手蹑脚地走了上去。他来到中央走廊交叉处，向左拐，走到尽头，看见门口的牌子上写着“笠原班”。他踮起脚尖，从门上的透明玻璃望进去，只见屋子里摆满了各种玻璃器皿和试管，实验台上放着好几台显微镜。他知道弗拉基米尔一定是关在别的地方。王立清原路返回，看见有一段向上的楼梯，就跑了上去。二楼的门牌名称更多，有吉村班、冈本班、石川班、江岛班、太田班。王立清不知道日本人为什么要用名字做各个房间的称谓，也不知道这些日本人的名字究竟代表什么意思。

没有找到弗拉基米尔，王立清只好返回地下通道，当他准备走上楼梯时，发现还有另外一个楼梯。好奇心让他踩着楼梯，向上走去。当他从地下通道走出来时，他已经站立在了另外一栋楼里。这是他刚走进四方楼的院子里时看到的那两栋独立的二层楼。这也是一座钢筋混凝土的楼房，每栋楼上下两层共有四十八间牢房。四周是环形走廊，走廊外面是梯形的铁栅栏。牢房大小不一，多数是集体牢房，也有关押重犯的单间。牢房内部装有水洗式便池。每间牢房的门上都有一个可以从外部开关的用于窥视的观察窗。观察窗长约三十厘米，宽二十五厘米。每间牢房里都关押着一些人，大部分都是年轻的男性，也有为数不多的几个女犯人。王立清逐个检查牢房里的犯人，没有弗拉基米尔。

为了不被日本人发现，王立清决定到别的楼里再继续寻找。当他路过走廊最西头的一个房间时，听见里面有人在说话。王立清把眼睛贴在窥视窗上，他看见一个身材高大的裸体男人站立在淋浴喷头下面，那个男人虽然背对着他，但他一眼就认出了这个被脱光衣服的男人正是弗拉基米尔。他举着双手，顺从地站立在两个日本兵中间。右侧的日本兵手里拿着一把长柄刷子，正在刷洗着弗拉基米尔的身体。等身体刷洗完毕后，日本兵转头问另一侧的日本兵：“洗脸也用刷子吗？”另一侧的日本兵肯定地点了点头。

王立清的脑海里飞速闪现过一个念头——难道弗拉基米尔就是下一个被活体解剖或细菌实验的对象？

一定要想办法把弗拉基米尔救出去!

王立清再次观察浴室内的情形时，那个站立在一旁指挥给弗拉基米尔擦洗的日本兵正把一个细小的针头扎进弗拉基米尔右边的小腿上。弗拉基米尔没有发出一点声音就倒在了地板上。

王立清立即推开了浴室的门。两个日本兵惊讶地望着冲进来的王立清。

“上面要求我现在把他带过去。”王立清用日语说。

“不是说明天才用这根麻楼塔吗？我们刚给麻楼塔注射完，到了明天早上药效才会发作。”日本兵疑惑地问。

麻楼塔？这明明是弗拉基米尔，日本人为什么叫他麻楼塔？他在高粱地里听见那两个日本兵说要追捕的人也叫麻楼塔，难道麻楼塔并不是一个具体的人，而是一类人的统称？对了，在日语里麻楼塔的发音是木头的意思，翻译成中文一般叫马路大。怪不得日本人要拿活人来实验，在日本人的眼里，这些活生生的人和那些没有生命的木头是一样的。他不惜身陷囹圄而苦苦寻找的谜底终于揭开了。

“我也不清楚，也许临时有变。”王立清背起昏迷过去的弗拉基米尔，走出了浴室。

王立清在走廊里奔跑的时候，遇见了几个迎头走来的日本兵，但他们都以为这是要送到实验室的马路大，就都自动让路，让王立清顺利地通过。王立清走过去的时候，还听见背后有人议论道：“今天消耗的马路大比往日里都多。”

接着另外一个声音说：“现在不消耗，也是死路一条。听说明天上头要集中处理所有的马路大。”

王立清停下了脚步。

明天要集中处理所有的马路大。这句话是什么意思？日本人马上要撤退了，难道他们会放了这些被关押在这里的人？可刚才那个日本人说了“现在不消耗，也是死路一条”，这么说，日本人要把这些犯人集体处死。他很想把所有牢房里的人都救出来，可他一个人的能力非常有限，弗拉基米尔还昏迷着，况且每一间牢房都上了锁，即使他把犯人们都放出来，他们要想逃出四方楼，几乎是不可能的。据说这里驻扎着四千多名日本兵，而且都有军火，即使所有的劳工都发动暴乱，也很难与那些刺刀和子弹抗衡。

“先回工棚，再从长计议。”王立清加快了脚步，从地下通道溜出了四方楼。

回到工棚里，王立清把在四方楼里的所见所闻告诉了尼古拉。

“这群杀人不眨眼的禽兽、恶魔!”尼古拉愤怒地瞪大了双眼。

王立清担忧地望着还在昏迷的弗拉基米尔：“他们给弗拉基米尔的右小腿上

不知道注射了什么……”

弗拉基米尔清醒了过来，他从床上跳下来，抓起一把斧头，对着自己右腿的根部砍了下去。

劳工们惊诧地望着鲜血如注的苏联人。

“日本人给我注射了细菌……快！快把右腿给我砍下来……救……救我……”弗拉基米尔喊完就疼得昏死了过去。

王立清发现弗拉基米尔右腿在慢慢变黑，腐烂的地方已经漫过了膝盖。他想起了那对凄惨的母子，便举起斧头，对着弗拉基米尔还连着一半骨头的大腿砍了下去。

王立清知道，现在到了要付诸行动的时候了，再等下去，他们只能坐以待毙。王立清先把自己的想法告诉和他同一批被运来的劳工们，又去各个工棚里去游说其他的劳工。可除了少数几个人响应外，绝大多数劳工都认为王立清是杞人忧天了。他们半信半疑地听着王立清对当下形势的分析，想起那天在广场上日本人许诺烧完这些建筑之后就放他们回家去，劳工们心里暗暗想，反正马上要回家了，犯不着这么去冒险，更何况日本人的防守这么严密，想要逃出去，谈何容易。

“乡亲们，请你们一定要相信我的话，这是唯一的逃跑机会，错过了，我们可能就再也走不掉了。”王立清焦急地说。

劳工们有的闭目装睡，有的犹豫矛盾，有的心有所动，但更多的劳工像是在听一个与他们无关的事情。

“谁想跟我一起逃出去，就提前把钢锨磨锋利，今夜两点整，在我的工棚里集合。”王立清说完就回去了。

工棚里展开了一场关于是否逃跑的激烈争论。

“我看事情没有这小子说得那么严重，日本人都答应我们了，等把这些仓库烧完，就放咱们回家，咱们干吗节外生枝呢。”

“是啊，我也觉得咱们还是老老实实待在这里，说不定日本人过两天就把咱们给放了，到时候咱们光明正大地回家去。再说这四周全是铁丝网，咱们也逃不出去啊。”

“可万一他说的是真的呢？”

“日本人是蛮横凶恶，但我没有觉出他们要赶尽杀绝。”

“要不咱们再多留两天，等日本人真有什么不轨之举，咱们再走也不迟。”

“咱们就静观其变，看看他们今夜能不能成功逃出去。”

十四日夜里一点多，王立清所在的工棚里发出了霍霍的磨刀声，三十几个劳工都在石头上磨着自己平时劳作用的钢锨，每刨一下，石头都会冒出刺眼的火星。

王立清试了试磨好的钢锨，咔嚓一下劈断了床板。

工棚外面响起了轰隆隆的雷声，一场突如其来的大雨倾盆而下。

“王，外面下大雨了，咱们还跑吗？”尼古拉盯着王立清。

“今夜必须逃出去！你们也都感觉到了，这两天厂区里经常传来地震般的爆炸声，日本人很快就会腾出手来对付我们。”王立清掀开棉帘子，决定最后一次去劝说一下那些不愿意跟他逃跑的劳工们，但工棚外面的风雨把他给顶了回来，他握着钢锨望了望工棚门口，惋惜地叹了口气：“算了，既然他们不相信我，那就听天由命吧。”

“你已经尽力了，王，就算将来他们到了上帝面前，也只会流下悔恨的眼泪。日本人说苏联红军就要打来了，不知道伊琳娜会不会在这支队伍里，只可惜，又要与伊琳娜擦肩而过了。”尼古拉把钢锨扎进泥土里，双手搭在上面，俨然一位战功赫赫的将军。

“你们先逃吧，我只有一条腿，走不远的。”弗拉基米尔捂着空空的裤腿。

“听着，弗拉基米尔，我们是一起来到中国的，也要一起回到苏联去。”尼古拉坚定地说。

“是的，我们是绝对不会丢下你的，”王立清安抚完弗拉基米尔，走到工棚中央，破釜沉舟地说，“好了，大家的钢锨都磨得差不多了，下面请听我说，今天夜里我们要奋死一战，成功了，我们会逃离这个魔窟，失败了，我们就一起埋葬在这里。是生是死，在此一举。大家记住，一会儿我们冲出工棚后，集体向东南方向跑，那里距离日本监工休息的地方比较远，外面雨下得这么大，正好为我们的这次出逃提供了一个很好的掩护。到了铁丝网下面，我们就用手里的这把钢锨劈开铁丝，从豁口里钻出去，外面是一条很深的水壕，大家跳进去，一直朝前游，不会游水的即使死在水里，也比在这里被日本人害死要好。”王立清的每一句话都像是一剂兴奋剂，所有的人都做出了背水一战的准备。

陆陆续续，其他工棚里又来了二十几个人。

王立清估摸着时间差不多了，就抓起铁锨，在空中一挥，视死如归地喊了一句：“开始行动！”

六十几位劳工为了同一个活命的目标，冲进漫天的大雨中，向东南方向跑去。大雨浇湿了劳工们的衣服，却燃烧起了求生的欲念，每个人都奋力地用钢锹劈着牢固的铁丝网，一个个豁口在雨雾中裂开，劳工们像是被困的野兽，号叫着钻过了铁丝网，尖锐的铁丝划过劳工们的身体，从脖子和脑袋上涌出的鲜血立即被雨水冲刷掉，他们感觉不到一点疼，只要能逃出去，哪怕缺胳膊断腿，他们也义无反顾。

“站住，不许逃!”闻讯而来的日本兵端着步枪朝铁丝网这边追过来。

“赵三，你先钻过去!”王立清把还在劈铁丝网的赵三一把拽到自己撬开的豁口处，大声命令道。

赵三踮起脚尖，抓住了铁丝网，但他又犹豫了一下：“大哥，你怎么办?”

“不要管我，快，日本人追过来了。”王立清拦腰抱起赵三，像塞炮弹一样，把赵三塞出了铁丝网。

弗拉基米尔早已在王立清的帮助下跳入了铁丝网外面的水壕里。

尼古拉的钢锹磨得似乎不那么锋利，铁丝网在他面前像一个强硬的拦路虎，没有发生一点改变。尼古拉蓝色的眼睛里泛起了焦急的热泪，他已经明显听到日本兵的皮靴踩踏雨水的啪嗒声。

“仁慈的上帝，我是你虔诚的孩子尼古拉，请不要这么残忍。噢，美丽的伊琳娜，请保佑我征服这强悍的铁丝网。”尼古拉祈祷的声音还没有落，一只大手就把他不容商量地拖了过去，他以为是日本人追过来了，他觉得自己完蛋了。但当他再次睁开被雨水打湿的眼睛，他看见一个似乎为他刻意打开的铁丝网口，然后一双钢铁般的手在他背上猛推了一把，他的上半身穿过了铁丝网的豁口，紧接着两条长腿被抬了起来，他坠入了水壕里。尼古拉来不及思考这一切是如何发生的，他像是一条即将窒息的鱼儿，如获新生地在水里游动而去。

王立清倒退了几步，然后把双臂往回收起，再直伸向前，整个身体与大地平行，犹如一条木辊，跨过了铁丝网。此刻，王立清真的做了一回木头，没有思想，没有意识，感觉不到肉体被铁丝刺破，鲜血从皮肤下面汩汩冒出。王立清跳进了水里，就像一个失散的婴儿重新回归母亲的怀抱，这里是安全的、隐蔽的、自由的。王立清屏住呼吸，尽量在水面以下游动着，偶尔快速地把头探出水面换口气，就又立即潜入水中。他的大脑和河水一样空白，只要再多游一会儿，就能彻底摆脱日本人的封锁，就可以见到他朝思暮想的白定云了。

身后，响起了一声声越来越远的愤怒的枪声。

不知道游了多久，也不知道游了多远，王立清的脑袋钻出了水面，他一边继续向前游动，一边大口地呼吸。耳边没有了日本兵叽里呱啦的叫骂声，没有了劳工们劈凿铁丝的当啷声，只有一个人在水中畅快挥舞躯体的自由。啊，多么淋漓的雨水啊！沉默的精神得到了呐喊，压抑的苦闷得到了洗刷，从这一刻开始，他就彻底获得了自由。

游过这条宽阔的水壕，王立清爬上了对岸，他躺在湿滑的淤泥上，仰望着那一缕缕从空中坠落的明亮的雨线，夜突然不那么黑了，眼睛似乎具有了奇特的穿透力，沿着雨水逆行而上，越过雨水的发源地，他仿佛看见一颗一颗璀璨的小星星，在天际的尽头散发着庆祝的光芒。他从来没有感觉到，大自然与人类居然可以如此密切地联结着，只要有这些星星、云朵、雨水和泥土的陪伴，即使身处渺无人烟的荒芜的角落里，心灵也不会觉得孤独。王立清贪婪地吮吸着不知何时已经变得淅淅沥沥的雨水，仿佛在醉饮千年的琼浆。他并不口渴，但卷曲的舌尖却开朗地欢迎着这些充满热情和活力的雨水，像是在迎接一群久别重逢的老朋友，拥抱已不足以表明内心的虔诚，唯有用颤抖的骨骼在平滑的肌肉上刻下心情的样子，才能部分地表达出此时精神乐园里繁荣的光景。

王立清坐了起来，细雨又变成了蒙蒙的烟雨，对岸，日本人的厂院里还在燃烧着腾空的火焰，大雨并没有对火势造成明显的削弱，可王立清不知道，那些拒绝和他一起逃跑的劳工们究竟会迎来一个怎样的明天。但愿这些选择留下来的人能幸运地活下去。

王立清擦了擦脸上的雨水、汗水和不自觉流下的泪水。望着对岸的烈火，他的胸腔里发出一阵阵揪心的疼痛。

“无论是逃出去的，还是留下来的，希望每一个人都能得到苍天的庇佑。”王立清站起来，踉踉跄跄地向远方走去。

第七章　托马斯

在那个山洞里，白定云生下了一个不算白胖但很健康的儿子。

夏日的山谷吹拂着凉爽的风，各种野生动物奔跑在山腰上，许多野生的植物也开始丰盛地点缀着山岭，鲜花的清香引来了成群的蝴蝶。与冬天相比，生存似乎变得容易了一些。

那是一个阳光有些黯淡的午后，没有一丝风，就连炎热的空气都有点蔫巴。白定云出去找一些野果子来吃。分娩时的难产，再加上长时间的营养不良，她的身体始终很虚弱，实在抱不动儿子。于是，白定云把半岁多的儿子放在山洞的湖泊边，就出去觅食了。一个小时以后，白定云捧着一些红透的山楂果回来了，但她走进山洞后，惊恐地把山楂撒落了一地，就发了疯似的跑了出来。

她的儿子不见了！

白定云发现地面上有许多深浅不一的脚印，凭经验判断，她知道这是狼的脚印。她捂着激烈起伏的胸口，沿着那些脚印，失魂落魄地追了过去。

山地上的野草已经有一尺多高，时疏时密。白定云追到了一个分岔口，狼的脚印突然消失了。白定云茫然而哀戚地望着死寂的山谷，不知道该往哪个方向追过去。一个错误的选择很可能让她再也见不到儿子了。白定云心惊胆战地祈祷着冥冥之中的神灵能给她一点指示，让她能马上见到儿子。

白定云的脑海里浮现出她去年冬天在山间觅食的时候发现的一具小孩的尸骨，衣服被狼撕成了碎片，白森森的骨头上没有一丝肉，周围全是狼的脚印。白定云膝盖发软，跪在了地上："儿子，都是妈妈不好，妈妈不该把你单独留在山洞里。如果你真的有什么三长两短，妈妈该怎么向你爸爸交代呀？"

岔路口左边的树林里传出一声若隐若现的号叫声，白定云已经来不及分辨这是不是狼的声音，就站起来，跌跌撞撞地追了进去。

茂密的杨树高耸入云，阳光透过树叶在地上凌乱地摇晃着，白定云扑在一棵杨树上，惊惧地看着四周被树木遮挡的小径，一只山雀蓦然从树枝上惊飞，白定云望着一条灌木丛生的小径，癫狂地猛跑了过去。

在一条浅浅的小溪前，两只狼正蹲坐在孩子两侧，用爪子触摸了一下孩子天真无畏的脸蛋，斜长的眼睛里透着霸气和野性。在两只狼的脚下，是两张新鲜的兔子皮和一堆白森森的骨头。

两只狼好像并没有想立即把孩子吃掉的意思，它们望着淙淙流淌的溪水，似乎在犹豫是叼着孩子继续蹚过去呢，还是就地饱餐一顿。公狼对着母狼发出了一声低低的叫唤，像是在询问母狼的意思。母狼闻闻孩子的脖颈，又嗅嗅孩子的脚底，像是在打量从什么部位下嘴。孩子好奇地盯着两只狼的脸，举起白嫩的小手，在空中挥舞了一下，嘴里发出和小狼差不多的呜呀声。母狼伸出血红的舌头，舔了一下孩子的小手。

白定云看见这一幕，吓得瘫倒在了地上。孩子就在两只狼的爪子下面，只要它们兽性大发，孩子会瞬间尸骨无存。她必须立刻把孩子夺回来，她紧张地环顾了一下四周，爬到不远处的草地上，颤巍巍地站起来，搬起一块石头，慢慢地向两只狼走去。

白定云屏住呼吸，她感觉到脸上的汗水在快速地淌下来，心跳得像是要把她的整个身体爆裂。她一边祈祷两只狼不要发现她，一边祈祷儿子不要哭。

也许是狼的警惕本能提醒了它们，也许是人类的气味刺激了它们，两只狼同时抬头。

白定云不由得打了一个冷战，两只狼一起盯着她，凶恶的眼睛里散发着莹莹的绿光。两只狼的身体略微后倾，那是攻击前固有的准备。

白定云继续朝前走着，她已经闻到了狼身上散发出来的野兽的气息，吓得汗毛立了起来，一股寒气沿着脊梁骨直冲向脖颈。但她不能停下，为了救儿子，再大的危险，她也要走下去。

望着向它们逼近的女人，两只狼变得焦躁起来，黑色的嘴巴渐渐张开，红色的狼舌、白色的尖牙、绿色的目光、灰白色的毛发汇集成一股鲜艳的死亡之光，一起射向还在向前靠近的白定云。两只狼肥厚的尾巴有力地在身后翘起来，两只尖嘴豁然张开，鼻子上方的毛发皱缩起来，惊悚地嚎叫着。

白定云搂着刚才捡起的石头，心惊肉跳地向前挪动着脚步。她手里只有这一块石头，她只能朝一只狼砸去，剩下的那只狼会做出什么反应呢？白定云不敢再想下去了，她已经看见了儿子挥舞的胳膊，母性的本能充涨了她的全身。白定云的心跳到了嗓子眼，她打开双臂，脚底下像是着了火，冲着狼直奔过去。

怀里的石头啪的滚落在地上，她跪在了地上，使出全身的力气，手脚并用，爬到了孩子的身上。她放弃了用石头打狼，那会把孩子置于死亡线上。为了保证孩子的安全，她只能用自己的身体护住孩子。狼已经吃了两只兔子，如果再把她吃掉，应该暂时就饱了。即使她身上的肉都被狼啃光了，她也会用自己的骨头死死地压住孩子，不让狼伤害到孩子。白定云闭上了眼睛，紧紧地搂着儿子，她感觉到狼的利爪已经伸到了她的后背，扎在了她的衣服里，在她的脊背上划出了一道道鲜红的血口，血液不可遏制地喷溅了出来。她又感觉到饿狼在咬她的肉，一大块一大块的肉从她的大腿上、腰上、肩膀上、头颅上被啃下来，她的肉身正在逐渐变成一堆血淋淋的白骨。白定云面不改色，纹丝不动，只有她被吃得精光，孩子生还的可能性才会更大一些。

一个心满意足的声音在白定云的身边响起，这应该是一只狼吃饱之后舔舐爪牙的惬意。她平静地趴在地上，等待着第二只狼把她剩余的肉也撕裂开来，一块一块地嚼烂，吞进肚皮里。

一个急迫的喘气声在白定云的耳边响起，她感觉到肚子右侧有东西在蠕动，她担心没有把孩子捂严实，孩子的脚裸露在了外面。就用力抬起身体，想把孩子全部挡住。同时，她睁开了眼睛，想在被彻底吃掉之前，再最后看孩子一眼。

她看见孩子在她的身体下面天真地转动着清澈的眼睛。

她手里抓着一撮狼毛。两只狼却不见了。

也许是白定云舍身救子的壮举感动了母性大发的母狼，两只狼放弃了伤害孩子的计划。如果今天叼走孩子的两只狼都是公狼，那白定云母子很有可能都葬身于狼口了。

经历过这件事，白定云决定第二天天亮后立即下山，以防狼再次袭击她和孩子。她不敢想象，假如狼第二次把孩子叼走，她还能不能幸运地把孩子找回来。

到了后半夜，山风突然刮了起来，呼啸的大风吹进洞里，像是一群游荡的鬼魂飘了进来，在山洞里发出索命的号叫。

一个喘息的黑影出现在洞口，把头探进来，焦急的目光朝洞里不停地张望着，似乎在寻找什么。

糟了！会不会是那两只狼又来了！白定云抓起了手里的木棒，蹑手蹑脚地朝着黑影靠过去。这次就算粉身碎骨，她也要保护自己的孩子。

那个黑影贴着石壁走进来，伸出胳膊，朝前摸索着。随着一声尖细的喊叫，一个棍棒重重地落在了他的身边，只要再往左偏移一点，就打在了他的脑袋上。他敏捷地跳离石头，那个尖细的声音又朝着他猛扑过来，他一把抓住了白定云的手腕。

“放开我！”白定云歇斯底里地挣扎着。

从这一句嘶喊里，王立清分辨出了白定云的声音，她没走，她还在，她一直都在这里等着他。王立清欣喜若狂地把白定云搂在怀里，他的这一举动遭到了白定云更加猛烈的反抗，她在他的肩膀上狠狠地咬了一口。

“定云，是我，我回来了！”王立清忍着疼痛，紧紧地抱着她，哽咽地说。他在土牢里、工棚里、厂院里、睡梦里，在繁重劳作时，在磨钢锨时，在奔跑于大雨中时，在钻划伤他脖子和脑袋的铁丝网时，在游过那生死一线的水壕时……他所能想到的都是她。为了能再次看见她，他咽下最难吃的泥水，他睡在零下三十多度的风口处，他忍受最高强度的劳动，他一次又一次面对有去无回的险境，他孤注一掷地逃离那个吃人的魔窟，他怀着希望又忧虑重重地踏上这座心心念念的山头。此刻，他终于把她搂在怀里了！

白定云呆住了，泪水如注而下，手里的木棒落在了地上。

他拥紧了她、抚摸着她、亲吻着她！

她却推开了他，又接着扑上去疯狂地捶打他的胸口。一遍又一遍地哭喊着：“你去哪儿了？你去哪儿了？你去哪儿了……”

他更加用力地抱紧了她。

她再次狠狠地咬着他的胳膊，接着便放声大哭了起来……

一年多的时间里，她是怎样地渴盼他的归来啊。她忍受了多少的担忧和思念，遭受了多少野兽的袭击和威胁，饥饿、干渴、疾病、风寒、蛇、狼、湖水、孤独、黑暗、寂寞……轮番而上，她身心俱疲。她以为他死了，再也见不到他了。她以为他变心了，把她抛弃了。无数次，她梦见他回来了，可一醒来，却发现只不过是一个梦。她跑到山洞外面，满山岭地奔跑着，大声地拼命地呼唤着他的名字。她多希望他能感应到，她在等他，一直都在等着他，一步都不曾离开。

听到母亲的哭声，山洞深处传来一阵更加清脆而急切的婴儿的哭声，这声啼哭终止了白定云百感交集的哭泣，她立即从男人的怀抱里挣脱出来，慌张地朝着哭声跑去。

王立清点起一根火把，匆匆追了进去。

白定云抱起孩子，爱怜地吻了吻他那光洁的小额头，小男婴立即停止了哭泣，肉嫩的小嘴巴拼命地吸吮白定云的脸颊。白定云抬起头，羞涩地看着王立清，红着脸说：“还不过来看看你的儿子。”

王立清惊讶地睁大了眼睛，举着火把凑过来，看着这个与他眉眼极其相似的小男婴，他的记忆一下子回到了他离去之前的那个夜晚。他和她的爱情早已在各自的心底生长，终于在那个相依为命的夜晚开出了耀眼的花蕾，现在，他的双眼里倒映着他们爱情的小果实，那么娇嫩，那么神奇，那么无助，又那么有力。

他把火把递给白定云，小心翼翼地接过这个延续着他的血脉的小生命。他笨拙地调整着自己的姿势，生怕一不小心把孩子摔在地上。

“你看，儿子在对我笑呢。”王立清怜爱地望着儿子，那张无瑕的小脸上浮现出一个浅浅的酒窝。

“你是他的爸爸，见到你，儿子当然很开心。”

“你开心吗？”王立清深情地望着这个实质上已经成为他妻子的女人。

“从秋盼到冬，又从春盼到夏，为的就是这一天。”白定云依偎在男人的肩膀上。

“我以后再也不离开你了，我要好好地和你过日子。”

“在这里？”

“不，回临湖镇。”

“外面安全了吗？”

“是的。”

“那日本人呢？”

“走了。”

“去哪了？”

“回他们的国家了。”

“终于盼到这一天了！”

“回去之后我要立即做一件事。”

“什么事？”

“举办一个热热闹闹的婚礼，我要把你风风光光地娶过来。”

来到让他们朝思暮想的家园门前，王立清腼腆地微笑着问白定云：“先回哪个家？”

“现在我还不算是你的人，先回我妈家吧。”白定云示意王立清在墙脚下的一块棱角不平的石头下面找到了开门的钥匙，有些变形的木门被推开了，白定云抱着沉睡的儿子走了进去。

初秋的黄昏已经倾洒在这片小镇上，温热的空气变得如湖水般轻柔，一如定云那白净的身影。

王立清打开了东院的大门，一封四四方方的信躺在距离大门不远的地方，像是被谁从门缝底下塞进来的，他把信拾起来，拆开，看了起来：

王：

八月十五日中午12点，日本天皇裕仁通过日本放送协会的广播公布了《终战诏书》，这标志着世界反法西斯人民抗战的胜利！这是一个多么值得让啤酒和帽子满天飞的消息啊！当日，蒋介石电令日本中国派遣军总司令冈村宁次，要求他立刻停止一切军事行动，并且派出代表，听候中国陆军总司令何应钦之命令，处理在中国战区内全部日军投降事宜。日军接受命令的指定地点被确定在湖南芷江，所以，我将要再次离开一段时间。希望我回来的时候，你和你的大门能一起迎接我。

署名是托马斯。

王立清把信折叠好，放进了一个小红木匣子里，那里面已经积攒了托马斯在七年的时间里写给他的八十多封信。七年前，王立清和托马斯在净源湖畔相遇的时候，两个人第一次四目相对，就有一种一见如故的感觉。一个是背井离乡的难民，一个是云游四方的美国人。王立清的质朴、聪慧、稳重和勤劳深深吸引了这个向往无拘无束生活的浪子，而托马斯的真诚、率性、自由和热情也强烈影响着王立清。王立清教授托马斯学习中国的语言和文化，认识稻米、高粱、小麦等农作物的耕种方法，托马斯把西方的科技理论、珍贵书籍以及世界各地的逸闻趣事讲给王立清听。每次收到托马斯从世界各地给他邮寄来的信件，王立清的心情都会异常的激动，一封信他会反复读上两个小时，从托马斯这扇窗口，王立清知道，这个世界很大。

王立清把两个院子中间的高墙拆掉了，又把砖头仔细堆积在两个小院的院墙下。然后换了一身干净的衣服，把自己要成亲的事告诉了镇长孟江海。临湖镇像一个被毒气笼罩的黑城，确实需要来一阵大风，把清爽和明朗还给这里的居民了。孟江海让王立清挑选日子，其余的事情由他来操持。

一场热热闹闹的婚礼在临湖镇举行。

两个月以后的一个深夜，托马斯从南方回来了。一对分别了太久的兄弟畅快地促膝夜谈。

“来，尝尝我煮咖啡的手艺有没有见长。”王立清把两杯热气腾腾的黑咖啡端在了桌子上，坐在了托马斯的对面。

“嗯，很香，看来战争并没有毁掉你的手艺。”托马斯用一把明晃晃的小汤匙在杯里轻轻搅了两圈。

“战争真的是一个很伤人的东西。”王立清皱紧了眉头，感慨地说。

“王，不要悲伤，日本人已经投降了，法西斯已经失败了。我这次从湖南芷江回来，参加了中国的受降仪式，我的上帝，那是一个怎样令人难忘的时刻。所有的中国人是那么志气昂扬，所有的日本人是那么垂头丧气。整个受降仪式过程中，虽然只有短短十几分钟，但日本人始终低着头，温顺得像是一只被拔去牙齿和尖爪的老虎，”托马斯叹了一口气，“一个民族或一个国家如果任意妄为地践踏人类生存的权利，那么最后是一定会承受最严厉的制裁。无论何时何地，人类反抗的力量总要比侵略的力量强大得多。”

“托马斯，你是个让人羡慕的家伙。从我们相识到现在，我一直觉得你就像是一只雄鹰，天地宽广，任由你翱翔。”王立清双臂叠放在桌子上，聚精会神地凝视着对面这位高鼻子、蓝眼睛、白皮肤的外国友人。

“如果你也喜欢这种浪迹天涯的生活方式，你可以和我一起走，体验一下灵魂在路上的感觉。”托马斯真诚地望着王立清。

王立清朝西院看了一眼，笑了笑：“你是雄鹰，而我是风筝。”

“哦？”托马斯疑惑地把身体倚靠进椅子里，呷了一口热咖啡，“但我相信，没有什么东西能比自由更有力量。”

第二天天亮后，托马斯舒展着筋骨从屋子里走了出来，他被院子里的一幕深深吸引住了。明媚的晨曦里，王立清抱着一个娇嫩的婴儿，他凝视着婴儿的眼神是那样温柔和慈爱，像湛蓝的海洋，像松软的金沙，简直就是上帝的完美附体。他被王立清脸上那种发自内心深处的仁慈和怜爱打动了。从西边的屋子里走出来一个年轻美丽的女子，她梳着一根低低的麻花辫，如秋水般的眸子里闪动着两颗黑色的珍珠，唇边的笑意具有一种东方女人的柔媚。女子走到王立清身边，接过孩子，熟练地解开上衣的纽扣，露出一只饱满的紫红色乳头，塞进了婴儿肉嘟嘟的嘴巴里。这多么像一幅天国的圣画，没有喧嚣，没有欲念，只有无尽的爱在三颗纯净的心灵之间静静地流淌着。

“王，我明白你昨晚为什么会拒绝我的邀请了。”托马斯依然站立在原地，并没有要靠近的意思。

听到有人说话，白定云惊慌地把身体转了过去。她试着要拔出儿子嘴里的奶头，但儿子吸吮得更用力了，她只好作罢，把一个娇羞而又嗔怪的眼神抛给了王立清，好像是在责怪他怎么没有告诉她家里来客人了，而且还是一个金发碧眼的外国人。

“对不起。我辜负了你的好意。”王立清用食指抚摸了一下儿子贪婪的小脸蛋，就向托马斯走去。

“我是生气，不过不是因为你的拒绝，而是因为你没有通知我你娶了这么一位美丽的姑娘，还做了父亲。这太让人意外了！”托马斯做出了一个惊讶的手势。

“此事说来话长，今天中午让定云炒几个菜，咱们兄弟俩好好喝几杯。”

“你知道的，我平时不喝酒，但今天我要破例一次。”托马斯收起了放荡不羁的禀性，很认真地说。

第二天天亮以后，王立清敲敲托马斯的房门，没有人应声。他推开房门走了进去，只在桌子的砚台下面看到了一封信。

我最忠诚的朋友：

我再一次不告而别了，相信你不会介意的。

今生能认识你，我很幸运。你让我了解了一个极其伟大的民族，它的文明，它的智慧，它的包容，它的谦卑都深深地打动着我。你给予我的眼睛以光明，给予我的嘴巴以良言，给予我的耳朵以谦逊，给予我的鼻子以敏锐，给予我的思维以活跃，给予我的迷茫以明晰，给予我的徘徊以坚定，给予我的脆弱以坚强，给予我的双脚以跋涉，又给予我漂流之后可以随时休息的安乐窝。你是一个巨大的能量场，它凝聚了几千年的历史，怀揣着大海一般的辽阔，天空一般的深邃，接纳我这个流浪四方的人。

也许我还会回来，也许我不再出现，但无论我在哪里，我都不会忘记你的。

“托马斯走了？是不是我们哪里怠慢了他？”白定云走进来，看了丈夫手里的信，疑惑地问。

“这是他的一贯作风，来无影，去无踪。”王立清把托马斯的信放进了木匣子里。

白定云看出丈夫的眉宇之间还是有一丝淡淡的离愁，就转移了话题：“给儿子取一个名字吧。”

“儿子出生在中国最动乱的时候，希望他可以平安健康地长大，就叫他王俊康吧。”王立清充满期待地说。

第八章　野人

王立清的小院里又多了两条活泼的小生命，老二王俊光，老三王俊荣。

白定云把老三放进丈夫用竹条编织的摇篮里，温和地看着两个正在你追我赶的儿子：“俊康、俊光，小心点跑。”

“妈妈，我想喝水。”老二王俊光在母亲身边站住了，像一只依恋的小羊羔，扑进母亲散发着奶香的怀里。

“我去给弟弟拿水。”王俊康跑进屋里，很快，又跑了出来，两只手紧紧握着父亲专门为他们制作的一只造型可爱的绿色水杯，水杯两侧各有一个耳朵形状的手柄，是照着俊康的耳朵轮廓雕刻成的，手柄中间镂空，俊康的手指正好顺利穿过。

“弟弟，慢点喝，别呛着。”王俊康托着水杯的杯底，以免弟弟不小心把热水倾倒在身上。

“俊康长大了，知道照顾弟弟了。”白定云拿着托马斯留给丈夫的那顶帽子，细心地为小儿子遮挡着阳光。

“俊光是弟弟，我是哥哥，哥哥就应该照顾弟弟。”王俊康懂事地说，一副小大人的模样。

“好小子，不枉你妈把你从狼嘴里抢回来。”王立清从孟江海家回来了，正好听到了妻儿的对话。

“你回来了，孟镇长找你什么事？”白定云把帽子又往西边挪了挪，回头微笑地望着蹲在地上一手搂着一个儿子的丈夫。

“孟镇长准备在西边的大黑山上建一座煤厂，想让我和他一起干。”王立清在两个儿子的屁股上疼爱地拍了一下，就站了起来，走到小儿子的摇篮边，轻轻摇晃了两下。

“这件事可行吗？”临湖镇世代依靠净源湖生存，对于建煤厂，白定云有些担心。

“八年的抗日和三年的内战使许多发电设备遭到毁坏，大黑山上蕴藏着丰富的煤炭，建立一座煤炭加工厂，以供应中原地区的发电厂，会是一件功德无量的事情。”王立清向妻子解释着煤厂的价值。

“孟镇长打算什么时候建煤厂？”

“选好位置以后就马上动工。我离开的时候，孟镇长让孟喜文去请风水先生了。”

“孟喜文被放出来了？”白定云颇感意外地问。

新中国成立后，孟喜文就被人举报聚众赌博，被警察带走了。孟江海亲自去找县长说情，也没能把孟喜文从监狱里面解救出来。县长避而不见，说新中国刚刚成立，必须严肃处理一切违法乱纪行为。等孟喜文改造好了，自然会把他放出来。

“嗯，两天前回来的，在里面的日子不好过，半年的时间，整个人变得很迟钝。”王立清发现俊荣尿湿了，就把儿子从摇篮里抱出来，白定云立即转身去屋里拿新的尿片。

新中国成立后，孟江海先后两次往返上海，他发现黄浦江周围建立了许多工业区，有轻纺、造纸、卷烟、肥皂、皮革、橡胶、火柴、面粉等八大工业支柱。工业经济将在民族发展中发挥举足轻重的作用。从上海回到临湖镇后，孟江海就想弃政从商，建立一座像样的工厂，让临湖镇上年轻力壮的男人们真正有事可做。

几个月后，一座颇具规模的大煤厂屹立在了松树林中一块宽敞的土地上。临湖镇里近一半的男人都来到了煤厂上班，从凌晨到深夜，一辆又一辆装煤的大卡车在通往煤厂的土路上来来往往，临湖镇人的生活在这片黑色的煤地上渐渐红火了起来。

王立清正在办公室里盘算这一个月的出煤单子，孟琳儿就推门进来了。她今天穿着一件桃红色的及膝风衣，是孟江海从上海回来时特意给她买的，自来卷的披肩发上戴着一个大红色发卡，一双高跟鞋把地板踏得咯噔咯噔响。孟琳儿没有白定云长得高挑，但优越的家庭环境使她身上有一种娇贵的气质，在这个闭塞落后的小镇上显得很是出众。孟江海的工人里对孟琳儿频献殷勤的大有人在，但孟琳儿不是嫌这个太愚笨了，就是嫌那个太丑陋了，只有王立清让孟琳儿动了春心。尽管孟琳儿知道他已经成亲了，可是这在从小就习惯了呼风唤雨的孟琳儿面前，根本就不是个难题。她孟琳儿一句话，就可以让一个一文不名的乞丐飞黄腾达。许多人正是认识到了这一点，才在孟琳儿面前阿谀献媚，但孟琳儿对那些主动送上门来的不屑一顾，对这个从不围着自己转，甚至从不正眼看自己一眼的王立清反而兴趣横生。

“王管事好敬业，回头我和我爸说一声，月底多给你结一些薪水。”孟琳儿不客气地坐在了王立清的对面，好像她才是这个煤场真正的老板。

“孟琳儿小姐来了。”王立清抬起头随便应付了一声，就继续若无其事地整理着手中的货单。

“别人工作的时候都是能偷懒就偷懒，而你却是能认真就认真，你和别人就是不一样。我喜欢认真的人。”孟琳儿故意对“喜欢”两个字进行了强调。

“孟叔交给我的事情，我当然要尽心尽力。煤厂刚刚步入正轨，自然需要多加留意。”王立清这次头也没抬，做出一副很繁忙的样子，希望这位衣食无忧的大小姐能识趣地主动离开。

但孟琳儿却极其耐心地倚靠进椅子里，丝毫没有要离开的意思。在这位高高在上的大小姐心里，根本就没有“她对别人是多余的”这样的观念。她觉得自己的存在对别人是一种荣耀，是一种恩赐。全世界都是她孟琳儿的，何况一个小小的煤厂办公室。她不让那些来找王立清汇报工作的工人们出去，就已经是她孟琳儿宽宏大量了。

王立清也感觉到了，知道想让孟琳儿主动离开是不可能的了。可是，如果自己这个时候突然借故出去，也有点太不近人情了。再说孟琳儿也不是什么大恶之人，她只是在任性地追逐一份根本就不可能属于她的感情罢了。手里的货单已经核查完了，他把货单合上，在一个蓝皮小本上仔细地记录下查找出来的问题。王立清一边记录问题，一边思考着如何摆脱孟琳儿。

“王管事，你忙完了吧？现在可以陪我说说话了吧？人家等了你这么久。”孟琳儿半生气半撒娇地说。

“说什么？”王立清实在没有什么借口来遮掩了。

“别人找我说话，我都懒得理他们，人家主动来找你聊天，你却不冷不热的。我有这么让人讨厌吗？”孟琳儿真的有点生气了。

“琳儿妹妹，你很可爱，也很漂亮。只是……我已经成亲了，而且已经是三个孩子的父亲了。”王立清努力让自己在不伤害孟琳儿的前提下，把自己拒绝的意思完整充分地表达出来。

“这个我知道，可是我喜欢，我愿意，我……”

“人不可以太任性！”王立清打断了孟琳儿的话，他真的有些愤怒了。他一直都把孟琳儿当作亲妹妹看待，却没有想到她完全误解了自己的意思，并且在他把话挑明的情况下，她还这样一意孤行。

“你……”王立清愤怒的声音惊吓住了孟琳儿，她从来没有见过王立清发这么大的火，她以为他永远也不可能对自己生气，就像她的父亲那样，永远无条件地宠爱着她。

“琳儿妹妹，对不起，我们只能做兄妹，如果连兄妹都做不了，那我们就做主仆，如果连主仆都做不了，那我只能离开煤厂。”王立清也意识到自己刚才的失态，尽量使自己保持平静，但该说的话他还是得说出去。

“王管事，你以为我孟琳儿是因为嫁不出去才赖在你这里的吗？告诉你，我孟琳儿如果想嫁人了，来求婚的人能踩破我家的门槛。你不要以为你王立清做个小小的管事就有多么了不起，那还不是我爸抬举你。我孟琳儿如果不高兴了，能让你立马走人，你信不信？”孟琳儿像是一只受了重伤的母老虎，她的自尊、虚荣、高傲都被王立清踩踏在了脚下，她不允许别人这样拒绝她、无视她、羞辱她。

“发生什么事了？”孟江海在隔壁听到了女儿的吼叫声，立即赶了过来。几个工人也慌张地跟了进来，他们都很惊讶，什么人敢冒犯老板的女儿。

“爸，王立清欺负我，你把他马上辞了！”孟琳儿噘着嘴，斜瞅着王立清。她知道，只要爸爸一句话，王立清就会永远在煤厂消失。

“孟叔，很抱歉，我这就走。”王立清掏出口袋里煤厂办公室的钥匙，放在桌子上，大步朝门外走去。

“站住！我是这里的老板，辞不辞退你，我说了算。立清，你留下。琳儿，回家去。以后没什么事不要随便到煤厂来，这里不是你们女孩子待的地方。”孟江海把钥匙重新放在了王立清的手里。

“爸爸，你……”孟琳儿睁大了眼睛，惊讶地望着这个对自己一向都百依百顺的父亲。她以为父亲会立即严厉斥责或惩罚王立清，即使不让他走人，也会呵斥他一番。她没有想到，父亲居然帮着这个欺负了她的外人说话。

“还不快回去！一个女孩子家，成天抛头露面的，像什么话！”听到父亲这样和自己说话，孟琳儿充满仇恨地瞥了王立清一眼，把胸前的头发朝肩后一甩，气恼地跑了出去。

看到孟江海如此训斥孟琳儿，工人们也都有点不敢相信，他们可是亲眼看着孟江海是如何宠溺这个大小姐的，那可真是风吹了怕刮着，雨下了怕淋着，吃东西怕噎着，喝水时怕呛着。但孟江海是他们的老板，谁也不好说什么，就都悄悄退了出去。

“琳儿这孩子都是我和她妈把她宠坏了，你别往心里去。我也是过来人，我早看出来了，这孩子对你有意，原以为她慢慢就想明白了，没有想到这孩子这么执迷不悟，才闹出了今天的乱子。你比她年长，多担待她点。”孟江海说完，就转身背着手走了。

孟琳儿哭着从煤厂跑出来，跑到了一段坑洼不平的下坡路上，路两边都是新长出来的绿草，在阴凉山风的怂恿下，朝同一个方向作出叛逃的姿势，全然不顾那片孕育它们的多情的土地。

孟琳儿哪里会留意到青草对土地的叛变，她只能感觉到父亲、王立清、自尊和爱情对自己的集体叛变。

孟琳儿飞快地奔跑着，脚下发出皮鞋和石子激烈交战的声音，开始时，武装精备的皮鞋以初生牛犊不怕虎的大无畏精神一直位于上风，然而，一双外来的小皮鞋终究寡不敌众，再加上不熟悉地形，没有任何支援力量，鏖战多时的小皮鞋跟部随着一声尖锐的惊叫声凄然落地。孟琳儿摔倒了。

“连你也欺负我，都给我滚。”孟琳儿恼怒地抓起绊倒她的小石子，扔进了那堆似乎是在嘲笑她的草丛里。随着石子啪唧的落地声，草丛里突然传来了一阵“嗷嗷”的咆哮声，一个捂着右半边脸、呲牙咧嘴的男人从草丛中坐了起来，愤怒地瞪着跌坐在地上的孟琳儿。

孟琳儿满不在乎地瞥了一眼被自己砸中的这个倒霉鬼，瘦弱的上半身被野草挡住了一大半，被疼痛牵连的左半边脸也不加掩饰地扭曲着，细短的脖子和平坦的胸部裸露在一件松垮的灰黑难辨的褂子外面。这个被石子砸中的男人不是别人，正是当年和王立清一起从日本部队逃出来、消失了好几年的赵三。看到赵三疼得手都放不下来，孟琳儿心中的怒火熄灭了一大半，但她并不说一句话，自顾自地按摩起了那只肿痛的金贵的小脚。

赵三看到孟琳儿不仅没有向自己道歉，还一副与己无关的冷漠表情，甩下捂着脸的手，从草丛里冲出来，气哼哼地站立在孟琳儿面前：“你把我打伤了，应该向我道歉。”

“道歉？我孟琳儿从出生那一天开始就不知道‘道歉’这两个字怎么写。你给我示范一下，让本小姐了解了解什么叫‘道歉’。”孟琳儿霸道地挑衅着。刚才看到赵三半边脸，她还能委屈一下自己的目光，现在看到了赵三整张脸，她实在不愿意再多看他半眼。一张颧骨突出的小脸像是没有长开，两道眉毛稀稀拉拉，一双眼睛像是两条罅隙，塌陷的鼻子萎靡无骨，就连那两片薄厚不同的嘴唇也像是勉强拼凑上去的。牙齿掉了好几颗，残余下来的也都长短不一，灰白色的头发乱糟糟地披散着，比孟琳儿的头发都长，上面粘着一些枯草和泥巴。真像从原始森林里跑出来的野人。

“你叫孟琳儿，你爸爸是不是叫孟江海？你还有一对双胞胎哥哥，孟喜文和孟喜武？”赵三惊喜地在孟琳儿面前蹲了下来，他几年前离开的时候，孟琳儿还是一个爱哭鼻子的小丫头，没有想到，几年不见，孟琳儿已经出落成了一位成熟的美丽少女。柔顺的长发飘落在两根如白玉的锁骨上，犹如春天里的小草钻出温暖的地面，每一次轻微的拂动，都仿佛直接从赵三激动的心尖上撩拨而过。那侧坐在地面上的身体是那么高贵而娇嫩，那轻揉脚掌的小手是那么白净而纤长，那娇嗔的小嘴是那么性感而妩媚，那活泼的黑眼睛是那么灵动而新鲜。他真想变成一只饿狼，直接把这个令他魂游神荡的小美人叼进山洞，饱饱地快餐一顿。

“你认识我爸爸和我哥哥？”孟琳儿用挑剔怀疑的目光来回打量着眼前这个肮脏邋遢的野人。

“我叫赵三，和你大哥孟喜文是旧相识。你大哥以前是不是有过一条渔船？”赵三又向孟琳儿靠近了一点，他恨不能直接钻进她的身体里去。

“是有一条渔船，那又怎么样？”

“这条渔船还是我给你大哥做成的呢。”赵三自鸣得意地说。

“看不出来，你这人还能造船，我还以为你只会造反和造孽呢。”孟琳儿轻蔑地瞅了赵三一眼，就又去按摩自己崴伤的小脚了。

“我现在的样子实在很狼狈。”赵三羞愧地看了看自己身上像是被撕裂的衣服和脚上破烂不堪的鞋子，十个脚趾头都赤裸裸地露在外面，长长的脚趾甲里面全是厚厚的污垢。

“岂止是狼狈，你要是闭上嘴巴，我还以为你是哪个山洞里的野人呢。”孟琳儿从高挺的鼻子里哼出一声冷笑。

“我确实做过一段时间的野人。”赵三捋了捋一头乱如蓬草的头发，一屁股坐在了地上，低垂着头，凝视着自己的双脚，似乎陷入了某种痛苦的回忆里。

“真的？在哪个山头上？”孟琳儿好奇地望着赵三，对这个不知底细的野人的防备也减弱了下来。

“在日本北海道。”

“日本在哪里？距离这里远吗？”

“很远，需要坐船。”

“日本的山高吗？有临湖镇西边的那座大黑山高吗？”

“比那座山高多了。”

“你在那里住了多久？”

“五年多。”

“这么久！那你是怎么活下来的？”孟琳儿对赵三这个曾经的野人充满了好奇。

“吃野果，打野物，喝雪水，刨野菜，只要毒不死人的东西，我都吃过。”

“没有想到你的命还是挺大的，在深山老林里生活了五年多，居然没有死掉。”

“我的命是够大的，也许上天保住我这条命，另有安排。”

“什么安排？”

赵三嬉笑着说：“也许琳儿小姐可以告诉我。”

“我？”孟琳儿更加疑惑了。

“你是我回到这里遇见的第一个人，这难道仅仅是一种巧合吗？”赵三的眼睛紧盯着孟琳儿的脸，五年里，他第一次希望自己还待在日本的深山里，那样他就可以任由自己的野性发作了。

“我不明白你在说什么。”孟琳儿尝试着从地上站起来，崴伤的脚刚一用力，就痛得她差点再次摔倒，赵三趁势扶住了她。

“你身上的味道好难闻！”孟琳儿厌恶地捂住了自己的鼻子，可她又不能完全脱离赵三的搀扶，肿胀的脚掌使她不能用一点力。

赵三既不敢太靠近孟琳儿，又不舍得把身体抽离回去。五年与世隔绝的压抑和寂寞，让他无法抗拒孟琳儿的魅力。只要有孟琳儿陪在他身边，他愿意做一辈子的野人。

“赵三，我的脚崴了，你得把我背回去，可是你身上实在太脏了。”孟琳儿的嗅觉从小就灵敏，她实在忍受不了赵三身上那股冲天的刺鼻味道。可这荒山野岭的，她又不愿意独自一人待在这里，说不定没有等来爸爸，反而等来了什么豺狼野猪。

“你坐在这里等着我，我很快就回来。”赵三搀扶着孟琳儿坐在路边的一块大石头上，就连蹦带跳地跑走了。

半个多小时以后，赵三回来了，不仅脸上的污泥没有了，还换了一身干净的衣服。

“你的衣服哪里来的？”孟琳儿趴在赵三的后背上，用手搂着赵三的脖子，好奇地问。

“用两条鱼和一位砍柴人换的。”赵三撒谎地回答。他从净源湖里洗完澡上来，在湖边发现了这身干净的衣服，他不知道这身衣服是谁脱下的，把衣服套在了身上后就逃之夭夭。他这条命是从野兽的嘴里夺回来的，还在乎偷窃一身包裹皮囊的衣服吗？

“你还挺会做生意的嘛。对了，你刚从日本回来，应该没有什么事情要做吧？为了报答你，我想和爸爸说说，让你进煤厂上班，你愿意吗？”孟琳儿并不是真的想报答赵三的热心，她只是想利用这个机会，证明一下自己改写别人命运的能力给王立清看看。

“当然愿意，琳儿小姐让我做什么，我就做什么。你让我往东，我不敢往西，你让我闭嘴，我不敢喘气。”赵三走路的速度更快了，既是因为一个年轻女性的身体紧紧趴在自己的脊背上，更是因为他拥有了今后与孟琳儿接触的机会。如果不是从长远打算，他会直接把孟琳儿背到一个偏僻的草地里，兽性大发了。

当赵三安然无恙地出现在王立清面前时，王立清感觉自己像是在做梦。五年多过去了，他一直以为赵三早已不在这个世界上了，他还偷偷地在镇子南边的树林里给赵三立了一个墓碑。无数个夜晚，他都梦见那个惊悚恐怖的雨夜，他和一群劳工拼命地向铁丝网的方向奔跑，身后是一声接一声的枪响。

“赵三，这么多年，你去哪里了？”王立清激动地搂住了赵三的肩膀。

“一言难尽，活该我倒霉，那天晚上好不容易爬到了岸上，结果碰到了一群正在撤退的日本兵。我担心他们知道我是一名逃跑的劳工后杀了我。所以，我就用你教给我的两句日语告诉他们，我也是一名日本人。他们可能急于撤退，也没有怎么怀疑，就把我带走了。当我知道他们是要回日本后，我就想方设法地想再次逃走，可最后都失败了。我只好继续装扮日本人，和那些撤退的日本兵一起坐着轮船到了日本。我会的日语不多，大部分时间都不知道他们在说什么，有一次，我看见两个日本兵边看着我边窃窃私语，我以为他们也要把我关进细菌实验室，于是，我和其他几个在日本干活的中国劳工一起逃了出去，躲进了北海道的一座深山里。饥寒交迫，无依无靠，我们七个人结拜为兄弟。这一待就待了五年多，病死了三个，失踪了两个，还有一个饿死了。每当山里来了人，我就以为是日本人来抓我了，就躲到更隐蔽的地方去。直到有一天，一个拿着枪的日本猎人来山里打猎，发现了我的脚印，沿着脚印找到了我。猎人把我带回了家，又找来一个中国人，告诉我，日本几年前就投降了，中国胜利了。我这才明白，当初他们谈论的是要把中国劳工遣送回国，如果我听懂了他们的话，就不用着急逃跑了，更不用在人迹罕至的深山里生活了五年。把一切搞清楚之后，日本人决定把我送回自己的国家。就这样，三天前，我就坐着轮船回到了中国。”

“活着就好，一切都过去了。”王立清把赵三搀扶到椅子上。

王俊康牵着王俊光的手，从院子里走了进来，他们看见家里来了客人，就乖乖地站在了原地，不发出任何声音。

“俊康、俊光，你们过来，见见赵叔。”王立清看见两个儿子进来了，就抬起手，招呼他们过去。

五岁的王俊康牵着三岁的王俊光走了过去，他们紧紧贴着父亲的大腿，尽量使身体远离这位陌生的客人。

“大哥，你已经有两个儿子了。”赵三笑着盯住两个小男孩的脸，伸出手想去抚摸一下。可赵三却张开两个尖利的手掌，像是要掐住他们的喉咙，贪婪的舌头在嘴唇上甩了一圈，眼睛里射出两道凶狠的光。王俊光吓得大哭了起来，把恐惧的小脸埋进了父亲的裤管里，王俊康依然站立在原地，并没有表现出明显的害怕。

王立清也被赵三这个奇怪的动作弄得迷惑了，淫邪的眼神，垂涎欲滴的表情，弯如九阴白骨爪的手指，起伏剧烈的胸膛，都让王立清把“还有一个老三”这句话给咽了下去。

赵三从王立清父子惊诧和躲避的眼神里感觉到了自己动作的野蛮，立即把手缩了回来，无奈地叹了一口气：“在山里这几年，经常和野兽搏斗，慢慢的，自己也有点像动物了。”

“没关系，我让你嫂子炒几个鸡蛋，咱们哥俩今天好好喝几杯。”王立清理解地笑笑。

王俊光还在恐惧地抽泣，王立清只好把他抱到了另外一个房间，让他待在母亲身边。

“真是对不住，把孩子吓哭了。”赵三吞下第一杯白酒，负疚地说。

“孩子还小，不碍事。不过，你身上确实有一种令人不安的东西，尤其是你的眼睛，似乎总是想捕捉什么。”王立清坦诚地说。

“我也不知道怎么回事，在山里生活了五年，很多都变了，我讨厌黑夜，喜欢火焰，不容易相信别人，痴迷于一切会动的东西，最大的嗜好就是在荒野的草丛里睡觉。回来这几天，我每晚都要离开人群，找到一处茂盛的草地，听着草丛里虫子的叫声，才能入睡。我想，我不再属于人类，五年多的时光把我推给了动物的世界。”赵三苦笑了一下，吞下一杯酒。

“不要过于悲观，也许是你在山里待得太久了，但你毕竟是一个人，你很快就会再次适应正常的生活的。”王立清给赵三的酒杯再次斟满。

“对了，大哥，俊康看起来似乎并不害怕我，这么小的孩子，够胆量！”赵三啧啧称赞着。

“他是你嫂子从狼嘴里抢回来的，那个时候，他才刚刚几个月，面对两只狼，他居然没有哭，还对着狼微笑呢。”王立清也为儿子的勇气而自豪。

“俊康比我勇敢，有好几次和狼正面起冲突，我都吓得魂飞魄散。狼这家伙可真执着，不到最后一刻，绝不放手。那俊康最后是怎么获救的?”赵三眨巴着灰色的小眼睛问。

“你嫂子爬到了俊康的身上，用自己的身体护住俊康，后来那两只狼就跑掉了。”王立清直到现在也没有想明白，为什么两只狼面对一个手无缚鸡之力的女人和一个襁褓中的婴儿会溜走。

“你今后有什么打算?”王立清最关注的是赵三今后的生活。

“先找一个女人。”

“想找什么样的?我让你嫂子帮你留意点。”

“孟琳儿那样的。”赵三不假思索地回答。

王立清愣了愣，接着说：“孟琳儿怕是不好应付。”

“她不答应，我就把她直接抢到山洞里去。”赵三一脸野蛮的表情。

“你可别乱来，孟镇长对我们都有恩，他的女儿，你动不得。再说，孟喜文刚从里面出来，你以前不是最怕他了吗?”

“那是以前，现在已经没有什么东西可以让我赵三害怕了。这个世界本来就是弱肉强食的，你不凶狠，别人就会对你残忍，这是我在山里这几年悟出的道理。我是在最惨烈的环境下活下来的，那么多的野兽没有让我死掉，人就更加不会对我造成威胁了。”或许是酒精的作用，赵三敞开了上衣，瘦弱的腹部有许多的伤疤，每一道伤疤都触目惊心，诉说着不堪回首的曾经。

“三儿，你大可不必这样，你难道没有发现，你比五年前活得更痛苦了吗?”王立清没有看赵三，像是在对桌上的盘子说话。

“感觉到痛苦，说明我还活着。在山里的时候，很多次我都以为自己已经死了，是疼痛把我唤醒了。”赵三显露出了醉意，他从王立清面前把酒壶拿过来，直接倒进了有些麻木的嘴里。

“你不能再喝了。”王立清站起来，想把酒壶夺过来。

“大哥，那些狼崽子们想喝我的血，我只是想喝几口酒，就这点要求，也过分吗?”赵三仰起头，咕咚咕咚地吞着辛辣的白酒，浓烈的白酒化为男人两行热泪，从赵三的眼角淌下来。酒在肚里流，泪在脸上淌。

没有人知道赵三这五年多在深山里究竟经历了什么，这段非人的经历像是一枚威力巨大的炸弹，在赵三的身体里爆炸，炸碎了他的懦弱，炸碎了他的恐惧，炸碎了他的犹豫和顺从，也炸碎了他的柔软和妥协。他变得连自己都认不出自己了。

酒足饭饱，赵三踉踉跄跄地走出了王立清的家。王立清一再挽留他，可他拒绝了，他必须去草丛里过夜。王立清给他找了一件上衣，让他带着，他也拒绝了。

在王立清的举荐下，孟江海答应了孟琳儿的要求，让赵三进了煤厂。有了衣食的保障，赵三就对孟琳儿展开了猛烈的攻势。他四处打探，了解孟琳儿所有的喜好。每天一出煤厂就像跟屁虫一样黏在孟琳儿身边。孟琳儿高兴了，他就兴奋得手舞足蹈；孟琳儿生气了，他就在地上学野猪打滚，直到孟琳儿破涕为笑。谁都看得出来，赵三在追求孟琳儿。孟琳儿也渐渐习惯了赵三的存在。

第九章　特殊的洞房

孟琳儿来煤厂找赵三的时候，赵三却失踪了！

看门的老头说没有看见赵三从大门出去，可工人们找遍了所有的办公室、仓库，甚至连厕所都没有放过，但就是没有看见赵三的人影。煤厂的院墙有两米多高，难道赵三会翻墙而出？可这也说不过去啊，他放着敞开的大门不走，为什么偏偏要翻墙出去呢？工人们中间议论纷纷，有的说赵三估计在日本学会了什么妖术，穿墙遁地如走平路。但王立清知道事情不像这些人想象得那么玄乎。

王立清把整个煤厂找遍了，依然没有发现赵三的踪迹。午后的太阳还是很有威力的，王立清已经口干舌燥了。他回到自己的办公室，想喝口水，再接着去找赵三，可水杯里，暖壶里，没有一滴水。他只好提着暖壶向食堂走去。这个时候食堂没有人，负责做饭的师傅休息去了。王立清推开食堂虚掩的大门，拿起放在炉子旁的一个小水壶，向水缸走去。王立清掀开水缸的盖子，正准备往水壶里舀水，他隐隐听到一阵吧唧吧唧的声音在水缸后面响起。王立清警觉地放下手里的东西，拾起水缸前的一根木棒，蹑手蹑脚地朝水缸后面走去。说不定是一只野狗或者几只老鼠在偷吃食物。王立清猛然跳到了水缸后，举起木棒准备打下去，但他像被施了定身法似的静止在那里，他没有看见野狗，也没有看见老鼠，他看见一个佝偻着身子的男人在拼命地往嘴里塞冷馒头，饥饿的样子仿佛已经有好几天没有尝到食物的味道了。

王立清蹲下来，强行压抑住眼里的泪水，把赵三头发上的干草捡出来。

“慢点吃，别噎着。”赵三停止了狼吞虎咽，哽咽地望着王立清，嘴里的馒头掉了出来。

“以后吃饭的时候可以多吃一点。”王立清心酸地说。

“我不饿，但是不吃东西，我难受。”赵三把掉在地上的馒头碎末捡起来，胡乱地塞进嘴里。

“好了，不要捡了，这里的馒头多得是。”王立清拽住了赵三的胳膊，他实在不忍心看见赵三像一个落魄的乞丐一样，去和灰尘争夺食物，可赵三还是执意去吃沾染了尘土的馒头，王立清只好大喊道：“孟琳儿来了。”

一听到孟琳儿的名字，赵三像坐在钉子上一样从地上跳了起来：“大哥，不要把刚才的事告诉琳儿，她如果知道了，我和她就没戏了。”赵三用袖子擦了擦嘴，用舌尖把塞在牙缝里的馒头屑舔了出来，咽进了肚子里。

王立清把赵三从食堂带到办公室的时候，孟琳儿已经离开了煤厂。赵三心急如焚地追了出去。

孟琳儿捡起地上的一片落叶，每撕掉一部分，都在嘴里叫一遍王立清的名字。她恨王立清，恨他对她的热情视而不见，恨他每次看见她来煤厂都借故离去。为了引起他的注意，她不惜拿出一生的幸福来做赌注，如花似玉、家境殷实的她和一个其貌不扬、一贫如洗的赵三交往。她不去理会赵三是否感觉到她的假意，她只在乎王立清是否能明白她的真情。她故意接近赵三，只不过是为了引起王立清的愧疚和后悔。可王立清就像是一个没有感情的木偶，对她所做的一切视而不见，听而不闻。她真想把他变成脚下的泥土，用她的高跟鞋把他踩个粉碎。

“琳儿，等等我。”赵三一溜烟地追了上来。

“刚才躲着我，现在追来做什么？”孟琳儿厌恶地绕开赵三，继续往前走去。

“我怎么敢躲着琳儿小姐呢，我巴不得时时刻刻都和琳儿小姐在一起。”赵三再次挡住了孟琳儿的去路，细长的眼睛里露出捕食的快感。

“要是那个木头像你一样会说话，我心里也会好过一些。”孟琳儿失落地说。

“琳儿，如果你跟了我，我绝对不会再让你难过的。”赵三早就明白孟琳儿的心思，但他并不介意她心里的那个人是谁，谁能得到她，才是真正的胜者。而他非常自信，他才是那个最后得到猎物的人，尽管王立清的猎枪和枪法都比他好，可他更能懂得猎捕的时机，最重要的是他对这个猎物感兴趣。

“我的心像炉子里的炭一样火热。”赵三焦急地揪着胸口的衣服。

“你说你的心是红色的，说不定它和煤厂里的煤一样黢黑呢。”孟琳儿虽然嘴上没有服软，可她的心已经被赵三的话所触动。是啊，王立清是很让人动心，可他是耀眼的太阳，而她孟琳儿是夜空里的月亮，只有赵三这颗星星知道她的心事。与其沉迷太阳那不能靠近的灼热光芒，倒不如做一轮被众星捧起的月亮。与其争取一个既不懂得珍惜自己、又不属于自己的有妇之夫，还不如选择一个对自己唯命是从的男人，不求养眼，只求舒心。

“如果你愿意，我可以把心挖出来，看它到底是红色的，还是黑色的。”赵三说着把腰里挂着的砍刀抽了出来。

“你干吗？动不动就把你的刀亮出来，还真是野人，”孟琳儿有点害怕地阻止着赵三把砍刀在她面前晃来晃去，“就算你的心现在是红色的，谁也不能保证它将来不会变色啊。”

“那我把这把刀交给你，我的心什么时候变色了，你就朝着它砍下去，用我的血再把它染红。”赵三把沉重的砍刀塞到了孟琳儿的手里。

孟琳儿把砍刀推给了赵三：“我才不用它呢，如果将来你的心变黑了，它会直接烂掉。”

“那这么说你是答应和我在一起了？”赵三欣喜若狂地把手合在嘴边，像狼一样对着无云的天空发出了一声久久的号叫。

赵三搂住了孟琳儿，孟琳儿并没有抗拒，赵三身上这种野性的味道，还是很让她着迷的。

孟琳儿要嫁给赵三的消息在孟家掀起了轩然大波，孟喜文受惊似的从椅子里站了起来，但又像被什么力量给压制了下去，闷头不语地呆坐在那里。孟喜武对妹妹的宠爱一点也不亚于父母，他到女人那里寻欢作乐的资本大部分都是从妹妹那里哀求来的，对这桩婚事，他自然是不会违拗妹妹的心意。孟江海的身体像抽风似的哆嗦了一下，杯子里的茶洒出来大半，他不能撒手不管，孟琳儿可是自己唯一的女儿啊，他宁愿把自己这张老脸撕破，也不能看着女儿的幸福在自虐中焚毁。他不要求将来的姑爷像王立清一样让自己满意，但也绝对不是赵三这样的无能小人。一个浑浑噩噩、一无所有的人怎么能给自己的女儿幸福？就算不讲究门当户对，他的姑爷也应该是一个能撑得起门面的人，能禁得住让别人品头论足的人，可是，这个赵三有什么？什么都没有。孟江海很后悔自己的溺爱给了女儿一双过于任性的翅膀，现在她已经展开这双翅膀在命运里肆意地俯冲，并不区分她是在扑向水，还是在扑向火。他绝对不能看着女儿把自己一生的幸福给葬送掉。

知道孟江海不同意他和孟琳儿的婚事，赵三食之无味，郁郁寡欢。从煤厂出来，月亮已经在天边升起，他来到净源湖边，坐下来，湖水里他的影子是那么朦胧而沮丧。他感觉到一种难以压抑的躁动，如果不是因为孟江海是他未来的岳丈，他真想把他那张老脸按进这湖水里，让他尝尝窒息的滋味。赵三捡起一块石头，砸进了湖水里，他多么希望这个涟漪滚滚的湖面就是孟江海那张皱纹横生的脸，如果可以，他可以用无数种方法让孟江海为拒绝他做孟家的女婿而痛苦。湖面上没有一丝风，可他分明感觉到心底正卷起一阵狂暴的飓风，在朝着大脑的方向涡旋上升。

他知道，孟江海这个一意孤行的老东西看不上自己，他看上的是王立清。如果是王立清向孟琳儿求婚，老东西应该会狂喜得抽搐吧。王立清除了那张脸长得比自己俊美，骨骼比自己高大壮实，实在找不出第二个优势，就连胆量，王立清都要逊色很多。女人和老人都是肤浅的，像蜜蜂一样一味追逐鲜花的芬芳，却不知道，当风雨来临时，有刺的荆棘才是最有力量的。

赵三站起来，借着淡淡的月光，朝着王立清家的方向走去。

吃过晚饭，白定云和三个儿子在西院的房间里玩耍，王立清坐在东院的堂屋里读书。

贫穷分为物质上的贫穷和精神上的贫穷，没有人能说清读书和物质上的贫穷的关系，但是真正读进去书的人都能切实感受到读书和精神上的富有是呈高度正相关的。思想是精神世界的顶梁柱，读书多了，就可以让一个人的思想变得丰满，从而让精神世界变得坚固和厚实。有了思想，人就有了深度，有了深度，人便不再浮躁。

看见赵三站在门外，王立清并没有感觉到意外，似乎早就知道他会来。

赵三颓丧地坐在王立清刚才看书的椅子上，煤油灯在他的脸上打出一层阴郁的光影。

王立清笑了笑："你这么晚来找我，一定是因为孟叔不同意你和孟琳儿的婚事吧？"王立清把一片茶叶轻轻吹到一边，慢慢饮了一口茶水。

"大哥，你帮我出个主意吧，我该怎么做，才能让孟家那个老顽固不再阻止我和琳儿在一起。"赵三两排稀落的牙齿在嘴里用力地打磨着。

"你想和孟琳儿结婚，看中的是她这个人，还是她的出身？"王立清郑重地问。

"夜里是为了她这个人，白天是为了她的出身。"赵三毫不掩饰地回答。

王立清站起来，从书架最上面一排的一本硬皮书的夹页里抽出了几张写满字的纸。

"这是什么？"赵三疑惑地打开来看。

"也许它对你会有帮助。你拿回去好好看看，然后原封不动地抄一遍，再拿着你抄写好的去找孟叔。"王立清准备再给赵三续些茶，赵三把那几页纸欣喜地揣进口袋里，像揣了一个稀世珍宝，迫不及待地离开了。

一个多月之后，赵三和孟琳儿的婚礼在孟家举行。这场婚礼之所以能举行，起决定性作用的还是那晚王立清交给赵三的那几张写满字的纸，尤其是最后一段总结性的话："煤炭关系到民族的发展和强大，将来势必会成为重要的经济支柱。目前，钢铁工业基础非常薄弱，再加上战争的破坏，新中国刚刚成立不久，产量远远低于别的国家，为数不多的几个炼钢厂都破败不堪，几乎没有一家完整的炼钢厂。我们可以考虑向炼钢厂供煤方向倾斜，增加焦炭的产量……”

酒席散去之后，喝得酩酊大醉的赵三被几个人搀扶进了洞房里。他蜷缩着身体，和衣躺在光滑柔软的褥子上，仿佛很冷的样子。每当有什么微弱的声音响起，他的身体都会发出一阵受到惊吓的颤抖。

恍恍惚惚的，他感觉自己仿佛又回到了日本的深山老林。他蓬头垢面，穿着破烂的衣裳，光着脚，佝偻着腰，拄着一根树枝，目光胆怯而警觉。他舔了一下滴着血的嘴唇，腥臭的味道从喉咙里翻涌上来，他刚刚和一只饿狼进行了一场殊死的搏斗，狼最后一下向他扑过来时，他孤注一掷地张大了嘴，对着狼的脖子就是一口，鲜血从狼的伤口处迸溅出来，喷射在了他的脸上。狼倒下了，他擦了一下脸上的狼血，放在鼻子前骄傲地闻了一下，那是他又一次战胜死亡的证据。在这个野兽出没的山林里，你只有比野兽更凶悍、更残忍，才能在险象环生的环境里生存下去。人本身就是一头野兽，就得按照野兽的法则来存活。善良、懦弱、犹豫、仁慈只能加速死亡的进程。生存是一种本能，他凭什么把活下去的权利让给一匹狼、一头野猪、一条毒蛇或几只麻雀？他燃起一堆篝火，把倒在地上还在挣扎的一只野鸡直接放在了火焰上，黑色的烟雾里响起了野鸡最后一声哀鸣。他把烤熟的野鸡放在嘴边，刚要去咬，四周突然红光冲天。风吹散了篝火，引燃了干燥的草地。他扔掉了野鸡，嗖一下从地上站了起来，但火海已经团团围住了他，想要逃生，必须从火舌中穿越过去。赵三没有丝毫的犹豫，一把撕扯下了身上的衣服，闭上眼睛，冲着蔓延而来的大火奔跑了过去……

赵三扭曲着身体在床上翻滚，他听见有人在叫他，他用力地睁开了眼睛，面前是一团朦朦胧胧的红光，啊，这一定是火焰的精灵，它在引诱着自己放下抵抗，屈从于命运的安排。不，他是生命唯一的主宰，只要他想活着，谁也别想让他趴下。他一脚踢了出去，想要驱散死亡的阴霾，却听见了一个女子恐惧的惊呼声。

他彻底清醒了，一翻身坐了起来，孟琳儿捂着肚子跌坐在地上，又羞又恼地瞪着酒气冲天的赵三。

赵三并没有去搀扶孟琳儿，他打着酒嗝，环视着陌生的房间，怔怔地问：“我这是在哪儿？”

孟琳儿气急败坏地站了起来，揉着被赵三踢疼的肚子，没好气地说：“在山上，要不怎么会凭空蹦出一只野猴子。”

赵三半信半疑地看了看房间里的摆设，雕花的大床，垂落的红帐，朦胧的烛光，斟好的美酒，摆好的瓜果，还有一个穿着大红喜袍的新娘子。哦，对了，他今天刚娶了孟琳儿，那么这里就是他们的洞房了。垂涎已久的猎物终于落入了自己的手掌，这一刻真是恍如梦境。他真想立刻扑冲过去，把囊中之物真正据为己有。可一股令人窒息的气息向他围拢过来，仿佛他在梦中感觉到的火焰的热浪。他忽然觉得这间屋子变成了牢笼，他就像是一只被捆住手脚的小兽，一个失去了灵魂自由的人又如何去享受身体的自由呢？他怎么可以把自己交给这么一间狭窄憋闷的屋子呢？他不属于这里，他与这里格格不入。他属于草地，属于荒丘，属于密林，属于田野。在日本的几年，他已经和这些地方融合成了一体，他习惯了若隐若现的星光，习惯了飘来荡去的风声，习惯了大雨劈头盖脸地落下，习惯了秋霜凝结在他的头发上。只有在爬行着小虫子的泥土上，他才能安稳地入睡。躺在如丝绸般顺滑的床铺上，他觉得浑身不自在。他受不了这种温柔乡里的缠绵，他需要透着野性的粗蛮。

他从床上跳下来，不由分说，拦腰抱起孟琳儿，扛在肩上，犹如一只挣脱了铁链的猴子，连蹦带跳地冲进了夜色里。

孟琳儿吓坏了，对他又踢又咬，但这就像是一只小蚂蚁挠了一下正在奔跑的狮子的毛，一点作用都没有。

赵三号叫着，扛着自己的猎物，来到了一片荒凉而杂乱的草地上。他把孟琳儿卸下来，像甩鞭子一样甩了出去。

孟琳儿双肘支在潮湿的泥土上，惊悚地望着两眼猩红的赵三。她不知道他要做什么，为什么要把她挟持到这种偏僻肮脏的地方。难道真的被父亲说中了，赵三娶她，是别有目的？

“你要做什么？”孟琳儿哆哆嗦嗦地往后退着，她第一次为自己的任性而后悔了。如果自己真的毙命于新婚之夜，这一定会成为临湖镇上最大的笑柄。

赵三没有回答，握着拳头，一双淫邪的眼睛里泛着瘆人的绿光。他伸出猥琐的舌尖，在毛糙的嘴唇上划了一圈，死鱼般的眼睛眯成了一条缝，满嘴豁口的黄牙在白色的月光下吱嘎作响。他闭上眼睛，扩张的鼻孔沉醉地一嗅，湿润的青草味儿和沉稳浓郁的泥土的气息就混入了他的身体，唤醒了他体内潜伏多年的情欲。月光清淡了下来，他已经看不清她的脸了，忽明忽暗的光线进一步刺激了野人的攻击性，清凉的林风从发热的皮肤上拂过，粗大的毛孔瞬间打开，压抑了太久的情欲犹如火山爆发一般从体内喷射了出来。

他张开留着尖锐指甲的双手，朝着孟琳儿抓过去，他扯下了孟琳儿身上所有抵御他的衣物，他看见了一个颤栗的软物在他的脚下忽而扩张，忽而收缩。他看见的不是一个女人，而是散发着肉香的美味，他看见的不是倒退的柔弱，而是挑逗他的魅惑。他扒拉下自己的裤子，反捆住孟琳儿的双手，但并没有堵住孟琳儿的嘴，对于一个决意要摧毁一座金碧辉煌的堡垒的将士来说，没有撩拨斗志的擂鼓声怎么行呢。那声声的愠怒是他挺进的号角，那句句的控诉是他攻击的动力，他跨过丛丛的密林和遍地的荆棘，越过滔滔的江水和枪林弹雨，撞击开了牢固的城门，终于杀出了一条血路，占据了一个曾经让他无比陌生但又垂涎已久的世界。这里确实与众不同，每一个角度都让他热血沸腾，那幽幽的清香，那软软的温床，那勾魂摄魄的檐角，那清风吹丝的摇荡，都让他那颗习惯了血雨腥风的心恍惚了起来。他胜利了，他一剑击中了她，看见痛苦的河流沿着她的脸颊蔓延到了她的心房和全身。他要在她的痛苦里细细品味自己的强大，他要把众人追捧的大小姐变成一个供他把玩的木偶。

进攻的声势逐渐加强，丛林里的野物惊恐不安，栖息在树梢里的小鸟惊飞而去，他在唧唧的虫声中越战越勇，他在鼓噪的风声中势如破竹，当他要把胜利的旗帜插上峰巅时，他的猎物突然平静了，不再嘶喊，不再求饶，不再颤栗，不再惶恐。她顺从地等待着，酣畅地享受着，汩汩的痛苦变成了喷薄的快乐，赵三这种变态的虐待把她内心深处那个看似正统的面具揭下，她的放浪被他的凶悍激发，她的荒淫与他的淫邪纠缠，在两种反常的心理作用下，两个人融合在了一起，成为了真正的一体。

第十章　王俊康患病

半夜里，王俊康突然发起了高烧。他痛苦地转动着脑袋，嘴里不停地叫着爸爸妈妈。

王立清连夜去请来了多年前给父亲诊治的李大夫，李大夫眯着眼诊了诊俊康的脉搏，把俊康的眼皮翻开，又把手压在俊康的胸部，他那双已经晕花的眼睛突然瞪大了。看到李大夫脸上惊诧的表情，王立清紧张得扶住了床沿，李大夫的这种表情他是那么熟悉，就在父亲去世前的那个夜晚，他从李大夫惋惜而无力的表情里读出了无法挽救父亲的绝望。

“李大夫，我儿子怎么样了？他这是得的什么病？”王立清的声音连他自己都听不出来了。

“真奇怪！”李大夫的这句话无疑给这个愁绪密布的家又笼罩上了一层阴云。

“什么地方奇怪？”王立清抓住了李大夫的手腕。

“孩子这两日可曾感冒？”李大夫郑重地问。

“俊康这几日一直都很好，没有感冒的迹象。”白定云心慌地立即回答。

“那可曾和什么人接触过？尤其是平日里不怎么熟识的人？”李大夫依然很严肃。

“除了家里人，没看见他和什么人来往。”白定云紧张地望着李大夫。

“那就奇怪了。从脉象上来看，孩子好像感染了风寒，但又不像是普通的感冒，如果我判断没错的话，他的肺部出现了问题。我先给孩子开一些退烧药，先把体温降下去。如果孩子开始咳嗽，你们就立即把他送到医院里去。”李大夫坐在桌子前，把药箱子打开，拿出了开药方的本子。

王立清从药房里抓来了李大夫开的药，又到孟江海家请了假，煤厂他暂时是不能去了。

王立清按照李大夫的叮嘱，用一个陈皮、三十克蚕砂、三十克竹茹一起煮水。将陈皮洗净，和另外两味药一起放入药锅中，加冷水煮。水开后再煮三分钟即可。每四个小时喂一次药。到了傍晚，俊康脸上的红色渐渐褪变成了浅粉色。

第二天早晨，俊康睁开了眼睛，他目不转睛地望望爸爸妈妈，又望望两个弟弟，好像与亲人分离了很久似的。

“俊康，你感觉怎么样？”白定云摸了摸俊康的额头，烧已经退了。

“妈妈，我饿了。”俊康略带撒娇地对妈妈说。

“妈妈这就给你做你最喜欢吃的鸡蛋面。”白定云听说俊康想吃东西了，激动地抹了一把眼泪，把俊荣递给丈夫，就去煮面去了。

“俊康，感觉好点了吗？”王立清把俊荣放在大腿上，腾出一只手，抚摸了一下俊康的小脸。

“嗯，”王俊康懂事地点了点头，他想让爸爸放心，“爸爸，等我好了，我就可以帮助妈妈照顾弟弟了。”王俊康摆出一副大人的模样，他喜欢两个弟弟像依恋父母那样依恋他。

“俊光和俊荣也在等着哥哥快点好起来呢，是不是？”王立清低头看着怀里的俊荣和站在他身旁的俊光。

“大哥，你快点好起来，我们还和俊荣一起玩。”老二王俊光拉着大哥的手。

“嗯。”王俊康微笑着再次点了点头。他觉得自己很累，好像身体里的力气都被抽空了。他无比期望妈妈快点把鸡蛋面端过来，他要吃饭，他想能立即下地走路，他不想这么躺着。

王立清把位置又让给了妻子。白定云用筷子挑起一缕热气腾腾的面，放在嘴边吹了几下，慢慢放到儿子的嘴巴前。王俊康焦急地张开了干裂的嘴巴，他要把这口面嚼碎以后咽到肚子里去，那样他就有力气了。可这口鸡蛋面就像是突然长出了细刺，卡在了他的嗓子里，他咽不下去。白定云立即伸出手去接儿子吐出来的面条。王俊康的肺里翻江倒海，嗓子里奇痒难忍，他拼命地咳嗽起来，小脸憋得通红，眼泪也被震出了凹陷的眼眶。白定云站起来，心疼地拍打着俊康的后背，想帮助他把堵在嗓子里的痰给吐出来。王立清把俊荣递给俊光，立即给俊康倒了一杯温水，可俊康只喝了一小口就全部喷了出来。

又过了一个小时，王俊康还是无法进食，哪怕一小口温水，都会把他呛出眼泪来。可怜的俊康望着母亲一次又一次端到嘴边的水，他是如此渴望能喝上一口，只要能喝一口，他想和弟弟们重新在一起玩耍的希望就有可能很快实现，可他的渴望变成了奢望，只要母亲手里的水稍稍靠近他，他的嗓子就会堵满黏黏的痰液，他绝望地倒在了床上，把脸埋进枕头里，呜呜地哭了起来。

“我们是不是再把李大夫请过来给俊康看看？”白定云担忧地看着丈夫。

“好，我这就去。”

很快，李大夫来了。他观察了俊康吐在地上的痰，听了听俊康喉咙里的气流声，最后又把了把俊康那柔弱无力的脉搏，神色凝重地摇了摇头。

“大夫，我求求你，救救我的孩子。”白定云声泪俱下地跪在了李大夫面前。

“快起来，治病救人乃是我们医者的本分，这个您尽管放心。只是，这种病来得很是离奇，我实在是不知道如何去诊治。你们最好能把他送到县医院去，用西医的方式来治治。恕我直言，孩子是福是祸，要看他个人的造化了。”李大夫把行医箱背在身上，匆匆离去了。

王立清从孟江海那里借来了一匹栗色阿尔登马，这是临湖镇上保留下来的为数不多的马种。王立清拉紧缰绳，把妻子和儿子放在了马背上，载着他们向县医院的方向奔驰而去。

经过县医院医生的会诊，俊康被确诊为感染了一种奇怪的细菌，这种细菌传染性极高，专门攻击人的肺部肌肉，慢慢地，会在肌肉上啃出一个个黑色的窟窿，最终导致呼吸无法正常维持而死亡。目前还没有什么有效的治疗方法，只能对病人进行隔离，防止细菌的进一步传染。

白定云听到医生的诊断，晕倒在地上。王立清一手抱着妻子，一手搂着儿子，他第一次体验到了什么是致命的打击。

回到家里之后，王立清按照医生的吩咐，给俊康单独腾出来一个房间居住，防止细菌进一步感染两个小儿子。虽然这么做很是让他于心不忍，可为了其他孩子的健康，他只能狠心把俊康隔离开来。

晚上，王立清心事重重地站立在老松树下面。他再次想起了父亲和那匹惨遭横祸的小马。

五月的天气还是有些凉。白定云走过来，给丈夫披上了一件衣服。

“在想俊康的事吗?”白定云伤心地望了一眼儿子房间的窗户，窗户里一团漆黑，俊康也许已经睡下了。

“俊康的病也许比我们想象的还要严重，”王立清顿了顿，神色凝重地望着妻子，“俊康得的这个病也许和日本人有关。”

“你说什么?”白定云惊讶地望着丈夫。

王立清犹豫地望着夜空，从日本人的部队逃出来已经过去很多年了，白定云只知道他住过日本人的监狱，后来又被转移到日本人的厂院去做劳工，但他在四方楼里看见的一切，他对妻子只字未提。他担心妻子害怕，更担心把真相透露出去后，会给这个家带来不可预知的麻烦。但自从俊康患上这种离奇的肺病，他就心生怀疑。俊康的症状和他当年做劳工时看到的感染细菌的劳工的症状极其相似，发高烧，昏迷，咳嗽，吐血痰，虚弱无力。

白定云听丈夫讲述着那些骇人听闻的秘密，惊讶又恐惧地抓紧了丈夫的手臂。她实在无法想象，在人世间竟然发生过如此惨绝人寰的事情，而这些事情，差一点就发生在丈夫的身上。

“但有一点我不明白，俊康是怎么感染上这些细菌的呢？”王立清愁眉紧锁，沉吟了一会儿，他把脸转向妻子，“定云，你再好好想一想，俊康生病之前有没有接触过什么特殊的人或东西？”

在丈夫的提示下，白定云惊呼道：“我想起来了！”

白定云从屋里取来煤油灯，领着丈夫走到扔在墙角的一个废弃的瓶子前。那是一个肚大口小的蒸馏瓶，底部有一些绿色的尘垢，瓶口用黑色的塞子封住，瓶身上也污迹斑斑，似乎是从垃圾堆里捡回来的。

白定云说：“俊康发烧前一天，带着俊光去林子里玩耍，回来的时候，他手里就拿着这个瓶子。我当时看这个瓶子不干净，就让俊康把瓶子丢掉。莫非俊康生病真的和这个瓶子有关？”

白定云不由地后怕起来，幸亏她当时命令俊康把瓶子丢弃，如果哥仨都接触了这个瓶子，那后果真是不堪设想。

“明天我把瓶子送到防疫所，请他们给检验一下。”王立清用一把小铲子把玻璃瓶子装进了一个布袋子里，又把袋口紧紧扎住。在封口之前，他把小铲子也装了进去。

很快，检验结果出来了，这个玻璃瓶的瓶壁上确实附着一种毒性极其强烈的细菌。在瓶子的侧面还有一个被风雨侵蚀得模糊不清的标签，经过研究人员的仔细辨认，标签上的字迹是日语，写的是——柄泽班 1 号。

得到防疫人员的回复后，王立清心痛不已。他当年去四方楼里救弗拉基米尔的时候，在走廊里看见过“柄泽班”的门牌，但那个时候他并不知道这个牌子的意义，他更不会想到，“柄泽班”这三个字会和自己的儿子产生联系，那个时候，他甚至都不知道自己已经做了父亲。

防疫研究人员告诉王立清，柄泽班是日本当年侵占中国东北时成立的一个特殊组织，其功能是生产战争用的细菌，包括霍乱、伤寒、鼠疫、炭疽、结核等。中国的土壤里目前依然残留着这些细菌，很多中国人陆续受到这些残留细菌的伤害。

从防疫所回来，王立清只说了一句话：“不能把俊康感染日本细菌的事情透露出去，否则我们在临湖镇就再也待不下去了。”

自从回到家里，王俊康一直很安静，不哭，不闹，也不询问自己的病情。医生的话，他只能听懂一部分，但另外一部分的意思，他也是能猜出来的，他知道自己不会再好起来了。从此，他只能像一只失去了翅膀的小鸟，被父母圈养在笼子里。

“我是不是永远要一个人吃饭？”当父亲给他送饭的时候，王俊康眼巴巴地望着窗外。

王立清把饭菜放到桌子上，走到儿子床前，想去握一下儿子的手，可他又忍住了，心疼地说：“等你好了，就可以和弟弟们一起吃饭了。”

“我想弟弟们了……”王俊康把头扭了过来，哀求地望着父亲。

“那我把弟弟们叫来，但是……他们只能远远地看着你。”王立清觉得自己是天底下最狠心的父亲。

“嗯。”王俊康用力点了点头。

白定云一只手抱着俊荣、一只手拉着俊光站立在了俊康的门口。

俊光想走到大哥身边去，但他又想起了妈妈先前对他说的话，大哥病了，需要好好休息，如果他打扰了大哥的休息，那大哥就不能很快好起来了。俊荣还小，只知道伸着小胳膊要找大哥。

看见一家人站立在门口，俊康用两条虚弱的胳膊支撑起自己的上半身，伤感地凝望着两个弟弟。他多么希望能把俊荣从妈妈的怀里接过来啊，再摸一摸他的小脑袋，亲一亲他的小脸蛋，陪他玩耍，教他说话。可他知道，在很长一段时间里，甚至是永远，他都不能再把俊荣抱在怀里了。俊荣不再属于他！他把目光又转移到俊光身上，俊光虽然比他小两岁，可个子比他矮不了多少，他们哥俩就像是一对孪生兄弟，心有灵犀，形影不离。他们一起奔跑，一起嬉闹，穿同一件衣服，戴同一顶帽子，在一个碗里吃饭，在一个被子里睡觉。如果说俊光是他的双手，那俊荣就是他的双脚。现在，他就像是一个苦刑犯，被斩去了双手，被砍掉了双脚。最让他痛苦的是，残酷的刽子手并没有把削去的手足给拿走，而是摆在他面前，让他眼睁睁地看着它们，撕心裂肺，痛苦不已。不仅如此，他还失去了父母，失去了童年，失去了自由，失去了欢乐。除了这一间寂寞、冷清、坚硬、沉默的屋子以外，他什么也没有了。那扇门就像是一道无形的银河，把他和亲人们隔绝起来，永世不得靠近。孤独的眼泪从他渴望亲情的眼睛里流出来，看见他哭了，俊光、俊荣也跟着哭了起来。

王俊康和亲人之间，将永远隔着一个房间的距离。

第十一章　忍辱负重

王立清回到煤厂的时候，才知道孟江海家中发生了很大的变故。孟喜武因为得了性病，昨夜在家里含羞自杀了。孟江海承受不住失去儿子的打击，突发脑溢血，经过紧张的抢救，虽然命保住了，但却不能动，也不能说话了。孟喜文于今天早上离家出走，不仅没有带走一件衣服，连一个字都没有留下。孟琳儿因为怀有身孕，不方便操持哥哥的葬礼和伺候父亲，所以，一切事务就都落在了赵三的头上，从孟家到煤厂，赵三成了真正的主人。

王立清赶到孟江海家时，春树站立在门口，迎接前来吊唁的亲朋好友。看见王立清来了，春树擦了一把眼泪，凑到王立清耳边低声说："王大哥，老爷在等你呢。"

王立清怀着沉痛的心情跟着春树走了进去。

孟江海像是被钉在了床上，一动也不动。床头一支蜡烛刚刚燃尽，屋子里飘散着烛烟的味道。

春树快步走到孟江海床边，俯下身体，对孟江海说王立清来了。孟江海睁开了眼睛，目不转睛地盯着王立清，嘴角的肌肉激动地抽动了几下。

"孟叔，我来了。"王立清坐在床沿上，握住了孟江海那只僵硬而冰凉的手。

孟江海拼命地张着嘴，可一个字也说不出来。千言万语在舌尖上汹涌而聚，最后都淹没在那个苍老而无助的嘴巴中，随着苦涩的唾液跌落进无底的肉体深渊里。孟江海浑浊而红肿的眼睛突然打开，他拼尽全力把头歪向右侧，做出一种类似撞击枕头的动作。

王立清抬起枕头的一角，一串明晃晃的钥匙放在下面，他把钥匙拿了出来。

"我认得，这是煤厂财务室和家里密室的钥匙。"春树跟了孟江海这么多年，他自然认得这些关系到整个孟家经济命脉的钥匙，谁都知道孟家有一间密室，里面藏着大量的奇珍异宝，每一件都价值不菲。孟家所有的房契、地契和借债人打下的欠条，也都放在密室中。

"孟叔，您的意思是让我把这串钥匙交给赵三？"王立清试探地问道。两个儿子走了，现在孟家唯一的继承人就是女婿赵三了。

孟江海痛苦地闭上了眼睛，两侧的颧骨在皱缩的皮肤下面抖动着。

“老爷闭上了眼睛，那就说明老爷要表达的不是这个意思，”春树把脸转向孟江海，像哄孩子般地说，“老爷，我再试着猜下您的心思，我猜错了，您就继续闭着眼睛，我要是碰巧猜对了，您就睁开眼睛。”

孟江海点了点头。

“老爷的意思是要把钥匙交给夫人？”

孟江海的眼皮没有动。

“把钥匙交给小姐？”

孟江海的眼皮依然闭着。

“老爷的意思是……把钥匙交给王大哥？”

孟江海睁开了眼睛，望着春树点了点头。

“孟叔，这可使不得！我不是孟家的人，怎么可以保管孟家的钥匙？”王立清受惊地站了起来，他实在不理解，与他非亲非故的孟叔为什么要做出这么不合常理的决定。

孟江海看到王立清拒绝，暴躁地晃动着他那个一夜之间白了一大半头发的脑袋，如果不是涉及孟家的财产，王立清是断然不忍心拒绝这样一个近似穷途末路的老人的恳求的，可这个想法太不合情理了，他绝对不能接受孟叔的这个提议，否则他将成为整个临湖镇人指责和议论的焦点，还有孟夫人、孟琳儿、赵三，他又如何能去面对他们，他不能做一个从别人嘴里掠夺食物的人。

“王大哥，我想老爷做出这个安排一定是经过深思熟虑的，您还是接受吧。”春树恳求道。

“不，我不能接受。如果我答应了，那别人会怎么看我？别人一定会觉得我王立清是一个卑鄙、龌龊、图谋不轨的小人，我不是孟叔的后人，却掌管孟家的财产，这于理于情，都说不过去啊。何况，孟叔也不是没有后人，孟叔有妻子，有儿子，有女儿，有女婿，再不然还有一些远房亲戚，怎么轮都轮不到我王立清的头上。”王立清把钥匙重新塞进孟江海的手心里。

孟江海像是接到一个滚烫的烙铁一样，握着钥匙的手发出了不可控制的痉挛。春树实在不忍心看见主人如此痛苦，就把钥匙从孟江海手里取出来，再次递给王立清。

“大哥，你就答应老爷吧。”春树几乎是带着哭腔在恳求。

王立清望着躺在床上一动也不能动的孟江海，在这位老人的眼睛里，他看到了和儿子俊康一样的渴求和期盼。他把钥匙紧紧地攥在手里，但他为这把钥匙的命运做了很明确的安排，等孟叔的身体好转了，或者孟喜文回来了，他会把钥匙完璧归赵。

在他离开孟家之前，他来到孟夫人面前，把钥匙的事情做了解释。孟夫人的眼睛里流露出的先是惊讶，然后是一个女人的顺从。对于丈夫的这个安排，孟夫人虽然不理解，但也说不出什么，她只能祈祷王立清真的是一个正人君子，如他所讲的那样只是替孟家保管这些钥匙。孟琳儿在卧房里听下人禀报了父亲的这一不近人情的安排，立即挺着大肚子心急火燎地赶到了前厅，挡住了王立清的去路："哟，想当孟家的主，早干吗去了？趁人之危，巧取豪夺，我看整个临湖镇里也找不到比你王立清更高明的人了，不费吹灰之力就把孟家的财产握在了手心里，我这个名正言顺的孟家后人是不是应该摆上一桌酒席，给你好好庆贺庆贺啊？"

"琳儿，不得无礼！这是你父亲的决定，我们妇道人家，不便插足。"孟夫人阻止着女儿。

"妇道人家也是孟家正儿八经的主人，不像某些人，鸠占鹊巢，还自鸣得意。"孟琳儿用手夸张地抚摸着自己隆起的肚皮，提醒王立清他们孟家又有了一代后人，这串钥匙怎么挂也不该挂在王立清这个外人的腰间。

王立清感受到了孟琳儿的嫉妒和愤怒，他摸了摸口袋里的钥匙，比针还要扎手，如果不是因为他已经答应了孟江海，他真的会把钥匙扔进孟琳儿的手里，洒脱而去。

"琳儿说得对，孟家还没有沦落到断子绝孙的地步，大哥想做好人，未免太心急了些。"赵三穿着孝衣跨进了前厅的门槛。

"三儿，我是什么样的人，难道你还不清楚吗？你怎么会说出这样的话？"自从进入孟家，王立清第一次感觉到了心痛。他原本以为，就算所有的人都怀疑他，和他同生共死过的兄弟也会相信他。只要赵三不误解他，不管他面对多么艰难的处境，他都会咬牙挺过去。

"我是孟家的女婿，而且我已经入赘孟家，这串钥匙理应归我保管。你明明知道我最想要的是什么，还要不顾一切地抢走，你让我怎么想这件事？对你拱手作揖，感激你夺走了孟家管家人的权利？还是三叩九拜，一辈子铭记你趁人之危的大恩大德？"赵三讽刺的本领让王立清大吃一惊，更让他百口莫辩。

望着赵三，王立清忽然明白了孟江海为什么要把家里和煤厂的财政大权交到他手上。孟江海一定早已深知，钥匙到了孟夫人手里，就意味着孟琳儿会得到它们，孟琳儿得到了钥匙，就代表着赵三会成为钥匙的主人。其实，王立清只猜对了一部分，孟江海所做的这一安排，还有更深远的考虑。通过赵三婚后的表现，孟江海更加清楚他到底是怎样的为人，自私，狭隘，野心勃勃，又不择手段，这样的一个人怎么可能让他放心拱手让权呢。更何况，孟江海还想到了另外一层，如果他把钥匙彻底交出去，那赵三就对他这个老丈人不再有什么顾忌，心慈手软的时候，可能会留给他一口饭吃，心情不爽的时候，说不定会觉得养着他这个废物，还不如养一条狗让他觉得更有快感。他为了钳制赵三以求自保，也为了他辛辛苦苦经营起来的这份家业不至于落入旁人的手里，他才想出了这么一条计策，让王立清成为财产的主人，他信得过王立清，就算孟喜文再也不回来了，就算他孟江海很快撒手人寰，由王立清来经营煤厂，他一世的心血就不会付诸东流。与心机叵测的赵三相比，王立清是独一无二的人选。如果有一天孟喜文回来了，王立清即使不把全部的财产归还给孟家，也不会让孟喜文像流浪狗一样无衣无食的。当然，孟江海也想到了他这么做，会把王立清推到风口浪尖上，会陷王立清于不仁不义，会让妻女对王立清怀恨在心，会让赵三把尖锐的矛头瞄准王立清，可他这样一个与废人没有什么两样的老人，还能想出什么两全其美的办法呢？他知道这么做很自私，但为了孟家，为了煤厂，他只能委屈王立清这个后生了。

“只要孟叔一句话，我就把钥匙交出来。我既然答应暂时替孟叔管理煤厂，我就决不能食言。”孟江海对王立清有恩，当初王立清带着父亲从山西来到临湖镇，是孟江海帮助他把家建了起来，这么多年，只要他王立清有什么事，孟江海就像对自己的事情那样上心。现在孟江海倒下了，还在一夜之间失去了两个儿子。孟江海身处如此凄惨的境地，他不能坐视不理。

“多么有心机啊，明明知道老爷子是再也开不了口了，还说什么‘只要老爷子一句话’，王立清，我赵三一直敬重你是一位顶天立地的男子汉，心里对你很是敬重，可没有想到，你也是一个冠冕堂皇的伪君子，在诱惑面前，你比任何人都贪婪。”

“孟叔不能说话，但他的意识很清楚，你们可以用别的方法了解孟叔的心意。只要孟叔流露出要收回钥匙的意思，我随时把钥匙送回来。”王立清说完，就从椅子里站起来，准备回家。

“王立清，只要你现在交出钥匙，我们还是患难的兄弟，但如果你执迷不悟，带着钥匙走出了孟家的大门，那就别怪我赵三翻脸不认人。”赵三拍了拍孝衣的袖子，好像要把什么厌恶的东西弹掉似的。

“随便你们怎么想吧，我王立清问心无愧。”

“有愧没有愧，自己心里最清楚。这世界上有哪一个偷盗的人会承认自己是小偷？王立清，看来你是不打算净身出门了，既然你这么热衷于蹚这趟浑水，那我也就言尽于此了。但请你记住，我赵三是煤厂的经理，你只不过是煤厂雇用的一个小小管事罢了，如果有一天我发现你做出对煤厂不利的事情，或者没有尽到一个管事应尽的责任，我可以随时辞退你。”赵三愤然地转身，离开了前厅，走到门口的时候，一把扯下了穿在身上的孝衣，扔在了地上。

王立清接管了孟家财政的事情在临湖镇不胫而走，各种议论铺天盖地地扩散着，有的说王立清得到这一切是凭着自己的人格和能力，有的说孟家内部一定四分五裂了，否则孟江海怎么会让一个和孟家毫无关联的人来掌握大权呢，也有的说王立清肯定在孟江海面前耍了什么阴谋，才博取了孟江海的信任。但不管外界的议论是什么，王立清尽心竭力地管理着煤厂，不乱用一分钱，而赚得的钱他都一分不差地全部入账，不到半年，煤厂的资产就翻了好几番。

每周五下午，王立清都会带着账簿，来看望孟江海，把每一笔进出的款项都交代得清清楚楚。

但王家的生活并没有相应地好转起来，俊康的病情加重了不少，只要情绪稍微激动或者吃东西速度快了一些，都会引起一阵狂烈的咳嗽。有一次，白定云在给俊康送饭的时候，还看见地上的痰里有血丝。她走出俊康房间的时候，就止不住地哭了起来。她多么希望，孤零零地躺在凄清小屋里的人是她，而不是她的儿子。

十一月里的一天，临湖镇下起了入冬后的第一场雪。

煤厂来了几个外国商人，指名要见王立清。王立清放下手里正在整理的账簿，去会见这几位异域而来的客人。

“我是王立清，听说您要见我。”王立清走进会客室的时候，办公室里的炭火正在旺盛地燃烧着，几位从苏联来的商人正站在张贴在墙上的一幅毛笔字画前品头论足，听到王立清的声音，所有的苏联人都回转身，只有一位身穿浅棕色皮衣、头戴海豹毛皮制成的帽子、脚穿黑色皮靴、手里扶着一根手杖的高个子男人还聚精会神地注视着墙上的字，仿佛这几个毛笔字比谈成一笔生意对他更具有吸引力。

“既然指名要见我，又为何以脊背相对呢？”王立清用俄语问。

“多年不见，王的俄语说得还是这么地道。”最后一个苏联人也转过了身。

当王立清看清楚帽檐下面的那张苏联血统的脸孔时，他惊讶地叫出了声：

“弗拉基米尔！”

“哈哈，老朋友，好久不见，你一点都没有变化。”弗拉基米尔拄着手杖走到了王立清面前，友好地握住了王立清的手。

王立清记得，弗拉基米尔在逃跑前被日本人注射了细菌，还是他亲手用斧头把他的腿给砍下来的，那么弗拉基米尔的这条腿是……

“我们已经八年没有见面了，我一直都在为你们担心呢。尼古拉怎么样？你们当年是怎么逃出去的？快讲给我听听。”王立清搀扶着弗拉基米尔在铺了厚垫子的椅子上坐下，其余几位苏联人也都坐了下来。

“那夜真的惊险万分。我和尼古拉跳进水里，我只有一条腿，游不动，尼古拉就拖着我，一起向前游去。我们上了岸，并很快与伊琳娜会师，我们三个人几经周折，一起回到了苏联。我的右腿残废了，找不到什么适合的工作，于是就做起了商人，还给自己装了一条假腿。尼古拉和伊琳娜结婚了，他们现在已经有了两个可爱的女儿，大的叫阿加塔，小的叫达莉娅，她们长得漂亮极了，像一对小天使。每次见面，尼古拉都会念叨你，说你是他见过的最优秀的中国人，尼古拉说的最多的一句话是，如果不曾遇见你，他很有可能就在日本人的监狱里被绝望杀死了，不会拥有现在幸福美满的生活。”弗拉基米尔捶了捶毫无知觉的右腿。

“那你呢，弗拉基米尔，你成家了吗？”自从儿子俊康患病以来，王立清好久没有这么开心过了。

“在尼古拉和伊琳娜结婚的第二年秋天，我遇到了一位善良的姑娘，她叫丽莎，是一位银行家的独生女儿，我们现在已经有了一个儿子，名字叫鲍里斯，意思是为光荣而斗争。鲍里斯今年已经五岁了。”弗拉基米尔谈到儿子的时候，右腿的残疾给他带来的不快完全在他的神情里消失了。

“中国有句古话，叫‘有朋自远方来，不亦乐乎’。今天咱们先把生意放在一边，你和几位苏联朋友都到我家里去，我做东，好好招待一下你们。”王立清让一个工人先到家里通知一下妻子，让她多准备几个热菜，再烫两壶好酒。他和苏联客人随后就到。

家里来了一群高鼻子蓝眼睛的外国人，俊光和俊荣兴奋得跑来跑去，他们把小脑袋探进门口，当被某双蓝眼睛发现后又把脖子立即缩回去。这几个外国人虽然说着他们听不懂的语言，但哥俩并不害怕他们，也许是父亲和苏联人的友谊基因遗传给了这两个儿子，他们很想摸摸弗拉基米尔那根寸步不离的手杖，也想戴戴他们头上那些奇特的宽边帽子，那些帽子真好看，比临湖镇上最有钱人家的小孩戴的帽子还要吸引人。但看归看，他们是绝对不会真的去触碰那些不属于他们的稀罕玩意的，父亲告诉过他们，别人的东西再好看，也不能碰一下。

“弗拉基米尔已经好几年不饮酒了，医生说，饮酒对他的腿不利。”坐在弗拉基米尔右侧的一位留着黄色短发的年轻小伙子插话道。

“不，今天我要喝酒，要畅快地喝酒，为了今日的重逢，为了没有来得及庆祝的反法西斯战争的胜利，也为了中国和苏联两国人民的友谊万古长青，这杯酒我必须喝下去。”弗拉基米尔又喝了一杯。

“可是，弗拉基米尔，你的腿……”黄发小伙子还是有些不放心。

“反正我也走不了路了。”弗拉基米尔又斟满了酒杯。

“王，你和那个叫赵三的人谁才是煤厂真正的主人？”弗拉基米尔像是突然想到了什么，把酒杯放下，蓝色的眼睛充满了疑惑。

“这个煤厂真正的主人叫孟江海，现在孟老板的身体出现了一点小状况，就由我暂时代管。赵三是孟江海的女婿，是煤厂的经理……也是我的好朋友。你们关于生意上的事情，可以直接和赵三谈。”王立清由衷地希望弗拉基米尔的这笔生意可以直接和赵三洽谈，他不想因为这笔生意，让他和赵三之间的裂痕进一步扩大。

“但我觉得赵三并不是一个可靠的家伙。当初给日本人做劳工的时候，他就是一个胆小怯懦的人，如果不是你照顾他，他还不知道要吃多少苦头。这次见到他，我总觉得他变化特别大。我想他没有认出我，他的注意力全部都放在了他能从我身上捞到多少钱这个问题上面去了。他和我们谈了二十多分钟，所有的话都围绕在煤炭的价格上。合作是要讲利益，但更要讲诚信和感情，像他这样的资本家，不会取得我们的信任的。当我得知你也在这个煤厂里工作的时候，我就提出了要和你见面，由你来和我们洽谈这笔生意。赵三很疑惑，为什么我们非要和你合作，但他到现在，应该也没有想起来，今天的苏联商人就是当年和他一起做过日本劳工的弗拉基米尔。”弗拉基米尔眨了眨眼睛。

“这个世界无时无刻不在变化，八年过去了，改变的不止是赵三一个人。现在坐在酒桌前的我们，有哪一个人还和八年前一模一样呢？”王立清和每一位苏联人都碰了一下酒杯，他觉得自己有点醉了。

“尼古拉说你是一位很好的辩论家，如果走上政坛，你将会如鱼得水。”弗拉基米尔称赞道。

“我此生最大的心愿就是把煤厂替孟老板管理好，给他老人家一个满意的交代，不要让煤厂在我手里衰落下去。”王立清真的醉了，既是因为与弗拉基米尔的意外重逢，让他得知了关于尼古拉的消息，也是因为他想到了这三年里他心里所承受的一切。他失去了和赵三之间的兄弟情义，失去了临湖镇居民对他毫无异议的信任，也失去了心灵的自由。他有时候也会怀疑自己，把这份责任承担了三年，究竟是正确的，还是错误的？

“王，你太善良了。在你的心里，情义和信义永远是最重要的。可是，你对别人仁义，别人也许并不领情。”

“弗拉基米尔，你太高看我了，我也有我的缺点，没有如你和尼古拉那样的抱负，比较向往安逸，有时会拖泥带水，不够干脆利落。”

“但你赢得了所有和你接触的人的尊重和爱戴，这个是有目共睹的。在煤厂，你才是真正的核心人物。王，我这次来是要购买一些煤炭，为苏联在中国东北建立海军基地投入使用。苏联号召我们这些拥有大量资金的人为苏中关系的源远流长做出一个公民应尽的义务。我就说服了岳父叶甫根尼，从银行里拿出一笔数目可观的贷款，又号召了几位商界的朋友，来到了中国。现在的煤炭质量参差不齐，再加上资本家追求巨额利润，要找到一个可靠的卖家，不是一件易事。上帝保佑，让我遇见了你，我愿意用所有的钱来交换你的煤炭。”弗拉基米尔高举起酒杯，示意所有的苏联人，一起敬他们的好朋友。

“你们准备购买多少煤炭？”王立清喝完杯里的酒，问道。

“我们原本计划是先来考察一下，确认煤炭的质量和卖家的信誉都没有问题后，再找个时间进行正式交易。王既然是煤厂的负责人，那我们就临时决定多购买一些煤炭。但现在有一个问题，我们身上没有带那么多现钱，恐怕不能一次性把货款付齐。”

“我们是朋友，钱不是问题。这样，你们先把煤炭运走，货款可以随后再送过来。我会向孟老板说明这些情况的。”王立清知道，自从新中国成立，苏联就给予了中国很多的帮助。现在，他能有一个机会来代表国家回报一下这位热情的邻居，是一件很光荣的事情。

就这样，弗拉基米尔从王立清手里购买走了大量的煤炭，预付的款项不足全部货款的三分之一。然而，弗拉基米尔和几位苏联资本家运走煤炭后，就没有了音讯。赵三正好借题发挥，当资金迟迟没有到账的时候，赵三就又在孟江海耳边煽风点火，说王立清肯定私吞了这笔资金，还说这几位苏联人和王立清肯定暗自结下了什么勾当。由于这笔拖欠的资金，煤厂几乎到了瘫痪的状态。刚开始，孟江海并不把赵三的话当回事，但一个多月过去了，苏联人的这笔资金还是没有到账，孟江海就产生了一丝疑心。王立清再来家里汇报煤厂的情况时，孟江海的态度就冷淡了很多。王立清明白孟江海因为弗拉基米尔的货款没有及时到账而对他有意见，但他相信，弗拉基米尔绝对不会欺骗他的，他一定是遇到了什么困难，才迟迟没有付款。

他匆匆告别了孟江海，走出孟宅，孤独而忧愁地行走在回家的路上。王立清愁眉不展，他不知道弗拉基米尔究竟遭遇了什么困境，现在已经没有了战争，中苏两国又如此交好，按说弗拉基米尔可以很顺利地把钱邮寄过来。但货款已经拖延了这么久，煤厂的资金链条已经受到了很大的影响，他也失去了很多工人的信任。

王立清的心头不觉一震——难道弗拉基米尔真的欺骗了他？

第十二章　连环阴谋

正在王立清步步维艰的时候，一封来自苏联的信驱散了他心中的迷雾。信正是弗拉基米尔写来的，他说苏联正在进行全民垦荒运动，大量的资金都流向了西部，那笔货款他要再过段时间才能汇过来。

王立清捧着这封信，就像捧着一份宝物，他恨不能把这封信张贴在煤厂大门口的通知板上，让每一个工人都知道弗拉基米尔并没有欺骗他，他也没有私吞那笔欠款。王立清激动地要去找孟江海，他要把事情的真相告诉孟叔。

王立清刚把信揣进兜里，赵三就走了进来。

“大哥要出门啊？”赵三拍了拍肩膀和头发上的雪，跺了跺鞋子上沾的泥水，反客为主地坐在了椅子上。

“是，准备去看看孟叔。”王立清不想做过多的解释。虽然他心里还是把赵三看作自己的兄弟，但他知道，在赵三的心里，他王立清只不过是一个贪图富贵的小人。

“这次就是老爷子差我过来的，有件事要和你商量商量。上头来了命令，说要对资本主义工商业进行社会主义改造，”赵三的鼻子里发出了一声嘲讽的哼声，“说白了就是想把我们的煤厂给没收。”

“你是从哪里听到这个消息的？”王立清也有些大吃一惊。煤厂是孟叔辛辛苦苦一手建起来的，国家为什么要没收上去？他有些想不通，但又极力使自己镇静下来，在没有搞清楚事实之前，不能先乱了阵脚。

“我昨晚和几个朋友一起喝酒，听他们说的，不过这绝不是空穴来风，很多大城市都已经开始了，我看迟早会轮到咱们煤厂的。咱们得想出一个万全的对策，保住煤厂。煤厂是老爷子的心血，国家凭什么把它收回去？咱不能做那案板上的鱼，任人宰割。”赵三从袖子里抽出手，做了一个切鱼的动作。

“孟叔打算怎么做？”王立清问。

“抗争到底。”赵三把手插进袖筒里，伏在桌子上，低声说。

“与国家为敌？”王立清的眉毛扬了起来，脸上青一阵白一阵。

“也不能这么说，我们只是守住自己应得的东西而已。煤厂和国家没有一毛钱的关系，国家凭什么要干涉我们的经营。我的意思是……呃，确切地说，是老爷子的意思，老爷子希望你能以煤厂主人的身份把这阵风给顶过去。国家派来的人看见我们坚决不同意，总不会直接来硬的吧。国家刚刚成立不久，对人民还是很客气的，我们只要不松口，等风头一过，咱们的煤厂就还是姓孟。老爷子听说国家要来回收煤厂，哭得那个可怜啊，连我这铁石心肠的人看了也心里难受啊。大哥，过去这几年，是兄弟我对不住你，我现在是真明白了，你并不是在贪恋孟家的财产，你这是在帮老爷子。在这里，我赵三给大哥赔不是了。再说，你接管煤厂也好多年了，我就不相信，你能忍心看着煤厂白白落入别人的手里。”

“煤厂是孟叔的心血，也是工人的饭碗，自然不能拱手让人。只是，国家这么做，会不会有别的目的，不应该只是要把资本回收吧？咱们是社会主义国家，人民是国家的主人，国家怎么会想着从自己人民的口袋里掏钱呢？等我把这件事打听清楚，再和孟叔商量看怎么办。”

“这火马上就要烧过来了，你还这么优柔寡断，”赵三突然暴跳如雷，“你要是真不心疼煤厂，那我们就等着别人把煤厂给要过去吧。等到煤厂不姓孟的时候，也就是老爷子大限到来的时候，到了那时，你就等着成为煤厂真正的主人吧。”

“我从来就没有打过煤厂的主意，过去没有，现在没有，将来也不会有。孟叔对我王立清有恩，能有机会报答孟叔的恩情，我王立清万死不辞。你回去告诉孟叔，就算拼了这条命，我也会替他老人家把煤厂保住。”王立清情绪激动地说。

“老爷子没有看错人，我也没有白跑这一趟。有大哥这句话，我就放心了。”赵三心满意足地告辞了。

“赵三来找你啥事？”白定云看见赵三走了，才进来。

“他说国家要把煤厂收回去，孟叔想让我把煤厂保住。”王立清盘腿坐在了火炕上，他再一次被巨大的考验给难住了。

“咱们小老百姓怎么能和国家对立呢？这不会又是赵三设计的什么阴谋吧？”白定云没好气地走到了王立清身边。

“我一生光明磊落，言出必行，可自从孟叔出事以后，我就背负着洗不清的骂名，有多少人在背地里说我王立清是个唯利是图的小人。”王立清的声音有些哽咽了，他把脸转向窗户，好让眼泪不掉下来，“如果没有孟叔，我和父亲就不会在临湖镇上安家，我心里一直记挂着孟叔的恩情。孟叔有难了，我能为了自己的名声而弃他于不顾吗？这几年，我对煤厂尽心尽力，可以说是如履薄冰。这几年，我没有睡过一个安稳觉，没有吃过一顿轻松饭，我不敢喝酒，生怕在工作上出现什么差错，我开始在意别人的眼光和评价，我在心里无数次地祈求，祈求那些数落我的人不要再戳着我的脊梁骨，这种滋味不好受……”王立清的眼泪还是流了下来。

“你为孟家付出的够多了，这两年，你头上添了多少白头发啊。”白定云心疼地抚摸着丈夫鬓角过早斑白的头发。自从那串钥匙到了丈夫的手里，这个家再也没有往日的欢乐了。那串钥匙简直就是厄运的象征，她真不明白，为什么还有那么多人会费尽心机地想要得到这串钥匙呢？

从1953年起，中国共产党在全国范围内果断地对资本主义工商业进行大规模的社会主义改造。决定有计划、有步骤、有阶段地通过和平赎买的方式把资本主义先改造成国家资本主义，然后再把国家资本主义改造成社会主义。

当改造小组来到煤厂进行宣传和教育的时候，王立清避而不见。改造小组就在煤厂里等，从上午等到下午，王立清不见他们，他们就不回去。

春树进来送今日的出厂清单，王立清核对以后，问道：“那些人还没走吗？”

“还在候着呢，说不见到你，就不走。”

王立清走到窗户前，朝外面望了望，看见几个身穿干部衣服的人坐在一棵梧桐树下面的石凳上，表情坚定地眺望着王立清办公室的方向。看来他们是不达目的誓不罢休了。这样躲着也不是办法，躲得了今天，还有明天，他们如果天天登门，会对煤厂造成不利的影响的。与其躲着藏着，倒不如和他们亮明态度，让他们趁早死了这条心。

“春树，你把他们请进来吧。”王立清坐回到椅子里，随意翻开一本书，埋头读了起来。

几个干部陆续走了进来，每一个人看上去都很有知识分子的修养。他们和颜悦色地站立在王立清的办公桌前，领头的是一个四十多岁的男人，个子不高，留着三七分头，戴着一副黑框眼镜，同来的人叫他范主任。

“王管事可真是大忙人啊，我等终于可以见到庐山真面目了。”范主任热情地寒暄着。

“如果是别的事，我王立清会全力配合，但如果是煤厂改造的事，就请各位免开尊口。我的态度很明确，煤厂是我和工人们一砖一瓦建起来的，我是断然不会把它送给别人的。”王立清头也不抬地说。

“王管事果然爽快，不愧是煤厂的管事。我早就听说临湖镇有一个叫王立清的人，为人仗义，顶天立地，所以我们来的第一个目的就是想结交王管事，大家做个朋友嘛。”范主任依旧站立在王立清面前，下属给他搬来一把椅子，他拒绝地摆了摆手。

“恐怕没有这么简单吧？”王立清从书里抬起了头，戒备的目光在每个人的脸上扫视了一圈。

范主任默认地笑了笑，推了推鼻梁上的眼镜：“当然，我们来还有一个很重要的事情，就是把国家对资本主义改造的精神向王管事进行一下传达。”

“有什么话，就说吧。我今晚约了朋友，要谈生意。”王立清冷淡地说。

“王管事是个爽快人，那我也就不绕弯子了。现在国家要对资本主义工商业进行改造，不仅是从国家的社会制度的角度出发，同时也有利于资本家。废除封建所有制，国家采取的是打倒和没收的办法，但对资本主义改造，国家则采取赎买的方法，在很长的时间内，国家都会付给资本家相当可观的利润。煤厂依然由你们自己来经营。我们现在有极大的社会主义经济优势，资本家接受改造，国家就统一安排，给他利润，安排他的工作，也就有饭吃。政治上还给他选举权，给地位。这其实是很划算的……”

范主任滔滔不绝地介绍着改造的好处，王立清根本就没有听进去。他只看见范主任的嘴巴在不停地动着，他的思绪早已飘到了天外。

如果煤厂是他的，只要国家需要，他会拱手相让。可煤厂是孟叔呕心沥血才发展到今天的，孟叔对他有恩，他不能让孟叔失望。王立清站了起来，把手里的书合上，打断了范主任的教育，一脸倔强地说：“无论如何，我都不会把煤厂交出去的。对不起，我还有事，失陪了。”

第二天一大早，王立清刚到办公室，春树就进来报告，说昨天的那几位改造小组的领导又来了。

“就说我不在厂里，他们要是愿意等，就让他们等着吧。”王立清铁定了心要守住煤厂，与他们再多浪费口舌，也是无益。

第三天，改造小组依然照来不误。在煤厂里又蹲守了一天，煤厂里的工人们交头接耳，议论纷纷，工作效率也受到了很大的影响。

等改造小组的人离开之后，王立清走出了办公室，对春树说：“去安排一些身强力壮的兄弟，组成巡逻队，从明天早上开始，在煤厂门外巡逻，不是煤厂的人，一律不准入内。”

不到八点，范主任带领着改造小组的人又来了。他们刚走到煤厂大门口，几个手里握着铁锹的工人就拦住了他们。无论这些干部们如何解释沟通，工人们就是不让他们进去。

一连好几天，干部们都被堵在了大门外。干部们软磨硬泡，晓之以理，动之以情，又是教育，又是规劝，都不管用。最后没有办法，改造小组只好采取强行改造的方法。所有的工人都可以继续留在煤厂上班，包括王立清在内。但他这个管事是当不了了。

为了生计，满身黢黑的工人们不发一言，只要能让他们继续在煤厂劳动，至于谁是煤厂的老板，对他们来说没有什么区别。

正式改造那天，范主任带着好几个资本家来到了煤厂，他让那些接受改造的资本家现身说法，以证明他对王立清说的那些话都是事实。直到这个时候，王立清才明白，他被赵三给蒙骗了，他被那几个曾经在他耳边煽风点火的生意上的伙伴给利用了，他曲解了国家改造的动机，煤厂被改造后依然是孟叔的，并不像他原来担忧的那样和孟叔不再有任何的关系。如今，他抗拒改造，导致煤厂被提前没收。他干了一件多么愚不可及的事，他还有何颜面继续待在煤厂里。

王立清懊悔地从煤厂里走出来，憔悴的脸上浸染了落日的余晖。当煤厂机器发出的轰隆声和熟悉的煤炭燃烧的气味都离他远去的时候，他的心底涌满了哀伤。殚精竭虑了这么多年，忍辱负重了这么多年，煤厂终究还是从他的手里丢失了。丢了煤厂，他该如何面对孟叔？丢了工作，他该如何面对妻儿？丢了尊严，他该如何面对镇民？在他如此顽固抵抗的时候，国家还愿意让他留下来，继续在煤厂工作，王立清就更加愧疚了。他给煤厂抹了黑，他对不起孟叔。王立清——一个世代荣光的山西人，一个勤劳善良的庄稼人，一个无所不知的百事通，一个平凡又带点神秘感的硬汉子，居然成为了与国家对抗的“资本家”。

他失魂落魄地走在去孟江海家的路上，他必须去承担自己一手酿成的苦果。

昏暗、阴冷又带点潮湿的屋子里，孟江海失神地盯着屋顶。赵三早就偷偷派了一个工人提前把煤厂改造的事告诉给了他，为的是刺激一下老爷子，他就是要让老爷子亲眼看看，他的煤厂被他最信任的人给弄丢了。

“孟叔，对不起。”王立清扑通一声跪在了孟江海的床前。

孟琳儿倚靠在门口，满身都透着一股浓厚的脂粉气和嘲讽味：“哟，我还以为是谁呢，原来是我们孟家和煤厂的大功臣来了。这算是什么事啊，大功臣怎么还下跪呢？地上这么凉，要是跪出病来可就不好了。”

“对不起，我没有把煤厂保住，孟叔，请您惩罚我吧。”王立清低着头，心痛地闭上了眼睛。

孟琳儿鼻子里嗤地冷笑了一下：“你这不是为难老爷子吗，你这到底是真心来赔罪的，还是为了来演一出苦肉计？老爷子浑身上下，只有这对眼睛还能眨巴几下，你让他怎么来惩罚你啊？”

孟江海干瘪的头颅艰难地在枕头上痛苦地扭动着，他不允许女儿如此挖苦他最倚重的人，这件事错不在王立清，他知道，一定是赵三从中作梗，王立清才一时被蒙蔽了双眼，做出拒绝改造的事。王立清不是那种不明事理的人。

“这世上再也没有比老爷子更糊涂的人了，放着自己的女婿不用，非要让一个毫不相干的外人来掌管煤厂，现在煤厂也丢了，老爷子这是搬起石头砸自己的脚。”孟琳儿双臂交叉在胸前，一副幸灾乐祸的样子。

“一切都是我的错……”王立清掏出挂在腰间的钥匙，递到了孟江海的手里。

孟江海把唯一能活动的眼珠子转到王立清愧疚的脸上，他张开干巴的嘴，用力发出了呜噜呜噜含糊不清的声音。他要告诉王立清，他不怪他。煤厂没了，不要紧，只要人还在，就没有过不去的坎儿。孟江海握着钥匙的手在剧烈地抖动，他要王立清继续保管这串钥匙，他相信他。直到王立清接住这串钥匙，孟江海才安静了下来。

可王立清却无法原谅自己。当孟琳儿命令春树把大门重重关上时，王立清的心里就被压上了一块沉重的石头，这块石头就像是长在王立清的心底似的，直到他去世的那一刻，也没有离开他。

弗拉基米尔消失后的第二年的夏天，一张巨额支票被邮递员送到了王立清的手里，这是弗拉基米尔偿还煤炭的款项。王立清兴奋地攥着这张可以洗刷他清白的支票在屋子里跑了好几圈。他打开支票，反反复复地阅读着支票上的数字，那些数字就像是一道特赦令，从此以后，他就可以做回那个清清白白、堂堂正正的王立清了。他要立即拿着支票去见孟江海，他要告诉孟江海，弗拉基米尔没有欺骗他们，他王立清也没有私吞这笔钱，他对孟江海是忠心耿耿的。有了这笔钱，他就可以证明自己的清白了，他就可以让所有怀疑他的人都知道他是一个好人了。

当王立清欣喜不已地来到孟家的时候，看见春树正爬在梯子上，把大门外面的红灯笼摘了下来，换上了两个白灯笼。王立清立即怔在了那里：“为什么挂起了白灯笼？孟家有谁去世了？”王立清慌乱地拖着僵直的腿，走上了大门前的台阶。

“王哥，你怎么来了？”春树从梯子上下来，看见了王立清。

“我来看孟叔，煤厂的那笔款子……”

“你来晚了，老爷昨天夜里归天了。”春树伤心地抽搭了起来。

王立清呆立在那里，像是突然置身于冰天雪地里，世界变成了白茫茫、凄惨惨、冷清清的一片。孟叔走了，他再也没有机会把支票的事情做一个交代了。

王立清麻木地走到了灵堂，身体在不停地发抖。

孟江海睁着一双空洞静止的眼睛躺在棺材里，他在咽气前还在等着王立清。

灵堂里只有赵三，孟琳儿母女在前厅里忙着安排明天的葬礼。

“现在老爷子已经去了，你是不是应该把钥匙交出来了？”赵三蹲在王立清身边，往火盆里又添加了几张冥纸，一团火星溅落了出来。

王立清掏出钥匙，交给了赵三，此时，他感觉到了前所未有的轻松。当他把头转向棺材的时候，一阵欣喜若狂的笑声在他的身边响起。

“王立清，你终究还是输给了我。你知不知道，我等这一天等了多久？”赵三站了起来，伸开双臂，在灵堂里旋转了一圈，“我赵三才是孟家的主人，唯一的主人，任何人都别想阻挡我，谁要阻拦我，结果只有一个，那就是死路一条。大哥，你知道孟喜武是怎么死的吗？”

“他不是因为得了性病而自杀的吗？”王立清依然背对着赵三。

赵三走到王立清身边，附身在他的耳边低语：“是我把一个已经得了性病的女人送到了他的怀抱里。”

“赵三，你……”王立清转过脸，愤怒地瞪着这个被魔鬼缠住灵魂的人。

“我早对你说过，我已经不是以前的赵三了。五年多的日本深山的生活早已毁灭了那个原来的我，这段经历让我深刻地明白，要想得到你想要的东西，就得不择手段，助我者生，挡我者死！孟喜文从监狱里出来，已经成了一个废人，不足为惧，但孟喜武就不一样了，他虽然喜欢沾花惹草，但孟老爷子却决定把煤厂传给这个游手好闲的浪子。你可能会疑惑，我是怎么知道孟老爷子的打算的。孟喜武出事前一天，我从煤厂回到家里，正好遇见孟喜武和孟老爷子一起从前厅里走出来，孟喜武是个心里藏不住事的人，从他那得意的表情里，我就知道他马上就要成为煤厂的继承人了。果然不出我所料，他叫住我，破天荒地问起我煤厂的情况，这个什么都不懂、只知道沾花惹草的花花公子，根本就没有拿我当这个家里的人对待。从那一刻开始，我就暗下决心，一定要搬开孟喜武这块挡路石。于是，我就找到了一个做肉体生意的女人，给了她一笔钱，让她帮我找到一个姿色不错，但已经感染了性病的女人。”赵三又发出了一阵狂笑。

“你这是在犯罪，你知道吗？孟叔对你不薄，他收留了你，让你进煤厂工作，还把女儿嫁给了你，你怎么可以恩将仇报？”

“我娶孟琳儿，老爷子是最大的阻力，这个你比任何人都清楚，就不要往老爷子脸上贴金了。”赵三背着手，淫邪地瞥着躺在棺材里的孟江海。

“这么说，孟喜文离家出走，也和你有关了？”王立清心痛地问。

赵三嘲讽地拍起了手：“不愧是大哥！是的，孟喜武死了，孟喜文自然就成为我最大的障碍了。孟喜文是一匹被拔了牙齿和爪子的狼，对我是产生不了任何威胁的，只可惜他姓孟，我没有办法当他不存在。我告诉他，我想要的只是孟家继承人的身份，如果他成全了我，我保证会善待孟家的每一个人，否则孟家就会家破人亡。孟喜文是一个孝子，他只对我说让我好好对待他的母亲和妹妹，就连夜离开了孟家。”

“贪得无厌！”王立清瞪着赵三，冷冷地说。

“如果我没有被带到日本，如果我没有经历那段不堪回首的野人生活，也许我会像你说的那样，娶到孟琳儿，我就该心满意足了。可入赘到孟家以后，我才发现，生活远不像我想的那样简单，你没有权利，没有金钱，没有名分，任何人都会看不起你。你以为我这几年在孟家的日子好过吗？你以为有谁真正把我当成孟家的女婿吗？没有，他们所有的人都把我看成一条被孟家喂养的狗。我只有把这些狗眼看人低的势利小人一个一个铲除，才能获得真正的尊严。于是，我忍气吞声地生活在这个大院子里，等待时机的成熟。你知道孟老爷子是怎么咽气的吗？”赵三把扇子合起来，走到王立清身边，蹲下来，模拟着他昨夜在孟江海房间里的语调和表情。

“我只告诉了他两件事，一个是孟喜武的死因，一个是孟喜文的出走，老爷子刚听到一半就受不了了，我敢说，他那一刻恨不得能把我千刀万剐，他一定很后悔把女儿嫁给了一头野兽，他就像一只被砍去手脚的乌龟，在床上痛苦地扭动着，激动的情绪害了他，再次引发了脑溢血，不到两分钟，就一命呜呼了。”

“你害了这么多人，难道不怕他们来找你索命吗？”王立清站了起来，揪住赵三的衣领。

“索命？哈哈哈，我死过多少回，连我自己都忘记了。你知道我是如何在那样一个荒蛮的山林里活下来的吗？今天我可以告诉你，我是踩踏着六条人命才活下来的。当还剩下最后一个人与我竞争那好不容易才找到的一点食物时，我就更加明白，要想活下来，我就得使另外一张嘴巴永远闭上。于是，我把他丢给了一条毒蛇，一个人逃回了山洞。现在说什么都没有意义了。大哥，我念在你对我昔日救命的恩情上，你放心，我不会对你下手的。我想要的都已经得到了，这场戏也该散场了。现在，我要去看看老爷子辛苦了一辈子所积攒下来的东西，那里一定会让人眼花缭乱的。”赵三把钥匙抛到空中，又把它们接住。他望着王立清，亲吻了一下那串明晃晃的钥匙，就转身准备向密室走去。

“等一等，”王立清含着眼泪喊住了赵三，他心灰意冷地掏出了那张支票，“既然你已经是孟家的主人了，我想当着孟叔的面，把这笔钱给你，希望你可以跟煤厂的兄弟们解释一下，让兄弟们明白，我王立清究竟是怎样的一个人。”

看见支票上的数字，赵三的眼睛里放射出金属一样的光芒，但这笔钱与孟家无法估量的财产相比，简直是九牛一毛。正在这个时候，孟琳儿走了进来。赵三的心里一哆嗦，如果孟琳儿看到了这张支票，那他当初陷害王立清的真相就会大白于天下。要想得到孟家的财产，首先就得取得孟琳儿的信任。

赵三想把支票藏起来，可已经来不及了，孟琳儿已经看见他手里有东西。情急之下，他转身把那张支票扔在了火盆里，一股青烟在火盆上腾起，支票瞬间化为乌有。

“赵三，你……”王立清一脚踢翻了火盆，他想把支票从火盆里救出来，那是唯一可以证明自己是清白的证据，但已经于事无补，支票化为了灰烬，在地面上无声地明灭着。王立清绝望地凝视着那堆灰烬，从此，他再也没有办法证明自己的清白了，所有的人都会认为他私吞了那笔货款，都认为他王立清是一个居心叵测、见利忘义的小人。在镇民们面前，他再也抬不起头来了。那么大一笔钱，是他和工人们辛辛苦苦赚回来的，就这么毁于一旦了！王立清猛地捂住了胸口，他的心在抽搐，在撕裂。

赵三贴在王立清的耳边，咬牙切齿地说：“大哥，善良是一把刀，它会插在你心里最柔软的地方，让你痛不欲生。”赵三又狂笑了一阵，便住口道：“来人，去密室。把王立清也带过去，今天是兄弟的好日子，做大哥的怎么能缺席呢。”

孟家所有的人都来到了位于宅子最后面的一间紧紧上了两道锁的密室门口。

孟琳儿专程把儿子也抱了过来，她要让儿子相信，她曾经对他讲述的所有关于孟家财产的故事都是真的，她的儿子是这些财富未来的主人，她没有理由不让儿子目睹这终身难忘的一幕。

王立清被两个男丁左右各架着一条胳膊，无法挣脱地站立在一侧。

赵三把钥匙举起来，在插进钥匙孔里时，他停住了，抬起头，仰望着天空，扯着嗓子嘶喊着：“孟老爷子，您费了这么多的心机，钥匙终究还是在我手上了，我一会儿打开这扇门时，您老可千万别在天上掉眼泪啊。”

“等一下，”孟琳儿大喊一声，牵着儿子走了过来，“赵三，你是入赘孟家的，这当家人怎么能是你？”结婚这几年，赵三一直都保持着把她扛到草地里去寻欢的习惯，即使是寒冬腊月和狂风暴雨，只要他来了兴致，照做不误。当初的那种新奇和刺激变成了摧残和蹂躏，孟琳儿实在忍受不了了，她要恢复自己在孟家的地位，她要让赵三听命于她。要想成为孟家的当家人，就要先成为这些财产的主人。

“这孟家现在除了我，还有男人吗？”赵三并不理会妻子的阻挠，把第一把钥匙插进了第一个大锁的锁孔里。在他的眼里，女人是男人的依附，根本成不了大事。

“谁说没有男人了，我们的儿子也姓孟。”孟琳儿把儿子推到了赵三身边。

赵三忍住了想要马上打开这扇门的冲动，他把钥匙拔下来，蹲在儿子面前，抚摸着儿子和他一样尖尖的脑袋，胸有成竹地问：“儿子，你叫我什么？”

小男孩胆怯地小声回答：“爸爸。”

“哎，这就对了，哪有老子在，儿子先当家的道理。”赵三站起来，又去开锁。

“我们的儿子姓孟，不姓赵。”孟琳儿不甘心看着一个变态的外姓人把孟家的财产据为己有。

赵三一把把儿子拽过来，伸出一根食指，指着儿子的脑瓜子：“他就是姓天皇老子的姓，他也是我赵三的儿子。除非……”赵三走到孟琳儿身边，附在她耳边淫邪地说，“除非他是你和某个野男人生出来的。”

“你是个禽兽！”

赵三一把抓住了孟琳儿扬起的手掌，轻浮地放在自己的脸上摩挲着：“既然知道我是禽兽，就不要这么粗鲁地对待我，你难道想今天夜里再体验一下更加难忘的禽兽生活？”听到赵三这句话，孟琳儿像是触电一样缩回了自己的手，每去一次草丛，她就丢了半条命，上次的伤还没有好利索，再来一次，她非一命呜呼不可。算了，也许有了这些财产，赵三的注意力就不在她身上了，她就可以解脱了。

孟琳儿悄声退到了一边。

赵三举着那串在太阳底下闪烁着金辉的钥匙，对所有的人示意了一下，当他确定没有人再出来和他争夺做这串钥匙的主人时，他打开了第一把锁，然后换了一把钥匙，插进了第二个锁孔。但第二把大锁却纹丝未动。赵三试了几次，仍然打不开。

“这是怎么回事？”赵三气急败坏地在大门上踹了几脚。

“第二把钥匙在我这。”春树站了出来，手里举着一把钥匙。

赵三摊开手掌，向春树一步一步逼过去：“春树，把钥匙给我，我保证，以后绝对不会亏待你的，我会让你成为孟家的管家，保你一辈子衣食无忧，飞黄腾达。”

孟琳儿紧张地看着决定孟家未来命运的春树。

春树犹豫了一下，但还是把钥匙交了出去。

孟琳儿最后一丝希望也破灭了，她在心里苦笑了一下，她怎么能奢望一个从小就唯唯诺诺的下人来改变孟家的命运呢。既然注定孟家要落在赵三的手里，那她也只能认命了。

赵三拿到了钥匙，打开了锁。他那双弥散着淫欲的小眼睛瞪得浑圆，他伸出颤巍巍的手，贴到那两扇陈旧而庄严的木门上，仿佛门板就是用金子做的。他憋足了劲儿，两只手往后缩了一段距离，再往前猛地一推，就迫不及待地跳了进去。

只听见轰隆隆一阵巨响，好像发生了地震，屋门内卷起了浓烈的尘烟，不到一分钟，密室里的声音戛然而止。人们慢慢围聚在密室门口，可没有人敢走进去，他们也走不进去，因为密室的门已经被从天而降的大石头堵了个严严实实，别说是大活人了，就算是一只小蜜蜂，小苍蝇，也妄想飞进去。

“妈，原来我爸早就料到赵三要夺咱们家的财产。”孟琳儿搂着儿子，扬眉吐气地对母亲说。

“天作孽犹可违，人作孽不可活。”孟夫人闭上了气定神闲的眼睛。

“夫人，小姐，这里怎么处理？”春树征询地望着孟家的两位女主人。

“不知道里面是否还有机关，先观察一下，等明天再找人来清理。”孟琳儿说完，带着母亲和儿子离开了。

“大哥，救我！”懵怔的王立清仿佛听见赵三在石头底下发出了隐隐的呼救声，那叫声是那么地无助而恐怖。其实，这个声音来自他的心里。

“快，救人，赵三还活着！”王立清大喊着，奔到密室门口，用力去搬那些把门口堵死的石头。

“王大哥，你听错了，赵三已经死了。”男丁们心疼地把双手鲜血淋漓的王立清拉了起来。

王立清挣脱掉那几双拖拽他的胳膊，再次扑到了那些被他的鲜血染红的石头上。他拼尽全力地搬那些坚硬沉重的石头，他要把赵三救活，他要给他一次重新做人的机会，他一直都相信赵三还是原来那个赵三，还是他在日本人的监狱和厂房里拼死保护的兄弟。他既然可以把他从日本人的手里救出去，就可以把他从石头下救出来。

“你们快点来救人啊，大家都是兄弟，你们不能见死不救啊！”王立清愤慨地回头瞪着那些无动于衷的人。

“王大哥是不是疯了？”一个人小声嘟囔了一句。因为他们确实没有听见赵三的呼救声。

所有的人都同情地望着产生幻觉的王立清。

“你们听，赵三在哭，他还活着。快，把这些石头搬走，把赵三救出来。”王立清满脸通红，汗如雨下，他忍着双手上的疼痛，往外扒拉着石头。只听见又一阵轰隆隆巨响，王立清的整个身体都被震荡了出去，他倒在地上，失去了意识。

第十三章　躲在暗处的黄雀

王立清昏迷了两天两夜，当他醒过来时，他看见一个清瘦可怜的人影在他的脸前漂浮着，那张脸渐渐变得清楚起来，小小的眼睛，稀疏的眉毛，高高的颧骨，厚厚的嘴巴，是赵三。赵三看起来为什么会这么难过？他不是已经成为孟家的继承人了吗？多年的心愿终于实现了，他应该高兴才是。可他好像很痛苦，睁着一双失魂落魄的眼睛，似乎想对他说什么。

“三儿，你来了？”王立清勉强撑起自己的上半身。

赵三的眼睛里充满了怨恨：“你躺在床上，而我却躺在石头下面。大哥，我好疼！你为什么见死不救？原来你和孟江海一样，都巴不得我死！”赵三说着转过了身。

“三儿，你去哪儿？”王立清着急地拉住赵三的袖子，可那衣服里面什么也没有。

“你的胳膊呢？你的手呢？”王立清惊呼着。

“没有了，都被石头砸碎了，只剩下这颗头了。”

王立清这才注意到赵三虽然穿着衣服，但衣服却像晾在绳子上那样在风中飘动着。他揉了揉眼睛，终于看清了赵三只有一颗头在空气中漂浮着，忽然，好像有一把隐形的刀划在赵三的脸上，一股一股殷红的血从赵三的眼睛、鼻子、嘴巴和耳朵里流出来。

“啊……”王立清害怕地捂住了眼睛。

“大哥，你好狠心，你为什么不救我，为什么要置我于死地？我死得好惨啊……”赵三说完这句话，就消失不见了。

王立清紧紧地抱着头，随着一声撕心裂肺的尖叫，他想起了所有的事情。他看见赵三打开了密室的门，而后冲了进去，接着他听见了地震山摇的撞击声，赵三被从天而降的石头砸中了……

“三儿，大哥来救你了，你等着，大哥来了……”王立清光着脚跳下了床，他要去孟家，他要救自己的兄弟。可他还没有走到门口，就瘫倒在地上。

王立清进入到了一个恍恍惚惚的世界里，他觉得自己的身体好像是脱壳的蝉，一点一点从一个很坚固的东西里爬出来，先是头，然后是两只手，接着是躯干，最后是两只脚。他可以动了，可以站了，可以走了，可以跑了，他飞起来了。他没有翅膀，但他确实飞了起来，他从敞开的屋门飞到了院子里，升到了空中，又来到了一座阴森空旷的厂院，厂院里到处林立着冒烟的烟囱，还有许多正在建设中的房屋，一律是灰色的色调。这不就是当年他做劳工的日本部队吗？距离厂院不远的地方是一大片简易透风的工棚，那是当年他们夜里睡觉的地方。工棚的东南方向，传来了人群的嘈杂声，怪不得刚才在厂院和工棚里都没有看见人，原来所有的劳工都聚集在这里。他们拿着劳作的工具，打砸着铁丝网，他们很后悔那天晚上没有跟随王立清一起逃跑。他们被关押在这里快十年了，他们再也无法忍受这种被囚禁的生活了，他们联合起来，要砸破这道铁丝网，他们要自由，他们要回家。无数人像潮水一样涌向铁丝网，铁丝网在强大的肉体冲击下轰然倒塌。劳工们欢呼雀跃，集体把铁丝网抬起来，把这道生了锈的网墙扔进了水壕里，水壕里溅起了很高的水柱，这些水花突然变成了密集的子弹，射向了劳工，劳工们纷纷倒了下来，鲜血像奔腾的海洋一样，顷刻之间染红了大地。王立清感觉到眩晕，他闭上了眼睛，不敢再去看。

其实，这个画面王立清在梦中看见过无数回。他经常从梦中惊醒，吓出一身冷汗。十年里，他从来都没有忘记过这些落难的劳工兄弟，没有任何人告诉他，他们后来怎么样了。他常常责怪自己为什么当初没有再多劝劝那些劳工，让他们和他一起逃出去。那么多人就这样被困在这片充斥着罪恶的土地上，每每想起，王立清都会痛苦不已。当赵三的事情发生后，他内心埋藏多年的心结再次复苏。把那么多条生命留给日本人，他是一个罪人。

王立清张开双臂，仰躺着从空中坠落，他要赎罪，他要还债，他要把自己的血洒在大地上，向那些被他丢下的劳工致歉。

扑通一声，王立清的身体碰触到了大地，他以为自己已经死了，粉身碎骨，血染尘沙，可他还能睁开眼，还能呼吸。他看清楚了眼前的东西，熟悉的屋顶，熟悉的墙壁，熟悉的窗户和熟悉的门。他躺在家里的床上，原来刚才的一切只是他的一个恶梦而已。

“谁能告诉我，那些劳工们现在究竟怎么样了？”王立清痛苦地在心底呐喊着。

春树正在后院里陪赵三的儿子玩骑马的游戏，孟琳儿站在花池边欣赏刚刚开放的三色堇花，每一朵花瓣上都有紫色、白色和黄色三种颜色，像是一张可爱的花猫脸。

春树跪在地上，双手支地，赵三的儿子骑在他背上，拍着春树的屁股，嘴里喊着“驾，驾!”春树像一匹被驯服的马，在地上心甘情愿地爬着。他的膝盖被地面硌得很疼，为了能让小少爷多一些乐趣，他咬牙坚持着。

春树卖力地在地上爬着，双手磨破了皮。突然，一双细细尖尖的红色高跟皮鞋出现在春树的眼前，他呆在了那里，心潮开始激烈地起伏。他的目光缓缓地上移，他看到了一双从旗袍开叉里露出来的雪白的腿。他的心跳变得狂乱了起来。这是他第三次看到孟琳儿的腿了。

十五年前，他就是被这样的一双美腿给吸引住的。那是一个夏天的黄昏，孟江海在回家的路上遇到了饿晕在路边的春树，把他带回了家。当他跟着孟江海走进孟家的大门，就看到穿着一袭红色连衣裙的孟琳儿犹如一只飞翔的小鸟，向他们跑过来。正在这时，一阵风刮起，孟琳儿的裙摆像荷叶一样飘了起来，于是，一双如雪似玉的美腿就深深印刻在了春树青涩而朦胧的记忆里。

孟琳儿和赵三结婚那晚，春树坐在新房对面的屋顶上，痴痴地凝望着屋里的烛光。突然，他看见赵三扛着孟琳儿从屋里出来，往大门方向跑去，他担心孟琳儿发生意外，就追了过去。他不远不近地跟在后面，追到了一片茂盛的青草地里，他蹲了下来，看见赵三把孟琳儿扔在了地上，野蛮地撕扯下了孟琳儿的衣服。愤怒的血液一下子涌上了春树的脑袋，他捡起一块砖头，准备蹑手蹑脚地靠过去，对准赵三的后脑勺拍下去。可当他刚站起来，就听见孟琳儿停止了呼救式的嘶喊，一阵他从来都没有听过的性感的声音从地面上传来，那是瀑布跌落在岩石上的叮咚，那是波浪涌起时的交响，那是锁不住的声声春啼，那是天地荡然无存的迷离，那是心甘情愿的臣服，那是灵魂发出的悸动……春树被这种声音击中了，他的腿僵化了，他的手无力了，砖头掉落在地上，但被泥土的酥松和孟琳儿的声音给屏蔽掉了。他身体一软，心里一疼，哧溜一下，跪在了草丛里，透过草叶的缝隙，他看见了一双白白的长腿搭在了赵三的肩膀上，犹如两段新出水的莲藕，极其有力地震荡着……

此后，每当赵三扛着孟琳儿要去草丛里时，春树都会跟在后面。他觉得这么做很龌龊，可他又控制不住自己，他知道这辈子也不会得到孟琳儿，能在月光下看一看她那圣女般的胴体，他就知足了。

春树知道，孟琳儿就站在自己眼前，只要自己一抬头，就可以看到她那张高贵美丽的脸。可是，他不敢抬头，他怕孟琳儿从自己慌乱的目光中看出自己的心事，他只希望就这样虔诚地跪在孟琳儿的脚下，嗅着她身上那醉人的少妇的气息。

孟琳儿的目光一直没有离开三色堇花。她并不知道，在她的身后，在她的脚下，有一个血液为她澎湃的男子在静静地膜拜她形体上的美丽和高贵。欣赏与被欣赏，追逐与被追逐，沉默与激动，瞬间与永恒，就这样在后花园的夜色里缠绕交错着。

直到小少爷不满的叫声在春树的背上响起，春树才不舍地转过身体，胡乱地向一个方向快速爬去，只是为了能快点再爬回来。

“大兵，快点下来，春树叔叔已经累了。”孟琳儿招呼着儿子。

“不嘛，我还要骑马。”孟大兵依然骑在春树的背上，他好久没有这么开心过了。

“不碍事，小姐，我再陪少爷玩一会儿。”春树扭过头，继续朝前爬行着。

“大兵，妈妈有事和春树叔叔商量，快点下来。”孟琳儿坐在了花池旁的椅子上，掏出怀里的手绢擦了擦脸上的汗。

孟大兵心里很不乐意，但他又不敢违背母亲的意思，就从春树的背上跳了下来。

春树从地上站起来，拍拍膝盖上的尘土，快步跑到了孟琳儿面前。

“小姐，什么事？”

“我想把这个宅子卖了，”孟琳儿看了一眼这个萧条荒凉的院子，“家里只剩下我和母亲、大兵，用不了这么大的宅子了。”

“小姐，这可是孟家的老宅，您当真舍得把它卖给别人？如果小姐是因为那间密室，我可以找人把它拆了。”

“不完全是因为这个，”孟琳儿叹了一口气，“密室里什么都没有，家里又断了收入，这日子眼看一天比一天艰难了。”孟琳儿斜侧着身子，心酸地看着正在和一只猫玩耍的儿子。

赵三被石头砸死后，孟琳儿派人对密室进行了清理，结果让她大吃一惊，密室里什么财物也没有。她既为赵三感到可笑，也为自己感到可悲。

“小姐，少爷依然是少爷。”春树断然地说。

孟琳儿自嘲地笑了笑：“一个无依无靠的穷孩子，他不受别的孩子欺负，就算幸运的了。”

“如果少爷继承了孟家的财产，别人自然不敢欺负他。”

“你说什么？”孟琳儿不明白春树的意思。

“小姐，我想，现在到了揭开真相的时候了。其实，老爷当初是做了两手准备，如果大少爷平安无事，那就把孟家的财产留给大少爷，如果大少爷发生了不测，那就由小姐来继承遗产，但小姐继承遗产的前提是——赵三离开了孟家或不在人世。”

“这么说，孟家的财产还在？”孟琳儿倏地站了起来，手绢滑落在地上。

“都还在，一分都没有少。老爷早就知道赵三有野心，所以，老爷中风前就提前让我做了安排，把第二把钥匙交给了我。老爷说，如果赵三想侵占孟家的财产，就让我把钥匙交出去。”

“爸爸……”孟琳儿很后悔误解父亲把密室的钥匙交给王立清。

“那些东西在哪儿？”孟琳儿平静地问。

“在一个很安全的地方。”春树隐晦地回答。

孟琳儿听懂了，原来春树才是孟家财产的掌控者。可是，春树为什么要告诉她这一切呢？他完全可以把这些财产据为己有，一个人走得远远的，没有人会再知道这个秘密。春树一定还有什么隐情没有说出来，而这一点才是父亲整个计划的关键。

“爸爸为什么对你这么信任？你为什么把这一切都告诉我？”孟琳儿很想知道答案。

春树的脸红了，他热烈地望着这个让他魂牵梦萦的女人：“因为老爷知道，我从十五岁开始就喜欢上了小姐。”

“你……”孟琳儿惊讶地看着春树。认识这么多年，她从来没有正眼看过春树，她觉得春树是个下人，是个只知道听令行事的随从。没有想到，真正对她情有独钟的人是春树。

“小姐，我知道，我配不上你。你是小姐，我是下人，我对你是癞蛤蟆想吃天鹅肉。可我真的很喜欢你，我从十五岁开始，就想着能娶你，可我知道，小姐根本就看不上我。小姐喜欢的是像王大哥那样的英雄。如果小姐真的跟了王大哥，我也没什么好说的，可小姐偏偏选择了赵三。他其貌不扬，心术不正，觊觎孟家的财产，还夜夜那么对小姐……”

孟琳儿的脸红了，她低下了头，觉得自己像是赤身裸体站在春树面前似的。

“你们结婚那晚，我心里很难受，就提着酒壶，爬上了屋顶。我看见赵三把你扛在肩膀上，跑了出去。我担心你有什么危险，就追了出去。结果，我看见……”春树说不下去了。刚开始那两个月，孟琳儿很享受赵三这种充满野性的性爱，她和赵三欲仙欲死，春树也偷窥得热血沸腾。后来，赵三越来越变态，孟琳儿就受不了了。春树看见孟琳儿很痛苦，想冲上去制止住赵三，可燃烧的情欲让他改变了主意。如果阻止了赵三，那他就再也看不见孟琳儿在夜色里一丝不挂的玉体了。这种视觉上的刺激和诱惑已经成为他在精神上得到孟琳儿的唯一途径了。只要赵三不伤害孟琳儿，他就可以不采取行动。现在，孟琳儿知道他偷窥了她和赵三好几年，他担心孟琳儿埋怨他在她痛苦的时候不出来救她。

“看来，命中注定，我要做你的女人。”孟琳儿把一只手搭在了春树的肩膀上，春树受宠若惊地盯着孟琳儿：“小姐，你不怪我在赵三欺负你的时候，不出来帮你？”

“赵三是我的男人，他怎么对我，那是他的权力。”孟琳儿心静如水地说。当她得知春树对她这么多年的情分的时候，她还以为自己终于等来了真爱，可没想到，春树对她的感情都建立在对她身体的占有上。她今生注定是一个得不到爱情的女人。

“小姐，我一定会好好对你和大兵的，我也会好好孝敬孟夫人的。”春树一把把孟琳儿拥入了怀里。他陶醉地嗅着孟琳儿头发上和皮肤上的香味，每闻一次，他的身体都会不可控制地抖动一下。

“我相信。”孟琳儿贴在了春树的怀里，她可以不为自己打算，但她不能不为儿子考虑。孟家的财产都在春树的手里，和春树在一起，儿子大兵就有了一切。

孟琳儿把老宅卖给了一户刚从外地搬迁到临湖镇上的生意人，就和春树一起，带着母亲和儿子大兵离开了临湖镇。从此，再也没有在临湖镇出现过。

第十四章　我是一个好人

王立清的精神状况时好时坏，病情发作的时候，他就会看见有一个穿着黑色衣服的人在心里和他对话，不是命令他找根绳子把自己吊起来，就是拿把刀去割自己的手腕。

白定云哪里也不敢去，寸步不离地守护着他。

有一天，家里突然来了几个带着枪的警察，说他们得到举报，王立清当年被日本人抓去做过劳工。在日本人投降的前夕，只有王立清和少数一部分人逃了出来。他们担心王立清和日本人之间有什么交易，怀疑王立清做过叛徒，需要把王立清带到公安局去说明一下事情的真相。

从公安局出来以后，当年逃跑事件的真相水落石出了，但王立清却更加胆小了，他不敢走出院子，甚至不敢走出屋子。心里的那个黑衣人告诉他，警察要来抓他，有人要来害他。王立清日夜都把火铳放在身边，趴在炕上，只要有人进来，他就把火铳当枪，嘴里模拟着子弹的声音。

冬寒袭击了所有的树木，每一棵枯树的枝干上都刻着被风沙鞭挞的痕迹。西院的堂屋里传来梆、梆、梆的捶打的声音。褐绿色的乌拉草放在木板上，王立清拿着一根木棒，在敲打乌拉草。

屋子里没有烧火，冷得像是冰窖。王立清流下的鼻涕冻成了冰溜子，贴在他的鼻子下，像是两个畸形的犬牙。

“你的鼻涕又被冻住了，别动，我给你弄下来。”白定云把手在嘴边哈了几下，一点点清理着丈夫的冰鼻涕。

王立清停止了捶打，一动不动地任凭妻子把自己的冰鼻涕拔除。他站在那里，手里紧紧地握着木棒，眼睛慌张地望着门外，低声地说：“定云，你听，是不是公安局的人来了？”

白定云把脸转向屋门的方向，听了听外面的动静，什么声音也没有：“我什么也没有听到啊。”

“怎么会呢？你再仔细听听，公安局的人真的来了，好多人，拿着枪，正在往咱们家来，他们要来抓我了。”王立清扔掉了手中的木棒，吓得连退了几步。

“警察没有来，立清，你太紧张了。”白定云走过来拉着丈夫的手。

“你听，枪声，这么大的声音，你怎么听不到呢？我还是藏起来吧，别让警察抓到我。定云，你说我藏到哪里呢？”王立清在屋子里乱转，寻找着可以藏身的地方，“对，我藏到菜窖里，警察就找不到我了。对，就藏到那里。”王立清说着就往院子里跑。

“立清，你这是怎么了？”白定云摇晃着丈夫的手臂，绝望地哭了起来。

“明明有声音，你却听不见，你明天还是找个大夫看看耳朵吧。我得赶紧藏起来，警察已经快走到大门口了，千万不能让他们发现我，我真的没有当叛徒，我是一个好人，他们冤枉我了。”王立清张皇失措地掰着妻子的手指，仿佛再晚一点，警察的枪口就要对准他了。

“立清，警察已经调查清楚当年的事情了，他们相信你是一个好人，再也不会来了。”白定云摸着王立清有些泛白的鬓角，声音轻柔地安抚着如惊弓之鸟的丈夫。

“你说的是真的吗？警察相信我是一个好人了？他们真的不会来抓我吗？”王立清战战兢兢地蹲在了墙角。

连日的暴雨冲淡了夏天的炎热，同时也给净源湖带来了决堤的隐忧。

天空布满了乌云，像要把整个世界吞没，滚滚的雷声从云层之上袭来，像是有巨石在乌云上翻滚，发出猛烈的撞击。闪电成为暴雨中唯一的光源，把天空的咆哮和大地的慌乱同时暴露了出来。雨水中夹杂着如黑豆般的冰雹，从空中威猛地砸下来，淤泥里很快堆满了冰雹。地上有老鼠在到处乱窜，空中的小鸟在惊惧地寻找躲身的窝巢，不时有飞不动的小鸟坠落在地上，翅膀沾满了泥浆，在地面上无助地挣扎。一条条长蛇把身体缠绕在树枝上，在大雨的冲刷下，头部从树枝上滑下来，倒挂在树杈上。跳蚤、蟋蟀和蚱蜢奋力地往空中弹跳着，想要逃离这扫荡的洪水。大堤的外侧是奔腾的湖水，湖面上浮动着空空的渔船，渔船在洪峰的推力下时上时下，随时都有可能颠覆。有时会看到湖面上有一头牛或者一只肥猪，在洪水中尝试着站起来，但最终还是被洪水扑倒，葬身于滚滚而去的浑浊而肮脏的黄色雨水里。

大堤上到处挤满了男人，裸背的，光脚的，沉默的，嘶喊的，摔倒的，奔跑的。在镇政府的指挥下，男人们扛起沙袋，跑上湖堤，拦截住越涨越猛的雨水，与大雨和洪流做着殊死的搏斗。

一个高大的身影出现在远处的小路上。他光着脚丫子，裤腿卷过膝盖，两只手大张着，一前一后地急速摆动着，犹如一束熊熊燃烧的火焰，以不可阻挡的速度朝着湖堤狂奔而来。

“王管事，您怎么也来了？您不是一直在病着吗？”煤厂的一个工人认出了王立清。

“发大水了，我要去护堤，我要做好人，这样公安局的人就不会来抓我了。”王立清欣喜地说完，甩开工人的胳膊，就向大堤上跑去。

王立清突然拽住一个扛着麻袋往堤岸上奔跑的人，大声对他喊道：“我也来抗洪了，我是一个好人。”

那个人厌恶地把王立清推到了地上，鄙夷地说：“疯子！”

王立清挣扎着从泥水里站起来，不死心地又抓住那人的手臂：“我不是疯子，我是好人。”

“神经病！”那人又推了王立清一把，把麻袋往肩上提了提，快步地离开了。

“我是一个好人，我不是疯子……”王立清伤心地坐在泥水里，孤独地望着在他眼前跑来跑去的人。王立清用沾满泥浆的手用力拍打着混沌的脑袋，他很想知道，自己怎么做就是一个好人了？他盯着在风雨中奔跑的人，呆滞的眼睛忽然一亮：“对了，他们都有麻袋，我没有麻袋。我要是有了麻袋，就和他们一样了，就是一个好人了吧？”

王立清从地上腾地站起来，他跑到一个陌生人的背后，死死地抓住那个人脊背上的麻袋，他要这个麻袋，他需要这个麻袋，他必须得到这个麻袋。

那个人以为王立清要帮他，就把肩上的麻袋给了王立清。王立清扛起麻袋，感激地对送给他麻袋的人连连鞠躬。他有麻袋了，别人就不会认为他是疯子和神经病了吧？王立清乐呵呵地站立在雨中，骄傲地望着那些匆忙奔跑的人，脸上带着胜利者的笑容。每当有一个人从他身边经过，他都会自豪地喊上一句：“喂，我有麻袋了！”

可是，没有一个人理会他，甚至没有一个人注意到他。对于别人来说，王立清和那污浊的洪水没有什么两样。他们可以不经意地撞他一下，推他一下，骂他一句，瞪他一眼。

王立清并不介意，只要有这个麻袋，别人就都能看出来，他是一个好人。他乐此不疲地重复对人们喊着：“喂，我是一个好人！”

“疯子，那边快要决口了，你还傻站在这里干什么，快去把麻袋堵上去啊。”那个推倒王立清的人扛着麻袋，经过王立清身边时，不满地嚷道。

“哦……堵上，堵上……”王立清机械地重复着，他不知道自己应该做什么，就跟在了那个人的屁股后面，向着快要决口的地方跑去。

当他把麻袋顺利堵在堤岸上时，他像一个孩子似的激动地拍起了手。他明白了，原来做一个好人，并不只是扛着麻袋，还得把麻袋堵在洪水前面。堵住了湖堤，就堵住了人们怀疑和冤枉他的嘴。他就可以踏踏实实地做一个好人了。

他立即冲下堤岸，朝分发麻袋的地方跑去。当别人把麻袋抬到他肩膀上时，他并不走，佝偻着腰，大声喊道：“再加一个！”

整个湖堤上，只有王立清一个人一次扛两个麻袋。他没命地朝着洪水跑去。他要尽快把缺口堵上，决不能让洪水给小镇造成任何损害。

在这危急的关头，王立清清醒了过来。

有的人摔倒了，王立清二话不说，扛起掉在地上的麻袋就跑。有的人走不动了，王立清夺过他们的麻袋就继续飞奔。他就像是一个不知疲倦的机器人，踏着泥水，顶着风雨，在堤岸和麻袋之间不肯喘息地奔跑着。他的脚踩在了玻璃片上，鲜血从脚底涌出来，他也不肯停歇一下。他用自己的行动向所有的人证明，他不是疯子，不是神经病，他是一个好人。

洪水退去了。县政府给王立清送来了一件红色的背心，后背上印着四个大字——抗洪英雄。王立清一把抢过来背心，迫不及待地把它套在了身上，两只手紧紧地攥起了拳头，甩起了胳膊，像京戏里的小生，在屋子里来回大步地走动，一种被证明是好人的幸福洋溢在王立清瘦削的脸上。

当净源湖的险情过去的时候，王立清又糊涂了。

以后，只要家里来人，王立清马上把红背心翻出来，套在身上，像表演一样，扬扬自得地在客人面前走来走去。末了，总不忘走到客人面前，指着自己的背心，强调一句：“我是一个好人，我真的是一个好人！”

王立清焦躁地在屋里走着，黑衣人告诉他就这么一直走下去，走下去，不要停下来。

“俊荣，你把斧头放哪里了？”王立清咆哮着瞪着老三。

王俊荣双手捂住脑袋，立即蹲下。每当父亲发怒的时候，总会有什么东西从父亲的手里飞来，一旦躲闪不及，就会被砸伤。父亲动怒的声音就是躲避的信号，王俊荣刚蹲下去，一个搪瓷茶杯就从头顶上呼啸而过，砸在墙壁上，滚落在王俊荣的脚边。

“爸，您消消气，”王俊光拽住了父亲又抓起一个茶杯的手，匆忙地说，“我看到俊荣昨天拿着斧头在院子里玩耍，好像放在鸡窝里了，我这就把斧头拿回来。”

王俊光回头给弟弟使了个眼色，让他出去躲一躲。

老三领会了二哥的意思，立即跑了出去。

王俊荣像是一只流浪的猫低头走在落满雪花的路上，心里涌起一阵阵忧伤。爸爸以前是一个那么健康的人，有着大大的手掌、宽阔的后背、结实的肩膀、温和的笑容，自从爸爸得了病，就像换了一个人似的，不发作的时候，无精打采，沉默不语，发病的时候，粗鲁暴躁，让人害怕。他好想念以前那个健康的爸爸。

他从地上抓起一捧白雪，在手心里来回地握捏，松绵的雪粒很快变成了坚实的雪团。他用力把雪团投向头顶上方的树枝，树枝上的积雪纷纷扬扬地落了下来。王俊荣也不躲开，任凭冰冷的雪粒落在他的头上、钻进他的脖子里。

“王俊荣在那里……”一个熟悉的声音从王俊荣身后传来。

王俊荣转过身体，是同班的几个同学，领头的叫刘大壮。刘大壮平时不喜欢学习，在学校里总是惹是生非，还喜欢顺手牵羊。刘大壮歪着脑袋，痞里痞气地问：“王俊荣，你一个人站在这里做什么啊？不会是在和树上的雪说话吧？”

刘大壮的嘲讽引起了众人的捧腹大笑。

王俊荣没有动，他不想与这些平日里行为不规矩的人说话。

“大壮，王俊荣该不会是哑巴吧？”有人开始起哄。

“他不是哑巴，他是傻子，因为他的爸爸是个疯子。”刘大壮甩着自己耷拉下来的裤腰带，挑衅地说。

“不许你说我爸爸！”王俊荣攥紧拳头，红着脸高声喊道，声音大得把他自己都吓了一跳。他们可以嘲笑自己是哑巴、是聋子、是傻子，但绝对不能说自己的爸爸是疯子！虽然爸爸不像以前那样健康了，但在他的心里，爸爸永远都是一个英雄。

刘大壮的眼球转了一下，一脸坏笑地说：“王俊荣，你要是敢舔一下那个井轱辘，就证明你爸爸不是疯子。你要是不舔，你爸就是疯子，就是神经病。”

“用舌头舔井轱辘？这井轱辘上可都是冰啊。”一个小男孩发怵地砸了咂舌。

“井轱辘的把手可冷了，能把人冻成一根冰棍。”另外一个小男孩皱着眉毛说道。

人群里发出了一阵骚动，所有人都盯着面红耳赤的王俊荣。

“你要是不舔，那就说明你心虚，你爸爸就是个疯子。”刘大壮挑衅地捅了捅王俊荣的胸口，然后夸张地摇晃着脑袋，瞪着眼珠子，模仿王立清发病时的样子。

“我舔！”王俊荣推开刘大壮，走到了井轱辘面前。他什么都可以忍受，就是不能忍受别人说他的爸爸是疯子。

这口水井被废弃很久了，建在一个地势比较高的石台上，井口被两块大石头遮盖着，井轱辘上的麻绳不见了，只在轱辘上留下一圈圈麻绳勒过的凹槽。井口一侧竖立着两块石碑样的轱辘架，一根圆木从轱辘架上方穿过去，又从井轱辘里穿过来，一个大磨盘样的石头挂在两块轱辘架中间的横木上，保持着井轱辘的平衡。井轱辘上覆盖着厚厚的冰块，像是给井轱辘穿上了一件用冰块做成的铠甲，冰块上还冒着森森的寒气。

“舔呀，你该不是害怕了吧？”刘大壮的眼睛里冒着和井轱辘上的冰块一样的阴气。

王俊荣又向前走了一步，两只脚踩到了水井周围的冰溜子上，他的一只脚打了一下滑，身体朝着井轱辘倾斜过去，他张开了嘴巴，伸出舌尖，舔了一下井轱辘。当他准备缩回那条有些麻痹的舌头时，舌尖却被粘连到了井轱辘上，怎么也抽不回来。王俊荣听见人群里发出了一阵阵唏嘘声，他无法转动自己的脑袋，只要稍微扭动一下头，舌尖上就会传来撕裂般的疼。他伸着酸胀的脖子，像是一只正在捕杀蚊子的小青蛙。

“哈哈哈……”刘大壮看着王俊荣滑稽痛苦的表情，捂着肚子笑了起来。

其余的人都为王俊荣捏着一把汗，他们也不清楚到底发生了什么，为什么王俊荣的舌头收不回来。

王俊荣开始害怕起来，他不能说话，不能动弹，不能求救，不能后退。他知道自己被刘大壮算计了，他后悔跟刘大壮说话，更后悔被刘大壮激将，他应该一直待在那棵杨树下，等到父亲的怒气消了，等到二哥来唤自己回家。可是，现在，想这些有什么用呢。他不想让这么多人看他的笑话，他更不想让刘大壮得意地取笑他。他必须让自己摆脱这个尴尬的局面。王俊荣闭上了眼睛，鼓足了全身的力气，脑袋用力往后一拉，一小块鲜红的舌尖肉赫然地印刻在井轱辘苍白的冰块上。一股血液从王俊荣的嘴里流出来，滴落在脚下透明的冰块上，那么地醒目和刺眼。王俊荣看着井轱辘上自己的舌肉，泪水在眼眶里打转。他残缺的舌尖针刺火烧般的痛，可更痛的是他那颗受到屈辱的心。

吃饭的时候，王俊荣抓起一个馒头就躲进了屋里，不说一句话。白定云以为他还在生父亲的气，也就没有太在意。可一连好几天过去了，老三还是一句话不说，也不跟家人在一起吃饭。

白定云摆好了碗筷，桌子上放着一盘野菜、几个窝窝头和几碗稀得像汤水的玉米粥。王俊荣拿起一个窝头，拔脚就走。

“站住!”白定云把筷子往桌子上一拍，喊住了老三，她绝对不允许孩子跟生病的丈夫怄气。

王俊荣一动不动，他不敢坐在饭桌上吃饭，担心母亲发现他的舌头受伤了难过，也担心二哥知道自己被欺负了而去教训刘大壮。王俊光放下手里的筷子，把弟弟拉了回来。他也觉得弟弟这几天有点不对劲，问弟弟怎么了，弟弟总是沉默。

王立清坐在白定云身边，独自啃嚼着窝头，一双暗淡的眼睛里空无一物。

“俊荣，你是不是嫌家里的饭不好吃?”白定云含着眼泪问。家里有两个病人，还有两个孩子要上学，能吃上一口饭，就已经很不容易了。

王俊荣垂下了委屈的目光。他想告诉母亲，自己被刘大壮欺负了，舌尖掉了一块肉，现在还没有痊愈，只要一张嘴说话，舌头就犹如被刀子划伤一样痛。他不想说，是不想让家人为他难过。

“你是不是还在生你爸爸的气?”白定云相信自己的儿子不是那种嫌贫爱富的人，就继续猜测道。

王俊荣把头垂得更低了。他什么都不能说，一个字都不能说。

白定云以为自己找到了原因，她不由得发怒了：“你真的是在跟你爸怄气?你看看你爸都成什么样子了?他现在就像是一个小孩子，他都不知道自己做过什么，说过什么……你太让妈失望了……”白定云伤心地抽泣起来。

王立清无动于衷地继续啃着手里的窝头，偶尔对着妻儿傻呵呵地笑一下。

“妈……我……没有……生爸爸的气……”王俊荣费力地说出了这句话。

“不是因为你爸，那是因为什么?”白定云不解地问。

“不……因为……什么……”王俊荣忍着舌尖的疼痛，断断续续地说。

“那就给我坐在这里，好好吃饭。”白定云威严地指了指老三的位置。

王俊荣坐下来，憋着眼泪，慢慢捧起盛有玉米面粥的小瓷碗，喝了一小口。他的头微微向右边倾斜，他把负伤的舌头扭到了口腔的左侧，以使玉米粥尽可能地落在口腔的右部，可又不敢让歪头的动作过于明显。于是，他一边观察家人有没有注意到他的小动作，一边悄悄地调整着头倾斜的角度。当热热的玉米粥漫过那个躲在另一侧的伤口时，他的身体发出了痉挛般的颤抖。他很想把嘴里的粥吐出来，可他不能吐，只好忍着疼痛，勉强把粥咽了下去。

第十五章　夺命的苏联来客

王俊康长高了不少，但很瘦，没有什么力气。他每天做的最多的事情就是在床上躺着。于他而言，活着就是躺着，世界就是屋顶。

窗外的雪花纷纷扬扬。他静静地躺在床上，炭盆里的火没有点燃，因为他那敏感的肺部承受不了污浊的燃煤味。母亲只好把炭火熄灭，给他的身上多盖了一条被子。可他还是觉得冷，只好给露在被子外面的头戴了一顶皮帽子。

王俊康听到弟弟们在院子里堆雪人。尽管两个弟弟已经把嬉闹的声音压到了最低，可他还是能准确地判断出弟弟们把雪人堆到了什么程度。雪人堆好的喜悦声吸引着王俊康，他真想趴在窗户上看看两个弟弟堆的雪人，可他又控制着自己不要去想，看一眼雪人又能怎么样，他不能摸一下，也不能闻一下，看见雪人只会让他更加孤独。他已经习惯了一无所有的生活，虽然两个弟弟经常偷偷地来看他，可他为了不让弟弟们感染上细菌，就装作不理他们，慢慢地，弟弟们就不来了。其实，他心里无比渴望能看见弟弟，哪怕还像他刚住在这个屋子里时那样，隔着一个房间的距离，与站立在门外的弟弟们遥遥地相望。然而现在，除了无休无止的孤独，他什么也没有。这样的日子什么时候是个头啊？他真想彻底摆脱这种痛苦。一个人每天无声无息地躺在床上，生命还有什么意义？

“请问，这里是王立清的家吗？”王俊康从弟弟们的嬉闹声中又听到了一种陌生、新鲜而特殊的声音。他非常笃定，这个声音他从来都没有听到过。

弟弟们的嬉笑声立即消失了，然后他听到俊光站在院子里大声朝西院的屋里喊道：“妈，有人找我爸。”

他好奇地从被子里坐起来，披上了棉衣，忍着肺部汹涌的气流，跪爬到窗下。他把眼睛紧紧贴在窗户纸的窟窿上，他的眼睛不由得瞪大了。他看见四个长相奇特的人站在一起，微笑地看着俊光、俊荣，俊光、俊荣站立在雪人前，同样惊奇地望着四位特殊来客。这四个人显然是一家人，男人的个子很高，和父亲王立清的身高差不多，但明显比父亲健康和快乐多了。男人向俊光、俊荣挤挤蓝色的眼睛，又把站立在他身前年龄较小的女孩子抱了起来。这位男人让他想起了几年前曾来家里做客的一群苏联商人。那一年，他也是从窗户纸上的窟窿里观察那一群特殊的北方来客的。

旁边是高鼻子男人的妻子，她有着非常苗条丰满的身材，穿着打扮也很富贵，一条看起来很暖和的貂皮围巾精致地垂落在胸前，金黄色的头发从一顶宽边外翻的兔毛帽子下面垂落下来。王俊康看不太清楚她的长相，因为她侧对着他，而且不断低头去看另外一个女儿。两个女孩都长得很漂亮，和他见过的所有女孩子都不一样。她们都有着金灿灿的头发，穿着漂亮的裙子和靴子。尤其是那个站在地上的女孩，多像他在小人书里看到的洋娃娃啊。

这个时候，母亲从屋里走了出来，俊光和俊荣立即退到了母亲的身边。

“请问，您找谁?”白定云客气地问道。

高鼻子男人把怀里的女孩放到地面上:“您应该就是王立清的妻子吧，我叫尼古拉，是王立清的老朋友，专程从苏联赶来看望你们的。”这位叫尼古拉的苏联人说着不太流利的汉语，友善地握住了白定云的手，并在上面热情地吻了一下，白定云立即抽回了手，她被眼前这个苏联男人大胆的举动吓了一跳。

尼古拉——这个名字白定云并不陌生，丈夫患病前经常给她讲起他当年在日本人的监狱里认识的两个苏联人。六年前，那个叫弗拉基米尔的苏联人她已经见过了，那么眼前这位就是丈夫一直惦记着的另外一位苏联朋友了。

“尼古拉，我听立清经常说起你。”白定云脸上的红晕退去了。

“感谢上帝，我的中国朋友还记得我，”尼古拉开心地在胸前画了一个十字，然后搂住了女人的肩膀，“这是我的妻子伊琳娜，”然后又拍了拍两个洋娃娃的头发，“这是我的两个女儿，大的叫阿加塔，小的叫达莉娅。这两位可爱的小绅士应该就是你和王的孩子吧，噢，他们长得可真漂亮，我敢打赌，就算是阿多尼斯也会嫉妒他们英俊的容貌的。”

从这一刻开始，在大雪飞扬的寒冷冬季里，王俊康永远地记住了一个可爱的苏联女孩的名字——阿加塔。

“王不在家吗?为什么没有看见他出来迎接我?”尼古拉有些困惑地问。

白定云不知道该如何向尼古拉解释，只好叹了一口气，请尼古拉一家跟她进屋去。剩下的情节，王俊康就不得而知了。他所有的精力都集中在那个叫阿加塔的女孩子身上，阿加塔看上去和自己年龄差不多，他觉得她像一位从天上降落在人间的天使，那么美丽动人，气质不凡。他多么难过啊，阿加塔甚至还不知道世界上还有他这么一个人的存在，他又一次感觉到了被世界遗弃的孤独。

尼古拉一家跟着白定云进了屋子，伊琳娜牵着十三岁的阿加塔走在后面，王俊光兄弟俩也被这一家外国客人给吸引住了，他们丢下那个独自伫立在风雪之中的雪孩子，牵着手悄悄尾随了进去。

王立清脸朝里侧卧在炕上，盖着被子，好像睡着了。尼古拉像当年在日本部队做劳工时那样，猫着腰，蹑手蹑脚地走过去，他要给他最想念的朋友一个大大的惊喜。

白定云还没有来得及阻止，尼古拉的大手就向王立清伸了过去。他们在日本部队的工棚里经常用这种方式相互嬉闹，一方假扮突袭检查有没有脱光衣服睡觉的日本兵，走到另一方的床前，猛一下把被子掀开，把躺在被子下的人的裸体公布于众。尼古拉当然不知道王立清早已不是当年那个智勇双全、胆识过人、流利地说着好几国语言的热血青年了，当他的大手刚碰到被子的一角时，早已被屋子里的动静惊醒的王立清一个鲤鱼翻身猛地跳了起来，抄起压在枕头底下的长火铳，对着尼古拉的心口，瞪着惊恐的大眼睛，颤抖地大喊道："我不是资本家……我不是叛徒……我没有害死赵三……我……我是一个好人……"

王立清转身把放在他枕边的那个印有"抗洪英雄"字样的红色背心套在了身上。

尼古拉完全被王立清反常的举动吓住了，他本能地高举起双手，用身体挡住妻子和两个女儿。伊琳娜惊呼了一声，把两个女儿拥进了怀里，她搞不清楚到底是怎么回事，为什么丈夫心心念念了十四年的中国朋友居然会以暴力相待。

尼古拉也很奇怪，为什么王立清变得如此草木皆兵，胆小如鼠？当年在那么险象环生的环境里，他也没有看见王立清如此神色慌张，像筛糠一样浑身发抖。也许是他们分别的时间太长了，王立清认不出来他了。尼古拉稳定了一下情绪，对站立在炕上怒视着他的王立清温和地说："王，我是尼古拉，你真的不认识我了吗？"尼古拉说的是俄语，这是当年他们交流时用的语言，可王立清好像并没有听懂，他把一只耳朵侧过来，像是要再听一遍似的。于是，尼古拉又用他为了今天的相见而特意学习的汉语把刚才的话重复了一遍，这次王立清的表情发生了变化，他的瞳孔缩小到了正常的尺寸，脸部的肌肉也松弛了下来，他的嘴唇微微张着，脸颊上露出了因激动而产生的红色，他目不转睛地望着尼古拉，眼睛里溢满了眼泪。王立清扔掉手里的火铳，从炕上跳了下来，光着脚站立在尼古拉面前，眼泪一滴一滴地掉下来，很快流成了串。他猛地握住了尼古拉的手，像是找到了一位失散了多年的亲人。

"尼古拉，真的是你？"王立清的鼻子和嘴唇都在明显地抖动着。

白定云的眼睛也红了，自打从公安局录完口供出来，她再也没有看见丈夫如此神志清醒过，她以为丈夫再也不会好起来了。

“立清，你真的都想起来了吗？”白定云奔过去，喜极而泣地抓住丈夫的手。

王立清的眼睛始终盯着尼古拉的脸。他有很多的话要对尼古拉说，仿佛一秒钟都不能耽搁似的。

“王，我们终于又见面了，你想起我了，真是太棒了！”尼古拉紧紧拥抱住了王立清。但王立清并没有拥抱他，他好像已经忘记拥抱是怎么回事了。

“噢，太好了，爸爸好了，爸爸好了！”王俊光兄弟俩目睹了刚才的所有过程，他们欣喜若狂地拥抱着，蹦跳着，欢呼着，他们曾经的那个父亲又回来了。

“尼古拉，谢谢你，谢谢你让我丈夫恢复了神志。”白定云感激地望着尼古拉。

“恢复神志，你的意思是之前王的灵魂离开了他的身体了吗？”尼古拉似乎有些明白王立清刚才那些奇怪的表现了。

“是的，立清患病已经很多年了，尤其是今年，病情越来越严重了。别说是外人，即使是家里人，他也基本上都认不出来了。”白定云用袖子擦了擦眼泪。

伊琳娜难过地走到白定云身边，搂着这位不幸的中国女人的肩膀。她不会说汉语，但她能感受到白定云一定承受了许多的不幸。

“我可怜的中国朋友……”尼古拉同情又难过地望着王立清。

“天这么冷，把鞋子穿上吧。”白定云稍稍平静下来些之后，发现丈夫还光着脚站在冰凉的地面上。

王立清没有理会妻子的提议，他所有的注意力都集中在尼古拉一个人身上，仿佛其他人都是空气。

“尼古拉，那些劳工们都逃出来了吗？快告诉我，他们后来怎么样了？是不是都回家了？”王立清急迫地晃动着尼古拉的胳膊，像是要把他想要知道的答案从尼古拉的嘴巴里直接摇出来。

“王，你说的是那天夜里和我们一起逃出去的劳工吗？”

“不是，是那些不同意和我们一起逃出去的劳工，那些还留在工棚里的劳工。”王立清纠正着尼古拉。

“哦，我也是从一个侥幸逃脱的苏联劳工那里得知这些不幸的消息的……”尼古拉的脸上浮现出深深的哀伤。

“不幸的消息，他们怎么了？尼古拉，你快告诉我，他们发生了什么不幸？”王立清抓着尼古拉的力气更大了。

“他们都死了。”

“死了？”王立清像是受到了致命的重创，手从尼古拉的胳膊上耷拉了下来。

“是的，死了。”

“他们是怎么死的？”

“是被日本人活埋的。”

“埋在哪里？”

“我们逃跑前挖的那几个大坑里，如果我们不逃走，也会和他们一样——自掘坟墓。”

“那些大坑我挖得最多，也最卖力，尼古拉，我害了他们……如果当时我再努力一下，强迫他们跟咱们一起逃走，他们也许就能活下来了……是我害了他们……我害了他们啊……”王立清像是有点支撑不住，退回到炕沿上，颓丧地歪坐在那里。

“那些被关押在四方楼里的人呢？”王立清抬起头，抱着最后一丝希望，望着尼古拉。

“也都死了。”尼古拉痛心地说。

“不！”白定云恐惧地冲到尼古拉身边，哀求地望着尼古拉，“求求你，告诉立清，那些劳工都没有死，那些被关押的人也都没有死，他们还好好地活着，他们都回家和亲人团聚了，尼古拉，你不能说刚才那些话，立清他会受不了的。”

“可这些都是事实，我们要尊重它，没有人可以歪曲历史。”尼古拉不解地看着白定云。

“不，尼古拉，你这样说会害死立清的。”白定云转过身，又扑到呆若木鸡的丈夫面前，抚摸着他的头发，慌乱地说：“那些劳工都没有死，尼古拉和你开玩笑的，你不是经常对我说尼古拉是一个爱开玩笑的人吗，他是你的朋友，你应该了解他的，是不是？”作为妻子，白定云比任何人都了解支撑王立清活着的希望是什么。

王立清把国家看得比什么都重，可自己却由于被骗而成为了国家的罪人，一个没有了国家认可的人，还有什么脸面存活在世界上。可他还在艰难地支撑着，为的就是能知道这两千多名劳工的下落。尼古拉说那些劳工们都死了，而且被埋进了他亲手挖的大坑里，他活活“残害”了两千多条人命啊！这两千多人的鲜血汇合起来该是多么的恐怖！他忽然想起了他曾经做过无数遍的那个梦，他或飞或跑地来到了日本的部队，无论他梦见什么内容，最后他都会被向他涌过来的铺天盖地的鲜血所淹没。原来他做的那些梦都是真实的，他早就应该知道答案，那些劳工们都死了，因为他没有强迫他们和他一起逃跑，因为他早就为他们挖好了葬身的坟墓。王立清突然觉得胸口好像涌上来了什么腥臭的东西，哇的一声呕吐了出来，他只看见一片刺目的血红色喷溅在地上，然后就倒在了地上。

王俊光见状，立即转身去请镇上的医生。医生说王立清这是急火攻心，一口气没有上来，才发生了昏厥，需要好好休息，千万不能再受任何刺激。

“对不起，我也许做了一件很愚蠢的事情。”尼古拉抱歉地说。

“这不能怪你，这都是立清命中注定逃不过的劫。”白定云惆怅地说。

“已经找过医生给王治疗过了吗？”尼古拉问。

“什么大医院都看过了，中医、西医都试过了，可就是不见好转。”白定云说完，引着尼古拉一家向东院走去。

白定云把床铺整理好之后，就让尼古拉一家先休息一下，她去厨房做晚饭。

屋子里只剩下了尼古拉一家。

“爸爸，我想到外面玩一会儿。”达莉娅噘起红嫩的小嘴唇，用祈求的眼神望着可以帮助她的姐姐阿加塔。

“爸爸，我陪达莉娅出去玩。”阿加塔是尼古拉最喜欢的孩子，她的话是无法让尼古拉拒绝的。

“去吧，亲爱的。”尼古拉俯下身子，在阿加塔的手上吻了一下。

阿加塔拉起妹妹达莉娅的手，像是两只金黄色的蝴蝶，跑了出去。

苏联姐妹俩来到了堂屋里，她们不确定是就在堂屋里玩一会儿，还是直接到雪地里。正在两位苏联小姐妹犹豫的时候，王俊光、王俊荣兄弟俩站立在了堂屋的门槛外，好奇而友善地望着她们。她们看到他们的眼神时就一致做出了决定，到雪地里去。阿加塔拉着达莉娅的手刚走到门口，她就听到了一声微微的叹息声从东边传过来。从小练习钢琴的阿加塔对声音是极其敏感的，她停下了脚步，转过头，朝着声音传来的方向望着，她看见了一扇紧闭的门，它是那样安静，又那样孤独。达莉娅很容易适应环境，她已经很活跃地加入到王家兄弟无言的邀请中去了。阿加塔并不急于参与进去，相对于欢乐的声音，悲伤的声音更容易引起她的注意。阿加塔慢慢地向那扇紧闭的门走过去，她总觉得刚才听到的那个声音在召唤她，她必须过去。

门虚掩着，她轻轻一推就打开了。阿加塔有点后悔，不应该这样冒失地不经过别人的允许就进入一个房间，她站在那里等了一下，如果里面有什么人的话，也许会发出禁止或允许她进入的指令。然而，并没有什么声音响起，屋子里静悄悄的。阿加塔的顾虑消除了很多，她把头伸进去，看见一个瘦弱的男孩无力地倚靠在墙壁上，他的身后放着两个枕头叠加起来的靠垫，好像他没有脊椎，必须倚靠枕头才可以保持坐着的姿势。男孩很瘦，身体很薄，仿佛是用几根尖细的木头搭建成了一个人形。男孩的头发和她一样，有点卷曲，但她的头发是金黄色的，而男孩的头发是纯黑色的。阿加塔好奇地望着这个虚弱的男孩，她不知道他为什么会可怜地倚坐在那里，他病了吗？他也是这个家里的孩子吗？他看起来好像并不开心，但也不痛苦。

看见阿加塔突然出现在门口，王俊康激动地坐直了身体，棉衣从他的脊骨上滑了下去。他终于看清楚了阿加塔的脸，比他在雪地里看见的那个侧影还要漂亮，深邃的蓝眼睛像两颗水润的蓝宝石，长长的睫毛忽闪忽闪，立体的鼻梁，尖尖的下巴，红嫩的嘴唇让人感觉她一直在微笑。她真像是从画册里走出来的洋娃娃，周身透着一种与生俱来的高贵。

王俊康微张着嘴，一动不动地凝视着像画儿一样迷人的阿加塔。阿加塔走了过去，亭亭玉立地站立在王俊康的床前。

“我叫阿加塔，很高兴认识你。”阿加塔露出了雪白的牙齿，整个屋子仿佛都明亮了起来。

看见阿加塔的喜悦让他忘记了自己的病，他露出消失了多年的微笑，那是一种会让人掉泪的笑容。

“阿加塔……”王俊康轻轻地叫着这个非常好听的名字。

“你会说俄语？”阿加塔兴奋地问，这个会说俄语的中国男孩让她感觉很亲切。

王俊康腼腆地低下了头。忽然，他感觉胸口一阵憋闷，他一只手支撑着床沿，一只手按住胸口，但还是有一股黏稠的痰液从气管里涌了上来，他一张嘴，那口痰就喷射在了他的被子上。

“我来给你擦。”善良的阿加塔立即从身上掏出一条洁白的手绢，仔细把那口带着血丝的痰液擦拭干净。刚才王俊康吐痰的时候，她一点都没有躲闪，丝毫没有嫌弃的意思。

看见这口痰液，王俊康这才想起了自己的身体，他脸上的笑容不见了，刚才略带红晕的脸瞬间变得苍白起来。他和两个弟弟不一样，他是一个病人，一个患有传染性肺病的病人。他不能和阿加塔这么近距离地说话，他不能伤害阿加塔。

“我累了。”王俊康故作冷漠地躺了下去，背对着阿加塔。

“那你好好休息，我会再来看你的。”阿加塔礼貌地退了出去。

屋门关上的刹那，王俊康的眼泪就流了出来……

院子里，雪已经小了很多，达莉娅像一只活泼的兔子，和王家兄弟俩一起围绕着雪人在跑。

“达莉娅玩得很愉快，我最好不要去打扰他们。”阿加塔回到了父母身边，坐在了父亲的膝盖上，她已经很高了，可还是喜欢像小时候那样坐在爸爸的膝头上，搂着爸爸的脖子，把她那张漂亮的脸蛋贴在爸爸宽厚的胸膛上。但是今天，她有点心不在焉。

“阿加塔，你好像有什么心事。”尼古拉感觉到了宝贝女儿的异样，把她的手臂从脖子上拉下来，捧着她那张和妻子如出一辙但更加娇嫩的脸蛋。

“爸爸，那边的屋子里有一个孤独的男孩，他看起来很可怜。”阿加塔伤心地望着东屋的方向。

“阿加塔，你说的那个男孩子是谁?”尼古拉这才想起弗拉基米尔曾经告诉过他，王立清有三个儿子，他今天已经看到了两个长得很像王立清的小男孩，还有一个没有见到，那么阿加塔说的应该就是这第三个孩子了。

“他和我差不多大，还会说俄语。”阿加塔向爸爸介绍着她新认识的这个朋友。

“阿加塔，看来你很喜欢他。”伊琳娜理解地抚摸着女儿的头发。

“是的，妈妈，我想和他做朋友。”阿加塔很认真地回答。

“去吧，打开箱子，看看有什么适合的礼物可以送给你的新朋友。”尼古拉松开了阿加塔。

“爸爸，我爱你。”阿加塔在爸爸的脸颊上吻了一下，就从爸爸的膝盖上站了起来，她的身高已经不用像达莉娅那样跳下来了。

阿加塔蹲在行李箱前，把整个箱子翻找了一遍，也没有发现太中意的礼物。她失望地准备合上箱子，忽然发现在箱子侧面的口袋里放着一支铅笔和几张画纸。阿加塔最喜欢弹钢琴和画画，她没有办法把钢琴带上，就把画笔和画纸装进了箱子，她要把她看见的中国画下来。

阿加塔把铅笔和画纸取了出来，她跑到桌子前，坐了下来，把画纸铺在桌子上，构思了一会儿，就在画纸上沙沙沙地画了起来。

“希望他能喜欢。”阿加塔把铅笔放在了画好画的画纸旁边，十指交叉握在一起，虔诚地祈祷着。

“你画的什么，阿加塔?”尼古拉走了过来。

“爸爸，你看。”阿加塔把她的作品递给了爸爸。

画纸上是一个小房间，一个瘦弱的小男孩斜倚在床上，他那双渴望的眼睛凝视着窗外。在虚掩的房门外面，站立着阿加塔。

“阿加塔，你是在告诉他，你愿意做他的朋友，对吗？”尼古拉眨着善意的眼睛。

“是的，爸爸，他很需要朋友。”

“看来我和你王叔叔的友谊在你和他的身上要延续下去了。这真值得祝贺。”尼古拉假装端着两个酒杯，欣喜地碰在了一起。

“爸爸，你的酒瘾又犯了。不跟你说了，我要去送礼物了。”阿加塔把画拿起来，向王俊康的小屋走去。

王俊康听到了轻柔的敲门声，他把脸从被子里露出来，屏住呼吸盯着屋门。他以为自己听错了，对于一个与世隔绝的人来说，敲门声是极度的奢侈。

敲门声再一次响起，王俊康确认它不是自己的幻觉。他紧紧地抓着被子，他的身体在发抖。是阿加塔吗？她又来看望自己了。他多么希望能跳下床，跑到门边，把屋门打开，让阿加塔进来。可是，他不能，那样会害了阿加塔的。

王俊康痛苦地凝望着屋门，既害怕又期待敲门声再次响起。然而，门外静悄悄的，什么声音也没有了。

晚饭开始了，来自中苏的两个家庭围坐在八仙桌前。

王立清刚睡醒，精神还算正常，他和尼古拉坐在上位，两位男人的身边坐着各自的妻子，再往外是各自的年龄较大的孩子，最下面的两个位置上坐着王俊荣和达莉娅。

经过下午的雪中玩耍，达莉娅已经和王家兄弟很熟悉了，这就是孩子和大人的区别，他们建立纯洁的友谊总是那样简单自然，好像他们来到这个世界上就是朋友了，今天的相聚只不过是久别重逢。虽然他们语言不通，但这并不妨碍他们交流，眼神、手势、肢体动作，再加上从父辈遗传下来的心灵相通，他们相处得很是愉快。

由于自然灾害，很多土地产量下降，收获的粮食根本不够填饱人的肚子，再加上苏联前几年开始的全民垦荒运动，使国民经济受到了重创，中国为了感谢苏联老大哥对国家建设的援助，把自己紧缺的粮食慷慨地分出相当一部分，运送到苏联，这就使中国老百姓的日子更加困难了。白定云很想好好招待一下这一家苏联客人，可她把家里放粮食的地方都找遍了，也只能勉强做出这一顿不够丰盛的晚餐：烧白菜，粉条炖土豆，辣椒炒鸡蛋，一碟煮花生米，最像样的一道菜就是萝卜炖鸡，这可是只有在过年或哪个孩子过生日的时候，才有口福吃上的一道肉菜。王俊荣盯着那一盆飘着葱花和油花的鸡肉，香喷喷的肉味儿让他的口水直往下流，他不由得拿起筷子朝鸡肉夹去，二哥在桌子下用力踩了一下他的脚，他立即明白了二哥的用意，这盆鸡肉是留给苏联客人的，他是不能去享用的。他把筷子立即拐了个弯，夹了一片白菜，低头津津有味地吃了起来。

“爸爸，王俊康不和我们一起吃饭吗？”阿加塔已经事先从王家兄弟那里得知了王俊康的名字。

尼古拉问白定云，白定云说她已经提前给儿子把饭菜送过去了。尼古拉把白定云的话翻译给了阿加塔，阿加塔这才放心地拿起了筷子。来中国之前，尼古拉已经教给了妻子和女儿们如何使用中国的筷子。

“王，你还记得我们在日本人的工棚里说过，等战争结束了，我们一定找个机会痛痛快快地喝一次酒，”尼古拉把举起的酒杯放在了桌子上，眼睛里掠过一丝悲伤，“如果你还和当年一样，今天我们一定要不醉不归。”

王立清缓缓抬起了头，看看尼古拉，又看看伊琳娜，怔怔地问：“她就是伊琳娜吗？”这次他说的是俄语。伊琳娜蓦地把脸转移到王立清身上，她终于验证了丈夫的话，王立清的俄语说得很地道。

“是，她是伊琳娜。王，你都想起来了吗？”尼古拉兴奋地拉住了王立清的手。

“藤川如果能见到她，那该多好。”王立清举起面前的酒杯，一饮而尽。

“如果藤川还活着，我也很想见到他。你不会嫉妒吧，尼古拉？”伊琳娜半伤感半调侃地说。

“当然不会。有一个非常善良的人用生命爱着我的太太，这是我莫大的荣幸，”尼古拉把杯子里的酒倒在了地上，“但愿善良的人的灵魂早已进入了天堂。”

“给我换上酒。”王立清尝出了妻子给他的酒杯里倒的是白开水。

“没酒了。”白定云分辨不出丈夫到底是清醒的，还是糊涂的。

“我去找，”王立清不悦地站了起来，离开了桌子，并严厉地嘱咐了一句，“谁都不要跟来。”

王立清走出了屋子，外面又下起了雪，地面很滑，他跌跌撞撞地向厨房走去。他毫不费力地在一个角落里找到了一瓶没有开启的白酒。在把瓶子提起来的时候，他的手剧烈地抖动了起来，纠缠了他好几年的黑衣人又在他的心里作怪了：“明明有白酒，你妻子却说没有酒了。你最亲密的人也开始欺骗你了，这个世界还有什么值得你留恋的？”

“不要再说了，我求你不要再说了！”王立清蹲下，用手捂住自己的耳朵，可黑衣人的声音更清晰了：“我是你灵魂的主人，只有我最清楚，你应该去哪里。

去吧，去另外一个世界吧，那里有你想要的一切，你不是一直都想赎罪吗？”

“可是……我的孩子还那么小，他们需要我。”

“哈哈哈……这只不过是你的托辞罢了，你是一个懦夫，惧怕死亡的人都会给自己继续活下去找各种理由。你难道没有意识到吗？你的存在对你的孩子就是一种威胁。”

“爸爸，你怎么了？”王俊光摇晃着父亲的肩膀。

黑衣人停止了说话。王立清抬起头，恍惚地望着儿子的脸。

“妈妈让我来看看你找到酒了吗？”王俊光以为父亲又犯病了，担忧地望着父亲。

王立清伸手去够歪倒在地上的酒瓶子。

“爸爸，我来拿。”王俊光担心父亲拿不稳，立即抱起了酒瓶子。

王俊光走在前面，他两只手紧紧地搂着酒瓶子。王立清走在后面，他的脚步很沉重，好像有什么力量在挽留他，不让他离开厨房。王立清凝视着儿子晃动的弱小背影，突然他的双手朝儿子的脖子伸过去，他知道是黑衣人在操纵着他的行为，他要他亲手杀了自己的儿子。

“不！他是我的儿子，求你不要伤害他！”王立清跪了下来，只有这样，他才能让自己邪恶的双手停下来，“我答应你，我走，只要你不伤害我的孩子。”

王立清真的屈服了，他太害怕了，也太累了。

“好，今夜就是一个机会，一切按照我的指令去做。”黑衣人狂笑一声以后，就从王立清的身体里暂时消失了。

王立清回到酒桌，他极力掩饰着内心的绝望。他把酒杯斟满，端给了妻子，说他的身体不好，不宜饮酒，但尼古拉一家远道而来，他们必须尽一下地主之谊，只好由妻子代劳了。白定云不会饮酒，但她听到丈夫说的这几句话很是在理，为了庆祝丈夫能意识清醒地说出这些话，她欣然地接过了酒杯，喝下了一杯又一杯白酒。

第十六章　一个死去，一个出生

天还没有亮，窗外静悄悄一片，只有雨雪飘落在窗户纸上的声音。

白定云还在酒精的作用下熟睡着，王立清昨晚说了很多饮酒的理由，这些理由足够白定云睡到天亮了。

王立清穿好了衣服和鞋子，向门口走去。在他的手碰触到门闩的时候，他听到了妻子翻身的声音。他停了下来，做好了打算，如果妻子现在醒了，发现了他，他会不顾一切地打开门，飞跑出去。今天夜里，他必须离开。

白定云并没有醒来。

王立清转过身，他看见了妻子安睡的脸，便如鲠在喉地默默说了一句“以后要辛苦你了”，就走了出去。

他站立在了寂静漆黑的堂屋里，对面就是俊光和俊荣的房间。他多么想进去看他们一眼啊，再看看儿子的脸，再摸摸儿子的手，再听他们喊自己一声“爸爸”。可他摇了摇头，俊光睡觉比较浅，一点动静就会被惊动，他不能冒这个险。他把脚移了回来，走向了通往院子的那扇门。门一打开，冰凉的飞雪立即扑打到他的脸上，湿漉漉的，透着一种刺骨的冷。他蹑手蹑脚地走了出来，又回身把房门关好，不让雨雪落进屋子里，这是他这一辈子能为妻儿所做的最后一件事了。从此，无论他们在人世间承受多么大的苦难，他都无能为力了。

王立清步履蹒跚地向王俊康的房间走去，他的腿像是钉满了钢钉，每走一步，都有一种钻心的疼痛，他明白，疼的不是他的骨头，而是他的心。

十年了，俊康像牲畜一样被圈养在屋子里，不能接近别人，别人也不能靠近他。想与人说话的时候，他就自言自语。听到一点动静，他就不由得往门口看去，以为是有人来了。他像饥渴的人渴望食物和水一样渴望着感情的抚慰。

王立清闪进了俊康虚掩的屋门，又立即把屋门关严实。

“谁?”黑暗中响起了王俊康虚弱的疑问声。

王立清哆嗦了一下，犹豫了几秒钟，还是走了过去。他弯下腰，愧疚地把手伸向了儿子的脸。

"爸爸……"王俊康受惊似的颤抖了一下，隔着十年光阴的距离，他早已忘记了被人触摸是什么感觉。实在想得难受了，他就尝试着触摸自己的身体，假想着是思念的亲人在传递着对他的温暖和关爱，可每次只摸两下，他就停止了。自己摸自己与别人摸自己的感觉是完全不一样的。别人抚摸自己的时候，一股电流随着别人的手掌在自己的皮肤下滑动，而自己抚摸自己，皮肤上像是生出了一层厚厚的老茧，几乎没有什么感觉。在他模糊的记忆里，始终有一双宽大的手掌，放在他的脑袋上，那就是爸爸的手，也是他关于人群的唯一的记忆。当这双手一碰触到他敏感而饥渴的皮肤时，他就认出了父亲。

摸着儿子皮包骨的脑袋，眼泪顺着王立清蓬乱而粗硬的胡须淌下来，王立清的喉咙像是被堵住了，什么声音也发不出来。俊康是老大，可他的身体比老三俊荣还要瘦，还要小，还要弱。他没有把儿子照顾好，他是一个不称职的父亲，他对不起儿子。

王俊康看见两片白茫茫的东西在父亲的脸上晃动，那是父亲眼眶里的泪水。王俊康的心狠狠地疼了一下，在他异常孤独的时候，父亲来看他了，而且外面正下着大雪，父亲还带着病。

王立清握住了儿子的手，紧紧地攥住了它，他的心不由地皱缩在一起。这双手他太久没有握过了，他记得儿子的手肉嘟嘟、热乎乎，现在这双手虽然大了一些，但瘦削、虚弱、冰冷、僵硬……

从父亲颤抖的手掌里，王俊康明白了父亲的心，他不想父亲为他的疾病而难过，就安慰父亲说："爸爸……我很好……"

听了儿子的话，王立清的眼泪无声地流了下来，他心里默默地说：孩子，这些年你真的很好吗？你的心里藏着多少委屈，多少心酸，爸爸全了解。是爸爸不好，让你受了这么多苦。爸爸没有用，不能再陪着你了，以后的路只能你一个人走了。

王立清俯下身，张开双臂，紧紧地把儿子搂在怀里。这是十年来他给儿子的第一个拥抱，也是今生最后一个拥抱，他亏欠儿子的，只能来生再偿还了。

王立清的肩头在儿子的胸口发抖，他多么不想离开啊，他舍不得俊康，他放心不下俊康，他还那么小，又病着，病情加重的时候，连碗饭都端不住。他孤零零一个人在家，万一饿了、渴了、想上厕所了……谁来帮儿子一把啊！他的脑海里浮现出他走以后俊康孤独地躺在床上痛苦咳嗽的情景……

王立清猛地抱紧了俊康，下巴抵在儿子的肩膀上，他咬着牙关，浑身发抖，极力控制着自己不哭出声来。他能给儿子的，只有这一个拥抱了，他想把它完完整整地保留在儿子的记忆里。

王立清小心地把院门关好，就向湖堤一步一滑地走去。天空是无垠的黑暗，阴沉的黑云阻隔住了他昔日里最喜欢的星斗。镇上的街道完全被雪水、雨水和稀泥包裹住，他脚上的鞋子已经湿透，衣服也渐渐贴到了身上。路两边不多的几棵白桦树早已瘦骨嶙峋，在凛冽的寒风中孱弱地摇晃着，犹如几把高悬的利剑在夜色中泛着森森的白光。王立清突然觉得自己像是走在通往刑场的路上，呼啸的北风犹如千万个押解他的士兵，他听见耳边响起了无数个怒斥他的声音："快点走，别磨磨蹭蹭的！"渐强的雨雪像是一道道冷酷的鞭子，甩在他的脸上。他低垂下头，拖着僵硬的双腿，麻木地走向净源湖。

风势突然增大，雨雪撞开了堂屋的门，哐当哐当的声音惊醒了白定云。白定云嗖的一下坐了起来，边穿衣服边往床下跳，在她的脚刚伸进鞋子里时，她发现丈夫不在床上！

"立清……"白定云像是发疯了似的冲出了屋门，冲出了飞雪漫天的院子，凄惨的呼叫声让人不寒而栗。

王立清呆若木鸡地站立在冰冷的净源湖岸上，这里是净源湖最幽深的地段。风吹乱了湖面，纷纷扬扬的雨雪似乎并不关注人世间的悲苦，径自飞舞，遇水而化。它们如此轻快，是因为心里没有承载任何负担，而他的心里装着多少无法言说的重荷，这些重荷让他再也承受不下去了。

"立清，不要……"满身泥水的白定云追到了湖边，边朝王立清跑，边凄厉地阻止着。

"不要过来，你再往前走一步，我就跳下去。"王立清睁开了警惕的眼睛，低头望着脚下的湖面，躁动的湖水一波一波地冲击着他脚下的岩石。

尼古拉也追了过来，拉住了白定云："你不要再靠过去，他真的会跳下去的。"

"我是一个罪人，我要去赎罪。"王立清仰望着黑洞洞的苍穹，忧郁地说完，又往前走了一步，他现在站立在湖边最高的一块岩石上，只要再向前走两步，就会坠入湖中。

"立清，你听我说，我有一件很重要的事情要对你说……"白定云双腿一软，扑通一声跪了下去，向着丈夫爬过去。

"哈哈哈……"王立清听见了黑衣人肆无忌惮的嘲笑声，"你的妻子又要开始她伟大的欺骗术了。你要明白，你不是去死，你是去赎罪，你是要通过自己的努力重新做一个没有良心债的好人，勇敢地把你的双脚脱离开这块岩石吧，脱离了它，你就解脱了，不再痛苦了。难道你真的要等到自己亲手杀死了自己的孩子，才来后悔吗？”

“别说了，我求你别说了，我跳，我跳还不行吗！”王立清捂着耳朵，痛苦地吼叫着，他往前迈出了第一只脚，脚上的鞋子掉了下去，他的脚在冰冷的岩石上痉挛着。

“什么都不用说了，”王立清背对着妻子，麻木地俯视着汹涌愤怒的湖水，面无表情地说，“这是我最好的归宿。”

“有什么话能劝住他，快说，再晚就来不及了。”尼古拉摇晃着浑身瘫软的白定云。

白定云机械地点了点头，仰望着丈夫绝望的背影，泪流满面，她捂着自己的肚子，泪中带笑地说：“立清，我怀孕了，已经三个多月了……”为了留住丈夫，白定云只能编造出这个无助的谎言。

王立清一惊！自己又有了一个孩子，这是真的吗？但他很快又冷静了下来。昨晚，在自己的要求下，妻子喝了很多的白酒，如果妻子怀孕了，肯定不会喝下那些白酒的。为了阻止他自杀，妻子在欺骗他。

“王，我在来看望你的路上得知有一个组织正在寻找日本细菌实验的知情者，如果你死了，那谁能把当年的历史真实讲述出来呢，那两千多名劳工不就白白牺牲了吗？”尼古拉握起了两个拳头，想跳上岩石去拉住王立清是没有一点可能性了。他只能尝试着在王立清英雄主义的情结上系上最后一条救命的绳子。

不能让那两千多名劳工白白牺牲！王立清那颗混沌的心瞬间清醒了，空洞的眼睛里重新燃起了生的希望。尼古拉的话提醒了他，当年只有他一个人目睹了四方楼里的秘密，也许他真的可以为那些惨死的劳工们做点什么，让他们冤屈的灵魂得到真正的安息。

他缓缓抬起了头，热切地凝望着接纳他的夜空，重新点亮希望的眼睛里蓄满了泪水。他要留着这条残缺的命，勇敢地活下去，不为苟且，只为让自己的良心得到真正的解脱。可就在他准备转过头时，他那只失去了鞋子的脚踩在了滑溜溜的雨雪上，他甚至没有来得及再看一眼妻子和尼古拉的脸，就重重地坠落了下去。

“不……”白定云伸出手，想要抓住丈夫，可除了融化在掌心里的雨雪外，什么也没有抓住。

斜飞的雨雪无声地落进茫茫的湖水里。

临湖镇上的人知道了王立清跳湖自杀的消息，都纷纷前来帮忙打捞尸体。他们从镇政府借来了一条久弃不用的大船，还是从县公安局里赎买回来的，这就是孟喜文当初开办赌场、暗地里帮助日本人偷渡货物的船。

几个水性好的人从岩石上跳下去，想看看王立清的尸体会不会直接沉降在了湖底，另外一拨人直接划着大船，朝湖水的下游划去，他们判断尸体如果没有沉下去的话，就很有可能沿着湖水的流向朝下游漂去。

经过近两个小时的打捞，人们在湖水下游一个拐弯的地方发现了漂浮在湖面上的王立清，他张开双臂，仰躺在水面上，瞳孔放大，脸色苍白，四肢僵硬肿胀。王立清的眼睛大睁着，好像在临死前发现了什么天大的秘密。

按照临湖镇葬礼的规矩，王立清在三天后下葬。王立清的葬礼结束后，尼古拉一家要回苏联了。

"以后有什么困难，一定要写信告诉我们。"尼古拉不放心地叮嘱着这个不幸的中国女人。

"不要惦记我，我还有三个孩子，我不会倒下去的。"白定云慈爱地抚摸着苏联小姐妹的脸。

"请把这个转交给王俊康。"阿加塔从裙子口袋里掏出那张画，交给了白定云。

院子里传来了伤感的口琴声，王俊康一个人坐在空荡荡的房间里，一遍又一遍地吹着《送别》，他把自己的抱歉、不舍、无奈、遗憾和祝福都放在这如泣如诉的琴声里了。他吹的是《送别》，但他想告诉阿加塔的是，他会在这里等着她，直到她再次来看他。

尼古拉一家在质朴而空灵的口琴声中渐渐走远，阿加塔走在最后面，在她听不见口琴声时，她追上父亲，带着一种深深的渴望对父亲说："爸爸，等回到苏联之后您教我汉语，好吗？"

王俊康把阿加塔的画铺展在腿上，凝望着它，仿佛感觉到阿加塔带着温暖的微笑站立在他的屋门外。这张画，他一直保留着，直到他离开这个世界。

白定云直挺挺地躺在床上，不敢看丈夫平时睡觉的位置，她害怕看见那里空荡荡的，什么也没有。她闭上眼睛，想象着丈夫还躺在那里。

她感觉自己的身子像一粒沙子慢慢向海底沉下去，她看见了漂浮在水中的丈夫，丈夫一个鲤鱼翻身，从仰躺的姿势变成了俯卧，然后吐着泡泡，微笑着向她游过来。她开心极了，也挥动四肢，迎着丈夫游过去。奇怪，从来没有碰过水的她居然会游泳，并且和丈夫游得一样好。她加快了速度，她要快点游到丈夫身边。她和丈夫从俯卧变成了直立，两个人四目相对，心情无比激动。她伸出手，想要摸一摸丈夫的脸，想看看分离的这几日他瘦了没有，可她的手还没有碰触到丈夫的脸，王立清就像被什么很亮的东西给包裹住了，刺目的光芒让白定云闭上了眼睛，等她再睁开眼睛的时候，丈夫不见了，她看见一个光着身子的婴儿蜷缩在水中。这是一个白胖的男婴，长着略微弯曲的黑头发，眉毛那么黑，那么密，一点都不像婴儿的眉毛。她疑惑地伸出手，想抚摸一下这个奇特的婴儿，婴儿像是感觉到有人要靠近他，警觉地睁开了眼睛，那是一双和丈夫一模一样的眼睛。婴儿凝视着白定云，粉嫩的小脸蛋上露出了依恋的笑容，他蜷缩的身体突然打开，俯卧在水里，双手并齐，举过头顶，两条腿用力一蹬，犹如一支离弦的箭射进了白定云的肚皮。

白定云惊叫了一声，醒了过来。白定云摸着自己的肚子，很疑惑为什么会做这样一个奇怪的梦。她本能地朝丈夫往日里躺着的地方转过身去，想把这个梦讲给丈夫听。但她的双手只摸到了一个空空的被褥，她这才想起丈夫已经不在了。她趴在丈夫的被褥上，哀伤地哭了起来。

忽然，白定云停止了哭泣，她惊诧地捂住嘴巴。天哪，她怎么这么糊涂！她已经快两个月没有来例事了，难道这个梦境是在告诉她……她怀孕了？她在湖边对丈夫说的那个谎言是事实？白定云如死灰般的心再次活跃起来，如果丈夫又留给了她一脉骨血，那她余生的日子也算是有了一份慰藉。可是，白定云又不由得紧张起来，她一口气喝下了那么多杯白酒，这对胎儿会不会造成什么不好的影响，那些白酒会不会杀死自己的这个孩子。

第二天天刚亮，白定云就穿戴好，去了李大夫家。

李大夫很确定地告诉她，她确实怀孕了，已经两个多月了。从脉象上来看，胎儿一切正常。

白定云小心翼翼地向家走着，她尽量躲开那些积雪和冰块，避免它们对腹中的胎儿造成威胁。

啊，命运，你总算没有把这个不幸的女人推到绝境里去，你夺走了她一个成熟的男人，又给了她一个正在发育的胎儿。让生存的希望在生命的延续中燃烧吧，人需要希望，正如黑夜需要月亮。

白定云前三次哺育孩子的时候，奶水很充足，可是这次却严重不足。那张嗷嗷待哺的小嘴饥渴地张着，可无论她怎么挤压，两个乳头像是被密密地缝住，滴不下一滴奶水。家里没有了男人，再加上土地荒芜，即使种下点什么白菜、土豆，收成也少得可怜。不仅白定云，三个半大的孩子也都个个面黄肌瘦。除了每天从鸡笼里面掏出一两个鸡蛋，再没有别的什么东西可以喂养这个小男婴了。一家人都担心，在这个青黄不接的年月里，老四王俊元会饿死。

第十七章　古灵精怪的小孩

王俊元躺在床上，看见一片明亮的东西在屋子里缓慢地无声地移动，一串飘浮的细小的颗粒在空气里轻快地飞舞，一成不变的屋顶，从窗口快速飞过的张着翅膀的黑影。每天都可以听见窗外有非常动听的声音，时而呼呼呼，时而沙沙沙，那是风儿在绿叶间或快或慢地流动，那是花香在屋檐下热情地飘荡。在生命初期的日子里，婴儿的感官是最具有诗意的，他能看见并不存在的东西，也能在寂静里听见最轻微的声音。渐渐地，婴儿有些不满足了，他想留住那如清泉般流泻的阳光，想追逐那飞来飞去的小鸟，想碰碰一切带有形状的东西，想扩展属于自己的领地。一种发自生命最深处的能量在婴儿的身体里汇聚，越聚越多，越来越强，他那幼小的身躯被卷入了一场无形的生命浪潮中，生命内在的节奏注定他会成为最终的胜者。他实现了一个又一个辉煌绚烂的目标。他把自己的世界扩展到无法想象的疆域，征服那些未知疆域的方法就是认识更多的东西，他在这方面的能力是惊人的。他知道每天照射到屋里的那些明亮的光线叫阳光，从窗前快速闪过的黑影是小鸟，他可以自如地打开屋门，跳过高高的门槛，站立在院子里，更加清楚地聆听风与树叶的合鸣。他兴致勃勃地扩展着自己生命的长河，拨浪鼓、瓷碗、饭桌、木凳……都成为他通往未来的桥梁。他趣味盎然地和云朵说话、乐此不疲地品尝月光的味道、从闪烁的星光里编织如痴如醉的故事。他也会思索人为什么会有影子，怎么把缝衣针弄上磁性，人为什么只能站在地上，而鸽子却可以在天上飞，不同的声音组合在一起，为什么有的悦耳，有的就是噪音。在无穷无尽的幻想和思索里，王俊元一天天地长大了。

王俊元的好奇心非常强烈，对于不了解的东西，他一定要想清楚，弄明白。第一次学习吹小号，他就很奇怪，声音是怎么从小号里发出来的？为什么按住不同的键子，发出的声音会不一样？他把一个完好的小号拆开，观察管内声管的走向，一个键子一个键子去试音，从本质上掌握了小号的发声原理。这件事为他以后学习其他乐器打下了很好的基础。

从王俊元的衣着上可以看见全家人的缩影。他穿着大哥的旧衬衫、二哥的旧裤子、三哥的旧鞋子、母亲的旧袜子，头上还戴着父亲的旧帽子。这个在贫困生活中长大的孩子很快乐，他在家里跑来跑去，任何一个材料都能成为他娱乐的道具。炕桌上裂开了一道缝隙，他用纸片叠成青蛙和猴子，把它们拴在两根竹签上，再把竹签从缝隙中穿下去，只把纸做的动物留在桌面上。他盘腿坐在炕桌前，两只胳膊伸到桌子底下，一上一下拽拉着竹签，小动物就开始在桌面上像表演皮影戏一样活蹦乱跳。他还会带领一群男孩在山坡、树林、田野上奔跑，想象着他们在参加一场激烈的战斗，王俊元是将军，他身先士卒，手里举着树枝做成的长矛或宝剑，冲在最前面，嘴里大声喊着："冲啊！"在净源湖边玩耍的时候，王俊元先爬上湖边的一棵白杨树，然后突然松开树干，在半空中迅速翻转身体，一个猛子扎进了冰凉的湖水中，消失不见了。当岸上的小孩害怕地尖叫的时候，王俊元倏然从湖水中探出头来，朝岸上的小男孩们潇洒地挥挥手，再把大拇指和食指围成一个圈，放进嘴里，吹出一声嘹亮的口哨。在王俊元的带领下，再沉默的孩子也能闹翻天。

镇上有一户人家要娶媳妇，王俊元就领着一群小孩子跑去看热闹了。他们像一条条滑溜的鱼，自由地穿梭在已经入席的人群里。

王俊元猫着腰，抬着头，左看看，右瞧瞧，黑色的眼球滴溜溜地转动着，他想要寻找一个别出心裁的乐子。他站立在宾客的后背中间，发现每个人坐在凳子上，屁股和凳子之间会形成一道浅浅的小沟。他那双机灵的眼睛突然发亮，他想到了一个很好玩的方法。他目测了一下那道小沟，宽度正好可以放进去一个小鞭炮。假若把小鞭炮塞进那道小沟里，用火柴点燃，坐在凳子上正在专注地喝酒吃肉的人会有什么反应呢？他的眼睛里闪过一道即将大展拳脚的得意的光芒。他很快锁定了一个头发花白的老头，因为老头的反应比较慢，即使他被发现了，也不太可能被逮住。

王俊元悄悄猫到老人的身后，从裤子口袋里掏出一个刚从地上捡拾的红色的小鞭炮，蹲下去，神不知鬼不觉地把它塞进了"小沟"里。正在这个时候，老人突然站了起来，王俊元那只还没有来得及缩回来的手哆嗦了一下，他以为自己被发现了。仰起头一看，原来是有人要给老人敬酒。王俊元果断地把小鞭炮拿了回来，以防老人坐下去时发现他的计谋。他不出声地蹲着，等老人再次入座后，他才把鞭炮重新塞进去，引燃后，以迅雷不及掩耳之势立即撤退。

"啊！"随着鞭炮的爆炸，老头儿的屁股受到强烈的冲击，他像年轻人一样从凳子上跳了起来，叼在嘴里的一块肥肉也滚落在了地上。他惊异地回头俯视着凳子，上面有一小片鞭炮爆炸后的灰烬。

望着老头儿纳闷的表情，藏在各处的小孩捂着嘴偷乐着。等老头儿不再追究，又夹了一块肥肉塞进嘴里后，他们也把口袋里的小鞭炮掏出来，悄悄塞进各自锁定的目标的屁股下面，引燃炮捻后，就逃之夭夭。

院子里顿时乱作一团。每个被小鞭炮炸到的人都受惊地从凳子上站起来，有的人的裤裆被炸开了缝，用手捂着开裂的裤裆四处搜索作恶的人，有的人的裤子安然无恙，他们只好尴尬地对坐在周围的人笑笑。那些没有被炸到的人也下意识地去摸自己的屁股。一场喜庆的婚宴变成了令人捧腹大笑的闹剧。

从婚宴上出来，小孩子们意犹未尽，想起那帮被他们炸得哎呀乱叫的大人，他们就笑得肚子疼。平日里他们被大人管教和约束，今天他们终于做了一回挑战大人的事，进行了一次小小的“报复”，心里真是极其痛快。

“刚才太好玩了，只是不够过瘾。”一个叫徐秋林的小男孩遗憾地说道。

“真想把每一个大人的屁股都炸一下，让他们也穿一次开裆裤。”又有人附和着说。

他们往回走的时候，路过一个大门敞开的院子前。王俊元发现院子里摆放着许多刚打好的煤球，一个好玩儿的主意又立即浮现在他的脑海里。

“想玩投弹游戏的跟我来。”王俊元说完，一溜烟跑进了院子里。所有的小孩都尾随着跟进去。

一大群孩子围立在煤球前面，但是不知道怎么个玩法，他们不约而同地望着王俊元。王俊元捡起一小块煤块，在墙壁上画上了几个碉堡的枪眼，然后抓起一整块煤球，转身，朝着几米之外的院墙投了出去，嘴里斩钉截铁地高喊着：“炸毁敌人的碉堡！”

完好的煤球立即粉身碎骨，无辜的墙壁流下了黑色的眼泪。

王俊元又立即抓起一块煤球，望着墙壁上一块凸出来的砖头，高喊：“看我神弹手的威力。”

第二块煤球也瞬间灰飞烟灭。

“往哪里跑？双榴弹来也。”王俊元两只手各抓起一块煤球，同时投掷到了墙上。

看到王俊元玩得热火朝天，别的观望的小孩也来了兴致，接连抓起煤球，学着王俊元的样子，喊着各种口令，把煤球纷纷砸向墙壁。

“啪、啪、啪……”一堆煤球顿时变成了一大片黑粉末。

听到屋子里响起了脚步声，王俊元知道主人要出来了，立即高喊：“战争结束，马上撤退！”

听到王俊元的指令，小伙伴们立即往院子门外跑。闻声赶来的主人只在跑得最慢的一个小男孩的屁股上轻轻打了一下，骂了一句“这群小崽子”，就拿起笤帚和簸箕，去收拾墙角下的煤灰了。

一直玩到太阳落山，孩子们才依依不舍地离去，各回各的家。

王俊元跑进家就去上厕所。他刚要往厕所里跑，忽然发现在母亲的窗户下有一只眼睛在瞪着他，莫非是什么动物溜进了家里？他把尿憋了回去，正对着那只眼睛，蹑手蹑脚地走过去。他不知道那是什么动物的眼睛，也许是一条狗，一只猫，但又像是什么怪兽。不管它是什么，胆敢不经过他的允许，私自闯到家里来，他决定要给它点颜色看看。王俊元慢慢靠近那只眼睛，他觉得这个怪兽的胆子很大，他都走得这么近了，它居然没有表现出丝毫的害怕，仍然蹲在墙角下，一动也不动，肆无忌惮地盯着他。王俊元想找一个砖头之类的东西，增加制服怪兽的胜算，可地上什么都没有，他只好赤手空拳地走过去。他不相信，身为孩子王的他斗不过一只小怪兽。等走到“眼睛”前面时，王俊元攥紧了拳头，抬起右腿，铆足了劲儿，猛地朝那只眼睛踹过去。哗啦一声，那只眼睛不见了。他再仔细一看，原来他刚才踹倒的不是什么怪兽，而是一个咸菜坛子。他刚才看见的那只凝视他的“眼睛”是从窗户纸上的一个窟窿里透出的灯光照在坛盖上形成的光圈。

咸菜汤子流了一地，浸湿了他的鞋子和裤腿。但这一“踹”却增加了王俊元的胆量，以后无论夜色多么黑，他都敢一个人走在小镇的路上。不管听到什么声音，他都敢凑过去看看，一探究竟。

当然，王俊元最喜欢做的事情还是看书。当他第一次拿着二哥的书来看的时候，他就对文字产生了浓厚的兴趣，他总觉得文字是他的朋友，这些方方正正的文字会和他说话。刚开始的时候，他不认识字，就根据自己的喜好来给那些文字起一个新的叫法，他编织了一个又一个引人入胜的故事。当镇上的孩子们来找他玩耍的时候，他会把这些虚构出来的故事一本正经地讲给他们听。王俊光听到了老四在绘声绘色地讲故事，很好奇弟弟看的是什么书，这些故事他怎么从来都没有听过。结果，他发现弟弟手里拿着的是他的语文课本。王俊光这才发现弟弟对文字很感兴趣。于是，他一有时间就教弟弟识字。当王俊元把哥哥教给他的文字都认识了以后，他发现自己不能再做文字的魔术师了，不能再把那些陌生的方块字变成他肚子里的故事了。但他很快就找到了解决的方法，他不再局限于一本书，凡是写有文字的东西，都对他有一种不可抗拒的魔力。他知道的故事越来越多，这些故事有的滑稽，有的惊险，有的引人思索，有的催人泪下。他发现，真正的魔术师是这些文字，它们让他看见了一个比他生活的这个小镇还要宽广和有趣的世界。很多次，他读着那些文字，都不愿意出来了。

第十八章　人穷志不穷

放学的钟声准时在一棵苍老的梧桐树下面响起，洪亮的钟声惊飞了一对正在树梢上梳理羽毛的恩爱的画眉鸟。

高二一班的教室里，王俊光正在匆忙地收拾着书包。进入深秋以后，天黑得越发早了，他和俊荣要尽快离开学校，去田野里捡一些柴火，然后回家做晚饭。一旦天色暗下来，他们捡柴火就很困难了。

正在读初三的王俊荣已经背着书包，在教室门口等着他了。

"王俊光。"兄弟俩还没有走出校门，副班长李心彤就追了出来。李心彤是临湖镇豆腐坊老板的独生女，皮肤如她父亲做出的豆腐一样纤细白净，心也像豆腐温和柔软，性格却像铁匠铺师傅抡起的大锤，雷厉果敢。李心彤长得很是苗条，再加上她优越的家境，出类拔萃的学习成绩，以及副班长的领导身份，李心彤成为了班里男生争相爱慕的对象。她经常和王俊光在一起处理班里的事务，所以她对王俊光家里的情况非常了解。

"李心彤，还有什么事吗？"王俊光站住了，他以为班级还有什么事情需要他处理。

"今天晚上八点，我在豆腐坊后面的小树林里等你，不见不散。"李心彤说完，对王俊光挥了挥手，就背着书包，甩着两条像抹过油的细长的麻花辫，向校门外快步跑去。

"二哥，晚上去吗？"王俊荣知道二哥此时心里在犹豫，既想赴约，又担心被同学们知道，对李心彤和他的声誉造成不好的影响。毕竟，他们不再是可以混迹在一起玩耍的小孩子了。

王俊光已经是一位春心萌动的少年，男女之间朦胧的吸引不是没有触动过他敏感的心田。李心彤的品行和能力，他是打心眼里佩服。可他家里实在太穷了，他不忍委屈了李心彤。所以，当李心彤频频向他表示好感的时候，他都装聋作哑地搪塞了过去。

"晚上你和我一起去。"有弟弟和他同行，这个约会就变得光明正大了。

豆腐坊在临湖镇西头一间陈旧的大瓦房里，房屋后面是一片密集的小树林，每年夏天，来豆腐坊买豆腐的人总能听见树林里传来的清脆悦耳的鸟鸣声，但从来都没有人看见过一只鸟从林子里飞出来，也不见有一个人冒失地闯进林子里去。

当王俊光带着王俊荣绕到豆腐坊后面时，弯弯的月亮已经升到了黛蓝色的天空。

“心彤姐在哪儿?”王俊荣一头雾水地问二哥。

“她没有说具体的地点。天这么晚了，林子里这么黑，应该就在这附近。咱们再等等吧。”王俊光从林子边缘走到一段空旷的路面上，明媚的月光照耀着他，这样便于被李心彤发现。

“二哥，你闻闻，这是什么味道？真香啊！”王俊荣跟了过来，鼻子陶醉地吮吸着空气里弥漫着的一股浓郁的清香。

“这是豆腐的味道，应该是从豆腐坊飘过来的。”王俊光勒了勒裤腰带，今天晚上只做了一点玉米粥，他给自己盛的时候只剩下了小半碗，现在肚子还在咕咕叫呢，闻到香甜的豆腐味，他的肚子就更不安生了。他只好用裤腰带来控制那一团骚乱的肠子。

“豆腐味真好闻！比肉还香！”王俊荣深吸了一口气，仿佛这样就可以把豆腐坊里的鲜豆腐吞到饥饿的肚子里去。

看着弟弟望着豆腐坊馋嘴的样子，王俊光的心在隐隐发疼。距离上次吃豆腐，已经过去快半年了。

“心彤姐真幸福，每天都有豆腐吃。咱家要是可以天天吃到豆腐，就好了。”王俊荣闭上眼睛，干瘦的脸颊上浮现着迷离的醉意。

“等下个月领到了学校发的贫困补助，二哥就给你买块豆腐吃。”王俊光的泪水已经在眼睛里打转。自从母亲染上关节炎和心脏病，家里就基本上没有了劳动力。每次吃饭的时候，一家人都是相互推让着，谁也不忍心把少得可怜的饭盛进自己的碗里。

王俊荣立即睁开了眼睛，抱歉地说：“二哥，我不吃豆腐……同学们说吃豆腐会烫舌头，咱们还是把钱留着给妈和大哥买药吧。”

是啊，妈妈和大哥的药马上就要吃完了，他必须把这些必不可少的药提前准备好。王俊光愧疚地搂住了老三的肩膀：“等二哥领到了下下个月的困难补助，再给你买豆腐吃。”

“王俊光。”李心彤的声音从豆腐坊的方向传过来。云彩把月亮遮住了，王俊光只看见一个细高的身影向着他们走过来。

“李心彤，你找我有什么事？”王俊光实在想不出有什么事情不能在学校里说。

“还带着保镖呢，怕我把你绑架了？”李心彤穿着一件新做的红棉袄，背着手，望着暗影里的哥俩，咯咯地笑着。

“我记性……不好……俊荣怕……怕我……迷路……”王俊光结结巴巴地说，他后悔没有提前想好带俊荣一起来赴约的合理的理由。

“记性不好还能每次都考全班第一名？行了，别解释了，我又没有怪你。”遮挡住月亮的云朵已经飘移开，李心彤的五官在月亮的清辉里变得清晰了起来，不知道是不是和她经常吃豆腐有关，她的皮肤水水嫩嫩的，好像一压就能挤出水来。除了那个习惯在威严中挺立的鼻子，其余的部位还是很文静的。

“心彤，你找我究竟有什么事？”王俊光看见李心彤并没有怪他，就把心放了下来。

“我有个东西要给你，学校里人多不方便，只好把你叫到这里来了。”李心彤把一直放在身后的手伸了出来，她的手里提着一个用竹条编制的小篮子，篮子上面还罩着一块白色的棉布。

“这是什么？”王俊光疑惑地问，并没有去接。

“这是我爸刚刚做好的豆腐，我把你们家的情况告诉了我爸，我爸让我拿几块豆腐给你们。学校里人多，你这个人自尊心又强，当着那么多同学的面肯定不收，只好把你约到了这里。快拿着吧，你爸不在了，白婶带着你们兄弟几个挺不容易的，这几块豆腐就当是我孝敬白婶的。”李心彤又把篮子往王俊光面前推了推。

香甜的豆腐味儿钻进了兄弟俩的鼻子里，他们真想抓出一块生豆腐，狠狠地在上面咬一口，然后一直把这口豆腐含在嘴里，哪怕永远不再开口说话。王俊光沉默地咬着嘴唇，凝视着李心彤手里飘散着豆腐香的篮子，久久没有说话。他知道把这几块豆腐带回去，煮几碗豆腐汤，看着全家美美地喝下去，该多么幸福。他已经听到俊荣的舌头在嘴巴里吸溜的声音了。可母亲曾对他们说过，就算是饿死，也绝不能拿别人的一口粮食。对于王家的孩子来说，尊严比温饱更重要。

王俊光平静地说：“谢谢你，心彤，这些豆腐我不能收。”

“王俊光，这些豆腐是我自愿送给你的，不是你向我要的，你不要这么死心眼嘛。”李心彤着急地把篮子又往王俊光的怀里塞。

“无功不受禄。”王俊光把篮子推了回去。

“王俊荣，你比你哥通情达理，这几块豆腐你拿回去。”李心彤知道王俊光是一个倔强到骨子里的人，只好把希望寄托在不那么有主见的王俊荣身上。

“心彤姐，你还是拿回去吧。”既然二哥做出了决定，王俊荣只会无条件服从。

“你们要气死我是不是？”李心彤气愤地把篮子放在了地上。可她很快冷静了下来，在这么艰难困苦的时候，王俊光依然坚守着不接受别人施舍的准则，保持着君子的风度，她喜欢王俊光的不正是这些宝贵的品格吗？她不应该生气，她应该高兴，应该敬佩才对。只是她和王俊光是同学，又是好朋友，她不忍心看着他每天饿着肚子，她要尽力帮助他。“好吧，既然你不收，那我就不强人所难了。但你们家里也实在是困难，总得想个法子，”李心彤咬着嘴唇，瓷亮的眼珠在睫毛中间转动了一下，她想到一个好方法，“我有个叔叔在镇上的粉条厂看门，听叔叔说粉条厂每天都有一些粉浆要倒掉，如果运气好一些，那些被倒掉的粉浆里会有一些豆子之类的东西，如果你们愿意要这些粉浆，我回头和叔叔说说，让他把那些准备倒掉的粉浆留给你们。”

“这个可以吗？”王俊光听说可以得到那些没有人要的粉浆，激动地望望李心彤，又望望老三。

“当然可以了，反正你们不要，他们也会倒掉那些粉浆的。”

“谢谢你，心彤！”王俊光激动地搂住了弟弟的肩膀。

“粉条厂离你们家少说也有三四里地，你们行吗？”李心彤心疼地打量着衣衫单薄、面黄肌瘦的兄弟俩。

“没问题！”王俊光用力地拍了一下他那男子汉的胸脯。

王家兄弟回到家里，把要去粉条厂挑粉浆的事情告诉给了母亲。白定云也是喜出望外，她知道做粉条的原料是绿豆、芸豆、黄豆等各种豆类，即使是废水，也能看见少量的豆子。但她心疼自己的两个儿子，这么小的年纪就要去挑那么重的粉浆。

“让俊荣和你一起去吧，路远天寒，粉浆又那么重，你们哥俩在一起，彼此好有个照应。”白定云不放心地对老二说。

“熬粉浆需要用大量的柴火，就让俊荣去地里捡柴火吧。分工合作，效率高些。咱们争取明天晚上就吃上一顿香喷喷的饱饭。妈，我这心里激动着呢，你摸摸我的心口，”王俊光把母亲的一只手贴在自己剧烈起伏的胸脯上，“这种感觉还是过年的时候体验过一次，我记得大年三十那顿年夜饭咱们吃的是萝卜馅的饺子，蘸着醋和蒜，那个味道可真香啊！”

白定云叹了一口气：“咱家太穷了，没有办法让你们吃饱饭。妈对不起你们。”

王俊元被母亲和二哥的谈话弄醒了，他坐起来，揉了揉惺忪的睡眼，悄没声地从床上下来，趿拉着鞋子，走到母亲身边，像一个小大人似的说：“妈，等我长大了，一定让你和哥哥们都吃饱饭。”

白定云欣慰地笑了起来，张开手臂，想要把懂事的小儿子抱到腿上，王俊光却抢先一步抱起了弟弟。母亲有关节炎，腿稍微承受些重力，就会疼上好几天。他不能让母亲抱弟弟。

第二天下午放学回到家里，王俊光和王俊荣就开始分头行动，一个挑起扁担和木桶，去粉条厂挑粉浆，一个拿起绳子和镰刀去地里捡柴火。兄弟俩在院子门口依依惜别，十几年了，弟兄俩如影相随，从来就没有分开过，但今天为了吃一顿饱饭，他们踏上了孤单劳作的道路。

王俊光把扁担和木桶放在粉条厂的大门口，袖口已经磨破好几个小洞的薄棉袄贴在身上，隐约显露出一个吃不饱穿不暖的贫穷少年的骨架。王俊光走了四里多地，已经出了一身的汗。可他顾不上休息，再过一个小时左右的光景，太阳就要落山了。他必须赶在太阳落山之前回到家里。

尽管李心彤在学校已经告诉他，她和叔叔都沟通好了，可他还是有些忐忑，毕竟这也是向别人索要东西啊。长这么大，他还没有做过这样的事情。徘徊了两分钟，王俊光下定了决心去敲门，一家人今天的晚饭还没有着落呢，临出门前他检查了一下厨房里装粮食的坛子，除了在坛底摸到几粒米和在另外一个坛子里找到一把玉米面之外，再没有别的粮食了。他如果要不到粉浆，今晚全家人就得挨饿。

王俊光鼓起勇气敲了敲大门，一个中年男人打开了门，他就是李心彤的叔叔李长顺。李长顺刚要问王俊光有什么事，看见地上放着的扁担和木桶，再加上王俊光的年龄，李长顺那张黑红的脸上就浮现出了亲切的笑容：“你是李心彤的同学王俊光吧？”

“是的，您就是心彤的叔叔吧？李叔好。”王俊光腼腆又局促地施了一个礼，把两条胳膊立即垂了下去，袖子上那几个破洞实在是太显眼了。

“心彤都跟我说了，快进来吧。”李长顺把大门敞开，王俊光挑着木桶走了进去。

“天这么冷，我还以为你今天不来了呢。”李长顺用嘴哈了哈手，引着王俊光往院子深处走去。

这是一个面积很大的粉条厂，是生产队承包下来的国营工厂。院子里放着十几口黑色的大缸，里面盛满了做粉条的原料和废水。

李长顺把王俊光领到了一口粉浆水还算清澈的大缸前。

“今天做的粉条不多，不过够你挑的了。”李长顺拿起一个空木盆，把水缸里的粉浆舀到木桶里。

“李叔，我来吧。”王俊光立即去要李长顺手里的木盆。李叔能把粉浆免费送给他，他已经感激不尽了，哪能让李叔再出力呢。

“你家里的情况，心彤都跟我说了。没有过不去的坎儿，日子就是这样，过着过着就好了。”李长顺又把胳膊往缸里伸了伸，缸底的豆子稍微多一点。

王俊光用力地点着头。他觉得这位素不相识的李叔送给他的不是粉浆，而是在艰苦的日子里生活下去的希望。王俊光把装了大半桶粉浆的木桶提到一边，然后把另外一只空桶提到水缸前。

“回去以后，把粉浆倒进大锅里，像熬粥那样熬上一阵子，水面上会浮起很多白沫子，把白沫子用笊篱撇去，剩下的粉浆就可以熬粥喝。这东西不太扛饿，但总比清水要好些。”李长顺把另外一只木桶也装了大半桶，估量着差不多了，就帮助王俊光把木桶挂到了扁担上。

“回去小心些，天马上就要黑了。”李长顺把王俊光送到了大门口，一直看着这个瘦小的男孩挑着扁担消失在视线里，才转身走进大门里去。

天渐渐黑了下来，冷风嗖嗖地在小路上穿过，只听见落叶和枯草在风里呻吟的声音。负重的扁担压着他骨瘦如柴的肩膀，好像有一把钢刀插进了他的骨头里。可他不能停下，王俊光知道，一旦他把扁担从肩膀上放下去，他可能就再也挑不起来了。他想让家人早点吃上饭，想到这儿，他不由得加快了脚步。

终于，他看见家院子大门里透出来的灯光了，王俊光激动地小跑了起来。他在心里大声地喊道：“妈、大哥、俊荣、俊元，我把粉浆挑回来了，咱们今晚有吃的了……”

忽然，他的脚踩在了一块小石头上，当他惊叫着訇然倒地时，两只木桶从钩子上掉下来，歪倒在冻得硬邦邦的地面上，粉浆全部洒在了地上。

王俊光跪在地上，颤抖地捧起沾满粉浆的泥土，哭了出来。他把粉浆洒了，全家人今晚吃什么？他怎么这么笨，连个扁担都挑不好。他大喊了一声，把手里的泥土砸在了地上，又站起来，抬起还在发疼的脚，把那块绊倒他的小石头踢了出去。

怎么办？就这样一无所获、两手空空地回家去？不，他无法去面对家人翘首以待的眼睛。回粉条厂重新挑一担子粉浆？李叔可能已经下班了，就算李叔还在，自己办了这么愚蠢的一件事，这是多么令人难堪啊。但一想起还在挨饿的家人，王俊光就毫不犹豫地转身了。

李长顺正在做着最后的清扫工作，看见王俊光浑身湿漉漉地站立在自己面前，他惊讶地扔掉了手里的扫帚。

“你的衣服怎么都湿透了？”李长顺立即把王俊光拉进了屋里，给他脱掉身上的湿棉袄，披上了他的一件棉大衣，再把王俊光那件快要穿烂的破棉袄搭在了火炉旁边的一张椅子的靠背上。

“我摔了一跤，粉浆全洒了。”王俊光缩在宽大的棉衣里，低着头，悲伤地抽噎着。

“这不算啥，洒了再重新挑就是。这日子越是难，你就越不能怕它，越是得往前走，兴许走着走着你就跨过去这道坎了。”李长顺把王俊光的棉袄翻了过来，用手搭成架子，在火炉上烘烤着，屋子里飘起了豆子的香味。

“我不是觉得日子苦……”王俊光没有勇气把接下来的话说下去。

“你是怪自己太笨？”

王俊光默认地低下了头：“我从来都没有办砸过一件事，从来都没有。”

李长顺把棉袄又翻了过来，把袖口对准了火红的炉口。一滴粉浆水从袖子里落下来，炉子上立即冒起了一股轻烟。

“如果我顺利把粉浆挑回去了，说不定家里已经吃上晚饭了，可现在，他们却都在饿着，这都怪我。”王俊光自责地叹了一口气。

“也许你就是太想早点回家了，才一时心急摔倒了，”李长顺头也不抬地继续说，“记住，男人不是随便就可以被压垮的。”

李长顺的话让王俊光倍受鼓舞，作为男人，绝对不能因为一件小事而萎靡不振。王俊光振奋地脱下李长顺的大衣，换上烤得热乎乎的棉袄，挑着两桶新装的粉浆，愉快地回家了。

白定云如坐针毡。天完全黑下来了，黢黑的夜色像石油一样浸透了小院。白定云用手拄着膝盖，站在门槛里，心乱如麻地眺望着大门的方向。

“妈，我回来了。”王俊光挑着两大桶粉浆走进了院子。

白定云顿时转忧为喜。

王俊元欢乐地扑到了二哥的怀里，越过二哥的肩头，寻找着三哥的身影：“二哥，三哥怎么没有和你一起回来？”

“什么？你三哥还没有回来？”王俊光放下老四，不容身体转过来，就疯狂地向院门跑去。

俊荣只是去捡柴火，即使往返两趟，也应该回来了。难道他迷路了？遇见野兽了？受伤了？还是饿晕在半道上了？一连串危险的想象让王俊光快要窒息。

王俊光失魂落魄地冲到了院子门口，和一个与他差不多高的黑影撞在了一起。那个黑影一个趔趄，差点摔倒在地上。

“二哥，你去哪儿？”说话的人正是迟迟不归的王俊荣。

“啪！”王俊光从地上站起来，不容分说，抬手给了老三一个重重的嘴巴子。

“你到哪里去了？打个柴禾用这么久吗？知不知道全家人为你担心得要命。你要是不想让我们活了，就直说！”王俊光恨不得夺过柴火，把老三狠狠地抽打一顿。

王俊荣并不介意二哥的巴掌，温和地笑着，取下了肩膀上的书包：“打完柴火，我又去地里捡菜叶子了，妈说过，除了土不能吃，地里的东西都可以吃。咱们家好久没有吃到菜了，可是天黑得太快，土又冻住了，不好找……”

王俊光听完，一把搂住了弟弟，懊悔的泪水顺着脸颊淌下来。

“疼吗？”王俊光愧疚地问，心疼地把柴禾从弟弟更加瘦弱的脊背上解下来。

“不疼，天太冷，二哥的巴掌正好可以给我暖暖脸。”王俊荣依然温和地笑着，他明白，二哥甩在他脸上的全是爱。

“回来就好，快去做饭吧。”白定云在俊元的搀扶下，走到了误会消除的两兄弟面前。望着两个儿子平安无事地相拥而笑，她那颗提心吊胆的心才真正放松了下来。

“走，做饭去，今晚咱们做蒸菜吃。”王俊光抱起弟弟俊元，王俊荣搀扶着母亲，一起向屋里走去。

夜已深沉，桌子上的蜡烛快要燃完了，兄弟俩要赶在蜡烛熄灭之前躺进被子里。由于着急，王俊光忘记了扁担压在肩膀上的淤青，脱棉袄的时候，红肿的肩膀像是被撕裂开，王俊光不由地叫了一声。

“二哥，你怎么了？”正在脱鞋的老三问。

“没事，”王俊光忍着钻心的疼躲开了弟弟那双想要查看的手，“被扁担压破点皮，没什么事，歇一夜就好了。”王俊光低声说。

“二哥，你肩膀是不是压肿了？”王俊荣伺候着二哥躺下，心疼地说，“明天我去挑粉浆，你去捡柴火吧。”

“你负责捡柴火，挑粉浆的事不用你操心。”王俊光闭上了疲乏的眼睛。

王俊光肩膀上的压伤渐渐变成了硬硬的老茧子，扁担再压在上面也不觉得疼了。到了夏天，王俊光穿上背心时，能清晰地看见两个肩膀上各有一道凹陷的压痕。每当有人询问时，王俊光总是会骄傲地回答：“这是无产阶级劳动者的标志！”

第十九章　善意的谎言

腊月里，气温更低了。清幽静谧的小院里响起了深情舒缓的口琴声，是《送别》的旋律。

王俊康坐在床沿上，神情专注地吹着，他的思绪又回到了七年前那个大雪飞扬的冬天……

“大哥，你是不是在想阿加塔？”王俊光兄弟俩放学回来了，他们听到了大哥的琴声，就默默地站在门口聆听。等大哥吹完一遍《送别》，王俊光突然问道。

王俊康握着口琴的手无处安放，他感觉自己的脸在发热。

“大哥，你的心事，我和俊荣早就知道了。”王俊光开玩笑地说。

“我能有什么心事？”王俊康紧张地否认着。他现在已经是一个二十出头的俊美青年了，如果不是因为有病，他应该是四个兄弟里外表最出众的。不知道从什么时候开始，他对阿加塔的感情慢慢发生了变化。每当想起阿加塔的时候，他会脸红，会心跳加快，会失眠，会发呆。

“这七年里，你吹奏的曲子永远都是《送别》。大哥，你从来都没有觉得阿加塔已经离开了，所以，你一直都在给她送行，对吧？”王俊光不再开玩笑，他看见大哥的眼睛里已经滚动起泪花。

“我是一个病人……”王俊康颤颤巍巍地站了起来。每当他想念阿加塔的时候，他都会在心里对自己说，他和阿加塔是不可能的。从他感染细菌的那一天开始，他就被爱情判了死刑。

“大哥，每个人都有爱的权利，这个和身体状况没有关系。只是……阿加塔知道你对她的心意吗？”王俊光不无担忧地说。距离上次阿加塔来中国已经过去了七年，这七年里，除了尼古拉每年固定地给他们写两封信以外，他们和这个苏联的家庭再也没有联系了。

“这么多年过去了，也许阿加塔早把我给忘了，”王俊康苦笑了一下，“就这样远远地念着，也不错。”

“我觉得大哥还是给阿加塔写一封信，最起码让阿加塔知道，大哥一直都在牵挂着她。大哥会俄语，这件事应该不难。我还保留着尼古拉叔叔以前写来的信，上面有他们家的地址。”王俊光走到屋里，从一个小盒子里找出了其中一封信，把它递给了大哥。

“阿加塔……”王俊康凝视着信封上的苏联地址，默默地念着阿加塔的名字。

王俊康犹豫了一个月，斟酌了十天，又修改了半个多月，一封从中国小镇发到苏联莫斯科的信终于寄出去了。

当伊琳娜打开信箱，拿出当天的《莫斯科报》、电费催款单和几封信件时，发现了这封来自中国的信。

“看看这封信吧，是从中国来的，我猜是王立清的妻子和孩子来向我们寻求帮助的。”伊琳娜把信放在尼古拉的书桌上，就走到窗户前，把洁白色的窗纱撩开，装作欣赏花园里的景色，平整的草坪上铺满了白雪，除了有一两只不怕冷的大鸟从树上俯冲下来，在雪地上留下一些或深或浅的爪印，别的什么也看不见了。

“如果真的如你所料，我们要尽最大的能力去帮助他们。”尼古拉戴上金丝边的眼镜，坐在高靠背椅子里，把信拆开。

阿加塔，你好！

不知道给你写这封信是不是有些冒昧，犹豫再三，还是把它写了出来。

距离我们上次见面已经过去了七年，这七年里，你一切都好吧？首先向你真诚地说一句“对不起”，当年你来房间里看我的时候，我对你那么冷漠。不是因为我不想和你说话，而是因为我生病了，这种病会通过空气传染给别人，我不想你受到感染，所以，只好狠心不让你进来。但愿你不会生我的气。

你走的时候留给我的那幅画，我一直都珍藏着，在这幅画里，我看见了世界上最宝贵的东西——友谊。自从得病，我没有一个朋友，我每天都在孤独和忧郁中度过，总觉得自己是多余的。认识你以后，我第一次感觉到了幸福。那是我有生以来第一次，在别人的眼睛里看见了自己的存在。打开你送我的画时，我哭了，我从来都没有想过，我也会有一个朋友。我写这封信，就是想告诉你，我还和七年前一样，非常看重我们之间的友谊。但是我不确定，你还愿意把我当成朋友吗？即使不能见面，也可以在远方陪伴着彼此，给彼此一份真诚的牵挂。

七年前认识了你，我的生命就变得不一样了。阿加塔，我想告诉你，你是我这辈子仅有的一个朋友，不管是现在还是将来，都不会改变。如果你也愿意把我看作你众多朋友里的一个，我就太高兴了！我会是这个世界上最快乐的人，因为我有一个最真诚的朋友——阿加塔……

“亲爱的，你猜错了，这不是一封求救的信，而是来自一位中国小伙子诚挚的问候。我想你一定还记得那个躺在床上的生病的小男孩吧，这封信就是他写的，不过……”尼古拉的神色黯然了下来，“这信是写给阿加塔的。”

尼古拉和站在窗边的伊琳娜同时躲避开了对方忧伤的目光，足足有十分钟，两个人都没有说话，书房里只有壁炉里燃烧的火焰在发出幽幽的声音，像是有人在呜咽。

“我不想得到关于这个中国男孩子的任何消息，如果不是因为他，阿加塔也不会死。”伊琳娜悲戚地望着窗外，她又想到了阿加塔活着时和达莉娅一起在雪地里打雪仗的情景。

尼古拉走到悲伤的妻子身边，扳过伊琳娜的肩膀：“亲爱的，这不是这个男孩子的错，他也是受害者。日本人撤退的时候，并没有把那些该死的细菌全部销毁，这个可怜的中国男孩不幸感染了，我以上帝的名义做保证，他没有想伤害阿加塔的意思。从这封信上来看，他和我们一样喜欢阿加塔。”

伊琳娜捧住丈夫因哀痛而扭曲的脸：“对不起，我不该那么说话。请原谅我这颗做母亲的心，我太爱阿加塔了。”

“阿加塔离开之前一直都在跟我学汉语，中国有句古话，叫‘老吾老以及人之老，幼吾幼以及人之幼’，意思是说在赡养孝敬自己的长辈时不应忘记其他与自己没有亲缘关系的老人，在抚养教育自己的小孩时不应忘记其他与自己没有血缘关系的小孩。阿加塔很喜欢这句话，我们照着它来做一些事情，就是对阿加塔最好的祭奠。”尼古拉转头望着桌子上的那封信。

“你打算怎么回复这封信呢，告诉他，阿加塔已经死了？这太残忍了！”伊琳娜用手捂着脸哭了起来。

“如果我们要守住这个秘密，也许达莉娅可以帮助我们一下。你到楼上看一下，达莉娅的钢琴课上完了吗？这件事必须请她帮忙。”尼古拉回到办公桌前，点燃了一根烟，烟雾很快把尼古拉陷入沉思的脸庞给遮挡住了。

伊琳娜走出书房，穿过一条长长的走廊，刚走到大厅里的旋转楼梯前，就看见达莉娅从楼上跑了下来。

“达莉娅，你就不能像你姐姐那样保持一点淑女的风度吗？你已经是一个大姑娘了，走路还总是这样鲁莽。”伊琳娜虽然在责怪女儿，但她还是张开双臂，把达莉娅拥进怀里。

“妈妈，安娜老师说我今天的曲子弹得好极了。”刚满十七岁的达莉娅已经出落成了少女的模样，但冒冒失失的性格还和去中国时一样。

“你真棒！亲爱的，先去吃点东西，然后去书房，你爸爸在那里等你。”伊琳娜指了指餐厅的方向。

达莉娅吻了吻妈妈，就提起裙子，向餐厅跑去。达莉娅喝下整整一杯牛奶，又吃了一块伊琳娜新做的草莓蛋糕，然后跑进了书房。尼古拉正沉默地站在窗前，听到达莉娅的脚步声，就转回了身。

“爸爸，你又在思念姐姐了吗？”达莉娅挽住父亲的胳膊。

“你姐姐值得所有人永远怀念她，”尼古拉把书桌上的那封来自中国的信拿给达莉娅，“这是你王叔叔的大儿子王俊康写给你姐姐的信，你这位王哥哥身体不太好，我和你妈妈的意思是最好不要让他知道你姐姐去世的消息，所以，爸爸想让你帮这个忙，代替你姐姐给他写封回信。”

“王俊康，姐姐从中国回来提得最多的就是这个名字。那个时候我还小，对这个中国哥哥没有太多的印象。我对另外两个哥哥的印象倒是很深，我们一起堆雪人，一起打雪仗，一起用弹弓打树上的雪，如果是这两个哥哥写来的信，我会更高兴的。”达莉娅低头仔细阅读起这封信来，还没有读完，达莉娅那双蓝色的眼睛就潮湿了：“爸爸，姐姐真幸福，能被一个人一直想念着。”

“正是因为这样，我们才要保护王俊康。”

“爸爸的意思是要我冒充姐姐的身份给王俊康哥哥回信？”达莉娅把身体倒在沙发里，“可是，我完全不知道姐姐都和他谈了什么。”

“如果善意的谎言可以让一个人活得更有希望一些，你愿意冒险吗？”尼古拉双手交叉支在下巴上，等待着达莉娅的回答。

“当然愿意，爸爸，我非常乐意，我想姐姐在天堂也不会责怪我临时做一下她的。幸好姐姐没有给王俊康哥哥写过信，他不认识姐姐的笔迹，这会让事情变得容易一些。爸爸，相信我会把这件事做好的。”达莉娅站起来，拿着信，跑到楼上去了。

半个月以后，王俊康收到了从莫斯科寄来的信，他激动得难以言表，他不敢相信阿加塔真的会给他回信，他一直都在担心，他的信可能到不了莫斯科，即使到了阿加塔的手里，阿加塔也不一定会给他回信。现在，这封回信就在他的手里，他捧着它，贴着它，触摸着它。

王俊康等待自己的心跳渐渐平静下来后，从抽屉里翻出平常舍不得用的半根蜡烛，用火柴点燃，坐在柔和而明亮的烛光下，逐字逐句地读起了信。信很短，达莉娅不敢写太长，怕在哪个地方露出马脚，简短是最好的掩饰，整封信客气，友好，亲密，活泼，能看出这是出自一个苏联少女之手。王俊康十指颤抖地捧着信，他已经好久没有这么激动过了。正如达莉娅所推测的那样，他从来都没有看见过阿加塔写的字，哪怕他收到的是沾染墨水的蚯蚓在纸上爬出的线条，他也会相信这是阿加塔的笔迹。

“阿加塔”告诉他，七年多以前的中国之行给他们全家留下了深刻的印象。当然，“阿加塔”没有忘记提及她真正惦记的伙伴，那两位陪她在雪地里疯玩了半天的中国哥哥。聪明的“阿加塔”自然会说这是她的妹妹达莉娅让她代为问候的，说达莉娅很想念他们。

王俊康一连读了好几遍“阿加塔”写的信，每一遍都好像是第一次阅读，但读完几遍之后，他又有些失落……为什么阿加塔没有问起他是否还保留着她送给他的那幅画？为什么她没有提及他们在小屋里短暂相聚的事情？为什么信里的感觉和他记忆里的阿加塔那么不一样？难道时间真的会改变一切吗？王俊康神思恍惚地倚靠在墙壁上，呆呆地回忆着当年阿加塔站立在他床前露出的天使般的笑容。也许是自己错怪阿加塔了吧，他看到她的时候，她还是一个天真烂漫的小女孩，而现在她应该是一个十八九岁的少女了吧。少女和小女孩是不一样的，小女孩可以无所顾忌，但少女就不同了，少女会矜持，会羞涩，会考虑到分寸。这一切只能说明阿加塔长大了，像他一样已经跨进成年人的行列了。是他太愚笨了，还把阿加塔当成小女孩来看待，别说阿加塔了，就连他自己都变成了一个有模有样的少年，如果不是有病在身，他也会对着镜子诧异于自己的身体和容貌发生的奇异改变的。假如阿加塔再站立在他面前，他估计会紧张得说不出话来。他不能怪阿加塔的礼貌疏远，父亲活着的时候对他说过，一切事物都是在变化的，或者变好，或者变坏，完全不变的东西是根本不存在的。他应该学着去适应两个人都已经长大的事实。他很想知道长大后的阿加塔是什么样子。王俊康很想马上再给阿加塔写一封信，他想得到关于阿加塔的更多的消息，但他很快又把这个念头打消了。上次寄那封信还是俊光和俊荣一起为他攒了好久的钱，他不能再让弟弟们为难了。王俊康把目光转向了放在柜子上的一双苏联皮靴，这是弗拉基米尔叔叔当年来家里的时候送给他的礼物。要想给阿加塔写信，唯一的方法就是卖掉这双皮靴。母亲和弟弟们如果知道了他的想法，肯定是不会同意的。他自己去做这件事，凭他现在的体力，他如何能走出家门？他只能暂时压抑住想和阿加塔通信的欲望，他默默祈祷着，阿加塔会再次给他写信过来，把他想知道的一切都详细地讲给他听。

第二十章 小小男子汉

又一个学年的新学期开始了，四年级的教室里，班主任腋窝下夹着教科书走了进来。

“同学们，今天我们班里转来了一位新同学，大家欢迎。”

教室里响起了热烈的掌声，只有徐秋林心不在焉地拍着手。那位插班的新同学背着书包走了进来。当他站立在讲台前时，徐秋林惊讶地瞪大了眼睛。新同学原来是王俊元！

王俊元比他们小两个年级，现在应该上二年级，怎么会转到四年级呢？事情是这样发生的。上个学期期末考试时，一张三年级的试卷被错放进了一年级的试卷里，这张卷子恰好发到了王俊元的手里，王俊元很快就把卷子答完了，而且还得了很高的分数。

“这位新同学叫王俊元，他本来应该上二年级，但王俊元很聪明，是全县唯一一名连跳两级的学生。希望同学们在今后的日子里多向王俊元同学学习，争取取得更大的进步。”

听完班主任声情并茂的介绍，班级里响起了长长的唏嘘声。王俊元居然可以连跳两个年级，这可是从来都没有发生过的事。而他们当中的很多同学，按部就班地学到现在，依然感觉很吃力。

王俊元冲着徐秋林快速地吐了吐舌头，然后装作和他不认识似的，一本正经地站立在那里，等候着老师给他分配座位。同学们都盼望着能和这位小神童坐在一起，沾染一下他身上的灵气。

“王俊元，你就和徐秋林同桌吧。”班主任指了指徐秋林旁边的空位置。

“谢谢老师。”王俊元向老师鞠了一躬，走过去，在徐秋林的身边坐了下来。

“你跳级怎么也不事先告诉我？不过你别担心，以后有什么不会的题，我来教你。”在班里一直名列榜首的徐秋林转过头，看着王俊元，拍着胸脯，很仗义地说。

“好。”王俊元在书桌下面做出了一个 OK 的手势。

上课的时候，王俊元经常觉得百无聊赖。以前他经常随意翻看二哥、三哥的课本，老师讲的那些知识，他早就琢磨会了。他不喜欢像个木头人似的呆坐在那里，看着时间白白地溜走。他必须做点什么，身体才不会那么难受。他的眼睛在四周转来转去，最后落在了窗户的铁把手上。他灵机一动，来了主意。

他从作业本上轻轻撕下一张白纸，然后看一眼老师，就假装记笔记，低头在纸上写点什么。很快，他写完了。他的眼睛盯着老师，两只胳膊在抽屉里摸索着，找到一根细绳。他把白纸折叠成长条，系在绳子的一端。趁老师在黑板上板书的时候，快速地站起来，把绳子从窗户把手上的洞眼里穿过去，又迅速地坐下来，把眼睛转向了老师，做出听课的表情，然后两只手在下面交替地攥着绳子，把小纸条当成旗帜，慢慢地在窗台上有节奏地升起。小纸条上用双笔线写了五个大字："下课了，哈哈！"在大字的上方还画着三毛的简笔头像。

看到小纸条上的字的同学，纷纷骚动了起来。他们把桌子上的书本和铅笔一股脑地塞进了抽屉里。

"干什么？干什么？还没有下课呢，怎么把书都收起来了？太不像话了！"老师训斥的话音刚落，下课的钟声就在校园里嘲谑般地响了起来。

王俊元可以预报下课的时间，同学们更加崇拜他了。

"俊元，你怎么知道那个时候要下课？"徐秋林侧过身体，眼睛里闪烁着敬佩的光芒。

王俊元轻描淡写地说："这个很简单，每节课下课的时候，我都会根据阳光照射在课桌上的位置，用铅笔做好记号，所以，只要阳光落在那些特定的位置上，我就知道要下课了。"

"哇！"围聚过来的同学不约而同地发出了赞叹声。

王俊光和王俊荣高中毕业后，响应国家的号召，要到乡下做知青了。

五年级的教室里，四十多个孩子正在认真地听课。王俊元目不转睛地盯着课桌上的阳光。当光线终于漫过那道淡淡的铅笔划痕时，王俊元立即站起来，几乎是同时，放学的钟声敲响了。王俊元跑出了校门，急刹车似的在空无一人的校门外站住。他看了看那条回家的大路，咬了咬嘴唇，转身向另外一条种满松树的山坡上跑去。今天是二哥、三哥下乡的时间，昨晚两位哥哥就告诉他了，他们会在上午十一点左右出发。现在已经十二点了，两个哥哥肯定早已经离开了家。要想再见哥哥们一面，他必须抄近路追赶。他记得山上有一条小路可以出镇，这是他和徐秋林上山捉野鸡的时候发现的。王俊元撒开两条腿，不顾一切地向松树林跑去，他的脚绊到了石头，好几次都差点摔倒，但他根本就没有感觉到疼，没有什么东西可以阻碍他和哥哥们见面的决心。王俊元跑进了松树林里，衰草和灌木林上已经落满了白绒绒的霜，一股凛冽的寒气从树林间扑面而来，他打了一个寒颤，这阵痉挛似的颤抖犹如冲锋的号角，他那颗因与哥哥们分别而无比伤感的心脏在寒颤的余韵中狂烈地跳动着。他多么希望两个哥哥能走慢一些，等等他。潮湿而阴冷的树林里更加昏暗了，大风从野草间呼啸而过，一大片浓重的黑云从身后盖过来，像是给树林披上了神秘的帷帐。糟糕，要下雨了！王俊元边跑边抬头望了一眼铁黑色的天空，在晴天里绿得发亮的树叶如今成了一片片焦躁的阴影，在风中急速地摇晃着。

"好像要下雨了，二哥，要不咱们明天再走吧。"王俊荣大声地恳求着二哥，他还是放心不下母亲和兄弟。

王俊光停下了，两条腿支撑在自行车两侧的地面上。王俊荣从后座上跳了下来，抱着那包简单的行李，眼巴巴地望着二哥。只要二哥点头，他们就可以立即回家。王俊光的内心也在做着激烈的争斗，俊荣的建议也是他的心声，可他们答应了学校，今天下午一定报到。他们不能言而无信，更不能因一场雨而打退堂鼓。而且，他们回去了，也无法面对把承诺看得比生命还要重要的母亲和大哥。

王俊光狠了狠心，咬着牙说："上车。"

"二哥……"王俊荣依旧抱着行李站立在原地，像是一个执拗的孩子，"院子里还晾着衣服呢，我们回去把衣服收了再走，行吗？"

王俊光心头一沉，他似乎看见母亲忍受着膝盖的疼痛，从屋子里艰难地走出来。狂风吹乱了母亲的头发，尘沙迷乱了母亲的眼睛。王俊光的牙齿咬合在一起，他多想把这场突袭而来的风雨给嚼碎了，吞咽进肚子里，让猛烈的风、狂劲的雨都在他一个人的身体里作孽，把宁静和晴朗留给自己的家人。王俊光遥望着深灰色的云层，喉结上下跳动了一下，更加坚定地命令："上车。"

王俊荣从小就习惯了听二哥的话，既然二哥决定了要走，那他再多说什么也是徒劳的。王俊荣忧虑地坐在了自行车的后座上，他转回头，依依不舍地望着家的方向。

大雨很快就下来了，山路变得湿滑而泥泞。王俊元已经摔倒了好几次，衣服上沾满了泥浆，但每一次他都顾不得擦去脸上的雨水就爬了起来，他不能拖延时间，他要尽快追上哥哥，这是他脑海里唯一的念头。

陈旧的自行车艰难地在淤泥中转动，王俊荣从车子上下来，用手拨拉出轮胎上沾满的泥浆，推着自行车的后座，帮助车子在泥水里继续前行。

“二哥，三哥，等等我……”王俊元一溜烟地奔跑在山梁上，远远看去，好像一块滚动的石头。

“是俊元，二哥，是俊元!”王俊荣激动地望着山梁上的弟弟，用力地挥舞着手臂：“俊元，慢点跑，不要摔倒了!”

王俊光把自行车扔在地上，迈开大步，和老三一起，冒着倾盆的冷雨，心疼地迎着弟弟跑去。

狂风，大雨，泥水，坑洼，山坡，曲路，荆棘，寒冷……又如何能与心中奔流的亲情相抗衡，三兄弟在一片杂石嶙峋的坡面上终于跑到了一起。王俊光把外衣脱下来，搭在弟弟的头顶上，王俊荣用袖子擦着弟弟脸上的雨水。

“二哥，三哥……”王俊元紧紧抱住了两个哥哥，他多么希望哥哥们不要走，他舍不得离开他们。他从出生就没有见过父亲，在他的心里，哥哥就是他的父亲。可他知道，两个哥哥是去做知青，是到乡下锻炼自己，他应该支持哥哥。他追过来，并不是要挽留住哥哥，而是要代表母亲和大哥来送哥哥们一程，他知道二哥和三哥最不放心的是什么，他要亲口告诉哥哥：他们走了，家里还有他这个男人。

尽管有雨水的掩护，王俊元也不让眼泪掉下来，他要让两个哥哥放心地走。

王俊光和王俊荣走了，王俊光每骑两圈自行车，都会把车把上的铃铛拨响一次，那是他和老三对弟弟满心的叮咛。叮铃铃的车铃声犹如一支美妙的曲子，在王俊元童年的记忆里久久地回荡着。

王俊元凭着他以前观看二哥做饭的记忆，做出了第一顿早餐，玉米糊糊煮红薯。当白定云梳洗完毕，准备去厨房重拾往日的家务时，王俊元把一碗热气腾腾、香气喷喷的玉米粥端到了母亲屋里，托盘里还放着一个洗干净的红苹果。

“俊元，这……这是你做的?”白定云简直不敢相信自己的眼睛，一个被全家人呵护的小孩子居然会做饭。

“二哥以前做饭的时候，我站在旁边看，就记住了。妈，您尝尝味道怎么样?”王俊元端起盛有玉米粥的碗，捧到母亲的面前。

白定云接过碗，拿起汤匙，喝了一小口，粥熬得恰到好处，香醇的味道犹如站立在一片刚刚成熟的玉米地里，粥里悬浮着两小块红薯，使粥愈发甘甜了。白定云把碗放在托盘里，伸出手，抚摸着儿子被烟火熏得发黑的小脸颊，用手绢把那些小黑点仔仔细细地擦去，一张与丈夫神情酷似的小脸从黑灰下面浮现出来，正微笑地望着她。她恍惚感觉到丈夫又回到了她的身边。白定云的手颤抖地定格住，她似乎看见丈夫正站立在她面前，温柔地望着她，她欣喜地抓住儿子的手，嘴里喊着丈夫的名字。

“妈，你想爸爸了吧？”王俊元懂事地擦去了妈妈脸上的眼泪。长这么大，他还是第一次听妈妈喊爸爸的名字。听到妈妈这一声发自肺腑的呼唤，王俊元的鼻子也发酸了。

白定云回过神来，激动地凝视着儿子英俊的脸。莫非这真的是冥冥之中的某种安排，命运夺走了她的丈夫，又给了她一个与丈夫酷似的儿子。她一直以为老大俊康是最像丈夫的，但当俊元渐渐显示出一个男人的雏形时，她才发现，最像丈夫的是小儿子俊元，不仅容貌上相像，就连思维、胆识和气魄都极其神似，只是俊元的性格比他父亲更加活泼和乐观。

“妈，您喝完粥，把这个苹果吃了，我去看看大哥。”

王俊元把大哥尿盆里的小便倒进了厕所里，又给大哥倒了一杯热水，然后把窗户打开，换换空气，几分钟以后又关上。然后又站在门口陪大哥说了一会儿话。等大哥这里没有什么需要他做的事情后，他就去了母亲的房间。

母亲的粥已经喝完了，但苹果还安好地放在托盘里。

“妈，您怎么没有吃苹果啊？”

“妈是大人了，吃不吃苹果都一样，你还小，正在长身体，还是你吃了吧。”

王俊元拿起苹果，塞进母亲的手里，“这是二哥、三哥走时交代给我的任务，一定要看着妈把苹果吃下，”王俊元的声音变得哽咽了起来，“我已经没有了爸爸，不能再失去妈妈。”

白定云的眼睛湿润了，自己的身体是什么情况，她心里最清楚。为了儿子们，她也要尽力支撑下去。她看了看手里红艳艳的苹果，把它递给了儿子：“妈牙齿不好，咬不动苹果皮，你把皮吃了吧。”白定云实在不忍心当着儿子的面把整个苹果吃下去。

王俊元去厨房拿了一个干净的碗，又拿来了切菜刀，把苹果皮一点一点削下来，他不敢削得太快，担心把果肉削下来的太多，母亲吃到的苹果就少了，可又不能削得太慢，担心苹果皮削不干净，硌到母亲的牙齿。

王俊元把削好的苹果递给母亲，然后端着装有苹果皮的碗，向大哥的房间跑去。在这个家里，他需要照顾的，不止母亲。

“大哥，你看我给你带什么好东西来了。”王俊元在门口站住，把碗高高举过头顶，满脸兴奋地望着床上的大哥。

“糖水？”王俊康记得二弟走时告诉他，厨房装大米的坛子里放着两斤红糖。

“不对。”王俊元让大哥继续猜。

“玻璃球？”王俊康知道弟弟玩这个最拿手，眨眼之间，地面上一大片彩色的玻璃球就全部被弟弟的小手准确地弹进了坑洞里。

王俊元再次摇了摇头。

“是早上剩下的一块红薯？”王俊康说完就自己否定了这个猜测，他知道红薯是不可能剩下的，如果锅里还有红薯，弟弟早上一定会都盛给他的。

“大哥，你看。”王俊元把举到头顶上的瓷碗放了下来，倾斜给大哥看。

“苹果皮？”王俊康已经好多年没有见过苹果了。

“是二哥给咱妈买的，妈说她的牙齿不好，嚼不烂苹果皮，我就把苹果皮削下来，给大哥送来了。”王俊元端着碗，庄重地准备走向大哥。

王俊康知道母亲的牙齿很好，母亲之所以这么说，是想让俊元和她一起吃苹果，但俊元却把来之不易的苹果皮全部留给了他。

“这些苹果皮我也嚼不烂。”王俊康阻止弟弟进来，把手放在腮帮子上，做出牙疼的表情。

“怎么大哥的牙齿也不好了呢？”王俊元捧着碗站在门外，迷惑不解地望着大哥的嘴巴。

“凡是生病的人牙齿都不好，”王俊康催促道，“你快吃吧，要不苹果皮很快就要发黑了。”

既然母亲和大哥都不能吃苹果皮，那他就只好把它们吃了。在他的记忆里，好像从来都没有吃过苹果。他还是在书上看到过苹果的图片。

王俊元把瓷碗搂在怀里，抓起一小片苹果皮，放进嘴里，津津有味地嚼了起来。他不舍得把苹果皮快速地嚼碎，他要把它们嚼得没有味道了，嚼得成为皱缩的干皮时，才把它们咽下去。哇，真好吃，酸酸甜甜的，仿佛有一股温暖的乳流在身体里流淌，让人有种飘飘欲仙的感觉，这种感觉还是他去年秋天在徐秋林家里玩的时候，从地上捡了几颗红枣，在衣服上擦干净后，放在嘴里嚼碎时体验过一次。但这次的感觉更加清爽、香脆、芬芳。他觉得世界上最幸福的小孩就是有苹果皮可以吃的小孩。

第二十一章　白定云去世

几年之后，王俊光、王俊荣兄弟俩由于在生产队表现突出，双双被抽调到了县城。王俊光进了县一中，当上了历史老师，王俊荣被抽调到了省城驻县城的防疫所，做了一名防疫研究人员。

一个星期六的上午，王俊光、王俊荣回家来了。这是他们下乡做知青后的第一次回家。每次过年的时候，兄弟俩都特别想回家和母亲一起过年，但国家号召知青们和农民在一起过革命的春节，所以，下乡这几年，他们一次也没有回来过。

这次回来，王俊光还带回来一个人——李心彤。她和王俊光一起下乡，又分在了一个公社里，朝夕相处，让他们的心结合在了一起。此次抽调，李心彤被分到了县城图书馆。二人都认为到了公开他们关系的时候了。

正在清扫院子的王俊元看见两个哥哥回来了，激动地扔下手里的扫帚，跑到了哥哥们面前。

“二哥、三哥，你们回来了。”王俊元高兴地搂住了两个哥哥的肩头。他的手臂很长，也很有力，拥抱住两个哥哥绰绰有余。

王俊光两眼含泪地拉着弟弟的手，一句话也说不出来。

“俊元都长这么高了。”王俊荣也两眼红红地看着几年未见面的弟弟。

王俊元发现了站立在二哥身后的李心彤。还没等二哥介绍，王俊元就抢先开口了：“这位就是给我二哥送豆腐的李心彤姐姐吧？”

“你怎么知道这件事？是你二哥告诉你的吧？”李心彤羞涩地望了王俊光一眼。

“是二哥说梦话，被我听到的。”王俊元冲二哥挤了挤眼睛。

“俊光，你夜里还说梦话啊？”李心彤惊讶地问。

“谁说的，我夜里睡觉最老实了，估计是老三告诉俊元的。”王俊光求救地看着老三。

王俊荣只是温和地笑笑。

“俊光、俊荣，你们回来了？”王俊康听到院子里的说话声，知道是两个弟弟回家了，激动地披上衣服，从床上下来，走到了门口。

“大哥，你气色看上去好多了。”王俊光和老三立即走到大哥身边，他们看见大哥能下地走路了，心里安慰了不少。对于他们来说，母亲和大哥的身体只要不恶化，就是好消息。

“俊光寄给我的药很管用。”王俊康说话的底气也提升了不少。

“县医院的这位董医生果真名不虚传。等吃完这几副药，我带大哥到县医院，让董医生亲自给看看。”出于多年的习惯，每到一个新地方，王俊光总要先打听一下，当地是否有比较出名的治疗肺部疾病的医生。他被调到县城后，把铺盖卷和行李刚堆到宿舍里，就去打探消息了。教政治的商树新老师告诉他，县医院有一位治疗呼吸道疾病的专家，名叫董艳梅，医术高超，对待患者就像自己的亲人一样。王俊光听完，立即借来一辆自行车，打听好县医院的方向，就慕名去拜访了。董艳梅是一位很年轻的女医生，出生在南方，大学毕业后嫁到了东北。年龄三十岁左右，留着精干的短发，身材苗条，态度温和。她详细听取了王俊光对大哥病情的描述，在一个蓝色封皮的日记本上，记录下了王俊康的病例。董医生给王俊康开了一些润肺的中药，并告诉王俊光，吃完这些药，最好带王俊康到县医院来一趟。

“以后再说吧，你们快去看看妈吧。”王俊康看到一家人终于团聚了，精神焕发，比吃任何灵丹妙药都管用。

白定云倚靠在炕席上，身后垫着一个绣花枕头，好像睡着了。她的面色很苍白，犹如一株披满白霜的枯草。弟兄俩不敢惊扰母亲，轻轻地坐在炕沿上。

当王俊光的手掌碰触到母亲变形的手指时，白定云缓缓地睁开了眼睛，看见老二、老三回来了，她激动得热泪盈眶。在两个儿子的搀扶下，她坐了起来，她已经有好几天没有坐起来了。

“妈，您的脸色看上去不太好，是不是心脏又不舒服了？”王俊光把母亲那双熟悉又陌生的手贴在自己的脸上。

“能看见你们回来，妈什么病都没有了，”白定云慈爱地看看老二，又望望老三，心疼又欣慰地说，“晒黑了，但也长结实了。”

“农村的劳动确实锻炼人，”王俊光不好意思地笑了笑，“刚下乡的时候，我和俊荣连锄头都不会拿，现在一般的庄稼活我们都会做了，而且每年都会被公社评为劳动先进分子，所以，我和俊荣才有机会被抽调到县城。妈，您说得对，只要踏实肯干，总有出头之日。”

“俊元念了你写来的信，妈知道你被调到学校里当老师、俊荣被调到防疫所当研究员，妈这心里别提有多高兴了。以后成为国家的人了，就要认认真真、踏踏实实地为国家做事啊。”白定云再一次喜极而泣。

“妈，您怎么哭了？今天应该高兴才是啊，”王俊光为了抚慰一下母亲激动的情绪，拉起李心彤的手，两人一起站立在母亲面前，“妈，这是李心彤，您未来的儿媳妇。”

“白婶儿。”李心彤甜甜地叫了一声。

白定云这才注意到屋子里还有一个模样清秀的女孩，她颤抖地拉住李心彤的手，把李心彤额前的一缕刘海归拢到耳后，喜不自胜地反复说着：“好啊，好啊……”接着又去擦流到眼角的泪水。

“妈，今天应该高兴。”王俊光搂住了母亲单薄的肩膀。

“妈这是高兴……高兴的，”白定云微笑着，紧紧握着李心彤的手，像是握着一个失散多年的女儿，“我听俊光经常提起你，你们能在一起，白婶打心眼里高兴。”

王俊光看见母亲和心彤如此投缘，心里很是开心。他留下心彤陪母亲说话，就和弟弟们一起去厨房做饭了。

“俊元，我和你三哥对不住你，这几年苦了你了。以后二哥、三哥都有工资了，不会再让你吃不上饭了。”王俊光望着一贫如洗的家，喉咙有些哽咽。

“贫困也可以锻炼人，它可以使人的意志力更加顽强，也让人更加热爱生活。当然，热爱生活并不意味着要安心待在贫困里，而是要用我们的双手去创造一个更加灿烂的世界。”王俊元的眼睛里闪烁着智慧的光彩。

“这些话你是从哪里看来的？”王俊光很惊讶一个还没有成年的少年居然能说出如此深奥的言论。

“我自己想出来的。二哥不是问我是如何度过那些穷困的日子的吗？除了坚持，就是思考。我发现思考能让人更加接近生命的本质，会让我们在任何艰难的处境下都能够沉着冷静。”

“士别三日，当刮目相看，俊元的这番话让人如沐春风。”王俊荣也走了过来，由衷地赞叹着。

“你平时都喜欢看什么书？”王俊光取经似的问。

“什么书都喜欢看，历史的、文学的、地理的，但我最喜欢看的还是哲学。只是现在有些内容还看不懂。”

“男人最重要的就是思维，你能把哲学放在首位，足以证明你的过人之处。

那么，我和你三哥的书，你都看完了吗？”

“全部读完了，对了，我得纠正一下刚才的说法。陪伴我抵挡饥饿的除了忍耐和思考，还有阅读。每当打开一本书，当第一个字映入我的眼睛里时，我就会忘记饥饿。古人说‘书中自有黄金屋，书中自有颜如玉’，但我觉得书中还有许多东西，比如美味的食物，崭新的衣服，舒适的鞋子，锋利的小刀，长长的铅笔，还有崭新的作业本。这是我第一年读书的体会。到了第二年，我觉得书里的东西更多了，哭泣时的抚慰，寂寞时的陪伴，欢乐时的回应，迷茫时的明灯，犹豫时的坚决，脆弱时的鼓励，跌倒时的崛起，幸福时的感恩……”

“第三年呢？”王俊光和王俊荣异口同声地问。

“到了第三年，我觉得书籍已经成为我不可或缺的精神食粮了，我在里面发现了另外一个神奇的世界，现实生活中所有的困惑，书籍里的文字都会给你解答。你在现实中没有遇到的问题，书籍里的文字也会给你警示。总之，书籍会把你带进一个你从来都没有想过的世界里，你渐渐结识了许多优秀的好朋友，烦恼的德国少年维特，追求女性独立自由的英国新女性简·爱，巴黎圣母院里善良丑陋的敲钟人卡西莫多，苏联钢铁战士保尔·柯察金。每当我感受到寂寞的时候，我就走进书里，和这些性格鲜明的人物对话，把自己的心事讲给他们听，当我把整颗心交给他们的时候，我是能听到他们隔着遥远的时空所给予我的回应的。我听到他们说，要用美好的思想灌溉自己的心灵，要勇敢地追求自己的爱情，要永远忠实于自己的国家和人民，要做一个把灵魂锻造成如镜子一般明净的人。我知道这样做很难，但我愿意为了这个目标而努力。”王俊元坚定地说。

“二哥为你骄傲。”王俊光动情地说，他没有想到，在他眼里还是一个小孩子的弟弟，居然已经在思想上成长为一个很有深度和高度的男人了。

“我只想距离你和三哥不要太远。”

“不，你已经远远超过了我和你三哥，而且，用不了多久，你会把我们远远甩在后面的。”

这个时候，李心彤走了进来：“我来看看饭做好了吗？”

王俊光一拍脑门，大声地说：“哎呀，我们只顾着说话了，忘记做饭了。回来时我买了一只鸡，咱们今天炖鸡吃。”

四个人一起在厨房里忙碌着，烧水的烧水，加柴的加柴，宰鸡的宰鸡，拔毛的拔毛，很快一锅令人垂涎欲滴的鲜嫩的鸡肉就炖好了。

王俊光先给母亲盛了一碗，准备送过去。

“我去吧。”李心彤接过王俊光手里的碗，含羞地走掉了。

王俊光望着李心彤殷勤的背影，满意地在围裙上擦了擦手，又给大哥盛了一碗，准备叫老三送过去。

突然，三兄弟听见李心彤大声地喊王俊光的名字，他们争先恐后地跑了出去，李心彤几乎瘫倒在母亲房屋的门槛上，她脸色苍白，语无伦次地指着屋内：“白婶儿、白婶儿她……”

“我妈怎么了？”王俊光不等李心彤回答，就冲进了屋内。

王俊荣和王俊元也跑了进去。

白定云仰躺在床上，消瘦的脸颊深深凹陷了下去，黯淡的眼睛大睁着，两只手紧紧捂着胸口，嘴里发出含糊不清的呻吟声。

“妈……”三兄弟立即扑了过去。

感觉到儿子们围聚在她身边，这个可怜女人的身体停止了颤动。她的手从胸口垂落下去，又挣扎着抬起，像是在祈求神灵的庇佑，又像是在争夺最后的一点时间。

三双男人的手掌一起迎了过去，与那双枯瘦的手紧紧握在一起。

白定云的眼睛转向老二，呼吸变得更为急促，像是拼尽全身的力气，断断续续地说道：“照顾好……你大哥和……俊元，还有……”

白定云喘得很厉害，不得不中断了说话。她死死地盯着王俊光，一字一顿地说：“记—住，该—说—的—要—说，不—该—说—的—绝—对—不—能—说！”

“妈，我知道，您放心，我们一定不会把那件事说出去的。”王俊光知道母亲的意思是不能让任何人知道他们家里有一个感染了日本人细菌的人，在弥留之际，母亲想到的还是要保护自己的孩子。

白定云不再说话，也不再急促地喘气。她颓然倒在枕头上，用最后一丝力气望着哭成泪人的小儿子，她的嘴角怜爱地抽搐了几下，无限遗憾地说完“孩子……以后……你要受苦了……”就闭上了眼睛。

白定云死了。

王俊康跌跌撞撞地走到母亲的窗户下，屋子里哭声一片，当他意识到发生了什么的时候，瘫软在了地上。

白定云去世的消息很快在临湖镇传开了，很多人都来参加葬礼，给这个苦命的女人送别。在送别的人群里，有一个非常特殊的来客，临湖镇年轻一代的人们都不认识他，他穿着一身深蓝色西装，长着高高的鼻子，留着一圈络腮胡子。他就是消失了多年的托马斯。

一个小镇上突然出现一个高鼻子蓝眼睛的外国人，所有的人都觉得很新鲜好奇，王家小院里的人纷纷停下交谈和祭拜，目不转睛地看着这位穿着西装、身材高大的男人熟悉地穿过庭院，径直走进西屋的灵堂。

王家四兄弟披麻戴孝，跪成两列，迎接着前来送行的人。在周围人的提示下，四兄弟抬起了头，纷纷看着这个陌生的异国来客。托马斯站立在门槛外，凝视着那口停放在堂屋中央的棺材，用手在胸前画了一个十字。

王俊光首先站了起来，走上前，客气地询问："请问，您是？"

托马斯回过头，眼睛里流露着慈父般的善意："我是你父亲多年的老朋友，我叫托马斯。"

"您就是托马斯伯伯，我在父亲的信匣子里读过您的信。"王俊光说。

"是的，孩子，我曾经和你父亲通过许多信，很高兴你见证了我和你父亲之间的友谊。很遗憾，也很抱歉，我离开了这么久，现在，你的父母都已经不在了，"托马斯的脸上闪过一阵难以抑制的悲伤，痛苦使他停顿了好一会儿，然后他接着说道，"我以我和你们父亲的友谊保证，我将会把对你们父亲的爱延续到你们的身上。"

白定云下葬后，托马斯没有立即离去，他要多陪伴一下好朋友的孩子。

王俊康无声地躺在床上，仰望着漆黑的屋顶，想起再也无法见面的母亲，眼泪流了下来。屋门吱呀一声被轻轻推开了，一团明亮的光线从外面移动了进来，王俊康把"阿加塔"给他的回信压在枕头底下，擦了擦脸上的泪水。

"孩子，还没有入睡吧？"是托马斯提着一盏煤油灯进来了。

"伯父，请站在门口和我说话吧。"王俊康没有忘记自己是一个病人。

托马斯在王立清的信里已经了解了王俊康的病情，他把煤油灯放在脚边，双手交叉，安静地站在那里。

"我明天就要离开这里了，想在临走之前和你道个别。"托马斯慈祥得犹如一个父亲。

"您要去哪里？"他只会俄语，不会英语，所以对这个西洋人的了解不多。

"回莫斯科。"

"莫斯科？"这三个字让王俊康的五脏六腑都为之震颤，王俊康极力控制住自己激动的情绪："伯父去过莫斯科？"

"我这几年一直住在莫斯科。"

"那您是否认识一个叫阿加塔的姑娘，她的父亲叫尼古拉，母亲叫伊琳娜，她还有一个妹妹叫达莉娅，他们一家和我爸爸也是故交。"王俊康前倾着身子，满怀希望地问。

“你说的尼古拉是不是和你爸爸一起住过日本人的监狱，一起当过劳工的苏联人？”

“是的，就是他们，伯父真的认识他们？”王俊康几乎喊了出来。

“是的，我刚到莫斯科就结识了尼古拉一家，我是从他那里才得知你父亲去世的消息的。”

“那……阿加塔还好吗？”王俊康觉得自己这个问题很幼稚，善良美丽的阿加塔自然会生活得很好。

“噢，她很不幸，好多年前就去世了。”托马斯惋惜地摇着头。

“不，伯父，您一定是弄错了，阿加塔七年前还给我写过一封回信，我一直都保留着……”王俊康把枕头底下的信拿出来，从床上下来，跌跌撞撞地走到门口，递给托马斯看。他觉得托马斯伯父一定是弄错了，得疾病去世的也许是达莉娅，她们姐妹俩年龄差不多，长得又非常相像，托马斯伯父搞错了，也情有可原。

托马斯并没有去仔细阅读信件的内容，很多时候形式也能说明问题。他那双蓝色的眼睛很快就从信里抬了起来。

“这不是阿加塔的笔迹，这封信是她的妹妹达莉娅写的。”天真的托马斯并不知道他这句话将会对他眼前的这个年轻人带来怎样致命的打击。他当年离开的时候，王俊康还是一个嗷嗷待哺的婴儿，现在，他已经变成了一位风华正茂的青年。托马斯只知道王俊康的父亲和阿加塔的父亲曾是过命的交情，也知道尼古拉一家曾经来看望过王立清一家，但他不知道只有一面之缘的王俊康和阿加塔之间产生了一种特殊的感情。

“你有什么证据证明这是达莉娅而非阿加塔写的信？”王俊康已经有点歇斯底里。

“孩子，这封信对你很重要吗？”托马斯感觉到了王俊康的反常。

王俊康盯着托马斯，嘴巴不停地颤抖着：“请告诉我真相！”

“在我离开尼古拉家时，尼古拉的小女儿达莉娅正在练字，我好奇地凑了过去。那是一种奇怪的写法，所有的字母都向右上角倾斜。达莉娅还给我写了一首小诗，送给我作为纪念。如果你对这首小诗感兴趣的话，我拿来给你看。”托马斯离开了房间，很快又回来了，他的手里多了一样东西，一张和王俊康珍藏了七年多的信一模一样的纸张。

托马斯把小诗递给失魂落魄的王俊康。王俊康从来没有如此害怕过，他的心脏在猛烈地收缩着。他哆嗦着展开了那张折叠的信纸，看到了和他收到的那封回信完全一样的笔迹。

王俊康撕扯着自己的领口，好像有什么东西扼住了他的喉咙，让他快要窒息。他痛苦地吼叫起来，像是一头被激惹的野兽。

“孩子，你还好吗？”托马斯被王俊康的举动吓住了。

这个时候，王家另外的三个孩子都赶来了。他们听到了大哥的咆哮声，他们从来没有听到大哥发出过这么古怪而响亮的叫喊声。

“伯父，您对我大哥说了什么？”王俊光心痛地问。

“我只是告诉了他一个他迟早会了解的真相。”托马斯无辜地回答。

“什么真相？”王俊光两眼发红地瞪着托马斯。

“他失去了一个好朋友，就像我失去了你们的父亲。”托马斯把手放在心口上。

“我大哥失去了谁？”王俊光又向托马斯走进了一步。

“一个叫阿加塔的苏联姑娘。”托马斯说完，整个屋子都凝固了。

“阿加塔怎么了？伯父，您都了解什么？”王俊光又逼近了托马斯。

托马斯吓得倒退了几步，好像一头走投无路的动物面对着一个举着猎枪的猎人。托马斯被惊住了，说出的汉语有些走调：“阿加塔从中国回到苏联之后不久就去世了，得传染性肺疾去世的。”

“什么?!”王俊光下意识地回头望着床上的大哥。王俊康此时正歪躺在那里，紧闭着眼睛，失去血色的嘴唇伤心地抖动着。

“您不该告诉我大哥，”王俊光回过头来，哽咽地说，“阿加塔是我大哥活着的希望，现在他知道了阿加塔死亡的消息，而且是在我母亲刚刚去世的时候，这两个接连的打击让他如何来承受，他失去的是他生命中最重要的两个女人啊！”

“孩子，对不起，我是无心的。我不知道你对阿加塔产生了这么深厚的感情……”托马斯对王俊康忏悔着。

王俊康发出了憋闷的喘息声，那是每一次病情恶化时才会出现的可怕的征兆。

“大哥，我马上送你去医院……”王俊光示意两个弟弟让开。

王俊康绝望地摇了摇头。医院是什么地方，那是让人的生命继续痛苦下去的魔窟，失去了母亲和阿加塔，他要这残缺的生命还有什么意义？当年，他违心地拒绝着阿加塔的靠近，没有想到，他还是把细菌传染给了她，是他害死了阿加塔。他的呼吸越来越艰难了，意识也渐渐模糊，他觉得自己被一片污浊的海水吞噬了进去，他放弃了求生的本能，张开了四肢，任由已经奄奄一息的身体沉入海底。

“我们必须马上把大哥送到医院里去，大哥现在很危险。”王俊元看着双手紧紧抓着床单的大哥和不敢违拗大哥意志、犹豫不决的二哥、三哥，镇定而坚决地说。

王俊光看看四弟，又看看三弟，点了点头，把大哥强行背了起来，四兄弟一起冲进了月光惨淡的夜色里。

“上帝，请原谅我，我没有想过要伤害这个可怜的孩子，我是无心的……”托马斯望着四兄弟远去的方向，忏悔地祷告着。

第二十二章　又一位“战士”倒下

一个小时以后，失去意识的王俊康被推进了县医院急诊室里。值班的护士看见病人情况如此危急，立即给刚刚下班回到家里的董艳梅医生打电话。

“董医生，这就是我的大哥，求您一定要救救他。”王俊光恨不能给董医生跪下。

董医生戴上了口罩，然后俯下身，翻开病人发黑的眼皮。

“病人发高烧了，看来是肺部病灶扩大了。把体温计拿过来，给病人测体温。通知好抢救室，准备好氧气和输血袋，马上抢救。另外，每个人都戴上加厚过滤口罩，给病人的家属也各发一个。”董医生检查完，从容地指挥着。

护士把体温计放进了王俊康发烫的腋窝下面。

“董医生，我大哥会不会有危险?”王俊光抓住董医生的手臂，大汗淋漓地问。

董医生取下听诊器：“现在还不好说，病人现在情况不是很好，但是你们放心，我们一定会尽力的。”

就在王俊光和董医生说话的时候，王俊康的喉结急速地滑动起来，好像有什么东西堵在了他的嗓子里，他发出了咕噜咕噜的呻吟声。王俊元听到了大哥的动静，想走到大哥床前，看看发生了什么情况。

“孩子，快闪开!”董医生一把拽住了王俊元的胳膊，把他挡到了身后，在大家还没有反应过来时，王俊康突然坐了起来，一股鲜红色的液体从王俊康的嘴巴里喷射了出来，溅落在洁白的被单和地面上。

“病人情况不好，快送抢救室。”

董医生和护士一起推着王俊康进了抢救室，王俊光和两个弟弟焦灼地等候在走廊里，他们都在心里紧张地祈祷着，祈祷大哥能平安度过这一劫。

凌晨一点多，抢救结束了，王俊康被推出了抢救室。

“董医生，我大哥他……”王俊光不敢再问下去，他怕听见那个最坏的结果。

“放心吧，病人暂时没有什么危险。送进观察室再观察一夜，如果烧退了，天亮了就可以出院。”董医生摘下口罩，疲惫地说。她已经连续工作了十几个小时。

护士们和三兄弟护送着还在昏迷的王俊康往观察室走去。

董医生望着远去的王俊康，深深地叹了一口气。这已经是她接手的第十八个肺部感染细菌的病人了。这种细菌专门攻击人的肺部肌肉，在肺叶上穿孔，导致病人丧失劳动力。这种病还有一个共性，病情不恶化的时候，传染性不强，一旦病情加剧，病人出现咳嗽、血痰的时候，传染性就会骤然升高，在空气不流通的地方，呼入病人的飞沫，被感染的几率几乎是百分之百。

董医生走到楼梯前，她的手搭在了扶手上。忽然，她感觉到一阵眩晕。楼梯在她的眼前摇晃了起来。她闭上眼睛，倚靠在楼梯扶手上。她觉得自己可能是太累了，昨天白天她接连做了三台大手术，本来身心都已经疲惫到极限。好不容易回到家里可以喘口气，又立即被医院叫了回来。她离开的时候，女儿兰馨还紧紧地抱着她的腿，不让她走。想起女儿，她就觉得自己是一个很不称职的母亲。女儿三个多月的时候，爱人周路山因公殉职。她的工作又这么忙，只好把母亲从南方接过来，帮助她照看兰馨。如今，女儿已经四岁多了，她很少去抱她，甚至都没有好好地陪她吃一顿饭。兰馨经常在梦中哭出声来，一遍又一遍地喊着：“妈妈，你别走……”

下个星期她要参加全国呼吸道疾病交流大会，她准备把王俊康作为典型病例在大会上和其他呼吸道专家进行探讨，然后再把这些病例移交给国家防疫部门。把王俊康这个病例记录下来就回家去，她要好好抱抱女儿，好好陪女儿说说话。她抓着扶手，一步一步地走上去。她一定要在今晚把病例记录完整，一旦有什么信息需要收集，她可以及时去询问王俊康的家人。否则他们出院了，她就不能及时补充信息了。董医生的腿越来越沉重，她觉得好累，每走上一个台阶，就好像爬了几层楼梯。

还剩下最后一个台阶，她费力地抬起麻木的脚，这个时候，董医生突然眼前一黑，一脚踩空。只听见一声“啊”的惊叫声，董医生从楼梯上滚落了下去……

“董医生这么年轻就走了，留下一个小女儿和一个老母亲，真是可怜！”两个小护士从观察室门前走过，眼睛红红的，好像刚刚哭过。

王俊光立即大步跑过去，拦住两个小护士：“你们刚才说哪位董医生走了？”

“董艳梅医生。”

“董医生她怎么了？”王俊光犹如五雷轰顶。他好不容易才找到一个可以诊治大哥的好医生，怎么说没就没了呢？

“董医生从楼梯上摔了下来，她都没有闭上眼睛……”其中一个小护士伤心地哭了起来。

“董医生现在在哪里？”王俊光两眼充满了血丝。

“在抢救室里。”另外一个小护士咬着嘴唇回答。

王俊光感觉天旋地转，匆忙向抢救室跑去。

“同志，您不能进去。”一位男医生制止住了他。

“医生，请您放我进去，我要去看看董医生。”王俊光拽住医生的胳膊，苦苦哀求着。

“刘医生，他就是董医生刚刚抢救的病人的家属。”护士介绍着王俊光的身份。

刘医生放行了。王俊光跑进抢救室，战战兢兢地掀起蒙盖着董医生尸体的白床单。他不敢相信这下面躺着的就是那位笑容和蔼、救了他大哥一命的年轻女医生。

董医生闭着眼睛，额头和眼角有几处伤口，但丝毫不影响董医生那圣洁的遗容。她的嘴微微张开，似乎还有什么话没有来得及说，又像是在呼唤她在世间最牵挂的人——苍老的母亲和年幼的女儿。

王俊光伤心地把白床单给董医生盖上：“如果董医生不返回医院抢救大哥，就不会发生这样的意外，我们王家对不起董医生。”

董医生被转移到太平间，王俊光和王俊元在那里守了整整一夜。

曙色微明，刘医生走了进来，通红的眼睛里闪烁着悲悯的泪花。他对王俊光说：“人死不能复生，还是节哀顺变吧。作为医生，抢救病人是我们的职责。只是，可怜董医生的女儿了，才四岁多，就成为了孤儿。”

“董医生的家在哪里？”王俊光含着眼泪说，“我想去看看董医生的母亲和女儿。”

“二哥，我也去。”在身体最深邃的地方，迸发出一股强烈的力量，王俊元觉得自己也非去不可。

三个人来到了董医生家，在大门外站住。

刘医生心情沉重地扣动了门环，很快院子里响起了欢快的奔跑声，接着听到一个稚嫩的童声在门里高喊道：“外婆，妈妈回来了，我去给妈妈开门。”

门扉后面响起了咔嗒咔嗒拉动门闩的声音，两扇大门被快速地打开了，一个小女孩站在两扇开启的大门中间，她穿着白色的连衣裙，梳着两个高高的马尾辫。她就是董医生的女儿周兰馨。兰馨没有看见妈妈，显然很是失落，但她很快认出了刘医生，亲切地扑进了刘医生的怀里，勾着刘医生的脖子，急切地问：“刘叔叔，我妈妈没有和你一起回来吗？”

“兰馨，外婆在家吗？”刘医生没有回答兰馨的问题，他不知道该如何告诉孩子妈妈再也不会回来了。

“嗯。”兰馨点了点头，把脸贴在刘医生的脖子里，从小就失去父爱的兰馨对这个年龄很像爸爸的刘医生充满了依恋。

刘医生抱着兰馨走进了院子里，王俊光兄弟俩跟了进去。这个院子不大，但很整洁，阳光照在院子里，空气中飘散着淡淡的清香。窗台下的花盆里种着很多花花草草，几只蝴蝶在花草间翩然地飞来飞去，使整个院子看上去有种优雅恬静的格调。

一个佝偻着腰的老太太从屋里缓慢地走了出来。老人是南京人，四年前才被董医生接到东北来照看兰馨。老人显然对刘医生也很熟悉，看见刘医生，牙齿过早脱落的嘴巴笑了起来，一双关节变形的手朝刘医生亲切地挥了挥。

“大妈，您身体怎么样？有一阵子没有来看望您了。”刘医生把兰馨放在地上，走上前，握住了老人粗糙的手。

“我身体很好，艳梅没有和你一起回来吗？又有手术了吧？你回去告诉她，好好工作，不要惦记家里，我和兰馨都好着呢。哟，你们都还站着呢，瞧我这脑子，人老了，反应就慢了。小刘，快让客人进屋里来。”老人扶着门框，转过身，在刘医生的搀扶下走进了屋里。

堂屋的西墙角下放着一个输液架子，架子上挂着一整瓶葡萄糖液体，针头插进了瓶盖里，透明的输液管很干净。

“大妈，是您不舒服吗？”刘医生指了指输液架子。

“噢，这是艳梅的，昨天回来她有些不舒服，就配了瓶药，可刚扎上针，就被医院叫回去了。”老人心疼地说。

兰馨依偎在外婆的怀里，温顺地把每一位客人都看了一遍，最后把目光停在了王俊元的脸上，她那双明亮的眼睛里露出了纯真的笑意。王俊元看到兰馨的笑容，心里突然产生一种似曾相识的感觉，他好像在哪里见过她。她的笑容那么温暖，那么干净，仿佛是春日清晨的空气，透明，甜美。如果他们是在其他场合下见面，那该多好啊，他们可以无忧无虑地说说话，心里没有任何的负担。然而，他今天随同刘医生和二哥过来，不是寻常意义上的拜访，他们是来报丧和致歉的。

刘医生看了看王俊光，又把目光转到老人的脸上："大妈，我们这次过来，是有个事儿要通知您。"刘医生低下了头，双手紧张地抓住了膝盖。

"啥事儿？"老人惊愕地望着刘医生，她似乎从刘医生欲言又止的神情里猜测出了什么。

"俊元，你带兰馨出去。"刘医生实在无法当着兰馨的面说出董医生去世的消息。

王俊元明白刘医生的意思，走到兰馨身边。兰馨信任地把自己的手交给了王俊元，跟着他走出了房间。

室外，太阳光有些强烈，王俊元牵着兰馨走到了一片阴凉地上，那里盛开着一大片蒲公英，纤细的绿茎托举着黄色的小花，在初夏的微风中轻轻摇曳着，犹如一幅会流动的画。两个人谁也不说话，就那么静静地站着，看着眼前的蒲公英，好像他们来到这个世界上，就是为了牵着手一起伫立在这片蒲公英花丛前。

一阵断肠的哭声从屋子里突然传出来，兰馨惊吓地搂住了王俊元的大腿。王俊元立即蹲下去，把兰馨拥在了怀里，十四岁的他知道屋子里发生了什么——刘医生和二哥把董医生去世的消息告诉给了老人，老人一时无法承受，哀伤地痛哭起来。

老人的哭声消失了以后，兰馨缓缓抬起头，满脸泪水地望着王俊元的眼睛："我要妈妈……"

王俊元的心都要碎了，他也刚刚失去母亲，他知道这种不幸在心里会烙下怎样的痛。他已经十四岁了，没有了母亲，他还有三个已经成年的哥哥，可兰馨才四岁，除了一位年事已高的外婆，她什么都没有了。王俊元擦去兰馨脸上的泪水，郑重地说道："兰馨，你还有我。"

兰馨趴在王俊元的肩膀上，恐惧的小手紧紧搂住了他。

"大妈，这些钱请您收下！"王俊光掏出口袋里所有的钱，塞到老人的手里。

老人把钱推了回去，她粗糙的手指还在抑制不住地颤抖："艳梅如果不是为了回去救你大哥，她也不会摔下楼梯。你走吧，我不想再见到你！"

王俊光尴尬地站在老人面前，为难地攥着手里的钱。这是他刚领到的工资，本来是打算留给母亲的，可母亲不在了，留给大哥吧，大哥已经心灰意冷，留给老人，老人却一腔怨愤。这些钱就像是烫手的山芋，没有人愿意接受。

"既然大妈不要，那你就先收回去吧，以后再找机会。董医生是大妈唯一的女儿，大妈一时接受不了，也是可以理解的。"刘医生看双方僵持不下，只好劝王俊光不必急于一时。

刘医生把一个手提袋交给了老人:“这是董医生生前留下的，医院让我把它们交给董医生的家人。”

老人接过女儿的遗物，老泪纵横。她已经失去了女婿，现在又失去了女儿，一个人人羡慕的家现在只剩下她这个孤老婆子和一个四岁的孩子，她和兰馨以后怎么活下去啊。

三人离去时，兰馨紧紧地跟在后面。当走到大门口时，兰馨突然牵住了王俊元的一根手指，仰着小脑袋，一双湿润的大眼睛里充满了期待:“大哥哥，你还会来看我吗?”

“会的。”王俊元转回身，真诚地回答。

王俊康出院了，但他就像变了一个人似的，不吃饭，不睡觉，不说话，也不哭泣，仿佛一个人所有的喜怒哀乐都随着这次住院而彻底消散了。他又回到了那间东屋里，每天都直愣愣地望着屋顶。没有了母亲和阿加塔，他不知道自己为什么还要活着，为什么还要继续这没有希望的人生。像他这样随时都有可能把细菌传染给别人的祸害应该从世界上彻底消失。如果他走了，俊光就可以好好和心彤过日子了，俊荣就可以安心在防疫所里当研究员了，俊元就可以去县城上高中了。他不想再成为弟弟们的负担，不想再危害别人，不想再躺在这间寂寞的小屋里度过他破败不堪的余生。他想让这看不见尽头的痛苦彻底结束。

他想起了那把藏在抽屉里的小刀，只有它可以结束他所有的痛苦。他把胳膊肘支起来，使劲儿往下压，想坐起来。可他的身体软绵绵的，一点都动不了。他咬着牙，眼睛里噙着泪，尝试了无数次，还是原来的姿势。挫败感和绝望像洪水一样，瞬间淹没了他的身体。

“我这是怎么了?为什么全身没有一点力气?”王俊康恐惧地想喊出来，可他的声音轻得比一只蚊子还要微弱。他吓出了一身冷汗，并不是因为身体不再受神经的控制，而是因为他失去了终结这种痛苦的能力。一个人，如果连死都做不到，该是多么可怕!

“谁能帮帮我?我受够了!受够了!受够了!”王俊康哀求地向窗外墨黑色的苍穹发出祈求，但除了窗外草丛下面吱吱叫的蛐蛐，没有任何声音来回应他。他多么孤独啊，孤独得连死亡都不肯来光顾他一下。他多么无助啊，无助得除了流泪，什么也做不了。他多么害怕啊，害怕自己以后就是一个活死人，让弟弟们来喂养他的一日三餐。他突然憎恨起董医生来，如果董医生不抢救他，他现在也许已经从这痛苦的深渊中解脱了出来。他多么想从虚空中，把那个无情的女医生揪出来，问问她为什么不能成全他这个可怜的愿望，为什么一定要把他推入叫天天不应，叫地地不灵的绝境中。王俊康痛苦地狂笑了起来，别说把董医生揪出来了，就算是一只小小的蛾子落在他的手心里，他恐怕也无力把它握住。

挣扎了许久，王俊康疲倦地安静了下来。如果这就是毁灭的前奏，他为什么要阻止它的前进？如果这就是死亡的序曲，他为什么不能把它听完？王俊康陷入了另外一种假象的聊以自慰的逻辑里，身体的这种出人意料的恶化也许是在向他传递一种信号，他的身体可能真的不行了。随着神经的麻痹，真正意义上的灭亡就距离他不远了。他不应该痛苦，他应该感觉到无比的庆幸，以一种任何人都无法阻挡的方式死去，是最痛快的。他静静地品味着神经麻痹的快感，他嗅到了一种濒临死亡的味道——暗黑又光亮。

第二天一大早，三兄弟发现大哥已经无力动弹，王俊光愤怒地用拳头砸了一下床沿骂了一句："可恶的日本人……"

"二哥！"王俊荣看了一眼站在床边的俊元，焦急地阻止二哥继续说下去。

王俊光、王俊荣哥俩小的时候，有一次偷听到父母的谈话，才知道大哥得此怪病是因为感染了日本人的一种细菌。父母听到门口有动静，慌张地跑出来，看见是两个儿子，就把哥俩拉进屋内，嘱咐再三，一定不能让街坊邻居知道他们大哥患病的真相，否则，他们全家都会被人瞧不起，别人会把他们当瘟疫一样躲避。父亲去世后，有了俊元，母亲又郑重地交代哥俩，此事最好也不要让俊元知道，母亲希望俊元能无忧无虑地长大。

王俊光意识到自己刚才太激动了，差点说漏了嘴，就强压住内心的怒火，不再说话。王俊元望着轻易不动怒的二哥和急忙遮掩的三哥，觉得很奇怪。直到现在，也没有人告诉他，大哥为什么会得上这种怪病。二哥刚才骂了日本人，难道大哥得病和日本人有关系？

为了分散老四的注意力，王俊荣开口说："二哥，我想辞掉工作，回家来照顾大哥。"

"不行！你好不容易从农村来到了县城，绝对不能丢掉这份工作。再说，你也二十多岁了，也到了成家的年龄，没有了这个工作，咱们家这么穷，哪个姑娘愿意跟你？"王俊光严厉地制止道。

"没人跟我，我就打一辈子光棍，我和大哥过。"王俊荣倔强的口吻让王俊光大吃一惊，一向腼腆温顺的三弟从来没有这样说过话。王俊荣之所以产生了这样的想法，一方面是觉得大哥确实需要人照顾，另外一方面他对防疫所里的人情世故产生了厌倦。他和另外五名知青一起抽调到防疫所，考核期半年，过了考察阶段，只有两个人能留下来转正，成为防疫所正式的研究人员。为了争取这两个名额，别的知青都竭尽所能地动用各种关系，走后门，送礼，找人说情，在背后竭尽所能地诋毁竞争者。这让王俊荣很看不惯，与其继续留在那里看别人轮番表演，还不如回到家里，过一种与世无争的生活。

“我说不行就是不行！大哥这边有我和俊元，明天你就回防疫所，没有什么特殊情况，你转正前就不用回来了，”王俊光顿了顿，走到老三面前，情绪激动地说，“难道你就不想研究出消灭细菌的方法？”

王俊荣沉默了，他当初选择进防疫所，就是为了能有朝一日，找到克制细菌的方法，让大哥和其他的老百姓不再承受细菌的折磨。

“二哥，三哥，还是我辍学吧。咱们家已经有两个高中毕业生了，不缺我一个，而且你们也都知道，以我的能力，完全可以把高中的课程自学完。”王俊元坚定地说道，他绝对不能让三哥因为要照顾大哥而丢掉工作。

“胡闹！你们一个要辞职，一个要辍学，你们俩是嫌咱们家还不够乱是不是？”王俊光大发雷霆，双手叉着腰，在房间里走来走去，最后在老三王俊荣面前停了下来，用手指着他：“你要是还把我当成二哥，你现在就走，这个家现在不需要你，需要你的是防疫所，是你研究的那些细菌。如果辞职能解决问题的话，我早辞职了，用不着你来打头炮！”王俊光又转身望着老四：“咱们老王家世代都是读书明理之人，我就是砸锅卖铁，也要供你把书念完！”王俊光哽咽了，“是，大哥现在需要人照顾，你们有这个心，我很为大哥感到欣慰。可是，我们不能用一种自断后路的方法来解决出路的问题，这不是王家孩子的作风。我都想好了，我把大哥和俊元带到县城去，在学校附近租个小房子，把大哥和俊元安顿下来，这样俊元就可以到县城念高中了，我也可以再找医生给大哥好好看看身体。”

“大哥同意跟我们去县城吗？”王俊荣恢复了一贯的冷静与温顺。

王俊康面部的肌肉在颤抖着。整整一夜，他一直在想着如何能快点死去，但刚才听完三个弟弟的争论，他求死的欲望淡化了下来。为了他，弟弟们争相要放弃对他们来说最重要的东西，同胞兄弟的爱像是一团熊熊的烈火，融化了死亡堆积在他意念里的冰山。失去了母亲和阿加塔，他还有什么痛苦不能接受的？既然没有什么东西是他不能面对的，那就任由生命的河流继续向前流淌吧，直到自然干涸的那天。

王俊康含着眼泪，望着三个弟弟，用力地点了点头。

王俊光租到了两间距离学校只有一百多米远的小房子，大哥住一间，俊元住一间。王俊光和李心彤用了整整一天的时间把房间打扫干净，又准备了简单的起居用具，还特意给俊元拉了一条电线，拧上了一个灯泡，这样俊元就不用在煤油灯下面看书写字了。王俊光用手推车把大哥从家里推到了县城，他们走了整整一个上午，等到了县城的时候，王俊光的双脚都磨出了血泡，用针一扎，汩汩的鲜血就往外流。

把东西收拾妥当，王俊光就带着大哥去县医院检查身体了。刘医生说王俊康现在暂时的神经麻痹是病情稳定后的正常反应，等过一段时间，就可以恢复说话和行走的能力了。王俊光给老四买了一身新衣服和一双新布鞋，然后就带着弟弟到育华中学报到了。育华中学是县城最好的高中，临湖镇上只有王俊元一个人考了进来。

一路上，王俊元不停地扯扯衣领，摆正一下裤腰，掸掸袖子，又擦擦鞋子，这是他长这么大第一次穿新衣服和新鞋子。

“俊元，快点，今天是报到的最后一天了，咱们不要迟到。”王俊光感觉到弟弟落在了后面，就回头招呼道。

王俊元快步跑到了二哥身边，激动不已地问：“二哥，好奇怪，这衣服上面为什么没有补丁呢？这双鞋子真好看，脚趾头全给盖住了，等到了冬天，就不会冻脚了。”

王俊光的眼睛里一热：“这鞋子现在穿正好，等到了冬天，二哥再给你买新棉鞋。”

得知大哥和俊元来到了县城，王俊荣下班后立即赶了过来。王俊元去看望兰馨了，还没有回来。王俊光和王俊荣坐在房间的门口，这是王俊康坚决要求的。虽然董医生说他的这种病只有在咳嗽期才具有传染性，但为了保险起见，王俊康还是不让弟弟们靠近他。

王俊光抱歉地说：“大哥，委屈你和俊元了，本来我想能在学校里面为你们找一间房子，那样照顾你们也方便些。”

王俊康的力气恢复了一些：“在这里住着，我心里踏实。现在俊元也念了高中，更不能让别人知道我感染了日本人细菌的事情。”

“现在是不能说，等俊元念完高中，也许可以公开这件事。”王俊荣试探着说道。身为细菌研究人员，王俊荣和两位哥哥有着不同的看法。抗日战争时期，日本人在中国的土地上所犯下的罪恶，已经成为人尽皆知的事实。电视、广播、报纸都对那段血雨腥风的历史进行了报道。但很多细菌战的受害者担心把事实说出去以后，会招来周围人的议论，不敢站出来，以至于独自承受着细菌对身心的折磨。在王俊荣的骨子里，有两股洪流在不时地对峙着，一股是作为科学研究者想要为细菌战的受害者伸张正义的责任感，一股是作为王家老三天生柔顺的性格。大哥和二哥都认为此事不能说出去，那他就暂时保持沉默。

“什么时候都不能说，”王俊光激动地说，“咱妈临走时专门叮嘱我们‘该说的要说，不该说的绝对不能说’，我们不能让妈在地下不安生。”

“二哥，你别激动，”王俊荣慌张地低下了头，两只手交缠在一起，像是犯了错误的小孩，小声地说，“二哥不让说，我就不说。”

门外突然响了一声，好像有人推了一下门。

“谁在外面？”王俊光高喊了一声，出去看了一下，没有人，三兄弟这才安下心来。

王俊康把话题转移开去，开始询问老二和老三工作上的情况。

距离上次和二哥一起来看兰馨，已经过去快两个月了。

小院的门没锁，王俊元轻轻一推就开了。窗台下，兰馨手里拿着一个绿色的小喷壶，踩在一个木头小板凳上，踮着脚尖，仔细地给每盆花儿喷洒甘露，嘴里还在小声地嘀咕着什么。

王俊元走过去，站在她背后，轻轻地唤道：“兰馨。”

听到身后有人喊她，兰馨立即转回身，看见是王俊元，她丢掉了水里的喷壶，从凳子上蹦跳了下来，欣喜地高喊着：“大哥哥，你终于来看我了。”

“你刚才在和花儿说什么悄悄话？能不能告诉我？”王俊元附身，好奇地问。刚才他离得有点远，没有听清楚。

“我昨天晚上梦见大哥哥了，我问大哥哥什么时候来看我，大哥哥说等窗台上的花儿全都开的时候，就会来看我了。我刚才是和花儿们商量，请它们早点开花。那样，我就可以见到大哥哥了。”兰馨喜气洋洋地讲述着。

王俊元感动地摸了摸她那两个扎得高高的马尾辫，光滑如绸，温暖如灯，那是一个小天使美好的心灵在形体上的延续，一根叫真诚，一根叫真情。

“兰馨，过来！”兰馨的外婆不知道什么时候已经站立在了院子里，拄着拐棍，冷漠地斜瞥着王俊元。在这个又苍老了几分的身体里缓慢地跳动着一颗与兰馨不一样的心脏，兰馨的心脏里流淌着的是纯真和宽恕，而这位还没有从失去女儿的悲痛中走出来的老妪的心脏里流动着的是幽怨和仇恨。

“外婆……”兰馨立即松开了王俊元，怯怯地站着。

“进去！”老人气愤地用拐棍敲着地面，像是一位霸道的君主。

“大哥哥……”兰馨咬着红嫩的嘴唇，委屈地凝望着王俊元。

王俊元蹲下来，安慰她说：“大哥哥会再找时间来看你的。”

听到王俊元这么说，兰馨低垂的睫毛下面又释放出童真的神采，她相信他说的每一句话。于是，她开始挪动双脚，先是慢慢地走，听到外婆催促的咳嗽声后，才不得不加快速度向屋里跑去。

“兰馨年纪还小，分不清是非好坏，以后你就不要过来了。”老人简短而冷漠地说完，颤巍巍地转过身，准备离开。

“外婆，我希望以后可以经常来看望您和兰馨。”王俊元真诚地说。

老人站住了，但并没有转过身来，冷笑了一声，一个很像是童话故事里的巫婆的声音从佝偻身躯的另一边传过来：“不必了，再看，我们祖孙俩也好不到哪里去。再看，兰馨妈也活不过来……”

“正是因为兰馨没有妈妈了，所以她才更加需要我……”

“自作聪明的小子，我们祖孙俩不需要这种怜悯，尤其是这种想赎罪的怜悯。”老人咬牙切齿地说。

“我承认，我和二哥上次来看望外婆和兰馨，是怀着一种愧疚的心理。但当我看到兰馨的时候，我对她就完全是出于喜欢了，兰馨那么善良，那么可爱，我真的很喜欢她，我会把她当成自己的亲妹妹的。”

“所有人都可以喜欢兰馨，唯独你们王家不可以。兰馨妈是为了救你哥哥死的，我们是不共戴天的仇人。你走吧，趁我还能控制住手里的拐杖。以后也不要再来了，我和兰馨是死是活，和你们王家没有任何关系。”

老人说完，头也不回地进屋了。

王俊元之所以等了两个多月才来看望兰馨，就是因为他知道兰馨的外婆对董医生的死耿耿于怀，他想着多给老人一点时间，也许老人能慢慢想通，能从心里接受他和哥哥们。可没有想到，外婆对他的排斥和上次相比，有过之而无不及。但不管外婆如何拒绝他，他都不能弃这个家于不顾。只要兰馨需要他，即使他们之间存在着天大的鸿沟，他也会来看望她的。

老人走进屋，看见兰馨正趴在窗台上朝外张望，生气地说：“别看了，人都走了。真是个不争气的丫头，人家都把你妈给害死了，你还对他这么好。”

“不是大哥哥害死妈妈的。”兰馨委屈地替王俊元申辩着。

“你妈是为了救他大哥才出事的，那天晚上你妈如果不回医院，你就不会成为孤儿。他以后要是再来咱家，不许给他开门。”老人不容置疑地命令道。

“外婆，大哥哥是好人，他对我很好……”

“王家欠咱们家一条人命，他能不刻意讨好你吗？他对你越好，越证明他心里有鬼。你要记住，在这个世界上，唯一不会伤害你的只有外婆。”老人说完，一屁股坐在椅子上，气恼地喘着粗气。

第二十三章　别出心裁的家访

六班是一中高三年级里成绩最差的一个班。每次月考，全年级前二十名里，六班的学生最多只能进去一个，这让校长很是头疼。这个时候，有人举荐王俊光接手六班，当六班的班主任。

王俊光手里拿着上次月考全年级排名的成绩单，心头不免一阵阵沉重。这个班学生的学习基础太差了，别说超过其他五个班了，即使是缩小与其他班的差距，都是很困难的。但王俊光不想退缩，更不想放弃。他接受了学校的安排，成为了高三六班的班主任。

王俊光相信人的潜力是无限的，非智力因素在人的学习过程中发挥着很重要的作用。基于这两个信念，王俊光把工作的出发点和落脚点都放在了调动教师和学生的积极性上面来。他借鉴比、学、赶、帮、超的传统做法，形成了“拴对儿”这一激励学生的方法。既然“拴对儿”，就得找到两个势均力敌的竞争对手，让他们成为超越彼此的对手，激发学生的学习积极性。他仔细分析了每一个学生的性格和学习特点，为每一个学生都找到了适合的竞争目标。

高三六班呈现出从未有过的热烈学习的局面。学生的积极性调动起来了，下一步就要调动老师的积极性了。王俊光想出了一个比较新奇的增加教师之间以及教师和学生之间亲密度的方法——每周六晚上，六班的七位任课教师分头到一位学生家中去家访，用一个半小时左右的时间和学生以及家长交流，对学生进行这一科的学情分析，主要分析学生的特点、优缺点、潜能等。进行家访的主要目的也是让家长能站在科学的角度来认识自己的孩子，给孩子提供一个最佳的学习环境，和任课教师一起共同把孩子的毅力、韧性、耐力等优秀的心理品质充分地挖掘出来。学情分析结束以后，任课教师要留在学生家中吃饭喝酒。这么做的目的是为了彻底打破任课教师和学生、家长之间的隔膜，让家长、学生和教师这三方合成一股力量，一起朝着提高学生学习成绩的方向携手前行。但家访有两个条件，一是只能吃家常便饭，二是教师去学生家里的时候要自己带着酒。

第一次家访，王俊光选择的是担任班级团支书的李志强。王俊光接手六班之前，每次月考能进入全年级前二十名的学生只有李志强一个，进入高三第一次月考，李志强考了全班第四名，考第三名的是复读生杨慧珺，这就看出来李志强的学习基础还是很扎实的。但王俊光之所以把李志强当成下一步重点攻克的苗子，是因为上周日值班巡逻的时候，他查完了宿舍、食堂、教学楼、实验楼、办公楼，最后来到六班教室门口时，发现教室的门没有锁，他推开门走了进去，发现李志强正坐在自己的位置上，专注地学习，全然没有发觉班主任走了进来。由于是礼拜天，学校里没有一个老师，也没有一个学生，只有李志强一个人没有回家，坐在教室里学习。王俊光很感动，也很钦佩。他觉得很有必要再激发一下李志强的学习积极性。

周六晚上六点整，王俊光提着一瓶陈年好酒准时来到了李志强家里。李志强的母亲正在厨房里做饭，王俊光就和李志强及父亲李振兴一起坐在堂屋里聊天。

“志强，第一次月考考得不错，从年级第十八名提高到了年级第十三名，值得祝贺。”王俊光由衷地赞扬道。

“可我在班里的名次却下降了，原来是第一名，现在排到了第四。刘芳、孙华峰和杨慧珺都超过了我。”李志强的神情有些沮丧。

“年级的名次上升说明你比以前进步了，班级名次的下降说明别的同学比你更努力。那么你接下来要做的就是再加一把劲儿，争取超过刘芳他们三个。”

“他们三个人学习一个比一个用功，就连原来不怎么学习的孙华峰也变得好学了。老师，我担心自己再也得不了第一名了。”李志强低垂着头，两腿并拢，双手插进了大腿之间。

“志强这孩子从小就听话，在学习上没有让我和他妈操过心，谁知道到了高三最关键的时候，成绩居然下滑了，哎！”李振兴惋惜地叹了口气。

“志强爸爸，话可不能这么说，志强是很努力的，这从他星期日还单独留在学校里学习就能看出来。只是以前志强一直是第一名，现在突然变成了第四名，心里有些不适应，也是很正常的。我们现在要做的就是一起来帮助志强全面分析一下学习上的优势和不足，争取下一次考试，能取得理想的成绩。”

“老师，我该怎么做？”听老师要帮他分析学习情况，李志强来了精神，不再揉搓自己的手指。

王俊光脱口而出：“盯住刘芳、孙华峰和杨慧珺三个人。杨慧珺是一个复读生，又是一个女孩，人比较聪明，但有点娇气。现在虽然拿到了比较好的名次，但是到了高三后半年，不及你们应届生有后劲儿和潜力，你们三个都有可能超过杨慧珺。孙华峰和你同学了两年多，从来都没有超过你，偶尔一次排到了你前面，这并不能说明什么。还有刘芳，她是一个农村的小姑娘，家庭条件不如你，人也不是特别聪明。老师希望你下一次考试先超过杨慧珺，然后再争取缩短和刘芳之间的差距，最后争取超过她。这个目标不难达到，当然也很困难，因为刘芳用的力气比你还大。你争取做好准备，在现在的基础上，再学习一下她那种扎实和吃苦的精神。现在究竟谁是班级第一，谁是年级第一，都还没有定论。你们四个就都动起来，赶起来，超起来，赛起来，鹿死谁手，现在还不一定。”

听了班主任的话，李志强顿时感觉到一股激情重新在身体里燃烧起来。自从从第一名的宝座上下来，李志强就觉得好像坠入了地窖，看不见希望，看不见光明，他以为自己就这么与第一名永远地告别了。但他不想放弃固守了两年的第一名，他不愿意屈居在别的同学之下，他不相信自己再也回不去了。他暗自分析了一下自己考试失利的原因，他归结为高三的学习难度比前两年增加了，但自己的学习时间并没有跟着增加，而其他三位同学可能都暗中增加了学习的时间，所以，他在班级里的名次才会出现下滑。所以，他想到了利用星期日的时间继续在班里学习。但刚才听了班主任对他们四个人的分析，他才明白，导致自己成绩相对下滑的不只是学习时间不够，还有其他三位同学的奋力追赶，以及自己没有及早发现别的同学在行动。现在班主任已经把他们四个人的特点清晰地摆在了眼前，他自然就知道应该如何去做了。

李振兴看到王老师对他的儿子如此用心良苦，心中是既感动又庆幸又愧疚。感动的是王老师放弃了周末这么珍贵的休息时间来家访，苦口婆心地教导学生重新树立起学习的信心，庆幸的是儿子在高三最关键的时候遇到了王老师这么负责任的班主任，王老师比他这个父亲还要了解儿子、信任儿子，愧疚的是他之前误解了儿子，以为儿子在学习上松懈了，懒惰了，不思进取了。听了王老师的话，他才明白儿子的内心其实也承受了很多东西，作为父亲，作为儿子最亲近的人，他不仅没有好好开导儿子，让儿子没有任何心理负担地去学习，反而狠狠训斥了儿子，给儿子额外又增加了很多压力。

他把一只手放在儿子的肩头，眼含热泪地说：“志强，原谅爸爸，是爸爸不了解情况，误解了你。”

李志强释然地握住了爸爸的手，回头对班主任说：“王老师，谢谢您，您让我不仅找到了学习的自信，您还让我得到了爸爸的理解。”

李志强的母亲这个时候从厨房里走了出来，两只手在围裙上擦拭着，几根细细的白发在额前贴服着，像是阳光下蜘蛛结成的网丝。她其实已经过来看过好几次了，想招呼大家去吃饭，但看见王老师和父子俩聊得正欢，就又悄悄退了出去，把做好的菜热了热。后来她听到从堂屋里传出来响亮的欢笑声，她估计谈话已经结束了，就过来请王老师入席。

王俊光把自己带来的一瓶白酒放到饭桌上，说：“今天晚上，咱们只喝这一瓶酒，等志强明年考上了大学，咱们再好好喝。”

李振兴急忙把早已准备好的两瓶白酒拿了出来，捂住王俊光带来的那瓶酒：“到了我家，怎么能让王老师带酒呢，咱们今天一人一瓶，喝完为止。”

李振兴说着就去撬手中白酒的瓶子，但被王俊光拦下了：“到学生家中家访喝酒吃饭必须自己带酒，而且只能带一瓶酒，是我定下的规矩，如果我把规矩破了，那以后这帮人还怎么信服我？志强爸，你的心意我理解，这样，如果明年志强考上了理想的大学，我一定再过来，到那个时候，酒菜都由你准备，你拿多少酒，咱们就喝多少酒，不醉不归。现在，孩子正在冲刺的路上，还没有到咱们应该庆祝的时候。”

李志强的妈妈解下了围裙，坐了下来，对李振兴说：“他爸，王老师也不是外人，咱就听王老师的话吧，也给志强做个榜样。”

李振兴把手里的酒瓶放到了桌上，点了点头：“好吧，那这次就听王老师的。明年志强考上了大学，您可一定要再来啊。”

“一言为定。”王俊光说完，用一根筷子在瓶盖子上轻轻一撬，他带来的那瓶白酒就被开启了。

其余六位老师的家访也进行得很有成效，每个星期家访七个学生，用了两个月的时间，全班五十多个学生就全部被家访了一遍。这五十多瓶白酒的钱都是王俊光从自己的工资里拿出来的。刚开始李心彤有些不满意，她觉得既然是学校的工作，为什么还要自己拿钱？

王俊光回答道：“这种独特的家访方式是我想出来的，任课老师在学生家里喝酒，按说这是不符合学校的规定的，但为了让学生出成绩，为了让七位任课老师拧成一股绳，我只能‘铤而走险’了。既然方法是我想出来的，那这笔开销就应该由我出，为学校节省下来的钱可以作为年终的奖励和福利发给各位任课老师，这样，更能调动大家的积极性。”

李心彤叹了一口气：“你啊，处处都为老师和学生考虑，明白的人会说你是一个好人，这不明白的人会说你是一个傻子。”

“好人也好，傻子也罢，不亏良心才是最重要的。”王俊光舒心地倚靠在了椅子上。

李心彤给儿子继清盖好被子，一回头看见丈夫歪倒在椅子里睡着了。王俊光太累了！自从担任六班的班主任以后，他就没有睡过一个安稳的觉。

经过近一年的努力，高考的时候，六班的成绩轰动了全市教育界。

高考结束，王俊光领导的六班的所有任课教师都得到了教育局和学校最大力度的嘉奖。王俊光担任了高三年级主任，其余的六位老师也都担任了各自教研组的组长。王俊光成为了敢于向困难和压力要奇迹的教育先行者。

尽管老人杜绝两个孩子见面，但聪明的王俊元还是找到了绕开外婆的方法。两个孩子享受着偷偷会面的乐趣。

时间转眼过去了两年，这一天是兰馨的生日。王俊元来到了兰馨家门前，但他并没有去敲门，而是绕到了东墙根下，看了看四周，确定没有人，就蹲了下来，对着一个小洞口，学了一声猫叫。院墙里边立即有一个甜美的声音在低声问："大哥哥，是你吗？"兰馨早已在里面等候着他。

"是我，兰馨，生日快乐！我有一个礼物要送给你。"王俊元从口袋里掏出了一个粉红色的发卡，塞进了洞口里。这是他用捡了一个多星期的垃圾换来的钱买的。

"哇，好漂亮的发卡呀，弯弯的，像天上的彩虹。"兰馨接过发卡，惊喜地叫了出来。

"嘘，小点声，别让外婆听见了。"王俊元冷静地提醒着。

兰馨立即捂住了自己的嘴巴，回头朝屋门口看了一眼，确认外婆没有出来后，就把发卡戴在了头上。兰馨已经六岁了，留起了长长的披肩发和整齐的刘海。

"兰馨，你能出来一下吗？我想看看你戴上发卡的样子。"王俊元压低了嗓子，犹豫地问。

院墙里面没有了声音，兰馨好像凭空消失了一样，没有回答他可以还是不可以。他刚才似乎听到了脚步声，也许是外婆到院子里来了，兰馨已经离开了墙根下。但王俊元又很快否定了这个推测，即使外婆真的发现了他们碰头的秘密，兰馨也不会害怕到哑口无言，更不会弃他于不顾，兰馨会先通知他，再去应付生气的外婆。两年过去了，王俊元和哥哥们依然没有获得兰馨外婆的谅解，每次二哥带他来看望老人，接待他们的永远都是两扇紧闭的大门，所以他和兰馨才想到这样一种见面的方式。大部分时候，他们只能隔着这个猫洞，简单说几句话。如果被外婆发现，兰馨不仅会挨骂，这个猫洞也会被无情地堵上，那样的话，他们以后"见面"的机会就更渺茫了。留得青山在，不愁没柴烧，只要这个猫洞不暴露，即使不能见面，他和兰馨还可以保持联系，他们的声音还是可以相聚片刻，他还是可以常常来“看”她的。

里面到底发生了什么？兰馨为什么不说话了？她是身体不舒服了吗？对，一定是这样，每次她肚子疼或者感冒发烧的时候，她都不会让他知道，这次一定也一样，她也许突然晕倒了，来不及告诉他。王俊元霍然站了起来，准备把门敲开，他一定要进去看看兰馨究竟发生了什么事，不能确定兰馨是安全的，他是不会回去的。

就在这个时候，一个干净甜美的声音在他的身后响起：“俊元哥哥，你看我戴这个发卡好看吗？”她不再叫他“大哥哥”，而改称“俊元哥哥”。

王俊元触电似的回头去看，他看见兰馨正笑盈盈地站立在他面前，他判断得果然没错，兰馨戴上这个发卡，真的很好看。他们声音相聚的次数要比他们眼睛相聚的次数多很多。几个月不见，兰馨又长高了。

“兰馨，你没事，真的太好了！”王俊元的鼻子有些发酸。这两年里，虽然他们不能随心所欲地相见，但在他的心里，他早已把兰馨看作自己的妹妹。他们的生命已经紧紧融合在一起。

兰馨明亮的眼睛里突然掠过一丝伤感，她忧郁地问：“俊元哥哥，你将来会离开我吗？”

王俊元很奇怪，兰馨为什么会突然问这个问题。他很想告诉她，他永远也不会离开她，会永远和她在一起，可他又想到，等他明年高中毕业以后，他很有可能就和大哥一起回临湖镇了，他不知道这个属于不属于“离开”的范畴，他不想用一时的欢乐来埋伏一个有可能在未来出现的失望。他只好回答道：“在未来一年里，我是不会离开的。”

兰馨的头摇得像拨浪鼓，她快要哭了：“我希望能和俊元哥哥永远在一起，永远也不分开。”

两年的相处，兰馨对王俊元更加依恋了。每次王俊元来看她，她都会高兴上好几天，过了这几天，她的情绪就会低落下来，直到王俊元再次出现。兰馨年龄还小，还不能完全表达自己的内心，但王俊元却明白兰馨的每一个想法和每一种感受，就好像那些想法和感受是从他的脑子里产生的一样。王俊元不知道他为什么对一个没有血缘关系的小女孩如此上心。两年前，他们刚开始认识的时候，他想对她好，是因为兰馨的妈妈为了救他的大哥去世了，这使她成了孤儿，他觉得对她好是不可推卸的责任。但随着他们见面次数的增加，随着他对她感情的积累，他才发现事实远没有他想报恩那么简单。他喜欢她那乌黑的头发，那是一种洋溢着生命力的颜色，和其他黑颜色的东西都不一样。他喜欢她那双会说话的眼睛，他们之间的很多交流就是通过这里来实现的。他喜欢她那活泼可爱的性格。兰馨看上去那么幼小和柔弱，这激发了他作为一个男性的保护欲。当他把自己失去父母的事实告诉兰馨，想要安抚她失去母亲的悲痛时，没有想到小小的兰馨居然说出要像照顾洋娃娃一样照顾他。从那个时候开始，王俊元觉得母亲好像并没有真正离开他，而是通过这个小女孩的心灵，继续在人世间爱着他。

“我们会永远在一起的，永远也不分开。”王俊元肯定地说。

王俊元回到家里的时候，三哥正坐在门口的一个小板凳上，和斜倚在床上的大哥说话。王俊荣去年春天转正以后，又去省城的医学院进修了一年半，现在已经正式在防疫所上班了。这对王家来说实在是一件大好事。

王俊荣喜欢那些不会说话的瓶瓶罐罐，喜欢一个人待在实验室里，清洗仪器，整理标本。他觉得显微镜的那对“眼睛”比人的眼睛让他感觉踏实得多。他喜欢捧着防疫学的专业书籍，竭尽所能地吸纳着这个陌生领域的知识，为的就是有一天，可以成为一名优秀的细菌研究人员。想到大哥是细菌的受害者，王俊荣就更加坚定了自己的选择。这辈子，一定要与细菌较量到底。

今天来看望大哥，他带来了一个消息，九月份他就要跟随“高山荒漠动物病调查队”去西藏，调查那边的鼠疫流行情况。能参加这次的外出考察队，是王俊荣期盼已久的，他很想有一个机会，能把自己学习到的理论知识和实践结合起来。

“西藏海拔高，氧气少，你的身体能承受得住吗？”王俊康经过两年的调养，说话的功能基本上恢复了，偶尔还能下地走几步。

“三哥，你要去西藏了？你要去多久？”王俊元从一本书上读到过，西藏和吉林的距离超过了五千公里，真可谓万里之遥。

“短则两年，长则三年，根据西藏工作开展的情况而定。”王俊荣模棱两可地回答。如果不是因为牵挂大哥的身体，他倒宁愿在西藏那个人际荒芜的地方多留一段时间。他有种很强烈的预感，他和西藏是有缘分的，他盼望能早一天动身，伴着火车的汽笛声，驰向那个魂牵梦绕、人烟稀少的高原地带。

“这么久？”王俊元不愿三哥离开那么长时间。

“到时候看情况，我会尽量早点回来。”这是他出发前和家人的最后一次团聚了，王俊荣一直待到很晚，才回防疫所。

第二十四章　西藏情殇

九月中旬，高原荒漠动物病调查队出发了，一共十一个人。火车上一排十个座，恰好有一个人要落单，坐到另外一排里，王俊荣主动把火车票和那个单出来的同志调换了。

绿色的铁皮火车在漆黑的夜色中匀速蜿蜒前行。闷热的车厢里，有的人在看报纸，有的人在小声谈笑，有的人张着嘴巴，打起了瞌睡，鼾声如雷。有的人把头转向车厢外，望着窗外茫茫的夜色，想着各自的心事。

调查队在张家口停留了半个月，就开始向甘肃出发，十月底的时候，调查队终于到达了西藏的布达拉宫。这是王俊荣第一次进入西藏，他被眼前这座依山而建的宏伟建筑吸引住了。突然，王俊荣有了便意，就独自一人进入了布达拉宫。

在工作人员的指引下，王俊荣走进了厕所。厕所里没有人，地面上铺有木地板，踩在上面咯吱咯吱响。

“天哪，这真的是厕所吗？我是不是走错了？”王俊荣惊讶地望着厕所里面的装饰。橘黄色的墙壁上印有祥云图，厕所顶部是柠檬黄色，以藏蓝色圆木支撑，窗户除了几根木柱平行直立，再也没有其他遮掩物。淡淡的阳光透过窗户照射进来，给原本就鲜艳的橘黄色添加了一层神秘的色彩。厕所里没有任何异味，如果不是有四个蹲坑，王俊荣真不敢相信这就是人们排泄污物的地方。王俊荣骑在了第一个蹲坑上，低头朝下一看，他差点从蹲坑上跌下去。这次倒不是高原反应，而是蹲坑下面的景色让王俊荣有种骨头酥软的感觉。蹲坑下面居然是万丈深渊。虽然王俊荣没有恐高症，但是蹲在悬崖峭壁之上，俯视着无底的蹲坑，还是让人毛骨悚然。王俊荣蹲在那里一动也不敢动，生怕脚下的地板裂开。

“别怕，这个厕所虽然地势高，但是很牢固，可以说是世界上最高的厕所。你蹲在这里，可以将周围的风景尽收眼底，是一种不错的享受呢。”工作人员走了进来，黑红色的脸庞浮现着友好的笑容。他仿佛提前预料到了王俊荣会有这样的反应。

经过工作人员的提示，王俊荣开始重新打量这个建造在山脊上的厕所，确实如工作人员所说的那样，蹲在这里，仰头可以看见层峦叠嶂，俯视可以看见拉萨全城的景色，闭目可以听到朝觐者吟诵经文，睁开眼睛可以看到飘动在半山上的经幡。如果忘记身体下面那一条窄窄的蹲道，王俊荣真的觉得自己仿佛在天堂。排除了内心的恐惧，王俊荣很轻松地感受着水流直下三千尺的自由落体运动，没有一点声响，只有一种奇异的畅快感在身体里弥漫开来。

调查组驻扎的第一站是古露乡。古露乡属那曲县管辖，位于青藏公路旁边，平均海拔4500米，驻地海拔大约为4700米，为了工作的方便，调查组睡在帐篷里。经过半个多月的休整，调查组的成员们都感觉身体已经差不多完全适应高原环境了。在一个晴朗的中午，王俊荣走出了帐篷，手里拿着一把解放军用的小钢锹，挎包里装着鼠袋、小试管、眼科镊子和探蚤管等物，怀着希冀和些许的兴奋，向着远处一片平坦的低地走去。

天是纯正的蓝，无与伦比的蓝，秋日的阳光照在孤傲的桑丹康桑雪峰上，反射出冷冽的白光。在雪峰下方大大小小或陡峭或平缓的众多山头上，可以看见极缓慢移动的小黑点，那是高原之舟——牦牛——在悠闲地吃草。

王俊荣一边走一边仔细观察脚下湿润的土地，终于在一片稍高一些的草地上发现了老鼠活动的痕迹，后来又看见了几个圆圆的鼠洞洞口。经过一个多小时的辛苦挖掘，不但捉到了洞的主人—— 一种被称为白尾松田鼠的小老鼠，而且找到了它们非常隐蔽的巢穴。王俊荣把鼠和鼠巢小心地用几个鼠袋装好，紧紧扎好袋口，任务就基本完成了，剩下来的，就是带回到实验室，然后将鼠体上和鼠巢穴内容物中的跳蚤挑选出来、初步鉴定、做成玻片标本、最终鉴定、粘贴标签、提交报告。装鼠袋的时候，王俊荣看见有不少跳蚤在鼠的体毛间快速穿行，也看到巢穴内容物里面有蹦蹦跳跳的似乎很快乐的跳蚤们，心情也就很兴奋，有一种想马上在显微镜下观察它们、鉴定其种类的冲动。

由于是第一次来到野外，而且还算比较顺利地达到预期目的，王俊荣的心情很不错。看时间还早，王俊荣就向最近的一座山峰走去。越过几个较平缓的小山包后，地面坡度逐渐加大，步伐也就越来越慢。再转过一个山坡，突然发现前方不远处有一群大体呈白色的动物在奔跑跳跃，仔细一看，原来是兔子，大约有二十只。王俊荣从书籍上看到过这样的兔子，这一群顽皮的精灵叫高原兔，也叫灰尾兔。只见它们在乱石和荒草之间迅疾奔跑、相互追逐、左冲右突、转弯突兀；有时跑着跑着戛然立定，有时后腿一蹬上蹿至一米多高，在空中做出各种怪诞的动作后落地；还有的两只相对，像人似的站立，并用前腿相互抓挠或击打，好像兔界的拳击比赛；也有两对正在进行制造兔宝宝的重要工作。见到王俊荣出现且越走越近，它们迅速向远处跑去，其中有的跑几步还停下来回头看，且行且回顾；但那两对夫妻行动慢了许多，王俊荣有些略微的愧疚，觉得自己打扰了兔子夫妻制造兔宝宝的计划。

王俊荣在这群灰尾兔活动过的地方停了下来，注意观察搜索地面，发现了几个兔窝。与王俊荣曾见过的北方的草兔窝形状和结构差不多，也是一个相对窄长的小簸箕形状，前高后低，前部与地面平行且视野开阔，后部深仅 15 厘米左右，其后有较高的草丛或石头遮挡，窝内没有任何衬垫物，只有松松的浮土。平时需要休息时，兔子们就是趴在这样的窝里的。在这几个兔窝中，王俊荣又幸运地获得了几十只颜色明显较深的跳蚤。

继续前行，坡度更陡，走到全是岩石而很少土层的地方，王俊荣已经感觉有些吃力了。正在考虑是否继续的时候，突然感到有寒意袭来，原来有一小块云彩飘了过来，接着就发现自己已置身于缥缈的雾气中，仰望山峰和俯瞰帐篷均不可得。很快的，黄豆大的雨点夹着花生米大的雹子迎头砸下，王俊荣忙将身上的军用皮大衣盖在头上。几乎是一眨眼，估计不超过三分钟，骤然而至的一切戛然而止——还是无与伦比的蓝天、孤傲冷冽的雪峰、小黑点般的牦牛、看起来鸡窝大小的帐篷……

王俊荣站起来抖掉身上的水珠，继续攀爬前行，路面有些滑，前进的速度更慢了，需要时不时地停下来喘喘气。就在最后一次停和喘的时候，一幅可怖的画面令王俊荣彻底打消了爬到山顶的念头——头顶不远处一块巨大岩石的凹进去的平台上，有七八头硕大无朋的黑漆漆的胡兀鹫站立在那里，弯钩状的利喙闪着金属样光泽，光秃秃的不大的头缓缓转动，两只黑眼珠正探究般地注视着他。尽管王俊荣知道秃鹫类的猛禽只吃腐肉，而王俊荣又恰巧还好好活着，但这种恐惧是深入骨髓的，令人无法抵御。王俊荣只好灰溜溜但尽量神情恬淡、步伐优雅地下山了。

王俊荣回到帐篷里，把手里装有鼠和鼠蚤的袋子放在地上，遇见胡兀鹫的事情则被他忘在了脑后。

“这是什么?”王少杰看见地上的袋子里有什么东西在动，就好奇地问。王少杰是和王俊荣同时留在防疫所的知青。

“我在山上挖到了鼠穴，把鼠和鼠蚤都装了回来。这里的确是个好地方，生存着很多我们之前没有见过的鼠类和蚤类。”王俊荣高兴地说，一谈起老鼠和跳蚤，王俊荣就充满了无穷的兴致。

“既然是新的鼠和鼠蚤，那会不会携带有鼠疫菌呢?”王少杰刮了一下鼻子，仰着头问。

“下午检测一下就知道了。一般情况下应该不会，如果这些鼠带有鼠疫菌的话，那当地应该就有人感染了。咱们到这里半个多月了，也没有听说哪位藏民感染鼠疫。所以，我估计咱们只需要做一下蚤类鉴定就可以。”王俊荣在盆子里把手清洗干净。

“冯队长在吗？”有人在帐篷外面喊，王俊荣和王少杰同时回头去看，原来是负责给他们做饭的师傅多吉。

“多吉师傅，快请进。”王少杰走了过去，把多吉让了进来。

“冯队长呢？”多吉五十多岁的样子，高原的气候和充足的阳光给了他热情的性格和古铜色的皮肤。

“冯队长出去了。多吉师傅，您找冯队长有什么事吗？”王少杰知道王俊荣不爱说话，就主动与多吉交流了起来。

“我想邀请你们晚上到我家里去吃饭。”多吉憨厚并虔诚地说。

“这……我们这么多人过去，会不会打扰你们？”王少杰犹豫地看着王俊荣。王俊荣却在专注地擦拭着下午挖土用的小铲子，好像并没有听到多吉师傅的邀请。他们来时的路上，冯队长就对他们做了指示，不能给当地藏民的生活造成任何不利的影响。冯队长不在，王少杰也不好拿主意。

“你们都是尊贵的客人，能为你们做饭，是我的荣幸。我家人也想见见你们，嘱咐我晚上一定要把你们带回去。”多吉坐在毯子上，把手放在胸口，鞠了一个躬，发出了真诚的邀请。

“既然是多吉师傅邀请，那我们今天晚上就有口福了，听说嫂子做的酥油茶是最好喝的。”高原荒漠动物病调查队队长冯运来回来了。

王少杰立即迎上去，接过了冯队长摘下来的帽子。王俊荣依然超然世外地安放着手里的工具。

“冯队长真是爽快，很像我们西藏人。”多吉满意地大笑了起来。

“阿爸。”一个藏族姑娘掀起帐篷跑了进来。

“旺姆，你怎么来了？”多吉慈爱地望着女儿。

“阿妈让我来问问客人晚上是否过去。”旺姆看见帐篷里的外地人，不好意思地用手抚弄着自己及腰的粗辫子。

多吉挽着旺姆的肩膀：“我来介绍一下。旺姆，他们就是我们要邀请的客人，从东北过来的考察队，这位是考察队的冯运来队长，这位是王少杰研究员，那位是王俊荣研究员。这是我的女儿，名字叫旺姆。”

旺姆把辫子甩在了身后，哧哧地笑了起来。

“旺姆，在客人面前，不得无礼！”多吉训诫完女儿，对着三位研究员抱歉地说，“高山上的姑娘，没有教养，让各位贵客见笑了。”

“不碍事的，旺姆姑娘很是直爽，倒像我们东北的姑娘。”冯运来开始认真打量这位不拘小节的藏族姑娘。旺姆的身体长得很结实，身材很匀称，皮肤没有汉族女子白皙，但脸颊上两坨高原红显示着旺姆的美丽和健康，那是一种常年生活在雪域高原上的民族特有的健美。旺姆穿着一件枣红色的右开襟小袄，袖口和襟口镶有黄边。旺姆的头发很长，但只编了一根辫子，头顶上戴着一条天蓝色的珠子串成的头饰，像纱帐的钩子悬垂在太阳穴之上。旺姆一直都在笑，她的笑容很美，像圣湖的水那样干净，像喜马拉雅山的雪一样纯洁，一股高原少女的青春气息从旺姆的眼睛里散发出来。

王俊荣这时忙完了，转身发现帐篷里多了一位年轻的藏族姑娘，礼节性地对旺姆微笑了一下。而旺姆早就注意到一直都在忙碌的王俊荣，她觉得他的性格很特别，就像是她养的小羊扎西，每当她去给羊群喂食的时候，别的小羊都咩咩地跑到她脚下来，只有扎西无动于衷地站立在原地，像是不屑与那些平凡的羊为伍。

王俊荣淡泊的个性深深吸引了她。

晚上，天空的星星格外璀璨，调查队全体人员来到了多吉的家中。多吉一家有四口人，多吉夫妇、旺姆，还有旺姆九岁的弟弟格桑。十月的高山已经非常寒冷，帐篷外面到处是没有融化的雪。

吃完青稞酒，喝完酥油茶，多吉在帐篷外面点燃了一堆篝火，邀请大家出去跳锅庄舞。十一位来自东北的小伙子再加上多吉一家四口人围成一个圆圈，手拉手绕着篝火顺时针转圈。旺姆站立在王俊荣的对面，掠过红色的火焰，深情注视着动作有些笨拙的王俊荣。篝火映红了旺姆的脸颊，使旺姆看上去更加迷人。

“旺姆，给客人们唱一支歌吧。”多吉师傅微笑着提议。在旺姆很小的时候，多吉就教她唱歌，多吉认为，高山上的女人应该学会唱歌，这样，天上的神仙才会听到旺姆的声音，给旺姆带来好运。

旺姆嘹亮的歌声响起来了，和雪山上的天空一样纯净透明。旺姆的歌声非常有穿透力，听着旺姆的歌，王俊荣的眼前立即浮现出高耸的雪山、茵茵的草地、成群的牦牛、瓦蓝的湖水。歌声里不仅有旺姆日积月累的歌唱的基本功，还带有一种鲜明的藏族民族特色。

月已西沉，王俊荣离开了还在激情舞动的人群，独自走到一个雪堆前，雪堆有一人多高，正好把那个有篝火跳跃的世界隔离在另一边。王俊荣在一片发白的草梗上坐了下来，凝望着天上明亮的星星。离开家乡好几个月了，他很想念远在故乡的亲人。

“你有心事吗?”旺姆悄悄跟过来，在王俊荣身边坐下。

“你会说汉语?”王俊荣惊讶地望着旺姆。

“是啊，我从小就会说汉语。我们藏族人有什么心事从来都不会放在心里，我们会把心事说出来、唱出来、跳出来，我们的心就像那清澈的湖水，一眼就可以望到底。”旺姆双手抱着膝盖，看着王俊荣。

“所以，你们活得很快乐。”王俊荣羡慕地说。

“人就应该活得快乐点，简单点，把所有的烦恼都让雅鲁藏布江的水带走吧，把所有的忧伤都让这高原的风吹散吧，让我们尽情享受这短暂而幸福的美好时光。”旺姆张开手臂，做出拥抱的姿势。

“你像是一个诗人。”王俊荣赞许说。

旺姆羞涩地笑了，璀璨的星光照耀着旺姆红润的脸颊。

“你的汉语为什么说得这么好?”王俊荣好奇地问。

“我很小的时候，阿爸就教我学习汉语，阿爸说汉族文化很是了不得，要想了解汉族人，就得先学会汉族的语言。”旺姆认真地回答。

“为什么要了解汉族人呢?”王俊荣再次疑惑了。

旺姆的脸红了，轻柔地说：“我七岁的时候做过一个梦，梦见我站在一片绿草地上，一个汉族人骑着一匹白马从远方奔来，经过我身边时，马停了下来，那个汉族人把我抱到了马背上，马突然张开一对洁白的翅膀，我和他就一起朝着日落的方向飞去。”旺姆沉醉地说着，好像又置身于那个具有神话色彩的梦境中。

“好美的一个梦!”王俊荣也不由得感动起来。

“后来我把这个梦讲给了我阿爸听，阿爸说我将来可能要嫁给一个汉族人，这是天神在预示我的婚姻。所以阿爸就开始教我学习汉语。”

“那你后来遇见那个汉族人了吗?”王俊荣有些听上瘾了。

“遇到了。”旺姆痴痴地说。

“什么时候遇到的?”

“就在今天，一个帐篷里。”旺姆直视着王俊荣的脸，等待他把那张与她的梦境中一模一样的脸转过来。

“帐篷里有好几个人，不知道你指的是哪一个?”王俊荣还是一脸的疑惑。

“此人远在天边，近在眼前。”旺姆说完，便匆匆低下了头，宛如一抹夜色下的彩虹，全身散发着一种异域的美。

“时间那么久了，你怎么还能记住梦里那个汉人的长相呢？”旺姆做这个梦的时候才七岁，现在是一个大姑娘了，旺姆怎么就能确定他就是那个骑马的汉族人呢？

“他的模样我一辈子都不会忘记。我清楚地记得他那一头像蘑菇云的卷曲的头发，乌黑，浓密，向一侧微微倾斜着，还带着一股好闻的青草香。”

“就凭我的头发，你就肯定我是那个骑马的汉人吗？”

“不。还有你淡定而纯净的笑容，在帐篷里第一眼看到你时，我就呆住了。我以为那只是一个永远也不可能实现的梦境，感谢这雪域高原让我有机会遇见了你。”旺姆真挚而深情地诉说着一个少女的内心。

“旺姆，看见你，我也有一种似曾相识的感觉。”旺姆的直爽和热情深深感染了他，使他那根拘谨的心弦有所松动。

旺姆惊喜地看着王俊荣，她从草地上站了起来，在王俊荣面前快乐地转起了圈，红色的裙摆下面是一双亭亭玉立的少女的腿，厚厚的白色棉裤依然遮挡不住青春的冲击力。

王俊荣也站了起来，他好想走上前，把心花怒放、翩跹起舞的旺姆紧紧抱在怀里，可他终究是一个在传统文化里长大的男子，虽然他有着火热浪漫的情怀，有着情窦初开的激情，可他的理智最终战胜了情感，他不能接受旺姆的感情。因为，他常年从事细菌的研究，很有可能丧失了生育能力，防疫所里有两个男同事结婚好几年了，一直没有孩子，他不想耽误旺姆。

王俊荣低着头，看着自己脚下依稀存有白雪的土地，伤感地说：“旺姆，似曾相识并不等于喜欢，喜欢也并不等于是爱。”

旺姆停止了旋转，仿佛一只红色的蝴蝶忘记了飞动。她定定地看着这个刚才还让她欣喜若狂、现在却像岩石一样沉寂的男人。

王俊荣感受到了旺姆内心深深的失落，他心里也是一样的伤感。可他不能接受这份感情：“我在这里只能待两到三年，之后我就要离开这里，回东北了。”

“我可以跟你走，没有什么东西能阻挡我们之间的爱情。”旺姆着急得有些要掉泪，可她还是忍住了。

“旺姆，我……”王俊荣知道刚才那个理由是不足以打消旺姆跟他走的决心的，但他又不想耽误旺姆。

“我已经……有未婚妻了。”王俊荣把头埋得更深了，他只有编出这么一个冷酷的理由，才有可能让旺姆彻底死心。

旺姆再次怔住了！与爱情擦肩而过的伤痛化作了决堤的泪水，打在旺姆的脸上。旺姆感觉到脸上的眼泪开始冻结，皮肤有种刺骨的疼，可她并没有擦掉眼泪，还有什么比与爱情擦肩而过更让人难以忍受的呢。

“旺姆，你别哭。”王俊荣心疼地擦去旺姆脸上凝固的眼泪。他刚来西藏就听藏民说，寒冷的雪山上，最害怕的并不是冰天雪地，而是人的眼泪。

当王俊荣温暖的手触摸到旺姆冰凉的脸颊时，旺姆扑进了王俊荣的怀里："那就让我们的爱情只维持两到三年吧。"

王俊荣紧紧拥抱住了旺姆，哪怕这一生里，他们之间只有这一个深深的拥抱，王俊荣也心满意足了。从此，旺姆就常常到调查队驻扎的帐篷去，给调查队的人洗衣服、做饭、唱藏族的民歌……她做这一切的目的只是为了能看见王俊荣。

有了旺姆，王俊荣感觉这艰苦的高山生活也有了色彩，他每天都盼望着见到旺姆，旺姆没来的时候，他心不在焉，而当旺姆一出现，他的心就安定了。他知道，这就是爱情，但却是一份没有结果的爱情。

冬天，山上的气温可以达到零下三十几度，人们呼出的气体都能结冰。但这依然阻挡不住旺姆去看王俊荣的意志。王俊荣前两天对她说，过完这个年，他们就要离开了。她要把所有的时间都采集起来，串成一条爱情的哈达，呈献给王俊荣。

旺姆来到王俊荣的帐篷里时，王俊荣外出调查还没有回来。她走到帐篷外，太阳已经落下去了，只在西天留下一层淡淡的橘红色。王俊荣怎么还不回来呢？山上刚下过一场大雪，现在又刮起了大风，再不回来会有危险的。旺姆越想越害怕，她在帐篷里来回走动，只要听到一丁点响动，她就会立即跑出去。可是，帐篷外面除了呼啸的风声和冰冷的雪粒扑打到帐篷上的声音，什么都没有。他怎么还不回来？是工作还没有完成，还是忘记戴墨镜，眼睛看不清方向，找不到回来的路了？旺姆走回到帐篷里，到处翻找她送给王俊荣的那副防止雪盲症的墨镜，桌子抽屉里，床褥下面，行李箱中，任何有可能藏匿墨镜的角落，她都翻找了个遍，直到确认墨镜不在帐篷里，旺姆才稍稍松了一口气。可是，排除了迷路的可能性，旺姆的心立即又提了起来，既然不是迷路，那就应该在天黑之前赶回来的，这两年多的外出调查，王俊荣从来都是赶在太阳落山之前回到帐篷里的。外面的光线越来越暗了，风也更加猛烈了，帐篷厚重的帘子被风不断地刮起，这让旺姆更加烦躁不安了。

王俊荣和两个同事一起出去的时候还是万里无云，一片晴朗。看着天气不错，王俊荣就提议再走远一些，因为调查队马上就要离开西藏了，他们想尽可能多地寻找一些鼠源。当三人走到一处高高的雪檐下时，天边突然出现一道灰色的阴云，阴云迅速扩大，只是两三分钟的时间，整个天空全部黑暗了下来，接着就听到狂风呼啸的声音，一个调查员的帽子被大风吹跑了。

“往回走，暴风雪马上就要来了。”王俊荣大喊了一声，就调转了方向。其余两名调查员也意识到了危险的来临，跟着王俊荣往下山的方向跑去。

虽然出门的时候都穿了防寒服，但凛冽的寒风还是冲破衣服的阻挡，打在皮肤上，很疼，三个人有一种在狂风暴雪之中裸奔的奇寒感。

“下雨了！”一个调查员低头嘶喊着。

“是下雪了！”另外一个调查员边跑边纠正着队友对天气的判断。

很快，大团大团的雪花落了下来，能见度只有几十米。雪越下越大，风越来越猛，气温也越来越低，三个人都感觉到奔跑越来越吃力，雪花很快漫过了他们的脚脖子，他们由奔跑改成了行走，每向前迈一步，都好像有什么东西在向下拽他们的脚。

“这里距离帐篷有多远啊？这么大的雪，咱们能回去吗？”两位调查员追在王俊荣身后，焦急地问。

“应该不远了，不要停下。”王俊荣其实也不知道这里距离帐篷有多远，但他绝对不能让队员们泄气，尤其是在这么恶劣的天气里。

他们现在已经走到了一个山坡下面，王俊荣抬起头，眯缝着被风雪遮住的眼睛，只见周围白花花、灰蒙蒙一片，像是牛奶里掺杂了灰屑。他回头去看跟在身后的队友，一个弓着身子，像是一位年事已高的老人在踽踽前行，另一个扶着陡峭的山崖在艰难挪动，他知道两名队友都有些体力不支了，扶着山崖的那位自从来到西藏，就一直断断续续头痛、胸闷，始终没有完全适应这里的高原生活，只要稍微用一点力，脉搏就会快得吓人。这次出来调查，这名队员坚持要跟来，说如果回去了，别人问起他在西藏都做了什么工作，他担心自己无言以对，让单位同事说他来西藏只是为了玩。可没想到，这仅有的一次外出调查，就遇到了这样一场突如其来的暴风雪。

雪还在下，一点都没有减小，王俊荣沿着队友的身体往上看，山坡很陡峭，倾斜四十多度，褐黑色的岩石上积存着大量的冰雪，冰雪一半固定在山坡上，一半悬挂在半空中，随时都有可能从山岩上坠下来。王俊荣脑海里突然浮现出一个尖锐的词“雪崩”，他听多吉和旺姆说起过，冬季和春季最容易发生雪崩，当阳光照射到积雪以后，表层雪融化，雪水渗透进山岩和积雪接触的地方，导致接触面的摩擦力减小，当外界产生压力时，比如地球的重力、刮大风，甚至人们大声说话，都有可能导致雪层断裂。

王俊荣走回到体质虚弱的队友身边，想拉他一把。

“你们先回去吧，我估计走不动了，别让我拖累你们。”队友说话已经有些气喘吁吁。

“不行，我们一起上山的，就要一起下山。来，我扶着你走。”王俊荣严厉地拒绝了队友的要求，架起了他的胳膊，往前小步地挪动着。另外一名队友也退了回来，架起了他的另一条胳膊。三个人就这样肩膀搭着肩膀，身体碰着身体，朝前缓缓地前进着。

又走了半个小时，王俊荣也有些出虚汗了。突然，头顶上方传来轰隆一声震响，犹如千军万马携着滚滚狼烟从山坡间坠落，三个人没有来得及说一句话，瞬间被崩塌的积雪淹没。

王俊荣试着动了动脚，但是根本无法动弹，身上的雪就像是千斤万斤重，除了眼珠子还能勉强转一下，别的地方就像是失去了控制，一点都不能动。王俊荣想问问队友是否还清醒着，可是刚一张口，一大团雪就被吸进了嘴里，他感觉到了窒息。他知道他们之间是无法用语言交流了。雪崩时强大的冲击力把他和队友冲散了，他的周围，除了厚重的雪，什么东西都感觉不到了。他想到了旺姆，他答应旺姆要带她去骑一次马，让旺姆七岁时的那个梦境变成现实，可现在看来，他只能食言了。他没有想到，还没有等到他离开，他和旺姆的爱情之花就提前凋谢了。

旺姆看见天气转阴，就再也待不住了，她给调查队的人带路，上山来寻找王俊荣了。听见雪崩的声音，他们立即赶到了出事地点，除了坠落在山坡下面的那一堆几十米宽、两米多深的雪堆，再也没有其他的异样。

“快挖，他们一定被埋进了雪里。”旺姆发了疯似的扑到雪堆前，用手挖着冰冷的积雪。

“旺姆姑娘，也许他们还在山上。”冯运来担忧地看着山坡上随时都有可能坠落的雪块，认为还是不要在这里停留太久。他是队长，他要为所有队友的生命安全负责。

“附近只有这一处发生了雪崩，我们把最危险的地方排除了，他们就是安全的。我们只有不到半个小时的抢救时间，过了这个时间，他们就都没命了。”旺姆双手不停地抠挖和搬运着冰雪，十个手指冻得失去了知觉，她用生命极限的速度在挽救心上人的生命。

调查队的人拿起手里的铁锨，开始挖雪。而旺姆却用自己冻僵的双手去搬雪，这样才能不伤到王俊荣。

三分钟过去了，还是没有看到王俊荣和另外两位调查员的身体，旺姆内心的刚强开始崩溃瓦解。旺姆的脑海里浮现出她和王俊荣相处这两年多里的点点滴滴，她一直都很害怕分离的日子的到来，她不想让王俊荣离开她。可是她知道他是一个宁愿放弃生命，也不会背信弃义的男人，既然答应了另外一个女人要和她过一辈子，他就决不会反悔，也正是因为如此，她才愿意只做他两年的女人，尽管他们之间什么事情都没有发生。可是，现在，她突然想让他走了，想让他早点离开这座雪山，想让他活着回到另外一个女人的身边，只要他能活着，比什么都好。不管他是谁的男人，不管他走后还会不会记得她，她都希望他活着，好好地活着，平安地活着。她感觉自己的手在这么庞大的一座雪堆面前，是那么的微不足道，即使再给她一百只手、一千只手、一万只手，都不够用。旺姆用自己的身体去撞击雪堆，她恨不能一下就把雪堆撞个大窟窿，把王俊荣给救出来。

“找到一只手了！”王少杰惊喜地大叫着，把手里的铁锨扔到雪地上，直接用手扒了起来。

旺姆跑过去，用已经没有任何知觉的手指奋力地抠着那个散发着生命和爱情光芒的小洞。雪窟窿越来越大，终于露出了一张早已晕厥的脸，是王俊荣，是旺姆用生命在呼唤的王俊荣。

大家一起用力，把王俊荣从雪堆里拉了出来，把他平放在地上，就继续去拉另外两名队友。旺姆扑了过去，紧紧搂着不省人事的王俊荣。王俊荣的嘴唇黑紫，一看就是极度缺氧，旺姆没有丝毫的犹豫，把自己的嘴唇压在了王俊荣的嘴唇上，给他做人工呼吸，这是他们相识以来第一次接吻。很多次，旺姆都希望王俊荣能主动亲吻自己，可每当他们拥抱在一起的时候，王俊荣只是轻轻搂着她，没有任何越轨的举动。

王俊荣和其余两名调查员被抬回了帐篷，到了夜里九点多，两名调查员先后醒了过来，躺在各自的帐篷里休息，只有王俊荣还没有恢复知觉。旺姆守在王俊荣身边，不停地搓着他的手。她多么希望他血管里的血液能快点循环起来，让王俊荣早一点醒过来。

“冰山上的严寒已经浸入了他的血脉，要想让他重新活过来，必须让他的身体先暖和起来。”作为父亲，他早已明白女儿对这个汉族青年的爱。

“阿爸，那有什么好办法可以让他的身体暖和起来吗？”旺姆焦虑万分地凝望着父亲。

“办法倒是有一个，只是……”多吉为难地停住了。

“什么办法？阿爸你快说！”

“用身体给他取暖，这是最有效的办法。”多吉知道女儿对王俊荣的情意，可是他也知道，王俊荣是不可能娶他的女儿的，他早已从王少杰的口里得知，王俊荣已经有了对象，他本想阻止女儿和王俊荣继续交往下去，他知道这么下去最后受伤的只能是女儿。但他了解自己的女儿，旺姆身上具有西藏人典型的特征，敢爱敢恨，既然爱了，就无怨无悔，不求结果。一边是一条活生生的生命，一边是女儿身体的贞洁，多吉内心很矛盾。

“阿爸，我要救他。”旺姆望着昏迷中的王俊荣，坚决地做出了自己的决定。

“你都想好了吗？你和他是做不了夫妻的。”多吉担心女儿是一时的冲动。

“我知道。但我还是要救他，如果他死了，我也活不下去了，还要这身子做什么。”旺姆平静地注视着王俊荣昏睡的脸。

多吉走了出去，把帐篷的门帘在身后掩合。他能为王俊荣做的，能为女儿做的，就是守好这道门。

帐篷里，昏黄的煤油灯营造出一片朦胧的氛围。旺姆坐在王俊荣仰躺的草垫子上，她把他的头放在自己的大腿上，轻轻抚摸着他那张英俊儒雅的脸庞。这是一个多么庄严而美丽的时刻，她要在这个无人打扰的夜晚，把自己小心呵护了二十年的少女的身体敬献给自己的恋人，就算他没有知觉，她也无怨无悔。

旺姆脱去了王俊荣的衣服，也解开了自己的衣扣。她把自己温热的身体紧紧贴在王俊荣僵硬冰冷的身体上，她的皮肤上立即浮现了一层鸡皮疙瘩。她的肚子在寒气下咕噜咕噜乱叫，她的牙齿冻得上下直打战，她的身体在不住地颤抖。寒气就像是千万把钢刀，刺中了她的全部肌肤，她觉得自己都快要失去意识了，可她把王俊荣抱得更紧了。她感觉到的寒冷都是从王俊荣的身体里释放出来的，只要能让他暖和一些，只要能救活他，她宁愿被冻死。

王俊荣的小手指动了一下，弹在旺姆平滑的小腹上，旺姆反射似的抬起头，看见王俊荣的脸有了血色，他的眼球快速转动了两下，就睁开了一双如孩子般干净的眼睛。

“你醒了？我好害怕你醒不过来。”旺姆喜极而泣地搂紧了王俊荣。

“旺姆。”王俊荣已经完全恢复了意识，他清楚地知道他和旺姆之间发生了什么。一个姑娘为了救自己，不惜牺牲自己最珍贵的东西。王俊荣感觉自己的身体在逐渐发热。

当春天到来的时候，那曲变成了人间最美的天堂。青青的山坡像是一片新铺的地毯，草间盛开着各种叫不上名字的野花，悠悠的白云横卧在天上，距离地面是那么的近，好像一伸手就可以够到一片白云。一位美丽的姑娘站立在草地上，抬手搁在眉上，深情凝视着东方。一眨眼的工夫，一匹高大的白马出现在远处的一个小山丘上，马背上跨着一位汉族少年，高挥马鞭，奔向姑娘静立的地方。白马在姑娘的面前直直腾起雄劲的前蹄，少年将姑娘拦腰抱起，载着姑娘向那个爱情之花永不凋谢的方向奔驰而去。

“明天你就要走了。”旺姆满眼的离愁。

“是的，明天一早就出发，中午之前要赶到拉萨。”王俊荣面部在微笑，心里却在流泪。

“一路小心。”旺姆像是一位放心不下的母亲，叮嘱着即将远行的孩子。

“嗯，会的。”王俊荣强作镇定地点了点头。

“还会回来吗？”旺姆快要哭了，她知道这次一别也许将是永诀，他们再也不会相见。

王俊荣无法给出一个确切的回答，此次一别，万里之遥，只有那未知的命运知道他们之间是否会再有交集。

“这是一对红玉髓龙凤佩，一块是龙，一块是凤，你把这个龙佩带走吧，凤佩我留下。以后如果想起我了，就可以看看它，把想对我说的话说给它听，通过这块凤佩，我就可以听到你的声音。”旺姆含着眼泪把龙佩戴到了王俊荣的脖子上。

“我会想你的。”旺姆说完，就往帐篷外面走，走到门口，又站住了，她使出所有的力量控制住自己即将崩溃的情绪，只淡淡说了一句“明天我就不来送你了，你自己多保重”，就头也不回地走出了帐篷。

当第一缕月光照射在旺姆的脸上时，旺姆的眼泪就落下来了。旺姆笑着擦了擦脸上的泪水，回头凝望了一眼沉默的帐篷，跑进凄清的夜色里，消失不见了。

第二天一大早，王俊荣和调查组一起离开了那曲，他坐在汽车的后排，手里攥着旺姆送给他的红玉髓龙坠，流下了眼泪。

“旺姆姑娘对你那么好，你真的忍心丢下她吗？”王少杰把头转过来，疑惑地看着王俊荣，“如果我是你，我就把旺姆姑娘带回东北了。这么好的姑娘，到哪里去找啊。我骗她你已经有了对象，希望旺姆姑娘不会怪我。”

王俊荣握紧了手里的龙佩，他不知道将来自己会不会为今天的这个决定后悔，可是他既然喜欢旺姆，就不能耽误旺姆一生的幸福，他希望旺姆能找一个身体健康的西藏小伙子，生儿育女，过着安定宁静的生活。

王俊荣把头扭向窗外，心底里一遍又一遍呼唤着旺姆的名字，他多么希望不久的将来他还会回到这片神圣的土地上，还能来到这片距离天堂最近的地方，还能看见一个叫旺姆的美丽姑娘站立在青青的草地上，微笑着等待他的归来。

王俊荣从西藏回来了。

一奶同胞的四兄弟时隔两年多相聚，自然有说不完的话题。王俊荣讲了调查队这一路的见闻、西藏的风土人情以及在西藏的工作情况，唯独没有提及旺姆。但在他讲述的过程中，好几回都差点说漏了嘴，他这才发现，原来在西藏的日子里，旺姆早已像雪域高原上的阳光一样，渗透进了他的生命里。

第二十五章　信中托孤

王俊元已经十八岁了，一米七八的个头，身材很标准。潇洒弯曲的头发，饱满光洁的额头，浓密又清晰的眉毛，英挺谦和的鼻梁，眼神既不高傲，也不低微。唇形坚毅果敢，牙齿洁白美观。他喜欢思索，也喜欢笑，脸颊的酒窝与内心的达观相映成趣。有王俊元在的地方，气氛总是活泼欢快。

高中毕业后，“文化大革命”结束，王俊元不用再下乡去做知青了，他就等待着哪个工厂里招工，去当一名螺丝钉式的工人。

夜晚，王俊元坐在灯下，拿出母亲当年用过的针线盒，把自己用了三年的书包缝补了一下，这还是他来县城读书的时候二哥给他买的，有好几个地方已经破了，但他舍不得扔掉，这个书包陪伴着他度过了三年高中时光，里面装过的不仅仅是高中的课本，还有他关于这个县城的所有记忆。

兰馨今年九月份就要上小学了，他想送给她一个新书包，可是没有钱买，就想着把自己这个书包缝补一下送给兰馨。他相信兰馨不会介意他送给她的是一个用过的旧书包的。他送给她的所有礼物，她都视如珍宝，粉红色的发卡，几本儿童读物，两块奶糖，一片变黄的树叶，每当他把所谓的小礼物送到兰馨手上时，兰馨那双清澈的大眼睛总是喜悦地盯着小礼物看上好半天。

王俊元把缝补好的书包举起来，对着灯光反复检查了好久，如果不仔细看，是看不出书包上有针脚和线头的，他对自己缝补的功夫还是比较认可的。为了兰馨背着舒服，他还特意调整了书包背带的长短，在他确信背带的长度正好符合兰馨的身高时，才满意地把书包放在枕边。

半夜，屋外起风了，树枝化身为一缕缕魑魅的黑影，在窗户上瘆人地摇晃起来。接着，窗外响起了轰隆隆的雷声，像是要把整个宇宙都震裂。

王俊元蓦地惊醒了，他坐起来，听着窗外狂风的怒吼，不由得担忧起来。兰馨从小就害怕雷声，一听到雷声就会吓醒。说不定兰馨现在正蜷缩在床上害怕地哭泣呢。

王俊元推测得没错，兰馨早已被雷声吓醒了。她紧紧拽着被子，蜷缩着身体，用手捂住自己的嘴巴，尽量不发出任何声音。外婆就在对面的屋子里，自从失去女儿，外婆的睡眠就出现了障碍，四年里从来没有睡过一个囫囵觉。她绝不能把外婆惊醒。可是，雷声却像是逃出牢笼的狮子，在天空中撕扯怒吼。一个炸雷响起，兰馨闭上眼睛，捂住耳朵，在心底呼唤着王俊元，可她知道，现在是深夜，俊元哥哥在自己的家里，距离这里很远，是不可能出现在她的身边的，但她还是不住地呼唤着他，好像每喊一次他的名字，心里的恐惧就会减少一些。张狂的风声、雨声、雷声、树枝摇晃的声音压住了心底的呼唤，兰馨抓起放在枕边的发卡，紧紧地贴在心口，倘若有什么邪恶的东西出现在她的眼前，她就用这个发卡去和对方搏斗。这是俊元哥哥送给她的，这个发卡上有俊元哥哥的威力，这么想着，她心里就没有那么紧张了。

忽然，一阵大风猛烈地刮起来，窗户纸被风吹破了。黑暗中，不知什么东西从破裂的窗户纸窟窿中飞了进来，拍打着有力的翅膀，在兰馨的小床上疯狂地飞来飞去。兰馨吓得用被子蒙住了头，一动也不敢动。不要害怕，刚才飞进来的应该是一只小鸟，小鸟和她一样，也被雷雨吓住了，找不到躲避的地方，就飞到她的屋子里来了。虽然兰馨不停地安慰着自己，可她还是被被子外面的那个小飞物吓得不停颤抖。小飞物像是受到了惊吓，在兰馨的枕头和被子上方胡乱地冲撞着。兰馨恐惧地闭上了眼睛，害怕的眼泪流了下来。突然，小飞物扑棱的声音没有了，兰馨在被子底下睁开眼睛，仔细聆听了一会儿，还是没有任何声音。也许小鸟飞累了，在哪个角落里栖息着。又过了很久，兰馨壮着胆子掀开了被子，光着脚下了床。她想确认一下小鸟是否还在屋里。

她战战兢兢地摸到灯绳，打开了电灯，在屋里各个角落里寻找着小鸟的踪影。可她快要把屋子都翻遍了，也没有看到小鸟。也许小鸟已经飞走了。就在她准备关掉灯回到床上时，忽然发现一只黑色的丑陋的东西趴在灯绳上端的墙壁上，它似鼠非鼠，似狐非狐，前后肢有薄膜和身体相连，翅膀张开的时候，像是一个穿着黑色披风的小鸟，翅膀合起来时，又像是一块黑色的抹布。兰馨吓得尖叫了起来，跳到床上钻进被子里。瘦小的身体在被子下面恐惧地颤抖着。

啪、啪、啪……好像有人在敲门！

不可能，深更半夜，狂风大雨的，谁会来敲门呢，一定是自己听错了。可敲门声再次清晰地响起。这一定是一双非常有力的手在使劲儿地敲，才能透过风雨声，传到兰馨的耳朵里。如果真的是敲门声，那一定是什么妖魔鬼怪，或者图谋不轨的坏人，兰馨的双手紧紧攥着被子，强迫自己不去想这神秘的敲门声，可焦急的敲门声一声比一声急切，一阵比一阵刻不容缓。这次，兰馨听出来，除了敲门声，还有一种和人的声音极其相似的呼喊声，她从惊惧中镇定下来，没错，是人的声音，而且还是她非常熟悉的声音，那个声音在叫她！大哥哥，是俊元哥哥来了，兰馨刚才的害怕瞬间不见了，她忘记了蝙蝠，忘记了雷雨，忘记了黑暗，忘记了恐惧，她顾不得穿鞋就跳下了床，拉开门闩，冲进了大雨如注的院子里。她奔跑着，雨水把她的头发、衣服都浇湿了，不管风雨有多大，不管雷声有多响，不管脚下的地面有多滑，她都要去给俊元哥哥开门。

大门吱呀一声拉开了，兰馨张开双臂，扑进了王俊元的怀里。王俊元一手抱起兰馨，一手充当临时的雨伞撑在兰馨的头上，以最快的速度跑进了屋。也许是雨声太大了，也许是外婆真的睡着了，这所有的响动都没有惊醒她。

王俊元抱着兰馨直接向她的小房间走去。当走到门口的时候，兰馨忽然想起来屋里的那个丑陋的飞物，吓得不敢看自己的房间。王俊元问明原因后，让兰馨在外屋等他，他找到放在墙角的一把扫帚，独自走进屋里，把黑色的蝙蝠赶了出去。

王俊元拿来毛巾擦去兰馨头发上的雨水，又找来一件干爽的睡衣。兰馨配合地举起胳膊，让王俊元把湿睡衣从头上脱了下来。

王俊元仔细地给她擦着头发和身体，唯恐把一滴冷雨遗留在她身上。

“好了，都擦干净了，现在躺下吧。”王俊元把被子的一角掀开，想让兰馨的身体尽快暖和过来。

“我不想睡。”兰馨扭动着身体，好像在害怕被子里有什么虫子。

“你需要尽快暖和起来，不然会感冒生病的。”

“我睡着了，你就会走的。”兰馨把眼睛睁得大大的，好像她一闭上眼睛，王俊元就会消失不见。

“我不走，就在这里陪你。”王俊元温柔地抚摸着兰馨湿漉漉的头发。

兰馨这才乖顺地躺进了被子里。

他给她盖好被子，握着她的一只手，那只手还是很冰凉。他注视着兰馨散落在枕上的长发，把掖在脑勺后面的一缕湿头发拨弄了出来。

“如果雷声可以一直响下去，那该有多好啊。”

“为什么？你不是最怕打雷了吗？”

“那样俊元哥哥就可以一直陪着我了。”

“放心睡吧，今天晚上我不会走了。”

天亮了，雨也停了，只有树叶和屋檐上的水珠滴答滴答地落在地面的积水上，发出清脆的响声。王俊元睁开眼睛，发现自己躺在兰馨的身边，压着她的被子，他的一条胳膊还轻轻搭在她的身上，另外一条胳膊被兰馨紧紧地抱着，好像抱着她的洋娃娃。他的衣服也暖干了。

兰馨睡得很安详，犹如新生的婴儿，她的额头是那么地舒展，上面只能看见满足的痕迹，她的睫毛是那么地浓密，让人很轻易地就和美丽这个词语联想在一起，她的脸颊是那么光滑，透着一种类似玫瑰的红色。他坚信，兰馨长大后一定是一位美丽的姑娘。

他伸出一只手，想轻轻抚摸一下那个犹如花瓣的小脸蛋，但兰馨发出的均匀的呼吸声让他放弃了这个念头，他不忍心去打扰她的睡眠。昨夜，他本来想天一亮就回去。开始时他的眼睛一直注视着熟睡中的兰馨，没有一丝的困意。不知道过了多久，兰馨翻了一个身，由于紧紧抓着他的胳膊，他被拽倒在了床上，只好一动不动地趴在兰馨身边。她的身体多么小啊，小得就像是一只小猫，让人生起无限的怜惜。她的身体多么温暖啊，躺在她身边，就好像躺在一片灿烂的阳光里。不知不觉中，他也睡着了。等他醒过来时，世界已经安静了下来，没有什么东西再让兰馨害怕了，也到了他要离去的时候了。他尝试着慢慢把手从兰馨的怀里抽离出来，这个时候，兰馨睁开了一双天真的大眼睛，惊慌地望着他："俊元哥哥，你要走了吗？"

兰馨把身体侧过来，正对着他，这下他可以把醒着的兰馨看仔细了。她的眼睛很大，又明亮又温柔，像是两只会移动的星星在闪烁，眼前这两颗小星星不断地衍生出钻石一样的光芒，布满了整个房间，那一刻，他有一种空灵的感觉，好像置身于浩淼的宇宙，超脱了现实中的一切。

兰馨依恋地看着他的脸，在她的记忆里，她好像一直都是独自一个人睡觉，妈妈和外婆都很少搂她，妈妈太忙了，外婆身体不好，她记住的第一个黑夜，就是躺在这个床上，窗外响着巨大的雷声，她害怕地流出了眼泪。从那个时候开始，她就特别害怕打雷。自从认识了王俊元，她的心里就有了一个强大的守护神，只要王俊元一出现，那些不好的感觉就都消隐不见了。她觉得自己不再是一个无父无母的孤儿了，她有了一个家，这个家很完整，有爸爸，有妈妈，有哥哥，尽管这些角色都是由王俊元一个人来充当的。王俊元的骨骼很宽大，她躺在里面，就看不到窗户了，也看不到屋里的其他摆设了，她只能看见王俊元的眼睛，那双眼睛很好看，充满了活力、坚毅和热情，闪烁着智慧的光芒，像汩汩的泉水一样滋润着她那颗幼小的心灵，她喜欢看那双眼睛，仿佛那里承载着她的童年所需要的一切。

"爸爸的眼睛也是这样的吧？"兰馨伸出食指，像画画一样在王俊元的眼皮上描来描去，“我想把你的眼睛画下来。”兰馨趴在他的臂弯里，双手支着下巴，认真地说。

“为什么？”

“这样我就可以每天都看见你了。”

“好，等下次我来看你，给你带画纸和画笔，你就把我的眼睛画下来。但是现在，我要走了。”王俊元指了指外婆的房间，兰馨心领神会地穿衣下床。

往常这个时候，外婆应该醒来了。他们不能让外婆知道昨夜发生的事情。当王俊元的手碰到门闩，准备轻轻把它拉出来的时候，从老人的屋里传出来一声沉闷的响声。

王俊元立即松开了兰馨的手，他想，如果外婆从门里走出来，他就如实相告昨晚发生的一切——他不放心害怕打雷的兰馨，所以冒雨前来看她。

那扇有可能出现冷峻脸孔和冷漠声音的门始终没有打开，但一阵衰弱的呻吟声从门缝里传了出来，断断续续，若有似无。

“外婆……”兰馨大喊了一声，想要冲进去，但被王俊元拦住了。

“你在外面等着，我进去看看。”王俊元有种不祥的预感，那个没有被狂风暴雨打扰的房间里一定发生了什么不寻常的事。

王俊元走了进去，屋里没有开灯，昏暗的晨光让小屋处于一种不太清晰的光线中。他往床上看去，没有发现外婆。接着，他又听到了一声低低的怪叫声，仿佛是从地底下传出来。他顺着声音发出的方向看去，一团蜷缩的黑影歪倒在床脚前。是外婆！王俊元跑过去，把不会动弹的外婆抱到了床上，用手捋顺着外婆的胸口，好让她的呼吸不那么艰难。

老人睁开了眼睛，无神地盯着王俊元，仿佛不认识他似的。几秒钟过后，当她看清楚眼前这个人脸部的细节特征时，她激动地握住了王俊元的手，仿佛握住了一根救命稻草。

“去，把抽屉里的那封信拿出来。”老人很吃力地说。

王俊元照做了，那是一个已经封好口、贴好邮票的信封，信封上写着收信人的地址，但他没有来得及看信封上的字，就立即回到了老人身边，把信递给了她。

“兰馨……”老人伸着脖子，努力朝屋门的方向张望着。

“我去叫她。”王俊元立即跑了出去。

兰馨一动不动地站立在原地，可以看出，她很害怕。

“答应我，不管发生什么，还有俊元哥哥在你身边。”王俊元急促地叮嘱着，他明白兰馨即将面对的是什么。

受到惊吓的兰馨机械地点了点头。王俊元牵着兰馨，走到了老人的床前。

老人伸出颤巍巍的手，放在了兰馨的头上："兰馨，外婆要走了，不能再陪着你了。外婆已经为你想好了后路，这是外婆能为你做的最后一件事了。有一个叫沈建国的人，你爸爸就是为了救他才牺牲的。他现在在省城，是一个大官。我托人给他写了这封信，把你交给他，相信他看在你爸爸的救命之恩上，会善待你的。"老人把信塞进兰馨的手里，又奄奄一息地盯着王俊元："答应我，等我死了，一定要把这封信寄出去。"

"外婆，你会好起来的，你不会有事的……"兰馨哭着扑到了老人的身上。

王俊元让兰馨退到一边，他要背起老人去医院。老人无力地摇了摇头："不必了，安置好兰馨，我的心事就了了……"老人长吁了一口气就闭上了眼睛，呼吸也随之中止了。

兰馨大哭了起来。外婆死了，在这个世界上，她再也没有亲人了，她成了一个真正的孤儿。王俊元扳过了兰馨的身体，把她紧紧地抱在怀里。

安葬完老人，王俊元把兰馨接走了。从此以后，他就是兰馨的亲人。

一个多月以后，一对陌生的中年男女出现在王俊元的房间里。男人穿着一身笔挺的深蓝色西装，脚上穿着锃亮的皮鞋。女人的年纪与男的不相上下，戴着一副眼镜，打扮时髦，一看就知道是一个养尊处优的女人。当他们看见兰馨时，就面带微笑地走了过来，那个男的蹲在兰馨的面前，和蔼地摸了摸她的辫子，很有修养地问："你就是周路山的女儿周兰馨吧？"

兰馨没有回答，吓得退回到了王俊元的身后，她不认识这个陌生的男人。

"请问，你们是？"王俊元不解地问。

"我叫沈建国，这是我的爱人薛瑞莲，我们是从省城来的。上个星期，我收到了一封信，是周路山的岳母给我寄来的。"男人很有涵养地介绍着自己的身份。

王俊元知道这个男人就是外婆要把兰馨委托给他的那位省城的大官，他最担忧的一天还是到来了。

王俊元疑惑地望了望桌子，他非常确定外婆交给他的那封信，他还完好地放在抽屉里。他已经高中毕业了，马上就有工作了，等他有了收入就可以抚养兰馨了，供她上学，陪她成长。不到万不得已，他不打算把那封信寄出去。可沈建国是怎么收到外婆的信了呢？

沈建国回头给妻子薛瑞莲使了一个眼色，示意她对兰馨主动表示亲热。薛瑞莲立即打开一个红棕色的手提包，从里面抓出一大把糖果，往兰馨手里塞。兰馨紧紧拽着王俊元的衣服，拼命往后躲，好像眼前这两个人是要把她给抢走似的。

“我上次见到兰馨的时候，她刚出生几个月，一晃眼都这么大了。”沈建国并没有因为兰馨对他们的排斥而有丝毫的不满，他理解地望着躲在王俊元身后的兰馨，不再强迫去靠近她。

“建国，你看兰馨长得多好看，尤其是那双大眼睛，看了就让人喜欢。”薛瑞莲止不住又伸手去抚摸兰馨的脸蛋，兰馨把头立即转了过去。

“没事，慢慢来，时间长了，兰馨就能接受我们了。”沈建国安慰着妻子。

兰馨拽了拽王俊元的衣角，哭着哀求道：“俊元哥哥，不要把我送走，我不走，我要和你在一起……”

王俊元没有说话，他不知道该如何来满足兰馨的这个请求，他比任何人都希望能把兰馨留在身边，只要有他一口饭吃，他就不会让兰馨饿着。但他看出来了，沈建国家境很好，薛阿姨看上去也很有爱心和修养，把兰馨交给他们，对于兰馨来说，也许是最好的选择。兰馨马上就要上学了，假如沈叔叔和薛阿姨把兰馨带走，那么兰馨就可以在省城里读书了。可当理智退去，情感占据上风的时候，他把兰馨搂得更紧了。这么多年里，他习惯了有她在身边，尤其是这段日子，他和她住在这间小屋里，朝夕相处，形影不离，他只要一抬头，一转身，就可以看见她。

现在，沈建国夫妇要把兰馨带走，带到省城去，带到他无法想象的一个世界里去，他的心好痛。但为了兰馨能有一个更好的成长环境，他决定忍痛割爱。只要是对兰馨有利的事情，再难受，他也会去做。

薛瑞莲把兰馨从他怀里抱走的时候，他的眼睛红了。

兰馨挣扎着要他抱的时候，他的心在抽搐。

兰馨从他的视线里消失的时候，他的眼泪掉了下来。

当小汽车载着三个人呼啸而去的时候，他慌张地追了出来，他给兰馨缝补好的小书包还没有给她呢。他跟在小汽车后面久久地奔跑，拼命挥舞着手里的书包，书包里还装着他为兰馨准备的画纸和画笔。他看见兰馨泪流满面，一双小手在拼命地拍打着车玻璃。兰馨那张哭泣的小嘴在不停地一张一合，他看到了，他听到了，他感觉到了，兰馨在一遍又一遍呼喊着他的名字……

很快，小汽车看不见了，只有路旁的杨树在风中悲戚地呜咽。王俊元还在奋力地奔跑，他知道他的双腿是无法和小汽车的速度相比的，但他不想停下来，他觉得，他只有一直跑下去，他和兰馨之间的距离才可以不被拉开得那么远。

渐渐地，他跑不动了，他的心感觉到了一种被掏空的虚无，他感受不到血液的涌动，感受不到心脏的跳动……他蹲下来，哭出了声。他的脑海里全是和兰馨在一起的画面。为了躲避外婆的监视，他们偷偷地在猫洞口相见，他递过去一个粉红色的发卡，她递给他一张纸条，上面是她最近学会的新字。偶尔，外婆不在家的时候，他就带她到县郊的草地上去玩，他挠她痒痒，她咯咯地笑，两个人一起拥抱着在花香阵阵的草地上翻滚，玩累了，他仰躺在草地上，伸开胳膊，给兰馨当枕头。兰馨依偎在他的怀里，假装睡着了。他慢慢睁开一只眼睛，直到再次用痒痒把她的小伎俩揭穿。外婆去世后，他把她接到身边，让她睡在他的床上，而他则睡在地上。入睡前，他总会给她讲童话故事，半夜里，他会起来好几次，检查兰馨有没有踢被子，望着沉睡中的她，他觉得世界是如此美好……可如今，这一切都恍如隔世，他的世界变成了萧索的蛮荒之地。

第二十六章　参军入伍

王俊元白天照顾大哥和侄子继清，等夜晚来临时，他就回到屋里看书。以前，书籍是他心灵的安慰剂，只要打开书，他的心就会沉静下来。但是现在，他手里捧着书，内心却依然无法安宁，因为他想念兰馨。

招工的事情一直都没有着落，他现在虽然不用上学了，减去了读书的开支，但他的饭量却增大了。吃的，穿的，用的，零零散散加起来也是一笔不小的费用。这些钱都需要从二哥和三哥的工资里拿出来，王俊元于心不忍。

他每天都到招工的宣传黑板上去寻觅招工信息，只要能让他有一笔收入，不管让他做什么，他都愿意干。他不想再待在家里吃闲饭，不想再让哥哥们养着他。他是一个男人，他需要自立。

一阵急促的敲门声在屋外响起。王俊元把手里的书放下，从桌子前站了起来。这么晚了，二哥应该休息了呀。他打开了门，一个身穿军装的男人英姿飒爽地站立在门外的夜色里。当王俊元看见来人帽檐上红色的五角星时，心里顿时涌上一股激动的情绪，这样方正的帽子，这样笔挺的军装，这样庄严的五角星，这样鲜艳的领章，他只在露天电影的荧幕上看见过，没有想到，他眼前居然真的站立着一位真正的解放军，会说话，会微笑，还在向他行标准的军礼。

“小同志，打扰了，我是北方部队的一名军人，我叫佟大志。我们的车子坏在了那边的马路上，可能要过一会儿才能修好。我需要写一封急信，可这周围只有您这里有灯光，所以，我就冒昧地过来了。”说话的人三十多岁，个子中等，标准的国字脸，胡子刮得很干净，说话带有一点北京的口音。

“请进。”王俊元热情地把解放军让了进来，又立即把桌子上的书收起来，给解放军同志腾出来一个足够宽敞的空间。

佟大志道过谢之后，就坐在了椅子上，掏出了插在上衣口袋里的钢笔，又从裤子口袋里取出了两张部队用的信纸，唰唰唰地写了起来。

过了一刻钟，一个小战士端着手臂跑了进来，在解放军面前立定，行了一个军礼，大声说：“报告教导员，车子的故障已经排除，随时可以出发。”

“好，通知同志们，原地待命。”佟大志一声令下，小战士两手垂落，紧贴裤腿，应答了一声“是”，就立即转身，像进来时那样小跑了出去。

王俊元站在一边，望着这位年轻的教导员指挥小战士的潇洒威武和气定神闲，眼睛里流露出一种深深的敬仰。他不由得也垂下了双手，模拟着刚才那位小战士汇报情况的身姿。

“哎呀，没有墨水了。”佟大志的信刚写了一半，钢笔水就用完了。

“用我的吧。”王俊元立即把自己的钢笔递给了佟大志。

佟大志把信写完之后，把钢笔还给了王俊元，微笑地和他攀谈了起来：“你叫什么名字？今年多大了？”

“报告教导员，我叫王俊元，已经十八岁了。”王俊元模仿着刚才那个小战士的腔调。

“念过书吧？我看你的钢笔字写得很漂亮。”佟大志看见书桌上放着王俊元写的读书笔记。

“报告教导员，我已经高中毕业了。”王俊元响亮地回答。

佟大志满意地点着头。他环视了一下屋子，面积不小，但没有什么家具，只有一张单人床和一张书桌，两把椅子，床底放着一个黑色的箱子，里面是王俊元所有的家当，大部分都是书。靠门的墙上有几个钉子，固定着镜子、绳子，绳子上还挂着一条很干净的白色毛巾，毛巾下面放着一个半旧的洗脸架，上面放着一个红色的洗脸盆和一块用了一多半的香皂。屋子中央放着一个蜂窝炉，但由于屋子太大，几乎感受不到炉子散发出来的热气。地面铺着灰色的方砖，非常干净。靠桌子的墙上还粘贴着两幅毛笔字，一幅出自毛泽东的《水调歌头》：“世上无难事，只要肯登攀。”一幅是鲁迅的一句话：“解剖自己往往严于解剖别人。”

佟大志背着双手，伫立在毛笔字前，凝视了许久，才开口问道：“这些字都是你写的吗？”

“是的，随便写着玩的。这里比较简陋，写两句话点缀一下，同时也可以时刻提醒自己。”

“写得很有功力，不像出自一个少年之手，”佟大志继续问，“你家里都有些什么人？”

“我父母都已经去世了，家里只剩下我和三个哥哥。我二哥是一中的老师，我三哥在防疫所工作，我大哥身体不好，所以，我考上高中那一年，二哥就把我和大哥从镇上接了过来。这两间屋子是二哥向同事借来的，我大哥就住在隔壁。”

“这么说，你的家庭是比较困难。”佟大志同情地望着王俊元。

“困难是磨炼人意志最好的老师。”王俊元达观地回答。

“说得好！你平时一定很喜欢读书吧？”佟大志拿起一摞书最上面的两本，一本是《欧阳海之歌》，一本是《钢铁是怎样炼成的》。

“谈谈你对这本书的看法。”佟大志用一根手指在《钢铁是怎样炼成的》的封面上点了点。

王俊元不假思索地说：“一个人只有在革命的艰难困苦中战胜敌人也战胜自己，只有把自己的追求和祖国、人民的利益联系在一起的时候，才会创造出奇迹，才会成长为钢铁战士。”

佟大志赞赏地望着王俊元：“我终于知道为什么在看到你的第一眼就觉得你身上有种东西和别人不一样了，那是作为一个人最宝贵的精神财富。俊元，你愿不愿意跟我去部队，当一名真正意义上的钢铁战士？”

“您的意思是……让我去当兵？”王俊元浓黑的眉毛离开了弯弯的眉骨，他从来没有想过自己的命运会和部队发生实质性的联系，尽管他从小就梦想着能当一名光荣的人民解放军，他玩的游戏也大多和部队有关，奇形怪状的树枝到了他的手里，最大的可能性就是变成一把手枪。当他还是一个孩子的时候，喜欢在沙坑里埋下自制的沙土地雷，感受硝烟弥漫的壮观。当家里有废纸不要的时候，他就会把它们折叠成各种军用武器，飞机、大炮、坦克、卡车，每一个新的武器都是王俊元自己琢磨出来的。可王俊元从来都没有想过有朝一日，童年的梦想会真正光顾他。能当上兵的概率可是很小的，这么幸运的事情怎么会落在自己头上呢。眼前的这位教导员与当年自己设想出来的军人的形象是多么一致啊，魁梧挺拔，字正腔圆，雷厉果断，即使没有这身军装，也能从人群中一眼就把他军人的身份辨识出来。他多想立即答复教导员：“我愿意随您到部队里去，把我的一腔热血和似火的青春全部奉献给国家和部队。”可当这几句话即将冲出他的喉咙的时候，他想起了卧病在床的大哥，心中沸腾起来的热情慢慢冷却了下来。

王俊元为难了，犹豫了：“如果我走了，大哥怎么办？”

“你大哥死不了。”王俊康突然出现在门口。他站立在黑夜的阴影里，只有一双没有肉感的眼睛在门口眨动着。自从四年前犯病，王俊康就一直没有下过床。

“大哥。”王俊元转过身想要走到大哥身边去，但被王俊康制止了：“就站在那里说吧，我听得见。”

佟大志奇怪地望着王俊元的大哥。由于光线的原因，他看不清王俊康的脸，但知道这是一个非常瘦长的人。

王俊康倚靠在了门上，像是有点体力不支。

佟大志忽然明白刚才王俊元为什么没有爽快地答应随他去参军了。

“同志，您别见怪，俊元这孩子没有别的意思，他就是放心不下我。”王俊康的声音很轻，但佟大志还是听得很真切，“我们的父母都去世得早，这么多年，一直都是我们兄弟俩相依为命。我能活到今天，多亏了这孩子。现在俊元长大了，应该为自己考虑考虑了。我这身子，您也看见了，走不了几步路，可为了俊元的未来，我还是坚持要来和您说这番话。不是我这做大哥的在可劲儿地夸我自己的亲兄弟，俊元这孩子年纪小，但心气儿高，头脑灵活，遇事稳重，但有一点，心地太善良，凡事都为别人考虑。我不想让俊元的一生就毁在我的手里。所以，您把俊元带走吧，也算是成全了我这个病人的一桩心愿。这个家，您也看到了，我们俩现在跟无家可归没有什么差别，俊元如果当兵了，兴许这个家能渐渐好起来，我这么想是有点自私，我没有上过学，看不太远，也看不太透，俊元应该属于哪里，我不清楚，可我知道，他不属于这里，不属于这两间破旧的小屋子，不属于我这个病人……”

“大哥，您别说了。”王俊元心疼地说。自从来到县城，王俊康从来没有说过这么多的话，这对于一个连饭都吃不了几口的人来说，是多么艰难的一件事。王俊元知道，大哥这么做，都是为了让他能安心地去当兵。他想搀扶住大哥，让大哥缓缓气，但依然被暗影里那个倔强的人拒绝了。

“俊元，你就让大哥把话都说完吧。人活在这个世界上，总得凭借点啥，或者为了点啥，我这辈子最大的心愿就是看着你和你二哥、三哥都能生活得幸福。现在，老二、老三都有了工作，只有你，让大哥放心不下。”王俊康的声音哽咽了起来。

“大哥……”王俊元的眼睛潮湿了，从小到大，和他在一起最多的就是大哥，现在让他突然离开大哥，他真的舍不得。

佟大志也感动得鼻子发酸，他假装扶了扶自己的帽檐。

“让你去当兵，大哥是一百个不舍得，可把你留下来，大哥是一千个愧疚，如果你真的心疼大哥，就跟着解放军走吧，咱们家里已经有了一个人民教师，一个人民的科学家，如果再多出来一个人民的解放军，作为你们的大哥，我这心里该是多么的骄傲啊。”王俊康乐呵呵地笑出了声，屋里的两个人看不清他的脸，但他们都从王俊康的笑声里，听到了一位哥哥对弟弟们的爱，一位朴实的老百姓对国家深厚的感情。

“俊元，来部队吧，到了部队好好干，不要辜负大哥对你的期待。”佟大志含着眼泪，拍了拍王俊元宽阔的肩膀。

王俊元望着佟大志，点了点头。当他们转头望向屋外的时候，王俊康已经不见了，他已经得到了想要的结果——为自己的弟弟寻一条好的出路，现在，可以安心地去睡觉了。

“你大哥是个好人。”佟大志凝视着屋门外空无一人的夜色，感动地说。

“我大哥是世界上最好的哥哥。”王俊元动情地说。

“我这次到县城来，就是来接新兵的。下个月上旬，你记得到县武装部去报名。”佟大志走到桌子前，把写好的信装进了自带的军用信封里，又在信封上写下了收信人的地址。

屋里太冷了，王俊元把蜂窝煤炉的炉门打开，又给佟大志倒了一碗热水。他把热水放在桌上的时候，不经意地瞟了一眼信封上的字。佟大志的字也写得很漂亮，硬气又不失灵秀。但当王俊元再仔细辨认那些字时，脸上立即浮现出惊讶的神情——收信人的地址，居然和他放在抽屉里的那封没有寄出去的信封上的地址一模一样！

佟大志的这封信是写给省城里的沈建国的。这么说，佟教导员和沈建国是熟人了。想到这里，王俊元的心咚咚咚地加快跳动了起来。他只知道沈建国是省里的干部，但不知道具体是做什么工作的，如果佟教导员和沈建国是朋友或亲戚，那他就有希望从佟教导员那里获得关于兰馨的消息了。到现在为止，他还不知道佟教导员的部队在哪儿，有没有可能距离兰馨很近？他强作镇定地问：“教导员，咱们的部队在什么地方？”

“在省城郊区。”佟大志的回答让王俊元欣喜不已。他真的也要去省城了，要和兰馨生活在同一个城市里，可以像以前那样时常去看望她了。

他不想现在就把自己的这个秘密告诉给佟教导员，他想着等自己在部队里有一番作为之后，再向教导员说明这一切。

“好了，我要走了，”佟大志叮嘱道，“记得下个月初到县武装部来体检，早上不要吃东西，也不要喝水。”

体检的日子终于到了，十二月一日，风很冷，还下着大雪，路面的积雪已经快没到脚踝了，雪地上有许多双从四面八方急匆匆走过来的脚印，就像是一条条小溪，汇集到武装部这片深不见底的大海里。

王俊元早早地来到了武装部的门前，这里已经有许多人在等候。在上一拨体检完的人群里，王俊元发现了一张熟悉的面孔，他大步走过去，抓住了那个人的胳膊，惊喜地喊道：“秋林。”

此人正是徐秋林，他把王俊元拉到了一边，疑惑地问：“你不是等着招工吗？怎么也来当兵了？”

“此事说来话长，你体检的情况怎么样？”王俊元关切地问，他知道徐秋林的身体从小就不是很好，高中差点没有念完，所以，他压根就没有想到徐秋林会来报名参军。

“心率有些过快，医生说让我休息一下，过会儿再去量一次。”徐秋林没有指望地捂住了自己的心脏。

“林子，你怎么躲在这里，害我还在门口张望呢。怎么样，没有啥问题吧？”徐秋林的父亲徐老三从人堆里挤了出来，把烟斗在脚底上磕灭，紧张地问。

“心率有些快。”徐秋林情绪低落地回答。如果不是在这里遇见王俊元，体检不合格倒正符合他的心意，他就可以给家里一个交代，和王俊元一起当工人去了。可当他知道王俊元也要去参军时，他就对自己的体检变得重视了起来，可他越是在乎，就越是感觉心跳加快，血管像是要爆裂似的。

“咱们带来的东西，你给人家送进去了吗？”徐老三把希望寄托在了那包积攒了好久的烟叶上。

“送进去了，但我估计没啥用。”徐秋林悻悻地说。他很反对送礼走后门这一套做法，但又拗不过父亲，只好硬着头皮把父亲舍不得抽的三斤烟叶送给了登记名字的人，到现在，他不仅不知道收下烟叶的那个人的名字，就连那个人的长相，徐秋林也没有看清楚。

“那就好，那就有希望了。”徐老三松弛的眼皮下面流露出期盼的光芒，佝偻的腰挺直了很多。

王俊元把徐秋林拉到一边，低声地说：“心率有点快，就应该想办法让它慢下来，这才是解决问题的根本方法。”

“我一进入体检室，心跳就快得要命。我试过很多方法，都不管用。”徐秋林无奈地望着俊元。

王俊元拉起徐秋林，毅然地说：“走，跟我去一个地方。”

“去哪儿？”徐秋林一边跟着王俊元走，一边问。

“去县医院，请教一下让心率慢下来的科学方法。”

“可是，万一马上轮到你体检了呢？”

“只要你能通过，我无所谓。”王俊元淡定地说。

他们来到了县医院，找到了刘医生，王俊元把徐秋林的情况跟刘医生说了，刘医生叮嘱徐秋林轮流按压两个眼球，几分钟之后就可以使心率慢下来。

两个人高兴地回到了武装部，正赶上招呼下一批体检的人进去，徐老三告诉王俊元刚才已经喊过他的名字了，让他赶快进去。王俊元随着体检的人流走进了武装部的体检室。

按照刘医生的方法，徐秋林的心率降到了正常的标准。王俊元的身体条件是所有参加体检的人里面最好的。两个人从武装部的大门里走出来，激动地拥抱在了一起。从今天开始，他们在同乡、同学、朋友、兄弟的关系之外，又多了一种同甘共苦、生死与共的关系——战友。

十二月的最后一个星期日，县城一中的操场上站满了人。新入伍的小战士穿着军装，胸前戴着大红花，满脸的骄傲和光荣。前来送行的亲人止不住泪水涟涟，不停地嘱咐到了部队一定要听话，好好锻炼自己，要注意安全，记得多给家里写信，家人等着他们回来等等。

王俊元也站在操场的一角和亲人话别。那身崭新的绿军装穿在王俊元的身上简直是太合体了，仿佛绿色的流水沿着身体的曲线蜿蜒而下，过滤掉了少年的稚气，彰显出了男人的英气。王俊元就像是军装的骨架，有他做支撑，军装便有了灵魂和生命。他那挺拔的身材，颀长的双腿，健康的肤色，英气的面部，聪慧而富有情感的眼神，再加上这么一身军装，操场上熙熙攘攘的人群纷纷向王俊元投来艳羡和称赞的目光。

集合上车的声音从喇叭里响起来了，操场上顿时哭声一片，身穿军装、胸戴红花的战士们纷纷跳上了载他们去市里火车站的大卡车。

王俊元伫立在卡车上，久久地凝望着渐渐远去的县城。别了，我亲爱的家乡，别了，我血肉相连的亲人，别了，我永远难忘的朋友，别了，我那漂泊沉寂的青春。我将在省城的土地上，开始我的另一段人生，一种完全独立的生活。

“俊光，我想回家去。”王俊元走后不久，王俊康就对二弟提出了要回家去的想法。

“大哥，你怎么想回去了？”王俊光放下手里的药，紧张地在大哥的床前坐下来。

王俊康坐了起来：“经过这几年的调养，我的身体比之前好多了。我听俊荣说，文教局想把你调到四中去做校长，这是大好事，你应该全身心都扑到工作上，不应该再为我分心。”一切有碍于弟弟们发展的事情，王俊康都要坚决抵制。

“大哥应该相信我的工作能力，干好工作，照顾好大哥，这两件事并不冲突。”王俊光有信心在当好校长的同时，还能做一个好弟弟。

“不是大哥不相信你，”王俊康望着窗户，凹陷的眼睛里流露出一种游子的哀愁，“是我想家了，想咱们那个老院子了。这么久没有回去，院子里肯定都长草了。”

王俊光不再言语，大哥已经三十多岁了，从来都没有为自己的事情做过主。这一次，他也许应该满足一下大哥的心愿，让大哥自己来做一次选择。

“大哥，在你走之前，有件事我想和你商量下。”

“咱们家一直都是你当家作主，什么事，你自己看着安排吧，不用和我商量。”

“这件事还真就得大哥来表态。”

“哦？什么事？”

“大哥应该为我们找一个大嫂了。医生都说了，只要大哥不咳嗽，这种病传染的几率是很小的。”

王俊康立即躲开了老二的眼睛，他看了看枕头，沉默了一两分钟，说：“这辈子与我无关的有两个东西，一个是健康，一个就是婚姻。再说，我这样的身体，哪个姑娘跟了我，就等于跳进了火坑。”

“大哥，你有权利去追求幸福，有权利去爱。”王俊光激动地喊道。他相信，以大哥的为人，肯定会有一位善良的好姑娘愿意陪伴和照顾大哥的。

“我的心早就跟着阿加塔去了，现在留在这个世界上的只不过是王俊康的一个躯壳。只要你们三个过好了，我也就没有什么遗憾了。”王俊康把手轻轻放在枕头上，像是在触摸爱人的脸。

“阿加塔的画，大哥还留着呢？”王俊光知道那个花布枕头下面压着的是什么。

“怕是丢不掉了。”王俊康凄然地回答。

“如果阿加塔还在，那该多好……”

“有些人身体在一起，心灵其实早已分离，有些人隔着阴阳两界，可他们的心却紧紧相连着。”王俊康深沉地说。

第二十七章　二环与三环的对决

四中原来既有小学又有初中，由于每年都有很多初中毕业生考不上县一中和育华中学，县教育局领导就商量着把四中的小学搬走，建成初中和高中连读的中学。教育局领导对王俊光说得很清楚：“你不要有压力，也不用担心高考出不了成绩，你只要能把这些上不了重点高中的学生收拢在一起三年，让他们随便读点书，不让他们初中毕业就流放到社会上，安抚一下学生家长的心，你这个校长就算当好了。”

王俊光来到四中时，傻眼了。这哪里是一个学校，这分明是一个垃圾站。残墙断壁，冷清萧瑟。操场凹凸不平，宿舍拥挤破败，像是一处荒芜的遗址。

“怎么没有一个人出来迎接咱们啊？你好歹也是新任的校长啊。”和王俊光一起从一中调过来的商树新抱怨地说。

王俊光蹲下，从地上捡起几片扎在土里的玻璃碴子，神情庄重地说：“树新，以后这里就是咱们的家了。”

二人穿过一座孤零零的二层小楼，敲了敲校长办公室的门，里面没有人应答，王俊光就推门走了进去。

办公室里坐着三个人，两男一女。女的年龄最大，一头短发，身材微胖，额头上有两道明显的横皱纹。她叫陈华萍，是四中初中部的校长。陈华萍坐在办公桌的里侧，手里拿着一支钢笔，正在一个笔记本上记录着什么。两个男的是四中的副校长，一个叫孙传闻，尖嘴猴腮，脖子在两个窄窄的肩膀中间缩着。一个叫张德旺，四方大脸，浓眉厚唇，一副目中无人的傲慢在鼓鼓的眼球上膨胀着。孙传闻和张德旺并排坐在办公桌的外侧，身体均向前探出，在低声地与陈华萍说话。

看见王俊光和商树新二人走了进来，陈华萍立即起身，从办公桌后面走了出来，伸出右手，热情地和王俊光、商树新一一握手。

“王校长和商主任来了，怎么也没有人通知我呢，失礼失礼。”陈华萍连连赔罪。

“陈校长客气了，你们这是在开会吧，但愿我没有打扰到三位。”王俊光很有礼貌地说。

“王校长以后就是四中的主人了，打扰的事情恐怕和王校长没有什么关系了吧。”孙传闻双臂交叉，倚靠在桌角上。

“传闻，注意说话的态度啊，以后我们可都要归王校长领导了。”陈华萍不痛不痒地瞥了孙传闻一眼，就又满脸堆笑地望着王俊光。

“陈校长就是太善良了，才让别人骑到自己的脖子上！”孙传闻愤愤不平地在刚才坐的椅子腿上踢了一脚。

“孙传闻，你怎么说话呢？王校长来四中当校长，是教育局领导的决定，你有什么意见，可以向局领导反映去。”商树新一只手叉着腰，一只手指着孙传闻。

“树新，别说了。”王俊光看了商树新一眼，就和颜悦色地望着孙传闻说：“局里临时调我来四中当校长，是仓促了些，孙老师有想法也是可以理解的。但眼下最重要的是，我们应该团结起来，共同把四中建设好。我今天是第一次来四中，看见学校的环境，心里很是沉重。咱们需要做的工作还有很多。”在来四中的路上，王俊光就预料到发生在眼前的这一幕。他临危受命当四中的一把手，对于四中原来的领导班子来讲，难免会让人有鸠占鹊巢的感觉。孙传闻对他不接纳也是情有可原的。

一直没有说话的张德旺开口了：“王校长工作能力强，这是教育线上人人皆知的。如果我们是在别的地方见面，我一定向王校长讨教一二。但今天在四中的土地上相逢了，那就得另当别论了。”

“如何‘另当别论’？”商树新攥紧了拳头，他最看不惯这些以小人之心度君子之腹的应声虫。他和王俊光一起当过知青，又一起分到一中，王俊光的为人他是最清楚的。如果不是为了让那些成绩差的学生能再多学点文化，王俊光是不愿意当这个四中的校长的。陈华萍、孙传闻和张德旺是出了名的铁三角，商树新担心王俊光一个人对付不了铁三角，就向教育局提出和王俊光一起调过来的请求。

张德旺鼻子里哼了一声：“我们之间就是奥运五环的关系，不是你们那两个环把我们这三个环给吞并了，就是我们这三个环把你们那两个环给吃了。”

“你们简直欺人太甚！”商树新实在咽不下这口气，指关节攥得咯咯作响，恨不能上去和这两个冷眼看人的家伙打一架。

“算了，算了，都是一家人，何必这么剑拔弩张呢！”陈华萍摆了摆手，示意大家息事宁人。

“王校长别介意，孙校长和张校长中午都喝了点酒，有点口不择言，您别跟他们计较!”她指着自己的椅子对王俊光说,“王校长,这个位置以后就是你的了,不过有句话我想还是很有必要提示一下王校长——椅子好坐,可校长不好当啊。”

王俊光掷地有声地说:“从我答应当这个校长那一刻开始,我就没有想过在这个椅子上轻轻松松地坐一分钟。我也有几句掏心窝子的话想跟陈校长、孙校长和张校长说说,我王俊光来到四中就是想做一些实事,有些事情,即使我不是校长,也可以把它们做好,但有些事情,如果想办到,我就必须有‘四中校长’这个头衔。所以对外,四中的校长是我王俊光,但是对内,陈校长依然是四中初中部的党政一把手,我只负责高中部。这间校长办公室还归陈校长所有,我再去别处随便找个地方就行。四中的情况,我和树新在进来以后都看到了,我这心里真不是滋味。孩子们在这么艰苦的环境里学习,我们于心何忍啊。所以,我想尽早把校园的路面给整平了,再把学校的围墙给盖起来,这样才像一个学校。”

听到王俊光的一番肺腑之言,陈华萍的语气变得柔软了起来:“要想搞好校园环境建设,得需要大笔的钱。可四中的学生人数太少,上面拨给咱们的教育经费又很有限,要想把学校建设得有模有样,难啊!”

“没有钱,那我就去化缘,用我们的诚意去感化那些有爱心的单位和企业,能要一点是一点,咱不能让学生们在水洼子里做操跑步啊。”王俊光的眼睛里流淌着深深的心疼。

王俊光化缘的第一个对象是教育局,但教育局的领导直接把他劝了回来,告诉王俊光不必在校园建设上费什么力气,只要学生们能在这里混三年,他这个校长就算尽到义务了。

从教育局出来,王俊光并不死心,又去了一家效益不错的企业——爱华股份有限公司。既然教育局不松口,那他就只能把希望寄托在企业上了。没有基础建设,老师和学生们吃不上饭,冬天没有暖气,一下雨操场上就全是水洼,学生们怎么可能安心学习?他不想做一个看守羊群的羊倌,他要做一个真正让学生学到知识的校长。要想让学生读进去书,基础建设必须到位。

王俊光独自徘徊在企业门口,他已经站在这里一个多小时了。每当他决定进去的时候,心里就会有另一个声音响起,只要这个声音一开口,他的腿就抬不起来了。

“以前不管日子有多么苦,你从来没有向别人要过一分钱的东西,现在一下子要这么多,真是太难为情了!”

每当有人从大门里走出来，王俊光就假装在这里等人，一会儿看一下手表，一会儿朝大门里望望。他实在是放不下面子。眼看时间一分一秒地过去了，王俊光搓着手，着急地在大门外走来走去。

他想起了校园里坑洼的地面，想起了没有丝毫防护能力的院墙，想起了拥挤狭小的宿舍，想起了孩子们求知的眼神……算了，豁出去了，为了孩子们，我这张脸皮就任人议论吧。王俊光把装有学校发展规划资料的公文包往上背了背，就打起精神向大门内走去。

王俊光来到三楼董事长办公室，秘书拦住了他："同志，你找谁？"

"我找你们董事长。"王俊光看秘书一脸的疑惑，就立即介绍起了自己的情况，"我叫王俊光，是四中的校长。我来找董事长，是想请董事长给我们学校一点赞助，学校的条件实在太差了，孩子们……"

王俊光还没有说完，就被秘书打断了："王校长，您说的情况我们见到的太多了，如果每一个人有了困难都来找我们董事长，那我们的企业非垮了不可。我劝您啊还是回去吧，即使是董事长亲自接待，您得到的答复也是这个。再说，我们董事长今天一下午的会，您还是再想想其他办法吧。"

"今天不见到董事长，我是不会回去的，我就在这里等你们董事长，我有的是时间。"王俊光搂着公文包，倚靠在了走廊的栏杆上。

秘书摇了摇头，夹着文件夹走了。

王俊光抬起头，打量着走廊。刚才他只顾着寻找董事长办公室的位置了，没有来得及观察这个装修得很是精致的走廊。走廊很大，比外面的马路还要宽阔，地面铺着大理石地板，站在上面都能照出人影。走廊北侧有很多房间，门楣上挂着董事长、副董事长、总经理、副总经理等各种牌子。各个办公室的窗户也都是铝合金制成的，在阳光下闪烁着咖啡色的光芒。

"如果孩子们能坐在这么宽敞和温暖的教室里读书，那该多好啊。"王俊光摸了摸洁白的墙壁，又闻了闻手指上石灰的味道。他靠在走廊尽头的窗户前，从挎包里掏出从学校食堂里拿的两个馒头，吃掉了其中一个。

三个多小时过去了，董事长和秘书从楼梯口走了过来。王俊光立即跑了过去。

"刘董事长，您好！我终于等到你了。"王俊光在报纸上看见过关于刘爱华董事长的报道，所以，他一眼就认出了刘爱华。

"小张，这位是谁？"刘董事长疑惑地问。

王俊光抢过来说："我叫王俊光，是四中的校长，我们学校条件太差了，没有院墙，没有操场，没有宿舍，没有教室……我希望董事长能给予我们帮助……”王俊光只想着把话一股脑地赶紧说出来，哪里还能想到应该把这段化缘的话仔细斟酌一下。

“小张，你没有把咱们企业的情况跟这位王校长介绍一下吗?”董事长不满地问。

“我说了，可王校长就是不听，说非要等到董事长。”

“这和张秘书没有关系，是我非要等董事长的。”王俊光不想让张秘书因为他受到牵连。

“既然张秘书把该说的都说了，那我就不必重复了。王校长还是回去吧，我们是企业，不是慈善机构。”董事长说完又对秘书说：“小张，送客。”

王俊光一看董事长要走，就忘记了化缘的尴尬，三步并作两步追了上去：“刘董事长，请您再考虑一下我们的困难。”

“你们有困难，我们也有困难，不是我不帮你，我是真的爱莫能助啊。”刘董事长说完，小张就把董事长办公室的门打开了。刘董事长和张秘书走了进去，办公室的门就重重地关上了。

王俊光心酸地站在门外，向后退了两步，他走到了那扇紧闭的铝合金窗户前。现在是三月份，气温还很低，走廊里所有的窗户几乎都是关着的。窗户里坐着拥有钱的人，窗户外面站着需要钱的人。可一扇铝合金窗户用金属黯哑的色泽把两端的人隔离起来。就这么离开吗，两手空空的他如何去面对四中的师生？如何去面对对他拭目以待的铁三角？摆在他面前的只有两个选择，要不灰溜溜地回去，听从教育局领导的安排，把学生在不像学校的学校里圈养三年；要不就把这扇铝合金窗户打开。

王俊光不会退缩的，正如他小时候去粉条厂挑粉浆，回去的路上把粉浆洒了一地，又返回粉条厂重新挑了一担子粉浆一样。不达目的，誓不罢休，大不了，他还回一中当他的历史老师。王俊光鼓起勇气敲了敲门，没有人来开门。王俊光又敲了几下，这次的力气加大了一些，门依然紧闭着。王俊光抓紧公文包，他压住了一块硬硬的东西，那是他午饭剩下来的一个冷馒头。他把馒头掏了出来，怔怔地看着它，然后手臂一挥，把馒头对着窗户投了过去。

“哐当”一声，窗户上的玻璃被砸碎了一块。所有办公室的门都打开了，张秘书也愤怒地打开了门。

王俊光趁机冲了进去。

刘董事长用手一拍桌子，大声地吼道：“你一个堂堂的校长，居然拿石头砸窗户，我要去教育局告你。”

王俊光强忍着眼中的泪水，嘴唇在颤抖：“对不起，董事长，我砸了您的玻璃，只是因为我有一个问题想问问您。”

张秘书说话了：“董事长，用不用我把保卫科的人叫来，把这个人给赶走？”

刘董事长摆了摆手：“让他问吧。”

“董事长，张秘书，我的问题是——你们现在感觉到冷吗？”

“没有玻璃，当然冷了。”刘董事长说。

“你们冷，孩子们更冷。”王俊光把滚落在地上的馒头捡了起来，放在了刘董事长面前的桌子上，苦涩地说，“刚才砸您玻璃的不是石头，是我们学校食堂里的冻馒头。您的玻璃，我会赔给您的。”王俊光从衣兜里掏出所有的钱，放在桌子上，“如果不够，其余的钱我回头再给您送来。”

第二十八章　初露头角

为期三个月的新兵训练结束了，王俊元和徐秋林被分在了一个班，王俊元任班长，徐秋林任副班长。

徐秋林在水房里洗完衣服，刚走进宿舍，就看见王俊元一个人坐在桌子前，低头写着什么。他蹑手蹑脚地走过去，一把夺过王俊元手里那个红色的笔记本，跑到门口，像发现了什么秘密似的对着王俊元挤挤眼睛：“你在写什么？该不会是给某个漂亮的女兵写情书吧？”

“你小子净往歪处想，我们刚当兵，现在什么都不是，哪有心情想那些事。快把笔记本还给我。”王俊元说着就去要笔记本。

徐秋林躲开王俊元，翻开笔记本的扉页，摇头晃脑地大声念了出来：“诗乐日记。我们的王大才子果然是诗情画意，这些文绉绉的东西，我就弄不来。”徐秋林又翻了几页，发现是空白的，一个字都没有，就扫兴地把笔记本还给了王俊元：“怎么上面什么东西也没有？我还想着借用两段，将来相中了某个姑娘，好在她面前卖弄卖弄。”

王俊元接过笔记本，认真地说：“当兵是咱们另一段人生的开始，肯定有很多不一样的体验，我就想着用诗和音乐的方式把它们都记录下来，等将来离开部队，也能留下些回忆。”

徐秋林一屁股坐在床上，沮丧地说：“说心里话，我是不想再回去了。在家里缺衣少食的，日子别提有多苦了。”接着他又立即兴奋了起来，“你看咱们连长和指导员，穿着干部的军装，当着那么多新兵的面讲话，多威风、多神气啊！”

“话可不能这么说，临湖镇再穷，那也是咱们的家啊。不过，就算要回去，也不能这样一事无成地回去。我们一定要在部队里干出点样子，咱不能白当这个兵。”王俊元从抽屉里的一本书里取出一张折叠好的纸，看着徐秋林说：“你能陪我去找一下指导员吗？”

“你找指导员做什么？”徐秋林疑惑地问。

“我想申请转到防化连。”王俊元坚定地说。

“防化连？那可是要天天和细菌、病毒打交道的。”徐秋林担心地提示道。

“我知道，所以我才想转过去。”王俊元的眼睛里闪烁着不容动摇的执拗。

“你……已经想好了？已经决定了？”徐秋林接连问道。

王俊元用力地点了点头：“嗯，已经想好了，已经决定了。”

“咱们是从小一起长大的，你在哪儿，我徐秋林就在哪儿。你等我一下，我也写一份申请。”徐秋林坐在王俊元的椅子上，埋头唰唰唰地写了起来。

两个人拿着各自的申请，来到了指导员的办公室。

指导员看完了两个人的申请，沉思了一会儿，抬头望着两个很有想法的新兵，和善地问道：“你们为什么一定要转入防化连，再详细谈谈你们的想法吧。”

徐秋林看着王俊元，等着他先开口。

王俊元深思熟虑地回答：“随着科技和军事技术的发展，生化武器在战争中被使用的情况时有发生，而我国的防化能力还没有达到世界领先水平，所以，我想加入防化部队，成为一名防化战士，为我国的防化事业，贡献自己的一份力量。”

指导员赞赏地点了点头，肯定地说：“作为一名新兵，能有这样的见识和胆识，确实值得人钦佩。你们在新兵训练期间的表现，新兵连连长都对我说了，你们都是好苗子，好好干，将来一定会有一番作为的。至于你们俩的申请，我和连长研究以后，会递交到军务股的。但是，无论在哪个部队，能力是最重要的。所以，我有一个要求，在军务股的审批下来之前，无论是军事训练，还是班队管理，你们俩都必须做出点成绩。要想进防化连，得用你们的能力说话。”指导员看着王俊元，语重心长地说：“王俊元，听说你的投弹成绩才44米，这个成绩恐怕在防化连那边没有足够的说服力啊。”

王俊元蓦地站了起来，对指导员行了一个军礼，红着脸说：“请指导员放心，我一定会努力赶上，绝对不会辜负指导员的期待！”

从指导员的办公室出来，徐秋林不无顾虑地对王俊元说：“你说指导员真的会同意我们转入防化连吗？刚才在里面的时候，我这颗心一直悬着，我真担心指导员对咱们申请转连队有想法。”

“指导员是一个很真诚的人，他既然答应把咱们的申请递交上去，就一定不会食言的。秋林，你先回宿舍吧，我想去训练场。”王俊元说完就朝训练场的方向走去。

“今天是星期日，不用训练！”徐秋林大声喊道。

王俊元还是头也不回地走了。指导员有一句话说得很对，无论在哪个连队，都需要扎实的军事能力和过硬的心理素质。他的投弹成绩落后于其他战友，这个不足他必须尽快弥补。

一个星期过去了，功夫不负有心人，王俊元的投弹成绩从 44 米提升到了 58 米，可他的右手臂却又肿又痛，吃饭夹菜的时候，筷子会控制不住地突然从手里掉下去。

晚上熄灯以后，王俊元趴在被窝里，咬牙忍着手臂的疼痛，打开手电筒，在诗乐日记笔记本里用一首小诗记录了自己练习投弹的感受：

"伊臂疼不疼？"见他默笑静不应。想想弹落四十四，怎能说臂疼？
"伊臂疼不疼？"见他默笑静不应。想想临行亲人嘱，怎该说臂疼？
"伊臂疼不疼？"见他默笑静不应。想想前辈流血景，怎会说臂疼？
"伊臂疼不疼？"见他默笑静不应。想想国家风雨路，怎好说臂疼？
"伊臂疼不疼？"他虽默言心中应："臂疼难摧革命志，不死就不疼！"

写完最后一个字，王俊元合上笔记本，塞进了枕头下面，又关上手电筒，准备翻身睡觉时，潜伏在两只手臂里的疼痛像洪水一样袭来。他躺在床上，咬着牙，用手揉捏着自己的胳膊，希望它们能快点好起来。明天就要进行翻越矮板障的训练了，他必须一举把它拿下。否则，他想转入防化连的愿望就会成为泡影。

第二天上午，翻越矮板障的训练正式开始了。排长站立在起跑处，负责指挥战士起跑，副排长站立在矮板障旁，负责卡表记录时间。矮板障的两侧各站立着一名战士，万一有战士在翻越矮板障时发生意外，他们好立即上前进行援助。

战士们大部分都在做着热身活动，只有王俊元一个人在专注地观察着前面的战士翻越矮板障的动作要领。这项科目，别的战士已经训练了三天了，而王俊元因为练习投掷手榴弹，还没有练习过，再加上手臂的酸痛，对于能否成功翻越过去，他心里实在没有把握。

"下一个，王俊元！"排长大声点着王俊元的名字。

"到！"王俊元提着步枪小跑到起跑线前。自己的身体素质是很棒的，再加上在新兵训练期间，体能考核的成绩也不错，他相信自己一定能攻克前方那道矮板障。

排长发出起跑的命令后，王俊元提着步枪，朝着一百米之外的矮板障迅速跑过去。此刻，他忘记了手臂的疼痛，忘记了自己对于矮板障训练来说完全是个新手，他的心里、他的眼里只有前方那道矮板障，只要翻越了它，他进入防化连的可能性就会再增大一些。距离矮板障越来越近了，王俊元加大了奔跑的速度。矮板障已经近在咫尺了，他使出了全身的力气，上半身向左侧倾斜，在奔跑惯性的作用下，两条腿一跃而起，向右侧甩出。他的身体就要翻越过去了，副排长扫了一眼手里的秒表，准备记录时间。突然，王俊元的左脚碰到了矮板障，他的身体急剧调转过来，上半身向前猛然俯冲过去，眼看他就要重重地砸向地面了，战士们发出了接二连三的惊呼声，就在这千钧一发之际，王俊元本能地把手里的步枪朝地面刺下去，步枪深深地扎进了土地。他的手臂受到步枪枪托强烈的撞击，一种粉碎性的疼痛从手臂蔓延开来。站立在矮板障两侧的战士迅速跑了过来，想把王俊元从地面上搀扶起来。如果换作其他战士，肯定痛得无法动弹了，可王俊元一把推开了两个战士，从地面上站了起来，忍着左脚和手臂的伤痛，倔强地回到起跑点上，不等排长喊下一个战士的名字，就从徐秋林的手里夺过步枪，朝着矮板障再次奔跑过去。成为防化部队的一名战士，他志在必得，绝对不能因为一个小小的训练就断送了自己的志向。他必须一鼓作气，成功翻越矮板障，否则，这道矮板障就会成为一个阴影，让他望而却步。王俊元边跑边总结着上次失败的经验，一方面是因为自己手臂拉伤，影响了自己的发挥，另一方面是因为自己没有参加过翻越矮板障的训练，没能掌握好起跳的最佳时机。刚才自己就是起跳得有点晚，才碰到了矮板障。王俊元盯着矮板障，犹如一匹自由奔腾的骏马，朝着心中的目标，驰骋而去。只见他凌空一跃，长腿一甩，连人带枪顺利地翻越过了矮板障。排长带头为王俊元热烈地鼓起了掌。

障碍训练结束后，看见排长和副排长走了，战士们纷纷叫苦连天，有的直接瘫坐在了地上，捂着被矮板障擦伤的手和腿，龇牙咧嘴地呻吟连连。

“大家别在这里坐着了，回宿舍再休息，让别的班看见咱们这么不经考验，会笑话咱的。”王俊元说完就率先朝宿舍走去。

徐秋林跟了过来，心疼地说：“你刚才没有必要那么卖力，你手臂的拉伤还没有好全，即使跨不过去矮板障，排长和战士们也都会理解的。让我看看，你的脚伤得重不重?”

“不碍事。”王俊元阻止徐秋林蹲下去，回头示意了一下徐秋林，“我刚说完别的战士，自己倒娇气起来了，这样不好。”

徐秋林看了一眼跟过来的战士，只好作罢，但他脸上的担忧并没有消失：“翻越矮板障的时候，你用力那么猛，肯定伤得不轻。等回到宿舍，我给你打一盆热水，泡泡脚，消消肿。”

“回去再说吧，只要不影响咱们转到防化连就行。指导员说了，咱俩无论是军事训练，还是班队管理，都得出类拔萃，申请转连队才有可能成功。对了，至于班队管理我有一个想法。咱们班有十二个人，彼此经历不同，性格差异较大，集体管理有一定的难度。我考虑可以把班级分成三个小组，我、你和党小组长杨水生任组长，每个人负责管理三个战士。这样可以大大减少工作量，提高管理效率，你认为怎么样？”王俊元望着徐秋林。

“采取小组管理？这倒是一个很新奇的方法。只要你认为可行，那咱们就试试。十二个战士确实各有各的性格，比如说陈小兵，总是看我不顺眼，三天两头故意找茬，这不，今天又请假了，说脚脖子崴了，不能参加训练了。再这样下去，咱们班肯定要成为连队里的反面典型了。”徐秋林不无担忧地说。

“我也注意到这个叫陈小兵的战士了，也许他对你有些误会，等回去我找他好好谈谈。”王俊元安慰地拍了拍徐秋林的肩膀，两个人一起并肩朝宿舍走去。

起床号响起来了，所有的战士立即穿衣、叠被、集合，只有陈小兵磨磨蹭蹭地坐在床上，不动弹。

“陈小兵，你在磨蹭什么？还不快穿衣服。”徐秋林冲着陈小兵喊。

“徐副班长，我想请个假。”陈小兵嘟囔着说。

徐秋林不满地走到陈小兵床前：“你怎么又请假？前天是肚子疼，昨天是头疼，今天又是哪里疼？”

“我尿床了。”陈小兵掀开被子，嘿嘿地对徐秋林傻笑着。

徐秋林看见陈小兵的被褥上有一大片湿乎乎的痕迹。

“怎么搞的？你这么大了，怎么还尿床？”徐秋林叉着腰，着急地在床前走来走去。

“没办法，从娘胎里带出来的毛病。”陈小兵摇晃着脑袋，一副耍赖的劲头。

“你们怎么还不出去，其他班都集合完毕了。”王俊元走了进来。一班集合完毕，他发现少了两个人，就让战士们先到操场上集合，他返回了宿舍。

“班长，陈小兵尿床了，这么大一片，你看怎么办？”徐秋林指着陈小兵洇湿的被子。

“先去出操，被子的事情随后再处理。”王俊元果断地命令道。

陈小兵看今日的早操是躲不过了，只好乖乖地穿衣，跟着徐秋林向操场上跑去。他望着徐秋林的背影不甘心地吐了吐舌头，心里默默地想着：“徐秋林，你别高兴得太早，好戏还在后头呢。”

王俊元站在陈小兵的床前，把被子提起来，闻了闻上面的气味，没有一点尿臊气，他回想起陈小兵那张虚胖的大脸上浮现着的不自然的笑意，知道这里一定有蹊跷。他走到陈小兵的水壶前，摇了摇，他记得昨晚入睡前陈小兵把水壶接满了，但现在水壶却是空的。陈小兵从来不会起夜，王俊元知道这肯定又是陈小兵搞的恶作剧。

结束了一天的训练，晚上快熄灯了，陈小兵迟疑地站在床前，今天是阴天，没有晒成被子，这么冷的天睡湿被子，多难受啊。

“偷鸡不成反蚀把米，这事干得真窝囊。”陈小兵心里暗自嘟囔道。

“陈小兵，你出来一下。”王俊元从床上下来，披上外衣，把陈小兵叫了出去。

王俊元站在月光下，单刀直入：“陈小兵，你对徐秋林是不是有什么意见？”

陈小兵梗着粗短的脖子，喘着粗气，不服气地说：“徐秋林除了会打枪之外，还有什么能耐？凭什么当副班长？”在新兵训练时，陈小兵也感受到了徐秋林过硬的枪法，可不就是会打几枪嘛，如果多给他一些训练的时间，他也可以枪枪射中靶心。

“让谁做班长、副班长，那都是连队的领导报团里审批后决定的，不是我们说了算的。你对徐秋林有意见，可以找他公开说，如果你因私人恩怨影响了班级的荣誉，那就太狭隘了。有些事情，只能发生一次，以后你多注意点，如果再拿着班级的荣誉来发泄个人恩怨，我一定会收拾你！”王俊元指着陈小兵说，并严厉地问道：“昨晚你水壶里的水哪里去了？”

陈小兵目光躲闪，看见王俊元神色严峻地盯着他，心虚地辩解道：“班长，那被子上的不是水，真的是我尿的。”

“你的被子上没有一点尿臊味，这个你怎么解释？”

“我现在还是童子身，当然尿出的尿没有骚味了。”陈小兵极力狡辩着。

“这么说，我和其他战士尿出的尿有骚味，我们现在都不是童子身了？”

“班长，我不是这个意思，班长的人品和能力都是最好的，我是打心眼里服气。”

“徐秋林当副班长，你就不服气，是吧？”

陈小兵翻了一下白眼，把头低了下去。

王俊元用一种和缓的语气接着说道：“你如果觉得徐秋林没有你强，你完全可以用自己的实力去向部队证明，用你的能力把徐秋林或者我替换下来，用不着在私下里动这么多歪脑筋。今天在被子上倒水，明天假装头疼，后天在训练时出错，大后天给徐秋林洗衬衣时只洗一只袖子，你以为你这么做就可以不让徐秋林当这个副班长了吗？你以为徐秋林对你所做的这一切都毫不知情吗？你搞的那些恶作剧，他完全可以向连里汇报，可他一个字都没有提，不管连长和指导员如何批评他，他都默默忍受着，他已经替你背了多少次黑锅，你知道吗？”

“我才不相信徐秋林这么好心肠呢。”陈小兵的神情有些不安，他不相信自己树立起来的竞争对手是一个谦谦君子。

“徐秋林如果真对连长说了什么不利于你的话，你觉得就连长那样一个火爆的脾气会不来找你兴师问罪吗？”

“这……”陈小兵想起了连长那一点即着的炸药般的性格，就语塞了。他抬起头，迎着王俊元的目光，还想做最后一次挣扎，“班长和徐秋林是好兄弟，你当然会站在他那一边。”

“我和徐秋林是好兄弟，但我更是一班的班长，我对事不对人，这个你是清楚的，如果徐秋林损害了咱们一班的利益，我会更加严厉地批评他的。”

王俊元把一只手放在陈小兵的肩膀上：“在咱们一班，没有班长、副班长，只有为国家、为人民、为部队服务的共产主义战士。我们既然来当兵了，就要把这个兵给当好，当出样子，当出精彩。现在能当上兵有多难啊，我们都是被部队挑选上来的幸运儿，家人对我们可都是寄予了厚望的。我们就算不为自己考虑，也要为家乡的亲人考虑啊。”

陈小兵有些哑口无言，让他屈居于只会打枪的徐秋林下面，陈小兵觉得很憋屈。但王俊元的话提醒了他，他和徐秋林明争暗斗了这么多天，不仅没有给徐秋林造成什么不利的影响，反而让自己成为战友们厌恶的对象。既然设计陷害这招不管用，那他就换个别的办法，与徐秋林公开比试，他就不信，他会输给一个只知道舞刀弄枪的徐秋林。

“班长，我听你的，从今以后，我会和徐副班长好好配合。不过，我还是会朝着当副班长的目标努力，绝对不会甘居于徐秋林之后的。”

“拿破仑说过‘不想当将军的士兵不是好士兵’，我相信你是一个好兵。”王俊元从陈小兵谦卑下来的目光里看见了班级团结的希望。

两个人回到屋里，其余的战士们都已经进入了梦乡。陈小兵闭着眼睛，瑟缩着身体，钻进了潮湿的被子。

“真是自作自受，以后再也不干这种蠢事了。”陈小兵蜷缩着身体。

陈小兵刚躺进去，就立即疑惑地睁大了眼睛：“被子怎么是干的？”他坐了起来，把被子几乎全摸了一遍，确实是干的，没有一点潮湿的印迹。他把被子放在鼻子前闻了闻，上面有一股淡淡的肥皂的清香，班里人人都知道，班长王俊元的被子总是带着肥皂的香味。

陈小兵盖着王俊元的被子，眼睛红了。

他躺在床上默默地发誓，一定要当一个好兵，决不辜负班长对他的教导和期望。

军务股的审批很快下来了，同意王俊元和徐秋林转入防化连。两个人刚到防化连报到不久，陈小兵居然也申请转到了防化连。陈小兵笑称，没有王俊元给他动力，没有徐秋林给他压力，他在部队里待不下去。

第二十九章 融合的五环

陈华萍早上推开办公室的门时吓了一跳，一个胡子拉碴的男人正躺在长木椅上睡觉。她再定睛一看，原来那个人是校长王俊光。

王俊光头枕着长木椅的扶手，抱着双臂，一条腿压在另外一条腿上，嘴里发出很响的呼噜声。陈华萍很是奇怪，王俊光怎么跑到她的办公室里来睡觉了？这要是让学校的老师们知道了，影响多不好，好歹她也是一个女同志。陈华萍走进来，立即把门关上，防止被别的老师发现。

听到屋里有动静，王俊光醒了过来。看见陈华萍站在面前，他一骨碌坐起来，不由得喊了一句"哎哟"，一只手捂住了脖子。

"扭到脖子了吧？"陈华萍的语气比王俊光报到那天柔和了很多。从王俊光来四中报到那天起已经过去了半个多月，既然王俊光担任四中校长是教育局的决定，那陈华萍也就只好认命了。这半个多月里，王俊光行为低调，没有什么压制她的举动，这让陈华萍这位原四中的主人宽慰了不少。

王俊光忍着疼痛，使劲揉搓着脖子，不好意思地笑了笑。

陈华萍往洗脸盆里倒了一些热水，把毛巾浸湿，拧了几下，递给王俊光："用它捂一捂，就不那么疼了。"

王俊光接过毛巾，抬起头，感动地看了一眼陈华萍："谢谢。"然后咬着牙，把温热的毛巾敷到了抽筋的脖子上。

"王校长怎么在这里睡觉呢？"陈华萍比王俊光大几岁，眉眼间颇有几分大姐的风采。

王俊光边捂着脖子边说："我办公室灯泡坏了，但手里的东西还没有写完，看见你办公室的门没有锁，就来你这里借光了。"

"什么东西这么重要，王校长非要连夜写出来？"

"我给你先看样东西。"王俊光忘记了脖子抽筋的痛，快步走到办公桌前，一把抓起一张盖有公章的纸，兴奋地把它递给陈华萍。

陈华萍低头去看，只见白纸上写着："为了支援四中的教育事业，特决定从公司的预算里拿出二十万元做教育资金。”右下方署名是——爱华股份有限公司董事长刘爱华。

“这是？”陈华萍当四中校长八年了，还从来没有看到过这么多捐赠的钱，陈华萍拿着纸条的双手在颤抖。

“这是我在爱华公司化来的缘，整整二十万。我初步估摸了一下，咱们盖一个高两米五的院墙，再把操场平垫起来，材料费一共需要七万块钱左右，这样还剩下十三万。今年预计招六个班的高一学生，大概三百人，宿舍和教室不成问题。但是明年再招第二届学生的时候，宿舍和教室就不够用了。所以，我的想法是，我继续去化缘，争取再盖一栋教学楼、两栋宿舍楼，然后再扩建一下食堂。这样，四中校园的基础建设就打扎实了。”

“王校长为什么要对我说这些？坦白说，从你来四中当校长的那一天开始，我就没有打算和你好好配合，包括传闻和德旺在内，我们三个是决定和你唱对台戏的。在这种情况下，你是不应该对我说这些的。知道了你的计划和想法，我们三个更容易从中破坏。”陈华萍一直以为她今后就要在和王俊光的明争暗斗中度过了，没有想到，王俊光居然对她如此推心置腹，既不觊觎她手中原有的权力，也不对她有任何的隐瞒，工作中有了什么疑问，还虚心地跑来向陈华萍请教。与王俊光的胸襟气魄相比，陈华萍觉得自己真的是逊色了几分。

王俊光掏心掏肺地说：“我这么做，只是因为你是四中初中部的校长，是全县优秀教育工作者，是四中的元老，是我王俊光的老大姐。我希望在四中的发展和前进的道路上，咱们俩能同舟共济。”

“你真的一点都不怨我吗？你来四中报到那天，我和传闻、德旺那样对你……”

“如果我怨你们的话，就不会跑去死乞白赖地向企业开口要钱，我完全可以不当这个校长，回到一中继续当我的历史教员。我也不会把我内心所有的想法全盘托出，把你当成最信任的人。陈大姐，让我们放下个人的恩怨，同心协力，一起为四中的发展贡献我们的力量。最起码，在我们两个人的手里，四中这棵幼苗它不能长歪了，长折了。”

“王校长，和你相比，我自愧不如。从今以后，我和传闻、德旺愿意全心全意地追随你。”陈华萍紧紧握住王俊光的手，“以后四中只有一个领导班子，也只有一个校长，那就是你王俊光。”

“不，以后初中部依然归你领导，我还继续做我的丐帮帮主。我们联合起来，心往一处想，劲儿往一处拧，争取用最短的时间，让四中的建设和教学都步入正轨。”

陈华萍在王俊光的真诚和无私面前，彻底放下了个人的恩怨，她决定帮助王俊光一起引领四中步入正常的教育轨道上来：“王校长，阻碍四中发展的因素，校园环境只是其中一个方面，其他环节也存在很多没有解决的问题。要想让四中真正壮大起来，我们就要把这些问题逐个攻破。”

“陈校长和我想到一起去了，我昨天晚上一夜没睡，就是在思考这个问题。”王俊光又从桌子上拿起几张写满字的稿纸，递给了陈华萍，“这是我昨夜初步想出来的四中未来几年的发展规划，陈校长过过目。”

陈华萍接过那几张关系四中发展命脉的纸张，越看越激动，她不由地一拍桌子，大声地从头念了起来：“全面实施素质教育，努力创建办学特色，具体特色如下：一、队伍建设特色，即不断加强师德建设和抓实教师业务素质提高……”

除了队伍建设特色，王俊光还构思了其余六大特色，即创新教育特色、现代教育技术特色、艺术教育特色、心理健康教育特色、校园环境建设特色和教育科研特色。这七大办学特色，犹如七面鲜红的旗帜，高扬在四中的校园上空，指引着四中一步步走向高速发展的大道。

“王校长，透过您设想的这些办学特色，我不仅看到了一颗教育新星正在前进县的土地上冉冉升起，我还看到了一所未来的名校在教育的史书上正一步一步地夯实着它的基础。我相信，在您的引领下，我们初中部也会呈现出崭新的风貌。”陈华萍把办公室的大门敞开，转回身，像是遇见了大救星一样，再次握紧了王俊光那双刚劲有力的大手。

有了陈华萍等原领导班子的支持，王俊光开始对教学进行全面改革。他总结了自己多年教学的经验，提出了“班自为战”的工作方针，即以班主任为核心的全面管理模式。班主任有权选配任课教师，有权安排整个班级的运作套路，有权采取适合班级的教学方式。

在“班自为战”的基础上，王俊光又提出了“科自为战”和“生自为战”的工作理念。前者的意思是每一位任课老师都要为自己所执教的这一门课负责任，最高分、及格率、优秀率、平均分都要争夺年级第一名。后者的意思是要把工作的出发点、落脚点都放在学生身上。七位任课老师要为每一个学生服务好，学生在某一门课程的学习上遇到了问题，任课老师要及时给予解决，不让问题积累，不让困惑隔夜。要想实现“生自为战”，就需要七位任课老师同心同德，互相帮助，互相配合，互相让步，借力打力，共创业绩，共同分享工作成果。这个时候，王俊光又提出了“不拘一格搞辅导”的工作方针。每天晚上三节晚自习，学校规定前两节由某一位任课老师具体值班，第三节晚自习供学生自由学习，所有的任课老师第三节晚自习都可以到班级里来，解决学生学习的困惑。后来，王俊光又提出了“单约”和“小部队约”的辅导方式。即老师和学生都有权利在第三节晚自习的时间预约想要辅导和被辅导的对象，老师可以单约一个学生，学生也可以单约一个老师，老师可以预约几个学生，反过来几个学生也可以商量好以后，一起去约某位任课老师。任何人都有权利决定到什么地方、什么时间、解决什么问题。之所以提出这样的辅导方式，是因为王俊光觉得一刀切的教育方式并不是最有效的，把几个学习成绩差不多的学生集中起来的小范围、小部队、小团体的辅导方式才是最科学的。

在王俊光提出的一系列的教学改革措施的推动下，四中的教学水平呈现出突飞猛进的态势，一所濒临倒闭的学校焕然一新，成为众多学校争相取经和学习的典型。

第三十章　命运的巧妙安排

王俊元由于班级管理出色，个人思想和军事技能样样突出，不到一年就提为了侦毒排排长。当团里的任命下来后，王俊元立即给二哥写了一封信，把这个好消息告诉给了亲人。

王俊光接到弟弟的信，热泪涌流。被提为排长，就意味着正式成为了部队的干部。王家的老四终于有出头之日了。那天正好是星期天，王俊光把弟弟的信装进口袋里，骑着自行车，先到防疫所告诉了老三，又回到临湖镇告诉了大哥。

自从当上四中的校长，除了家访，再也没有喝过酒的王俊光破天荒地独自喝完了一瓶白酒。也许是因为心情好，平时喝半斤白酒就会上头的王俊光居然一点事都没有。喝完酒，王俊光跪在父母的牌位前，喜极而泣地说："爸，妈，咱们家老四当上排长了，当年的淘小子长大了。你们在那边就放心吧，我们哥四个都不会丢咱们老王家的脸。"

王俊元被提为排长的第二天，佟大志来连队看望王俊元了。两位身姿挺拔的军人并肩走在部队里的一条绿树婆娑的小路上，耳边回荡着战士们进行军事训练的口号。

"这个月末，军长的女儿过生日，你随我一同去军长家里坐坐吧。"佟大志说。

"好。"王俊元爽快地回答。军长的家是什么样的，王俊元觉得很好奇，正好趁着这次去拜访的机会了解一下。

"这么短的时间就提为了排长，真是可喜可贺。"佟大志背着双手，转过头，赞赏地望着王俊元。

"教导员夸奖了，万里长征，我只走出了第一步。"

"有了第一步，就会有第二步，第三步，你小子有这方面的能力和……运气。"佟大志特意强调了最后两个字。

王俊元疑惑地望着佟大志。要说能力，他自认为自己是一个处理问题比较得心应手的人，什么难题到了他的手里，都能很快找到解决的方法。但佟教导员说自己是一个有“运气”的人，他就有点不理解了。他觉得佟教导员一定是话里有话，于是，就试探着问道：“您说的‘运气’是？”

“有贵人相助，再加上你的努力，提干的事情自然没有问题。”佟大志继续暗示，“你还记得我们第一次见面时，我在你家里连夜写的那封信吗？”

这个王俊元当然不会忘记，信封上的那个收信人的地址早已经刻在了他的心里，他一直都没有机会见到佟教导员，也就没有解开佟教导员和沈建国之间关系的谜底。

王俊元点了点头。

“你也一定看清楚了信封上的地址和收信人的姓名吧？”

王俊元再次点了点头。

“我以为你当时就会问我一些问题，可是到现在为止，你一个字都没有提，你可真沉得住气。”佟大志停了一下，继续说：“沈建国是我们的军长，我那次去你们县城接兵前，沈军长把我叫过去，嘱托我一定要找到你，说如果你愿意，就接你来当兵。”

王俊元有些吃惊地听着佟大志的讲述，他只知道沈建国是省里的干部，但不知道他是军长，而且正是他所在部队的大首长。在他的想象里，军长都是威严霸气、高高在上的，但沈军长看上去却很和善，一点也没有大官的架子。这个消息真的太让他意外了！原来佟教导员刚才是邀请他去沈建国的家。可不是吗，这个月最后一天就是兰馨的生日。原来兰馨这两年生活在军长家里。能够得到一点关于兰馨的消息，王俊元心里很是高兴。

“军长说他不想让你因为是他的提议，就勉为其难地来当兵。军长想让你自由地选择人生的道路，他不会干涉你的任何决定。而我那天确实有一些事情要向军长汇报，在电话里说不方便，所以，我就借着看你的机会，给军长写了那封信。”

“谢谢两位首长。”王俊元感激沈军长和佟教导员为他着想，他才有机会来到兰馨生活的城市。

“你是一个非常优秀的年轻人，军长非常赏识你。以后有军长的提携和扶持，你的未来不可限量。”佟大志再次话里有话地提示着。

王俊元承认，自己能来当兵，确实与沈军长、佟教导员有着不可分割的联系，但这两年在部队里的进步，他完全是凭着自己的汗水和智慧一点一点取得的。他不想把任何人当成自己的靠山，更不想让战友们觉得他在部队里的发展和提升都是仰仗军长的提拔。他的路是用自己的两只脚脚踏实地踩出来的，并不是依靠军长的一句话而坐享其成。他不想做一个不劳而获的人，他不在乎自己是当战士，还是当排长，他只想做一个自食其力的人，一个在精神上绝对独立自由的人。

“教导员，我突然想起来，下个月我们排要和‘夜豹子’三连比试夜间射击。我还要带领战士们练习，可能没有时间去军长家了。您也知道，‘夜豹子’三连是全军夜间科目的标兵连，战士们的压力还是很大的。”

王俊元的话让佟大志很是意外。作为一个新提上来的排长，能到军长家里去拜访，那是多少人梦寐以求的啊。他不明白，王俊元为什么突然改变了主意。

“军长说你和他女儿兰馨是好朋友，你不准备去看看她吗？”佟大志还在尽力争取着王俊元。

王俊元当然想去看望一下兰馨，他们已经有两年没有见面了。

“兰馨过得好吗？”这是他两年以来最关心的问题。

“军长一家对她视如己出，不知道的人还以为她是军长的亲生女儿。”佟大志实事求是地说。

“那就好。”王俊元把脸转过去，他的眼睛有点红了，他一直都盼望等自己提干后，就找一个合适的机会去看望一下兰馨，但现在看来，他没有必要再出现在她面前了。他能感觉到，沈军长是一个心地善良的人，他一定会善待兰馨的。只要兰馨在军长家里生活得无忧无虑，他出不出现，都不重要了。王俊元背对着佟大志，遥望着寒风中挺立的柏杨树，诚恳地说：“教导员，替我谢谢军长，兰馨就拜托给军长了。”

佟大志安排了很多聪明机灵的小战士来给兰馨过生日，战士们围绕在兰馨身旁，讲着各种好玩的笑话，逗兰馨开心。小战士们都很喜欢军长的这个小公主，他们几个人用手掌搭成了一个轿子，把兰馨托举起来，在房间里欢呼地走来走去。

兰馨穿着当时最流行的连衣裙和凉鞋，显得很有气质，长长的披肩发上戴着王俊元当年送给她的那个粉红色的发卡。

“他没有来吗？”沈建国坐在客厅的沙发上，问佟大志。

“这下我赌输了，还是首长判断得准确。”佟大志谦恭地望着他的老领导。

沈建国把烟头掐灭在烟灰缸里，倚靠在沙发里。他怜爱地望着正在嬉闹的女儿和那些小战士，看到女儿如此开心，他的脸上露出了满意的神情。他又想起了十年前那个惊心动魄的下雨天……

那年，沈建国作为团长到前进县城执行任务。县公安局指派了两名警察与沈建国合作，其中一位就是兰馨的父亲周路山。沈建国乘坐的吉普车行驶在山林中的一条小路上，四周光线昏暗，风声呼啸。突然，一个急刹车，吉普车停了下来。周路山和另一名警察下车查看，发现路面上有一排密集的钢钉，钉尖齐刷刷朝上，明显是被人做了手脚。凭着职业敏感性，周路山立即拔出手枪，朝小路两旁的树林中警惕地巡视着。忽然，他发现有一个人正躲避在一棵大树后面，举着黑色的狙击枪，对准了吉普车。

"保护首长!"周路山边喊边冲到沈建国坐的车的车窗前，用身体挡住了从树林里飞出来的子弹。另一名警察沿着子弹射来的方向，将妄图逃跑的歹徒击毙。

原来组织这场谋杀的人是黑道上的一个头目，他曾经与沈建国的妻子薛瑞莲相好过，自从薛瑞莲跟了沈建国，他就放纵自我，染上了毒品。后来东窗事发，他吸毒的事情被公安局发现，无奈之下他找到了薛瑞莲，希望她能说服沈建国动用自己的关系，帮助他逃过此劫。沈建国得知此事后，意识到此人对国家和社会的危害极大，立即向检察机关检举了他，并主动提出协助当地的公安部门缉拿此人。知道沈建国不仅没有保护他，反而落井下石，此人便怀恨在心，发誓一定要除掉沈建国。于是，就发生了这场鱼死网破的谋杀……

沈建国的回忆被战士们的哄笑声打断，他把目光转向了坐在他右侧沙发上的佟大志。佟大志从当兵开始就跟着沈建国，所以对沈建国每一个细微的动作都了然于胸。佟大志给沈建国点上了一支烟："首长，您是不是又想起当年在前进县的往事了?"

沈建国深吸了一口烟，把身体倚靠在了沙发里，感慨地说道："没有周路山当年的舍身相救，就没有我沈建国的今天。人不论官做得多大，都不能忘记别人的恩情。"

"所以，首长才如此疼爱兰馨。"佟大志顺着沈建国慈父的目光望向正在和战士们玩耍的兰馨。

沈建国摇了摇头："也不全是，我和你嫂子去前进县接兰馨，看见她的第一眼，我就觉得这是我的女儿。我想这大概就是人们常说的缘分吧。"

"但是，王俊元和首长好像没有什么关系，首长为什么想要帮助他呢?"

"兰馨的母亲去世以后，一直都是王俊元在照顾兰馨，这一点让我很是钦佩。那天去接兰馨时，我看到他和他大哥住在两间破旧的小屋里，我就想着让他来当兵，有一条出路。我敢肯定，这小子一定会在部队大有作为的！”沈建国把烟头掐灭在烟灰缸里。

“那首长为什么这么肯定王俊元在听说你有可能助他事业高升的时候就拒绝来家里了呢？”佟大志继续问。

“我也说不上来，只是一种直觉，也可能是我在他的身上看到了年轻时候的自己，倔强，不服输，又很有原则。我这次让你去找他，就是想进一步验证我的判断是否准确。”

“首长故意让我把王俊元提干的原因和您的提拔联系到一起，如果王俊元是一个趋炎附势的人，他很可能会紧紧抓住您这根藤蔓，拼命地往上爬，如果他不是这样的人，他就会拒绝和首长有任何的联系。”

沈建国点了点头：“兰馨对这个王俊元很是依恋，尽管他们分开已经两年了，可我能感觉到她还是一直想着王俊元。所以，我得帮助女儿试探一下，看这个叫王俊元的年轻人的品格是否经得起考验。”

“如果王俊元确实是一个人品卓越的人，那首长接下来会做怎样的打算？把他调到身边，还是……”

“不，王俊元的才能，你我都有目共睹，即使我们不做任何举荐，部队也会发现他这块金子的。王俊元如果人品上再无可挑剔，那他将来的成就很有可能会超越你我的。”

“王俊元能遇见首长这样的伯乐，是他的福气。”

“爱才之心，人皆有之。既然他做了决定，那我们就尊重他的想法，让他先在部队里继续历练一段时间，兰馨这边也再稳定稳定，我会安排一个时机，让他们见面的。”

“夜豹子”三连是中央军委命名的夜间射击的标兵连，每年都要给新兵进行夜间射击的演示。为了提高新兵训练的积极性，防化连决定开展一次夜间对抗射击的比赛，由王俊元所在的侦毒排迎战“夜豹子”三连。

夜间射击是军事训练中的难点，除了一百米之外的靶子中央那个间断闪动的手电筒灯泡，没有其他光线辅助照明。战士们俯卧在黢黑的靶场上，周围除了几声蛐蛐的鸣叫，就是战士们扳动扳机的咔嗒咔嗒声。

按照传统的夜间射击的训练要领，战士们要在黑暗中借着靶子上那个间断闪烁的光源微弱光线的辅助，用枪管上的准星护圈去套那个光源，找到准星后，再通过晃动准星把准星放进枪的缺口里，然后瞄准击发。这是有相当的难度的，远方那个闪烁的光源稍纵即逝，战士们不是在有效时间内套不上光源，就是把护圈当作准星放进了缺口里。很多战士在没有正确瞄准的情况下把子弹射了出去，结果不是打空了，就是打到别人的靶子上了。怎么才能让战士们迅速而准确地瞄准光源呢？

王俊元围绕训练要领一个环节一个环节地苦思冥想，终于想到了传统夜间射击训练中的一个背景动作——出枪。他认为，这是一个在夜间射击中很少被关注的动作，但它的确是一个根本性的动作，如果战士们一出枪，准星就能精准地指向目标，那么对准星和缺口稍加调整就可以正确击发，命中目标。于是，王俊元就在排里挑选了十位射击技能优秀的战士，迎战“夜豹子”三连派出的十位射击高手。王俊元提出了“夜间射击白天练”的主张，利用每天午休时间训练战士们的出枪准确率。王俊元把参加夜间射击的战士们集合在一排大杨树的百米以外，在大树上用油漆画上红色的圈，让战士们先闭眼出枪，再睁眼看是不是瞄在红圈上，根据偏差调整瞄准点。几天过后，战士们都掌握了“出枪即精确瞄准目标”的感觉。

解决了出枪的问题，下面就是瞄准景像的训练了。要找到景像，就得知道准星缺口瞄准时正确的景像是什么。王俊元告诉战士们，如果他们在缺口处看到一堵黑色的墙，在墙的正上方有一个半圆形的光源，就代表他们瞄准目标了。

可有一个战士，无论如何也找不到准确的景像，眼看距离比赛只有半个月的时间了，王俊元必须在有限的时间内让全体战士都能快速掌握准确找到景像的技能，晚上那两三个小时的训练时间根本不够用。王俊元急中生智，他想到了战士们睡觉时的大通铺。他让战士们把所有的被子打开，像窗帘一样悬垂在铺板外侧，这样通铺下面就形成了一个类似夜晚的环境。他把一个小灯泡接上电，放在通铺的一头充当光源，让那个找不到景像的小战士爬到通铺下面，在里面观察景像的形状。

半天过去了，战士还是找不到景像。王俊元把帽子一摘，扔给通信员，跪在地上，麻利地爬到了大通铺下面。他俯卧在急得满头大汗的战士身边，在缺口里找到景像后，先让战士仔细观察，再让战士主动出枪寻找。

训练又过了一天，战士兴奋地对站在床铺外面的王俊元大喊：“排长，我找到景像了，我找到景像了！”

“把枪收回来，再找一遍！”王俊元蹲下来，朝着铺板下面激动地命令道。啃下这块硬骨头，这次的夜间射击基本上就可以有九成把握了，即使战胜不了“夜豹子”三连，差距也不会太大。

战士把枪收回来，然后果断地出枪、瞄准，景像稳稳地呈现在缺口里。

“好，寻找景像训练结束，回去休息，明天继续！”

战士激动地从地上起身，“咣当”一声，脑袋重重地撞在了铺板上，疼得他哇啦哇啦叫。成功的喜悦让他忘记了自己还俯卧在大通铺下面。

半个月以后，晚上九点整，参加射击比赛的战士们被拉到了靶场。夜色如墨，万籁俱寂。所有的人都屏气凝神，等待着那激烈时刻的到来。发令枪响，二十位战士犹如利箭离弦，狂奔四十米后，齐刷刷地扑倒、出枪、射击。子弹准确无误地撞击在钢板上，弹声骤起，火花四溅，犹如酣畅飞绽的流星雨，点燃着战士的激情，宣泄着竞争的乐趣，加深着战友之间浓浓的友谊。

瞬间，侦毒排战士们前方的光源骤消，一片漆黑。“夜豹子”三连战士们的前方还有一个竖立的靶子，上面的光源在不停地闪烁，像是一只俏皮的眼睛，在嘲笑“夜豹子”三连射击的战士：“哈哈，打空了吧？我还没有死呢！”

王俊元通过科学的训练方式和不懈的努力，打破了“夜豹子”三连夜间射击战无不胜的神话。这一战绩让整个集团军都知道了，在防化部队里有一个非常优秀能干的年轻排长——王俊元。而王俊元也在诗乐日记里用一首宋词《渔家傲·夜间对抗射击》记录了这次的射击比赛：

阴云蔽月周天暗，狂风卷雪临山畔，冻土坚冰横路绊，灯标淡，猖敌列阵腾嚣焰。

起令未休弦迸箭，追风劈雪声光慢，虎跃龙扑枪喷电，弹花灿，顽敌断颈头颅献。

王俊元被提为防化连指导员的第二年，徐秋林被提为了侦毒排排长。上任不到一个星期，徐秋林就急匆匆地来找王俊元了。

“这个排长我是当不下去了。”徐秋林一屁股坐在沙发上，解开了上衣的扣子。

“不会是陈小兵又找你的麻烦了吧？”王俊元给他倒了一杯水。

“这次不是陈小兵，是吕鸿飞。我真倒霉，无论走到哪里，都能遇见和我过不去的人。我也不知道哪里惹他了，他天天和我作对，这两天还在排里扬言要毙了我。我每天晚上睡觉的时候，都得枕着枪，真担心被他偷走。”徐秋林擦了擦额头上的冷汗。

“有这回事？这也太不像话了！走，我们一起去会会他。”王俊元知道今天是星期日，战士们都在休息，正好便于悄悄解决吕鸿飞的问题。

王俊元和徐秋林在宿舍里找到了正在睡觉的吕鸿飞。王俊元把他喊醒，吕鸿飞一看是王俊元来了，立即从床上跳下来，笔直地站在地上。

“指导员，您怎么来了？”吕鸿飞对王俊元那是佩服得五体投地。他军事训练很差劲儿，但很喜欢吹小号，王俊元当侦毒排排长的时候就把吕鸿飞选进了军乐队，经常鼓励他，让战士们向他学习。对于吕鸿飞来说，王俊元既是领导，也是伯乐。

“走，扛个靶子，跟我们到训练场去，我和徐排长去练会儿手枪。”

一听说可以看手枪射击，吕鸿飞立即来了精神。平日里训练射击用的都是步枪，手枪对他来说是很稀罕的东西。吕鸿飞扛着靶子，跟着王俊元和徐秋林来到了训练场。

“指导员，靶子放好了。”吕鸿飞从靶子前跑过来，恭敬地站立在一旁。

王俊元要过来徐秋林别在腰间的手枪，对着靶子连开了三枪，两枪十环，一枪九环。吕鸿飞佩服得连连鼓掌。

王俊元把枪还给了徐秋林：“徐排长也来打打。”

徐秋林接过枪，连开了六枪，全部十环。

王俊元把枪又要过来，递给吕鸿飞，话里有话地说：“这里面还有一发子弹，这可是一次机会呀。”

吕鸿飞急忙摆手：“我不行，我连步枪都打不好，哪还敢打手枪啊。”

“打好打差，靶子说话。”王俊元走到了吕鸿飞和徐秋林中间，他的肩膀几乎要抵住吕鸿飞的右臂了，万一吕鸿飞对徐秋林图谋不轨，他就立即把胳膊压到吕鸿飞的右臂上，用力一扳，把吕鸿飞的手枪打掉。

吕鸿飞战战兢兢地举起了枪，把枪口对着靶子的方向，这是他第一次握手枪，他的手腕在哆嗦，心跳在加速。他拼命回忆着练习射击时的技术指令，可他一句也想不起来，急得满头大汗。

吕鸿飞闭紧眼睛，扣动了扳机。随着“啪”的一声枪响，在距离吕鸿飞几米远的地面上冒起了一股尘烟。吕鸿飞把子弹打到了地上。

王俊元把手枪从吕鸿飞手里夺回来，扔给了徐秋林，指着吕鸿飞厉声说道：“你这样的枪法还敢扬言说要杀了徐排长？你先回去好好把枪法练练，再来找徐排长比试！徐排长如果跟你一般见识，一枪就能结果了你。”

吕鸿飞慌张地双手作揖：“指导员，我……我……我没……”

“说！你对徐排长到底有什么意见！”

“我……我就是觉得徐排长除了枪打得好，别的都一般，还总要牛气，我这心里有点不服。”

王俊元问吕鸿飞：“徐排长除了枪比你打得好，理论水平是不是也比你扎实？”

“是，是，是……”吕鸿飞点头如捣蒜。

“要多看别人的长处，何况还是你的排长，你有能耐也当个排长给我看看。去向徐排长认个错，这事儿就算过去了。以后再敢口出狂言，我一定不会轻饶！”

吕鸿飞哈着腰走到徐秋林面前，赔着笑说：“徐排长，我错了，您大人不记小人过，您就把我当成您枪里的一颗子弹，把我放了吧。”

得到徐秋林的宽恕和王俊元的允许后，吕鸿飞立即离开了训练场。

往回走的时候，徐秋林对王俊元竖起了大拇指，轻松地说：“还是你厉害！如果不是你出面，我非被吕鸿飞这小子给逼疯了不可。”

“我当排长的时候，也遇见过类似的兵。这些方法虽然过激了一些，但总比听之任之强。你刚提为排长，很多人都在看着你，你得做出成绩，让这些人服你。”

“当个排长还有这么多讲究？”徐秋林不解地问。

王俊元笑了：“这里面还是有点学问的，你明天休息吗？”

“休息。”

“那你明天跟我到砖厂去转一圈。”

到砖厂干活，是团里交给所有连队的任务，每个连队干半年，上个月刚刚轮到王俊元所在的防化连。

第二天一大早，徐秋林就跟着王俊元去砖厂了，两个人一起站在负责出砖的战士们面前。王俊元指着一个正在把新砖搬到推车上的战士，问徐秋林：“你看见那个光着脊背正在搬砖的战士了吗？”

“看见了，这个兵真厉害，没有人搬得比他更快了。”徐秋林啧啧称赞道。

“那你发现他为什么搬得快吗？”

徐秋林继续盯着那个搬砖的战士，看了好半天，迷茫地摇了摇头。

“他搬砖搬得快的原因有两个：第一，他每次都搬四块转，不多不少，数量正好；第二，他每次把砖头放在手推车上的时候，不像别人那样，先把砖头放上去，然后再推一下。他直接就把砖头摆放整齐了，节省了那个‘推’的动作，这样，他就把时间节省下来了。”王俊元言简意赅地介绍着。

“哦，原来如此！”徐秋林频频点头。

一个战士手捂着肚子，哎哟哟地叫着，走到了王俊元面前："报告指导员，我肚子疼，今天恐怕不能干活了。"

对于战士们这种以谎称有病而逃避劳动的做法，王俊元早就预料到了。他轻描淡写地说："可以啊，你今天就休息吧。不过，部队每月发的那四斤白糖，这个月你就不能要了。除你之外，还有三个人本月病假超过了六天，你们四个人共十六斤白糖就平均分给班里那些劳动的战士们吧。这样，别的战士每个人可以多得两斤白糖。"

"那……那我还是去干活吧。"小战士松开了肚子。能分到四斤白糖，那可是很大的一笔福利。

"生病了还能干什么活儿啊？砖厂的活儿都是靠力气的。"徐秋林刚想把这句话说出口，王俊元就接着对那个请病假的小战士说："你们四个身体不舒服，那就干点稍微轻松点的活。"

"什么活儿？"小战士来了精神，他正担心指导员让他跑去搬砖。

"去叫上其他三位请病假的人，跟我来。"

王俊元带着四个生病的小战士来到了把黏土切割成砖头模子的传送带前。搅拌好的黏土随着传送带被输送到切割砖模的钢丝前，从钢丝中间穿过以后，砖模就成型了。王俊元之前来巡视的时候，发现这个环节有问题——钢丝经常断裂，战士们不得不关闭传送带，把断裂的钢丝换下来，再开动机器继续切割黏土，这就影响了砖模的形成速度。造成钢丝断裂的原因是由于黏土里存在没有搅拌彻底的碎石子、玻璃、石灰块、钢筋等杂质，当这些杂质的棱角快速与钢丝碰撞时，钢丝就会断裂。如果想降低钢丝的折断频率，就需要保证传送带输送的黏土不含杂质。王俊元就想到了让这四位抱恙的战士在传送带两侧挑拣黏土里的杂质。

"你们四个分一下工，谁的身体最差，就坐在传送带最前面的矮凳子上，谁的身体较好，就坐在传送带中间的高凳子上，谁的身体最好，就站在传送带最后面。一定要把所有的杂质都挑拣出来，保证钢丝的正常使用。"

王俊元安排完，两个声称发烧的战士坐在了矮凳子上，一个说自己拉肚子的坐在了高凳子上，另外一个说自己头疼的战士站在了传送带最后面。四个战士盯着传送带，看见有杂质随着黏土过来了，就立即把它们挑拣出来。自从传送带前有了这四个人，钢丝基本上没有再断过。

"妙，实在是妙！这么一来，既让战士打消了想偷懒的念头，又提高了工作效率，可谓一举两得。我是彻底服了！"徐秋林对王俊元抱了抱拳。

徐秋林话音刚落，就听见负责出砖的战士甩着衣服一起朝澡堂子跑去。

“他们怎么这么高兴?”徐秋林问。

“澡堂子一天只换一次水，谁先干完活儿，谁洗干净水。以前都是二连的装窑班把三连的出窑班甩到后面，第一批洗澡。等三连的战士们再洗的时候，清水就变成浑水和泥水了。咱们一连接替出窑任务以后就不一样了，出窑班效率迅速提高，能洗清水澡，战士们工作起来能没积极性吗?”王俊元来砖厂第一天就发现了这个现象，他用洗清水澡作为诱饵，极大调动了战士们出窑的积极性。

“原来如此，怪不得你手下战士的积极性一个比一个高，看来管理战士确实得动点脑筋，不能像我这样用权力强行控制。”徐秋林若有所思地说。

“这些我也是逐渐摸索出来的。这些方法屡屡奏效，说明它们是科学的，是符合自然规律的。我们带兵就简单多了。”无论谁来向王俊元讨教带兵、管理兵的方法，王俊元都是知无不言，言无不尽，更何况徐秋林是他最好的朋友，他巴不得能把所有的心得都传授给徐秋林，两个人在工作上能齐头并进。

徐秋林彻底明白自己为什么始终提不上去，而王俊元却成为了年轻的指导员。他决定从今天开始，好好跟王俊元学习一下管理战士的方法，他不希望吕鸿飞的闹剧再次出现。

“俊元，下次就轮到我们排在砖厂干活了，你说我刚提上来，是不是应该每天都带班，给战士们做个好榜样啊?但这样会很累的，我……”

王俊元神秘地一笑:“我以前做排长的时候也是每班都盯，但我不会从早跟到晚，我只盯好两个数字就行。”

“哪两个数字?”

“一个是出勤率，一个是出砖数。在我们身体力行带头实干的同时，每天把这两个数字在黑板上公开，自然就很少有人无故旷工和偷懒耍滑了。”王俊元毫无保留地回答。徐秋林隐约地感到，自己与王俊元之间的距离已经不是过去在学校里的差距了。

光线暗了下来，王俊元抬头望了望布满云朵的天空，对徐秋林说:“想不想感受一下咱们小时候在山坡上玩耍的乐趣?”

“当然想了，我做梦都梦见咱们一起在山坡上奔跑。”

“等战士们洗完澡，咱们带上战士一起去。”

“去做什么?”

“‘偷’西红柿。”王俊元神秘地说。

洗完澡的战士听说要跟着指导员和排长去偷西红柿吃，疲劳的身体马上恢复了力气。他们都知道在砖厂附近有一片非常大的西红柿地，那西红柿像是一颗颗红色的大玛瑙，非常诱人。

王俊元带着战士们来到了西红柿地头，让大家把裤子脱下来，再把两个裤腿系在一起，套到脖子上，充当装西红柿的袋子，又让每人都拔了一大束扎木稞做掩护，从扎木稞正前方来看，是看不出进退的。战士们侧卧在地上，左手举着扎木稞一点点地匍匐前进，右手把西红柿一个个装进裤子的开裆口里。等装满以后，再在扎木稞的掩护下一点点原路撤退。

当所有的战士们都成功撤退后，王俊元把“偷”西红柿的钱压在了一块砖头底下。战士们刚跑出西红柿地，天空就下起了雨。每个人的脖子上都挂着两串西红柿，想跑也跑不快。王俊元当即提议——原地把西红柿吃掉。战士们完全赞成王俊元的提议，冒雨吃西红柿，一定别有一番情趣。

战士们兴奋地盘腿围坐成一个大圈，把上衣从后背掀过来，盖住脑袋，从开裆口里掏出几个西红柿，在身上擦了擦，就津津有味地吃了起来。吃到尽兴时，战士们还把西红柿的汁液挤到别的战士的脸上，这个调皮的举动引来了全体战士的哄笑。

旁边的战士也把汁液挤到了徐秋林的脸上，徐秋林立即回挤了过去，一种融融的兄弟情谊在战士们的心田上流淌着。徐秋林忘记了自己是一个排长，忘记了那些不服气的战士给他带来的尴尬和烦恼。他不再把手背在身后，而是用它们来把西红柿涂抹到战友的脸上。他把头和战士的头并拢在一起，就像小时候和王俊元在山坡上跑累了就背靠背地倚坐在一起一样。

第三十一章　二十七条丝巾

王俊元二十八岁就当上了教导员。授衔宣誓时，王俊元身穿马裤呢的少校军装，气宇轩昂地站立在同时授衔的战友们中间，庄严地凝视着高高的军旗。他年轻的身体里流淌着滚滚的热血，如炬的目光里闪烁着青年的骨气。他相信，只要肯努力，只要能吃苦，只要永远对生活充满热情，心中的梦想总有一天会实现的。

二十八岁的王俊元更加具有男子汉的气概了，眉毛仿佛两小丛整齐的黑草，每一根都那么富有生命力，黝黑的眼睛就像是夜空中闪烁的星星，挺直的鼻梁透着正直和热情。还有他那亲切的笑容、坚毅的眼神、专注的神情和不拘谨的动作，再加上他对文学和音乐的热爱，英气中又多了一种文艺的气息，这让接触过王俊元的单身姑娘们都对他一见钟情。这些姑娘大多是部队高官的女儿，王俊元接受任何一个，都会成为某位首长的乘龙快婿，但他只要知道了这些姑娘们的背景，就对她们避而远之。很多人都说王俊元太傻了，如果能娶到首长的女儿，那他就会平步青云，扶摇直上。假如换作是他们，只要首长的女儿不呆不傻，他们就会紧紧抓住这架长梯。但王俊元自有王俊元的原则，他不会娶任何一个领导的女儿，不管她们长得多么好看，对他多么殷勤，他都不会为之心动。他觉得一个真正有能力的男人是可以依靠自己的智慧和才能踏出一条光明大道的。

中秋节的文艺联欢会上，在众官兵的一致举荐下，王俊元要独唱一首歌。王俊元玉树临风地站立在舞台中央，整个会场寂静了下来。

王俊元的歌声飘荡在会场的空气里。他那优美的音色、专业的唱功、真挚的情感打动了战士，打动了军官，也打动了师长的女儿冯玉洁。

冯玉洁是师长的独生女，二十七岁，个子高挑，细眉红唇，盘着高高的发髻，一年四季总喜欢在脖子上系一条红丝巾。渐渐的，“红丝巾”就成为了冯玉洁的代号。冯玉洁全神贯注地凝视着正在舞台上深情歌唱的王俊元。

她早就听说防化营里有一位叫王俊元的教导员，年轻英俊，才华横溢，颇有将帅的气概，但却很有傲气，无数大首长的女儿都在他面前败下阵来。冯玉洁早就想会一会王俊元，听父亲说今晚部队有联欢晚会，冯玉洁就推掉了和朋友们出去聚会的应酬，精心打扮了一番，提前来到了礼堂。为了不认错人，她还特意安排了一位认识王俊元的小警卫员跟在身边。

得知师长的千金来观看演出了，很多单身的年轻军官都围聚了过来，主动和冯玉洁搭讪。冯玉洁经历过太多这种献媚奉迎的场面，她完全不顾这些单身军官们客气的寒暄，集中所有的注意力留意进出礼堂的大门口。

“王教导员来了。”警卫员伏在冯玉洁耳边，低声地说。

冯玉洁立即朝礼堂门口望去，只见一位高大英俊的年轻军官走进了礼堂，他伫足在那里，和身边另外一位个子中等的军官耳语了一会儿，好像是在交代什么事情。他的神情是那么坚毅沉稳，动作是那么干脆历练，周身线条圆润有力，五官的棱角坚挺又不乏柔和。

只那么一眼，冯玉洁就喜欢上了王俊元。听了王俊元的歌声，冯玉洁更加沉迷了。她终于明白为什么王俊元会对别的女孩无动于衷了，这样一位神造之物，确实不是一般的女孩所能拥有的。他的英俊，他的气质，他的目光，他的高贵，把她那颗孤傲的芳心彻底俘虏了。

演出结束，王俊元向官兵们鞠躬致意。礼堂里响起了热烈的欢呼声和掌声。冯玉洁站起来，从警卫员手里夺过鲜花，不顾众人的注视，跑到了舞台上，满面春风地把鲜花递到了王俊元的怀里，又伸出手要和王俊元握手。

王俊元看了一眼她脖颈上系着的红丝巾，知道她就是师长的掌上明珠冯玉洁。他礼貌地伸出右手，大方地和冯玉洁的手握在了一起。当他准备把手抽回去时，冯玉洁却紧紧地抓住他的手，把一个软乎的东西塞进了他的手心里，这才把手缩了回去，转身跑下舞台。

王俊元不知道冯玉洁塞给他的是什么，站立在舞台上，又不好立即查看，只好装作只是一次普通的献花。等走下舞台后，王俊元把鲜花交给了防化营的战士，趁人不注意，摊开手心，发现是一张小纸条。借着礼堂里的灯光，他看见纸条上写着一句字体很娟秀的话：“明天晚上七点半，在防化营外面的红松林里等你。”落款是冯玉洁。

果然是师长的千金。王俊元把纸条又折回原状，塞进了裤子口袋里，然后若无其事地开始欣赏接下来的节目。

这样约会的纸条，王俊元收到的太多了，什么小树林啊、小河边啊、公园里啊、小山上啊，只要是适合男女谈情说爱的地方，都被那些勇敢的姑娘们当成幽会之所，甚至有人直接提出邀请王俊元到家中做客，但都被王俊元婉拒了。既然自己没有那个想法，又何必给别人虚幻的希望呢。

风华正茂的王俊元不是对爱情没有向往，只是爱情对于他而言，太纯洁，太神圣，那是一株还没有破土的幼苗，他现在需要做的就是耐心地等待，等待幼苗的破土。

王俊元当上教导员以后就有资格住部队的家属楼，但他坚持住在战士宿舍楼里，理由是：深入战士，便于沟通感情和管理。战士宿舍楼是外走廊，三层楼。他和徐秋林一人一个单间，都住在一楼，徐秋林住南楼，王俊元住北楼，徐秋林的窗户正对着王俊元的宿舍门。本来徐秋林要求和王俊元住隔壁，但在王俊元的“请求”下，最终两个人就南北相望了。

第二天晚上刚过八点，王俊元刚坐在桌子前，就听见有人很焦急地敲门。通信员今天身体不舒服，发高烧，王俊元早早地让他去休息了，这个时候会是谁来敲门呢？难道是徐秋林？他立即把刚打开的笔记本合上，伸了个懒腰，走过去，把门打开了。

门外是冯玉洁。

她一脸懊恼地站立在门口，脖子上依然系着红丝巾，不过是一条桃红色的丝巾。她上身穿着白色的蝙蝠衫毛衣，下身穿一件上窄下宽的喇叭裤，脚上穿着一双黑色的高跟鞋，身体的比例很显匀称。

“冯玉洁，你怎么来了？”王俊元有些意外。

“怎么，不欢迎我来啊？”冯玉洁推开王俊元，径直走了进去。

王俊元把门敞开，随着冯玉洁走了进去。他知道自己爽约了，冯玉洁这是兴师问罪来了。

他指着书桌前的椅子，请冯玉洁坐下。

冯玉洁却转身朝右边的床铺走过去，这是一张单人床，床头放着叠成豆腐块的被子，雪白色的床单没有一丝褶皱，冯玉洁直接坐在了床沿上，不客气地说：“我坐在这里，你不介意吧？”

王俊元知道这些娇气的小姐们从小被宠惯了，做事比较随性，不太考虑别人的感受，就宽容地笑了笑，算是默许了。

冯玉洁看见王俊元站着，就指了指椅子：“你也坐吧。”

王俊元端正地坐在了椅子上，心里不觉有些好笑，这个冯玉洁还真有点自来熟，好像她才是这间屋子的主人，而自己倒像是深夜来访的客人了。

冯玉洁自顾自地开始打量王俊元的房间。她想从屋里的细节上再多了解一下王俊元，毕竟这是她第一个看上的男人。她觉得房间的布置可以折射出一个人的内心，就像一个人的衣着可以反映一个人的品位一样。冯玉洁看见桌子、床头、书架上到处都摆放着书籍，由衷地赞叹道：“王教导员的房间很干净，也很有文化气息。”

王俊元并没有顺着冯玉洁的话题谈下去，和一个只有一面之缘的女孩在自己的宿舍里聊天，他觉得有些不自在。

“这么晚了，你来找我有事吗？”王俊元想就事论事，尽快结束和冯玉洁共处一室的尴尬。

冯玉洁一想起自己被放了鸽子，就想对王俊元发一通火，但她转念又想，万一王俊元没有看到那张纸条呢。于是，她克制住内心的不满，试探地问：“昨天在舞台上我给你的纸条，你看了吧？”

“看了。”王俊元平静地说。

这下冯玉洁就真的凤眼圆睁了，她噘着嘴唇，委屈地说：“看到纸条了，那你为什么不赴约？”

对这个问题的解释，王俊元已经回答过无数遍。他准备坦诚地告诉冯玉洁，他们之间只能是普通意义上的朋友，不可能有男女之间的暧昧关系。岂料冯玉洁倒抢先说话了：“你不去赴约，我其实很开心，这说明外界对你的评价都是真的。”

王俊元没有想到冯玉洁的情绪转变得这么快，但不管怎么说，他没有去赴约，总是理亏的。他本来想让通信员提前去通知一下冯玉洁，他有事走不开，不能去赴约，让冯玉洁不要再白跑一趟了。但工作一忙起来，他就把这事给忘了。为了表示自己的歉意，他说话的语气轻松了很多：“哦，外面怎么说我？”

“外面说你心如止水，坐怀不乱，颇有四大皆空的境界。”冯玉洁把从警卫员那里听来的抖落了出来。

“直接说我是和尚，不更直接？”王俊元打趣地说。

“那也是一个才貌双全的高僧。”冯玉洁毫不避讳地赞美着心目中的男神。她从床沿上站起来，向王俊元走了过去，在距离他只有两步之遥的地方停住了。从床沿到书桌有六七步远的距离，她以一位新时代知识女性的勇气，走完了三分之二的路程，剩下最后两步交给王俊元。只要他向前踏出一步，她就毫不迟疑地走完最后一步，勇敢地扑入他的怀抱里。

王俊元站了起来，冯玉洁感觉好像一座青山屹立在眼前。深秋的夜晚已经很冷了，屋子里没有暖气，但冯玉洁却感觉到身体在发热，她真想把脖子里的丝巾一把扯下来。她深情地凝望着王俊元，希望他能接受她用目光传递过去的爱。

王俊元朝着冯玉洁走了过去。

“他来了！他朝着我走来了！我就知道，再难征服的男人也会被我冯玉洁给轻松拿下!”冯玉洁把手从红丝巾上放了下来，她骄傲地打开手臂，想要抱住王俊元。

“我去给你倒杯水。”王俊元绕过冯玉洁，走到她身后的茶几前，从托盘里拿出一个水杯，倒了一杯热水，给冯玉洁端了过去。趁着倒水的时机，他扭头望了望门口，心里暗想:“徐秋林怎么还没有来呢?”

王俊元坐回到椅子上，拿起书桌上的一本书，接着昨晚的页码继续读了起来。他希望冯玉洁能聪明地领悟出他这道无言的逐客令。

如果换作知难而退的女孩，看到主人读起了书，就会识趣地离去。但冯玉洁已经陷入了心动的旋涡，她觉得眼前这个拒人于千里之外的王俊元更有魅力了。她要找的就是这样具有君子风度的男人，洁身自好，一身傲骨，如此佳偶，绝不可失。冯玉洁觉得她和王俊元是天造地设的一对，王俊元英俊潇洒，她冯玉洁天生丽质，王俊元博学多才，她冯玉洁是大学的高才生，也可谓秀外慧中。还有一点，让冯玉洁对和王俊元在一起有了必胜的把握，王俊元虽然年轻有为，但毕竟还只是一个营级教导员，而她的父亲冯文清则是堂堂师长，俗话说，官大一级压死人，父亲比王俊元的军职足足大了四级，她愿意做王俊元的女朋友，那可是王俊元的福气。她在读大学的时候，当男同学们知道她是师长的女儿后，纷纷使出浑身解数，对她大献殷勤，但她立志要找一个称心如意的郎君，那样才不辜负她才貌双全、出身高贵的资本。王俊元就是她要找的男人，她还从来没有对一个男人如此上心过。

“你在看什么书?”冯玉洁走过去，把茶杯放在桌子一角，站立在王俊元身边。

“高中数学。”王俊元头也不抬地回答。

“你怎么看高中数学呢?”冯玉洁喜上眉梢地问，“莫非你要考大学?”

王俊元摇了摇头，眼睛依然望着课本:“毕业十年了，有很多内容忘得差不多了，再捡拾一下。”

“我大学的专业就是数学，你如果有什么问题，可以请教我。”冯玉洁兴致勃勃地说着，她终于找到一个可以展示自己的机会。

“谢谢。”王俊元淡淡地应答。他凝思的眼睛突然发亮，好像想出了什么深奥问题的答案，立即把椅子转向桌子，打开掩合的笔记本，在上面唰唰唰地写了几行，然后重新合上笔记本，舒展的眉宇又轻蹙了起来。

看着王俊元时而掩卷沉思，时而奋笔疾书，冯玉洁很是不悦，她可从来都没有尝过坐冷板凳的滋味。她故意弄出一些声响，大声地咳嗽几下，又使劲儿地跺脚，拿起一本书翻动得哗啦哗啦响，但这些动作对王俊元没有丝毫的影响，他的眼睛一直注视着手里的书本，仿佛忘记了房间里还有一个人。

冯玉洁再次压抑住内心的不满。越是难以征服的男人，越有吸引力。她一定要把王俊元给拿下，就像她在大学期间顺利地征服那些一开始自命不凡的男人一样。把石头变成蜜蜂，最能证明她这朵女人花的魅力。冯玉洁决定采取更有力度的进攻。

她轻轻踱步到王俊元身后。对于腼腆的男人，在女人没有表示的时候，是不会有所举动的。但当女人投怀送抱后，一般的男人是没有抵抗力的。冯玉洁伸出了双手，想从背后搂住王俊元的脖子。这时，屋外忽然响起了脚步声，一位个子比王俊元矮一些的年轻军官很随便地走了进来，他没有王俊元英俊，但也不乏正派和笔挺之气。从他随性的目光里能看出来，来人和王俊元很熟悉。他直接走了进来，看见屋里还有一个大姑娘，来人假装走错了门转身返回。

“徐秋林，站住!”王俊元把书放下，站了起来。好不容易盼到了徐秋林来解围，他怎么能让他轻易溜走。

冯玉洁尴尬地站在那里，双手插在喇叭裤的口袋里，一双半怒半羞的丹凤眼转向别处。趁冯玉洁不注意，王俊元冲徐秋林挤了挤眼睛，然后很官腔地问：“这么晚来找我，是不是有什么重要的事情要向我汇报?”

徐秋林不再开玩笑，他心领神会地回答：“有一位战士正在闹情绪，请教导员过去看一下。”

王俊元满意地偷偷对徐秋林竖了竖大拇指，然后假装很生气地说：“这帮小战士，真是太不像话了。走，我们过去看看。”

王俊元戴上帽子，看见冯玉洁还站在那里，就走过去，面露难色地说：“不好意思，冯小姐，我这里有一些事情需要处理，就先失陪了。现在天色已经很晚了，我安排人送冯小姐回去。”

冯玉洁看见王俊元已经走了出去，就着急地追了出来，在后面大喊：“王俊元，你等等……”

王俊元止住了脚步，转身问：“冯小姐还有什么事吗?”

冯玉洁双手背在身后，身体骄傲地摇晃了一下，那是一个女孩对即将说出来的话有十足的把握时才会有的动作：“我想让你送我回去。”

王俊元抱歉地说：“对不起，冯小姐，我怕是走不开。还是请冯小姐早点回去吧，免得师长担心。”

“我今天就不回去了，我让警卫员回去告诉我爸爸一声，我今晚就住在营区了。”冯玉洁说完就招呼在远处大树下等候的警卫员。

警卫员一路小跑着赶了过来，先向王俊元和徐秋林敬了一个礼，然后毕恭毕敬地把风衣递给冯玉洁：“小姐，请问有什么吩咐？”

冯玉洁没有立即回答警卫员，而是心高气傲地瞥了王俊元一眼，像是在说：“看见了吧？我冯玉洁可是师长的女儿，和之前对你献殷勤的那些女兵、女护士、女学生可不一样。”

王俊元没有心思去领会冯玉洁眼神里所透露出来的复杂意义，他只想能尽早摆脱冯玉洁。他对等待回复的警卫员说：“时间不早了，冯小姐想回家。”

警卫员在外面是又冷又困，好几次都探出头，朝王俊元的房间里张望着，看冯玉洁什么时候出来，现在听说小姐要回去，警卫员高兴地站到一边：“车子就在外面等着，小姐，请吧。”

王俊元又对警卫员说道：“我们防化营里有好多细菌和毒气，万一冯小姐发生了意外，师长怪罪下来，只怕你我都担当不起。”

“谢谢王教导员教诲，我一定谨记。”警卫员理解并感激地朝王俊元行了一个军礼，再次恳请冯玉洁尽快离开。从家里出发前，冯玉洁说要来防化营营区，警卫员就心里直打鼓，但冯玉洁是师长的掌上明珠，他一个小小的警卫员只有保持沉默了。现在有王俊元这一番话，他以后就可以理直气壮地拒绝冯玉洁来防化营的要求了。

“王俊元，你……你真是一个和尚！我不会被细菌给毒死，倒会被你给气死！”冯玉洁白了王俊元一眼，就扭过头，气冲冲地跑了。

看见冯玉洁和警卫员的身影消失在营区的夜色里，徐秋林碰了碰王俊元的肩膀：“这个‘红丝巾’还挺有个性的，你真的一点都不动心？”

王俊元长出了一口气，听见徐秋林这句调侃的话，就一个拳头挥了过去，徐秋林灵活地一侧身，躲开了。

“你早就看见我把房门敞开了，知道有女孩来找我，为什么不早点出现，见死不救，幸灾乐祸，还算什么好兄弟？”王俊元假装生气地又挥起了拳头。他们之间有一个秘密约定，只要有女孩来找王俊元，王俊元就把房门打开，徐秋林从窗户看见这一求救信号，就以战士有情况为理由把王俊元叫走。可冯玉洁在他的宿舍里停留了近半个小时，徐秋林才迟迟出现。

徐秋林一把搂住了王俊元的肩膀：“我看见‘红丝巾’进入你的房间了，准备来替你解围，可后来我一想，‘红丝巾’是师长的女儿，你也老大不小了，如果‘红丝巾’能把你给攻下，这不也是替我了结了一桩心事嘛。”

王俊元的肩膀一耸，就把徐秋林的胳膊给甩开了，他问徐秋林：“咱俩谁大？”

“我大。”徐秋林回答。

“所以，你还是先把自己的问题给解决了，再来操心我的事吧。”

徐秋林摘下帽子，刚才的嬉笑表情不见了，他有些酸楚地说：“俊元，咱俩虽然都出身穷苦，但你现在好歹也是教导员了，以你的聪明才智，加官晋职是迟早的事。而我，现在只是一个小小的副连长，智商平平，也没有你那样的好相貌，还天天跟在你身边，即使有不错的姑娘，也早就被你给吸引过去了，哪里还有我的份儿？”

“徐副连长闹情绪了？”王俊元开玩笑地问，看见徐秋林一脸的苦恼，他就安慰说：“那些姑娘，我一个也没有看上，结果和你不是一样的吗？”

“但最起码你有选择的权利。”徐秋林很少替自己辩解。他觉得自己不仅比不上那些有关系有门路的战友，也比不上和自己同样出身但却比自己有勇有谋的王俊元。他和王俊元同一年入伍，可他现在的级别却比王俊元低了三级，这让徐秋林心里很是自卑。

“被动选择远不如主动出击有意义。”王俊元意味深长地说。

“你的意思是？”徐秋林睁大了眼睛。

“我看得出来，你对冯玉洁很有好感，昨天的联欢会上，你的眼睛一直盯着她。既然心里喜欢，那为什么不去试一试呢？”

徐秋林的脸红了：“昨晚她当着那么多官兵的面上台给你献花，那不明摆着对你有意思吗。我可不能夺人所爱，而且这个人还是我最好的兄弟。”

“什么‘夺人所爱’？我连她长什么样子都没有看清楚。”王俊元微笑着摇了摇头。

“不会吧？她在你房间里待了那么长时间……”徐秋林又惊又喜。

“是啊，我只知道她系着一条大红色的丝巾，别的什么也没有发现。”

“不是大红色的丝巾，是桃红色的丝巾，和她平常戴的丝巾不一样。”徐秋林更正道。

“你看，我连她最显著的特征都没有记住，你说我能对她有那种感觉吗？”王俊元为了增加徐秋林的自信心，只好对徐秋林撒了谎。多年部队管理经验，再加上一贯心细如发，一双眼睛只需轻轻一扫，他就能把一个人所有的细节尽收眼底。冯玉洁出现在门口的时候，他不仅发现她换上了一条和昨天在联欢会上颜色不一样的丝巾，还能看出来她的头发经过了精心的梳理，连发式也和昨天不一样了，虽然还是高高的发髻，但两侧鬓角各编了一条细麻花辫，一条直接扎进发髻里，一条像发卡一样沿着头顶翻转到另一侧，固定在发丝内。若不仔细查看，还以为她戴了一个黑色发卡呢。

“这可是你自愿放弃的，不是我徐秋林横插进来的啊。万一我追求冯玉洁成功了，到时候你可别后悔。”

“放心吧！”王俊元乐呵呵地笑着，“这个星期六是冯玉洁的生日，晚上她要在家里举办生日聚会，你可以趁机好好表现一下。”

“真的？这可是个机会，但不知道她喜欢什么礼物。”徐秋林沉思般地摸了摸下巴。

王俊元拍了拍徐秋林的肩膀，诚恳地说：“送给你四个字——心诚则灵。”

“咦，不对啊，你不是说对冯玉洁不感兴趣吗，那你怎么知道她这个星期六要过生日？”徐秋林故作怀疑地打量着王俊元。

“是她刚才亲口对我说的，想邀请我参加她的生日聚会，我说我还有事，拒绝了。现在还有五天，你好好准备一下。”

“哦，原来如此。”徐秋林这下彻底放心了。

星期六的晚上七点刚过，徐秋林就带着礼物去冯玉洁家里了。他提着一个用粉色的锡纸包装好的盒子，包装纸上是一颗又一颗红色的心，这是徐秋林特意从几十张包装纸里挑选出来的，代表着他对冯玉洁的一颗赤诚而火热的心。盒子里的礼物更是徐秋林用了好几天的时间才准备好的。他从来都没有给女孩子送过礼物，虽然这个礼物花费了他很多心血，但他还是不确定是否能打动冯玉洁的心。

冯玉洁邀请来了很多同学，大部分都是干部子女。一群出身高干家庭的年轻人在一起，聊着各种感兴趣的话题。

师长夫妇在楼上书房里，今天是女儿的生日，他们要把空间完全让给这些年轻人。厨师正在厨房里紧张有序地准备生日晚餐，客厅里飘溢着蛋糕、红酒和点心的香气。

警卫员进来通报，说外面有一位年轻的军官求见。

“一定是王俊元改变主意，来给我庆祝生日了。”冯玉洁激动不已地暗想。她背转过身体，双手捂住自己扑通扑通乱跳的胸口，激动地笑出了声。

她心里骄傲地盘算着：“一会儿我把王俊元领进来，一定要好好挫挫眼前这几位小姐的锐气，我要让她们都知道，王俊元这座硬山头，只有我冯玉洁才能攻得下，让她们趁早死了这个心。”

冯玉洁转回身，欣喜地踮了一下脚尖，趾高气扬地把客厅里的人扫视了一遍，傲慢地咳嗽了一声，像召开重大新闻发布会似的开口了：“大家请听我说!”冯玉洁一开口，客厅里顿时一片安静，“今天晚上，有一位非常尊贵的客人来给我庆祝生日，他现在已经到了，我要亲自把他迎接进来，请大家稍等片刻。”

高官子女们开始了交头接耳，纷纷猜测这位神秘的客人究竟是谁。

冯玉洁今天穿了一件宽松的红色大毛衣，下身穿了一条紧身牛仔裤，特意去理发店烫了大卷发，又戴了一顶白色的贝雷帽做装饰，一副古铜色的铃铛耳坠使冯玉洁看上去很是新潮时尚。她几乎是旋转着走了出去，嘴里还轻轻哼唱着当时在年轻人中间最流行的歌曲。

冯玉洁看见一位身穿军装的男人在门口走来走去，手里提着一个很大的盒子。十一月，夜色早已经弥漫了城市的所有角落，她看不清那人的长相，再加上她被“王俊元意外到来”的惊喜笼罩着，哪里还能留意到这个人其实并没有王俊元那么高大。

徐秋林站住了，他背对着大门，凝望着马路对面，墙角下，一棵小草在秋风中瑟瑟地发抖。他不由得悲从中来。十年前，他和俊元一起从临湖镇来到省城，两个人无依无靠，无亲无故，他们当时的处境多么像这棵快要被冻僵的野草啊。刚开始，他和俊元在一个班里，两人彼此照应，心里还有个依靠。可一年多以后，俊元就被提拔成了排长，而他还是一个副班长。与俊元相比，他存在明显的差距。虽然俊元处处照应他，也经常给他出主意，可他还是觉得自己被远远甩在了后面，觉得在同年入伍的战友们面前抬不起头来。后来，他当上了副连长，凭能力，他往前很难再有大的发展，也许到了退伍那一天，他依然是副连职。他也曾经想过，就这么安于现状吧，当年一起入伍的战友里面大部分都是普通的战士，他好歹也是连职干部。可就在他心灰意冷的时候，有人在他耳边悄悄说道：“关系可以改变你的命运。”他那颗沉寂的心发出了猛烈的震颤，他觉得内心有什么东西觉醒了。

徐秋林把筹码全部压在了冯玉洁身上。这个赌注只有两个结果，或者大获成功，或者一败涂地。他想到了王俊元，王俊元正心无旁骛地朝着心中的目标坚定地前行，他知道，王俊元很快就会获得他想要的一切，过人的思维已经为他铺设了成功之路，他只要坚持下去，成功是迟早的事情。而他的境况则完全不同，他背后无人，脚下无路，手中无权，心中无力。如果想获得成功，他必须另辟蹊径。冯玉洁就是他唯一的指望。

对于这次生日宴会，他忐忑不安，但却义无反顾。

“不是说不来了吗？怎么又改变主意了？”冯玉洁在他的背后娇嗔地问道。

原来她以为是俊元来了。怎么办？如果我转过身，她发现不是俊元，会不会很失望？如果我就这么头也不回地走掉，她会不会很生气？刚才警卫员进去通报的时候，他应该把自己的名字报上去的，这样冯玉洁在出来之前，就可以知道来的人到底是谁，就可以决定是否还出来见他，他们之间就不会这么尴尬了。可万一冯玉洁知道来的人不是俊元，一气之下不出来见他，那他费尽心思准备的这个礼物岂不是送不出去了。

冯玉洁见他不说话，就扑哧一声笑了起来：“人人都说王教导员是一个勇敢果断之人，怎么今天变得扭捏起来了？”

徐秋林还是没有转身，他害怕看见冯玉洁失望的眼睛，也害怕自己被命运判了死刑。冯玉洁觉得很蹊跷，直接绕到了徐秋林面前，她并没有生气，她把他这种不寻常的举动当成对她动了真情。徐秋林立即把头低了下去，提着礼物的手在颤抖。

“人家跟你说话呢，怎么也不回应一声？”冯玉洁更加确信站在她面前的军官就是王俊元。实际上她什么也没有看清楚，因为天边最后一缕光线也被夜晚吞没了，路灯还没有亮起来，她看不清他的脸。

冯玉洁忽然打了一个寒战，她着急出来迎接王俊元，没有来得及穿外套，又站在大门外和一个像雕塑一样的军官说了一会儿话，在暖和的房子里积攒的那点热气早就被冷风吹走了。她感觉到了冷。

“这里太冷了，咱们进去吧。”冯玉洁接过徐秋林手里的生日礼物，骄傲地挎着他的胳膊，向屋里走去。她和王俊元如此亲昵的动作，一定会让所有女宾客羡慕嫉妒死的。

徐秋林始终一言不发，机械地跟着冯玉洁往里走。他从来都没有和一个女孩如此近距离地接触过，而且还是一个年轻貌美的女大学生，冯师长唯一的千金。他已经魂不守舍了。

看见冯玉洁和徐秋林一起挽着胳膊走进来，屋里的空气仿佛凝固了似的。大家面面相觑，终于明白过来是怎么回事的时候，男的吹起了起哄的口哨，女的像一群小鸟一样叽叽喳喳地议论开来：“玉洁，怪不得你哪个男同学也看不上，原来你已经有了一个兵哥哥。这保密工作做得也太到家了，把我们都给瞒过去了。”

冯玉洁自从进到屋里，还没有看身边的军官一眼呢。她的心思全部集中在了那些女同学身上，她喜欢看到她们用一种恨不能取而代之的目光嫉妒地望着她。

“玉洁，兵哥哥送给你的生日礼物是什么？快打开看看啊。”师参谋长的女儿发现了冯玉洁手里提着的大礼盒。

“我也不知道是什么，也许是他想给我一个惊喜吧。那就让我的兵哥哥隆重地告诉你们，这个盒子里装的是什么礼物吧！”冯玉洁知道，以王俊元的智商，一定不会送给她一个没有面子的礼物。所以，她很放心由王俊元来公布这个谜底。

“里面是丝巾。”徐秋林也一直沉醉在童话的氛围里，直到冯玉洁让他说出礼物的内容，他才清醒了过来，回到了现实中。

徐秋林从天堂回到了人间，冯玉洁却从巅峰坠入了深渊。听到徐秋林的声音，冯玉洁受惊般地甩开了他的手臂，像是一个突然恢复记忆的人，愤怒地望着眼前这个趁虚而入的人：“徐秋林，怎么是你？”

“玉洁，生日快乐。”徐秋林自从被冯玉洁挽着手臂出现在众人面前，接受一屋子人的祝贺，他也就顺水推舟，以冯玉洁男朋友的身份自居了。

“我还以为……”冯玉洁向后退了一步，她真后悔刚才被虚荣和骄傲冲昏了头脑，竟然把一个普通的小军官当成大英雄展示在同学们面前。她臊得满脸通红，真恨不得给自己一巴掌。她紧紧地咬着嘴唇，低垂着头，她不敢看同学们的眼睛，她觉得大家一定都在心里暗暗地嘲笑她，嘲笑她找了一个平凡而低微的小军官。

其实，冯玉洁的担心是多余的，因为那群年轻人根本就没有留意到冯玉洁和徐秋林之间的对话，他们都围聚在徐秋林带来的礼物四周，纷纷猜测着里面的丝巾究竟是什么样的，值多少钱，为什么要用这么大的一个盒子来装着。

徐秋林知道冯玉洁等待的人是王俊元，他并没有想过要欺骗冯玉洁，他也没有想过要做王俊元的影子。如果不是在师长家门口看见那棵秋草正在寒风中无助地摇摆，触动了他心底那抹无言的忧伤，他就不会以沉默为通行证进入师长的家。他是一棵无根的野草，如果不寻找一方依附的土壤，就只能在风雨中年复一年悲哀地飘摇。徐秋林虽然很欣赏冯玉洁的胆识，但他万万没有想到她是一个如此开放的姑娘，居然在他这个“假王俊元”第一次登门的时候，就把两个人的关系公之于众。如果冯玉洁矜持一点，含蓄一点，那么即使是他徐秋林来登门贺寿，也无关紧要。她只要对那些同学们说他是她的一个普通的朋友就可以了。以他的长相、军衔和身份，不会有谁硬是把他和冯玉洁的关系往暧昧的方面想的。但现在不同了，冯玉洁亲自挽着他的胳膊走了进来，一副小鸟依人、沉醉痴迷的神态，等于正式向所有的人公布了他们之间的恋爱关系。织网的是冯玉洁，而他只不过是一只甘愿钻入蛛网的飞蛾而已。

“玉洁，快把礼物打开吧，我们都想看看这份特殊的礼物。”女同学们冲着冯玉洁和徐秋林挤眉弄眼。

“你们自己打开吧。”冯玉洁对这场自己一手导演的生日闹剧已经全然失去了兴致。

女同学们三下两下就拆开了礼物的盒子。

“哇，这么多丝巾，好漂亮啊！”女同学们发出了类似尖叫的惊叹声。而这种声音恰恰是冯玉洁挽着“王俊元”的胳膊走进屋子的时候所期望听到的。可那些女同学，包括男同学，看见她挽着徐秋林的手臂走进来，只是表示出了一种极其平常的注视和议论，并没有任何惊讶之举。而当这个礼物盒子被打开的瞬间，女同学们的欢呼声就不绝于耳。这就再次证明了，徐秋林的魅力远不及一个生日礼物，一条可能稍微昂贵些的丝巾。

“玉洁，你快来看看呀！”一个女同学跑过来，拉起冯玉洁冰凉的手，把她拽了过去。

冯玉洁抬起羞愧的脸朝茶几上望过去。她不由得微微张开了嘴，黯淡的眼睛里放射出生命复苏的光芒。长方形的木头茶几上，横陈着二十七条五颜六色的丝巾，红色、紫色、黄色、蓝色、绿色、白色、橘色……几乎所有的颜色都汇聚在了这个茶几上，像是一条条彩色的河流，又像是一片片舒展开来的花瓣，绽放出夺目的光彩。冯玉洁从小就喜欢丝巾，那些曾经追求过她的男孩也送过她价格不菲的丝巾，但从来没有一个人一下子送给她这么多条丝巾，整整二十七条，整整二十七个颜色，整整二十七种款式，先不说买这些丝巾花了多少钱，单单把二十七种颜色不重复地收集起来，也是一件很有难度的事情。但徐秋林做到了。这足以表明他是一个很用心的男人，还是一个很浪漫的男人。冯玉洁转回头，望着笔挺地站立在远处的徐秋林，她觉得他没有刚才那么讨厌了。

徐秋林准备这份生日礼物确实费了不少心思，他利用休息的时间，带着通信员跑遍了省城所有的商店，才收集到这二十七条丝巾。他不知道这二十七条丝巾能给他的命运带来什么，但他却无比相信王俊元对他说的那四个字——心诚则灵。今晚，他把这份精心准备的生日礼物送出去了，从冯玉洁惊喜的目光中，他知道自己的一番心血没有白费。他的愿望实现了。这不就是他来见冯玉洁的目的吗，把礼物送给她，把祝福说给她，把心意传递给她，别的，都交给未来和命运吧。既然该做的事情都做了，那么现在就是他离去的时候了。

徐秋林走到冯玉洁面前，抱歉地笑了一笑，低声说：“对不起，我不是他，让你失望了。连里还有事，我就先走一步了。再次祝你生日快乐！”

说完，徐秋林转身，快步走了出去。

“徐秋林，你等一等。”冯玉洁追了出来，拦住了他的去路。

大门外面的路灯亮起来了，但她依然看不清他的脸，可却能感觉到他的目光，感觉到一股无限凄凉的忧伤情绪从他的眼睛里流溢出来。

“还有什么事吗？”徐秋林做好了再也不踏进身后这扇大门的心理准备。他是有所欲求，但并不强求。既然冯玉洁对他没有那个意思，那他就不能在后面穷追不舍。

冯玉洁娇嗔地一努嘴：“同学们都知道咱俩是那种关系了，你突然临阵脱逃，你让他们怎么看我？”

“对不起，都是我不好，让你在同学们面前为难了。要不……我进去再向他们解释一下，就说……咱俩只是普通的朋友，刚才你那么做，只是在和他们开玩笑。”今天是冯玉洁的生日，他不想她有任何的不开心。如果冯玉洁想撇清他们之间的关系，那他会立即回去，向所有的人做一个解释。

“我冯玉洁不是那种出尔反尔的人，既然我向所有的人公开了咱俩的关系，那就说明咱俩是有缘分的，”冯玉洁用一只手摸了摸自己的丝巾，低声地问，“徐秋林，你是真的喜欢我吗？”

“是的，我喜欢你，那天在礼堂里看到你，我就喜欢上了你！”徐秋林激动地一步跨到了冯玉洁身边，他感觉到命运的大门正在眼前徐徐为他开启，但一想起冯玉洁跑上舞台给王俊元献花的画面，他的心里就涌起一股酸酸的滋味，“只可惜，你那天只注意到了王俊元，根本就没有看我一眼。”

“谁让你不上台展示一下自己的才艺呢，这可不能怪我。”冯玉洁像个孩子一样撒娇道。

“我除了会打枪，别的都不会。”徐秋林不好意思地说。他从小就知道自己是一个没有艺术细胞的人，唱歌没有感觉，跳舞跟不上节奏，就连最简单的口琴，他也始终找不到调。所以，每当部队搞文艺演出的时候，他总是坐在舞台下面观看的那一个。

“你虽然不懂文艺，但你却很懂浪漫。不是所有的人都能想出送我二十七条丝巾的主意的。”这二十七条丝巾彻底满足了冯玉洁的虚荣心，让她在同学们面前出尽了风头，赚足了面子。仔细想想，今晚这一幕还颇有几分戏剧的味道呢。她挎起徐秋林的一只手臂，亲昵地说：“和我一起进去吧，同学们还等着切蛋糕呢。”

生日宴会结束后，徐秋林走在回部队的路上。此刻，他就像是一个从小生活在穷困里的小孩突然拥有了满口袋的糖果。糖果散发出来的甜蜜的香气，将过去所有的苦涩和酸楚都融化掉，他一下子从生活的不幸儿变成了命运的宠儿。他仿佛感觉到成功的喜悦犹如滚滚的潮水正朝着他奔涌而来。他再也按捺不住内心的激动，摘下帽子，在无人的街道上奔跑了起来。

天上下起了雨，但他一点都不慌张，这不是普通的雨水，这是幸福达到饱和后所沉淀下来的晶体。他张开手臂，尽情地吸吮着温和的夜色、酣畅的雨滴、鲜艳的爱情和自由的人生。

徐秋林一口气跑到了营区，跑到了宿舍楼，跑到了王俊元的房门前。他没有想到，冯玉洁这么快就接纳了他，承认了他们之间的恋情，还亲自把他送到了大门口外，并且含情脉脉地望着他走远。从今天开始，他再也不是寂寞的单身汉了，再也不是一个没有根基、没有背景的人了，他是师长未来的女婿，是无数人羡慕嫉妒的对象。他被命运遗弃在角落里，又被运气请到了广场上。他被能力疏远，却被爱情青睐。这个时候，他是睡不着的，他必须和自己的好兄弟来分享一下这个天大的好消息。

王俊元还没有休息，正伏案专注地记录着笔记。一阵急切的敲门声打断了他的思路。王俊元抬起头，这才发现，窗外正在下着雨。他站起来打开门，看见徐秋林站立在门外，滴落着雨水的脸上带着兴奋的笑容。

“秋林，快进来!”王俊元立即把落汤鸡似的徐秋林让了进来，又递给他一条干毛巾，“你怎么被淋成这样?”

徐秋林胡乱地擦了几下，一屁股坐在椅子上，手里攥着半湿的毛巾，两眼放光地说：“你猜今日战果如何?”

王俊元早从徐秋林眉飞色舞的神情上看出他一定心想事成了：“我猜是冯玉洁这座山头被你给攻下了。”

“你猜对了!”徐秋林头发上的雨水还在往下滴，但他顾不得擦，就把在冯玉洁家里发生的那样戏剧性的一幕讲给了王俊元。

“我就知道你肯定会如愿的。你和冯玉洁能走到一起，我真的为你高兴。”王俊元拿来两个茶杯，倒满水，他们以水代酒，两个人同时一饮而尽。

徐秋林煞有介事地说：“有一件事我得提前和你说好，我给玉洁买生日礼物借你的钱暂时是还不了了，因为，我想尽快和玉洁结婚，免得夜长梦多。”

“那些钱不用还了，就当我给你们结婚随的礼了。”

“不行，礼份子钱那得另算。”徐秋林梗着脖子，好像他真的马上就要和冯玉洁结婚了。

“行，到时候我一定给你备上一份厚礼。”王俊元把茶杯放在桌子上，一种隐隐的担忧浮上心头。徐秋林和冯玉洁刚刚认识没有多久，就有了谈婚论嫁的念头，他担心这样的感情不牢靠。婚姻不是一个男人和一个女人的贸然结合，而是两颗心经历过生活的考验后作出的一生相守的承诺。到现在为止，徐秋林只见过冯玉洁三面，而冯玉洁今天是第一次正式注意到徐秋林的存在，这样没有根基的感情只适合恋爱，而不适合结婚。徐秋林正在兴头上，王俊元不想扫他的兴，但作为最好的兄弟，他不得不提醒徐秋林："你们可以先试着交往一段时间，等真正确定了这份感情以后，再结婚也不迟。"

徐秋林擦着头发的手又停了下来，毛巾掉在了地上，他也不去捡，两只手耷拉在膝盖上："你说……玉洁会不会反悔？也许……等她冷静下来了，想清楚了，就会觉得我配不上她。"想到这里，徐秋林的心纠结在一起，如果冯玉洁真的反悔了，那他所有关于未来的憧憬不就都烟消云散了吗？他感觉到一种深深的忧虑，就好像他乘坐的这艘小船刚驶入大海深处，却发现船身居然漏水，最要命的是，他不懂水性，一旦翻船，他将毫无回天之力。

王俊元捡起毛巾，把它在热水里清洗干净，晾在洗脸架上，递给徐秋林另外一条雪白的毛巾，就坐在床沿上，安慰地说："冯玉洁后悔倒不至于，但你得稳扎稳打，就像打仗一样，一个关口一个关口攻破。"

"嗯，你说的有道理，我是太心急了，担心煮熟的鸭子又飞了。"徐秋林自惭形秽地叹了一口气，"我要是有你的智慧，别说一个'红丝巾'了，就是一个连的'红丝巾'，我也能把她们集体拿下。"

在王俊元的分析下，徐秋林冷静了下来。想想刚才自己那种过度的兴奋劲儿，不觉有些脸红。他转过脸，随手拿起桌子上一个厚厚的日记本，翻看了起来，上面详细地记录着高中立体几何的知识点和典型题目。徐秋林望着王俊元，好奇地问："你现在看高中的课本做什么？"

王俊元回答："兰馨已经上高三了，明年就要参加高考，我闲着没事的时候，就把咱们学过的高中知识点总结一下，也许能给她一点帮助。"

"兰馨都要考大学了？时间过得真快，她离开的时候，还只是一个七八岁的小女孩呢。"刚入伍时，徐秋林还以为王俊元会马上找时间去那位省城的大官家里看望兰馨呢，但王俊元始终没有行动，徐秋林问他，他也总是闭口不谈。慢慢地，徐秋林就把兰馨也在省城生活的事情给淡忘了。

"你这么忙，还帮兰馨整理复习资料。兰馨能有你这个大哥，可真是福气。"徐秋林把日记本在手里一合，嘴里咝了一声，"兰馨今年应该十七八岁了吧？"

听完徐秋林的话，王俊元的心也颤抖了一下。光阴荏苒，白驹过隙，转眼十年过去了，兰馨今年十八岁了，她现在的年龄就是他们当年分别时他的年龄。不知道十八岁的兰馨变成什么模样了？

他突然有点想见到兰馨了。

徐秋林双眉一挑，冲过去，一把掀开了王俊元的衬衣，盯着王俊元腹部的六块腹肌，羡慕地说："这么好的腹肌，没有女人来欣赏，太可惜了！"

"有你欣赏也一样。"王俊元把衬衣抚弄整齐，倒好热水，挽起袖子，准备洗脸。

徐秋林并没有要走的意思，继续说道："这不一样，把魅力在同性面前展示，招来的是嫉妒，在异性面前展示，引来的是爱慕。俊元，你现在是样样都出类拔萃，思想教育、组织指挥、兵力运用、武器装备的操作使用，门儿清。你是政工军事两手抓，两手都很硬。但唯一缺少的就是一个如花似玉的姑娘。其实，你根本不缺爱慕者，多少首长的掌上明珠都在明目张胆地竞争你，我听说，人有的本来是很好的姐妹，因为同时爱上了你，都断绝关系了呢。喂，你说实话，那些首长们的千金到底哪里不好？"

"她们没有什么不好，但不是我想要的类型。"王俊元擦完脸，又挤好牙膏，愣在那里，望着牙缸里的水，痴痴地说，"我想要的是一个像清水一样的姑娘。"

徐秋林从来没有看见过王俊元这样的表情，就开起了他的玩笑："我们的王大教导员也不是四大皆空嘛。"

"但有时候，越是简单的东西，越是难得到。"王俊元感慨地说。

"如果你一直遇不到你的水姑娘呢？"

"那我就一直等下去。"王俊元说完，就自顾自地刷起了牙。

徐秋林不再言语了，他知道，在对爱情的认识上，他又输给了王俊元。他追求冯玉洁，一方面是被她的性格所吸引，但更重要的一个原因是因为她有一个当师长的父亲。追求冯玉洁，就是追求权力。他的爱情观与王俊元的爱情观相比，是庸俗的，是低级的。可他有资格像王俊元那样盼望一份纯真情感的来临吗？如果他也这么柏拉图式地等下去，也许没有等来那个像清水一样的姑娘，倒等来了无数人超越他的无奈和自卑。他不是圣人，也不是理想主义者，他需要爱情，但更需要前途。

他和王俊元终不是一类人。

徐秋林走后，熄灯号响起来了。王俊元点上蜡烛，坐在窗前，继续整理他的高中复习笔记。早一日完成，他就可以早一日见到兰馨了。

第三十二章　十年后的重逢

三月里的第一个星期日，王俊元提前理了头发，特意换了一件崭新的白衬衣，还亲自动手把皮鞋擦得锃亮。他把厚厚的七大本笔记和一厚沓数学题卡放进了一个很干净的大手提袋里。

他没有让司机和通信员跟着，自己开着车往军长家里驶去。一路上，他始终在想，长大后的兰馨会变成什么样子？还像小时候那样爱笑、爱唱、爱跳吗？距离军长家里越近，他就越激动，封锁了十年的亲情，今天终于可以自由表露了。

车子在距离军级首长别墅区门口不远的地方停下。王俊元提着袋子，来到大门口，出示了自己的证件。门岗的人给沈建国打了电话，核实完王俊元的身份后，就让他进去了。

王俊元按照打听好的方位，穿过一条两侧开满迎春花的林荫小道，徐步向军长家走去。

王俊元站立在军长家大门口，警卫员早已把大门打开。他刚走进院子，就听到了一个银铃般的声音从院子里传了过来：“西巴，到我这边来。”

这是一个很年轻的少女的声音，如明月初照，如流水滴石。王俊元循着声音望过去，他看见一个长发披肩的女孩正蹲在地上抚摸一只小狗，小狗个头很小，只有一只成年的猫那么大，一身纯白微卷的毛发，三角形的耳朵直立着，黑色的大眼睛就像两粒杏仁，上眼皮还有长长的睫毛，犹如人类的双眼皮。它是日本的一种贵族犬。

她背对着他，但他一眼就认出了她，她就是兰馨，就是他十年未见的亲人。那只叫西巴的小狗像是发现了什么美味，快速地向院子深处跑去。兰馨凝视着远去的西巴，站了起来。

王俊元的身体像是被突然凝固住，一动也不能动。他产生了一种微妙的幻觉，刚才那个娇嫩的花骨朵不见了，眼前是一朵纤尘不染、完全盛放的白玉兰。十年不见，在他的印象里，兰馨一直都是小时候的模样，娃娃脸，大眼睛，小小的身体，天真的神情。但是现在，站立在他面前的却是一个婀娜多姿、浑身散发着青春色彩的美丽少女。她个子高挑，腰肢纤细，流线型的后背，两条曼妙的长腿，穿着一件粉色开衫连衣裙，袖口还点缀着刺绣花边，下身穿着雪白色的长裤，秀美的脚伸进一双精致高贵的皮鞋里，看上去是那么轻盈优雅。她把双手背在身后，纤长的手指白净无瑕，每一个指甲盖都泛着水晶的光泽。看见西巴可爱地在地上打滚，她把一只手伸到前面去，抵在鼻翼下，嘴里发出了轻轻的笑声。

“兰馨……”王俊元站在原地，轻轻地叫了一声。

那个美丽的背影触电式地回转过头，他看见了一张迷人的少女的脸，仿佛一朵刚刚绽放的花蕾，娇羞动人。

她亭亭玉立在那里，惊诧地望着他，仿佛不认识他，但很快，她紧紧咬住了嘴唇，黑色的大眼睛里溢满了泪水。

“俊元哥哥……”她张开双臂，还像小时候那样，热烈地呼唤着他的名字，朝着他奔跑过来。

手中的袋子滑落在地上，他也像小时候那样，将她拦腰抱起，在地上旋转了好久，才将她稳稳地放下。

二人四目相对，竟无语凝噎。十年的别离，堆积了多少的等待和期盼，又沉积了多少的想念与牵挂。他无数次地想来看她，就连进城来办事，他也会挑选一条最接近军长家的路线，心里盼望着能在某个地方忽然邂逅兰馨，哪怕不说话，只是静静地在远处看她一眼，他就心满意足了。她望眼欲穿地等着他出现，许多个夜晚，她从睡梦中惊醒，光着脚跑到院子里，独自望着寂寞的月亮默默地垂泪。她在心里千遍万遍地呼唤他，幻想着有一天，能见到他。如今，那个心心念念的人就站立在眼前，就在自己触手可及的地方，只要张开嘴唇，就可以把积攒了十年的话说给对方听，可重逢的巨大惊喜让他们找不到一个完整的字来表达此刻的心情。他们就那么目不转睛地凝望着彼此，脸上带着笑，眼睛里却含着泪。

兰馨勾住了王俊元的脖子，伏在他的胸口，出声地哭了起来。她的脑海里又浮现出了十年前那个令人伤心的情景，军长夫妇把她强行从王俊元身边抱走了，她跪在小汽车的后座上，痛苦地拍打着玻璃，她以为再也见不到俊元哥哥了。现在，俊元哥哥终于来了，她终于把他给盼来了。

王俊元轻轻拍了拍她的头，想把她的双手拿下来，他想再好好看看她。但兰馨却把他搂得更紧了，似乎担心自己一松手，他就不见了。只是这么一个简单的动作，王俊元那颗悬着的心就放了下来，兰馨还是十年前的兰馨，漫长的岁月只改变了她的身高和声音。她的眼神、她的动作、她的眼泪、她的情感，还和十年前一样。

久久地，谁也不说一句话，仿佛拥抱替他们道尽了埋藏在心底的千言万语。十年的情感，在沉默中进行了最没有保留的交换。她搂着他，生命从冬季走进了春季，她终于把现在的自己和十年前的那个自己合成了一体。

不知道过了多久，兰馨才睁开了沉醉的眼睛，回到了如梦似幻的现实，她松开了他的脖子，想好好和俊元哥哥说说话，却感觉到俊元哥哥的手臂依然环抱着她。她的头刚离开王俊元的胸口，王俊元就把双臂猛地一收，他不想让她再离开他。兰馨明白了王俊元的心意，就重新投入了他的怀抱。两个人的身体贴得更紧了。十年里，她一直苦苦盼望的就是此刻的画面，他们紧紧地拥抱着，没有人会把他们再分开。

沈建国接到门岗的电话，就知道王俊元来家里的目的其实是看望兰馨。他程序性地在会客厅里等了一会儿也不见王俊元进来，他判断王俊元一定在院子里遇见了兰馨。正好部队来了电话，有一些事情需要他过去处理一下。他就吩咐秘书随他走一趟，这样他就可以让女儿和她期盼已久的客人好好叙叙旧了。

“俊元来了？”沈建国披着军大衣，从屋里走了出来。十年不见，沈建国的鬓角已经泛起了微微的白霜，原本平整的脸庞也有了明显的皱纹。但王俊元却比十年前更加成熟和稳重了。

“首长好！”王俊元向沈建国行了一个崇敬而感激的军礼，感谢军长把兰馨照顾得这么好。

“爸爸。”兰馨望着沈建国，乖巧地叫了一声。但她依然站立在王俊元身边，一步也不想离开。

沈建国温和地对兰馨微笑着，然后转向王俊元，慈爱地说：“你和兰馨这么久没见面，一定有很多的话要说。今天中午就别回部队了，留在家里吃个便饭。”

“是！”王俊元爽快地答应了。他确实有很多的话要对兰馨说，现在一句还没有说出口呢。

听到父亲说不让王俊元回部队，兰馨这才注意到王俊元也穿着军装，刚才她完全陷入到了与王俊元久别重逢的巨大喜悦里，全然没有注意到他那彰显着身份的军装。由于从小生活在军长家，她见过各式各样的军人，有活泼的，有刻板的，有稚嫩的，有老练的，但没有一个人像俊元哥哥这样和军装契合得如此完美，仿佛军装就是从俊元哥哥的身体上天然地生长出来的。军装似乎具有了灵性，把俊元哥哥高大的身躯和如大理石雕像般匀称的线条完美勾勒了出来，挺拔的腰板彰显着顶天立地的气魄，有力的臂膀托举起责任和硬朗，就连他的眼神，都平添了一种刚毅和英武的光泽。兰馨看得有些出神了，轻声地问：“俊元哥哥，你来省城当兵了吗？”

沈建国替王俊元回答：“俊元已经当兵十年了，现在是防化营的教导员。”

兰馨惊讶地望着已经是教导员的王俊元。原来，俊元哥哥一直都和自己生活在一个城市里，原来，他们从来都没有分开。可是，既然俊元哥哥就在省城里，为什么十年里一次也没有来看过自己呢？是俊元哥哥工作太忙了，还是……

兰馨不愿意再想下去了，她怕命运告诉她，她对于俊元哥哥来说，早就没有小时候那么重要了。来不来看她，对他来说，没有太大的区别。小时候所发生的一切，只不过是昨日流水、明日黄花罢了。

“你们先聊，部队里有点急事，我去处理下。”沈建国嘱咐了一下妻子，中午让厨师多炒两个菜，就出门了。

院子里只剩下了兰馨和王俊元两个人。兰馨失落地垂着头，噙着眼泪，咬着苦涩的嘴唇，早知如此，还不如不相见，那样起码心里还可以存着一个缥缈而美好的梦。生命在等待中凋零，也不失是一种悲凉的美。

兰馨心情的起伏都被王俊元看在了眼里。他早知道要面对这个不好回答的问题。他不想欺骗她，不想对她有所隐瞒，但又不便把他不来看她的真实原因和盘托出。这里毕竟是军长家，他想找一个合适的时机再和兰馨好好解释一下。

他轻轻地把双手搭在了兰馨的肩上，凝视着她：“这十年里，我之所以没有来看你，是因为我知道你生活得很好。如果你有什么事，我会第一时间出现在你身边的。”

王俊元的回答把兰馨心头的阴霾瞬间吹散，他说的每一句话，她都深信不疑。她信任地望着他，喃喃地说：“外面冷，到屋里去说话吧。”

当兰馨那只温暖的手指碰触到他的掌心时，一股暖流顷刻之间从手掌弥漫开来，迅速传遍了他的全身。这双手也不再是十年前的那双稚嫩的小手了，如今的它纤细而柔软，透着一种青春期的少女特有的质感和气息。王俊元的脸红了，他尴尬地站在那里。

“怎么了？俊元哥哥？”兰馨回头，纯真地凝望着王俊元。

为了掩饰内心的慌乱，他抽回了自己的手，弯腰捡起地上的手提袋，有些不自然地说：“忘记把它捡起来了。”

两个人一前一后穿过一个宽敞的客厅，登上一个红棕色的旋转楼梯，再走过铺着地毯的走廊，就来到了位于最东头向阳的一个卧室。

兰馨推门进去，把屋门敞开，背靠在门上，微笑地邀请王俊元进去。她的目光随着王俊元的身躯移动着，看着他一步一步走进她私人的领域。这一幕，她不知道期盼过多少次。

这是一个面积不大，但布置得很是精致的房间，一看就知道是少女的闺房。靠东墙摆放的大床上铺着天蓝色的床单，北侧摆放着一组和床的颜色很协调的中式立柜。南边的窗户下是一张收拾得很整齐的桌子，桌子上放着兰馨的学习用品、一盏粉红色的小台灯和一个正在跳芭蕾舞的俄罗斯女子的雕像。

兰馨把仅有的一张椅子让给王俊元，她轻盈地旋转了一下，就坐在了床沿上。

“兰馨，你学过舞蹈吧？”王俊元觉得兰馨举手投足之间具有一种摄人心魄的美，那美丽柔软的身姿、优雅高贵的气质，与桌子上的俄罗斯芭蕾女郎没有一点差别。

“嗯，我上小学一年级的时候，爸爸妈妈就让我练习芭蕾舞，说是既锻炼身体，又能塑造形体。刚开始学习的时候确实很辛苦，但是后来我就慢慢适应了。现在，无论听到什么声音，我都想跳上一会儿。”兰馨从床上站了起来，立起脚尖，举起双臂，在屋子里做了几个白天鹅的经典动作。

王俊元沉醉地望着在房间里舞动的兰馨，他见过部队文工团的那些跳舞的女演员，也看过不少场省歌剧院，甚至是中央芭蕾舞团的演出，但很少有人能像兰馨这样，把内心的情感和肢体的动作结合得这么完美。兰馨几个随意的动作就让他有种置身于夜色下平静湖畔的恍惚感，他仿佛看见一只美丽高贵的白天鹅在轻舒洁白的羽翼，弯着长长的脖颈，低头看着透明的湖面，感受生命蜕变的惊喜。举手，立脚，起步，每一个动作都在诠释着一种灵魂的美感，旋转，跳跃，落定，每一个舞姿都诉说着一种蓬勃的情愫。她是那么的美，美得纯粹，美得绝伦，美得辉煌，美得真实。她真是一个舞蹈的精灵。

兰馨停止了舞动，但源自脚尖上的流光溢彩依然在王俊元的心底飞跃和弹跳着。王俊元出神地站了起来，他看见一团灿烂的光影在他的眼前闪烁。

“兰馨，你跳得真美！”王俊元脱口而出。

“俊元哥哥喜欢，那我以后就多跳给你看。”兰馨做了一个优雅的谢幕动作，欢快地跑到了王俊元面前。

以后可以常常看到兰馨跳舞，这该是何等幸福的事啊。可是，兰馨还有半年就要高考了，他一定要尽力为兰馨保驾护航，所有干扰兰馨学习的事情，他都要避免。等兰馨考上了大学，他再好好欣赏她那动人的舞姿。今天他是来给兰馨送复习资料的，他不能把正事给忘了。

王俊元把手提袋里的东西掏出来，放在桌子上，把笔记本往兰馨面前推了推：“这些是我整理出来的高中三年课程的重点和难点，”又拍了拍那一厚摞题型卡片，“这些是我挑选出来的易考的几何题型，正面是题，背面是答案，你做完一张，就可以直接扔掉，省时省力。希望这些东西对你的复习能有所帮助。”

兰馨欣喜地打开日记本，认真翻看了起来，她高兴地说：“俊元哥哥比我们老师总结得还要全面、细致，而且浅显易懂，一点都不枯燥。尤其是这些题型卡片，太珍贵、太巧妙了！”

兰馨抬起头，紧紧拥抱住笔记本，感激地说：“俊元哥哥，谢谢你，这些对我来说真的太宝贵了！”

“我们之间不用说‘谢谢’。”王俊元习惯地把手放在兰馨的长发上，还像小时候那样爱怜地抚摸她的头。

兰馨抬起了明亮的黑眼睛，那是两片秀美的湖泊，里面洒满了一个少女对世界上最亲密的人水晶般纯粹的信赖和依恋。她微笑地望着他，青春的脸上满是飞扬的灿烂。从头到脚，没有一处的曲线不恰到好处，没有一处的轮廓不蕴含着美的意象。

王俊元突然有一种奇异的感觉，他觉得自己的身体正在那两道明媚的目光里渐渐融化。他从来都没有体验过这种感觉，他这是怎么了？站立在他眼前的，只不过是一个刚刚成年的少女，他为什么会紧张成这样？他慌张地把手从她的头发上收回来，把身体转向书桌，随手拿起桌子上的一张写了两行字的白纸，上面写着：“我愿焚心为烛，照亮你来时的路。”

多么富有深情的诗句！他曾经好几次都读到过这样触动人心弦的诗句，至今他还清晰记得其中的一些话语：

“我是眼睛，你是视觉，只有二者合一，才能看见世间美丽的风景。”

“多想把全世界浓缩成一点，那样，我们就再也不用分离。”

“有人问我幸福是什么颜色？我回答：它是你的肤色。”

……

这些诗句，他都是从刊发诗歌的报纸或杂志上读到的，写这些诗句的作者署名兰馨儿，他知道，她就是兰馨。从那些不会说话的字句里，他就知道兰馨儿就是周兰馨，现在，看见白纸上的这两行诗句，他就更加确定了。同样浪漫的笔触，同样热烈的情感，兰馨应该是恋爱了，只有恋爱中的人，才能有这样深刻的体会，才能写出这样真挚感人的诗句。事实很清楚，一个男孩子走进了她的心里，占据了她所有的思想，触发了她奔涌如泉的灵感，她才能写出那些优美动人的诗句。

他把酸楚的目光转向别处，似乎在躲避什么，又似乎是在寻找什么。他看见一个刚织了一半的男式围巾放在书桌侧面的椅子上。他的心里忽然涌起一股深深的失落，如果说读到那些情诗，他还有所怀疑的话，那么看到这条围巾，他就确信无疑了。兰馨确实恋爱了。依兰馨现在的条件，找一个门当户对的高干子弟，是绰绰有余的。不管她和谁在一起，只要她是快乐的，他就可以放心了。王俊元立即把目光从围巾上收回。他不能因为自己的情绪而给兰馨的学习造成丝毫的影响。

兰馨望望手里的笔记本，继而凝视着王俊元，羞涩地说："如果我有地方看不懂，怎么办？"

王俊元想了一下："那我就每个周末来看你一次，只是……我担心来得多了，影响你学习。"

"你不来，才影响我呢……"兰馨接口答道，但还没有说完，脸就红了，她紧张地攥住了开衫的下摆，在指尖缠绕着，支支吾吾地说，"我的意思是……你如果不来看我，我有了不明白的问题，不能及时问你，最后可能会影响我的高考成绩。"

看见兰馨羞涩的模样，王俊元觉得她比跳芭蕾的时候还要美丽，不，是和跳芭蕾时所不同的另外一种美丽。跳芭蕾的兰馨自信、高贵、优雅，羞涩的兰馨温婉、娇柔，就像是一朵娇嫩的花瓣，时而随风摇曳，时而静如处子。无论是舞动的她，还是宁静的她，都是那么美。

"好，那我就每个星期日的上午过来，只待一个小时，我就离开，既不占用你太多的时间，又不用让首长安排午饭。"王俊元做了一个释然的表情，"这样，我就可以心安理得地过来了。"

"君子一言，驷马难追！"兰馨勾住了王俊元的小拇指。在接下来这半年里，她每个星期都可以看见俊元哥哥了，她多高兴啊！

"兰馨，你看我给你带什么回来了！"一个皮肤不是很白，但很有活力的青年出现在门口，双手背在身后，脸上带着自信和自负混合而成的笑容。他就是沈建国的儿子沈兴哲，从小就成绩优异，没有高干子弟惯有的那种傲气，对任何人都彬彬有礼，但不知道怎么回事，去年高考的时候，他居然落榜了，只好选择复读，和兰馨同时读高三。兄妹俩不在一个班级，但每天上学、放学，两人都会结伴而行。兰馨的同学都夸她有一个一表人才的哥哥，沈兴哲的同学都夸他有一个聪慧美丽的妹妹。兄妹俩并肩走在校园里，总会成为一道瞩目的风景，不知道的还以为他们是一对正在热恋的情侣呢。

看见屋里有一位高大英俊的年轻军官，沈兴哲脸上的笑容凝固了。兰馨从来都不带任何男性进入她的房间，即使是关系最熟识的男同学，也都是在客厅或书房里聊天。今天兰馨怎么会把一个陌生的男人领进卧房里呢？他上下打量了一下王俊元，身材挺拔，目光坚毅，颇有中世纪骑士的风范。他很确定他从来都没有见过这个人。他穿着军装，按说应该是来找父亲的，可他和兰馨对视时的目光，是那么温和，那么怜爱，绝不像是第一次见面的人应有的眼神。

沈兴哲在打量王俊元，王俊元也在推测沈兴哲的身份。王俊元知道军长还有一个儿子，年龄比兰馨大一岁。此外，如果是兰馨的男朋友来访，应该有人上楼来通知兰馨，兰馨下楼去接待。能自由出入军长家里，除了军长的儿子沈兴哲之外，不会有第二个人。

"你就是沈兴哲吧？"王俊元大步走了过来，微笑地望着眼前这位和兰馨一起长大的男孩子。

"你是？"沈兴哲的表情很冷淡，所有接触妹妹的男人，他都会保持防备性警惕。

"哥，他就是俊元哥哥，今天是专程来看望我的，还给我送来了好多复习笔记呢。"兰馨热情地把自己最亲密和信赖的人介绍给哥哥，她希望，哥哥也能喜欢俊元哥哥，她甚至觉得，全世界的人都应该喜欢俊元哥哥，因为俊元哥哥是那么好的一个人，从小，她就很崇拜他、仰慕他、依恋他。

"哦……"沈兴哲不冷不淡地答应了一声。王俊元，这个名字他当然很熟悉，这是兰馨提到的最多的名字。小时候听到这个名字，他只是很好奇，不知道这个叫王俊元的大哥哥是个什么样的人，为什么让兰馨念念不忘？后来长大了，再听到这个名字，沈兴哲就有一种酸溜溜的感觉，他不想在妹妹的心里，还有另外一个哥哥的存在。他沈兴哲才是兰馨的哥哥，唯一的哥哥。他紧盯着王俊元的肩章，两只眼睛突然放出侦探发现谜底的光芒，他从小在部队大院里长大，对每一位军人的肩章所代表的军衔是了如指掌，王俊元现在是少校了，这么说，他当兵已经好多年了，可他一次也没有来过家里看望兰馨，这说明在王俊元的心里，兰馨并不是那么重要。顷刻之间，王俊元对他造成的威胁一下子解除了。他放下了戒备之心，自顾自地走了进来，两只手依然藏在背后。

"兰馨，你看我给你买什么了！"沈兴哲把手伸到了前面，眉毛自豪地往上挑了一下，就好像他要把一块糖送给一个喜欢吃糖的小孩一样。他的手里提着一网兜软乎乎的桃子，桃子的皮已经裂开了，浓稠的桃汁一滴一滴地落在地面上。

"桃汁滴下来了。"兰馨急忙跑出去找来一个盆子和一块抹布，把哥哥买来的桃子放进盆子里，然后蹲在地上，要去擦拭地面上的桃汁。

“我来！”王俊元利索地脱掉军装上衣，交给兰馨，挽起白衬衣的袖子，从兰馨的手里接过抹布，把滴落在地面上的桃汁擦拭得干干净净。

沈兴哲看着王俊元擦拭地面，不好意思地说：“上个星期我看兰馨把卖桃子老伯最后的几个软桃子都买了，我还以为她喜欢吃这种桃子呢，今天一大早我就又去找那位老伯，专拣软乎的买了一大兜回来。谁知，这些桃子像稀泥一样，没有让兰馨吃到，倒让地板满足了一下口福。”

“满足口福的不只是地板，还有你的裤脚。”兰馨抿着红润的嘴唇，指了指沈兴哲沾染了桃汁的裤腿。

“哎哟，可不是嘛，你不说，我还没有发现呢。”沈兴哲立即转身，跑了出去，回自己的房间换衣服去了。

“你小时候喜欢吃硬桃，什么时候变口味了呢？”王俊元洗完手，穿上了军装，边扣扣子边问。

“我喜欢吃的仍然是硬桃，从来就没有改变过。”兰馨望着王俊元的眼睛，不假思索地回答。

“那这些桃子……”

“是这样的。那天，我和哥哥在放学的路上，看见有一位老伯，穿着很薄的衣衫，蜷缩在雪地里卖桃子，他的手和脸都冻红了。我就想，如果我把老伯的桃子都买下，那他就可以早点回家了。于是，我把身上的钱都拿出来，买下了老伯所有的桃子，哥哥就以为我喜欢吃这样的桃子。”兰馨甜甜地微笑着。

“你真好。”王俊元由衷地赞美着。从她怜爱地抚摸小狗西巴的毛发、从她注视着家人时真诚的眼神、从她善待一位素不相识的卖水果的老人、从她毫无隐藏地表达着对他的依恋，他就知道，兰馨一点都没有变。

两个人又面对面地坐下，畅所欲言地交谈了一会儿。感觉这个东西真的很神奇，有的人天天在一起，但却无言以对，有的人哪怕几年、几十年没有见面，再次重逢，就好像每天都在一起一样，有着说不完的话，有着叙不完的情。如果不是保姆上楼通知午饭已经准备好了，他们真愿意一直就这么聊下去。

午饭准备得很是丰盛，荤素搭配得也很是讲究。饭桌上始终萦绕着一股浓浓的温情。兰馨紧挨着王俊元坐下，他夹给她的每一口菜都是她喜欢吃的，她的性格情感没有变，她的饮食口味也没有变。

吃过午饭，王俊元就告辞了。他不能再占用兰馨更多的时间了。兰馨坚持要送他到别墅区门口。

两个人并肩走在开满迎春花的小径上，空气里到处弥漫着浓浓的花香，还有一种极为撩人的缥缈轻盈的气息，那是古老的酒窖开启后飘散出来的第一缕酒香，那是春天里泥土解冻的味道，那是晶莹的冰河上撒下的第一道阳光，那是黑夜里火柴燃烧的气味，那是一个如仙似幻的梦境，那是一首唱给灵魂的歌。王俊元知道，那其实是一团在兰馨婀娜的身体内燃烧的火焰，只是这火焰是用青春和美丽构成的，所以，它发出的是绿色的光芒，像钻石一样剔透，像星光一样静谧，像青草一样清新，像烛火一样温暖。他记得她小时候的体味，那是一种类似奶酪的味道，这种味道的吸引力只能让他在她那稚嫩的小脸蛋和额头上留下一个怜爱的吻。但现在这种气息的吸引力却像是一个能量巨大的磁场，既吸引，又排斥，他有点不知所措。所以，他落在了她的后面。当他从那种无法言明的感觉里清醒过来，抬起头，他看见了一幅在春风中流动的画，那是一个美丽少女的剪影，两条纯美的线条从轮廓两侧流畅而蜿蜒地滑下，仿佛是一个书法圣手握着两只神笔，自上而下行云流水般地对称而落，一个绝美的少女塑像犹如被施了魔法，在人世间复活。兰馨的一切，他是那么熟悉，又是那么陌生。他熟悉她的发质，但不熟悉她的发型；他熟悉她的皮肤，却不熟悉她的骨骼；他熟悉她的平坦，却不熟悉她的饱满；他熟悉她的微笑，却不熟悉她的情愫。他决定要把她交给那个给了她爱情的男孩子，内心却又万分地不舍，也许天底下的哥哥在把妹妹交给另外一个男人的时候，都是这种心情吧。他想加快脚步追上去，但却只能这么不远不近地跟随着。他想叫她的名字，却又不忍打断她优雅的步调。

“就送到这里吧，快到门口了。”快走到别墅区门口时，王俊元走上前拦住了她。

“还有好几步呢。”兰馨放慢了脚步，一小步一小步地不情愿地向前缓慢地挪动着，她想能和他尽量多待一会儿。

王俊元也放慢了脚步，和她并肩走着。这段路如果能长点，再长点……一直延伸到天的尽头，那该多好啊。

第三十三章　浮出水面的爱情

徐秋林被提为了连长。虽然很多战士在背后议论徐秋林之所以能当上连长，主要是有冯师长给他撑腰。但徐秋林并不在乎，这些结果，他早就预料到了。鱼和熊掌不可兼得，既然他选择了追逐更高的官职，那就得承受别人的嫉妒和议论。他觉得，能被人嫉妒，也是一种能力的体现。吃不到葡萄的人，自然会觉得葡萄是酸的。

王俊元回到宿舍，徐秋林就满面红光地推门走了进来。

徐秋林一把拉起正坐在桌子前写防化研究工作阶段总结报告的王俊元，两眼放光地说："俊元，我要结婚了，我要和玉洁结婚了！"

王俊元高兴地用力拍了一下徐秋林的肩膀："恭喜啊，你小子终于修成正果了，婚期定在哪一天了？"

"冯师长的意思是越早越好，但是玉洁却希望夏天的时候结婚，这样她那几位在大学里当老师的朋友可以来参加我们的婚礼。所以，最后商定的结果是，我和玉洁先领了结婚证，等八一建军节那天再举行婚礼。"徐秋林仰躺在床上，双手枕在脑后，两只脚交叉着，得意地晃悠了起来。

"你不是说冯师长刚开始并不同意你和冯玉洁交往吗？怎么这么快就改变主意了？"王俊元知道，冯师长的特点是处事沉稳、有定力，希望女儿和徐秋林尽快结婚，和他平时的做派不太一致。况且，冯师长并不太看好徐秋林，怎么会这么快就改变了态度，他总觉得这件事一定有什么蹊跷。

"我也不知道怎么回事，今天去看玉洁，冯师长在家，我本来想把玉洁叫到外面，找个僻静的地方说会儿话，谁知道玉洁告诉我，说冯师长在书房里等我。我就提心吊胆地进去了。冯师长见了我，非常客气，又是给我让座，又是对着我笑，说真的，我都习惯冯师长对我不冷不淡的样子了，冰川突然融化，我还真有些不适应。"

"冯师长是怎么跟你提及婚事的？"王俊元总觉得有什么地方不对劲。

徐秋林故意卖个关子，拿起王俊元的水杯喝了几口，然后才接着说道："他直接就问我，是不是真的喜欢玉洁。我当然回答是。冯师长就说既然我和玉洁两情相悦，那他和老伴就真心地祝福我们，希望我们早日结婚，也好了了他们二老的一桩心事。”

“冯玉洁虽然不算年轻了，但毕竟是师长的女儿，人又生得漂亮，还是大学生，冯师长不至于着急地要把女儿立即嫁出去。”王俊元是一个很理智的人，不像徐秋林那样当局者迷。

徐秋林皱起了眉头，冷静了下来：“听你这么一说，我也觉得这件事没有那么简单。上次我去见玉洁，冯师长还是一副爱答不理的样子，怎么才几天的时间，他就迫不及待地要我和玉洁立即结婚呢？”徐秋林开始回忆起冯师长和他谈话的每一个细节。他在书房里只停留了五分钟，就去了冯玉洁的房间，开始了情人之间的那种绵绵情话。窃窃私语的过程中，他也问过冯玉洁，为什么冯师长突然答应他们在一起了呢？冯玉洁一脸茫然地摇了摇头，说她也不知道父亲到底是怎么想的，她也以为父亲让徐秋林去书房谈话，是要阻止他们继续交往呢。她知道父亲看不上徐秋林，但对于恋人来讲，父亲究竟是出于什么原因突然赞成他们在一起了并不重要，重要的是他们可以光明正大地见面了，而且很快就可以结成夫妻，永远在一起了。在随后的谈话中，二人开始憧憬起他们那个充满了浪漫的未来，早把父亲的谈话抛在了脑后。现在经王俊元提醒，徐秋林也很纳闷，因幸福即将到来而雀跃的心情也减弱了一些。但他想要的就是成为冯师长的女婿，至于冯师长因为什么会接受他成为女婿，就不是重点了。

王俊元明白徐秋林很想娶到冯玉洁，他也不想扫好朋友的兴，就放下了一贯的谨慎，换了一种轻松的语气：“也许事情很简单，精诚所至，金石为开，冯师长看见你对冯玉洁确实是一片真心，冯玉洁对你也是情有独钟，就不再横加阻拦了。不管怎么样，秋林，你要结婚了，作为好兄弟，我真替你高兴。”

既然王俊元认为这件事没有什么问题了，徐秋林的心里也就放下了一块石头，他又开起了好朋友的玩笑：“我可告诉你啊，我马上就要结婚了，以后可不能再做你的挡箭牌，替你解围了。再有什么多情的小姑娘到宿舍来找你，我可爱莫能助了。依我说，最根本的解决方法就是你也找一个姑娘赶紧结婚，让那些春心荡漾的姑娘们趁早死了心，你就可以安安稳稳地过你的太平日子了。咱俩一起上学，一起当兵，又都提了干，要是能再同一天结婚，那该多好啊。”

王俊元什么也没说，他站起来，拿起喷壶，给窗台上的一盆开得正娇艳的蝴蝶兰仔细地浇了水。这是他当兵第一年的时候在花市上买的，已经养了十年了。紫色的花瓣悬浮在纤细的花梗上，远远望去，真像是有一群蝴蝶在围绕着花梗翩跹起舞。

王俊元用手帕小心地擦去了花瓣上的一点浮灰，又把花盆转了一个方向，让昨日没有晒到阳光的花瓣也得到阳光的眷顾。

徐秋林走过去，俯身在花盆上深嗅了一下，闭着眼睛赞叹道："真香啊！一兰在室，满屋馨香。怪不得你这屋子味道好闻，原来都是这盆蝴蝶兰在发挥作用。"徐秋林把手放在盆沿上，"这盆花借我用几天，驱驱我屋子里的汗气和脚臭味，省得玉洁每次来待不了两分钟就得离开。"

"这个不能动！"王俊元急忙按住了徐秋林的手，"你要是想要，我可以再给你买一盆。"

徐秋林奇怪地望着一脸紧张的王俊元："俊元，你可不是一个小气的人，怎么今天连盆花都不舍得借我，我又不是不还给你了。"说着，徐秋林拂开王俊元的手，继续去搬花。

"说不行就不行！"王俊元从口袋里掏出一叠十元的钞票，全部塞到徐秋林手里，"这些钱足够你买十盆的蝴蝶兰，我这盆你不能动。"

徐秋林更加疑惑地盯着王俊元，他和王俊元从小一起长大，又一起当兵，王俊元的为人他比任何人都清楚。别说是一盆蝴蝶兰了，就算是需要他付出自己的性命，王俊元也不会眨一下眼。今天俊元这是怎么了？徐秋林把目光转向二人争夺的蝴蝶兰，他的眼睛突然一亮，故意拖着长长的顿悟的语调："噢……我明白了，你不会是一直都爱着周兰馨吧？"

"你别乱说，兰馨只是一个孩子。"王俊元的脸立即红了，他松开了手，坐回到椅子上，感觉到自己的心跳得很厉害。

"肯定是这样！"徐秋林兴奋地坐在床沿上，像是一个法官在审讯顽固的犯人，"怪不得那么多女孩喜欢你，你从来都不正眼看人家一眼，原来是你早就有了喜欢的人。怪不得自从分到单身宿舍，你就买来了这盆兰花，十年如一日，细心呵护，关怀备至，简直就像是在照顾一个孩子。怪不得部队的事情那么忙，你还要熬夜给兰馨整理复习笔记。我说怎么今天感觉你和平时不一样，我要搬这盆兰花，就像是在要你的命似的。快从实招来，你从什么时候开始，就喜欢上周兰馨了？"

"什么喜欢不喜欢的，兰馨她只是一个孩子，再说了，我比她大十岁，她都快可以叫我叔叔了。"王俊元极力否认着，但他的心很慌乱，好像有什么隐藏得很深的东西被人给挖掘了出来，那个东西是什么，他自己也不敢去正视。

"兰馨已经长大了，再也不是一个小女孩了。再说了，大十岁怎么了？依照我对爱情多年的观察，男人最有韵味的时期是二十八岁到三十五岁，这个年龄阶段的男人，肌肉结实，骨骼有力，思想成熟，沉稳内敛，思维缜密，规划性强。既有了一定的阅历，又不乏对生活的好奇，由内而外散发着一种自信。女人最富有美感的是十八岁到二十五岁，这个年龄阶段的女孩，肌肤紧致白皙，身材凹凸有致，眼神活泼干净，神态清纯可人，举手投足之间散发着一种纤尘不染的气质。就像是一朵花，介于含苞待放与全然盛开之间，仿佛刚从沉睡中醒来，但又没有完全清醒，只消一眼，即可销魂。”徐秋林像是在进行一场忘我的独角戏，陶醉的神情宛如初尝爱情的圣果。但戏还没有落幕，短暂的沉默过后，徐秋林又接着说了：“你想想，这样完美的两个人在一起，简直是天造地设的绝配。所以，你和兰馨在一起，比我和玉洁在一起般配多了。”

王俊元赞赏地望着他的朋友、他的战友，他觉得徐秋林从来没有说出过像今天这样富有诗意的话。他不知道他这样一套对性别分析的理论是从哪里来的，但他觉得徐秋林说的很有道理。只是这番话说的有些迟了。王俊元两眼定定地凝望着窗台上的兰花，冷静又带有淡淡惆怅地说：“兰馨已经有心上人了。”

“什么？兰馨有喜欢的人了？你听谁说的？是兰馨亲口告诉你的吗？”徐秋林噌地从床上站起来，大失所望地喊道。他虽然没有见过成年后的兰馨，但从兰馨小时候那个灵秀聪慧的模样推断，她长大后也一定是个美人。他也是今天才知道王俊元对所有的女孩毫不动心，原来竟是为了还没有长大的周兰馨。他好不容易等到她成年了，她喜欢的居然是别人。这样的情节怎么那么像小说呢？

“你看看这个。”王俊元把抽屉里的一个笔记本递给了徐秋林。

徐秋林翻开，看见纸页上粘贴着好多首小诗，作者的署名都是“兰馨儿”。

“这些都是周兰馨写的？”徐秋林看见王俊元肯定地点了点头，就低头读了下去：“我在冬天里想你给我带来的春天的讯息，于是我学会了在大地上唱着天空的歌……”

“小诗写得不错嘛，没想到，周兰馨还是一个小才女，难怪会让我们的王大才子情有独钟。”徐秋林调侃完，又翻开了第二首，“我想把你的影子变成月光，每天晚上，都陪伴着我进入梦乡。”

“这些情诗都挺深情的，你心里很不是滋味吧？”徐秋林不忍再读下去了。

王俊元接过笔记本，把它小心地放回了抽屉里，就好像那是写给他的情书。他淡然一笑：“只要兰馨幸福就行，这个幸福不一定只有我才能给。”

“可你的幸福只有兰馨才能给，你就这么轻易地放手，不觉得委屈吗？你是防化营的教导员，而兰馨喜欢上的无非就是一个会讨女孩子喜欢的小男生。最起码你应该和那个奶油小生公平竞争一下。”徐秋林很为王俊元鸣不平。王俊元是谁？那是无数女人争相追逐的梦中情人，是战士们羡慕的男神，怎么能把唯一喜欢的女孩拱手相让呢？这也太有失军人的威风了。

王俊元微微一笑："那你觉得我应该怎么做？去找那个男孩打一架？告诉他我喜欢兰馨，请他放手？秋林，咱们早已经过了意气用事的年纪了。”

“那你也应该把你的心意告诉兰馨，让她明白，你为她付出了多少。我总觉得你这样不声不响地放弃，太吃亏了。”

“说出来只能让兰馨为难，我是不会去做的。好了，以后就不要再谈这件事了。你还是回去好好准备当你的新郎官吧，我要尽快写完这份工作总结，政委等着看呢。”

王俊元坐回到桌子前，刚拿起钢笔，徐秋林就耍赖地压住了报告："你今天去见兰馨了，她现在变成什么样子了？是不是比小时候更好看了？”

王俊元的脑海里又浮现出兰馨的倩影，他不知道该如何来形容她的美丽。当事物的美达到极致时，就不是语言所能描绘的了。他只记得整整一个上午，一团轻盈的光辉围绕在他身边，他觉得自己是在做梦，如果不是意识到兰馨已经心有所属，他愿从此长醉不醒。

“都说英雄难过美人关，这句话一点都不假。没有想到，我们的王大英雄也有一天会因为一个小女孩而神魂颠倒。”徐秋林摇了摇头，夸张地感慨着。

“不要在这里长吁短叹了，兰馨现在是幸福的，这就是我想要的结果。”王俊元转过身，低头开始继续写那份防化工作报告。

徐秋林还想发几句牢骚，但看见王俊元不再理会，只好不再说什么，无限惋惜地离开了。

听到宿舍的门关上的声音，王俊元停下了手里的笔。他抬起头，默默地凝视着窗台上的蝴蝶兰。难道真的如徐秋林所说，他早就喜欢上了兰馨，在她还没有长大，他也没有成年的时候，他就把兰馨当成了这一生中最重要的那个人？他一直以为，他们之间是兄妹的感情，他愿意照顾她，保护她，不让她受委屈。可从来没有想过有一天会对她产生另外一种感情。但如果他没有喜欢上她，那么多女孩想和他在一起，他为什么一次都没有心动？原来他早就爱上了兰馨，只不过这种感情一直被他深深地埋藏在亲情的外衣之下，连他自己都没有察觉。他这才明白，为什么看见兰馨写给另外一个男孩的情诗，他的内心是那么失落。为什么今天见到成年后的兰馨，他又是如此欢喜。原来他一直都在等她，等她长大，等她从一个小女孩变成一个少女，等她可以接受他给她一个男人而非兄长的爱。这份情感，渐渐变得明朗了起来。

王俊元啊王俊元，人人都说你聪明过人，但你却没有意识到，在那份没有血缘关系的亲情中，早就开始酝酿着一份更为深刻的感情——他对兰馨的爱情。所以，当别的女孩向他表达爱意的时候，他会毫不犹豫地回避和拒绝，只是因为他在心里已经播下了一粒爱情的种子，他要耐心地等待那株娇嫩的兰花慢慢长大，长成和他一样的大人。到时候，如果她需要，他会献上自己最珍贵的情感，一生一世爱护她。现在，她长大了。然而，她把那颗芬芳的心扉敞开给了别人。面对这个有些残忍的结局，他能做的就是隐藏起心中的伤痛，微笑地望着她走向属于自己的幸福。

这个秘密，他决定继续隐藏起来。他以后就是兰馨的哥哥，他要给她一份最温暖、最没有负担的爱。他要远远地看着她，一天一天幸福地生活下去。

每个星期日的上午，王俊元都会准时出现在兰馨面前，为她解决学习上的问题。如果不是因为她即将面临人生当中很重要的一个转折点，他就不会再出现在她面前，他不想打扰她的幸福。当然，他也不知道给兰馨带来幸福的那个幸运的男孩是谁，他又去了好几次了，从来也没有见过那个男孩登门找兰馨，也没有听军长家里其他人谈及这个男孩。也许，他们为了不影响学习，暂时先不公开恋情。等考上了大学，再向双方家里挑明关系吧。

很快，一年一度的高考如期举行了。兰馨平静而自信地走进了高考考场。十一年的刻苦学习，再加上俊元哥哥对她几个月的悉心辅导，她相信自己一定可以考出应有的水平的。

半个多月过去了，录取通知书下来了，兰馨和哥哥同时被军医大学微生物学专业录取，九月初要去大学报到。得知兰馨被军医大学录取的消息，王俊元激动得彻夜未眠，兰馨终于成为一名大学生了，她即将展开丰满的羽翼，在人生的天空里自由地翱翔。

默默地遥望着兰馨的方向，王俊元激动地想："兰馨，尽情地飞吧，去看看崇峻的山岭，去望望滔滔的江水，去听听苍穹的风声，去披披彩虹的羽衣。让青春彻底地燃烧，让生命持续地升华。我会站在大地上，为你鼓掌，为你呐喊，为你骄傲，为你喝彩。"

为了庆祝兰馨考上大学，王俊元想送给她一份特别的礼物。想来想去，他决定把那盆蝴蝶兰送给她。这盆花，他养了十年，对这盆花，他寄托了所有的情感。那个时候，他还并不太清晰自己对兰馨的感情。现在，虽然他明了这份情感了，但一切为时已晚。如今，兰馨考上了大学，她已经是一个大人了，他相信用不了多久，她就会向家里说明，她有了心上人。

现在，他该彻底离开了。

他把蝴蝶兰从窗台上取下来，最后一次细致擦拭着它那美如朝霞、形似蝶翼的花瓣。

“报告！”是通信员陆文恒的声音。

王俊元把擦拭的手绢放在桌子上，允许陆文恒进来。

“报告教导员，有一位叫沈兴哲的人来找您。”沈兴哲从来没有来过部队，陆文恒并不知道他是军长的儿子。

“只有他一个人吗？”王俊元多么希望兰馨能一同前来啊。自从高考结束，他就再也没有去过军长家。但他却没有一天不在想兰馨，希望能再见到她。

“是的，他一个人。”年轻的陆文恒不知道教导员的心思，实事求是地回答。

王俊元有点失落，但很快就调整好了自己的情绪，这样的结果，他迟早要面对的。早来一天，晚来一天，并没有太大的差别。沈兴哲专程来部队里找他，也许有什么重要的事情，很有可能会和兰馨有关。难道兰馨生病了，沈兴哲是来通知他去家里看望兰馨？

王俊元匆匆随着陆文恒向接待室走去。

沈兴哲上身穿着一件粉红色的短袖T恤，下身穿着一条紧身牛仔裤，脚上穿着一双最新款式的运动鞋，全身释放着年轻人的朝气和活力。他的身体倚靠在椅子里，十指交叉抱在胸前，神情显得很紧张。

“兴哲，欢迎到防化营来做客。”王俊元尽量平静地走了进来。

沈兴哲站起来，羡慕地打量着王俊元的外形。王俊元没有出现的时候，他对自己的身材和长相是很自豪的，再加上自己优越的家庭和出色的成绩，他一向都很自信。但是，自从见到王俊元，他就有点自惭形秽了。在王俊元面前，他觉得自己就像是一个陪衬，论长相、论谈吐、论气质、论事业，他都相去甚远。这让他很是不安。他担心，再不争取，他就要彻底地失去妹妹。半年的相处，他早就觉察到，王俊元对兰馨，除了哥哥对妹妹的感情之外，还有一种男人对女人的情感，他看得出来，分析得出来，感觉得出来，因为，他也是一个男人，他也早就爱上了兰馨。

王俊元在沈兴哲身边坐了下来，陆文恒给两个人端上茶水，就关上门退了出去。

屋子里只剩下了他们两个人，沈兴哲也坐了下来：“王大哥，我今天来找你，是有一件很重要的事要和你谈谈。”如果不是因为他们同时爱上了兰馨，他对王俊元还是很尊敬的，甚至是崇拜。但在爱情面前，每个人都是自私的，他不能眼看着自己心爱的女孩被别的男人抢走。

王俊元猜测得果然没错，沈兴哲确实是有话要说。他把茶水往沈兴哲面前推了推：“不着急，先喝口水。”他本来是想直接问是不是兰馨身体不舒服了，但他想到自己只是兰馨的大哥，这么着急地询问兰馨，还是有些不妥。

沈兴哲擦了擦额头上的汗水，他知道，那些汗水，一半是因为天气炎热，一半是因为心里紧张。他不知道该如何对王俊元开口，才能让他主动放弃兰馨。他不能激怒王俊元，否则两个人展开竞争，他获胜的几率是很低的。

王俊元看沈兴哲神色慌张，不停地擦汗，也不免担心了起来。他顾不得先前的那些顾忌了，直接问道：“是不是和兰馨有关？她怎么了？生病了吗？”

王俊元关切的语气，使沈兴哲证实了自己的判断。他紧张的表情和担忧的眼神说明了一切，他喜欢兰馨，他和自己一样，深深地爱着兰馨。他不能再等下去了，再等下去，他就会失去兰馨，错失一段最好的姻缘。他抬起了头，挺直了脊梁，直视着王俊元的眼睛，郑重地问：“王大哥，你是不是喜欢兰馨？”

王俊元心里一惊，与兰馨相处的这几个月里，他时刻控制着自己的情感，不让自己流露出一丝的心意，他自认应该没有露出破绽，就连兰馨本人也没有察觉到什么。这个和兰馨年纪差不多大的男孩怎么能猜测出他对兰馨的感情呢？这么热的天，沈兴哲为什么要专程来部队里找他，难道仅仅只是为了了解他对兰馨的情感吗？莫非……一个令他不安的念头瞬间笼罩在他的心头。在他的判断得到证实之前，他不能轻易说出对兰馨的情感，他不能给兰馨带去任何的困扰。他把问题又抛给了沈兴哲：“你为什么会觉得我喜欢兰馨？”

沈兴哲沮丧地垂下了头：“我不知道你是否喜欢上了兰馨，但我知道……兰馨早就爱上了你。”

“你说什么？兰馨她……”王俊元的心快速跳动了起来，他惊讶地望着沈兴哲。

“是的，她喜欢你，从很小的时候就喜欢上了你。每当提起你的时候，她的眼睛就会释放出光彩，她为你写了那么多首情诗，每一首都是那么情真意切。尤其是你出现以后，兰馨就像是换了一个人，你来了，她心花怒放，你走了，她就失魂落魄。谁都能看出来她喜欢你，就连西巴也知道，王大哥，难道你真的没有感觉到吗？”

“我不知道，我以为那些诗是她写给别人的……”这个意外的消息在王俊元内心掀起了巨大的波澜。原来，那些小诗都是兰馨写给他的，原来，他喜欢的女孩也一直在喜欢他。原来，命运从来都没有把他们分开，原来，他和兰馨的心一直都在一起。他现在很想能尽快结束和沈兴哲的谈话，马上去找兰馨，他要告诉她，他也喜欢她，他一直都在等她。

王俊元激烈的内心活动都从他那双犹如燃烧着火焰的眼睛里反映了出来，这让沈兴哲更加焦虑了，他冲动地抓住了王俊元的手，涕泪交流地哀求道："王大哥，我知道你喜欢兰馨，兰馨也喜欢你，可是……我也喜欢兰馨，我不能没有她，求求你，不要把她抢走，没有她，我活不下去。"

王俊元呆住了！命运似乎给他开了一个天大的玩笑。他刚刚得知他和兰馨彼此有情，以为从此他们可以在一起了，可是，就在他伸出渴望的双手，即将沐浴到爱情的光芒时，沈兴哲却挡在了他和兰馨之间。他该怎么做？拒绝沈兴哲，不顾一切地奔向兰馨，完全不去考虑沈兴哲的感受？还是继续把对兰馨的爱埋藏在心底，成全沈兴哲？他转过去脸，痛苦地沉默着。

"王大哥，请你相信我，我一定会好好待兰馨的，我一定会让她幸福的，请你离开她吧，你这么优秀，什么样的女孩都能找到，而我只有兰馨，只有她……"沈兴哲扑通一声跪在了王俊元面前。

王俊元立即站起来，红着眼睛去搀扶沈兴哲。

"如果你不答应，我就不起来。"沈兴哲深知自己并不是王俊元的对手，他只能用自己对兰馨的一片痴情来博取王俊元的同情，利用王俊元的善良来逼迫他主动放弃兰馨。

王俊元并不去看沈兴哲，他紧紧地咬住了嘴唇，强忍着悲痛，许久才从咬破的嘴唇中间挤出了一句浸透了自己鲜血的话——我答应你。

"谢谢王大哥，谢谢王大哥！"沈兴哲欣喜若狂地站了起来，他害怕王俊元反悔，就急匆匆地离开了。

王俊元双拳紧握，死死地压在桌子上，发出咯嘣咯嘣的声响，那是他的心脏一块一块爆裂的声音。他张开双手，悲痛欲绝地盯着它们，他刚才究竟做了什么？他答应了沈兴哲什么？当"兰馨"这两个字划过他的脑海的时候，他的身体顿时失去了支撑，王俊元跌坐在椅子上。他不敢相信他居然把兰馨让给了别人，他居然把自己用生命爱着的姑娘送给了沈兴哲。兰馨没有长大的时候，他一直都在默默地等待着她。当兰馨终于要扑向他的怀里的时候，他却狠心地把她给推开了。他糊涂啊……这么多年里，兰馨是他坚强的理由，是他不断进步的动力，是他迷茫时的灯塔，是他无论遇到多大的困难也从不肯放弃的希望。没有了兰馨，那他还剩下什么？没有了兰馨，他该如何走下去？从今以后，他真的再也不能见到兰馨了吗？沈兴哲的到来就等于宣告他和兰馨要永远诀别了吗？他的生命里再也没有兰花、没有光明、没有寄托、没有希望了吗？不！他不能没有兰馨，他愿意用自己的一切来交换兰馨。王俊元丢魂失魄地冲出接待室，想要把沈兴哲追回来，告诉他，他食言了，他后悔了，沈兴哲不能失去兰馨，他更不能失去兰馨。

可是，沈兴哲已经走远了，看不见了，就像自己的爱情，再也寻不回来了。

兰馨十九岁的生日到了，又因为她和哥哥同时考取了军医大学，双喜临门，所以，家里准备好好庆祝一下。

兰馨今天穿上了一条白色的无袖连衣裙，漂亮的手臂裸露在外面，与她那优美的脖子、修长的双腿形成完美的呼应。多年的舞蹈练习，使兰馨的膝盖很平直，从大腿到小腿的曲线很流畅。所以，兰馨穿裙子的时候就没有什么顾虑，长裙、短裙，可以随性而穿。她今天戴上了小时候俊元哥哥送给她的那个粉红色的发卡，虽然戴上去有点小，但基本不影响欣赏的效果。黑色的长发依肩而垂，犹如一片黑色的小瀑布悬挂在曲线玲珑的后背上。

她伫立在窗前，不停地向楼下院子里张望。俊元哥哥答应她了，今天会过来陪她过十九岁的生日。可现在都快十一点了，怎么俊元哥哥还没有来呢？

西巴突然对着院门大声吠叫了起来，这说明有人进来了。一定是俊元哥哥来了！兰馨高兴地俯视着窗下，只见一个身穿军装的小战士出现在门口，怀里抱着一个很大的箱子，和公务员低声交谈着什么。公务员接过箱子，小战士就转身离开了。

这个小战士一定是来给爸爸送东西的。兰馨悻悻地松开手里的窗纱，坐在桌子前，拿起一本王俊元为她整理的学习笔记，心不在焉地翻看了起来。这是一本很厚的笔记本，每一页上都密密麻麻写满了字，那是俊元哥哥对高中所学知识的总结，更是对她深深的情意。她想起小时候和俊元哥哥在一起时的那些难忘的时光。外婆不允许他们见面，聪明的俊元哥哥就想出了和她在猫洞说话的方法。虽然她看不见他，但却能听到他的声音，就好像他在她面前一样。很多次，俊元哥哥把手从猫洞里伸过来，握住她那只小手，她感觉是那么的温暖，就好像天堂的父母又回到了人间。头上戴着的这个发卡，是俊元哥哥送给她的第一个生日礼物。十几年过去了，自己长大了，发卡戴上去就显得有些小了，但她却不舍得把它搁置在抽屉里。每当戴上它，她就觉得仿佛是和俊元哥哥在一起，她的心就会暂时远离孤单。那个下雨的夜晚，她哆哆嗦嗦地蜷缩在被子里，墙上有黑乎乎的蝙蝠，窗外是猛烈咆哮的雷雨，一个小小的孩子，身边没有一个大人，内心的恐惧可想而知。就在这个时候，俊元哥哥来了。当她从风雨声中辨识出俊元哥哥的声音，恐惧在她的心里顿时消散。她掀开被子，光着脚丫子，跑进了大雨中。当俊元哥哥把蝙蝠赶出房间，给她换上干净的睡衣，又把头发给她擦干净，将她拥入怀里的时候，她觉得他就是她的天堂，是她的保护神。那一刻，她再也不想离开他的怀抱。可是，命运还是把他们分开了。一对陌生的夫妇突然出现在她面前，说要把她带走。她惊恐极了，死死地搂着俊元哥哥的脖子，把脸埋在他温暖宽阔的胸膛里。她反抗、她拒绝、她哀求、她挣扎，但她还是被带走了。从此，她和俊元哥哥天各一方，一个在省城，一个在乡下。她想念他，需要他，呼唤他，可她却没有办法再回到他身边。无数个夜晚，她都会叫着俊元哥哥的名字，哭着从梦中惊醒。黑暗中，她摸到放在床头柜上的发卡，紧紧地把它搂在怀里，低声地哭泣。后来，她长大了一点，也想通了一个事实，现在想回到俊元哥哥身边是不太可能了，但等到她长大了，她就会获得自由，到那个时候，她就会回到他身边，再也不和他分离。时间在一天天地流逝，她的个头渐渐长高了。每当站立在镜子前，望着里面那张日益成熟的脸，她的心情就会不由地激动起来，她和俊元哥哥重逢的日期越来越近了。有一天，她又凝视着镜子里的自己，计算着和俊元哥哥大概还有多久才能见面，忽然，她看见了另一个自己，美丽的容貌，脱俗的气质，脱去了小姑娘的稚嫩，焕发出了少女的青春。那两道熟悉的目光不再懵懂无知，而是有了奇异的光彩，一开一合，都具有无法诉说的美丽。后来，她又感觉到有什么东西在她的目光里闪烁，那是从灵魂里散射出来的光亮，就好像在漆黑的夜晚，从窗户里瞥见的明亮的灯光。她朦胧地感觉到，有什么东西正在她的心灵深处悄悄绽放。她不急于探究，也不去阻止，任由那种感觉在身体里存在着，积蓄着，她所能做的，就是忠实地把那种感觉书写下，写进日记，写成小诗。少女的心事像那春天里的小河，叮叮咚咚，奔流不息。

去年夏天，放学回家的路上，天突然下起了瓢泼大雨，她和哥哥都没有带伞，两个人被淋成了落汤鸡。回到家里，兰馨立即跑回房间，脱下了湿透的衣服，换上了干净的睡衣。站立在镜子前，用毛巾擦拭着湿漉漉的头发。她不经意地朝镜子里望了一眼，看见了光着脚站在地板上的自己。她忽然想起了小时候的那个夜晚，也是这样大的风，这样猛的雨。俊元哥哥不放心她，半夜冒雨来看她。她就像现在这样，光着脚丫子，浑身湿透地站立在地上。俊元哥哥担心她感冒，立即给她找了一条干爽的睡衣，以最快的速度给她换上。有几秒钟的时间，她赤裸裸地站立在俊元哥哥面前。虽然那个时候她还小，但现在她长大了，再回忆起这个场景，羞涩的情愫烧红了她少女的脸颊。她回忆起了俊元哥哥关切的表情、专注的眼神、娴熟的动作和轻而易举就把她抱起来的力气。她忽然意识到一个从来没有发现的事实，她的心脏急速地跳动了起来，她的身体发出了一阵触电式的痉挛，毛巾从掌心里滑落，呼吸变得急切而凌乱。她退回到床前，几乎是跌坐在床沿上。泪水顺着她娇嫩的脸颊流下来。原来，她早就爱上了俊元哥哥。

半年前，当俊元哥哥突然出现在她面前时，她简直不敢相信自己的眼睛。她不顾一切地向着他跑去，这一刻，她渴盼了太久，哪怕这又是一个美丽而虚幻的梦，她也要奔向他，拥抱着他，感受他的温度和气息。俊元哥哥把她抱起来，在地上旋转了起来，她觉得自己变成了一只新生的蝴蝶，围绕着俊元哥哥轻舞飞扬。他把她放了下来，二人深情地四目相对，直到这个时候，她才相信这不是梦。因为在梦里，她会问他为什么不来看她？她会告诉他，她很想念他。但是现在，她一句话也说不出来，仿佛有什么东西堵在了她的喉咙里。

这半年里，她有好多次都想告诉他，她喜欢他，像妈妈喜欢爸爸那样喜欢他。但她始终开不了口，一方面是出于少女的羞涩，另一方面是因为她不确定他是否已经有了喜欢的姑娘。毕竟，他们十年未见，他快三十岁了，按照正常情况，他应该早就结婚了。再加上她面临着高考，不能分心，所以，她把这份情感继续深藏在心间，等高考过去后，再来思考自己该怎么做。可是，高考结束后，俊元哥哥再也没有来过。最后一次来看她的时候，俊元哥哥告诉她，等她过十九岁生日的时候，他会来和她一起过。

今天是她的十九岁生日，俊元哥哥一定会来给她庆祝的。她想利用这个机会，问问他。如果他已经结婚了，或者有了喜欢的人，她就什么都不说了，她一辈子都会把这个秘密藏在心里，继续做他的好妹妹。如果他还是一个人，那她就把自己的情意告诉他，让他知道，她一直都在默默地喜欢他。

可是，现在都快中午了，厨师把饭菜都准备好了，俊元哥哥怎么还没有来呢？

“咚、咚、咚。”有人在门外很礼貌地敲了三下。

兰馨以为是王俊元，急切地跑过去，打开了门，是公务员，他手里抱着一个大箱子，就是刚才那个小战士交给他的那个东西。公务员说这是王俊元托人送过来的，是送给兰馨的生日礼物。

一听说是俊元哥哥送给她的生日礼物，兰馨立即接过来那个重物，仿佛怀里抱着的是一个稀世的宝物。

公务员再次礼貌地退了出去。

兰馨顾不得关门，小心地把东西放在桌子上，迫不及待地打开了箱子。啊，是一盆开得正艳的蝴蝶兰，端庄素雅，美而不妖。黑色的茎，碧绿色的叶子，长长的花梗上开出了许多形如蝴蝶飞舞的紫色花瓣，真像是用蝴蝶串起来的饰物，又像是一位位穿着紫色衣裳的曼妙的少女在静静地起舞。

兰馨忍不住伸出纤巧的手指抚摸了一下那些柔弱而芬芳的花瓣和那纤细而有力的经脉，她仿佛感觉到一股喷薄欲出的液体在蝴蝶兰的经脉里汩汩流动，也在她那年轻而多情的身体里涌动。如果不是向往飞舞，它为何会开放成蝴蝶的模样？或许，它也像她一样，在痴痴地等待，等待一个人的到来，等他看到她鲜活青春的生命，聆听她缄默了十年的心事，感受她无比地热爱生活，却又不曾染上半点人间烟火的颜色。

“俊元哥哥为什么不亲自把这盆花送给我呢？他为什么不来呢？”兰馨又忍不住朝窗户下面望去，她多么希望他能立即出现在大门口。

“兰馨……”有人在背后叫她。

兰馨触电般地转身，她多么希望这是王俊元特意给她制造的一个惊喜——安排一个小战士把花送过来，让她以为他不来了，然后在她极度失落的时候，又突然出现在她的面前。

可她没有看见那双她从昨晚开始就一直在期待的眼睛，她看见的是哥哥沈兴哲炽热的目光。哥哥的怀里抱着一大束花，是刚从花店里买来的，中间是一朵洁白的兰花，周围是几十朵红得像火的玫瑰。也许是玫瑰花的映衬，也许是小伙子内心激情的燃烧，沈兴哲的脸红红的。

“兰馨，生日快乐！”沈兴哲把怀里的花虔诚地献给他心中暗恋了很久的姑娘，“希望你喜欢！”

兰馨没有去接哥哥手里的花，她知道火红的玫瑰代表着什么。和哥哥朝夕生活在一起，聪慧的她不是不明白哥哥对她的心意。可她能接受吗？她的心里早就有了一个人，她早就在不自觉的时候，把自己的整颗心都献了出去。如果俊元哥哥有了喜欢的人，她就默默地离开，把全部的精力和心思都放在专业学习上，将来做一个优秀的科研工作者。如果不能和王俊元在一起，她也不准备再把心敞开给另外一个人了。她始终认为，真正的爱情，一生只有一次。

“哥哥，谢谢你，这花很漂亮，可是……我不能接受。”兰馨不想伤害哥哥，但他们都已经长大了，岁月再也不能保护她了。她已经明显感觉到哥哥不再像小时候那样，只是给她一份温暖的亲情。每当哥哥出现在她身边的时候，她总是能感受到一股无形的火焰在身旁燃烧，那是一个青年初次动心时澎湃的激情，也是一个渴望爱情的灵魂无声的呐喊。这样的情感，这样的声音，让她不安，让她害怕。她知道，她再也不能假装糊涂了，再也不能任由这份感情继续升温、继续发展。

沈兴哲的脸瞬间由红变白，他尴尬地伸着手臂，手掌里的玫瑰像是从他心头滴落的血："为什么不能接受？这束花我只能送给你！"沈兴哲焦急地喊道。他以为他和兰馨之间最大的障碍是王俊元，只要王俊元退出了，他的爱情就唾手可得了。可没有想到，还有一个更大的障碍在阻碍他拥有幸福，那就是兰馨的拒绝。他该怎么做？就此收手，向惊慌的兰馨道歉，在她面前再也不提爱情了？不，他做不到！爱情应该知难而上，应该越挫越勇。他好不容易说服了王俊元放手，现在只剩下最后一步，只要兰馨点头了，他就胜利了。话既然已经说出了口，就不可能再收回来。与其把爱藏在心底，倒不如痛痛快快地把它们都说出来："兰馨，你知道吗？当我还不知道什么是爱情的时候，我就已经爱上你了。你的善良，你的美丽，你的聪明，你的温柔，都让我深深地陷了进去。每当看见别的男生向你表达爱意，我就恨不能把他们狠狠地揍一顿。你知道我去年高考为什么会落榜吗？那是因为我故意没有在语文试卷上写名字，我不想一个人去上大学，我不想离开你。"

兰馨惊讶地望着沈兴哲，她终于明白为什么成绩优异的哥哥会在去年的高考中"发挥失常"了："哥哥，你怎么可以这么做？爸爸妈妈要是知道了，会难过的。"

沈兴哲手中的玫瑰掉在了地上，胸中的爱火已经把他燃烧了这么久，他快要成为灰烬了。他一把抓住了兰馨柔嫩的双肩，犹如一位勇猛的斗士在宣战："为了爱情，我不后悔。而且，我也不认为我做错了，如果你比我小两岁，今年，我还会再次落榜的。我要和你一起去上大学，在同一所学校，读同一个专业。我已经不能离开你了！"

"哥哥，请不要这样……"兰馨低垂下了湿润的眼睛，她最害怕的一幕还是发生了。她不是一个吝啬的姑娘，也不是一个冷酷的女孩，如果哥哥要的是别的东西，她一定会慷慨地全部给予，可哥哥要的是爱情，她能不负责任地给他吗？爱情，那是世间最圣洁的情感，只有两颗同样真挚的心灵交融在一起，才能拥有它。十一年来，他给了她无微不至的照顾，也让她感受到了家人的温暖。在她的心里，他就是她的亲哥哥。她需要一份真挚的爱情，但也需要血浓于水的亲情。面对哥哥热烈的表白，她痛苦地流下了眼泪："你是我的哥哥，是我最亲的亲人……"

“不，我们不是亲人，我姓沈，你姓周，我们没有任何血缘关系。十一年前，命运把你送到了我身边，就是为了让我们在一起。我们青梅竹马，两小无猜，这样的感情，这样的缘分，不是谁都可以拥有的。”

“可是，我……我心里已经有了一个人。”兰馨望了望放在箱子里的蝴蝶兰，她不得不说出深藏在心底的秘密，唯有这样，也许才有可能让哥哥放弃。

沈兴哲循着兰馨的目光看去，他看见了那盆在纸箱子里开得淡然出尘的蝴蝶兰。

“这是王俊元送的吗？”沈兴哲不再称呼王大哥，他有种受骗的感觉。王俊元昨天明明答应了要彻底退出的，怎么今天就送花来了。他真恨不得立即跑去找他问个清楚。

“是的，俊元哥哥知道，我最喜欢的就是蝴蝶兰。”

沈兴哲受不了兰馨谈及王俊元时那种含情脉脉的神情，他原来也觉得王俊元是一个君子，是一个光明磊落、言出必行的真男人，但这次，他出尔反尔，言不由衷，他不再相信他。沈兴哲冷冷地说：“今天是你的生日，他再忙也应该抽点时间来看看你。这不是他答应过你的吗？这样的男人值得你这么对他吗？”

“俊元哥哥没有来，一定有原因。他是不会骗我的。”兰馨清澈的眸子里闪烁着信任的光芒。

“能有什么原因，不就是他的一个战友明天要结婚。一个普通战友的婚礼比你的生日还重要，你在他心里的位置，可想而知。”

“也许……俊元哥哥已经有了心上人，所以他才……”兰馨还想替王俊元开脱。

“他根本就没有心上人。”沈兴哲脱口而出。他心想，如果兰馨知道王俊元在单身的情况下对她这样不重视，兰馨应该就会对他死心。但陷于爱情旋涡里的人儿，哪里会料到，他的这句话犹如一块巨石，在兰馨那原本平静的心湖里激起了汹涌的浪花。她骤然一惊：“你怎么知道俊元哥哥没有心上人？”

“哦……我是听那些战士们说的。”沈兴哲慌张地支吾着说，他不想让兰馨知道他其实是刻意去打听的，而且是在王俊元第一次来他们家里以后，他就立即去了解了王俊元的个人问题。

“俊元哥哥真的还是一个人！”兰馨激动地说道，心潮澎湃。她真想马上见到他！

“正是因为他是自由的，他这样对你，才辜负了你对他的一片心意。”沈兴哲说这几句话的时候，自己都觉得底气不足。他知道王俊元不是这样的人，可是为了守住自己的爱情，他只能撒谎了。

“你知道俊元哥哥那位要结婚的战友是谁吗?”沈兴哲的苦口婆心并没有对兰馨起作用。她只觉得眼前的迷雾散开了，她仿佛看见沉寂的荒野上升起了一轮明月，地上是千万棵正在开花的树。

“听说叫徐秋林，明天晚上要在防化营的礼堂和冯叔叔的女儿举办婚礼。”沈兴哲昨天从接待室出来的时候，碰见了要去找王俊元的徐秋林。他不认识徐秋林，但徐秋林却认出了他，还邀请他参加他的婚礼呢。他这才想起，在他打听王俊元个人情况的时候，听人说起过王俊元有一个同乡好友，名字叫徐秋林。徐秋林的婚礼比兰馨的生日晚一天，沈兴哲立即想到，他就以王俊元要准备徐秋林的婚礼，所以没有时间来陪她一起过生日，而让兰馨对王俊元死心。

“是秋林哥哥!”兰馨惊喜地喊了出来。徐秋林是王俊元最好的朋友，她当然记得。原来是秋林哥哥要结婚了，俊元哥哥重情重义，要帮助好朋友准备婚礼，没有时间来陪她过生日，正是俊元哥哥的可敬之处，她又怎么会怪他呢。

“哥哥，明天晚上你能陪我一起去参加秋林哥哥的婚礼吗?”兰馨殷切地恳求着沈兴哲。她想参加秋林哥哥的婚礼，她更想在婚礼现场见到俊元哥哥。

沈兴哲为难地蹙起了眉。从心里来说，他不愿意带兰馨去防化营，他知道她想去参加徐秋林的婚礼，为的就是能见到王俊元。但兰馨从来都没有求过他，他实在不忍心拒绝她。

第三十四章 再次天各一方

徐秋林的婚礼马上就要开始了，礼堂已经布置完毕，红色的气球和鲜艳的花朵摆满了舞台的前沿，糖果、花生和瓜子盛满了托盘。军乐队已经各就各位，各种乐器的试音也已经完成了。今天是一年一度的建军节，战士们自己的节日，又是一对新人结婚的日子，可谓是喜上加喜。战士们情绪高昂，欢声笑语充满礼堂的各个角落。

为了确保婚礼顺利进行，王俊元忙碌了一整天，从礼堂布置到乐队排练，从婚礼流程到嘉宾祝词，他都安排得天衣无缝。

冯师长的小汽车驶来了，所有的人立即安静了下来。年轻的战士们相互推搡着，争先恐后地想看看新娘子的容貌是何等的闭月羞花。他们当中大部分人还没有谈过恋爱呢。

小汽车停在了礼堂门口，冯师长从车子后排走了下来。那晚的月亮很皎洁，礼堂门口还亮起了两串小彩灯，冯师长的表情可以一眼看清。他绷着脸，皱着眉头，厚厚的嘴唇沉重地抿了一下。

奇怪，新娘子怎么没有来？原先说好的，由冯师长夫妇亲自把女儿送过来。出了什么事？是新娘子病了，还是发生了什么意外？战士们不禁小声地议论纷纷。

王俊元和徐秋林一起走到冯师长面前，同时行了一个军礼。

"首长，玉洁呢？"徐秋林朝车子里看了一眼，车子里没有人。

冯师长那双鼓鼓的眼珠子快速地转了几下，就恢复了平日里的果敢。他那浑厚的声音打破了夜色下令人揪心的沉默："秋林，今天的婚礼恐怕不能进行了。"

"为什么？"徐秋林激动地喊道。

"首长，到底出了什么事？"王俊元沉着地问。在筹备婚礼的过程中，他一直都有一种隐隐的担忧，总觉得似乎有什么事情要发生。

冯师长清了清嗓子说："前线告急！刚刚接到集团军下达的命令，今晚八点，防化营全体官兵要立即赶往前线。"

冯师长面带歉意地望着徐秋林："玉洁知道这个事情后，躲在房间里哭个不停。临来时，玉洁让我转告你，请你原谅她，不能来送你出征。"

徐秋林难过地扯下了胸前的大红花。他不是因为要上战场而畏缩，而是因为他决定要共度一生的女子不能与他共患难而痛苦。他不是非要自私地在这个特殊时刻与玉洁结为夫妻，他只是希望她能出现在他面前，告诉他，她会一直等着他，让他安心地上战场。可在这样一个生离死别的时刻，她居然躲了起来，不来见他。

冯师长上车前，又回过头来对伤心欲绝的徐秋林说："我之前想让你和玉洁早日完婚，就是担心这一天的到来。可玉洁这孩子，自小娇养惯了，非要推迟婚期。现在，弄成这个局面，我也很难过。"

王俊元把手放在徐秋林的肩章上，用力地按了一下。徐秋林明白王俊元的意思，他是想让他明白，他是一个军人，是防化营的连长，现在国家有难，前线告急，不是考虑儿女情长的时候。徐秋林调整好自己的情绪，挺直了胸膛，高声对冯师长说："请首长放心，我们一定圆满完成任务。另外，请转告玉洁，我祝她……永远幸福。"

冯师长拿出一位长者的风范："小徐，不要这么悲观。玉洁不来见你，是一时无法接受这个突发的局面，她害怕你回不来……你放心，我和你阿姨会好好劝劝她，让她安心地等你打完胜仗，凯旋归来。到那个时候，我一定再为你和玉洁举办一场更为隆重的婚礼。"说完，冯师长又转头对王俊元说："八点整集合完毕，准时向火车站出发，搭乘九点半的火车赶往前线。"

"请首长放心，防化营全体官兵一定准时出发！"作为防化营的教导员，王俊元坚定地表了态。

任务传达下去，喜气洋洋的礼堂里顿时人去屋空。战士们准备好侦毒、喷火、洗消的装备，就钻进各自的宿舍给亲人写遗书去了，这是每次上战场前的惯例。养兵千日，用兵一时，整个营区弥漫着一种慷慨赴义的光荣气氛，战士们终于有机会上阵杀敌了。

王俊元也在给哥哥们写遗书。自古忠孝不能两全，既然投身从戎，国家的安定就是首要的职责。纵使马革裹尸，哪怕血染沙场，他也不会有丝毫的犹豫和退缩。除了对亲人的不舍，他的心底还有一份放不下的牵挂。他习惯性地抬头，望向窗台，那里已经空了，一如他的灵魂。在这个即将奔赴前线的时刻，想起生死，他内心激情澎湃，豪情万丈。但是想起兰馨，他又是柔肠百转，刻骨铭心。但愿他用自己的真情和生命能筑起一道庇佑兰馨的堤坝和屏障，但愿他用青春和热血能保证人民安定地生活。但愿他还能活着回来，还能再见到兰馨。他觉得应该再为兰馨留下点什么，这是他唯一能为她做的事情。

王俊元又拔下钢笔帽，含着热泪，为兰馨也写下了一封深情的遗书。

他从小就发誓，不会再轻易地流眼泪，他希望自己能拥有一颗强大的心灵。但是在给兰馨写这封遗书的时候，他好几次都泣不成声，几欲终笔。直到现在，他才明白兰馨对他有多么重要。

当兰馨和沈兴哲来到防化营的时候，王俊元已经带领着战士们出发了。防化营里静悄悄的，门口只有两个哨兵在站岗。

“请问，你们找谁？”哨兵拦住了两个年轻人。

“我叫沈兴哲，她是我的妹妹。我们是王俊元教导员的朋友，是来参加徐秋林连长的婚礼的，请让我们进去吧。”沈兴哲客气地说明了来意。

“婚礼已经取消了。”哨兵斩钉截铁地回答。

“婚礼怎么可能取消呢？你不会是不想让我们进去吧？”沈兴哲生气地盯着这个敢随意编造谎言的小战士。

“婚礼确实取消了，”另外一个哨兵解释道，“不信你听听，里面什么声音也没有。”

沈兴哲伸着脖子朝营区里面望了望，里面确实寂静无声，仿佛一切都沉睡过去，只有几盏照明的夜灯在营区里亮着。

“好好的婚礼怎么就取消了呢？”沈兴哲疑惑地望着兰馨。

“我想见见你们教导员，可以吗？”兰馨的长发和裙角在夏日的夜风中微微飘拂，散发着一种动人的美。

“对不起，姑娘，我们教导员不在。”哨兵强迫把欣赏的目光从兰馨美丽的脸庞上转移到别处，但眼角的余光依然停留在兰馨的身上。

“那他什么时候回来？我可以在这里等他。”兰馨平静而温柔地说，她并不知道她想见的人已经离开了这座城市，正在赶往前线的路上。

“我看您还是先回去吧，我们教导员到外地执行任务去了，一时半会儿回不来。”哨兵不忍心拒绝这么美丽的姑娘，可他又不能说出教导员究竟去执行什么任务了。保守部队秘密，是一位战士最基本的素质。

兰馨失落地垂下了眼睛。对于前线的紧张局势，兰馨和沈兴哲都有所了解，但他们都没有把王俊元的离开和前线的战况联系在一起，对于生活在和平年代的年轻人来说，他们不会把战争想象得过于严重。她以为王俊元只是简单地外出执行任务，过几天就会回来。

“哥哥，那我们就先回去吧，等俊元哥哥回来了，我们再来。”兰馨不舍地望了一眼寂静的营区，转身准备离去。

没有见到王俊元，沈兴哲倒显得很是轻松。他希望王俊元能多在外面执行一段时间的任务，最好等到他和兰馨去大学报到后再回来。只要没有王俊元，他就有机会把兰馨追到手。兰馨现在暂时不接受他的感情没有关系，他还有四年的时间，在这四年里，他将和兰馨天天在一起，他有的是机会向兰馨再次倾吐爱意。等他们离开家乡，到了大学，就可以彻底摆脱王俊元的阴影了。

沈兴哲欢喜地叫道：“兰馨，等等我。”

这一声呼喊让两个哨兵对视了一下，其中一个立即高喊道：“兰馨姑娘，请等一下。”

兰馨刚走出几步，听见哨兵的呼喊就停了下来，她转回身，依然满脸失落地望着那个年龄和自己差不多大的小战士。

一个哨兵把枪背在背后，边掏裤子的口袋边往兰馨身边走。

“请问，你是不是叫周兰馨？”哨兵的脸上带着亲切的笑意。

“是的，我是周兰馨，请问您还有什么事吗？”兰馨很有礼貌地问。

“这封信是我们教导员留下的，说如果有一个叫周兰馨的姑娘来找他，就让我把这封信给你。刚才你哥哥说你是他的妹妹，我们还以为你也姓沈呢。”战士双手把一封装在信封里的信递给兰馨。

“谢谢您！”兰馨激动地把信贴在胸口上。在这个时候，别说是留下一封信了，就算是只有一句话，或者一个字，她也会万分感激。

借着防化营门口的灯光，兰馨快速地拆开了信，如饥似渴地阅读了起来：

“兰馨，当你看到这封信时，我是多么高兴啊。这说明你来部队找我了，你也想见到我。”

刚读完这一段，兰馨的眼泪就掉了下来。俊元哥哥，我当然想见到你，不然我也不会央求哥哥带我来部队。可是，我来了，你却走了。我们已经离别了十一年，为什么命运还要再次把我们分开？兰馨擦了擦眼泪，继续读了下去。

“我本来想把这封信直接送到你手里的，但时间紧迫，只好让这封信替我在部队等你了。过去这半年，是我这十一年里最开心的日子，因为，我再次见到了你。每个星期天的上午，我们都在一起，听你说话，看着你笑，这样的幸福，是任何东西都不能代替的。我真的很想能继续陪在你身边，可我要去执行任务了，什么时候回来还不一定（他本来想写‘也许再也不能回来了’，为了不让兰馨担心和难过，他就把这句话给改了）。原想着等你去大学报到的时候，我去火车站送你，现在看来，应该是没有这个机会了。所以，就给你写了这封信，把一些来不及说出的话在这里告诉你……”

兰馨的眼圈再次红了，什么叫“没有机会了”？俊元哥哥为什么会有这么伤感的情绪？

“感谢命运让我们在很小的时候相遇，在看到你的第一眼，我就在心里说，这就是我要照顾和保护一辈子的人。你八岁时，我们第一次分离，你跪在小汽车的后座上拼命拍打着玻璃，我追在马路上跑得上气不接下气，那个时候，我第一次体会到，你对我来说是多么重要。后来，我有机会来省城当兵，当我知道可以和你在一个城市时，我激动得彻夜未眠，不是因为我来到了一个大的城市，而是因为我可以和你生活在一个地方了。很抱歉，你生日的时候，我没有来，希望你不会怪我，我是多么希望能陪你过生日啊！那盆蝴蝶兰，你收到了吧？我刚到部队的时候，就买下了它，一直把它养在我的宿舍里，每天给它浇水，在心里和它说话，就好像你在我身边一样。我不在的这些日子，希望它可以代替我陪伴你。兰馨，谢谢你对我的好，那些情感饱满的小诗，我带走了，有它们在，无论我在哪里，我都是这个世界上最幸福的人。”

俊元哥哥知道了那些小诗是我写给他的，他都明白了，他知道我早就爱上了他！兰馨的眼泪如泉奔涌……

沈兴哲失魂落魄地看着泪流满面的兰馨，他知道，他所有的努力都白费了。假装高考失利，警告和拒绝那些对兰馨有想法的男生，费尽心机地讨兰馨喜欢，甚至自私地去找王俊元谈判……这一切，都抵不过王俊元的一封信。

“请告诉我，俊元哥哥到底去了哪里？我一定要知道！”兰馨无限哀求地望着哨兵。

“教导员去了前线。”哨兵只能这么粗略地回答。

听完哨兵的话，兰馨只觉天旋地转，眼前发黑。俊元哥哥去了战场，那这封信就是他留给她的诀别信了。她的眼前仿佛浮现出了硝烟弥漫的战场，炮火连天，子弹横飞，血流成河，哀鸿遍野。一想起俊元哥哥去了这样的地方，惊慌和恐惧就像炮弹一样击中了她那颗柔软多情的心。她的身体失去了支撑，她的意识像熄灭的火焰，一团浑浊的潮水向她袭来。

“兰馨，你醒醒。”沈兴哲抱着昏迷过去的兰馨，一声接一声地呼唤着她。

“心彤，俊元来信了！”王俊光一屁股坐在椅子里，边拆信边喜上眉梢地对妻子说。

“瞧你高兴的，好像捡了个大元宝似的。”李心彤这几年越加发福了，身体早已没有了做少女时的那种曲线美。

“你比喻得不对，俊元的信比元宝还值钱。”王俊光不再接妻子的话茬，如痴如醉地读起了信。

“我最深爱的大哥、二哥、二嫂、三哥、继清：”王俊光读完信的开头，就有一种异样的感觉，俊元以前写信都是直接写给他的，由他再把信的内容转告给其他亲人，怎么这次把全家人的名字都写进来了呢？而且，俊元是一个非常理智的人，很少说出、写出“亲爱的”“深爱的”这样的字眼，怎么这次会如此情感外露呢？王俊光带着满心的疑惑，接着读下去。

“当你们读到这封信的时候，我已经带领着战士们一起奔赴前线，所以，这封信就是我写下的遗书了。”

什么！遗书！王俊光的脑袋轰得一响，俊元去了前线！俊元怎么会去打仗了呢？前线的局势，他这位校长自然也是知晓的，但这件事太突然了，他不知道惊愣了多久，才重新把目光沿着那些汉字移动下去。

“我知道，你们听了这个消息，一定很焦急，很担忧。可我是一名军人，从我穿上这身军装的那一天起，我就知道我不再仅仅是‘王家的老四’这一个身份，我是共和国的儿子，是保家卫国的军人，是勇往直前的战士，是充满血性的男儿！经过了部队十年多的锻炼，我已不再是那个顽皮好动的少年，在汗水和鲜血的浇铸下，我已经变成了一个有着钢筋铁骨的青年，忠诚是我的血液，意志是我的脊梁，冲锋陷阵是我的责任，保家卫国是我的使命。如果我牺牲了，请你们不要悲伤，作为军人能够血染疆场，是最光荣的归宿，你们应该为我感觉到庆幸和荣耀！

“大哥，你从小身染重病，比我们体验到的人生疾苦要多很多，每次看着你发病，看着你吞下那些苦涩的药，我比你心里还要难受。我给你邮寄回去的钱，你不要舍不得用，我知道你肯定都把它们攒了起来，留着给我将来娶媳妇用。大哥，有你在，我们才是完整的一家人，所以，你一定要好好保重，我们都需要你，我们不能没有你。

“二哥，你是这个家里最大的功臣，您是老二，却承担了老大的角色，我知道，母亲在世的时候，给我们四兄弟准备了八套被褥，一人两套，留着让我们结婚的时候用，可你和二嫂结婚的时候却没有动那本属于你的新被褥，你是想着节省下来，让给我们。三十多年里，二哥一直都在默默地为我们做着牺牲，有二哥，才有我们这个家。

“二嫂，为了我们这个家，您付出了自己的青春和心血，让我们哥儿四个感受到女性的温暖，有了二嫂，我们这个家才更像一个家，请允许我在这里给二嫂献上一个最崇敬的军礼！

“三哥，你是我们四兄弟里面最温和的一个人，你知道，我从小就是一个调皮捣蛋的孩子，是三哥的温顺谦恭让我意识到自己身上的问题和不足，可以说，三哥是我儿时最佩服的人。

“继清，四叔有五年多没有看到你了，现在你已经长成一个小男子汉了吧。四叔想告诉你的是，你有一对最伟大的父母，有最坚强的大伯和最善良的三叔，还有一个疼爱你的四叔。四叔衷心祝愿你能健康、平安、快乐地长大！

“还有很多话要说，但没有时间了，部队集结的号角正在吹响，我要出发了。千言万语也表达不完我对你们的想念，但愿，我还能活着回来，还能亲口喊你们一声‘大哥、二哥、二嫂、三哥、继清’。”

王俊光读完这封遗书，犹如泥雕一样僵在了那里，唯一可以证明他还有意识的就是脸上肆虐的泪水。

“俊元都在信上写了什么？”李心彤边生炉子边问。平时都是王俊光一边看信一边给她介绍信的内容的！但这次王俊光一个字都没有念给她听。

王俊光蓦地站了起来，攥着手里的信就往外跑，他撞翻了妻子正在生火的炉子，撞翻了洗脸用的架子，撞倒了凳子。他用力拉开门，打开自行车的锁，骑着就往外冲。还没有骑出校门，自行车的链子就掉了下来，他把信塞进口袋里，蹲下来，开始挂链子，可越是着急，链子越是挂不上，好不容易挂上了链子，王俊光满手油污地骑上自行车就飞出了校门。

李心彤在后面追了出来，可只看到一个奋力蹬车的背影从校门口冲出去，就什么也看不见了。

“真不知道这老四身上有什么魅力，怎么凡是他的事，这哥几个都跟着了魔似的。”李心彤咕哝了几句，就回屋继续生炉子去了。

王俊光顶着毒辣辣的太阳，骑了两个小时的自行车，回到了临湖镇家里。他刚进院子，把自行车直接扔到地上，就往大哥的房间里跑。

“俊光，你怎么来了？今天又不是星期日。”王俊康已经闻声坐了起来。

“大哥，俊元他上前线去了……”王俊光满头大汗，上气不接下气地说。

“你说什么？俊元去哪里了？”王俊康光着脚从床上跳了下来，差点摔倒在地上。

王俊光立即搀扶住大哥，掏出口袋里的信，递给了大哥。王俊康捧着信的手在颤抖，他快要把信给抖碎了。他抬起那双凹陷无神的眼睛，惊恐地望着老二："俊元怎么可以去打仗，他会没命的呀！"

王俊康说完，光着脚就往外跑，王俊光着急地拉住了他："大哥，你这是要去哪里？"

"我到部队去，把俊元换回来，我去替俊元打仗去。"王俊康还在奋力地挣扎着。

"大哥，俊元已经出发去前线了，你到了部队，也找不到他。"

"那我就去前线，俊元绝对不能有事，不能有事！"

"大哥，你冷静一下，你这么冲动是解决不了问题的！"王俊光大声劝解着快要疯癫的大哥。

"冷静？我怎么冷静？你这个做校长的教教我，怎么才能做到冷静？俊元他是我的亲弟弟呀，我这个做大哥的不能眼睁睁看着他去送死。"王俊康苍白的瘦脸上充满了忧心的红色。

"俊元当初当兵也是大哥的意思啊。"

"我当初同意他去当兵是为了他能有口饭吃，能有一条出路，不是为了让他去送死。俊光，你帮我收拾收拾，再叫上老三，咱们一起去省城，把俊元给换回来。你还愣着干吗，快去呀！再晚，子弹就要打到俊元的身上去了！"王俊康像是一个乞讨的人，嘶喊着跪在了老二的面前。

"大哥，你别这样，你先起来，咱们好好商量商量这件事。"王俊光哭着拉拽跪在地上的大哥。

"这件事没什么好商量的，俊元必须活着，这就是我唯一的要求。"王俊康执拗地跪在那里，他只有用这种方法才能强迫老二带他去前线找老四。

"大哥，俊元要是知道了，也会坚决反对的。我看完信就立即来告诉你这个消息，就是觉得你是大哥，有权利知道这件事，可没想到大哥你这么冲动。"

"这叫冲动吗？这个上前线打仗的人是谁？他是我们手足相连的亲兄弟啊。你去不去喊上老三？你去不去省城？你还是不是俊元的亲二哥？"王俊康一声比一声激烈，最后无助地坐在地上大声哭了起来。他不知道两个国家为什么要打仗，为什么非要让这些大好年华的男人们去送死，可他知道，只要是战争，就会有人受伤，就会死人。他不要自己的弟弟去流血，如果非要用人的鲜血才能浇灭战争的火焰，那就把他的血都抽去吧，一滴也不用剩，只要把他的亲弟弟还给他。

第三十五章　花儿为什么这样红

王俊元带领的防化营战士到达前线时，已经是日薄西山了。他们跟随着当地一个炮兵连的战士绕着一段环山石路慢慢地往山上走。他们要完成的第一个任务就是把防化装备顺利运送到大山的另一侧，与刚刚翻越过这座山的我军的一支先遣部队会合。

王俊元和营长邓超群等人坐在一辆吉普车内，前面是一辆洗消车，车身很大，为了不引起敌方的注意，所有的车子都关闭了车灯，借着越来越微弱的光线缓慢地朝山上行驶。

忽然，一块大石头从左侧山坡上滚落了下来，洗消车司机本能地把方向盘往右方急转，大石头在山路上滚落了几下，就坠入了深渊。

洗消车幸运地躲过了坠落的石头，司机已经刹住了车，但依然能感觉到车子在左右轻微地摇晃着。司机脸色煞白地对坐在副驾驶座位上的另外一位战士说："不好，右前方轮胎悬空了。"

"教导员，前面的洗消车好像有情况。"吉普车司机在距离洗消车还有三米的地方停了下来。

王俊元等人都从车里下来了，他们走到洗消车前，从山路一侧打开车门，把里面的两名战士都拉了出来。

"真惊险，再往右偏一点，整个洗消车都会坠入悬崖。"邓超群蹲在洗消车前方，察看了车子的情况以后，吓出了一头冷汗。

"现在该怎么办?"邓超群站起来，望着正在凝眉思索的王俊元。

洗消车上装载着最新研究的洗消液，如果弃之不顾，必定对洗消工作造成重大影响。况且，山路狭窄，洗消车不走，后面的车子也无法通过。所以，把洗消车保住是最佳选择。如果让司机再上去，把洗消车开到安全地段，几乎是不可能的，车子往左打方向盘，也必然会前行一定的距离，如果右后方的轮胎也外露，整辆洗消车就会如刚才那块石头，坠入悬崖，粉身碎骨。

"现在，唯一的方法就是用安全绳挂住悬空的轮胎，靠人力把车子拉回来。"

王俊元很肯定地说。

“这个方法行不通，”邓超群坚决反对，“悬空的轮胎离开山路的距离很远，绳子是挂不上去的。即使从驾驶座上爬过去，轮胎下面是万丈深渊，就算战士没有恐高症，也很难把绳子挂结实。”邓超群只往山下看了一眼，就吓得两腿打颤。刚才那块大石头滚下去没有任何回音，可见悬崖有多深。

“那就从车子顶部翻过去，身体悬空，这样一定可以把绳子系牢。”王俊元显得异常冷静。

“俊元，你这个想法也太大胆了吧。身体悬空，往轮胎上系绳子，不仅需要过人的胆量，更需要强大的臂力。万一战士坚持不住，那可就喂了悬崖了。”邓超群高声抗议着，他实在不敢想象一个战士把身体悬挂在一辆随时都有可能翻滚进悬崖的车子下面，有多么危险！

“这个任务，我去执行。”王俊元说着就解开上衣的扣子。

邓超群脸色大变，立即拉住了王俊元：“你是这次防生化任务的总指挥，不能出一点意外。”

“可我们没有比这个更好的方法了。老邓，你看西边，太阳快要落下去了，一旦天完全黑下来，我们把车子拉回来就更难了。”

“可是……”

“现在没有可是，只有尝试。老邓，你去前面调一辆坦克过来，在坦克炮筒上系一条绳子。我估计等我把绳子挂在轮胎上，也没有力气再沿原路返回来了。一旦发生我预测的情况，你就指挥坦克把绳子抛给我。成败在此一试。”

“俊元，你不能下去！”徐秋林也加入到了反对的行列，一把抱住了王俊元裸露的后背。如果发生一点点差错，王俊元是一点生还的机会都没有的。他不能眼睁睁看着王俊元去送死。

“我是防化营的总指挥，秋林，放手，这是命令！”王俊元的身体往后一顶，徐秋林就被弹了出去。

“看来，这是没有办法的办法了，我这就去调坦克过来。”邓超群大步向队伍前方走去。

“教导员，让我们下去吧！”官兵们一起涌了上来。他们是同生共死的战友，谁也无法袖手旁观。

“你们谁的臂力有我强？我选择亲自上阵，不是意气用事，而是从更有把握成功的角度来决定的。你们都退后！”王俊元说完，把绳子的一端交给几个身强力壮的战士，然后用嘴咬住绳子的另一端，一个箭步就攀上了洗消车的顶部。他沿着车身的侧面，小心翼翼地往轮胎的方向一点一点挪进。

突然，车身明显摇晃了一下，战士们发出了惊呼声，不约而同地跑到车身后部，后面人的手搂住前面人的腰，一起抱住了左后方的轮胎。

王俊元的身体已经彻底悬空了，他一只手死死抓住车身的底部，一只手快速地把绳子系在悬空的轮胎上。可就在这个时候，车身再次发生了倾斜，王俊元感觉到自己的身体猛地下沉了一段，刚系了一半的绳子又滑落了下来。他把两只酸痛的手交换了一下，随着车身的摇晃，人群里再次发出了惊叫声。右后方轮胎的边缘已经与悬崖边平齐，车坠人亡的险情随时都有可能发生。王俊元大气也不敢出，腹部的肌肉在紧张地收缩着。他必须把手再换回来，左手系绳子还是比不上右手。但这也意味着，车身会继续倾斜，右后方的轮胎会继续外露。他也渐渐感觉到有些支持不住了，手臂越来越酸软无力，下半身就像是被什么东西给钉住了，腰部的肌肉仿佛要被扯断。他睁大眼睛，盯着那个像他一样命悬一线的轮胎。再危险，也要试一下。如果，他失败了，和这辆技术最先进的洗消车一同坠入悬崖，也值。他使出浑身力气，说出了最后几句话："战友们，你们听着，我马上要换手，如果右后方的轮胎也滑落出悬崖，你们立即松手，谁胆敢违抗命令，以违反军纪处置。"

"是！"战士们异口同声地大声回答，他们这么说，为的只是让教导员安心，但是他们心里都明白，他们无论如何也不会放手的，要生一起生，要死一起死，教导员活不了，他们也不会自保。

王俊元憋住了最后一口气，脸涨得像西山的残阳一样红。他把两只手快速换了下来，车子又剧烈地摇晃了一下，右后方的轮胎也外移了一点，但重心还在山路上。王俊元额头上青筋暴突，左手臂上的血管也像蚯蚓一样浮现在了皮肤表面，他鼓足最后一点气力，把绳子牢牢地系在了轮胎上。可他的力气也用完了，手心里的汗水使他的手指开始滑动，他知道，自己就要掉下去了。他把右手伸进裤子口袋里，闭上了眼睛，带着胜利的微笑，准备告别这个世界。

"俊元，快抓住！"是邓超群的声音，王俊元重新睁开了眼睛，就在这个时候，他的手指脱离了车身，他的身体坠了下去。出于求生的本能，他伸出僵硬麻木的双手，拼命向空中挥舞着，他抓住了一个带着生命触感的东西，软软的，又硬硬的，像头发一样纤细，又像铁塔一样坚固，那是溺水的人渴望的陆地，那是窒息的人需要的一点空气。其实，那只是从坦克的炮筒上垂下来的一根绳子。坦克的炮塔一转，就把王俊元给转到山路上了。

王俊元得救了，洗消车得救了。但战士们不敢肆无忌惮地欢呼雀跃。因为，山的那一边，就是目标的驻地，任何声响和光亮都有可能暴露自己。

根据战事需要，总部派防化部队尾随先遣部队，负责处理战场上可能发生的敌人使用细菌或毒气所造成的沾染。

先遣部队占领了敌人位于密林深处的一个堡垒，就去攻打下一个阵地了。王俊元带领着穿戴防化装具的防化营战士进入堡垒侦察细菌沾染情况。堡垒里面一片狼藉，光线很暗，面积十分狭小。侦毒连的一个战士突然发现堡垒的一个墙角下有两个透明的玻璃瓶，便蹲下身来，准备对玻璃瓶进行毒性测验。

“别动!”王俊元从战士手里接过这两个内壁附着一块块毛刺状绿色斑点的玻璃瓶。内壁上绿斑的扩散速度很快，眨眼之间，点状的菌落就连成了大块的菌斑。王俊元从来没有见过这样的细菌。

“教导员，这是?”战士看见王俊元这么专注地观察这两个玻璃瓶，担心地问。

“这很可能是敌军新研制出的一种细菌，两个玻璃瓶，一个完好地密封着，一个刚刚打开，也许他们正准备在这次战争中抓几个俘虏，试验一下它的毒性。通知下去，为了确保安全，马上对堡垒内外进行高浓度洗消。”王俊元说完，把玻璃瓶用塑料袋装起来，放进了随身携带的一个密闭的盒子里。

洗消液仿佛一条条透明的长龙，从喷枪里飞射而出，汹涌的清流要以柔弱但充满血性的身躯，把这片有可能沾染了细菌的土地清洗干净。

洗消结束，王俊元和徐秋林带着防化营的战士们准备撤退。

他们刚走出堡垒，徐秋林就发现在不远处的大树后躲着一个身穿敌国军装的士兵，那人阴沉着脸，正举着枪，瞄准了王俊元。

“俊元，小心!”徐秋林大喊一声，不顾一切地朝王俊元扑了过去。

荒僻的森林里响起一声震天的枪响，子弹射在了徐秋林的左胸口上。

“混蛋!”王俊元举起手枪，对着那个妄图逃跑的士兵的背后就是一枪，枪响人倒。

其余的战士立即用身体把王俊元挡住，以防再有人开冷枪。

王俊元爬起来，跪在地上，抱起已经昏迷的徐秋林，大声地喊道：“秋林，秋林……你醒醒……”

徐秋林睁开了眼睛，他望着王俊元，咧嘴一笑，露出被鲜血染红的牙齿，断断续续地说：“俊元……你没事……就好……”

“秋林，你一定要挺住，我不许你死，你听到没有!”王俊元拼命地压着徐秋林的心脏，鲜血从他的指间不停地往外淌。

徐秋林缓缓抬起手，抓住王俊元的胳膊："俊元……从小到大……我一直都输给你……这次……我终于……可以赢你一回了……"

"徐秋林，是男人你就给我挺住！"王俊元擦着徐秋林还在吐血的嘴角，他的心痛得抽搐在一起。他从记事开始，认识的第一个朋友就是徐秋林，他们做了同学，后来又成了战友，那些最艰难的日子，都是他们俩一起相伴着度过的。在他的心里，徐秋林是他亲如手足的兄弟，他不能失去徐秋林！

"俊元……去找兰馨……你喜欢上一个人……不容易……"徐秋林咳嗽了起来，又喷出了一大口血。

"好，我答应你，你也要答应我，一定要坚持住，冯玉洁还在等着你，徐叔徐婶也都在等着你回家……我们不是说好了吗，等战争结束，我们就一起回乡探亲，你可不能说话不算话。"王俊元的眼泪掉了下来，流在徐秋林刺眼的鲜血上。

子弹射穿了徐秋林的心脏，他的呼吸越来越微弱："俊元……我羡慕过你……也嫉妒过你……但如果有来世……我还愿意跟着你……做你的兄弟……"

"好，我们生生世世都做最好的兄弟。"王俊元还在用力压着徐秋林的心脏。

"俊元……你给我唱首歌吧……就唱……花儿……为什么这样红……"

"好，"王俊元伤感悲凉的歌声在森林中响起，"花儿为什么这样红？为什么这样红？哎，红得好像，红得好像燃烧的火，它象征着纯洁的友谊和爱情……"

徐秋林的手在王俊元的怀里垂落，他的脸上带着满足的笑。

王俊元没有去看徐秋林的脸，他哀伤地哽咽了一下，继续唱下去："花儿为什么这样鲜？为什么这样鲜？哎，鲜得使人，鲜得使人不忍离去，它是用了青春的血液来浇灌……"

第三十六章　遗憾落幕

战争结束后，王俊元去了北京总部，与参加过战争的官兵们会合，组建作战经验分析总结专家团队，把这次战争的心得和收获在全国部队进行传授和介绍。在和平年代，关于战争的实践研究是极其宝贵的，总部决定借此机会进行全国军队作战培训。

当王俊元完成全部的培训任务回到部队时，时间已经过去三年了。由于王俊元在南方战场上的卓越表现及三年作战研究培训的重大功绩，集团军特提拔他为防化团的政委。邓超群任团长。

王俊元独自走出了防化团的营区。在营区外面有一片广阔清澈的湖，这里是净源湖的最北端，湖水比较浅，也比较宁静，犹如一条巨大的蓝丝绒，与三百多公里之外的家乡连接在一起。夏季来临，湖水清澈如镜，战士们休息的时候，就可以到净源湖里洗澡、游泳。净源湖给防化团的官兵们带来了不少的乐趣。这里的湖水和临湖镇的湖水一样，具有强身健体的功效，哪位战士皮肤过敏或不小心感染了生化药剂，到净源湖里泡半个小时，发病的症状就会消失。

每当思念家乡的亲人或者思考某个重大的问题时，王俊元就喜欢到湖边走走。王俊元回想起离开北京时，总部交给他的任务——尽快找到克制新细菌的方法，总部随后会派一支理论水平最为拔尖的专家小组前来辅助他。王俊元在总部首长面前立下军令状：如果两年之内找不到控制新细菌的方法，他会辞去一切职务。

十几年的侦毒及防化工作管理经验，让王俊元练就了超乎常人的识毒本领，根据环境、植被、水源的细微变化，三秒钟之内就能完成毒剂种类、受染范围及染毒程度的准确判定，官兵们都称王俊元是“毒魔的克星”。但王俊元知道，自己对毒气和毒剂的准确掌握来自于无数次经验的磨砺，他是防化实践的高手，但关于细菌和病毒的理论研究却是他的弱项。总部虽然给了他两年的时间，但他盼望能尽量提前找到对抗细菌的方法，他不想再有人遭受生化武器的毒害。生化武器杀伤破坏力之大、危害持续时间之长、清除难度之大，都是匪夷所思的。只要想起新细菌有可能出现在战场上，他的心就会加速跳动起来，耳边顿时万马奔腾，战鼓声声。要想找到对抗细菌的方法，必须组建一支专业高端的研究队伍，集中一切可以集中的力量，一起来寻找防御细菌的方法。他无比盼望总部派出的理论专家小组能早日到来。

除了等待总部派出的专家小组，自己还可以做点什么呢？他们在这里艰难地防御，是因为有人在贪婪地袭击，所以，最根本的不是找到防御某种细菌的方法，而是彻底消灭生化武器的存在和使用。现在，国际对禁止使用生化武器的意识明显增强，但有些国家还没有达到应有的重视，作为一名防化团的政委，作为一名有正义感的中国人，他觉得他应该为彻底杜绝生化武器的使用做更多的努力。

王俊元突然想到了两个人——二哥和三哥，这让他对实现这个伟大而艰巨的目标信心倍增。他决定找个时间回家乡与两位哥哥细谈一下。

四十六岁的王俊光头发已经白了一多半，脸上的皱纹也提前滋生，当有员工开玩笑说他未老先衰时，王俊光毫不介意地说：“为了四中的发展，就算是豁出性命，我也在所不惜。”王俊光把学校当成家，把家当成旅馆，这让妻子李心彤很是不满。每次王俊光披星戴月地回到家，李心彤都忍不住要数落他一番，可还没有说上几句，王俊光就歪倒在椅子里睡着了。儿子王继清在四中读高一，可也很少能见到父亲。王继清说父亲是他最熟悉的陌生人。

在王俊光的带领下，经过十五年的风风雨雨，四中已经从濒临倒闭走向了壮丽辉煌，陈华萍、孙传闻、张德旺这三个环彻底被王俊光和商树新这两个环融化，他们成为了真正意义上的五环。工作中，他们是铁五角，私下里，他们亲如家人。现在，四中又在朝着一个更加激励人心的目标迈进，他们要申请全国示范高中了。对于这一殊荣，王俊光志在必得。

申请全国示范高中全校教职员工动员大会终于到来了。王俊光在会议室主席台正上方挂上了红色的大横幅，上面有八个烫金的大字——百尺竿头，更进一步。

王俊光还计划把县教育局章局长也请过来，他想告诉章局长，他终于没有辜负局长当年的重托，把四中带出了泥潭，引领其成为全省示范高中，现在又要迈向全国示范高中了。上午，他给章局长打去了电话，局长说正在开会，会议结束后再给他回电话。

时间指向了下午两点半，局长的电话还是没有打来。商树新说刘爱华董事长带领着很多人来学校了，正在练琴房里参观。王俊元立即赶了过去。刘爱华就是他当年用馒头砸了人家玻璃的那位董事长，十五年里，刘董事长不仅几次给四中捐赠善款，还发动了许多商界的朋友，一起来支援四中的建设。王俊元决定邀请刘董事长参加学校的动员大会，让刘董事长感受一下四中人同舟共济的精神。

远远地，王俊光看见刘董事长带领着十几个人一起从练琴房里出来，边走边对跟在身边的秘书嘱咐着什么。

“欢迎刘董事长到四中来参观指导。”王俊光热情地握住了刘董事长的手。每一个对四中有过援助的人，王俊光都铭记在心。

“我今天是不请自来，还望王校长莫要见怪。”刘董事长像见了老朋友一样，爽朗地大笑了起来。

“刘董事长能抽出宝贵的时间到四中来看看，四中是蓬荜生辉啊。正好今天学校要召开申请全国示范高中动员大会，刘董事长能亲自过来，这是对我们四中全体师生最好的支持和鼓舞。”

“哦，四中要申请全国示范高中了，真是可喜可贺啊。正好，我今天给你带来了一些新朋友，他们都是各个企业的负责人，听说了你化缘的事情，就一致要求来四中实地参观一下。”刘董事长把同来的人一一介绍给了王俊光。

王俊光激动地上前和每个人握手，爱心人士的到来，无疑给今天的誓师大会又增添了新的意义。

“四中能有今天，多亏刘董事长及诸位爱心人士对教育事业的支持。和我刚当校长时相比，学校现在的面积整整扩大了五倍，还新增了体育功能齐全的现代操场，包括练琴房、美术画室、体育活动室、舞蹈练功房在内的艺术楼，还有两座三十六米长的画廊。等动员大会结束后，我陪各位领导到学校里看看。”

刘董事长感慨地说：“王校长言重了，是我们应该感谢您啊。您不仅让我们看见了一位用生命来干事业的人，更让我们公司员工的子女接受到了最好的教育，为我们的企业和国家输送了一批又一批优秀的人才。我们帮助四中，其实也是在帮助我们自己。随着公司职工子女教育问题的解决，我们公司的效益也得到了极大的提高。既然今天赶上了四中要申请全国示范高中，那我们就不能空手而来，必须给王校长一点实实在在的支持，大家说对不对呀？”

“对，对……”其他企业家都纷纷附和道。

“我刚才让秘书记录下了质量不过关的钢琴和手风琴的数目，想把这些缺口给补上，既然四中要冲刺全国示范高中了，那我们几家企业就联合起来，再多捐给四中两间琴房，为成功申请再增加一点砝码。”

“谢谢，谢谢！我代表四中的全体教师和孩子们感谢各位领导的爱心和对我们申请工作的大力支持！”王俊光感激地再次逐一握了一下每一位企业领导的手，他很庆幸自己能遇到这么多真诚支援教育的朋友。他看了一眼手表，说：“本来要等教育局的章局长过来参加动员大会的，现在还差十分钟，大会就要开始了，章局长还没有来，估计是让什么事情给绊住了，那咱们就先开始吧。”

王俊光站立在会议室的入口处，西装革履，面带微笑，与入场的嘉宾们一一握手。会议室里正播放着《红色娘子军》的背景音乐，慷慨激昂的旋律让每一个人都听得热血沸腾。

所有的嘉宾都已落座，王俊光整理了一下自己的领带，清了清嗓子，打算以最精神饱满的姿态走上主席台。这一天将是他人生中最难忘的日子。

他刚转过身，准备走进会议室，商树新就跑了过来：“王校长，章局长电话。”

“好，我去接，你进去跟陈书记说一下，章局长可能会过来，让她在会议议程里安排一下。”王俊光交代完，就去办公室接章局长的电话了。

章局长是教育局党政一把手，也是当年恳请王俊光从一中调到四中来当这个校长的说客。看见王俊光对当四中的校长有些犹豫，有些担忧，他想给王俊光跪下的心都有了。那个时候，他刚当上教育局局长一年多，四中的成败直接关系到他在教育界的根基和前途，他必须找到一个能胜任的人，来把四中的架子给撑起来。经过一番明察暗访，广泛调查，他最后锁定了王俊光，一个可以拿自己的命来撑起四中的现在和未来的硬汉。王俊光答应做四中的校长，章局长心里的大石头终于落了地。只要四中不办黄，只要学生家长不上访，只要考不上高中的学生有一个临时的去处，他就谢天谢地了。可王俊光却不这样想，教育局的任务是不要使四中这朵花枯萎，但王俊光的目标却是要让四中释放出惊人的芬芳。当他把一个个成绩和荣誉呈现在章局长面前时，章局长目瞪口呆。他怎么也想不到，一个濒临倒闭、收纳无处可去的差生的学校居然能创造出这么多奇迹，王俊光的能力和品格太让他折服了。四中的崛起和势不可挡的发展态势也奠定了这位教育局局长的政绩和走向更广阔平台的基础。省教育厅刚下来命令，下个月，他就可以去市教育局走马上任了。

当第一届高考毕业生取得令人意想不到的成绩时，教育局就此改变了对四中的态度和扶持力度。只要是王俊光开口，教育局都会尽力解决。王俊光对章局长也是非常信任，有了什么好的办学理念和奋斗目标，他都忍不住跑到教育局，和章局长谈谈。对于这次申请全国示范高中的想法，王俊光也是提前和章局长谈过，章局长极其赞赏王俊光这种敢想敢干敢创造奇迹的魄力。

所以，这个电话，王俊光是怀着十足的喜悦心情来接的。

“喂，老章，你什么时候能过来，就差你一个人了。”王俊光拿起话筒就半开玩笑地说道。

“哦……老王，恭喜你啊……四中又要再次腾飞了。”章局长支吾着说完，就陷入了无声的沉默。

“咱俩之间还用说这么客套的话吗？你快点过来吧，今天的现场可是相当隆重热烈！”王俊光朗声笑了起来。一个从重压中解脱出来的人所发出的笑声是极具震撼力的。

“噢……是吗？不错……挺好……”电话里再次沉默了下来。

这下王俊光感觉到有些不对劲儿了，章局长平日里说话不会这样吞吞吐吐的，今天他是怎么了？

“老章，你今天说话怎么怪怪的？是不是你有事走不开，不能来参加动员大会了？没有关系，有你在精神上给予我支持，也是一样的。你放心，我一定会好好动员全校教职工，争取早日把全国示范高中的桂冠给摘下来。咱们哥俩联起手来，再创造一个更大的奇迹！”王俊光信心满满地憧憬着四中申请到全国示范高中的画面。

“老王，有件事……我必须得告诉你……”章局长在电话里咳嗽了一声，“局里上午开会了，要对四中领导班子进行调整，你被调到了县教师进修学校当历史教研员。你辛苦了这么多年，也该清闲清闲了。新校长是下面的乡镇书记，明天就上任，所以……从明天开始，你就不用再来四中了。”

犹如晴天霹雳！王俊元简直不敢相信自己的耳朵，过了今天，他就不再是四中的校长了？他被安排到了教师进修学校，去当历史教研员？为什么事情发生得这么突然？他一点心理准备都没有。

王俊光跌坐在椅子里，话筒被摔在了桌子上。

“老王，我知道，你现在心里很难过，毕竟，你在四中这么多年了，对四中很有感情。所以，你不必急于去进修校报到，可以多在家休息几天。”话筒里，章局长还在好言相劝。电话外，王俊光早已呆若木鸡。

“喂，老王，你在听吗？喂，喂……”

当不当这个校长，无所谓，王俊光从接手四中的第一天开始，就不是冲着这个校长的位置来的。他只想能尽最大的努力给那些考不上学的孩子们一个安稳的去处，能让孩子们多读点书，多学点知识，能做一个对社会有用的人。怀着这样的信念，王俊光创造了一个又一个奇迹，他把自己的青春和一腔热血全部献给了四中。现在，教育局要把他这个校长换掉，他没有任何的怨言，他只希望能亲自带领全校教师把全国示范高中的荣誉拿下来，这是他离开四中前的最后一个心愿。

王俊光怔怔地抬起头，颤抖着抓起话筒，声音嘶哑地说："老章，可以再多给我几天的时间吗？等我把全国示范高中的荣誉拿下来，我就走。"

那头短暂地沉默了几秒钟，然后坚决地说："我看不必了，你可以把申请的工作移交给新任的校长，大家都是革命同志，谁来申请都是一样的嘛。好了，就这样吧，我这里马上还有一个会，就不跟你多说了。"老章啪地一声挂了电话，冰凉的话筒里传来嘟嘟嘟的盲音。

王俊光放下话筒，瘫软在椅子里。他把十指交叉在一起，紧紧地抵在苍白的嘴唇上，不让自己哭出声来。他不知道该如何接受这个残酷的现实，该如何向全体教师员工们解释，该如何向那些爱心企业交代，该如何实现他在四中的最后一个夙愿。

"王校长，您怎么了？"商树新看王俊光迟迟没有回到会议室，不放心他，就过来看看，却发现王俊光两眼呆滞地捧着厚厚的一叠资料，像是一尊泥塑的雕塑。王俊光手里捧着的正是申请全国示范高中的全部资料，那是他废寝忘食、苦干了好几个月的成果，如今，都要被电话里传过来的那团无情的大火给付之一炬了。

王俊光回过神来，放下手里的资料，扶着桌子的边沿，勉强站了起来："不碍事儿，走，去开会。"

王俊光走进会议室的时候，大家还在热烈地交谈，所有的人都在勾勒着一个共同的激动人心的蓝图。他们相信，在王俊光校长的带领下，申请到全国示范高中是十拿九稳，志在必得。看见王校长来了，所有的人立即停止了说话，期待着王校长能再给他们做一次振奋人心的讲话。

王俊光脚步沉重地挪到主席台前，失重般地跌坐了下去。

"王校长，您坐错位置了。"孙传闻伏在他的耳边，小声提醒到。

王俊光抬起头，看了一眼摆在正前方的名字，他坐在了章局长的位置上。如果没有刚才那个电话，他完全可以说章局长不过来了，撤去章局长的名字，他坐在这个位置就顺理成章了。可教育局的人事调动安排已经出来了，严格地说，从他接到章局长那个电话开始，他就已经不是四中的校长了，无论坐在哪里，他都是多余的。

王俊光扶着桌角站起来，无力地坐到旁边的位置上。他不知道该如何向坐在下面的教师们和爱心人士解释，说他已经不是四中的校长了，从明天开始他就是进修学校的一名历史教员了。他根本就不在乎当不当校长，他在乎的是能不能率领着和自己奋斗了十五年的同事们再夺取这最后一个胜利。今天对四中来说是一个很重要的日子，他不能扫了大家的兴。他决定保持沉默，把所有的苦水都吞进肚子里，关于自己要调走的事，他一个字都不能提。

他端起茶杯，仰起脖子，喝了一大口，想掩饰一下内心的痛苦，可那口茶水却被堵在了喉咙里，呛得他猛烈地咳嗽了起来。他只好把茶杯放下，却在缩回手的时候把茶杯碰翻了，一股冒着热气的茶水顺着桌面四处奔流。那不是茶水，那是他满腹不为人知的苦水，也是他不能流出来的眼泪。

“王校长怎么了？”坐在下面的教师议论纷纷。在他们眼里，王俊光是一个有条不紊的人，他们从来没有看见王俊光如此手忙脚乱过。

“王校长，您身体是不是不舒服？”坐在他旁边的陈华萍关心地低声问道。

“噢，没事，开始开会吧。”王俊光强忍住内心的苦楚，台下有几百双眼睛在盯着他，他不想因为自己的事影响到大家伙儿的情绪。

“那还用等章局长吗？”陈华萍问。

“不等了。”王俊光无限凄凉地说。

“好，那咱们就开始吧，请王校长先讲话吧。”陈华萍深知王俊光的开会风格是直接切入主题，就把发言的权利给了王俊光。

王俊光机械地接过话筒，一向口若悬河的他竟然语塞了，他不知道该说什么。他离开四中已经是不可更改的事实，那他今天就是最后一次对着这些与他同甘共苦了十五年的兄弟姐妹们说话了。在这个离别的时刻，他最应该对他们说些什么呢？感谢他们十几年如一日的追随和信赖？叮嘱他们以后要继续以校为家，以学生为工作的出发点？拜托他们一定要把全国示范高中的荣誉拿到手？抱歉他不能再继续带领着大家前进了，希望他们能像支持他一样支持新来的校长？这些都是他想说的，又都是他不想说的，因为无论说什么，他都担心自己会情绪失控。

“王校长，您怎么了？”陈华萍看王俊光抱着话筒愣愣地并不说话，不由得有些担心起来。十五年了，王俊光在她的心里就是一头不知疲惫的老黄牛，再苦再累，她也没有看见他如此疲惫和憔悴过。难道是这几个月为了准备申请的工作而体力透支了？

“王校长，您身体要是不舒服，要不咱改天再开这个会？”陈华萍心疼地建议道，王俊光是全体师生的主心骨，他要是倒下了，申请全国示范高中就很有可能泡汤了。

王俊光无力地摆了摆手，忧郁而坚定地说道：“今天这个会必须开。”

王俊光缓缓地抬起头，朝台下的兄弟姐妹们望去，当他的目光和那些熟悉而真诚的目光相遇时，他的眼睛湿润了。十五年啊，四千五百多个日子，他们一起在校园里捡垃圾，一起搬砖头砌墙，一起拔草平操场，一起搬椅子抬桌子，一起流汗，一起挨饿，一起思索，一起收获，他们早已成为亲人和战友，大家需要他，他也离不开大家。这样毫无芥蒂的感情，他如何割舍得下？尤其是在申请工作进入到最关键的时刻，作为校长，他又怎么能临阵脱逃？可离开这里已经是不可更改的事实，从明天开始，这片洒下他无数汗水的土地上再也没有王俊光这个人了，学校教职工点名册里也再没有他的名字了。无数的憧憬，无数的期待，无数的欣喜，无数的奇迹都要化为缥缈的云烟了。就好像你把一个婴儿一口一口喂养大，眼看着他长大成人了，却被别人给要走了，就连再多看他一眼，再多陪他走一段路，也不被允许。十五年的朝夕相处，十五年的呕心沥血，他把自己的命都给了学校，到头来，他连多和它相处几天的机会也没有了。即使接手的新校长和他一样关心学校的发展，甚至工作能力比他更强，他也不放心就这么离开，他还没有把四中最美好的样子给盼到，他心有不甘啊。心中的思绪纷乱如麻，可他一个字都不能流露，他需要做的就是把这个动员大会开好，这是他为四中所能做的最后一件事了。

王俊光用有生以来最大的意志力克制着自己的情绪，用他一贯洪亮高昂的声音把他想说的话都说了出来。只有他一个人知道，他说出来的那些动员大家的滚烫的话语都是用焚烧自己的心作为代价而讲出来的。

动员大会结束后，王俊光陪着爱心企业的领导在学校里细细地走了一遍，既是为了兑现开会之前的承诺，也是为了把学校的每一个角落再一次深深地印刻进自己的心底。

下午放学的铃声敲响了，当别的老师陆续离开学校后，王俊光却依然不舍得离去。他闭着眼睛，歪倒在椅子里，一动也不动。他多想就这样永远地睡过去，那样他就不会离开四中了。

陈华萍带领着商树新他们过来了，他们都看出来王俊光今天的表现太反常。他们一定要来问问到底是怎么回事。

王俊光从椅子里勉强直起身，把章局长电话的内容说了出来。

“这是怎么回事？为什么要把王校长调走？”众人疑惑地面面相觑。

“在这个节骨眼上换掉校长，对申请工作可是大大不利啊。”陈华萍忧心忡忡地说。

“这不明摆着是明升暗降吗？”商树新愤怒地捶了一下桌面，“如果没有你，四中能有今天吗？教育局怎么这么糊涂！”

“肯定是教育局的领导收了新校长的好处，才这么迫不及待地要换人。我们找教育局理论去，换掉任何人也不能换掉王校长！”孙传闻和张德旺转身向门口走去。

“你们给我站住！”王俊光紧握拳头，支撑在桌子上，他两眼像血一样红，艰难地喘着气，“如果你们还拿我当校长，就什么都不要说，什么也不要做，积极配合新校长把全国示范高中的荣誉给我拿到手，这是对我最好的支持。我不在乎自己当不当这个校长，我在乎的是能不能把示范高中给拿下来，咱们并肩奋斗了这么多年，别人不了解我，你们也不了解我吗？”

“这件事真的没有转圜的余地了吗？”陈华萍心痛地望着王俊光。

王俊光绝望地摇了摇头。

“那我也不干了！”陈华萍从口袋里掏出自己办公室的钥匙，扔到桌子上，“本来我也到了退居二线的年龄了，因为习惯了和你一起工作，才不舍得离开。既然教育局决定把你调走，那我就跟你一起走。”

“对，我们也跟王校长一起走，到了进修校，咱们还是分不开、打不散的奥运五环。”商树新不忍看着王俊光一个人去进修校，进修校是一个相对清闲的地方，王俊光是一个习惯了忙碌的人，到了那里肯定不适应，再说，一个堂堂的高中校长去做一个历史教研员，这让进修校的老师们如何看王俊光？当初他主动申请来四中就是为了不让王俊光受原领导班子的欺负，现在，他要跟着王俊光去进修校，也是为了不让王俊光遭受那些喜欢幸灾乐祸的人的笑话。

王俊光拼命憋回溢到眼角的泪水：“谢谢同志们，有你们的这份情义，我王俊光就没有白当这个校长。可我在动员大会上说了，四中是我们共同的孩子，我们都走了，谁来引领四中成长？现在学校的竞争非常激烈，即使我们申请到了全国示范高中，也不能掉以轻心，下山容易上山难啊。我走之后，你们不仅不能闹情绪，还要更加积极地投入工作。四中……我就把它拜托给你们了。”

李心彤从厨房出来，看见王俊光一个人倚靠在沙发里，觉得很是稀奇：“哟，太阳从西边出来了，今天怎么回来这么早？”

王俊光没有说话，挣扎着坐起来，拿起茶几上为客人准备的香烟，抽出一根，用打火机点燃，深吸了一口，结果被呛住了，难受地咳嗽了起来。

李心彤跑过去，一把夺过王俊光手里的烟，在烟灰缸里掐灭，数落起丈夫来：“你不会抽就不要硬逞能。”

王俊光呆住了！妻子的话一下子戳中了他的软肋，他一直以为自己是强大的，无所不能的，攻无不克战无不胜的，但就在他汇聚所有的力气，怀着最浓烈的期待，向最高的一个山头冲刺的时候，他却被迫停了下来。他抬起一双疲倦茫然的眼睛，无助地问妻子：“我是不是真的很没用？”

李心彤疑惑地望着丈夫，虽然她经常数落丈夫不顾家，但在心里，她还是很以丈夫为骄傲的。短短几年的时间，丈夫就把一个滥竽充数的学校变成了与重点高中不分轩轾的学校，这不是所有的校长都能做到的。无论她走到哪里，只要别人知道她的丈夫是王俊光，都会对她高看一眼。做夫妻这么多年，她也知道丈夫是一个很有骨气、很自负的人，所以，她虽然嘴上埋怨，心里却是极其佩服丈夫的。现在，丈夫说出这么不自信的话，这让李心彤很是不解。她在围裙上擦了擦手，就在丈夫身边坐下来：“你怎么了？是不是今天动员大会开得不顺利？”

王俊光把脸转过去，沉默地凝望着烟灰缸里还在袅袅升起的烟雾。

“究竟发生了什么事？你快说，别让我着急！”李心彤焦灼地摇晃了一下丈夫的胳膊，她明白，如果不是发生了什么大事，丈夫是绝对不会这样的。

“妈，我回来了。”王继清推开门，换上拖鞋，走进客厅，看见父母满脸凝重地对坐着。

“继清回来了，”李心彤像是遇见了救兵，望着已经长大成人的儿子，心急地说，“你爸今天不知道是怎么了，净说些摸不着头脑的话，问他，一句话不说。”

王继清把书包放在沙发上，坐在父亲的另一侧，说：“爸，你真的不再当四中的校长了？”

听到儿子的话，王俊光的身体猛地颤抖了一下，他的头垂得更低了。

“继清，你说什么？你爸不再当四中的校长了？这到底是怎么回事？”李心彤惊讶地看看儿子，又望望丈夫。看见父子俩都不说话，李心彤战战兢兢地说：“这么说，这件事是真的了？”

“我累了。”王俊光虚弱地站起来，躲开妻儿的询问，扶着墙壁，向卧室里走去。

第二天早上，李心彤正在梳洗，王俊光冲出了卧室，边换鞋边责怪妻子：

“你怎么也不喊我，这会儿学生都要下早自习了。”

李心彤心疼地望着神色匆忙的丈夫，泪水直在眼睛里打转。昨夜丈夫一夜未睡，快天亮时，才勉强闭上睁了一夜的眼睛。丈夫居然忘记了昨天发生的事，以为自己还是四中的校长，还要去看着学生上早自习。她也多么希望昨天发生的一切都只是一场梦，梦醒了，一切都没有改变，丈夫还是校长，她还是校长的夫人。但她知道，这并不是梦，他们必须接受这个现实。李心彤走到丈夫身边，不忍说却又不得不说：“俊光，从今天开始，你不用再去学校了。”

王俊光顿时愣在了那里，俯视着自己刚换了一只鞋的双脚，就像是一个恢复记忆的人，倏地想起了昨天发生的一切。人啊，为什么不能随意选择自己的记忆，偏要承受这无处可逃的煎熬。

“哦……那我出去走走，一会儿就回来。”王俊光换上另外一只鞋，头也不回地走了出去。

王俊光失魂落魄地在外面晃荡着，街上到处都是准备去上班的人流，有认识王俊光的人还和他客气地打招呼，可他什么也没有看见，什么也没有听见。他不知道自己要去哪里，他就像是一片从枝头坠落的枯叶，随着冷冷的秋风，漫无目的地飘向远方。

王俊光走了很久很久，终于在一堵高高的砖墙下面停下。这是哪里？为什么这么熟悉？这里的树木，这里的泥土，这里的声音，这里的味道让王俊光一下子清醒了过来，在不知不觉中，他竟然来到了心爱的学校。垒筑这堵墙的红砖都是他和老师们一块一块搬运过来的，院墙下栽种的梧桐树都是他和老师们当年亲手种下的，脚下的这片土地也都是他和老师们一锨一锨填平的，即使他死了，也不会忘记这里的一草一木，一砖一瓦。他一点意识都没有，完全是凭着自己的感觉走到了这里，可见，四中已经融进了他的骨头里、灵魂里。这样的情感，叫他如何割舍得下？他还没有把最后一个山峰征服，他还没有把工作安排完毕，他还有太多的话要说给老师和学生们听。他不甘心就这样仓促地给自己的事业画上句点，可是，他又能做什么呢？

王俊光突然发现洁白的墙壁上有一个大大的鞋印子，他立即蹲下去，用衬衣袖子使劲儿地擦拭起来，他真想给那个留下鞋印的人一巴掌，让他再也不敢做出损坏学校形象的不道德的举动。

两个衬衣袖子都被他擦脏了，可鞋印还有一点痕迹，王俊光脱掉衬衣，把衬衣翻过来，继续擦拭着墙壁上那最后一点污迹。

天下起了大雨。雨水顺着他的头顶流到了他瘦弱的脊背上，很快就打湿了他的全身，可他一点都没有察觉，他还在全神贯注地擦拭湿漉漉的墙壁上的最后一丝污痕。

一把淡蓝色的雨伞遮在了王俊光的头上，雨点砸在雨伞上的噼啪声让大功告成的王俊光回过了头，是妻子李心彤。王俊光这才发现天正在下着雨，他已经被淋成了落汤鸡。

李心彤心疼地把丈夫搀扶了起来："跟我回家吧。"

王俊光回头看了一眼光洁如新的墙壁，失神地说："擦干净了，是该走了……"

夫妻二人回到家里，李心彤把丈夫搀扶到沙发上，就去卫生间给丈夫放洗澡水。她必须让丈夫立即洗个热水澡，否则非被淋出病来不可。

王俊光始终一言不发，他就像是一摊掺和了水的泥，歪斜地倒在沙发靠背上。从此，他和四中再也没有关系了，他不能再以主人翁的身份踏进四中的大门；他不能再和老师们披星戴月，共图大计；他不能再听到学生们朗朗的读书声；他不能再在每个星期一的早上看见鲜艳的五星红旗在校园上空冉冉升起。不能了，再也不能了！没有了，一切都没有了！王俊光只觉得自己的心痛苦地扭绞在一起，胸口爆发出了一阵撕裂般的疼痛，他的呼吸急促而艰难，心脏扑通扑通地乱跳，身体像被抽空，疲乏无力。王俊光猛然意识到，自己也许是心脏出现了问题。十几年的操心劳力，让他的体力严重透支，好几次，他都感觉到心脏不适，憋闷，气喘，出虚汗，但由于工作太忙，他一直都没有时间去医院里检查。

王俊光左手捂住胸口，张开嘴巴，想喊妻子，可他已经说不出话来。王俊光发现自己的手臂还能动。他急中生智，抬起手臂，用力击打着沙发的扶手。

李心彤正好把洗澡水放完了，关掉水龙头，正要拿毛巾去擦手，忽然听见客厅里传来一声接一声的敲打声，就立即朝客厅跑去。她发现丈夫双眼圆睁，脸色苍白，嘴巴大张，左手捂着心脏，右手反复敲打着沙发。

李心彤知道丈夫有可能是心脏出现了问题，立即取来缓解心脏病的药片，塞到丈夫嘴里，又拿温水灌下，然后拨打了医院的急救电话。

经过医院的详细检查，王俊光被诊断出患有急性心绞痛，医生叮嘱他回家后一定要保证充足的睡眠，不能过于疲劳，更不能情绪激动。

王俊光出院后，确实冷静了，但也沉默了。他整天把自己关在书房里，不说话，不吃饭，也不和人接触。陈华萍和商树新等人来过好几次，但都被王俊光拒之门外。

王俊光觉得把自己给弄丢了。

第三十七章　同仇敌忾

岁月无情催人老，但比岁月更冷酷的是撕破脸皮的命运。短短几天的时间，王俊光一下子苍老了很多，他再也不是那个满怀豪情的中年男人了，不是在落后中创造卓越的挑战者了，也不是一呼百应、意气风发的四中校长了。他变成了一个对抑郁和绝望俯首称臣的奴仆，形容枯槁，意识麻木，沉默寡言，了无生趣。

丈夫的情形，李心彤看在眼里，急在心里。她必须想个办法，不然，丈夫非彻底垮下不可。李心彤首先想到的就是远在部队的老四俊元，俊元虽然年纪比丈夫小十几岁，但无论是胆识魄力，还是思想见识，都在丈夫之上。假如能把俊元找来，开导一下丈夫，解开丈夫的心结，这场劫难就有可能真正过去。她知道，俊元刚刚提了团政委，工作很忙，上次回家还是四年前战争刚结束时。但作为妻子，她不能看着丈夫一日一日沉沦下去。无论俊元回不回来，她都要试一试。

就在李心彤准备给俊元打电话时，俊元居然回来了。看见救兵从天而降，李心彤心里总算有了着落，她向俊元叙述了丈夫的遭遇，希望俊元能好好劝劝丈夫。

“二嫂，你放心，我这就去和二哥谈谈。”王俊元安抚完嫂子，就走向二哥的书房。

王俊元轻轻敲了敲门：“二哥，我是俊元，我回来了。”

书房里寂静无声，没有回应。李心彤担忧地望着王俊元：“你二哥不会想不开，在里面做什么傻事了吧？”

“二哥是一个刚强的男人，即使遇到了点挫折，也不会做出伤害自己的事情。”但王俊元担心二哥会由于体力不支晕倒在书房里，于是他往后退了两步，对李心彤说：“二嫂，你退后，我把房门踹开。”

李心彤刚闪到一边，书房的门就打开了。屋子里拉着厚厚的窗帘，光线很是昏暗。王俊光低垂着脑袋，一双呆滞的眼睛什么也不看，松垮的衬衣胡乱地系着两个扣子，裤腿一个高，一个低，仿佛一个下田的农夫。

如果不是因为在二哥家里，王俊元很难相信眼前这个皮肤皱巴、面色蜡黄、瘦骨嶙峋、麻木机械的人就是自己的二哥。从小到大，他从来没有看见二哥如此狼狈、如此萎靡不振过。每当遇到困难，冲在最前面的永远是二哥，在王俊元的心里，二哥是这个世界上最坚强的人，是他学习的榜样。可他现在看到的二哥蓬头垢面，意志消沉，浑浑噩噩，半死不活。他心疼地走过去，握住二哥粗糙的手掌，哽咽地说："二哥，我回来了。"

王俊光缓慢地抬起头，望着自己最心爱的弟弟。他那双干枯的眼睛里突然涌满了泪水。

"你们哥俩进去好好聊聊，我给你们做饭去。"李心彤看见丈夫打开了门，喜极而泣地转身去了厨房。

王俊元把二哥搀扶到沙发上，拉开窗帘，又搬过来一把椅子，坐在二哥对面。

"二哥，你受苦了。"望着二哥几乎全白的头发，王俊元的心像是被刀扎着。

"俊元，二哥是不是很失败？"王俊光抬起头，憔悴而沮丧地问。

"不，二哥当四中校长的这十几年里所取得的成就无人能及，这足以证明二哥的能力和人格。只是，在这世间，有些事情，不是靠能力和人品就能得偿所愿的。小的时候，二哥经常对我说，无论穷富，一定要做个好人。那个时候，我以为做个好人很简单，等长大了，才明白，做好人其实是需要付出代价的。既然当好人不易，二哥为什么还要做好人，为什么还要让我做个好人，为什么还要教育千千万万的学生做个好人？"

"为了无愧于自己的良心。"王俊光捶着自己的胸口。

"是，只要我们守住了自己的良心，我们就是最大的赢家。所以，二哥，你没有输，你也永远都不会输。二哥在与不在，对于四中的老师们来说，他们的校长永远都是王俊光。"

王俊光最看重的就是道德和操守，弟弟的话无疑给了他莫大的安慰。但他想到自己一百步只走了九十九步，就不免满心遗憾："可我只差这最后一步……"

"二哥，你真的只差这最后一步吗？"王俊元直视着二哥无限惋惜的眼睛，追问道。

"是的，只要四中申请到全国示范高中，我就没有什么遗憾了。"

"我看未必。以我对二哥的了解，即使二哥没有被调职，并顺利获得了全国示范高中的荣誉，二哥依然不会满足，二哥会再给自己树立一个新的目标，更大的目标，继续去创造奇迹。"

王俊光惭愧地笑了起来，拍着弟弟的肩膀："还是你最了解二哥啊。"

“二哥，事情既然发生了，自然有它发生的原因，也许它是为了让二哥换一种新的生活，去做一项更有意义的事业，是‘天将降大任于斯人也’。”

“一个历史教员能有什么大的作为？”王俊光的情绪稳定了很多，但对于未来的日子，他还是看不见什么希望。教师进修学校比较清闲，这怎么能和在四中争分夺秒的日子相比呢。

“最清闲的地方正适合干一件最需要时间和精力的大事。”王俊元不假思索地说。

“俊元，你好像话里有话。”王俊光知道弟弟从来不随便说话，只要他说出来，一定是有缘由的。

“二哥，实不相瞒，我这次专程从部队赶回来，就是有一件非常重要的事情想请二哥帮忙。”

“什么事情？你说。”王俊光现在的状况特别需要能有一些事做。只有忙碌才能治愈他心里的伤痕。

“我想请二哥从历史的角度写份禁止生化武器在战争中使用的报告，详细阐述从古到今生化武器对人类致命性的伤害。等报告写完，我会递交给国家，给国家提供证据支持。这件事情非二哥莫属，二哥有着非常扎实的历史学基础，又拥有浓厚的爱国主义和人道主义情怀，还有……”王俊元停顿了一下，接着说，“咱们家就有一位日本细菌战的直接受害者。”

“你怎么知道大哥感染了日本人的细菌？”王俊光惊讶地瞪大了眼睛。

“这件事我早就知道了。有一天我去看望兰馨，走到半路发现带给她的礼物落在了家里，我就回来取，正好遇见二哥和三哥来看望大哥，我在门外就听到了你们的谈话。”

“原来那天在门外的是你。”王俊光放心地吐了一口气。

“我知道你和大哥、三哥瞒着我，是为了保护我不受这件事的影响。但现在，我们不能再隐瞒大哥感染细菌的事实了。我们需要让更多的人知道细菌武器的危害性，大哥这一辈子所承受的痛苦就是铁铮铮的证据。”王俊元激动地说。

“不，我不能写这份报告。”王俊光惊慌地转过脸去，像是在躲避什么。

“为什么？”王俊元不解地问。二哥不是那种胆小怕事的人，更何况这是一件有益于全世界人民的事情，二哥应该欣然应允才是。

“咱妈临走的时候交代过，绝对不能把大哥感染细菌的事情说出去，如果大家都知道大哥感染了细菌，谁还敢靠近大哥呢？谁还敢靠近我们王家人呢？我现在被调职了，到了进修校也是苦度岁月，熬到退休也就完事了，不用再在乎别人的眼光，即使被停职也没有什么大碍。可你和你三哥在事业上正蒸蒸日上，尤其是你，年纪轻轻就当上了团政委，以你的才干和智慧，将来会走得更远。二哥万万不能做出任何妨碍你和你三哥发展的事。况且，大哥本人也不一定同意把这件事说出去，大哥这一生够可怜了，我们做弟弟的，得给他保留点尊严。”王俊光哀求地望着弟弟。

“二哥，你知道我在哪个团担任政委吗？”王俊元早就料到二哥会有这样的反应。

“你以前没说，我也不敢问，我知道你们部队有纪律。”王俊光只知道弟弟当年随省城部队的一个叫佟大志的教导员走了，至于被分到了哪个部队，俊元从来没有主动说起过，他也就没有问。四年前，俊元随部队去了前线，大哥让他和老三去找俊元，可他们都不知道该去哪个部队打听，最后只有留在家中等前线的消息。

“我现在是防化团的政委。”

“这么说，从入伍那天开始，你就是一个防化兵？”王俊光简直不敢相信，弟弟当兵这十几年，一直都在和生化武器打交道。

“在知道大哥感染了日本人的细菌后，我就立志要成为一名细菌攻克专家，我甚至想成为像三哥那样的科研人员或医务人员，找到预防和治疗细菌感染的方法，让其他的人不再承受大哥那样的痛苦。后来我当了兵，听说部队里有防化兵，专门研究消灭细菌的，我异常兴奋，就找到连队领导，提出自己想进防化连的心愿。我从一名普普通通的侦毒战士成长为防化团的政委，其背后的动力之一就是我当年无意间得知的这个秘密。那时候的我，年轻气盛，总想找到一种方法，能控制住全世界的细菌。后来，我才发现，当初的这个念头过于简单了，但刻苦的学习和训练让我掌握了专业的侦毒技能，也让我对细菌和病毒有了更为科学的认识。细菌和病毒分为很多种，有的可以在人与人之间传播，有的却只在动物与人之间感染，有的是持续性传播，有的却是间歇性传播，大哥感染的细菌很有可能就是间歇性传染。”

“对，医生也是这么说的，说大哥只要不咳嗽，传染性是比较低的。”王俊光接口道。

“虽然大哥感染的这种细菌不会时时具有传染性，但它的危害性依然不容小觑。大哥是咱们兄弟四个里面个子最高的，但一米八三的个子却只有八十多斤的体重，想想就令人心痛。我们在战场上发现了敌人研制的一种新病菌，其毒性和感染性都是空前的。战场经验总结及战术培训结束时，总部首长交给我一项非常重要的任务，要我用两年的时间，找到对付这种细菌的方法。可即使我们消灭了这种细菌，如果不勒令禁止对生化毒剂的研究，一定还会有别的细菌和病毒的出现。这个问题必须从根本上解决。于是，我想到了二哥和三哥。二哥虽然不懂细菌，但二哥具有历史的思维和眼光，所以，由二哥来写这份报告，是再合适不过了。三哥对细菌的研究已经达到了国内顶尖水平，我准备请三哥给二哥担当专业顾问。二哥和三哥结合起来，一定会使这份报告无论从专业性上还是实践性上，都无可挑剔。此外，我还想邀请三哥做我们防化团的技术顾问。二哥刚才说要给大哥保留尊严，我们只有把大哥感染了细菌的真相说出来，让世人意识到细菌对人类的迫害和威胁，杜绝使用生化武器，这才是对大哥真正的尊重。否则，大哥永远只是一名细菌战的受害者。"

王俊光是一名知识分子，也是一名教育工作者，弟弟晓之以理，动之以情，他不是不理解。他思考了几秒钟，把最后一点担忧说了出来："我觉得咱们最好再问问大哥的意思，如果大哥同意，那我就来写这份报告。"

"好，那我们现在就去防疫所找三哥，征得三哥同意后，我们三兄弟一起回镇上，问问大哥对这件事的态度。"王俊元高兴地站了起来。获得二哥的支持，相当于首战大捷。三哥从小就听二哥的话，而且从那天他偷听到三位哥哥对这件事的讨论，他能听出来三哥的态度，三哥会同意的。

弟兄俩动身要去找老三，李心彤本想让他们吃过午饭再去，但看见丈夫又恢复了往日的精神头，她也就没有把话说出口。

白昼的最后一丝余晖消失前，三兄弟回到了临湖镇。

看见亲人，王俊康手里的书掉在了地上，他多想能利索地下床，把三个弟弟搂在怀里。但当三个弟弟跨过门槛，争先恐后地朝着他走过来时，他又立即慌张地阻止道："不要靠近我!"

三兄弟还是无所顾忌地奔了过去。王俊光和王俊荣给俊元让出了一条道，他们都明白，大哥有多么想念俊元。

王俊元弯下腰，把掉在地上的书捡起来，仔细拍了拍上面的尘土，轻轻放在大哥的枕头边。他凝视着大哥渴望又躲闪的眼睛，紧紧地握住了大哥的手，哽咽地说："大哥，你别这样……在我们心里，你是最干净的人。"

王俊光半蹲在床前，仰望着单薄的大哥，用力地点了点头，两眼潮湿地说："没错，这些年，虽然表面上是我们在照顾大哥，但实际上，大哥给予我们的更多。说心里话，如果换作我得了这种病，真不知道能不能像大哥这样坚持下来。

是大哥让我懂得了什么是坚韧。”

“只要你们不觉得我是拖累，就好。我其实不想这样，真的……”王俊康把棉被往上拽了拽，好把自己骨瘦如柴的身体多遮掩一些。

王俊元的鼻子酸酸的，但他明白，大哥很要强，他需要的不是别人的同情，而是信任和尊重。他把棉被又给大哥掖了掖，半自豪半感激地说：“从咱爷、咱爸那辈起，咱们老王家的人就是有血性的人。是大哥把这种血性继承了下来，又以身作则地传递给了我们哥儿仨。”

“俊元真是说到我心里去了，”王俊光激动地说，“咱们哥儿四个虽然做的事情不同，但骨子里都是一样的人。上个月，俊荣单位评选高级职称，最应该当选的就是俊荣。别人把领导办公室的门槛都踩破了，只有俊荣雷打不动地继续在实验室里搞他的研究，结果，职称被别人得去了。你看俊荣，这件事像是从没发生过一样。”

王俊荣把双手插进上衣口袋里，腼腆地笑了笑：“我就是觉得人的精力有限，与其去争夺一纸荣誉，还不如专心去做研究，一旦突破了，给国家的防疫事业做出贡献才是实实在在的。”

王俊元钦佩而激动地望着哥哥们历尽沧桑但依然清澈的眼睛，饱含感情地说：“以前只要想起几个哥哥，我的心里都会涌上一种莫名的自豪感，今天我突然明白了，我是在为我的哥哥始终坚守着做人的本色而自豪。咱们哥儿几个的血液里是沉淀着钢铁成分的，这些钢铁有时会扎到自己，甚至让我们与很多原本属于我们的东西失之交臂，但这奔流的铁血正是咱们引以为傲的资本，哪怕我们会孤独、会被遗忘，哪怕我们打碎了牙齿往肚里咽，哪怕我们最终一无所有，也决不可能放弃。我们是在把身体里流淌着的铁血，外化为一股股清流，洁净自己，清爽别人，净化世界。我们是真正的血脉相连，是真正地活着。”

“这么说，我并不是一个肮脏的人？我……也算是一股清流？”王俊康顶着一头萧索的白发，欣慰地望着三个弟弟。被细菌纠缠了近半个世纪，但他始终记得，自己是一个人。

“大哥不仅是一股洁身自好的清流，还是一股影响别人成为清流的清流，我们很想与大哥一起做一些事，让这个世界上像清流的人越来越多，这也是我这次回家来的一个非常重要的原因。”王俊元看时机已经成熟，就把回家的目的说了出来。

王俊康陷入了沉默。

“当然，大哥如果不愿意，我就不写这份报告。”王俊光知道这件事对大哥来说并不是小事。

王俊荣一会儿看看二哥，一会儿看看老四，他想帮老四说句话，可又担心让大哥为难。只好保持沉默，暗暗祈祷事情能顺利进行下去。

王俊康抬起瘦削的头，凝视着窗外的夜色。在那个黑黢黢的空间里，他仿佛看见了一双眼睛，那是一双无助而忧郁的眼睛，诉说着疼痛，流露着哀伤。那双眼睛忽而变得无比愤怒，冒着火焰，淌着鲜血，像是要抗争，像是要征讨。只有他能听懂这些无声的语言，因为他太熟悉那双眼睛，他曾经在镜子里看见过它们，那是他的眼睛，又不是他的眼睛。那是他的苦难，也是别人的苦难。以前，他觉得自己是无用的，被细菌束缚了四十多年，庸庸碌碌，一事无成。现在，听了老四的分析，他觉得自己忽然有用了起来，可以为国家做点事情，也算是没有枉度此生。

王俊康转过头，望着三个弟弟，哽咽地说："大哥快五十岁的人了，从来没有做过一件让自己自豪的事，现在终于有机会了。这件事，大哥愿意!"

取得了三位哥哥的支持，王俊元的心情大为振奋，他相信，这份报告一旦问世，将会引起全世界的关注。杜绝在战争中使用生化武器，就有了希望。

兄弟四人彻夜未睡，针对这份报告交流了初步的构想。第二天一大早，王俊元就返回了部队。

第三十八章　因为爱情

王俊元刚跨进部队的大门，警卫员陆文恒就高兴地迎了出来，说北京派来的专家小组刚到，一共五个人，正在会议室里。

王俊元立即向会议室走去。等待了好几个月，总部专家小组终于来了，他们马上就可以正式开展工作了。王俊元大步走进会议室，看见五位身穿军装的人正坐在会议桌前热烈地讨论着接下来的研究工作。

“各位专家，辛苦了，终于把你们给盼来了！”王俊元走上前，热情地和各位专家逐一握手。

他走到一位年轻的女军人面前时，对方帽檐压得很低，不说话，只是那么静静地垂首而立。

“您好，欢迎来防化团指导工作。”王俊元礼貌地伸出了右手，表示着主人的热情和敬意。

女军人没有抬头，怯怯地伸出了自己的右手，放进了王俊元宽大而温暖的掌心里。王俊元握住那只手时，心头不由得一颤。多么熟悉的触感啊，多么熟悉的温度啊，那柔滑的肌肤，那纤细的骨节，那并拢的四指，那妥帖地裸露在外面的大拇指，那抓握的力度，那信任的交付，都是那么似曾相识！一股淡淡的热气在两个紧紧相握的手掌间汇聚，两个人心照不宣地同时向里侧微微滑动了一下手指，薄薄的热气在掌心里瞬间弥漫开来，通过肌肤，渗透进了各自的身体。他摸到了她掌心里清晰简洁的纹路，每一条的形状和位置都深深地镌刻在了他的心里，再也无法忘怀。他激动地用力握紧了这只手，他摸到了她那健康、兴奋的血管，每一次动脉的跳动都在向他无声地传递着一句话：“我来了！”

“兰馨！”王俊元确认无疑地喊出了她的名字。

她缓缓抬起了头，宽宽的帽檐下露出了一张泪眼朦胧的脸。

“元哥……”兰馨挺拔地站立在他面前，得体的军装将她少女的身材衬托得凹凸有致，多年的舞蹈功底又给她增加了优雅的风情和高贵的气质，她浑身透着一股清纯和知性交合而成的气息。

王俊元默默地凝视着兰馨，他曾设想过无数种和她再次相见的场景，但怎么也没有想到会是今天这样的方式——她以北京专家小组成员的身份来团里协助他工作。命运这样煞费苦心地安排，王俊元应该感觉高兴才是，他做梦都想和她在一起。可他的心底却有着深深的担忧。四年前，他答应沈兴哲，放弃对兰馨的这份感情，可他知道，这辈子也不可能把兰馨从他的心里除去了。他可以不和她在一起，但却不能不爱她。在未来两年的日子里，他们将以最密切的关系在一起。她将是他的伙伴，他的战友，他的技术顾问，他的得力助手。他担心与她朝夕相处，会控制不住对她的感情。那样，他岂不失信于沈兴哲了。沈兴哲和兰馨同窗共读了四年，他们的关系应该早就确定下来了吧，说不定很快就会结婚。为了避免三个人尴尬，他应该远远离开才是。可命运并不这样认为，它把一个更加美丽动人的兰馨送到了他的身边，考验着他的诚信、理智和定力。

“王大哥，好久不见。”另一个年轻的军人从兰馨身后走了过来，向王俊元行了一个略显稚嫩的军礼。

“沈兴哲。”王俊元立即把深情的目光从兰馨的脸上收回。他刚才只顾着看兰馨了，没有发现沈兴哲就坐在兰馨身边。原来，他们都是专家小组的成员，看来他们二人的关系已经发展到实质性阶段了，那他更应该控制对兰馨的感情，他不能伤害另外一个痴情的年轻人。

王俊元调整好自己的情绪，大方地对沈兴哲说：“真是长江后浪推前浪，转眼之间，你们都长大了！”王俊元回头对其他三位年龄较大的专家说：“欢迎各位专家来防化团指导工作，有各位专家的鼎力相助，我们一定能打赢这场硬仗！”

王俊元让各位远道而来的专家先去休息，第二天早上九点在这里召开第一次研究预备会议。

“兰馨，兴哲，为了便于工作，也为了保密，你们二人最好也能住在营区，对于这一点，有没有困难？”王俊元知道他们都已经长大了，成熟了，但在他的心里，他们还是孩子。作为兄长，作为主人，他要尽力为他们安排周全。

兰馨的目光始终追随着王俊元，能住在营区里，正是她所希望的，这样她就可以更方便地看到他了，她深情地说：“一切听从政委的安排。”

“那好，你们坐夜车过来，一定累了，先跟警卫员去住处休息吧，明天我们再开始正式工作。”王俊元说完，就示意陆文恒进来。

“元哥……”兰馨轻轻地叫道。她不再叫他“俊元哥哥”，而改成了“元哥”。

他回过头来，看见有两道明亮的闪光从兰馨的眼睛里射出。他有些眩晕，心跳加快了起来，他假装淡定地问：“兰馨，还有什么困难吗？”

“我……”兰馨含羞地垂下了头。

沈兴哲拉起兰馨的手腕，径直走到王俊元身边，把那只永远都不可能属于他的小手放进了王俊元宽大的掌心里：“王大哥，四年以前，你对我说过，追求是爱，放手也是爱。那个时候，我以为我们是一样爱兰馨的，甚至我觉得，我比你更爱兰馨。后来我才明白，这两种爱是截然不同的。我用了很多方法，花了很多时间，费了很多心思，却抵不过你留给她的一封信。我终于明白，爱情不是靠一味的强求就能得到，也不是拥有对方就能让对方幸福。今天，我把兰馨还给你了，她想要的幸福，只有你才能给。经历了这么多事情，你和兰馨对彼此的心始终未变，这样的爱，值得所有人的祝福，这些人里也包括我。”

“哥哥。”兰馨感动又抱歉地望着这个从小就陪在自己身边的大男孩，她衷心地希望哥哥也能早日找到属于自己的幸福。

“王大哥，兰馨，我先去休息下，你们好好谈谈吧。”沈兴哲走到门口又回过头来看着妹妹：“想说什么就说出来吧，你不是一直都在等这一天吗？”

沈兴哲随着陆文恒走了出去，并轻轻关上了门。

王俊元看着沈兴哲和陆文恒离去以后并没有转回身。在门被关上的那刻，他的眼睛湿润了。他咬紧了牙，不想让自己的眼泪掉下来，犹如当年沈兴哲跪下求他放弃兰馨时那样。四年里，他的心扉封锁得更严实了，任何人都无法打开它。他做好了孤独度过此生的准备。现在，兰馨就站立在他的身后，带着他无法忘却的爱，等待着他的转身。可他却无法动弹。他不敢相信，命运真的这么宽厚，把他的兰馨又送回到他身边了吗？他们之间真的没有了任何的障碍，他们可以像别的情侣那样相爱了吗？他真的可以把自己积攒了十几年的爱全部都奉献给她了吗？他背后的那个人真的是兰馨吗？真的就是那个唯一走进他心灵最深处、令他无法割舍的那个女孩吗？

他微微张开了嘴，一个分外忧郁的声音战战兢兢地低声问：“兰馨，是你吗？”

兰馨站立在他的身后，早已泪流满面。她用了十五年的时间终于走到了王俊元的身边，从现在开始，再也没有人能把她和元哥分开了。她泪如雨下地回答：“元哥，是我。”

王俊元的胸口急速起伏了一下，但依然没有回头。他用略显怀疑的声音继续问道：“兰馨，是你吗？”

兰馨向他走了一步，好让他听得更加真切一点：“元哥，是我。”

眼泪在王俊元剧烈抖动的脸上滚落，他在心里曾经无数遍地呼喊过兰馨，可回应他的只有无情的静默。他依然背对着她，哽咽着问：“兰馨，是你吗？”

兰馨又向他走近了一步，百感交集地回答：“元哥，是我。”

王俊元哭出了声，他的双肩随着抽泣而不停地起伏、收缩，他仰起头，像是在叩问上苍：“兰馨，是你吗？”

兰馨走到了他的背后，再一次回答：“元哥，是我。”

王俊元闭上眼睛，所有的等待、所有的思念、所有的绝望、所有的隐忍都随着兰馨那一声声催人泪下的回答而汇聚在他的心头，他鼓足全身的力量，向命运、向苍天、向时间、向空间发出了如山洪爆发般的一问：“兰馨，是你吗？”

兰馨猛地张开双臂，想从背后搂住他，王俊元也骤然转回了身，两个同样颤栗的身体紧紧地贴在了一起……

过了很久，两个人才渐渐平静了下来，这才意识到他们是在部队的会议室里。二人含情脉脉地同时给对方擦去了脸上挂着的眼泪。

“兰馨，我终于又见到你了。”王俊元在兰馨的耳边柔声说道。

“那你……还打算把我让给别人吗？”兰馨抬起清澈的眼睛，痴痴地凝视着他。

王俊元没有说话，把兰馨的另外一只手也握住，然后把那双修长白皙的手放在自己的胸口：“我的心已经替我做了回答，它希望能一辈子为你跳动，直到生命的最后一刻。”

听着这样炽热而真诚的话语，兰馨的眼泪扑簌簌地落了下来。她刚出生，父亲就因公殉职了，四岁的时候，母亲又离开了她。几年之后，唯一的亲人外婆也抱病而去，把她一个人留在孤独的人间。她无亲无故，无依无靠，没有任何生存能力。是王俊元给了她活下去的希望和勇气，他无微不至地照顾她，教她识字，教她唱歌，把好吃的东西统统留给她，让她那颗幼小的心灵感受到家庭和亲人的温暖。她依恋他，比依恋母亲和外婆还要深刻，她需要他，比沙漠需要河流还要强烈。后来他们分开了，她住在省城，虽然过着衣食无忧的生活，可她没有一天不想他。她也说不清楚从什么时候开始，她对他的情感就发生了转变，由一个小孩子对大人的依恋变成了一个少女对心仪男子的爱慕。当那种奇异的情感在心底里繁茂地成长起来的时候，她变了，变得魂不守舍，变得心神不定。刚开始的时候，她不知道这种感觉是什么，她只知道无论她看见什么，她都会联想到他，一片绿叶、一朵流云、一棵嫩草、一条小溪、一场小雨、一轮落日、一首安静的歌、几行深情的字……都会使她想起他。只要想起他，她就发现眼前所有的东西都散发出钻石的光泽，都具有了灵性。她甚至会突发奇想，觉得所有的东西都是他变的。只有这么想的时候，她那颗因思念而寂寞的心灵才能得到些许抚慰。她盼望着自己能快快长大，盼望着他能来看望她，盼望着能告诉他，她喜欢他，很深很深地喜欢着他。当她得知他去了前线的时候，她觉得天地日月都在旋转，耳边全是山崩地裂的轰鸣声。那个时候，她才深深地意识到，他比她的生命还要重要，她绝对不能失去他。她又继续望眼欲穿地等下去，等着他从战场上平安归来，等着他再次出现在她面前，等着把整颗心毫无保留地全部奉献给他。

蒲苇如此，磐石亦如此。从看见兰馨的第一眼开始，王俊元就想像一个大哥哥那样照顾她，爱护她。虽然那个时候他也还是一个孩子，但他觉得自己是男人，是男人就应该为一个孤女撑起一片晴朗的天空，给她一个可以挡风遮雨的小巢，一份安全宁静的依靠，一个无忧无虑的童年。兰馨被军长夫妇接走了，他的心和世界一下子空了。当他知道可以去省城当兵时，他觉得自己又活了过来。来到部队，他夜以继日，苦练本领，为的就是能在部队立得住脚，为照顾大哥和兰馨打下基础。他提为了排长，又很快提为了指导员、教导员。但就在这个时候，他发现了兰馨发表在杂志和校报上的小诗，他以为她已心有所属，自己就更没有必要出现在她面前了。转眼，兰馨长大了，马上就要参加高考，这是兰馨人生当中至关重要的一步，他一定要为她做点什么。当他带着七大本厚厚的日记来到军长家里时，他看见了一个纯真美丽、气质优雅、会跳芭蕾舞的少女，他的兰馨长大了。听着她欢乐地说话，看着她迷人的舞姿，他的心被一种越来越清晰的情感所占据。但理智告诉他，兰馨是他的妹妹，是他要守护的小树，是一个已经有了爱情滋润的女孩，他们之间只是兄妹之爱。他需要做的就是为这棵小树的成材付出所有的心血。每个星期日的上午，他都如约而来，把兰馨这一星期里积攒的难题给她讲解明白。可是，接触的次数越多，兰馨对他来说作为妹妹的感觉就越淡化，作为一个女孩的感觉就越强烈。他陷入了无法言说的痛苦中。当高考如期到来，他再也没有正当的理由去见兰馨的时候，他觉得心里像是缺失了很大的一块。他爱兰馨，希望她能拥有宁静的幸福，所以，他决定全身而退，离开兰馨的生活，站在一个不远的地方默默地为她祝福。就在他打算独自承担爱情的苦涩，把甜蜜留给一对年轻的小恋人的时候，沈兴哲来到了防化营，把那些小诗的秘密告诉了他，并恳求他放弃兰馨。知道那些优美深情的小诗是写给他的，知道兰馨原来也一直爱着他，王俊元心里涌起一股浓浓的暖流，人生最幸福的时刻莫过于你爱着一个人，而那个人也正在爱着你。而人生最残酷的事情莫过于两个人明明彼此深爱，却不得不分开。在难以割舍的痛楚中，他去了战场。也许，遥远的距离和战火的硝烟能让他真正把她放下。狭窄的山路上，由于山石的滚落导致洗消车急转悬空，当他冒着生命危险把绳子系在悬空的轮胎上面，自己却因体力消耗太大无法原路返回，即将坠落悬崖的时候，他把手插进了裤子口袋里，因为那里面放着一条他用了多年的手绢，手绢上绣着一朵婀娜生姿的小兰花。生死一线的时刻，他才明白，今生今世，他可以放下所有的一切，包括自己的生命，却唯独不能放下兰馨。哪怕他得不到她，不能和她生活在一起，他也要永远爱着她。

也许是他们对彼此的真情感动了上天，也许是他和兰馨的缘分无法斩断，在他最需要兰馨的时候，命运再次把兰馨送到了他身边。他们之间再也没有任何的羁绊，再也没有任何的阻挠，他终于可以真真正正地拥有兰馨了。他再也不会放开她的手，再也不会把她一个人丢下。他寻觅到了灵魂的知己，他找到了另外一个自己，从今天开始，他的生命完整了。但他还有一个小小的疑问，那就是他们之间的年龄差距，这是一个无法绕开的事实。他轻声地问："兰馨，我比你大十岁，你真的不介意吗？"

兰馨肯定地摇了摇头，深情地说："这个世界上的男人对于我来说，不是太小，就是太老，只有你一个人，刚刚好。"

王俊元舒心地笑了，这个颇具诗意和艺术性的回答把缠绕在他心头的最后一丝顾虑也清除干净了。

"你被分到了防化研究院，完全可以选择一个更加安全的岗位，为什么愿意来这里呢？"

"因为爱情。"兰馨不假思索地回答。

王俊元更加有力地握住了兰馨的手，这样的回答怎不让人心头颤抖。他一直都想知道，一个能写出那么浪漫深情文字的女孩会如何看待爱情："兰馨，你认为爱情是什么？"

兰馨深情凝望着王俊元的眼睛，喃喃地说："爱是一本打开了就再也合不上的书，是一首可以把人唱到浑然忘我的歌，是可以净化你灵魂所有领地的白雪，是在最黑暗的时候亮起的一束光。爱是你宁愿付出自己的生命，也不愿意让对方疼一下；是你行走在无垠的沙漠里，突然看见满眼的绿洲；是你从高空坠落，坚硬的大地忽然变成了软软的湖泊；是你觉得天地之间只有两个人，其他的一切都是陪衬和虚设。"

"说得真美！不愧是情诗小公主。"王俊元非常欣赏兰馨对爱情的解读。望着这个长相娇柔、内心却激情澎湃的女孩，他的心在隐隐地颤抖。

"元哥，你认为爱情是什么？"兰馨也想知道这位自己从小就崇拜的男子汉又会如何认识爱情。

“你认为爱情是什么，我就认为爱情是什么，因为我们是一体的。”王俊元真挚地回答。

“可是，我还是想听一下。”兰馨水灵灵的眼睛里溢满了期待。

王俊元轻轻抚摸了一下兰馨的帽檐，深沉地说：“爱情是人与人之间最珍贵的情感，是发自心灵最深处的一种本能，它源于两个灵魂的相互吸引，不为诱惑而动摇，不因生死而终止。相爱的两个人所做的每一件事都是为了让对方更加快乐和美好，他们甘愿为对方付出自己的一切，却不索取任何的回报。真正的爱情是从‘我’到‘我们’，从‘开始’到‘永远’，是情感在空间上的深刻性和在时间上的永恒性的完美统一，是世界上最强大的一种合力，没有任何力量能将他们分开。”

兰馨深深地感动了，也陶醉了，她读过许多动人的情诗，但她觉得最美的情诗是王俊元刚才说的那番话，每一个字都深深地打动着她那颗少女的心。

“在你的手握住我的那一瞬间，我才发现我竟然孤独了那么久。”兰馨动情的泪花在眼睛里闪烁，“元哥，你拥有过那种让全世界都羡慕的东西吗？你知道那种感觉吗？”

“知道，就像我拥有你。”王俊元肯定地回答。

“更像我拥有你。”兰馨接口答道。

王俊元深情地凝视着兰馨，这里不是静谧的净源湖畔，不是幽静的红松林里，这里是军营，是会议室，随时都会有调皮的小战士把脑袋贴在窗玻璃上偷看，他们不能忘情地拥抱，不能深情地接吻，甚至不能长时间地握着彼此的手，但这依然无法抵挡两颗真诚的心灵用他们最质朴、最纯粹的方式来表达对彼此的情意。

第二天清晨，兰馨走出了防化团营区的大门，沿着一条被露水打湿的小路，向红松林深处走去。

昨天，她刚收获了甜蜜的爱情，又和自己的恋人住在同一个营区里，她几乎是一夜未睡。当第一缕阳光斜照在窗户上时，她就起来了。她穿着绿色的军装，但没有戴军帽，那一头乌黑柔顺的长发垂于秀气的肩胛骨下，在明媚的阳光下婉约地摇曳，成为这寂静的夏日树林里最美丽的风景。

往常她散步的时候，不是背诵英文单词，就是思索专业上的问题，可今天她的心思再也不能集中在学习上了。她的心里，她的脑海里，她的意识里，全部都是王俊元。只要一想起他，她的眼梢，她的唇角，就会露出幸福的笑容。如果不是担心影响他的休息，她真想敲响他的屋门，尽快看到他。

清晨是夏日里最可爱的光景，清爽甜润的空气，湛蓝悠远的天空，婉转清脆的鸟鸣，飞来飞去的彩蝶，整个大自然都散发着勃勃的生机。蓦地，一阵醉人的芬芳扑面而来。兰馨抬起头，寻觅着香气的来源。在前方不远处的一个路口，盛开着许多鲜花，有火红的玫瑰、可爱的格桑花、浪漫的芍药……但开得最好的还是兰花。

兰馨立即跑过去，欣喜地站立在这些花仙子中间，一种梦幻的美在眼前如烟花般闪烁。没有想到，在这片属于男人的土地上，居然有这样一片花的海洋。她俯身在一株兰花面前，深深地嗅着那沁人心脾的花香。

忽然，一阵愉快的笑闹声传入兰馨的耳膜。兰馨立即直起身，她以为有战士正在向她这边走来。这里的花儿开得这么好，一定是有战士专门伺候。可等了一会儿，并没有人出现，但欢笑声仍然此起彼伏，不绝于耳。兰馨好奇地朝着声音传来的方向走过去，穿过一条还算平整的小径，她看见一条湛蓝的湖泊镶嵌在绿色的草地间，几个裸露着脊背的战士正在湖水中开怀地笑闹，衣服、鞋子和皮带凌乱地散落在湖边。

兰馨从来没有看见过男人裸露的脊背，她慌乱地准备转身离去，却听见战士们不约而同的高喊道："政委，给我们游一下蝶泳吧。"

"元哥也在这里!"兰馨的心怦怦怦地狂跳起来，她哪里还有离去的念头，立即躲在一棵柳树后面，偷偷地望向湖中，寻找着王俊元。

只见一片如镜的湖水中，忽然裂开一道波纹，一个湿漉漉的头倏地探出水面，接着一个俊美不凡的男人微笑着钻了出来，果然是王俊元。他潇洒地甩了一下头，水珠迸溅在湖面上，犹如洒下点点碎银。王俊元黑钻石般的瞳孔灵动地扫视了一圈，面带微笑，身体猛地一挺，转过身去，一个壮实健美的脊背完整呈现了出来，它是那样的健康而富有光泽，又润滑又透亮，好像涂抹上了一层奶油，透明的水珠在白得耀眼的皮肤上很有气势地滑动，上面反射的太阳光足以让她热血沸腾。兰馨的脸立即红了，她把身体收回来，紧张地用手捂着剧烈起伏的胸口，好像那里也有一个小人在游泳。她从四岁开始就认识王俊元了，可她从来也没有见王俊元裸露过脊背，即使是他们在小房子里共住的那段日子，她也从来没有看他衣衫不整过。每天清晨，当她醒过来的时候，他早已穿戴整齐了。今天，在这个初夏的清晨，天地万物都散发着混沌朦胧的气息，岸上湿漉漉的青草、摄人心魄的花香、随风飘拂的树叶、交颈恩爱的小鸟，岸下柔软荡漾的湖水、爆发着男人力量的呐喊声，都让兰馨紧张到极点。

湖面上爆发出一片喝彩声。兰馨知道这些声音都是为元哥响起的，她还从来没有看见过元哥游泳呢。兰馨再次从柳树后面探出头，朝着清澈湛蓝的湖水望过去。

王俊元双臂一伸，俯冲进了湖中，向着兰馨站立的方向游过来。他两条腿并拢在一起，犹如一条海豚的尾巴，腰部快速的上下浮动，有力而优美地滑行起来。忽然，他上半身腾空跃起，两臂同时探出湖面，小臂在大臂的带动下，在空中敏捷地向前抡动，远远望去，真像是一只刚健的蝴蝶在湖面上展翅飞舞。当他的身体再次俯冲入水时，湖面上飞溅起一大片蓝幽幽的浪花，整片湖水都在剧烈地晃动，无数圈涟漪在他身边如烟火般绽放，那是湖水骚动的灵魂，那是男人燃烧的激情，那是青春爆发的力量，那是骨骼和肌肉联合发出的呐喊。湖面上方迅疾地留下一连串波浪形的身体曲线，那是王俊元畅快飞翔的轨迹。

元哥游得好美啊！他的动作配合得那么天衣无缝，又是那么随心所欲。那健美洒脱的形体、排山倒海的气势、出神入化的泳技，让兰馨看得入了神。她觉得元哥不是在湖里游泳，而是在一个放倒的舞台上跳舞，又像是在隐蔽的靶场上飞射。兰馨想象着，自己就是元哥身体周围的湖水，随着元哥竭尽所能地翻腾，以她的纤柔，来衬托元哥的雄伟。那双挥动的手臂不仅沸腾了宁静的湖水，也凌乱了兰馨的心。她觉得那双健壮的手臂似乎是在召唤她，如果不是有这棵树挡着，她会不由自主地向湖边走去。她又觉得那双手臂变成了一座扑面而来的山峰，急切地要把她拥入怀里。

哎呀，元哥快游到湖边了！兰馨迅速地藏在了树后。但她只躲了几秒钟，就又忍不住探头去看。

王俊元灵活地调转过身体，向远方轻松地游去。这次，他在仰泳、蛙泳、自由泳和蝶泳之间自由地切换，波光潋滟的湖水成了他排兵布阵的战场，他既是发号施令的将军，又是冲锋陷阵的战士。

兰馨看呆了，围观的战士们也看呆了。王俊元不仅征服了这片壮丽的水域，征服了他的兵，还征服了一个躲在柳树后面、眼睛里燃烧着崇拜之情的美丽姑娘。兰馨的心脏在身体里不可遏制地狂跳着，她仿佛感觉到那些迸溅的水花隔着宽阔的湖畔，飞落在了她的脸上和心上。

她必须马上离开这里，万一被人发现她在偷看这些裸露着脊背的男人，那可真让她羞愧难当了。

“谁在那里？”陆文恒发现了树后躲藏的人。这是他们防化团的领地，即使有人，也应该是部队的战士，所以，陆文恒并不惊讶。

可兰馨却已经慌张地不知如何是好。如果这个时候跑掉，也会被人识别身份的。可如果她不出来，万一那些裸露着脊背的战士们上岸来，那她岂不是更加尴尬了。

“藏在树后的兄弟出来吧！”这是王俊元的声音，他其实早就发现树后有人了，但他知道部队里有几个怕水的战士，很羡慕别的战士能跟着他下湖游泳，自己却不敢靠近湖畔。他还以为藏在树后的是哪个心痒痒的小战士呢。

“早上这湖水凉爽极了，快下来感受一下吧。”陈小兵起哄地高喊道，还吹了一个炫耀的口哨。

兰馨知道这一关是躲不过去了，只好低着头，红着脸，从树后走了出来。

“政委，是小周。”陆文恒笑嘻嘻地望着王俊元。

“啊？是周姑娘，我还以为是哪位兄弟呢，刚才多有得罪，还请周姑娘不要见怪啊。”陈小兵为自己刚才冒犯兰馨的话而诚恳地道歉。

看见是兰馨，王俊元也有些意外。他微笑地望着伫立在岸上的兰馨，淡淡的晨光照耀着她，她的脸像玫瑰花瓣一样红，极尽娇柔羞涩，他觉得她像一幅立体的油画，美丽极了。

“政委，政委……”陆文恒发现王俊元看兰馨看得出神了，只好轻声唤他。

“哦……”王俊元回过神来，发现战士们都在看兰馨，立即发号施令，“集体隐蔽！”

所有的战士嗖地一声钻入湖里，湛蓝的湖面上只剩下王俊元一个人。他三下两下就游到了岸边，从水里走了出来。等他来到兰馨身边时，已经把衣服穿好了。

“兰馨，你怎么不多睡会儿？”王俊元关心地问。他昨夜也几乎未睡，只要一闭上眼睛，脑子里浮现的全是兰馨的身影。他们终于可以毫无阻碍地相爱了，从今天开始，兰馨就属于他了，他再也不是一个人了。他在床上辗转反侧了一夜，实在等不到天亮，就叫上几个战士一起去湖里游泳了。他必须通过运动，把在心底奔腾了一夜的欣喜宣泄出来。

兰馨抬起头来，腼腆地凝视着王俊元的眼睛，她看见了两片像净源湖一样温柔的湖泊。她不安地朝湖上望过去，发现湖面上已经空无一人。

“别担心，他们现在看不见你了。”王俊元胜利地眨了眨眼睛。

兰馨立即明白是怎么一回事了，不觉轻声笑了出来：“哪有政委这么欺负战士的？”

“谁让他们当着我的面这么明目张胆地看你的，这是对他们的惩罚。”王俊元的脸上故意流露出报复的快感。但实际上他早就把战士们在水下憋气的功夫给练出来了，即使再憋上几分钟，战士们也不在话下。

“他们在看我，而我……在看你。”兰馨的声音很轻，犹如一阵微风从高高的树梢上吹过。

“你在岸上用眼睛看我，而我在湖里用心在看你。”王俊元轻轻牵住兰馨的手，两人肩并着肩朝那片繁花似锦的花丛走去，他要告诉她，其余的花是战士们培育的，而那些兰花则是他亲手栽种下的。现在，那些兰花盛开了，他心上的那朵兰花也绽放了。

第三十九章　另一种研究思路

上午九点，防化团召开了第一次研究会议。淡黄色的阳光通过南墙上的几扇大窗户射进来，带来一个明媚的世界。

王俊元坐在会议桌的中央，他打开了一个黑色的笔记本，手里拿着一支银色的钢笔，他既是这次会议的主持人，也是会议内容的记录者。会议室长桌两侧对称地坐满了人，坐在里侧的是防化团的领导，由邓超群带队，外侧坐着从北京防化研究院来的五位专家，由年龄最大的蔡主任带队。

王俊元抬起手腕，看了一下手表，已经九点整了，会议可以正式开始了。他扫视了一下参加会议的全体人员，铿锵有力地说："各位专家远道而来，按说应该多休息一些时间，可我们的任务很艰巨，只好牺牲各位专家休息的时间，尽快召开这一次研究预备会议。我们现在面对的是一个无形的敌人，我们在明，它们在暗。如果我们不能在有限的时间内找出对抗它的方法，人类随时都有可能又要面临一场巨大的灾难。关于此细菌的资料，各位专家应该都已经过目了，请大家畅所欲言，各抒己见，为打赢这场战役献言献策。"

蔡主任用手扶了扶眼镜儿，第一个发言道："经过我们的鉴定，确定此细菌为新菌种，它具有细菌的一般结构，繁殖能力和毒性都极强。我们采取了杀死细菌的一般性做法，尝试摧毁细菌的屏障细胞壁和细胞膜以及细菌存活所需要的蛋白质和酶、阻断细菌遗传物质的复制和分裂，但都没有达到致死或明显降低细菌毒性的目的。同时，这种细菌的变异性非常活跃，如果我们用常规性方法去逐个尝试，那我们的防御性会永远滞后于细菌的攻击性。所以，这次研究院特别派出了两名非常年轻的研究员沈兴哲和周兰馨，换一种新鲜的视角，也许就能柳暗花明。"

听完蔡主任的介绍，王俊元自豪地望向坐在第四张椅子上的兰馨。

"兴哲和小周有什么好的看法，可以畅所欲言。"王俊元看了看沈兴哲，目光落在兰馨脸上，她是他的恋人，但此时此刻，她更是他的战友。

兰馨看了看沈兴哲，又与王俊元对视了一下，在两位哥哥的鼓励下，就落落大方地表达出了自己的看法："之前所采取的试验方法大多借用于西方，其效果并不明显。如果换一种思路，从中医的角度来研究，也许能找到突破口。当然，我们要寻找的是药性极烈的中草药，比如鸩的羽毛、断肠草、能杀死眼镜蛇的毒蜘蛛等，制作成洗消干粉以毒攻毒，这样就可以达到在战场上杀死细菌的作用。"

兰馨把早已准备好的可以用于试验的几种毒性极强的中草药名单给每个人发了一份。

"小周，你大学学的不是微生物学专业吗？怎么会对中药如此有心得？"蔡主任看完这份中药名单，赞赏地望着这位令人刮目相看的刚刚走出校门的女大学生。

"来之前，我临时抱了一下佛脚，读了几本关于中药的书籍。"兰馨谦逊地回答。

蔡主任转向王俊元，认可地说："政委，我看小周的想法很好，值得一试。"

王俊元点了点头，最后总结道："我会立即安排人手，搜集当地具有强毒性的中草药，用于实验研究。"

兰馨的建议得到专家小组组长的认可，王俊元比任何人都开心。在开会之前他还听见有战士在一旁议论，说周兰馨这么年轻，怎么会成为专家小组的成员呢，估计又是什么大首长的子女，凭关系进入专家团队的。听到这样的微词，王俊元本想上前制止，他不希望兰馨被任何人怀疑。但他又想，是金子总会发光的，兰馨本人的能力比他的维护更有说服力。在这场由防化团和专家小组首次碰面的会议上，兰馨凭借自己的勤奋和扎实的专业知识崭露头角，获得了所有人的关注和重视，这让他既骄傲，又自豪。

"这种方法从理论上讲倒是可行，只是这样做，需要花费大量的时间，万一最后实验失败……"防化团研究室主任刘广安依然顾虑重重，"就算我们运气比较好，找到了这种猛药，但从提取药物成分到动物试验，再到人体试验，最后广泛用于临床，这中间需要一个很漫长的过程，两年的时间恐怕不够。"

看到刘广安一副不信任的表情，坐在兰馨身边的沈兴哲早已按捺不住心中的气愤了，沈兴哲直视着刘广安那双刻板的眼睛，不客气地说："谁能确定牛顿思索苹果为什么会从树上掉下来就一定能发现万有引力定律的存在？谁能确定居里夫人研究放射性元素就一定能发现钋和镭？谁能确定邓稼先献身国防就一定能成功研制出两弹一星？又有谁能确定中国人经过短短几年的时间就能成功合成牛胰岛素？科学研究本来就是对未知的探索，无法保证最后的结果一定是什么。我们不去尝试，就是因循守旧，就是固步自封。"

“年轻人，别动气，我也不是反对小周的想法，我只是在担心，万一到时候完不成任务……政委可是在总部首长面前立下了军令状，两年内，必须找到控制细菌的办法。”刘广安不无担忧地说。

“大家听我说两句，”王俊元及时制止了这场没有个人私利的冲突，“在未来两年里，无论是防化团的干部，还是研究院来的专家，我们都是同一个战壕里的战友。我们面对着同一个强大的敌人，肩负着同样艰巨而神圣的使命。在这里，没有个人得失，只有风雨同舟，生死与共。刚才听了各位的发言，我决定采取小周的方法。如果成功了，这将会给世界防生化研究开辟一条先河。假如失败了，到时候，我一个人去北京向首长领罪，和各位没有任何关系。所以，只要有了好的想法，大家就勇敢去尝试，只有放开思路和胆量，我们才有可能取得最后的胜利。”

第四十章　龙耳草

八一建军节到了，按照惯例，防化团会举办一场由战士自编自演的文艺晚会，来庆祝这个属于他们的节日。每年，王俊元都会给战士们表演一个节目，或高歌一曲，或拉奏一首小提琴曲。今年的晚会也不例外。

王俊元在战士们的簇拥下，握着那把心爱的小提琴走上了舞台。站定之前，他一直在暗自思忖，演奏什么曲目好呢？以前的曲子都是献给战士们的，但这次是他和兰馨在一起度过的第一个节日，他要在军营的节日气氛中，用一首最恰当的曲子来表达内心的深情。几首演绎爱情的经典世界名曲的旋律在他的脑海里一一浮现，有的浪漫，有的热烈，有的缠绵，有的深沉，每一首都会给人带来美的享受，但每一首又都欠缺了那么一点独特性。他要的是每一个音符都从他的灵魂发出，直接抵达兰馨的心灵深处，在这之间，没有散落，没有漂移。要想达到这样的效果，最好的方法就是拉奏一首他亲自为兰馨创作的曲子。

其实，在他的军装口袋里就装着这么一首小提琴的曲谱，是他昨夜刚刚写的，名字都取好了，叫《爱的奇迹》，只是结尾还没有完成，因为那不该是一段独自的低吟，而是两颗心真诚的互动，他不想随意给这首曲子填写一个想当然的结局，他要真实地把兰馨的回应加入到曲谱当中去。他本想找一个合适的机会，把曲子完成部分拉给兰馨听，再听听兰馨对结尾的意见，看来今天是来不及了。虽然这首曲子不够完整，他还是要把它献给兰馨。

王俊元走到舞台中央，一眼就看见了端坐在人群当中的兰馨，她穿着一条火红色的连衣裙，柔美的长发很艺术地散落在白净如玉的肩膀上，她也正含情脉脉地凝望着舞台上的他。王俊元朝麦克风走了一步，凝视着兰馨，故意客气地邀请说："周兰馨同志，请到舞台上来。"这是一个冒险的行为，他事先没有和兰馨商量，但他相信，兰馨会欣然应允的。

兰馨有些意外地望着王俊元，与元哥同台演出，她内心的情感定会流露无遗，而且，元哥想让她如何配合，她也完全不了解。但既然元哥发出了召唤，再多的顾忌也荡然无存了。她优雅地站了起来，把透着光泽的头发拢在耳后，提起裙摆，大方地朝着舞台走过去。

台下响起了一片羡慕和鼓励的掌声。

王俊元的眼睛中蕴藏着海一样的深情，他注视着兰馨走过来，在她快到看台时来到舞台边缘，腾出一只手，很绅士地迎接登上舞台的兰馨。

王俊元附在兰馨的耳边，悄悄说了一句话，兰馨惊喜地转头凝望着他，转而心领神会地点了点头，就消失在了舞台红色的帷幕后。

礼堂里安静了下来。整个舞台仅剩下一道追光。王俊元夹起小提琴，随着琴弓的游动，悲凉的音乐从舞台上流淌了下来。人们瞬间进入到了一个空灵悠远的世界，那里只有一片被漆黑的夜色包裹着的大海，海水像是被冻结住了，没有一丝的涟漪和声音。一堆小小的篝火在海边悲伤地燃烧着，焚烧的木柴声犹如淅沥的小雨，潮湿着天地之间的一切。这是王俊元遇见兰馨之前的生活，凄清孤寂，心在流浪。

灯光黯淡了下来，渐渐转变成铺天盖地的深蓝色。一对纤弱的银色月牙从舞台帷幕后裸露了出来，伤感地倒映在以灯光为波涛的舞台上。海浪推涌着月牙，一个美丽而苍凉的剪影随着月牙的涌动挪行在深蓝色的波光里。她盘着小女孩的发型，冰冷的锁骨在光晕中撒下一抹孤独的阴影，一双颤栗的腿仿佛走在针尖上，每一步都渗出殷红的血液，每一步都倾诉着隐忍和叹息。她的骨骼在痛苦地呻吟，她的肌肤在寒冷中瑟缩，失去至亲的巨大悲伤使她几至瘫倒，四周到处都弥漫着绝望的回响。

灯光渐渐明亮，月牙载着美丽的身影向音乐的源头游了过来。

王俊元清冷的目光顿时变得如星光般温暖，琴声陡然一转，由凄凉变为欢快，整个舞台瞬间被笼罩在淡粉色的暖光中。一片如翼展开的红裙，一对优雅纤细的手臂，缠绕着一个美丽的少女快乐地旋转着。犹如一阵复苏的春风，吹散了寒冷和哀伤，世界骤然鲜亮了起来。空旷的大海上跳跃起了欢快的浪花，微弱的篝火增大了燃势，似乎记起了自身的使命，哼唱着生命重新崛起的歌谣。

战士们集体发出了惊呼声，那两个弯弯的月牙居然是兰馨立起的脚尖，薄如蝉翼的舞裙将兰馨凹凸有致、如仙似幻的形体展现得淋漓尽致，令看惯了军装和男人的战士们目瞪口呆，端庄温婉的女军人居然会跳高雅的芭蕾。

兰馨凝视着与她相对而立的元哥，面带甜蜜的笑容，向着王俊元飘过去。从此，王俊元成为她心灵的归宿、唯一的依恋、人生的光芒和生活的核心。她用柔美的肢体语言讲述着他们那两小无猜的过去，她犹如一株向日葵，围绕着生命中的太阳，歌唱，玩耍，飞舞，旋转。

当两颗真挚的心渐渐靠近的时候，分离却不期而至。兰馨不舍地倒退着，慢慢消失在了舞台的一侧。王俊元定定地凝视着兰馨离去的方向，用缠绵的琴声吞咽着别离的苦涩。他的身体变成了一个荒凉的山谷，回荡的声音除了兰馨，还是兰馨。春的萌动，夏的浓郁，秋的萧索和冬的严寒，在王俊元的琴声里都凝结成了两个不变的字——思念。他在永不停止的琴声里默默地等待着，等待着……

他缓缓地转身，转过了十年的光阴，向舞台的另一侧眺望过去。灯光变成了火热的玫瑰色。他的血液凝固了，他的琴声哽咽了。兰馨轻抬起修长的手指，优雅地梳理着流泻在肩膀前的长发，碎步向他飘来。他看见，她长大了，变成了美丽的白天鹅，周身都散发着青春的活力和生命的光彩。

一道神奇的彩光倾泻到舞台的中央。兰馨的脸上浮现出虔诚而圣洁的微笑，她用双臂环抱住那道象征奇迹的光芒，单腿落地，脚尖立起，另一条腿向外伸直，心花怒放地在原地快速旋转起来。怀里的光芒越聚越多，分成了很多束，在玫瑰色的空气里散播开去，这是爱情的果实，也是幸福的光晕。她在舞台上极尽广度地旋转着，追逐着，从舞台的一角旋转到另一角，忽而从地面凌空跃起，宛如海鸥在滑翔。她的灵魂摆脱了躯体的束缚，在梦幻一般的舞台上，在缠绵悱恻的小提琴声中，在迷离朦胧的灯光下，在战士们沉醉的目光里，自由地倾吐着心中的深情。她的足尖是那么自如，每当她立起它们时，就会让人感觉到人似乎本来就是用脚尖走路的。她的腰肢是那么柔软，宛如一朵自由舒展的云，随意地弯曲扭动。她的眼神是那么灵动透彻，浓密的长睫毛每无声地颤动一下，都是一泓灵魂的河。她的身体是那么轻盈，每次跳动的时候，仿佛有一种向着天空的力量在吸拽着她，只要她愿意，就可以随意飞向遥远的天边。那举手投足的自信，那发自本能的优雅，那出乎意料的变姿，那叹为观止的流畅，都让人感觉像是走进了另外一个神奇的世界。

兰馨渐渐放弃了扑朔迷离的光的幻影，因为她找到了光芒的源泉与核心，那就是王俊元。她噙着越来越多的泪花，张开为他而生长出来的翅膀，快速地奔向他。

音乐是无形的舞蹈，舞蹈是无声的音乐。这是世界上最高雅、最默契、最相依相生的两种艺术形式。王俊元把自己的心声诉诸音乐，兰馨用舞蹈把它们诠释、放大、展示了出来，两个人在用世间两种都不需要语言的艺术接收和传达着对彼此的爱。他的每一个音符都融化在了她的心里，正如她的每一个舞蹈动作都印刻进了他的灵魂里。人与人之间，应该存在着两种语言，一种是任何人都能读懂的，而另外一种只有在心心相印的人们之间才能流动。王俊元没有说一个字，但兰馨却听得真真切切，清清楚楚。兰馨没有说一句话，却用舞姿为笔、为喉，把王俊元寄托在小提琴声里的情意解读得丝毫不差。

海边的篝火燃红了夜空，它要献出自己的一切，用全部的热情去温暖在寒风里挣扎的海水。

铺展在王俊元脑海中的那篇没有结尾的小提琴曲谱拉完了，但兰馨的舞动没有停止，她用一颗燃烧的心灵继续谱写着爱的奇迹。

王俊元的琴声也没有停止，他根本停不下来。兰馨把她的爱、她的灵魂、她的生命都融入到了忘我的舞姿里，犹如一波又一波的海浪，助推着他游动的手臂，他在毫无意识的激情里继续演奏着，他要把她舞姿里表达的情意转化成深情的旋律。他看懂了她用肢体诉说的心声：爱是无悔地等待，是超越生死的结合，是毫无疑问的选择，是选择了就再也不会改变的永恒！

王俊元脸上露出了庄严的神情，铿锵的和弦伴以陡然变慢的节奏，使乐曲变得圣洁而恢弘。兰馨感到了前所未有的冲击，一股热流从心底涌起，她来到王俊元正前方，深情地面对着他，身体拔高，把两臂高高举向空中，她要让苍天为他们的爱情作证。他们的目光交融在一起，无声的倾诉湿润了两个人的眼睛。他们一边用眼神告诉彼此：什么都不用说，你的心，我全明白。可他们又一边用自己熟悉的艺术倾吐着心中绵绵的真情。此时，两个人沉默的倾诉都不需要聆听，也不需要回应，那只是生命之河的自然流动，不知源自何处，却知道要流向何方。

兰馨转身，面向观众，两颗晶莹的泪珠甩落在舞台上，她左腿直立，脚尖立起，右腿水平后伸，高举的双臂柔软松弛地向后方垂落下去，她的身体也随之酥软了下来，她要把自己完全交给元哥，元哥一个人就可以支撑起她整个生命的天空。几乎在同时，王俊元激情迸发地拉奏完了饱满悠长的终曲和弦，面对兰馨从身体到灵魂的托付，他热泪涌流地张开了怀抱，打开的双臂恰好接住了兰馨。兰馨的手腕向内一转，深情地握住了王俊元的手臂，那是她生命的支点和灵魂的归宿。她的头向上扬起，百感交集地倚靠在了他的颈窝上。两个微微颤抖的身体紧紧地贴在一起，那是情与爱的碰撞、水与乳的交融、灵与肉的结合，那是可以让人永生的爱恋。

终曲和弦在空气中回旋缭绕，他们不约而同地望向舞台的同一个方位，那里是即将为他们开启的幸福生活和闪光的未来……

战士们激动地全体起立，礼堂里爆发出了震耳欲聋的掌声和欢呼声。这是滚动的春雷，这是滂沱的大雨，这是山谷里的癫狂之风，这是野火焚烧草原的迅猛。每一个人的心灵都接受了一场圣洁浪漫的爱的洗礼，每一个人都期待着、憧憬着、祈祷着一转身就能邂逅如政委和小周之间那般唯美而感人的爱情。

王俊元的眼睛里有泪花在滚动。他一手握着小提琴，一手牵着兰馨，庄重地向战士们表示最衷心的感谢。

二人刚走到帷幕后，兰馨突然转身，搂住了王俊元的脖子。直到这个时候，她才从舞蹈里走了出来，血液里流淌的都是王俊元通过音乐传递给她的深深的情意。她不能用舞蹈来回应了，但她还是要用无声的肢体语言告诉他，他在小提琴声里说给她的每一句话，她都听懂了，她将永远把它们珍藏在身体里、记忆里、灵魂里，直到生命的最后一刻。

“谢谢你刚才悄悄告诉我舞台后放着事先为我准备好的芭蕾舞鞋，才让我有机会把我们的爱完美地跳了出来。”兰馨把淌着泪水的脸深深埋在了王俊元火热的胸膛里。

转眼一年过去了，虽然确立了几种药性极其猛烈的中草药，但提取出来的毒性成分却彼此排斥，互不相溶。王俊元再次把三哥从家乡接到部队，但也没有找到合适的解决方法。研究工作陷入了僵局！再有两天就是兰馨二十四岁的生日了。虽然压力很大，但王俊元还是想给兰馨好好过个生日。在过去的一年里，他们都忙于工作，除了开会和偶尔到净源湖畔走一走，连尽情说话的时间也没有。他想利用这个机会，好好陪陪她。

七月的最后一个晚上，天上浮现着一轮明亮的下弦月，只有一颗星星依偎在月亮旁边，静静地释放着永不消逝的光辉。几片白云缓缓地从月亮和星星面前飘过，苍茫的大地上忽明忽暗。没有一丝风的净源湖静谧而安然。

王俊元一个人伫立在净源湖边的草地上，仰望着夜空中的月亮和月亮旁边那一颗痴情的星星。无论是光明还是昏暗，它们都紧紧地依偎在一起。

兰馨还没有从实验室出来，他还在等她。

这一年里，他和兰馨的感情更加深厚和坚定了。虽然没有太多的甜言蜜语和耳鬓厮磨，但共同的志向和使命让两个人的心紧紧地融合在一起，就像这天上的月光和星光，交相辉映。一个有着丰富扎实的侦毒经验，一个掌握着当前最新颖顶尖的理论，两个人可谓珠联璧合，相得益彰。每一次见面，两个人都会针对当下研究中出现的问题反复分析、讨论、研究，最后形成统一的认识。只有在分别的时候，两个人才会意识到他们其实还是一对恩爱的恋人。他们只能怀着对任务完成之后的美好憧憬，用短暂的凝视和匆匆的握手来表达一下对彼此还没有来得及倾诉的爱意。

缥缈的云朵再次挡住了月亮和星星，净源湖笼罩进了茫茫的阴影中。王俊元相信，黑暗只是暂时的，光明很快就会重新洒满人间。

“元哥。”兰馨不知道什么时候已经站立在了王俊元的身后。听到她那甜美而深情的呼唤，他急忙转过身。

兰馨穿着刚刚换好的军装，身上还带着淡淡的消毒水的味道。每次从实验室里出来，所有的人都必须用消毒水淋浴，这是一道必需的程序。

“兰馨……”王俊元轻声地叫着她的名字，仿佛他们已经分别了很久。

“你刚才在想什么？那么投入！”兰馨站立在黑暗里，但王俊元却看见一道金灿灿的光，那是两颗真诚的心灵撞击出的灿烂的火花。

“想了很多，关于研究、生命、和平、未来……”

“有没有想我呢？”兰馨俏皮地问。

这时，云朵移走了，月亮和星星的光芒再次普照人间，只是这时的光不像刚才那般明晰了，变得淡淡的，虚虚的，像是罩上了一层薄薄的纱。王俊元看见兰馨那张略带疲倦的脸上浮现着纯真的笑容。他牵起她的手，反问道：“莫非陷入爱情中的姑娘都喜欢明知故问？”

兰馨默认而满意地笑了。

“兰馨，生日快乐！”王俊元热情地说出了酝酿了一个晚上的祝福。

“今天是我的生日？我都忘了！”兰馨惊喜地说。王俊元约她晚上在净源湖边见面，却并没有告诉她是因为什么。她这才想起明天是建军节，团里已经提前好几天在排练庆祝建军节的文艺节目了，从明天开始，团里放假三天。今天是七月的最后一天，是她的生日。

“我给你准备了一份生日礼物，不知道你喜欢不喜欢？”王俊元轻声地说。一个三十四岁的大男人在爱情面前，也变得腼腆起来。

“我喜欢。”兰馨很肯定地说。

“你还不知道是什么礼物，就这么肯定？”王俊元很喜欢看见兰馨快乐的神情，只要能永远像现在这样看着她欢笑，他就知足了。

“只要是你送给我的，我都喜欢。无论是什么东西，只要经过了你的手、你的心，就变得不一样了。不过，现在团里工作这么忙，我们的研究也进入到了最艰难的时期，你还专门为我准备生日礼物，这让我有些过意不去。”兰馨发现王俊元这段时间又清瘦了，她只希望能尽快找到抑制细菌的方法，为王俊元减轻一些肩上的重担。在这么特殊的时期，王俊元还记挂着她的生日，这让她既感动，又心疼。

“这个礼物不是我买来的，是我无意间发现的，但却非常适合做你今年的生日礼物。”王俊元神秘地望着兰馨。

“哦，那是什么?”兰馨心里充满了好奇。

“跟我来。”王俊元牵着兰馨的手向湖边走去。湖畔的泥土很湿润，脚踩在上面，软软的，像是走在松软的沙滩上。

两个人停在了湖边，恰巧又有一朵白云遮挡住了月亮和星星的光线，他们只能看见彼此的身影。

“你朝湖水里看。”王俊元说完，啪嗒一声打开了手电筒，一道白色的光线直直地照射在湖面上。

兰馨顺着手电筒的光望过去，她惊讶地睁大了眼睛。只见平静的湖面上漂浮着一大片绿色的草，茎长叶宽的草交织在一起，组合成了三个大字——我爱你。在凉爽无风的夜里，在浮云遮月的时刻，在万籁俱寂的湖畔，在柔柔的手电筒光照下，三个绿色的大字浮凸在湛蓝如玉的水面上，犹如三束绿色的火焰，自湖水中升腾而起，激荡着有情人的心灵。

王俊元坦诚地说：“认识你这么多年，我从来没有对你说过这句话，但是，今天，是你二十四岁的生日，我想把这句话送给你，因为，这三个字的笔画加起来正好是二十四。”

感动的眼泪在兰馨的眼睛里滚动，她转过头，凝望着王俊元那双在夜色中闪烁的眼睛，动情地说：“这句话你已经对我说过千遍万遍了，每一句我都听得真真切切，清清楚楚。爱如果只能通过耳朵听到，那就不是真爱了。元哥，今生能遇见你，生命已经十分美好。我没有别的奢望，只希望和你在一起，把我全部的爱奉献给你，一直到生命的最后一刻。”

多么真挚的语言，多么纯澈的心灵，即使是钢筋铸成的汉子也会被融化。她把人世间最宝贵的情感奉献给了他，却不奢求任何的回报。而他给予的是同样炽烈的情感，希望尽自己最大的力量保护她，成就她。这项任务如果可以顺利完成，那将会为兰馨未来的研究事业奠定最稳固的基础。有人关心她飞得高不高，有人关心她飞得累不累，而他既关心她飞得累不累，也关心她飞得高不高。既然命运让兰馨走上了科学研究这条路，那他在竭尽全力保护她的同时，也要倾其所学，把侦毒的实践经验传授给她，让她将来能做一名理论与实践相结合的全能的科学家。

“哎呀，那些字漂走了。”月光渐渐明亮了起来，兰馨看见那片绿色的草已经离开了湖岸，随风向南漂去，惋惜地高声喊道。

湖边柳树细长的柳丝在夜风中轻轻地摇曳，刚才他们说话太投入了，竟没有发现起风了。他安慰她说："字漂走了，但情不会消失，它们一直都在心灵最深处，无论多大的风也无法把它们吹走。"

兰馨羞涩地笑了，温柔地说："那就让那些草把我们的爱情分享给整个世界吧！"

王俊元也不觉被这样浪漫而美好的愿望感染了，他痴痴地注视着渐行渐远的草叶，仿佛真的看见它们覆盖了整个湖面。

"元哥，为什么那些草并不分开呢？"兰馨好奇地盯着那片还在漂移的浑然一体的青草叶。

"因为我事先用针线把它们缝连在了一起，除非受到很大的外力，否则它们是不会分开的。"

"这些草可以用针线缝合在一起？"

"是的，这种草叫龙耳草，咱们家乡的湖底也长着这样的草。龙耳草叶质宽厚，柔韧性极强，即使用剪刀，也很难一下把它的茎叶剪断。"

"龙耳草，好美的名字！"

"是啊，龙耳草就像是一个隐士，只生长在湖里，茎叶的高度随着湖水的深浅而变化，水深则茎高，水浅则茎矮。三哥曾对我说过，净源湖正是因为有了龙耳草，才清澈见底的……"王俊元突然意识到了什么，他握住兰馨的手，兴奋地说，"有了，我们可以尝试用龙耳草的汁液做溶剂！"

"对啊，龙耳草如果真的可以杀菌解毒，那它的汁液应该具有很好的溶解特性。"兰馨激动地说。

"我这就去安排战士潜入湖底收集龙耳草。"

"我马上回实验室等着。"兰馨说着就往回跑。

"兰馨！"王俊元抱歉地喊住了她。他把她约到湖边是为了给她过生日的，可最后还是绕到了工作上。

兰馨转身凝望着他，深情地说："元哥，你要说什么，我都明白。等到我们的任务顺利完成，我们就可以放心地在一起了。你在这里等着，我去通知陆文恒，让他带人马上过来。"

兰馨说完，转过头，带着依依不舍的心情，向营区里跑去。王俊元打开手电筒，为兰馨照着前方的路，久久地凝视着她远去的背影，直到她的身影消失在交错掩映的红松树后面，再也看不见，他也不关闭手电筒，他愿自己生命的光芒就像这手电筒的光芒一样，一直照耀着她，永不熄灭。

第四十一章　控制的情欲

果然，用龙耳草的汁液做溶剂，几种互相排斥的毒剂完美地溶合在了一起，这样得到的复合剂对毒性细菌具有很好的灭杀功能。接下来的研究任务就是确定灭杀剂的最佳配比浓度以及临床灭杀效果。

实验室里，兰馨穿着防护服，戴着口罩，正在进行今天最后一项实验。她目光坚定，动作规范，沉着冷静，有条不紊。

记录完最后一组培养皿上的细菌个数，兰馨就走出了实验室。隔着实验楼最后一道玻璃，她看见王俊元正在实验室外面等她，就欢快地跑了出去。

两个人踏着薄薄的积雪，肩并着肩，向营区外面的净源湖畔走去。洁白的雪地上留下两列整齐的脚印，一直通向那片波光潋滟的湖岸。萧条的树木上挂满了冰凌，地面上铺满了雪花，在夕阳的照射下反射出绚烂的光。

兰馨呵了一口热气，搓起了冻得有些麻木的双手。

"很冷吧？"王俊元立即握住了她的手，想给她一些温暖，可他的手也被冻得没有了知觉，他毫不犹豫地解开军装和棉衣的两个扣子，把兰馨的手放了进去，紧紧地贴着他的胸口，他那男子汉的体温渐渐传到了她的手里、心里。

她不忍心把自己冰凉的手挨着他的皮肤，她想把手抽回来，可他却把她抓得更紧了，她根本就抽不回来。

"别动，我的心需要你的手。"王俊元深情地说。

兰馨不再挣扎，不再退缩，她的双手碰触着的是一颗火热的心啊！这颗心那么虔诚，那么真挚，她怎么能够去拒绝？在他用爱为她搭建起的人体火炉里，她的手渐渐恢复了知觉。

王俊元的胸膛在急促地起伏着，他出汗了。

兰馨立即把手抽了出来，外面还在刮着风，这样敞着胸怀，很容易感冒。她快速地给他系上扣子，心疼地说："我已经不冷了，外面风太大。"

望着兰馨关切的眼神，王俊元的心感觉暖暖的。但现在实验进入到了最关键的时期，不是他们谈情说爱的时候。他来找兰馨，是有一件很重要的事情。

“兰馨，你现在和前进县医院的刘叔叔还有联系吗？”

“刘叔叔三年前已经调到了省城部队医院，我还想着找个时间去看看他呢。元哥，你是有事要找刘叔叔吗？”

“刘叔叔已经调到省城了，太好了！”王俊元高兴地双手相击，“是这样的，我以前对你说起过，为了让全世界认识到生化武器的危害，一年多以前，我让二哥从历史的角度写一份生化武器威胁人类生存的报告，准备递交给国家，这份报告将来如果能上交到联合国，联合国对其有了决议，各国就都会执行，到那个时候，禁止生化武器在战争中使用的目标就会实现。昨天二哥给我打来了电话，说还需要补充一些肺部感染细菌的受害者的资料。省医院在过去这一年半里给我们提供了一些病例，但像大哥那样的感染类型的样本数量还是不够。现在二哥那边急需这些资料，我才想着来问问你，看看刘叔叔能不能给我们提供一些帮助。”

“原来你又是有事才来找我。”兰馨转过身去，假装生气。

“不是的……你知道的，我巴不得每天都能见到你，可是……”

“我是逗你的，”兰馨笑了起来，调皮地转过来身，牵起王俊元的手，“元哥，你跟我来。”

他们沿着来时的脚印跑了回去，踏着绵绵的积雪，迎着凛冽的北风，一直跑到了兰馨的宿舍。

两个人进来以后，兰馨立即把门关上，寒冷和北风被屏蔽在屋外，温暖和真情流淌在屋内。房间面积不大，但东西摆放得很规整，向阳窗户的东侧是一张单人床，床面铺着一条雪白的床单，豆腐块的被子叠放在床头，窗户下是一张小巧的木头书桌，桌子上放着一张兰馨读中学时穿着舞裙跳芭蕾的照片，照片里的兰馨戴着精致的头冠，双腿一前一后，以足尖站立，两条修长的手臂直直地向上扬起，微微抬起下颌，高贵得就像是一只展翅欲飞的白天鹅。照片的后面是两摞关于细菌和病毒学的专业书籍，在书籍的最下面压着一本泰戈尔的诗集，也压着一个少女搁浅的诗意。

兰馨蹲下，掀起床单，从床板下面拉出一个红色的大箱子，她把放在上面的一些书籍拿出来，从箱子底部翻出一个枣红色的麻布袋子。

“你看看这是不是你需要的资料？”兰馨抽出袋子里的一个厚厚的笔记本，递给了王俊元。

“这是什么？”王俊元接过笔记本，认真地翻看了起来。

“这是我母亲的遗物，是刘叔叔当年送到家里来的，一共三本，好像是我妈妈的病例本，上面记录的病人有不少是肺部感染细菌的，而且大部分病人都经历过抗日战争。”

王俊元激动地一本一本翻看了起来，这些都是董艳梅医生当年记录下的病人案例，仅仅肺部感染细菌的病人就有好几十例，上面详细记录了每一个病人的个人信息、家庭地址、身体症状及感染的原因，确实如兰馨所说，超过三分之二的病人都亲身经历过抗日战争，其中有一位七十多岁的老汉居然还做过日本部队的劳工，后来跟着一位中国人逃了出来。

王俊元抬起头，举起笔记本，眼睛里闪烁着兴奋的光彩：“这些就是我一直要找的东西，真是太好了！我这就去请假，明天就把这些资料给二哥送去。”

王俊元刚走到门口，就又折了回来。他紧紧地把兰馨搂在怀里，深情地说：“谢谢你，兰馨，你总是在我最需要的时候，替我解决难题。”

兰馨也拥紧了他，贴着他宽阔的胸膛，轻声地说：“能为你做一些事情，我真的很开心！你快去请假吧，晚上有时间我再去看你。”

王俊元一狠心离开了兰馨的宿舍，重任在肩，他没有时间去儿女情长，他只能把抱歉和柔情藏在心底。

晚上，王俊元独自坐在宿舍里，眼含热泪地捧起董医生用生命记录的这三本病例。他只见过董医生一面，那个时候他还小，又是在大哥病情恶化的危急时刻，他还没有来得及仔细看看那位穿着白大褂、戴着防毒口罩的女医生。作为一名医务工作者，能够做到救死扶伤就算对得起自己的本职工作了。但董医生却把自己工作之余的所有时间和精力都默默献给了国家的和平事业，甚至不惜牺牲自己的生命，也要与细菌斗争到底。这需要何等的勇气和担当，又需要何等的胸怀和责任。董医生不仅是一位优秀的医生，更是一名扎根于基层的和平战士。凝视着这几本病例，他觉得这位只有一面之缘的女医生渐渐变得熟悉和亲切起来。董医生不仅救了大哥，救了自己，还是兰馨的亲生母亲，也就是自己未来的岳母，如果董医生还在，知道他和兰馨相爱了，一定会发自内心地同意他们在一起，把世间最美好的祝福送给他们，他也一定会像亲生儿子一样对待董医生。可是，董医生走了……不，董医生没走，她还在！自从他决定把自己的一生都奉献给防化事业的那一天开始，他就和董医生站在了一起，他们早已成为志同道合的战友，这几本病例就是他和董医生沟通和交流的桥梁。他相信，在世界的各个角落里，有许多和他们一样的人，把维护国家的安定、世界的和平放在个人的生命之上，而且，未来还会有越来越多的人加入到他们的阵营中来。

“咚、咚、咚……”一阵轻柔的敲门声打断了王俊元的思绪。王俊元把病例本合上，大步向门口走去。

“兰馨!”王俊元打开了门，看见兰馨微笑地站立在门外，刚才还在忧国忧民的他心里顿时充满了一股浓浓的温情。

“我刚把手头的实验做完，知道你明天要回家，就来看看你。不过，我不能待太久，实验室里随时会需要我。”兰馨依恋地望着王俊元，她知道他回去只是把资料送给二哥，很快就会回来，可她还是不习惯和他分开。

“快进来。”王俊元马上把兰馨拉了进来。他其实也在等她，但知道她很忙，不一定能来，他还在为临走之前见不到她而失落呢。现在她来了，他内心的伤感统统消失了。

“我给哥哥嫂嫂还有继清带了点东西，因为你走得太急，我来不及好好地准备一下，只好用身边这些现成的东西来表达我的一点心意了。”兰馨把一个棕色提包轻轻放在桌子上，把拉链拉开，逐一介绍说，“这是一本最新版的俄语词典，是我从北京回来时在新华书店买的，大哥会俄语，把它送给大哥是最合适的，这样大哥的生活就可以更加充实了。这是一双橡胶手套，送给二嫂，二嫂洗衣服的时候戴上它，冬天的时候，手就不会裂口子了。这几本都是当年你给我整理的复习笔记，我一直都随身带着，现在把它们送给继清，希望他明年高考可以考出一个好成绩。这是送给二哥的一套由西方人撰写的第二次世界大战亚洲战场的战史，也许对二哥写这个报告有所帮助。这个地球仪是送给三哥的，我记得你说过，三哥一直都有周游世界的想法，所以我就想着把我在大学里买到的这个立体地球仪送给三哥，让三哥在这个地球仪上先选择好自己将来想去游览的国家。这些东西都不贵重，也不稀奇，本来都拿不出手的，可你明天就要走了，我没有时间再去购置一些更好的礼物了，希望哥哥嫂嫂还有继清不介意。”兰馨不好意思地垂下了眼睑，这是她第一次给王俊元的家人表达心意，她本想能做得再好一些，可她离不开实验室，没有办法去商店里给大家挑选一些更贵重的礼物了。她抬起头，歉疚地说:“等下次我和你一起回去看望哥哥嫂嫂，我再给他们带更多更好的礼物。”

“再也没有什么东西能比你准备的这些礼物更合适了，我替哥哥嫂嫂还有继清谢谢你。”王俊元感动地触摸着提包里的礼品，那不是一些普通的物件，那是兰馨对他及他的家人深深的爱。

这是他们正式相爱以来的第一次分别，王俊元也不禁有些多愁善感了:“其实，带任何东西，都不及把你带回去。”

“等任务完成了，我就跟你回家乡去，看看你的家人，也看看我的家人。”兰馨羞涩而温柔地说。在她的心里，她早已把王俊元和自己看作了一个整体。

“好，等任务结束以后，我一定带你回去，你这么好，哥哥嫂嫂们见了你，一定都会非常喜欢你的!”王俊元对他们的未来是充满希望的，他忧虑的是他离开的这几天，不能亲自盯着实验室，他总有些放心不下，“如果一切顺利，三天以后我就可以回来，我不在的这几天，你一定要照顾好自己。有任何困难，都可以找邓团长。”

兰馨点了点头，眼睛却红了，她扑进了王俊元的怀里，热切地说：“元哥，等任务完成了，我们就结婚吧。我想天天和你在一起，我想每天的第一眼和最后一眼，看见的都是你。”

“我也想能天天看到你，只是……”王俊元犹豫地说，“我们还有不到两个月的时间，万一任务完不成，我可能什么都不是了。”

“我说过，我爱的是你这个人，不是你的身份、地位和头衔。再说，我们的细菌活性抑制实验已经取得了初步成功，接下来就是临床试验了，我们很快就可以研制出抗细菌的疫苗，到那个时候，这种细菌将不再对人类造成威胁。”

“是，我们很快就要胜利了。”王俊元喃喃地说。实验室阶段的研究已经告一段落了，但他在总部首长面前许下的两年的实验期限也马上就要到了，要想按期完成任务，只有一个办法……他在心里已经做出了一个重大的决定。

兰馨伸出一只手，放在了王俊元的脸颊上，然后闭上了眼睛，她那只纤长而灵巧的小手在那张风华正茂的脸庞上一点一点地摩挲着，从略微弯曲的头发到光洁的额头，从浓密的眉毛到温暖的眼皮，从坚挺的鼻梁到饱满的嘴唇、若隐若现的胡茬，再从棱角分明的脸庞到宽阔大气的耳垂，每一个细小的地方都不略过。王俊元也闭上了双眼，一动不动，感受着她那只温柔多情的手在他的脸庞上如春风般拂过。如果时间能停留在这一刻，那该多好啊。

缓缓地，她睁开了眼睛，他也睁开了眼睛，两双相互凝视的眼睛中涌满了同样的深情。

“我已经用手记下了你的样子，把你的脸刻在了心里，你不在的这几天，我想你的时候，就闭上眼睛，在心里看你。”兰馨边说边闭上了眼睛，微红的脸上洋溢着幸福的笑容，仿佛她真的在心里看见了王俊元。

自从失去了父母，王俊元就体验到了什么是孤独。虽然三位哥哥和一位嫂嫂待他都很好，他也一直铭记着亲人们的恩情，可在内心深处，他总在默默地期待着另外一种情感，让他这颗在多舛的命运中起伏漂泊的心能有一个温馨的归宿。如今，他拥有了兰馨，一个知冷知热的贴心人，一位志同道合的战友，一个倾心相对的恋人，他再也不会孤独，再也不会寂寞了。王俊元动情地说：“兰馨，谢谢你对我这么好。”

“不用感谢我对你好，而是我请求你，让我对你好。因为对你好的时候，我才能感受到自己的生命在发光。对你好，是世界上最美好的事情，我不是在付出，而是在享受。”兰馨眨动着一双明亮的眼睛，似乎她的瞳仁真的在熠熠发光，这种光芒就像是被点燃的火烛，渐渐蔓延到了她的整个身心，也引燃了他的生命。

两个同时燃烧的灵魂深深地拥抱在一起，合在一起的光芒更明更亮更温暖了。王俊元拦腰抱起了兰馨，在房间里转了好几个圈，这是他们最熟悉的动作，他的手臂缠着她的腰肢，她的双手捧着他的头，他们之间是那么近，没有一丝的缝隙。她俯视着他那热烈的目光，身体犹如熔化的烛泪，酥软了下来。

她离开了他的怀抱，低着头，转过身，向床走去。她的手臂在胸前蠕动着，就像是一首无声的音乐，在空气里动情地流淌着。

等她转过身来时，她的军装和棉袄的扣子已经全部打开了，一块洁白无瑕的美玉在两扇敞开的心门之间羞涩又焦急地起伏着，光彩夺目，流畅生辉。

热泪在王俊元的眼眶里翻滚着，此刻，他不再是政委，不再是组长，不再是和平的卫士，不再是军人，而是一个失散了多年、终于回到家里的孩子。他痴痴地凝视着她，就像是凝视一个会开花的梦。

她召唤般地后退着，他求索般地前进着，仿佛有一根无形的绳子，嵌在她刚刚成熟的渴望和他等待已久的欲望里，把两个人的身体和情感连在了一起。她每退一小步，他也只前行一小步，她停止在床前时，他也同时停下了。他的眼前幻化出一片春天的青草地，一条清澈的小河静静地从草地中间蜿蜒流过，犹如一串随风舞动的哈达，抚摸着小草绿茸茸的脚丫，释放着迷蒙的香气。这个世界太圣洁了，就连阳光和春风都是多余的。他不敢再往前走，生怕自己破坏了大自然绝妙的手笔。

然而，她在呼唤着他，等待着他，渴盼着他，她倒在了床上，像是已经窒息，只有他走过来，她才会复活。

王俊元一步一步靠了过去，轻轻地站立在床前，虔诚地俯瞰着那一泓蜿蜒在青草之间的溪流，它是那样的晶莹剔透，那样的纤尘不染，那样的微弱，又那样的有力，以至于他放弃了多年的压抑，解除了身体的武装。

他像潮水一样，缓缓地包围住了她的身体，把头埋在她温暖的胸前，泪水倾泻而下。他仿佛经历了千万年的艰苦跋涉，穿过了命运撒下的铺天盖地的罗网，终于走到了幸福的河流前，他真想把自己的心揉碎在这片苦苦寻觅了三十多年的爱河里。

他们的身体紧紧地交缠着，他们的情感相互融合着。在掀开命运的面纱之前，她一直都在秘密地用生命的泉水浇灌着自己的处女地，就连她本人也不轻易多看一眼。没有被人间烟火光顾过才最为圣洁和宝贵。此刻，她把所有的一切都袒露在他面前了，灵与肉，情与爱，心事与秘密，过去与未来，都在这里了，只要他想拿，她会心满意足地全部给他。她是那样地欣赏他、信赖他、热爱他、崇拜他，能把自己彻底献给他，是她今生今世无上的荣耀。

他闭着眼睛抚摸着她，感受着她，确认着她，那一寸一寸的肌肤是他生命的源泉，那一方一方的柔软是他心灵的归宿。他的手里仿佛握着一束火把，所经之处，所有的感觉都被点燃，她那沉睡了二十多年的灵魂发出了生命复苏的颤栗。他随之清醒了过来，是她，就是她，她让他饥渴，又让他畅饮，她让他痛苦，又让他幸福，她促使他成长，又需要他的灌溉，她可以释放他，又可以温柔地俘获他。他睁开了眼睛，趴在她的胴体上，炽热地俯视着她。她把两把崭新的金钥匙交给了他，一把打开她的灵魂，一把打开她的身体，从今以后，他就是这两把钥匙唯一的主人了，只要他愿意，他随时可以进来，领略她用少女的情怀为他精心营造的这两间玫瑰色的小屋。灵魂的小屋他已经环游过了，那真是一个无法言喻的仙境，所有的物件都是用真诚炼制而成的，所有的陈列都是按照奉献的原则进行布置的，空气里流溢着人性的芬芳，你一踏足进去，就再也不想出来了。面对这间为他首次开启的身体的小屋，他多想进去看一看啊，他已经嗅到了房间里弥漫出来的诱人的气息，那里陈设着他所需要的一切。只要他轻轻推一下，就可以饱览所有的秘密。

可他犹豫了，徘徊了，踯躅了。这两间小屋是不同的，灵魂的小屋从她一出生就有了，是生命诞生时就具备的底色，最重要的是他的占据并不损害小屋的原貌，只会让它越加丰满和厚实。但这间身体的小屋建造得多么不容易啊，经历过二十多年的点滴打磨和用心维护，才有了这样一座无与伦比的神圣殿堂。他怎么能轻易地闯进去，破坏它焕然天成的韵味。他不能用草率的欢愉来和一个漫长的生命阶段告别，他不能用贸然的享受来终止一场不可逆转的酝酿，他不能用不完整的准备来迎接这里程碑式的时刻，他不能仓促地吞咽下生命中最美的一次盛宴。他要好好享受有资格拥有这间小屋的幸福，他不仅要把这份喜悦融化在骨骼里、血液里、灵魂里，还要把它播撒在天地之间，让它在每一个角落里生根、发芽、开花。等到幸福的感觉被扩展到极致以后，他会选择一个最美丽的时间，手捧着鲜花，在万全的准备之下，当着所有人的面向她求婚。到了新婚之夜，他再隆重地举着那把属于他的金钥匙，打开那个为他而存在的小屋，在毫无缺憾的时光里，正式成为小屋的主人。

他勒紧了欲望的缰绳，控制住了本能的冲动，颤抖着把那一块令人炫目的美玉遮掩在了衣物之下。他不仅是一个男人，更是她的爱人，真正意义上的爱人。她不仅是一个女人，更是他的生命，真正意义上的生命。一对真正意义上的爱人自然要开启一场真正意义上的爱的航程。

他用衣服紧紧包裹好兰馨，匍匐在她的怀里，喃喃地说："等任务完成以后，我们就结婚，我不仅要让你成为最幸福的女人，也要让你成为最尊贵的女人。"

兰馨流着眼泪点了点头，虽然她知道他们接下来不会做什么，但她还是不愿意让他离开她，她就这么软软地贴着他，紧紧地抱着他，感觉一股又一股爱的暖流从她的身体里溢出，滴落在床单上。她轻轻地抚摸着他血液奔涌的脊背，每触碰一下，她都能感受到他的骨骼在受到束缚的爱欲中发抖。他后背上的汗水越来越多，他的呼吸也越来越急促，最后，他用力地搂紧了兰馨，身体猛地一颤，就一动不动地瘫软在兰馨的怀里。

一个是青春正好，一个是正值壮年，一个是潮涨水满，一个是烈日当空，但为了那个庄严的新婚之夜，两个人都把欲望的火焰控制在了最后一道界限以内。他们相信两个人一定会真正交融在一起的，而且就在不久的将来，他们活着似乎就是为了那个时刻的到来。

第四十二章　以身试药

第二天一大早，王俊元就带着病例资料离开了部队。

兰馨让哥哥帮她看着培养皿，就跑出了实验室。她还想在王俊元走之前，再看他一眼。

当陆文恒告诉她，王政委刚刚离去时，兰馨立即转身追了出去。她沿着雪地上新踩出的两串脚印急速地奔跑着，她认得，那是他的脚印。她多么希望王俊元还没有走出部队大门，他也在等着再见到她。可是，当她跑到脚印的尽头时，看见的是两列车轱辘的痕迹。

他已经坐上车走了！

兰馨失落地伫立在茫茫的雪地里，凝望着车辙远去的方向。她觉得自己的心已经跟着他走了，他在哪里，她的心就到了哪里。她也觉得王俊元把他的心留下了，和她的心紧紧地贴着，彼此依偎，一起跳动……

回到前进县城，天色已经暗了下来。王俊元直接去了二哥家，正好三哥也在。商量完报告的事情，王俊光面色凝重地对王俊元说："大哥现在住在我这儿。"

"你把大哥接过来了？"王俊元感激地望着二哥。自从当兵，照顾大哥的重任就落在了二哥的身上。大哥为了避免把疾病传染给二哥一家，也为了不给二哥一家增加麻烦，坚持一个人住在临湖镇上的家里。二哥每个星期天都要回临湖镇看望大哥，给大哥送去吃的、用的和药，十几年风雨无阻，从未间断。

"大哥的情况非常不好，咳嗽得很厉害，吃什么吐什么，一整夜都在用力喘气。今天倒是不咳嗽了，可是衰弱得很。我今天把你三哥叫过来，一是讨论一下报告的事情，二是商量着给你打个电话，把大哥的情况告诉你。"王俊光的眼睛红了，鼻子伤感地翕动着。

王俊荣握紧了二哥的手，他内心也和二哥一样心痛："从医学的角度上来看，大哥这次恐怕……"

"我去看看大哥。"王俊元来不及听完两位哥哥的描述，就站了起来。他必须马上见到大哥。

三兄弟轻轻推开了大哥的屋门，蹑手蹑脚地走了进去。屋子里没有开灯，只在床头柜上开着一盏橘黄色的小台灯，光线调得很暗。

王俊康仰躺在床上，盖着厚厚的棉被，闭着眼睛，气息微弱，一动不动。昏暗的灯光打在王俊康的脸上，远远望去，真像是一具没有血色的骷髅。

王俊元心痛地坐在大哥的床边，慢慢握住了大哥的手。一年多不见，大哥更瘦了，他握着的哪是人手，分明是几根枯萎的干柴。

感觉到有人在床前，王俊康用力地睁开了眼睛，由于太瘦，那双眼睛显得异常大。那双眼睛已经没有了生命的活力，却还燃烧着对生命的渴望。看见三个弟弟都围聚在床前，尤其是看见老四回来了，王俊康无神的眼睛里重新亮起了微弱的光，他激动地动了动头，喉咙艰难地咽了一下。

"大哥，我回来了。"看见大哥如此难受，王俊元的眼泪控制不住地溢满了眼眶。

老二和老三站在一旁，也默默地擦着眼泪。

"俊……俊元，大哥……能……再见你一面……这辈子……没有啥遗憾了……"王俊康的声音极其微弱。

"大哥，你一定会挺过去的，马上就要立春了，等春天到了，你的身体就会好起来的……"王俊元尽力安慰着大哥，也尽力安慰着自己。他曾经寸步不离地照顾大哥好多年，从来没有看见大哥像此刻这样气息奄奄。

王俊康点了点头，苍白枯瘦的脸上露出了一个信任的微笑。他明白，弟弟刚才说的都是善意的谎言，他这次是挺不过去了，可他不想让弟弟们难过。一颗很大的泪珠从他枯竭的眼睛里淌出来，那是灵魂不愿熄灭的渴求。

"我还有……一件心事未了……"王俊康断断续续地说。

"大哥，您说。"三兄弟俯身向前，异口同声地说道。不管大哥提出什么要求，他们都会答应。

王俊康看看老三，又看看老四，张了张嘴唇，却一个字也没有说出来。似乎有些难为情，不知道如何开口，又似乎是体力不够，一下子说不了那么多话。

王俊元从大哥欲言又止的神色里知道了大哥的心思，大哥是在担心他和三哥的终身大事，毕竟，他过了而立之年，三哥过了不惑之年，还都孤身一人，大哥怎么能不为他们操心。他这次回来就是要把他和兰馨相爱的事告诉给家人的，只是没有想到，是在这样伤感的情形下说出来。为了安抚大哥那颗为他们牵肠挂肚的心，为了给大哥一点活下去的希望和盼头，王俊元毫不掩饰地说道："大哥，我这次回来就是要告诉你一个好消息的，我已经恋爱了，她是一个非常好非常好的姑娘，我们准备明年春天就结婚……”为了让大哥再次获得战胜病魔的力量，他不得不把和兰馨的婚期说得很靠前，其实，什么时候结婚，他还没有和兰馨商量呢，他们分别时的那次谈话，也是第一次谈及结婚的话题。可是为了能让大哥再坚持下去，他必须给大哥编制一个值得期待的未来，“她就是董医生的女儿周兰馨，大哥还记得她吗？”

听老四说他在谈恋爱，王俊光还以为他在安慰大哥，王俊荣也在暗自思考着该如何也给大哥撒一个善意的谎言，说他也刚刚有了女朋友，两人的感情很好，已经到了谈婚论嫁的地步。可当老四说出女方的名字时，他们都吃了一惊，那个叫周兰馨的小女孩当年不是被省城的一个大官给领走了吗？她怎么会成为老四的女朋友，而且马上就要结婚了。

王俊元知道三位哥哥听说他和兰馨在谈恋爱，一定会有很多的疑问。他现在没有时间解释那么多了，只挑选了最关键的一个问题进行了解答：“兰馨已经长大了，我们现在在一起工作，相处得很融洽。哦，对了，我回来前，兰馨还让我给三位哥哥、二嫂和继清带来了礼物，”王俊元走到客厅里，把兰馨给大哥的礼物拿进了卧室，“这是一本最新版的俄语词典，是兰馨委托我送给大哥的，以后大哥就可以掌握更多的俄语词汇了。”

王俊康听见“俄语”这个词，无神的眼睛突然变得光彩奕奕，他伸出一只手，颤巍巍地抚摸着那本词典，干涸的眼睛里溢满了泪水。他这一生最牵挂的，除了三个弟弟，就是那个已经离开了三十多年的苏联女孩阿加塔了，所有和苏联有关的东西对他来说都有一种特别的意义。周兰馨，多么善解人意的一个女孩，王俊康的记忆里渐渐浮现出兰馨小时候的模样，长着一双和阿加塔一样具有灵气的眼睛，和人说话的时候，总是喜欢微笑。他清楚地记得，兰馨和他们住在一起的那段日子，兰馨经常趴在窗户外面，给他唱歌，为他解闷。命运对王家还是很眷顾的，不仅让三个弟弟出人头地，还给王家送来了这么好的小儿媳妇。虽然他不知道兰馨现在长什么样子，但他很肯定，她一定很美丽，就像当年的阿加塔。

王俊康欣慰地再次握住了老四那只强壮的大手，这双手是他最羡慕和向往的，骨节粗壮，皮肤紧致，温暖饱满，厚实有力。

“我这一生多苦多难，是你们给了我活下去的勇气，”王俊康的声音有力了一些，也连贯了许多，“我知道自己这次很难再挺过去了，你们不要过于难过，这是我的宿命，我感染细菌几十年，身体被糟蹋成如今这个样子，按说早就应该去了，能活到今天，赚够本了。如果大哥以后不能再陪着你们，你们一定要相信，大哥已经尽了最大的努力了，能让自己活下去的方法，我都用过了。”

“大哥，您一直都是我们的榜样，我们三个也为有你这样一位了不起的大哥而自豪、而骄傲。”王俊元压抑着心底的哀伤，二哥和三哥已经泣不成声了，他不能再把脆弱表现出来，他要给大哥力量，让大哥活下去：“大哥，你一定要坚持下去，我们四兄弟在联手做一件很有意义的事情，一件有益于全人类的事情，我们很快就可以成功了。”

王俊元的话无疑是有效果的，王俊康苍白的脸颊掠过一种光荣和成就的喜悦，他多么希望能等到弟弟说的那一天啊，可他太累了，生命的烛火就要熄灭了，他没有这个运气再去亲眼见证那激动人心的时刻了。他又急促地喘了一会儿，等到力气稍微恢复了一些，便急不可待地接着说下去：“我这一生深受细菌的毒害，尝尽了世间所有的痛苦，就让这些苦难在大哥的身上终结吧……俊光、俊荣、俊元，答应大哥，无论遇到什么困难，都要坚持下去，把这件事做好，让所有的人都明白，细菌用于战争，有多么可怕……”也许是太激动了，王俊康猛烈地咳嗽了起来，即使这样，那张像纸一样苍白的脸上也还是没有一丝的血色，细菌喝了他几十年的血，已经把他的血吸干了。

“大哥，我带你去医院。”王俊元听不下去了，他必须想办法救自己的大哥。

那阵排山倒海般的咳嗽过去了，王俊康再次恢复了死一样的宁静。咳嗽消耗了他残余的体力，他的气息更弱了。他微微地摇了摇头，笑着说：“不必了，大哥的时间不多了，就让咱们弟兄四个多说几句话吧，再不说，以后就没有机会了。现在，你们听大哥说，等大哥走了，就在地下听你们说。”王俊康把脸转向老二：“心彤和继清回来了吗？”

“心彤去学校找继清了，他们马上就会回来。”王俊光蹲在大哥的床前，哭出了声。

“俊光，大哥走了以后，你就是真正的老大了，王家就交给你了……大哥知道你是校长，工作忙，但也要注意自己的身体，要多体谅心彤，要多关心继清，继清是咱们王家目前唯一的血脉，不能有任何的闪失。”王俊康并不知道二弟被调职的事情，在他的心里，二弟还是那个不断创造教学奇迹的四中校长。王俊光在把大哥接来之前，已经交代过妻儿，谁也不能把他调职的事情告诉大哥，他不愿让大哥为他难过。

“俊荣，”王俊康叮嘱完老二，又把目光转向老三，“你从小温顺老实，从不与人起争执，大哥对你没有什么不放心的，唯一的心愿就是希望你能找个好女人，人总得有一个家呀。”

“大哥……”王俊荣扑通跪在大哥的床前，他后悔平日里太专注于他的实验，对大哥照顾太少，没有尽到做弟弟的责任。

王俊康最放心的是老四，最不舍的也是老四，他很欣慰，在他离开这个世界的时候，能得知老四恋爱了，他和阿加塔之间的遗憾可以在老四和兰馨身上弥补了。他拉着老四的手，极其郑重地说：“俊元，请告诉兰馨，她送的礼物，大哥很喜欢，大哥认下她这个弟媳了……”

王俊元感觉到大哥的手越来越凉了，他不能让死神带走他的大哥，他要留住大哥：“大哥，还是您将来当面对兰馨说这些话吧，兰馨一直都盼望着能再见到您，如果不是因为实验室离不开她，她这次就想和我一起回来看望大哥的。”

王俊康抱歉地望着老四，干瘪的嘴角抽搐了几下，泪水在塌陷的眼眶里滚动：“原谅大哥，大哥等不到了。”

王俊康让弟弟把台灯关闭，他想在黑暗中离开这个世界，他的生命注定是属于黑暗的。他仰面平躺，凝望着黑色的空间，他想起了阿加塔，想起了那个大雪纷飞的日子，那是他记忆里最温馨的时刻。他就是靠着这一点回忆来给自己悲哀的一生取暖的，如今，他要带着这点回忆一起走了。

当李心彤和王继清气喘吁吁地赶到的时候，王俊康已经咽气了。他没有等到生命中最后的两位亲人。

王俊康终于摆脱了被细菌啃噬得千疮百孔的肉体，在那个没有细菌和战争的世界里，他获得了渴望了一辈子的力气、尊严、自由和爱。

继清跪在大伯床前，痛哭不已。

王俊元缓缓抬起头，流着眼泪对李心彤说：“二嫂，麻烦你去煮一锅面条吧，给我们弟兄四个每个人盛一碗，大哥一直都盼望着，我们弟兄四个能围坐在一起好好吃一顿饭。”

王俊元离开才两天，兰馨却觉得像是过去了好几年。在实验室里工作的时候，为了不出现差错，她强迫自己不去想他。可是一走出实验室，她的心里和脑子里就全是王俊元。她不知道他的事情办得是否顺利，也不知道他什么时候可以回来。太想他的时候，她就会来到净源湖边，默默地在那里站上好长时间，她知道这条湖从她这里一直流向临湖镇，流向她思念的人。

由于连续进行了二十多个小时的实验，兰馨的身体很疲惫了，好不容易有点时间可以在宿舍里躺一会儿，可她却睡不着。她反复回忆着和王俊元在一起的画面，在心里一遍又一遍想象王俊元说话的声音和语调。为了缓解心中的思念，她闭上眼睛，慢慢地回忆着她用手指记下的王俊元的样子，她用感觉把王俊元一点一点还原：大气开阔的脸庞让人感觉到这是一个很有胸襟和气度的男人。光滑紧致的皮肤昭示着一个男人最好的年华，不青涩，不稚嫩，不沧桑，不苍凉，经过了岁月的重重历练，沉淀出了智慧的光泽和生命应有的厚重。立体的五官富有层次和质感，让人过目难忘。温暖均匀的呼吸驱散了她所有的孤独，滋润着她生命的花蕾，释放着爱与生命的气息。

在静静的回忆和想象中，兰馨沉沉地进入了梦乡，梦里，她看见王俊元回来了，脸上带着淡淡的疲惫和急切的思念，迈着大步向她走来……

朦胧的曙光照在地平线上，唤醒了军营，也唤醒了做梦的人。

兰馨穿戴整齐，拉开了屋门，哥哥沈兴哲正站在门外。

“哥，你怎么来了？是不是实验室有什么情况了？”兰馨关上屋门，就准备和哥哥一起去实验室。昨夜梦中的柔情缠绵只能先隐藏在心里。

“我昨天回家了，爸爸说一位边民在树林里砍柴的时候感染了咱们现在研究的细菌，事发的地点距离俊元大哥当年发现这种新细菌的堡垒不远，很有可能是当时遗留下来的菌种还保持着活性，这位边民不幸被感染了。”

“那我们现在就去实验室。”兰馨深知细菌一旦扩散，其感染速度是极其惊人的。

“我们现在只是初步从龙耳草里提取出了可以溶解烈性中草药的成分，还要经过动物和人的临床检验，最少也得三个月，我们的时间根本就不够用。”沈兴哲实事求是地回答。一种新药研究出来，只是第一步，后面的临床检验是很关键的，也是耗时最长的。

“那如果我们把临床试验提前呢？”兰馨斩钉截铁地说。

“你的意思是？”沈兴哲有些不明白妹妹的想法。

“我来做临床上的第一个试验者。”兰馨果断地说。

“不行，绝对不行！”沈兴哲坚决反对妹妹这一冒险的做法，“临床试验需要有严格的安全保证，我们现在还有很多的问题没有解决，这样贸然进行人体试验，万一产生无法控制的后果，谁来负责？”

“我来负责！”兰馨已经做出了决定，“想要按期完成任务，这是唯一的办法。”

“不行，这样太冒险了，我绝不答应！”沈兴哲疾言厉色地反对，但他知道妹妹是一个一旦做出了决定就很难改变的人，他必须找到一个有力的理由来阻止住妹妹冲动的冒险，他想到了王俊元，王俊元是唯一可以让妹妹放弃用自己的身体来做试验的人，只要能拖到王俊元回来，这件事就有转圜的余地，“我们可以等王大哥回来，再商量对策。王大哥不是说三天以后就会回来吗？今天已经是第三天了，说不定王大哥今天就会回来，我们再等一等。”

兰馨的眼睛里溢满了泪水，哥哥并不了解，她之所以要赶在元哥回来之前行动，就是为了能代替元哥去做这个试验：“哥，你知道元哥当初为什么敢在总部首长面前立下军令状吗？很多人都觉得元哥这么做过于自信，也过于自负了。元哥的三哥是医学出身，元哥自然明白即使找到了对付细菌的药物，也很难在规定的时间内完成全部的临床试验。我了解元哥，他既然敢立下这个军令状，就说明他是做好了用自己的身体来做试验的打算，最近这三个月里元哥已经去过实验室好几次，就是为了了解实验的进度，掌握用自己来做试验的确切时间。”兰馨想起王俊元离去前的那个夜晚，虽然他什么都没有说，但她知道他已经做好了拿自己的身体来做试验的计划，“现在有边民感染了细菌，研究进度肯定要加快了。如果我们等到元哥回来，他是断然不会同意我这么做的，最大的可能就是他自己来做试验。”

不管妹妹怎么说，沈兴哲都不能答应。为了转移妹妹的注意，他又说出了一件原本准备继续隐瞒下去的事情：“兰馨，还有一件事，我之前担心影响你的情绪，没敢告诉你。西巴不见了！”

“西巴不见了是什么意思？”兰馨紧张地直视着哥哥。

“妈妈说，西巴已经走丢半个多月了，他们一直都在寻找，可是没有任何消息。”

“啊……”兰馨惊叫道。西巴是兰馨读初中时从路上捡到的一条小狗。兰馨在大学里专门查过关于西巴的资料，知道西巴是日本的一种很高贵的宠物狗，个子长不大，记忆力却很强。

兰馨红着眼睛，不解地问：“西巴的记忆力很好的，应该会记得家，它怎么会走丢呢？”

沈兴哲看见妹妹这么伤心，也很难过。可是如果悲伤的情绪能够占据她所有的意识，让她暂时忘却要去以身犯险的念头，他也只能这么做了。

“兰馨，今天上午的实验，你就不要做了，我替你完成吧。你在宿舍里好好休息一下。”沈兴哲说完，就径直离开了。

想起失踪的西巴，兰馨无心马上工作，她回到宿舍，趴在枕头上哭了起来。对于别人，西巴只是一条宠物狗，可是对于她来说，西巴却是她的朋友，她的亲人。外面天寒地冻的，西巴会不会冻着？会不会饿着？会不会生病？会不会孤独？西巴失踪了这么久，为什么她一次也没有梦见它？

兰馨闭上眼睛，一会儿看到西巴在一户农家小院的大树下，脖子上套着一条很粗的铁链，两只前爪无助地朝着兰馨的方向挣扎着，红樱桃般的小嘴里发出无望的哀鸣；一会儿看见西巴的脖子被主人手里的绳子拴着，撅着小屁股，使劲往后扯，任性地不肯随新主人而去；一会儿又看见西巴从很远的地方像野豹一样飞奔而来，脏兮兮的长毛在风中飞舞着，一双黑亮的眼睛里流出了两行思念的泪水。

兰馨的眼泪怎么也止不住，她想起了和西巴在一起的点点滴滴，她仿佛听见西巴那一声声忧郁而悲凉的叹息，又仿佛感觉到西巴用那毛绒绒的毛在蹭她的脚。她多么希望王俊元能在身边啊，她要把失去西巴的悲伤都倾诉给他。一想起王俊元今天可能要回来，兰馨忧伤的情绪就得到了缓解，不是因为她摆脱了失去西巴的阴影，而是因为她看见了另外一个更大的阴影在向她一步一步袭来——有边民感染了这种毒性极强的细菌，在这万分危急的时候，用人体来试验药效是唯一的方法。她绝对不能让元哥去冒险试药，更不能让细菌肆无忌惮地传染开来。她要赶在王俊元回来之前把该做的事情都做完。兰馨从床上一骨碌坐起来，擦干眼泪，走出了宿舍。

沈兴哲正在显微镜下观察涂抹了灭杀剂后的培养基上的细菌菌群的生长情况，看见兰馨穿好防护服走了进来，他立即把兰馨拉到一边，小声地说："你情绪不好，今天就先休息吧，这里有我呢。"

兰馨两眼红红的，但声音很平静："我没事……我们的时间已经不多了。"

兰馨说完就准备往自己的实验台走去，沈兴哲拦住了她，下命令似的说："那你答应我，放弃早上那个不切实际的想法。我们再从长计议，一定还能找到别的解决办法。"

"我明白。"兰馨绕开沈兴哲，步履平稳地继续工作去了。她的神态还和往日一样沉稳，既看不出焦灼，也看不出忧伤。沈兴哲这才放心地去工作了。

但如果是王俊元，他一眼就能识别出兰馨表面的平静里究竟酝酿着怎样一场情感的风暴。可沈兴哲既没有王俊元敏锐的洞察力，也没有王俊元对兰馨深入骨髓的了解。

兰馨今天的实验结束了，她把最后一组实验数据认真地记录在了实验本上，每一个数字都是她用心刻上去的。

将实验用品归位后，她镇静地扫视了一下所有的同事，沈兴哲去储藏室取酒精去了，其余的人都在低头忙碌着，没有人在注意她。她把两个贴有标签的小试管和一个装有针头的针管快速地装进了自己的口袋里，然后把一张早已准备好的小纸条压在了一个培养皿下面，就匆匆走出了实验室。

兰馨走出了营区的大门，向净源湖的方向走去。她双手插在军装的口袋里，目光坚定，沿着战士清理出的一条没有积雪的弯曲的小路，小心翼翼地朝湖岸走去。她在湖边站住，犹豫了一下，就又离开了那里，朝着一片密集的红松林走去。

兰馨刚来到林子里，就看见几个巡逻的战士从对面走了过来。她故作平静地和他们打了招呼，就又继续朝前走去。

穿过一条杂草丛生的小径，兰馨来到了一棵粗壮的红松树下。由于枝繁叶茂，树下没有积雪，还能看见几朵野生的耐寒的小花，在树根周围傲骨地开放着。

她掏出从实验室里带出来的东西，百感交集地凝视着手心里的两个小玻璃瓶子。一个里面装着细菌的原液，一个里面装着她和战友们奋斗了一年半的成果——用龙耳草做溶济，从几种烈性中草药里提取出来的细菌灭杀剂。作为一名实验研究人员，她也知道自己这么做存在极大的危险，可她不试验，就得换成元哥来试验。为了能保证元哥的平安，她甘愿拿自己的生命去和这剧毒细菌较量一下。

兰馨定定地凝视着手里的两个瓶子，这已经是她第二次来这里准备试药了。上一次是细菌灭杀剂刚刚提取成功，她就想试验一下细菌灭杀剂的药效，可刚准备注射，就有巡逻的战士出现了，她只好匆匆离开。这次，她不知道等待她的命运到底是什么，她不知道当这一正一邪的液体进入她的身体里后，她还能不能醒过来。她多么希望能在试验之前再看一眼她的恋人啊！

兰馨隔着密集的红松林眺望了一下营区的方向，也许同事们很快就会发现细菌灭杀剂不见了，也许现在哥哥就在部队里到处找她，也许元哥正在回来的路上，也许细菌已经传染开来，一位又一位无辜的老百姓被细菌击垮。

她已经没有时间再犹豫了！

兰馨蹲下去，把装有细菌灭杀剂的玻璃瓶放在了地上，打开了细菌原液的瓶盖，用棉球沾了一点菌液，实验证明这种细菌通过皮肤接触就可以感染。她又立即把瓶盖盖上。然后撸上了袖子，露出了白皙的手臂。这双手臂是那么修长柔软，曾经伴随着她舞动的身体在空中划过无数道优美的弧线。同学们还曾经开玩笑说，她的手臂是从维纳斯身上嫁接过来的。现在，她要把菌液涂抹在手臂上，仿佛是把一个新生的婴儿送到饥饿的狼群面前。

兰馨用酒精棉球在手臂上擦了几下，立即把棉球装进一个密封的塑料袋子里，然后准备打开细菌灭杀剂的盖子。这时，她感觉到有什么毛绒绒的东西在蹭她的脚后跟。她转过头，发现是西巴。

“西巴，你回来了？”兰馨激动地转过身，把西巴抱在怀里，疼惜地抚摸着它凌乱的毛发。

西巴的脸正对着她，只是它的眼睛并不看她，黑色的眼珠上覆盖着白色的膜状物，呆滞的眼睛恐惧地伏贴在兰馨胸前。

兰馨很想再多抱一会儿西巴，给它一些抚慰，可她想起自己还没有注射细菌灭杀剂，就对西巴说：“西巴，你等我一会儿。”

兰馨把西巴放在地上，就去拧细菌灭杀剂的盖子，把细菌灭杀剂全部注射进了静脉里。

她把玻璃瓶和针管装进口袋里，抱起了瑟瑟发抖的西巴，往营区走去。西巴一动不动地蜷缩在她的臂弯里，失神的眼睛里淌出了一滴很大的眼泪。

沈兴哲发现了兰馨留在实验室里的纸条，知道是兰馨拿走了细菌灭杀剂，他冲出了实验室，向净源湖狂奔了过来。他看见西巴呆滞地趴在兰馨的怀里，也顾不上去询问西巴是在哪里找到的。从兰馨欣慰而平静的表情上，他知道，她已经做了想做的事，他终究还是没有阻挡住她。他握紧拳头重重地砸在湖边的柳树上，树枝上的积雪纷纷扬扬飘落了下来。

“哥，你别担心，我现在没有任何不舒服的感觉，我想，我们已经成功了！”兰馨安抚着哥哥。再过几个小时，度过了观察期，那道军令状再也不会对元哥构成威胁，边民也将安然无恙，她多高兴啊！

“走，跟我去医院，你现在还没有彻底脱离危险，必须住院，接受密切的观察。”沈兴哲不由分说地去拉兰馨的手臂，不度过危险期，他绝不能放松警惕。由于受到猛烈的拉拽，西巴惊吓地跳到了地上。

兰馨想先把西巴委托给一名战士，再随哥哥去医院。突然，她感觉胸口像是涌上来什么东西，堵住了她的喉咙，她猛然有种窒息的感觉。接着，她的身体好像失去了重心，双腿变得酸软无力，像是被地面上的什么东西给死死地抓住，一步也动不了。她抬头去看走在前面的哥哥，她想喊他，可嘴巴刚一张开，就感觉天旋地转，眼前一团重雾，兰馨瘫软在冰冷的地上，失去了知觉。

第四十三章　历史的真相

王俊康在生命的最后一段日子，对二弟提及他经常梦见一匹瘦瘦的小马，安静地站立在屋门口，默默地看着他。他明白，小马还惦记着父亲当年收留它的恩情，知道他体质虚弱，走不了路，就来接他了。

按照王俊康的遗愿，亲人把他葬在了小马的身旁。王俊康只想带走一件东西，那就是在他的枕头底下保存了近四十年的阿加塔画给他的那幅画。他要凭着这幅画，到另外一个世界里去找阿加塔。

王俊元想起他上次回家和三位哥哥聊起铁血和清流话题的场景，大哥激动的神情依旧历历在目，可现在，他能看见的只有一块冰冷的石碑。他的脑海里接连浮现出一张张鲜活的面容——爷爷、爸爸、妈妈、大哥、董医生、徐秋林，还有二哥、三哥、兰馨，他们每一个人都是一股奔流不息的清流，清洗着世间的污浊。而由这些人组成的国家，对于世界而言，又何尝不是一股清流呢？假如有一日，这些清流连成片、汇成江、聚成海，不仅生化武器会消失，其他所有丑恶的东西都会被清流所淹没。到那时，大哥应该会含笑九泉吧？

三兄弟身着素装，胸佩白花，并排站立在王俊康的坟前，神情哀伤地默默凝视着那块高大清瘦的青石墓碑。从此，他们的骨肉兄长将长眠于这里，永远退出了时间和生命，别离了那些他爱的人和爱他的人，不管愿不愿意，不论同不同意，他都要永久地躺在这里，和泥土融为一体。

王俊元曾经面对过母亲的死亡，可那个时候，他还年幼，只知道他以后再也见不到母亲了，并不能真正理解死亡的含义。今日面对长兄的亡故，他在心里反复地思索死亡到底是什么？是心脏的停跳、血液的凝固、呼吸的终止、肉体的僵硬？如果是，那大哥应该还在，他应该还可以看见大哥，可大哥为什么不见了呢？那个和他有着相似的长相、流着相同的血液、拥有过思想、悲哀、欢喜和情感的人到哪里去了？难道从此以后他再也不能和大哥说话了？再也看不见大哥的音容笑貌了？再也不能喊一声“大哥”了？

原来死亡不仅是冷却、凝固、终止和无从寻觅的消逝，更是一种不可逆转的隔离。

寒风裹挟着凄凉，呼啸着从坟头掠过，山坡上的野草发出了无助的哀鸣。

王俊元悲壮地吟道："对家兄坟墓满哀伤，无语泪盈眸。渐冬风凄厉，荆棘呜咽，枯树咻咻。恨那无情魍魉，冷酷把人收。呼唤声声切，天地同愁。遍地菊花谢尽，望蒙蒙天际，孤影沙鸥。慰心中念想，唯有冷碑头。泪擦去，悲伤暗掩，志弥坚，此世断难休。争他日，五洲四海，处处清流。"

对已故的人的缅怀加重了对活着的人的思念，办完了大哥的葬礼，王俊元快步走向风雪之中的火车站，他想早一点见到兰馨。

王俊荣随同王俊元一起去了部队，这已经是王俊荣第三次以细菌研究专家的身份来防化团指导工作了。

回到部队，天已经快黑了，空气里透着一种浸人骨髓的阴冷。王俊元先安排好三哥，就直接朝实验室走去，他想尽快见到兰馨。可他已经好几天没刮胡子了，这样憔悴地出现在兰馨面前，会让兰馨心疼的。于是，他决定先回宿舍，换身干净衣服，简单收拾一下，再来等兰馨。

洗漱完毕，王俊元就准备去实验室。

看见政委着急要去见小周，陆文恒手足无措了。他不知道该如何告诉政委小周感染了细菌的事，政委要是知道了，能承受得住吗？谁都看得出来，政委把小周看得比自己的命还要重要。

"我不在的这几天，团里没有发生什么事吧？"王俊元站在镜子前，边用梳子仔细把耳际的头发梳理整齐，边打听着团里的情况。

陆文恒紧张得手心里都冒出了汗。

"怎么不说话呢？"王俊元把梳子放下，又用手指沾了点水，把后脑勺的头发归拢了几下。

陆文恒低下头，大气都不敢出。王俊元回过身，看见陆文恒犹豫不决地站在那里，立即意识到团里肯定发生了什么大事。

"小陆，到底有什么事？"王俊元很严肃地盯着陆文恒。

慌乱中，陆文恒想起了边民感染了细菌的事，这也是一件大事，就先用它来抵挡一下吧："报告政委，有边民感染了咱们正在研究的细菌，截至今天早上，共有三个人受到了感染。蔡主任今天凌晨已经带着细菌灭杀剂去了事发地点，除了一人由于感染时间较长，细菌灭杀剂没有发挥作用外，另外两个人已经控制住了病情。"

王俊元很为那个没有挽救过来的患者而心痛，但另外两个人平安无事让王俊元很是欣慰，这说明兰馨他们研究出的这种细菌灭杀剂在实践中被证明是有效的。这样，他也不用再亲自去试验细菌灭杀剂的疗效了。

“小陆，你到邓团长那里去一趟，告诉团长我回来了，我现在出去一下，过会儿去找他。”王俊元说完就往外走，他现在更想立即见到兰馨了，既是为了缓解分别了多日的思念，也是要向兰馨表示热烈的祝贺。

陆文恒知道政委要去哪里，就立即喊住了他：“政委，小周现在不在实验室里……”

王俊元站住，转身问：“兰馨回家了吗？那我去家里找她。”

陆文恒再也憋不住了，眼泪啪嗒啪嗒地掉了下来：“政委……小周她……”

“兰馨怎么了？她生病了？”王俊元整个身体都紧张了起来。

“小周感染了细菌……”

王俊元的脸唰地变白了，他两步就跨到陆文恒面前，一双仿佛喷着火的眼睛直勾勾地瞪着他：“你说什么？你再说一遍！兰馨她怎么了？”

“小周以身试药，感染了细菌，现在在部队医院的重症监护室里……”陆文恒还没有说完，王俊元就摔开门，不顾一切地冲了出去。

王俊元奔进医院的大厅，拦住一个迎面走来的护士，心急如焚地问：“重症监护室在哪儿？”

“二楼最东头……”

王俊元只听了两个字，就向楼梯口跑去，他要立即见到兰馨。

重症监护室外面站立着沈建国一家。薛瑞莲在伤心地抽泣，沈兴哲隔着厚厚的玻璃，两眼通红地凝视着躺在里面的妹妹。

看见王俊元来了，沈建国脚步沉重地走了过来：“俊元，去看看她吧。”沈建国说完，就转身含泪走到了一边。

王俊元没有说话，径直推开监护室的门。

护士正在给兰馨换输血的袋子，看见有人突然闯进来，本来要阻止他靠近病人，但从王俊元涌满了深情的目光里，她猜测到了他和病人的关系。护士拿起空血袋子，默默地退了出去。

王俊元急切地走到病床前。他看见兰馨穿着病号服，紧闭着双眼，一动不动地躺在那里。她的脸色好苍白，长长的睫毛上面还带着湿漉漉的泪珠。输血袋里的血液正一滴一滴地流进她那细弱的手臂里。

他心如刀绞地俯下身，颤抖着握住了兰馨那只冰凉的小手，眼睛里控制不住地涌满了泪水。这是兰馨吗？他走的时候，她还好好的，还在细心地给所有的亲人准备礼物，还用双手的触摸来记住他的样子，还不放心地反复叮嘱他路上注意安全，还说等研究任务结束以后，他们就结婚。为什么她现在看起来如此虚弱无力？为什么他握着她的手，她没有一点反应？

他哽咽地轻声呼唤着她："兰馨，我回来了，你看看我……"泪水滴落在兰馨的脸上，兰馨没有一点反应。王俊元的心仿佛被一把钢刀扎着，痛到无法呼吸。

他把兰馨的手紧紧地贴在自己的嘴唇上，想给她一点力量，想继续呼唤她，可他却无法控制地哭出了声……

兰馨的主治医生走了进来，他想安抚一下这个悲伤的年轻人，可当他看见王俊元的脸时，医生摘下了口罩，问道："你是王俊元？"

悲痛欲绝的王俊元回过神来，泪流满面地望着眼前这位身穿白大褂的男医生。王俊元也认出了他："刘叔叔……"

王俊元擦了擦脸上的泪水，把兰馨的手轻轻放在被子下面，站起来，忧心忡忡地望着刘医生："她现在情况怎么样了？"

刘医生没有立即回答他。以前他们在前进县的时候，他以为王俊元只是像哥哥一样照顾着兰馨，作为董医生的好朋友，他从心底里感谢这个年轻人。可是，刚才他走进监护室的时候，看见王俊元握着兰馨的手失声痛哭，他感受到了一种更为浓烈而真挚的情感。兰馨的情况非常复杂，也非常严重，细菌已经摧毁了她的造血系统，根据细菌在感染者体内的感染途径，细菌很快就会侵袭她的视觉神经和记忆神经，接着就是呼吸系统，失明、失忆、呼吸衰竭会接踵而来。在他的心里，王俊元是一个有情有义、顶天立地的男人，可兰馨感染了剧毒细菌对每一个人都是巨大的冲击，对王俊元的打击更是致命的。如果王俊元再倒下了，那拯救兰馨的希望就更渺茫了。为了兰馨，他必须保护好王俊元。

王俊元从刘医生犹豫的目光里猜到了他的心思，为了打消刘医生的顾虑，为了和细菌争夺兰馨，他极力压抑着心中的悲伤："兰馨是一个非常优秀的人才，国家需要她，防化事业需要她，我……也需要她……"一股酸楚的感觉涌上了王俊元的胸腔，但他必须克制住自己的痛苦，"我必须知道她的真实情况，因为我们都要救她。"

这最后一句话让刘医生又渐渐恢复了一位医生的理智和冷峻。王俊元不仅是兰馨的恋人，也是兰馨的领导和战友，他是最了解兰馨感染的这种细菌的人，有了王俊元的配合，救治兰馨的希望就会大一些。刘医生把兰馨的情况毫无保留地说了出来。每一个字都像是烈性的酒精，倾倒在王俊元滴血的心口上。

沈建国一家也走了进来，他们都想能为拯救兰馨尽一份力。

王俊元转向沈兴哲，不解地问："我们的研究不是已经达到控制细菌的临床标准了吗？为什么兰馨会被感染？"

沈兴哲茫然地回答："蔡主任带着我们的细菌灭杀剂前往事发地点，凡是及时注射了细菌灭杀剂的人，都脱离了生命危险。我也不知道为什么细菌灭杀剂在兰馨体内没有发挥作用。"

"不对，"王俊元怀疑地望着沈兴哲，"实验数据表明，在感染细菌后二十四个小时以内注射了细菌灭杀剂，就不会有生命危险。你确定兰馨真的注射了细菌灭杀剂吗？"

"我在兰馨的上衣口袋里发现了她从实验室带出来的盛有细菌灭杀剂的试管，试管是空的，而且兰馨在昏迷之前明确告诉我，她已经完成了试验。按说不应该有问题啊。"沈兴哲回忆着整个事件的细节，他实在想不明白问题出在哪里。

"那些试管在哪里？"王俊元继续问沈兴哲，他觉得这里面一定有问题。

"还在我这里。"沈兴哲从口袋里掏出一个透明的塑料袋，里面放着兰馨试验用的试管和针管。他陪兰馨来到医院就一直没有回部队，再加上他没有意识到细菌灭杀剂有什么问题，就忘记了自己口袋里的这些东西。

王俊元接过袋子，交给了刘医生："请马上检验一下。"

"好，我这就去安排。"刘医生接过东西，转身去了化验室。

刘医生很快回来了，他迷惑不解地说："检测结果出来了，这个试管里根本没有细菌灭杀剂的成分，里面的液体是葡萄糖。"

这个结果让所有的人都大吃一惊，他们都想不明白为什么兰馨没有注射细菌灭杀剂，作为直接参与实验的研究者，她比任何人都应该明白不及时注射的后果。

沈兴哲抢过刘医生手里的化验单，上面写得清清楚楚，试管里的成分是单一的葡萄糖："这不可能啊，兰馨拿走的那管细菌灭杀剂是我们昨天刚刚提纯出来的，一共三瓶，兰馨拿出来一瓶，其余两瓶都被蔡主任带走了，这个肯定不会错。"

"只有一种可能，"王俊元心痛地说，"兰馨注射的根本不是细菌灭杀剂，细菌灭杀剂被人调了包。"

"难道会有人想害兰馨？"刘医生大胆地猜测。

沈兴哲摇头说："这就更不可能了，进入研究团队的人都是经过组织严格的审查的，应该不会有问题。而且，兰馨要以身试药，只有我一个人知道。我是在发现实验室少了一管细菌灭杀剂之后，才把兰馨要以身试药的事告诉给其他人的。如果真有人要加害兰馨，也不至于这么巧合吧。”

“现在距离兰馨感染细菌多长时间了？”王俊元现在顾不上去分析是谁偷走了细菌灭杀剂，他必须尽快给兰馨注射真正的细菌灭杀剂。

“已经快十五个小时了，”沈兴哲很后悔为什么自己没有想到兰馨根本就没有注射细菌灭杀剂，而一直在为细菌灭杀剂为什么没有在兰馨体内发挥作用而困惑，“现在只剩下不到十个小时了，可是第一批提纯出来的细菌灭杀剂已经全部被蔡主任带走了，再去实验室里配制新的细菌灭杀剂恐怕来不及了。”

王俊元凝视着昏迷中的兰馨，痛楚又坚定地说：“来不及也得配。”他让陆文恒通知实验室，用最快的速度立即配置第二批细菌灭杀剂，同时与蔡主任取得联系，看看是否还有没有用完的细菌灭杀剂，如果有，请立即用飞机送回。

王俊元再次望向沈兴哲：“那天你看见兰馨时，有没有发现什么异常的现象？”

沈兴哲重新仔细回忆着那天的情景，他突然大声喊道：“我想起来了，我看见兰馨的时候，兰馨的怀里抱着西巴。”

王俊元知道，西巴的记忆力很强，但它从来没有来过部队，怎么会突然出现在附近的树林里呢。王俊元隐隐觉得，西巴和这件事有关系。

“我们找了半个多月都没有西巴的消息，西巴怎么会突然出现在兰馨面前呢？”薛瑞莲疑惑地说。

“西巴现在在哪儿？”王俊元问道。他越来越觉得这件事很蹊跷，西巴丢失了半个多月，为什么早不出现，晚不出现，偏偏在兰馨以身试药的时候出现。

“我当时着急要带兰馨来医院，没有顾得上西巴，不知道它现在在哪儿。”

王俊元继续问沈兴哲：“你有没有发现西巴和走丢之前相比，有什么地方不一样？”

“没有什么不一样的啊，”沈兴哲努力回忆着西巴的模样，“除了毛有些脏之外，其他看起来都挺正常的。不过我当时只想着劝兰馨跟我来医院，也没有太注意西巴。”

“西巴的记忆力超群，又在首长家里生活了八年，它不可能找不到家的。它这半个多月里都去了哪里？怎么又突然跑到了部队？难道是有人带它来的？”

“净源湖附近都有战士巡逻，如果有陌生人出现，肯定会被发现的。”沈建国熟知部队的巡逻设置。

“可是，兰馨拿到了细菌灭杀剂，却注射了葡萄糖，唯一的解释就是细菌灭杀剂被人掉了包。在整个过程中，西巴出现的这个时间点最可疑。我们只有找到西巴，才有可能引出那个躲在暗处的人！”王俊元吩咐陆文恒：“转告邓团长，把净源湖边青松林的巡逻圈再扩大二十里地，同时，通知飞机场、火车站、汽车站和港口，找到西巴，立即扣留和它在一起的人。如果兰馨的细菌灭杀剂还在他身上，十小时内兰馨还有救。快！”

“是！”陆文恒接令行事。

沈兴哲也跟着陆文恒回部队了，他要和同事们一起争分夺秒地配制新的细菌灭杀剂，他要救妹妹！

“首长，薛阿姨，谢谢你们替我守护兰馨，你们先回去休息吧，这里有我。”

沈建国很想能等到女儿醒来，可现在边民受到感染的局面还没有完全控制住，他必须回去主持工作，稳定军心。最重要的是，他知道，女儿醒来最想见到的人是王俊元。把女儿交给他，他放心。他和妻子一起回去了，临走时他告诉王俊元，明天天一亮，他们就过来。

监护室里只剩下了王俊元。

望着兰馨苍白的脸，王俊元想起了刚刚去世的大哥，他的心里猛然产生了一种从未有过的恐惧。两条一直在强撑着的腿瘫软了下去，膝盖猛烈地跪在了地板上。

他紧紧地握住兰馨的手，两行热泪滴落在她冰凉的小手上：“兰馨，我是俊元，你能听到我说话吗？你一定能听见的，对不对？兰馨，我们好不容易在一起了，你不要丢下我，好吗？答应我，一定要醒过来，我们还有太多的事情没有做，太多的话没有说，太多的梦想没有实现……”

……

王俊元焦急地看了一下手表，时间又过去了两个小时。

蔡主任回复，细菌灭杀剂已经全部用完，他们也在等待第二批细菌灭杀剂。

实验室里也还没有什么消息。

现在，要想得到细菌灭杀剂，只有寄希望于尽快找到那个偷走细菌灭杀剂的人了。

王俊元的心慌乱地跳动起来，他从来没有像这样紧张过……万一，找不到那个人，或者那个人根本就不存在，他该用什么方法去救兰馨？

黄昏笼罩了大地。一个孤独的身影伫立在火车站前的广场上，他个子中等，年龄大概三十岁，甲字形的瘦脸上留着两小撮儿细细的八字胡，单眼皮，厚鼻梁，薄嘴唇，穿着黄色的风衣，脖子里系着一条黑色的羊毛围巾。他一动不动地凝视着广场对面的一条狭窄的小巷子，像是在等什么人。

他面无表情，唇角下垂，肌肉僵硬，从他身边经过的人都胆怯地绕开他。

他似乎陷入了沉思，像一尊雕像，完全没有察觉到周围的人注视他的目光，就连凛冽的北风吹开了他的围巾，他也没有反应。他的眼神、他的表情、他的姿势都显示着他内心的阴暗和外表的冷酷。他身上散发出来的那种淫邪的气息比这冰天雪地还要让人寒冷，比荒林野兽还要使人生畏。他的眼睛始终凝视着小巷子的出口，仿佛那个即将在巷口出现的人能使他的生命和思想复活似的。

他等了很久，却没有丝毫的不耐烦，似乎他很享受这种等待，就像煤炭享受烈火的焚烧。

忽然，他的眼睛睁大了，因为他看见一个毛绒绒的卷毛小狗从巷子里跑到他的身边，忧伤地垂着头。

他把小狗抱在怀里，用一口地道的日语说："西巴，我的功臣，你终于来了。"

西巴把脸转过去，似乎很不情愿看着他。

"怎么，你不想和我回国吗？日本才是你的祖国。我要把你带回去，当成英雄供奉起来。如果没有你，我的事情不会这么顺利。"

西巴还是不看他，黑色的嘴唇里发出悲哀的呜呜声。

他伸出双手，抓住了西巴的两只前爪，抱歉地说："对不起，为了顺利完成整个计划，我不得不使你的眼睛瞎掉。回国后，我会好好给你治疗眼睛的。"

他抱起西巴，抚摸着西巴的毛发。西巴却像是受到了威胁，身体开始发抖。

"别怕，我不会再伤害你了。"他刚一转身，西巴突然从他的怀里跳到了地上，头也不回地冲进了人群中，转眼就消失不见了。

"你不愿意跟我回国，那就只有祝你好运了。"他无奈地系紧围巾，又回头看了一眼西巴消失的方向，低声地说，"看来我只好一个人走了。"

"恐怕你也走不掉了。"邓超群带着几个穿着便衣的战士，拦住了他的去路。

陆文恒急匆匆走进了重症监护室，低声报告："政委，邓团长带人尾随着西巴，在火车站抓到了一个人。"

王俊元兴奋地站了起来："在他的身上搜到细菌灭杀剂了没有？"

陆文恒沮丧地摇了摇头："那个人什么也不说，邓团长让我来请你回去。"

王俊元看了看时间，已经凌晨两点多了，如果明天早上七点之前，没有给兰馨注射细菌灭杀剂，那他就要彻底地失去她了。他握住了兰馨那只没有任何知觉的小手，哽咽地说："兰馨，等着我……"

王俊元回到部队，直接向囚室赶去。

囚室门口有两位持枪的战士把守，屋内亮着灯。

王俊元推门走了进去。他看见一个衣着单薄、表情僵硬的人坐在靠墙的一个长条板凳上，他十指相对，按压在大腿上，目光冷酷而倔强，头发凌乱而尖锐，俨然一个不服输的武士。听到有人进来，他也没有丝毫的反应，似乎又回到了站立在火车站广场上沉思的状态。只是这次的沉思里多了一份麻痹和游离。

王俊元走到他面前，尽管他内心很焦灼，恨不得立即从他身上搜出细菌灭杀剂，让兰馨脱离危险，但他不能急于求成，对方的淡定和冷漠让他意识到这是一根很难啃的骨头。王俊元细细端详着他的外貌特征，用日语试探地问道："你是日本人？"

对方的眉毛动了一下，就再也没有反应了。他依旧面无表情地坐着，仿佛刚才的反应只是一种机械的、毫无意义的神经反射。

再细微的动作也逃不过王俊元敏锐的眼睛，对方眉毛的跳跃说明他猜测得没错，这个人并不是中国人。他没有更多的时间来和他慢慢地周旋，兰馨的时间不多了。他用日语直接问道："你换走的细菌灭杀剂在哪里？"

日本人闭着眼睛冷笑了一声："哼！我是不会告诉你的。"

王俊元果然猜对了，细菌灭杀剂就是被这个人偷走的。他不明白，这个人为什么要偷走兰馨的细菌灭杀剂？他这么做的动机是什么？他究竟要达到什么不可告人的目的？他在医院里问过军长了，沈建国并没有和日本人结下过什么恩怨，兰馨也不可能和日本人有什么纠葛。那这个日本人为什么要伤害兰馨呢？不管因为什么原因，王俊元都没有时间去仔细分析了，他现在只想马上找到细菌灭杀剂。但日本人一副听候发落的样子，让王俊元心急火燎。

"报告政委，营区外面来了三个外国人，说要见您。"陆文恒进来报告说。

"外国人？"

"一个美国人，叫托马斯。两个苏联人，叫尼古拉和达莉娅。"

这三个人的名字，王俊元当然不陌生，他们都是父亲的好朋友。但现在兰馨情况紧急，只有暂时失礼了："先把他们请到会客室等我一下。"王俊元继续审问日本人："你为什么要伤害一个善良的中国姑娘？"

“因为她是你的恋人。”日本人冷笑着回答。

“这么说，你偷走细菌灭杀剂是为了针对我？可我并不认识你。”王俊元更加疑惑了。

“你的父亲杀死了我的叔叔，我们之间有不共戴天的仇恨。”

“你的叔叔叫什么名字？”

“吉田藤川。”

王俊元恍然大悟。二哥给他讲过父亲给日本人做劳工的时候，认识了一个叫吉田藤川的日本人，但二哥告诉他的是，吉田藤川是父亲的学生，他为了给父亲送信而被日本人杀害。吉田藤川的死不是父亲造成的。看来这里面有误会，可他没有亲身经历过那段历史，作为王立清的儿子，他说出的话眼前这个日本人是不会相信的。王俊元忽然想起在会客室的客人，尼古拉也做过日本人的劳工，和父亲是很好的朋友，那么尼古拉很有可能了解这件事的真相。

王俊元激动地站了起来。

光阴荏苒，当年和王立清出生入死的苏联青年尼古拉已经变成了年过七旬的老人。当年活蹦乱跳的小女孩达莉娅也变成了一位干练的中年妇女。托马斯那头雪白的头发快要掉光了，露出来一个皱皱尖尖的脑袋，给人一种暮年已至的衰败感。一个黑色的小箱子搁在他的脚下。

王俊元走进会客室，顾不得和父亲的老友打招呼，就直接把兰馨感染了细菌的事情讲了出来。

“尼古拉叔叔，希望您能把当年的真相讲出来，让这个日本人交出细菌灭杀剂。”王俊元恳求地望着尼古拉。

“孩子，那个日本人在哪儿？快带我去。”这段不堪回首的历史在尼古拉的心里埋藏了快半个世纪了，他要一吐为快。

“我把他带来了，他就在门外。”王俊元让陆文恒把日本人带了进来。

尼古拉拄着手杖，走到雷打不动的日本人面前，仔细盯着他，突然惊叫道：“像，真是太像了！”

日本人听不懂尼古拉在讲什么，但尼古拉惊奇的高呼声让他无法再保持静默。

尼古拉拽住日本人的胳膊，惊喜地问：“你是吉田藤川的侄子？”

看见日本人没有反应，尼古拉意识到对方可能听不懂俄语，立即用从藤川那里学来的日语重新问了一遍。

“你认识我的叔叔？”日本人怀疑地打量着这位情绪激动的苏联老人，“莫非你和王立清是一伙儿的？”

“当年我和王立清都被日本人抓去了，在监狱里，我们认识了你的叔叔吉田藤川。”

既然他的身份已经被识破，那就索性把埋藏在心底几十年的仇恨都说出来：“没错，吉田藤川是我的叔叔，我叫吉田正一，我来到中国就是来寻找我叔叔当年被害的真相的，”吉田正一愤怒地瞪着王俊元，“是你的父亲王立清害死了我的叔叔。”

王俊元愤怒地问：“你怎么知道是我的父亲害死了你的叔叔？”

吉田正一就像是复述一个非常熟悉的故事一样回答：“你的父亲为了让我叔叔替他卖命，就用美色引诱了他，然后让我叔叔替他送信，我的叔叔对你父亲抛下的美人诱饵入了迷，居然敢违背效忠天皇的誓言，最后，只有剖腹自杀。”

“荒谬！简直荒谬！”尼古拉哈哈大笑起来，“吉田先生，你是如何了解这一切的？”

“是我的父亲告诉我的，他当时也在部队里。”吉田正一理直气壮地回答，他坚信自己了解到的情况是真实的。

“一个贼喊捉贼的骗子父亲生了一个愚蠢的、无知的儿子。”尼古拉握紧拳头，狠狠地砸在了桌子上。

“请您不要侮辱我和我父亲的人格！”吉田正一愤怒地瞪着尼古拉，“父亲在我的心里，一直都是一名大英雄，他在支援中国的战场上，立下了赫赫战功，他的名字和精神将和那些捐躯的英雄们一样，万古长青。”

尼古拉扔掉手里的拐杖，踉跄着走到吉田正一面前，一把揪住他的衣领，把他按到墙上，咬牙切齿地说：“你们日本人侵占了亚洲多少国家的土地，还用活人做细菌试验，他们对亚洲人民犯下了滔天的大罪。他们是恶魔，是禽兽！”

吉田正一抓住了尼古拉青筋暴突的双手：“我们大日本帝国并没有侵略别的国家，我们是站在人道主义的立场上对他们进行援助，以实现‘大东亚共荣’。”

“无耻之谈！”王俊元从尼古拉愤怒的大手之下夺过吉田正一，把他拉到一排书架前，抽出一本本讲述抗战历史的书籍摆放到吉田正一面前，有中国人写的，有西方人写的，也有侵华的日本人的亲口笔录：“什么是真正的历史，让这些血淋淋的事实和文字来告诉你！”

“你不是想知道你的叔叔藤川是如何死的吗？我今天就告诉你真相。”尼古拉从达莉娅手里接过一个蓝黑色的提包，从里面掏出来一个用手帕包裹的长方形的东西，他把手帕一层层打开，是一张已经泛黄的宣纸，那是伊琳娜的画像，旁边还有一句血字——再见了，我深爱的伊琳娜——藤川永别。一九四四年十一月二日。

“这是你的叔叔藤川的笔迹，相信你一定能认得出来。”尼古拉把画像小心翼翼地铺展在还在为自己国人的罪行强力申辩的吉田正一的面前。

“这张画像上的女子叫伊琳娜，现在是我的太太。你的叔叔在追捕我们的时候，对伊琳娜一见钟情，冒着生命危险放走了伊琳娜。我和大学同学弗拉基米尔被抓了，在监狱里，我们认识了王俊元的父亲王立清，也认识了一位善良的日本少年吉田藤川。藤川为了将来能和伊琳娜直接说话，就拜王立清为师，央求王立清教他俄语。那段时间，监狱里经常有人晕倒，然后神秘地失踪，实际上那些人只是昏迷了过去，日本人是想瞒天过海，把那些昏迷过去的人偷偷运送到细菌研究部队，做日本人细菌实验的‘马路大’。为了帮助我们逃生，藤川答应给伊琳娜送信。可谁知，藤川的信没有送出去，我们就失去了他的消息。我们从来没有想过要伤害他，他是一个有良知的日本人。他勇敢地爱上了苏联姑娘，他拜中国人为老师，他和所有被捕的人成为朋友。他同样憎恨日本侵略中国。他憧憬着回到自己的祖国，和家人团聚。在日本人识破我们的计划时，他宁愿放弃自己的生命，也绝不背叛爱情和朋友，他永远活在我们心里，他才是真正的英雄！”

吉田正一猛地从桌子前站了起来，面如死灰：“不，不，你们说的都不是真的，你们在骗我，你们在骗我……”

“他们说的都是真的。”托马斯艰难地走到他带来的那个小箱子前面，把它提到桌子上，里面是满满一大箱子信件：“我和弗拉基米尔年纪都大了，也许这是我们最后一次来中国了，所以，我们把当年与王俊元的父亲交往的信物都带了过来。这些都是当年王立清写给我的信件，我敢以上帝的名义担保，信里所写的每一个字都是真实的。王立清之所以患上了精神疾病，也与藤川的丧命有关。他不杀伯仁，伯仁却因他而死。”

吉田正一疯狂地拆开那些信件，一封一封地快速读起来。读完几封之后，就僵坐在椅子上，机械地重复着一句话：“不……你们说的都不是真的……你们说的都不是真的……”

“既然你认定是我父亲害死了你的叔叔，你为什么到今天才来替你叔叔报仇？”王俊元觉得吉田正一时隔这么多年才来报仇，有点不合常理。

吉田正一依旧耷拉着脑袋，犹如一只丧家之犬，沮丧地交代道：“父亲对我说了叔叔被害的始末，我也心存疑虑，原本想让上一代的仇恨就此结束吧。可是，我父亲今年年初去世了，临终前他叮嘱我一定要为叔叔报仇。如果我不答应，他在另一个世界里也不会安宁的。半年前我来到了中国，想弄清真相，做一个了断。我潜伏在净源湖旁的红松树上观察你的举动。我发现你和一个年轻美丽的姑娘经常在一起，从你们对视的目光里，我知道那位姑娘就是你的恋人。有一天，我看见那位姑娘只身一人来到了我潜伏的树下，掏出了两个试管，原来她准备以身试药，只可惜当时有巡逻兵经过，那个姑娘只好离开了。我想，如果在这个姑娘身上做点文章，应该足以让你痛苦了。我看得出来那个姑娘试药的决心，猜想她一定会再来的。我抓住了西巴，为配合我的计划弄瞎了它的眼睛，准备了一支和那位姑娘一模一样的试管，在她涂抹了菌液后，以西巴吸引住她的注意力，用我随身携带的钩子调换了试管。"

王俊元愤怒地直视着吉田正一："混蛋！你知不知道，那个姑娘现在正躺在重症监护室里，随时都有生命危险。我今天就明确地告诉你，我的父亲没有杀死你的叔叔，你的叔叔是被战争害死的，是被你们无耻的欲望给杀死的！"

王俊元一拳把吉田正一打倒在地上："你用良心想一想，站立在你面前的人哪个像残杀你叔叔的卑鄙者？可那位姑娘，却因为你的无知而处于生死之间，每一秒钟对于她都意味着生死存亡！如果不立即给她注射细菌灭杀剂，她就会……"王俊元心痛地说不下去了，他憋着眼泪，两眼通红。

"我……我真的没有想害死她，我只是想干扰一下她的实验，让她尝尝被细菌折磨的痛苦，让你为此而心痛。等她的症状发作的时候，你们的人一定会再次给她注射细菌灭杀剂的。"

"如果我们还有细菌灭杀剂的话，我现在会寸步不离地守着她，根本不可能在这里和你浪费时间。快说！细菌灭杀剂在哪儿？"王俊元几乎是在咆哮。

"在我潜伏的那棵松树上，我……我带你们去吧。"吉田正一忏悔地低下了头。

“部队已经抓到了那个可疑的人，只要俊元拿到细菌灭杀剂，你就不会有事的。”

“元哥回来了？”得知王俊元从家乡回来了，兰馨的脸颊泛起了红晕，她思念和渴盼的人回来了！随之一个可怕的阴影袭上了她的心头，如果没有细菌灭杀剂，那她很快就会失明、失忆，继而因呼吸衰竭而死亡。作为研究人员，她对后果一清二楚。

绝望的泪水溢满了兰馨的眼眶，她把脸转向窗户，痴痴地问：“元哥什么时候回来？”

“走的时候，他说七点前一定回来，现在是五点，应该快了。”

“嗯……”兰馨说完就闭上了眼睛。

刘医生以为兰馨要休息，嘱咐护士好好看护她，就离开了。

当监护室的门被关上时，压抑的泪水就从兰馨的眼角淌了出来。她睁开眼睛，眷恋地望着病房里的一切。如果真的再也看不见元哥了，这个世界将会变得多么恐怖，太阳不再升起，星星不再闪耀，花儿不再盛开，云朵不再飘浮，除了漆黑，她将一无所有……她真的会看不见王俊元吗？不，她的心里住着王俊元，他就像是太阳，让她灵魂的每一个角落都布满阳光。即使她看不见了，她的灵魂之灯——王俊元依然可以帮助她来看这个世界。她的眼睛能否看见这个世界，并不重要，重要的是她能在心里看见王俊元，能看见他一个人，就够了。

失明并不可怕，可怕的是很快就会到来的失忆，这才是真正残忍的刽子手。它将举起冒着阴森寒光的钢刀，把王俊元一点一点从她的血肉和骨头中剥离，把她变成一块坚硬生冷的石头，一个没有意识的木偶，一具失去了灵魂的木乃伊，一种没有任何意义的存在，这才是真正让她恐惧的。

她真的会忘记王俊元吗？她真的能忘记王俊元吗？她已经把他深深地刻在了灵魂里，她怎么能忘记他？如果真的忘记了他，那她会成为什么样子？褪尽生命的光泽，精神如残花般凋零，身体变成冰雪的堆积物，一切美好的东西都露出狰狞的面目。会不会失忆并不重要，重要的是在记忆最深处能给她留下王俊元一个人，她就知足了。

她那颗被细菌侵袭的心脏还在艰难地跳动着，那是她的心，也是她的爱，只要她的心还在跳动，她就不会忘记王俊元。兰馨感受着自己的心脏还在跳动，大股的泪水奔涌而出。那是迷路人找到出口时的激动，失去光明又拥有光明时的颤栗，濒临死亡又获得重生时的喜极而泣，那是完全的信赖、坚定的信念、不灭的希望、永恒的爱情……

兰馨感觉自己的手臂能稍微动一下了，她那颗衰弱的心有了一丝活力，她转过头，哀求地望着站立在床边的模模糊糊的护士：“请给我一张纸和一支笔，好吗？”

护士含着眼泪点了点头，取来了纸和笔，又搀扶着兰馨坐起来，在她的后背垫起了高高的枕头，使她软绵绵的身体有了依托。

兰馨握着钢笔的手在颤抖，眼前的光线已经越来越弱了，屋子里变成了乌云遮日的阴天，近在咫尺的护士，她也只能看见一团朦胧的影子。她把眼睛睁得大大的，可还是觉得眼前的一切越来越模糊。她的时间不多了！她把脊柱弯了下去，她的脸已经快要贴到白纸上了。她焦急地用嘴咬下了钢笔帽，刚写出第一个字，她就泪如雨下。这就是今生留给元哥的最后几句话了吗？以后再也不能和他说话了吗？她的胸中涌动着千言万语，可时间已经不允许她随意倾吐情感了，她只能用最少的字来表达最多的爱。

刚写了两行字，光明就在兰馨那双乌黑的瞳孔里渐渐缩小，接着，一团浓重的白雾瞬间涌来，世界变成了一片黑暗。她的身体仿佛被冰冻住，只有泪水不停地流下。就这样结束了吗？再也看不见这个世界了吗，再也看不见爸爸、妈妈、哥哥了吗？再也看不见她的恋人——王俊元了吗？不，就算她看不见，她还是要写下去，她有一肚子的话要说，她不能停下！

兰馨抬起扎着针头的左手，摩挲着落满泪渍的白纸，继续写下去……

再过一个多小时细菌灭杀剂发挥作用的期限就过去了，王俊元还是没有出现。刘医生焦灼地走进了监护室。

兰馨听到有人站立在病床前，就把头转了过来，睁着乌黑的眼睛，盯着虚无的空间，轻声地问：“他来了吗？”

她那只扎着针头的手慢慢举了起来，向刘医生的脸摸过去，只抚摸了两下，手臂就垂了下去，干涩的嘴唇失落地呢喃着：“不是他……”

刘医生鼻子一酸，用手在她眼前晃了晃，她已经看不见了。

“兰馨，再……再等等……”为了不让眼泪掉下来，刘医生把脸转向了别处。

“嗯……”兰馨轻轻点了点头，她相信她一定可以等到他。

刘医生不断地朝门口望望，他盼望王俊元能早点回来，兰馨的时间真的不多了。十六年前，兰馨的外婆交给他一封信，内容与她交给王俊元的那封信一模一样。老人叮嘱刘医生，如果有一天她不在了，王俊元没有把那封信寄出去，请在她去世一个月以后，把这封信寄出去。十六年前，因为他，兰馨和王俊元分开了。现在，他希望可以帮助这两个孩子见上最后一面，以弥补他当年对这两个孩子造成的伤害。

过了一会儿，兰馨再次张开了嘴，这次她的气息更加微弱了："他来了吗？"

刘医生没有回答，他无法回答，他不忍回答。

又过了一会儿，兰馨变得焦躁了起来，她不安地转动着头，胸部剧烈地起伏起来。她艰难地张开了嘴，声音低得必须伏在她的嘴边才能听见："他……来了吗"

刘医生焦急地看了看手表，只剩下十几分钟了！

兰馨的眼前是一片黑夜，她相信他会来的。她好想能马上看见他！兰馨的呼吸变得困难了起来，肺部像是被压着什么重物，每次都要吸很长的一口气，才能呼出来一点，仿佛呼吸随时都会终止。

她吃力地喘息着，焦急地等待着，一双充满了渴望的眼睛急切地转动着："他……来了吗……"

"应该在路上了，"刘医生尽力安慰着她，不让她失去等待的希望，"外面在下大雪，兰馨，你一定再等等。"

"兰馨……谁是兰馨？"她把脸转向说话的人，费力地问，茫然的眼睛里布满了疑惑。

刘医生握起拳头，堵在了自己颤抖的嘴唇上，难道……兰馨已经失忆了吗？他放下拳头，俯下身，哽咽地问："你在等谁？"

她的唇角微微颤抖着，失明的瞳孔快速地转动着，像是在费力地回忆，只听她深情地回答："我在等……元……"

兰馨仰起头，尽力张大嘴，好让空气能进入她那不愿再起伏的肺里。她的要求不多，只求能多吸几口空气，多等他一会儿。

兰馨的眼睛一动不动，但她的嘴唇还在不停地嗫嚅着。

"兰馨，你还想说什么，就说吧。"刘医生压抑着心中的哀伤，集中自己所有的注意力，聆听兰馨那快要发不出声的声音。

兰馨感激地望着那个站立在黑暗中和她说话的人，使出全身的力气断断续续地说："他……来了吗？"

刘医生没有回答。

"下雪……路滑……走不快……"已经忘记了自己的兰馨还在心疼那个赶路的人。

刘医生噙着眼泪，深深地点了点头。

兰馨用力把脸转向输液架的方向，拼尽全力地说："请把它……开大一点……我想再……再等……等……"

一辆吉普车在医院大门口猛地刹住了车，巨大的摩擦力在地面上溅起了一大团白色的雪雾。

王俊元从驾驶座位上跳下来，冲进医院大厅，一步两个台阶，直接奔向二楼的重症监护室。

“兰馨，我来了……我们有细菌灭杀剂了，你会没事的……”

王俊元推开监护室的门，军长夫妇正站立在病床两侧伤心地流泪。刘医生和护士也眼含泪花地默默凝望着没有了呼吸的兰馨。

王俊元朝着病床上的兰馨奔过去，他相信，她一定还在等着他。他半跪在病床前，从被单下面急切地寻找到她的手，把它紧紧地攥在手心里，这只小手还有一点温度，还是那么柔软，这说明她还活着，还没有离去。他还有希望！

王俊元掏出口袋里的细菌灭杀剂塞给刘医生：“马上注射！”

“晚了，她已经……”

“必须注射……我要她活着……”王俊元大吼着，每句话的尾音长得令人发瘆。他托着兰馨的手腕，目不转睛地盯着护士把注满细菌灭杀剂的针管扎进了兰馨手背上的静脉里，他希望细菌灭杀剂能发挥神奇的作用，把兰馨还给他！

护士悲哀地抬头望着刘医生：“打不进去……”

刘医生转头去看输液管，里面的血液已经停止了滴落。

王俊元的牙齿猛烈地碰撞起来，他身体一软，全跪在地上：“兰馨，听话……打完这一针……我们就可以在一起了……”

针管里的细菌灭杀剂开始往静脉里进，仿佛兰馨听到了他说的话，她也想和他在一起。

几分钟过去了，兰馨的呼吸依然没有恢复，但她的胸腔还在极其微弱地起伏着，那是她的心跳，也是她的爱，不到最后一刻，它不愿意停下。

兰馨的手越来越凉了，似乎身体里的热气正在一点一点地散去。

王俊元的眼泪流了下来，他用力地揉搓着兰馨的手，希望它能暖和起来。他现在已经不敢奢求她能恢复健康了，不敢奢求她还能看见，还能记得他，甚至不敢奢望她的心脏还能继续跳动，他只希望能给她留着这点热气。他只要这点热气！

兰馨的手还是渐渐冷却了下来，她把最后一丝余力都用来维持那象征着爱情的心跳上了。

兰馨的胸口一点一点沉了下去，犹如一棵被沼泽吞噬的小草，再也无法生还，她的心跳停止了，她没有办法再把爱传递给他了，两滴红色的眼泪从她那双永远也不会再睁开的眼角流出来，那是她再也说不出口的牵挂……

房间里响起了哭声。

王俊元把被子给兰馨掖了掖，担心她着凉。

刘医生不忍心看着王俊元精神错乱的样子，走到他身边，哀伤地劝解道：“兰馨已经去世了……”

王俊元怒吼道：“不会的！不可能！她……她死了……我怎么办……她不能死……”王俊元极度悲哀地说：“得救她啊，刘叔叔……我得想办法救她啊……”

王俊元双手紧紧地交叉在一起，抵在痉挛的额头上，痛苦地闭上了眼睛，陷入到了一个旁人无法推测的世界里，那个世界里藏着救兰馨的方法，不找到它，他绝不回来……

沈兴哲带着刚从实验室提取出来的细菌灭杀剂，争分夺秒地赶到了监护室。当他看见在走廊里抱头哭泣的父母时，就知道自己来晚了。装有细菌灭杀剂的瓶子从他的手中滑落，摔碎在地面上。

一只长着纯白体毛的小狗飞奔在医院的走廊里，三角形的耳朵直立着，由于看不见，它不断地撞到墙壁上、人腿上、门框上、楼梯扶手上……但每一次跌倒后它都立即重新站起来，继续向着重症监护室的方向跑去。走廊里所有的护士和病人都奇怪地望着这只漂亮而疯狂的小狗。小狗来到了重症监护室外面，它伸出耳朵，辨别着这里的情况。它听到了军长夫人撕心裂肺的哭声。它呆呆地站在那里，似乎明白了发生的一切，长长的睫毛下面淌出了两行眼泪。它来晚了，兰馨永远地离开它了，是它害死了她。它转过头，躲开人类的哭声，飞奔着朝一块坚硬的墙壁，猛力撞了过去。鲜血从它黑色的嘴巴和鼻子里喷出来，它的四肢只挣扎了两下，就再也不动了。

王俊元闭着眼睛，一直坐在兰馨身边，保持着冥思苦想的姿势，从早上坐到下午，又从下午坐到晚上，不说一句话，不掉一滴泪，也不动一下，仿佛他的躯体和灵魂都已随兰馨而去……

刘医生走进来，用一张折叠的纸碰了碰王俊元的肩膀，王俊元没有反应，像是一块僵化的石头，早已和这个世界脱离。他在另外一个混沌而虚幻的世界里一刻不停地思考着究竟怎样才能救活他的兰馨。

“这是兰馨留给你的……”刘医生的话还没有说完，王俊元的肩膀骤然一缩，在这个时候，只有“兰馨”这两个字能把他唤回来。

他抬起憔悴的脸，接过那张纸，如饥似渴地展开，但还没读一个字，他就咬着嘴唇哭了。那张白纸上到处都是泪痕、墨迹和歪歪扭扭、重重叠叠的线条。不知道是泪水晕染了字迹，还是把字写在了泪水上，竟然没有一个字能看清楚！

兰馨留给王俊元的最后几句话成为了一个谜，没有人知道她在生命的最后一刻最想对王俊元说什么。那些字是用血与泪写成的，那是一个女子对恋人生死不渝的爱，又岂是一张薄薄的白纸所能承载的。

王俊元伏在兰馨嘴边，肝肠寸断地说："兰馨，我在这里，你想说什么就说吧，我听着呢。"

兰馨没有任何反应，细菌把她带到了另外一个世界，他们距离得太远了，无论他如何声嘶力竭地呼唤她，她都听不到了，一个字都听不到了……无论王俊元如何呼唤她、恳求她、摇晃她，她都开不了口了。她没有回来的力气，找不到回来的路了。

人如果有魂灵的话，她一定希望能再回来看看他，哪怕不说话，只要能看他一眼，给他一个深情的微笑，她就会从容地走向坟墓。因为这一别，在无涯的时光里，他们再也不可能相见了。

王俊元给兰馨穿好了军装，轻轻托起她的身体，两眼直直地向外面走去。

所有的人都自动让到了一边，没有人说话，没有人阻止，也没有人追上去。他们都知道，兰馨从很小的时候，就想跟着王俊元走。

雪还在下，天上没有月亮，那在寒风中纷飞的雪花是王俊元支离破碎的心。雪花尚且知道自己要飘向何处，可王俊元却像是一个孤独飘荡的幽灵，魂无所依，情无所系。

兰馨的葬礼简朴安静，遗容只进行了简单的处理，除了肤色有点苍白之外，其余的都很美丽。

送行的人逐一走上前，怀着无比哀伤的心情，和这位年轻而不幸的女孩做最后的诀别。

最后，轮到王俊元了。在抬起第一条僵硬而沉重的腿的时候，他的身体发出了一阵猛烈的颤栗。他既想快点走到兰馨身边，早点看到她，又不想走到她身边去，这样，她就可以永远躺在这里了，他们就不会分开了。

他看见了兰馨，她穿着他们分别十年以后第一次见面时穿的衣服，头上戴着那个发卡，这是她失忆之前特意嘱托刘医生的。

王俊元想起自己回家前的那个夜晚，兰馨闭着眼睛，用手触摸他的脸庞，想记住他的样子。等想他的时候，可以在心里"看"他。王俊元也闭上了眼睛，伸出一只手，触摸着兰馨的头发，他也要记住兰馨的样子，等他想她的时候，可以在心里“看”她。他的手指一点一点滑过兰馨柔软垂落的长发，从头顶到发梢，从表层到里层，先是一缕缕，后来又变成了一根根，仿佛他要数清楚兰馨一共有多少根头发。以后，他再也不能触摸它们了。

他还没有把兰馨的头发全部记下，火化人员过来催促兰馨应该进去了。王俊元没有睁开眼睛，他只说了一句：“求你，让下一个人先进去吧。”

他不忍心把兰馨交给他们。记完了兰馨的头发，他的手指又滑到了兰馨那张正值青春的脸庞。滑嫩紧致的肌肤，骨感清晰的轮廓，还有那张柔软如花苞般的嘴唇，这里曾说出过无数句动听的话语，它们由世间最美好的词汇组成，每一句都让王俊元刻骨铭心：

“俊元哥哥，我想把你的眼睛画下来，这样我就可以每天都看到你了。”

“这个世界上的男人对于我来说，不是太小，就是太老，只有你一个人，刚刚好。”

“爱是一本打开了就再也合不上的书，是一首可以把人唱到浑然忘我的歌，是可以净化你灵魂所有领地的白雪，是在最黑暗的时候亮起的一束光。爱是你宁愿付出自己的生命，也不愿意让对方疼一下；是你行走在无垠的沙漠里，突然看见满眼的绿洲；是你从高空坠落，坚硬的大地忽然变成了软软的湖泊；是你觉得天地之间只有两个人，其他的一切都是点缀和陪衬。”

“在你的手握住我的那一瞬间，我才发现自己竟然孤独了那么久。”

“爱如果只能用耳朵才能听到，用眼睛才能看到，那它就不是真爱了。爱是用心来感受的。”

“我始终相信，在这个世界上，有一种情感，它永远都不会输给时间，有一个人，你的心里装着整个世界，而她的心里只有你。”

“我没有别的奢望，只希望和你在一起，把我全部的爱奉献给你，一直到生命的最后一刻。”

“不用感谢我对你好，而是我请求你，让我对你好。因为对你好的时候，我才能感受到自己的生命在发光。对你好，是世界上最美好的事情，我不是在付出，而是在享受。”

他仿佛看见兰馨在弥留之际，已经失去了所有的记忆，当知道外面在下雪时，还不忘嘱托刘医生转告他：“下雪……路滑……慢点走……”

当火化人员再次来接兰馨时，王俊元感受到了从未有过的恐惧，他已经从头到脚把兰馨记了一遍，可他还是不愿意松开兰馨。

所有准备火化的人都变成了一堆骨灰，再也没有人可以代替兰馨进去了。兰馨不得不走了。里面那么黑，那么烫，兰馨她受得住吗？王俊元伏在兰馨身上，死死地抱住她，无声地把他的爱印在她的头发上、额头上、眉毛上、脸颊上、脖子上、肩膀上、手臂上、胸膛上……王俊元的泪水大颗大颗地滴落下来，却神奇地全部渗透进兰馨的皮肤里了，她要把这些眼泪带走，她要和他永远在一起。

推车的声音渐渐远去了，每一声都像是从王俊元的心上碾过。

按照兰馨的遗愿，她想把自己的骨灰撒在净源湖的湖水里，那是她和王俊元正式相爱的地方。

夜晚，树木上都悬挂着冰凌，犹如断肠人的眼泪。今夜没有风，万籁俱寂，唯有雪片从空中哀戚地落下，天空渐渐暗黑了下来，与漫无边际的雪海连成了一体。

王俊元纹丝不动地站立在湖畔，眼睛凝视着面前的湖水，虽然他看不见它，但他知道它就在那里，就在距离他不远的地方，无声地陪伴着他。

他把手伸进上衣口袋里，掏出了一张纸，这是照顾兰馨的护士给他的。当时，她站立在兰馨身边，亲眼看她写出那一个个面目全非的字。她猜测那些字是无法看清楚的，就用心记下了兰馨的笔画，复原了其中的两句话：“元哥，好想做你的新娘，每天的第一眼和最后一眼看见的都是你……”

王俊元小心翼翼地把纸照着原来的印痕折叠好，重新放进口袋里。他单膝跪地，仰着头，眼含热泪：“兰馨，我知道，你此时最想听到的就是我对你的婚誓。你听着……”他挺起胸膛，目视前方，把右手放在心口上：“王俊元，你愿意娶周兰馨为妻吗？”

王俊元铿锵有力地高声自答道：“我愿意！无论贫穷还是富有，疾病还是健康，青春还是年老，我都会爱着周兰馨，直到永远。”

王俊元庄重的誓言在湖岸回旋，但没有任何声音来回应他。黑黢黢的夜空，除了扑面而来的雪花的暗影，什么也看不见。他凝视着湖水，突然感到哀伤欲绝：“兰馨，今夜是我们的洞房花烛夜，可是这里漆黑一片，连一盏灯都没有……”话音未落，他突然觉得眼前一亮，湖水里唰的一下燃起了无数盏荧光四射的银灯，玲珑剔透，熠熠生辉。他抬起头，惊愕得无法动弹，辽旷无际的夜空浮现出千万颗光华绝伦的星星，浸润在寒冷浩森的夜色里，闪烁着温暖又璀璨的光芒，默默地遥望着跪在雪地里的他。

泪水从王俊元的脸颊滑落，他站起来，望着那不可触摸的星空，沿着湖岸，拼命地奔跑起来，边跑边喊：“兰馨……是你吗……兰馨……是你吗……”

王俊元跑了很久很久，直到瘫倒在雪地上。今生今世，他再也见不到兰馨了，再也见不到了……

新配制出的细菌灭杀剂紧急送给了蔡主任，细菌得到了彻底的抑制。防化团的研究成功了！

回国之后，在父亲尼古拉的帮助下，达莉娅积极利用媒体这个渠道，大力宣传反对生化武器在战争中使用的思想，越来越多的民众积极响应达莉娅的倡议，通过各种活动来表达自己坚决反对在战争中使用生化武器的立场。

托马斯回到美国，利用自己一生所积攒的人脉资源，在民间成立了反对生化武器的组织，一场又一场反对生化武器的公众游行在美国风生水起。

三年后的春天，王俊光和王俊荣兄弟俩联合撰写的控诉细菌战对人类健康和生存造成的毁灭性破坏的长篇纪实性报告圆满完成。由王俊元通过部队递交到总部。报告里，王俊光慷慨激昂地写道："……细菌战就像是一个看不见的黑洞，把人类最珍贵的东西——亲情、友情、爱情、尊严、梦想、自由、生命、和平……毫不留情地全部吞噬了进去。它的杀伤方式之隐蔽、持续时间之长、殃及无辜之多、有效防御之弱，皆会对人类造成不可估量的威胁。它就像恐怖主义一样，是践踏人类尊严的，是摧毁道德底线的，是一种极为残忍的反人类的罪行。国际社会应加强合作，坚决打击和制止此类违反人道的行为……"

这篇如泣如诉的反对生化武器的纪实性历史报告在联合国引起了强烈的反响，越来越多的国家成为《禁止生物武器公约》和《禁止化学武器公约》的缔约国，越来越多的生化武器在世界各个国家相继被销毁。甚至有国家建议把购买、出售或制造生化武器定为刑事犯罪行为，并在联合国建立一套调查可疑细菌攻击的机制。

沈兴哲没有再回北京，他自愿留在了防化团，继续进行新的防生化技术的研究。

正在王俊元准备向总部递交研究资金申请时，他收到了一张数额不菲的支票和一封信，信里只有一句话："每一个有良知的中国人都有责任为国家的安定与和平贡献自己的一份力量。"

信的署名是——孟琳儿。她把父亲孟江海留给她的所有财产都捐献了出来。

半年以后，王俊元又收到了一张巨额支票，支票的署名是西巴，是从日本邮寄过来的。

吉田正一在寄走这张支票后的几年里，把他在中国了解到的事实介绍给像他一样不了解历史的同胞，日本民众向当局发出了反对战争、反对生化武器的呼声，这些声音久久地激荡着每一位热爱和平的人们的心灵。

王俊荣被防化团聘为专家顾问。有一天，王俊荣收到来自西藏的一份关于细菌的资料，邮寄这些资料的人是旺姆。王俊荣在又一次的职称评选中，顺利当选高级研究员，职称资格证书是防疫所所长亲自给他送过来的。王俊荣接过高级职称的聘任证书后，就把它塞进了书橱里，再也没有翻出来看过。

王俊光运用教师进修学校历史研究人员的条件，组织当年教过的学生，进一步搜集全国其他省份感染日本人细菌的受害者的资料，把它们编写成了一部真实再现日本细菌战的纪实专著，该书被翻译成多国文字，在世界流传开来。不久之后，王俊光被调往中国社会科学院历史研究所，任历史研究员。

王俊元刚参加完晋升为少将的授衔仪式，就接到了二哥打来的电话，说继清已经大学毕业，分配到军事科学院做防生化武器的研究工作，成为中国防化事业的一分子了。

自从兰馨去世以后，王俊元第一次露出了笑容，老王家又出现了一位新一代的防生化研究员，兰馨知道了，该多高兴啊。

一个孤独的人影行走在通往净源湖的雪地里，他神情凝重，脚步坚定。他要走到她身边去，把这么多的好消息告诉给深爱着的妻子。他要告诉她，现在已经有一百多个国家联合签署了禁用生化武器的公约，他相信未来还会有更多的国家加入到反对生化武器在战争中使用的战线中来。

她期盼的这一天终于到来了！

来到了净源湖边。他的身上落满了雪，如果走来一个陌生人，一定猜不出他的真实年龄，不仅因为他的容颜被冰雪遮盖，还因为那一头被孤独和思念所催生出来的过早斑白的头发。

他痴痴地凝望着眼前的湖水，这里，长眠着他的爱人，长眠着一位为了国家和世界的和平以身试毒而英勇牺牲的女英雄——周兰馨。亲人们不会忘记她，防化部队不会忘记她，中国人民不会忘记她，世界上所有爱好和平的人们不会忘记她。王俊元更不会忘记她，兰馨就像是一朵永不凋零的白玉兰，永远盛开在他的心底。

湖面上漂浮着许多的白兰花，这些花瓣是他亲手撒在湖面上的。这些花瓣像是受到了湖水的庇护，七年里，从不枯萎，也不沉降，就这么安静地浮游在湛蓝的湖水上，吸收着天地的精华，目睹着岁月的变迁。

他本来有一肚子的话要对她说，可望着这满湖的白兰花瓣，他竟一句也说不出来了。他知道，那些花瓣是兰馨的魂，兰馨的情，兰馨的爱，她要用这种方式让他感受到——七年里，她其实从未离开过。

突然，那些原本散开的花瓣一片片地汇聚在一起，托举起一片块状的暗影，朝着他站立的地点漂游过来。近了，更近了，他像在他和兰馨的“婚礼”上突然看到满天星光一样，又一次惊呆了！花瓣中央的那块绿色的云是他送给兰馨二十四岁的生日礼物，他用针线缝连在一起的龙耳草叶，三个大大的字——我爱你。

“兰馨，是你吗？兰馨，是你吗……”王俊元失声地一遍又一遍叫着，他向湖水大步迈去，这份爱让他饥渴了这么多年，他不能再眼看着它消失。

“兰馨，我有好多的消息要告诉你，咱们的研究成功了，细菌已经被彻底控制住了。继清被分到了军事科学院，咱们王家又多了一名防生化武器的研究人员。我们的国家已经勇敢地站立在世界舞台上，正义与和平的光芒将撒满整个人间……”王俊元不停地走着、不停地说着……他的脚踩到了湿漉漉的湖沙，他的小腿被湖水围住，他的膝盖被湖水淹没，他的棉衣被湖水浸透。

突然，龙耳草叶停止了漂移，三个大字在花瓣的簇拥下定格在了水面，一道明亮的月光从夜空倾泻而下，恰好照耀在如翡翠般碧绿的龙耳草叶上。

王俊元继续朝龙耳草叶游过去，那是孤独时温暖的慰藉，那是绝望中唯一的希望。他不觉寒冷，心无旁骛，目空一切。这个世界，除了那三个大字，什么也没有了。

湖水开始从四周一点一点浸没龙耳草叶，三个大字霍然断开，“我”和“你”同时沉入了湖中，接着，那个大大的“爱”字也开始下沉。

王俊元目睹着这一幕，双眼射出了铁一般的光芒，他深吸了一口气，把头一缩，果断地沉入湖水中，以臂擎青天的豪迈姿态站立在了“爱”字的下方。那个大大的“爱”字没有下沉，光芒四射地铺展在湖面上，向世间无声地宣告着——只有爱可以消除所有的界限，迎来世界的永久和平。

这是一个敬畏生命的故事，这是一个书写“人”字的过程，这是一曲关于铁血精神的颂歌，这是一个用大爱的清流纯化世界、摧毁一切限制和贪欲的启示。

在蔚蓝色的地球上，久久地回荡着一个伟大的声音：“正义必胜、和平必胜、人民必胜！”

图书在版编目（CIP）数据

铁血清流 / 王申来，胡夏娟 著. —北京：东方出版社，2017. 1
ISBN 978-7-5060-9470-2

Ⅰ. ①铁… Ⅱ. ①王…②胡… Ⅲ. ①长篇小说—中国—当代 Ⅳ. ①I247. 5

中国版本图书馆 CIP 数据核字（2017）第 018758 号

铁血清流
（TIEXUE QINGLIU）

作　　者：王申来　胡夏娟
策 划 人：陈丽娜
责任编辑：陈丽娜
出　　版：东方出版社
发　　行：人民东方出版传媒有限公司
地　　址：北京市东城区东四十条 113 号
邮政编码：100007
印　　刷：北京楠萍印刷有限公司
版　　次：2017 年 4 月第 1 版
印　　次：2017 年 4 月第 1 次印刷
开　　本：710 毫米×1000 毫米　1/16
印　　张：25
字　　数：360 千字
书　　号：ISBN 978-7-5060-9470-2
定　　价：36. 00 元
发行电话：（010）85924663　85924644　85924641